Spoor

Van dezelfde auteur

Duivelspiek
Feniks
13 uur
Onzichtbaar
7 dagen

Bezoek onze internetsite www.awbruna.nl voor informatie over onze boeken, volg @AWBruna op Twitter of bezoek onze Facebook-pagina Facebook.com/AWBrunaUitgevers.

Deon Meyer

Spoor

Vertaald uit het Afrikaans

door Karina van Santen en Martine Vosmaer

A.W. Bruna Fictie

First published in South Africa in Afrikaans by Human & Rousseau, an imprint of NB Publishers in 2010, and in the UK in English by Hodder & Stoughton in 2011.
Oorspronkelijke titel
Spoor
Omslagbeeld
iStockphoto/Mlenny photography
Omslagontwerp
Studio Jan de Boer

ISBN 978 94 94 005 0003 7
NUR 305

Tweede druk, november 2013

Achter in dit boek is een verklarende woordenlijst opgenomen.

Dit boek is gedrukt op papier dat het keurmerk van de Forest Stewardship Council (FSC®) mag dragen. Bij dit papier is het zeker dat de productie niet tot bosvernietiging heeft geleid. Een flink deel van de grondstof is afkomstig uit bossen en plantages die worden beheerd volgens de regels van FSC. Van het andere deel van de grondstof is vastgesteld dat hiervoor geen houtkap in de laatste resten waardevol bos heeft plaatsgevonden. Daarom mag dit papier het FSC Mix label dragen. Voor dit boek is het FSC-gecertificeerde Munkenprint gebruikt. print gebruikt. Dit papier is 100% chloor- en zwavelvrij gebleekt en wordt geleverd door Arctic Paper Munkedals AB, Zweden.

Ter nagedachtenis aan Madeleine van Biljon (1928-2010)

Boek 1: Milla

(COMPLOT)

Juli tot september 2009

... sommige dagen laten geen sporen na.

Ze gaan voorbij alsof ze nooit hebben bestaan, onmiddellijk vergeten in de nevel van de dagelijkse sleur. De sporen van andere dagen blijven misschien een week of wat zichtbaar, tot de wind van de geheugenbank er het vale zand van nieuwe ervaringen overheen blaast.

– Fotokopie: dagboek van Milla Strachan, 27 september 2009

Het ministerie van Financiën van de VS heeft vandaag twee personen van Zuid-Afrikaanse afkomst, Farhad Ahmed Dockrat en Junaid Ismail Dockrat, en een verwant persoon aangewezen in verband met het financieren en faciliteren van Al Qaida, ingevolge Decreet 13224. Hierdoor worden alle activa van voornoemden onder jurisdictie van de VS bevroren en worden alle transacties tussen burgers van de VS en voornoemden verboden.

– Persverklaring, ministerie van Financiën van de VS, 26 januari 2007

1

(31 juli 2009. Vrijdag.)

Ismail Mohammed rent de steile helling van de Heiligerlaan af. De panden van zijn witte djellaba met de modieuze open Chinese kraag flapperen bij elke stap omhoog. Zijn armen zwaaien wild, uit doodsangst en om zijn evenwicht te bewaren. De gehaakte *kufi* valt van zijn hoofd op de keien bij de kruising, zijn ogen zijn strak op de betrekkelijke veiligheid van de stad daarbeneden gericht.

Achter hem, bij het lage witte gebouw vlak naast de Schotschekloofmoskee in de Bo-Kaap, zwaait de deur voor de tweede keer open. Zes mannen, ook in traditionele islamitische dracht, stormen de straat op en kijken allemaal onmiddellijk en instinctief bergafwaarts. Een van hen heeft een pistool in zijn hand. Hij richt het haastig op de figuur van Ismail Mohammed, die al zestig meter verder is, en lost in het wilde weg twee schoten voordat de achterste, een wat oudere man, zijn arm naar boven slaat en brult: 'Nee! Pak hem!'

De drie jongsten gaan achter Ismail aan. De grijze hoofden blijven staan en kijken bezorgd naar de voorsprong.

'Je had hem moeten laten schieten, Sjeik,' zegt een van hen.

'Nee, Shahied. Hij heeft staan luisteren.'

'Ja. En toen is hij weggerend. Dat zegt genoeg.'

'Dat zegt niet voor wie hij werkt.'

'Hij? Ismail? Je denkt toch zeker niet...'

'Je weet maar nooit.'

'Nee. Hij is te... onhandig. Misschien voor de plaatselijke inlichtingendienst. De NIA.'

'Ik hoop dat je gelijk hebt.' De Sjeik kijkt naar de achtervolgers, die de kruising met de Chiappinistraat over rennen, en denkt na over de implicaties. Opeens klinkt een sirene, even lager, vanaf de Buitengracht.

'Kom,' zegt hij rustig. 'Alles is veranderd.' Hij loopt haastig naar de Volvo.

Er begint nog een sirene te loeien, onder uit de buik van de stad.

Ze weet wat de voetstappen betekenen, om vijf uur op een vrijdagmiddag, zo doelgericht en haastig. Ze voelt de verlamming van de voorkennis, het gewicht, en brengt met veel moeite haar verweer in stelling.

Barend komt binnen, een wervelwind die ruikt naar shampoo en te veel deodorant. Ze kijkt niet naar hem, ze weet dat hij helemaal opgedoft zal zijn voor de avond, zijn haar een nieuw, twijfelachtig experiment. Hij gaat aan de ontbijtbar zitten. 'Zo, hoe is het, ma? Wat ben je allemaal aan het maken, ma?' Zo joviaal.

'Avondeten,' zegt Milla berustend.

'O. Ik eet niet thuis.'

Dat wist ze. Christo waarschijnlijk ook niet.

'Ma, jij hebt vanavond je auto niet nodig, hè?' Op dat toontje dat hij vervolmaakt heeft, een verbluffend mengsel van preventieve verontwaardiging en versluierde beschuldiging.

'Waar willen jullie naartoe?'

'Naar de stad, Jacques gaat mee. Die heeft een rijbewijs.'

'Waar in de stad?'

'Dat zien we nog wel.'

'Ik moet het weten, Barend.' Zo zachtaardig mogelijk.

'Ja, ma, ik zal het je laten weten, ma.' De eerste ergernis klinkt door.

'Hoe laat zijn jullie terug?'

'Ma, ik ben achttien. Pa zat al in het leger toen hij zo oud was.'

'Het leger had regels.'

Hij zucht geïrriteerd. 'Oké, oké dan... We gaan om twaalf uur daar weg.'

'Dat zei je vorige week ook. Toen was je pas na tweeën binnen. Je moet binnenkort eindexamen doen.'

'*Jissis*, ma, waarom moet je altijd ouwe koeien uit de sloot halen? Gun je me dan niets?'

'Ik gun je alles. Maar binnen bepaalde grenzen.'

Hij laat een schamper lachje horen, waarmee hij uitdrukt dat zij dom is en hij daaronder moet lijden. Ze dwingt zich om niet te reageren.

'Ik zeg het toch? We gaan daar om twaalf uur weg.'

'Willen jullie alsjeblieft niet drinken?'

'Waarom maak je je daar zorgen over, ma?'

Ze wil zeggen: ik maak me zorgen omdat ik die halflege fles cognac in je kast heb gevonden, onhandig weggestopt achter je onderbroeken, samen met het pakje Marlboro. 'Het is mijn taak om me zorgen te maken. Je bent mijn kind.'

Stilte, alsof hij het accepteert. Er komt een gevoel van opluchting over haar. Dat is het enige wat hij wilde. Ze zijn zover gekomen zonder ruzie. Maar dan hoort ze het tikken van zijn wippende been tegen de bar en ziet hoe hij het deksel van de suikerpot pakt en tussen zijn vingers heen en weer rolt. Ze weet dat hij nog niet klaar is. Hij wil ook nog geld.

'Ma, ik kan Jacques en zo niet voor me laten betalen.'

Hij is zo slim in zijn woordkeuze, in de volgorde van de gevraagde gunsten, in zijn aanval en strategie van beschuldiging en verwijt. Hij spint zijn web met de vaardigheid van een volwassene, bedenkt ze. Hij stelt zijn strikken op en zij trapt er zo makkelijk in door haar eeuwige drang om conflicten te vermijden. De nederlaag klinkt door in haar stem. 'Is je zakgeld op?'

'Moet ik dan van jou op anderen parasiteren?'

Dat 'van jou' en de agressie zijn de lont in het kruitvat en ze ziet het bekende slagveld aankomen. Geef hem gewoon het geld, geef hem de portemonnee en zeg dat hij maar wat moet pakken. Alles. Zoveel als hij wil.

Ze haalt diep adem. 'Ik wil dat je uitkomt met je zakgeld. Achthonderd rand per maand is...'

'Weet je hoeveel Jacques krijgt?'

'Dat doet er niet toe, Barend. Als je meer wilt, moet je...'

'Wil je dat ik al mijn vrienden kwijtraak? Je gunt me ook niks, rotwijf.' Ze schrikt van het scheldwoord, en van de knal van het deksel van de suikerpot dat hij tegen de kast smijt.

'Barend,' zegt ze verbijsterd. Hij is weleens eerder ontploft en met zijn handen in de lucht naar buiten gestormd, hij heeft weleens 'jissis' en 'god' gezegd, hij heeft weleens binnensmonds en lafhartig net buiten gehoorsafstand het onnoembare gemompeld. Maar nu niet. Nu hangt zijn bovenlijf over de bar, nu is zijn gezicht vol verachting voor haar. 'Ik ben je spuugzat,' zegt hij.

Ze krimpt in elkaar en voelt de aanval lichamelijk, zodat ze haar hand naar de kast uitsteekt voor houvast. Ze wil niet huilen, maar de tranen komen terwijl ze voor het fornuis staat, met een pollepel in haar hand en de geur van warme olijfolie in haar neus. Ze zegt nog een keer de naam van haar zoon, sussend en zacht.

Met venijn, met minachting, met het doel om echt te kwetsen, met zijn vaders stem, toon en machtsmisbruik zakt Barend terug op zijn stoel en zegt: 'Jissis, wat ben jij een zielenpiet. Geen wonder dat je man rondneukt.'

Het lid van de supervisiecommissie, een glas in de hand, wenkt Janina Mentz. Ze staat op en wacht tot hij zich een weg naar haar toe heeft gebaand. 'Mevrouw de directrice,' begroet hij haar. En dan buigt hij zich naar voren, zijn mond samenzweerderig bij haar oor: 'Heb je het gehoord?'

Ze staan midden in de eetzaal tussen vierhonderd mensen. Ze schudt haar hoofd en verwacht het gewone wekelijkse schandaaltje.

'De minister overweegt een fusie.'

'Welke minister?'

'De jouwe.'

'Een fusie?'

'Een superstructuur. Jullie, de nationale inlichtingendienst, de geheime dienst, allemaal. Een consolidatie, een samenvoeging. Algehele integratie.'

Ze kijkt naar hem, naar zijn vollemaansgezicht dat glimt door de gloed van alcohol, en zoekt naar tekenen van humor. Die vindt ze niet.

'Ach kom,' zegt ze. Hoe nuchter is hij?

'Dat gerucht gaat. Hardnekkig.'

'Je hoeveelste glas is dit?'

'Janina, ik ben bloedserieus.'

Ze weet dat hij goed geïnformeerd is, en nog altijd betrouwbaar. Ze verbergt uit gewoonte haar bezorgdheid. 'En zegt het gerucht ook wanneer?'

'De aankondiging komt eraan. Drie, vier weken. Maar dat is niet het grote nieuws.'

'O?'

'De president wil Mo hebben. Als chef.'

Ze kijkt hem alleen maar fronsend aan.

'Mo Shaik,' zegt hij.

Ze lacht, kort en sceptisch.

'Hardnekkig,' zegt hij met grote ernst.

Ze glimlacht en wil hem uithoren over zijn bron, maar het mobieltje in haar zwarte handtas gaat. 'Sorry,' zegt ze. Ze pakt de telefoon en ziet dat het de advocaat is.

'Tau?'

'Ismail Mohammed is terug op honk.'

Milla ligt met opgetrokken knieën op haar zij in het donker. Na het huilen heeft ze onaangename, pijnlijke ontdekkingen gedaan. Het lijkt of het grijze glas gebroken is, het matglas tussen haar en de werkelijkheid, zodat ze haar bestaan helder verlicht ziet, en ze kan niet wegkijken.

Als ze zichzelf niet meer kan verdragen, zoekt ze beschutting in vragen, in terugspoelen. Hoe is ze hier terechtgekomen? Hoe heeft ze haar bewustzijn verloren en is ze zo diep weggezakt? Wanneer? Hoe heeft deze leugen, dit fantasiebestaan haar kunnen overrompelen? En elk antwoord brengt grotere angst voor het onafwendbare, het vaste weten van wat haar te doen staat. En daar heeft ze de moed, de kracht niet voor. Niet eens de woorden. Zij, die altijd woorden had, in haar hoofd, in haar dagboek, voor alles.

Zo ligt ze tot Christo om halfeen 's nachts thuiskomt.

Hij doet niet eens zijn best om zachtjes te doen. Zijn onvaste voetstappen worden gedempt door het kleed. Hij doet het badkamerlicht aan, komt dan terug en gaat zwaar op het bed zitten.

Ze ligt stil, met haar rug naar hem toe en haar ogen dicht. Ze luistert hoe hij zijn schoenen uittrekt en opzij gooit, opstaat en naar de badkamer gaat, plast, een wind laat.

Douche alsjeblieft. Was je zonden weg.

Water loopt in de wasbak. Dan gaat het licht uit, en komt hij naar bed en gaat liggen. Hij maakt een geluid, moe, tevreden.

Vlak voordat hij de deken over zich heen trekt, ruikt ze hem. De alcohol. Sigarenrook, zweet. En die andere, primitievere lucht.

Op dat moment vindt ze de moed.

2

(1 augustus 2009. Zaterdag.)

Transcriptie: Ondervraging van Ismail Mohammed door A.J.M. Williams. Safehouse, Tuine, Kaapstad.
Datum en tijd: 1 augustus 2009, 17.52 uur.
M: Ik wil in het programma, Williams. Nu meteen.
W: Dat begrijp ik, Ismail, maar...
M: Niks te maren. Die klootzakken wilden me doodschieten. En dat zullen ze blijven proberen.
W: Relax, Ismail. Zodra we je gedebrieft hebben...
M: Hoe lang duurt dat?
W: Hoe sneller je kalmeert en met me praat, hoe sneller het achter de rug is.
M: En dan zetten jullie me in de getuigenbescherming?
W: Je weet dat we voor onze mensen zorgen. Laten we bij het begin beginnen, Ismail. Hoe is het gebeurd?
M: Ik hoorde ze praten...
W: Nee, hoe zijn ze erachter gekomen dat je voor ons werkt?
M: Ik weet het niet.
W: Je moet toch een vermoeden hebben.
M: Ik... Misschien zijn ze me gevolgd...
W: Naar de *drop*?
M: Misschien. Ik ben voorzichtig geweest. Met alles. Met de drop heb ik drie *switchbacks* gedaan, ik ben twee keer in een andere trein gestapt, maar...
W: Maar wat?
M: Nee, ik... *you know*... Na de drop... ik dacht... ik weet niet... misschien dat ik iemand heb gezien. Maar later...
W: Een van hen?
M: Zou kunnen. Misschien.
W: Waarom verdachten ze jou?
M: Hoe bedoel je?

W: Laten we veronderstellen dat ze je volgden. Daar moet toch een reden voor zijn geweest? Je moet iets hebben gedaan. Te veel vragen gesteld? Op het verkeerde moment op de verkeerde plek?
M: Het is jullie schuld. Als ik met een mobieltje had kunnen rapporteren was ik daar nog.
W: Mobiele telefoons zijn gevaarlijk, Ismail, dat weet je best.
M: Ze kunnen niet alle *fucking* telefoons in de Kaap afluisteren.
W: Nee, Ismail, alleen de interessante. Wat hebben mobieltjes daarmee te maken?
M: Elke keer dat ik moest rapporteren, moest ik weg. Voor de drop.
W: Wat gebeurde er na de drop?
M: Mijn laatste drop was maandag, en dinsdag begon de shit, toen hing er zo'n onopvallende stilte. Eerst dacht ik dat het een ander soort spanning was. Misschien over die *shipment*. Toen, gisteren dus, kreeg ik het in de gaten, nee, ze worden alleen zo als ik in de buurt ben. Subtiel, weet je wel, heel subtiel, ze probeerden het te verbergen, maar het was er. Toen begon ik bang te worden, dus dacht ik, laat ik mijn oren openhouden, er is iets mis. En gisteren dus, toen zat Suleiman bij de vergadering en zeiden ze dat ik in de keuken moest wachten, samen met Rayan...
W: Suleiman Dolly. De 'Sjeik'.
M: Ja.
W: En Rayan?
M: Baboo Rayan. Een loopjongen, een chauffeur. Net als ik. We werkten samen. *Anyway*, Rayan zei geen woord tegen me, wat echt raar is. En toen riepen ze Rayan ook binnen, voor het allereerst, ik bedoel, hij is een loopjongen, net als ik, wij worden niet binnengeroepen. Toen dacht ik, laat ik bij de deur gaan luisteren, want er is iets aan de hand. Dus ik liep de gang in en toen ik daar stond hoorde ik de Sjeik... Suleiman... hoorde ik hem zeggen: 'We kunnen geen risico lopen, er staat te veel op het spel.'
W: 'Te veel op het spel.'
M: Ja. Toen zei de Sjeik tegen Rayan: 'Vertel de raad eens hoe Ismail steeds verdwijnt.'
W: Ga door.
M: Er valt niets door te gaan. Want toen betrapten ze me.
W: Hoe?
M: De imam betrapte me bij de deur. Hij hoorde binnen te zijn. Ze hoorden allemaal binnen te zijn.
W: En toen ben je weggerend.

M: Ja, toen ben ik weggerend, en die klootzakken hebben op me geschoten, ik zal je zeggen, die mensen zijn wreed. Heftig.
W: Oké. Laten we teruggaan naar maandag. Bij de drop had je het over 'veel plotselinge activiteit...'
M: De laatste twee weken, ja. Er broeit iets.
W: Hoe bedoel je?
M: De *Committee* kwam maandenlang één keer per week bij elkaar. En nu is het opeens drie, vier keer per week. Dan is het toch duidelijk?
W: Maar je weet niet waarom.
M: Het moet de shipment zijn.
W: Vertel nog eens van dat telefoongesprek. Suleiman en Macki.
M: Afgelopen vrijdag. Macki belde de Sjeik. Toen stond de Sjeik op, liep weg en ging in de gang staan, dus ik kon niet alles horen.
W: Hoe wist je dat het Macki was?
M: Doordat de Sjeik zei: 'Hallo Sayyid.'
W: Sayyid Khalid bin Alawi Macki.
M: Die ja. De Sjeik vroeg toen hij wegliep aan Macki: *'Any news on the shipment?'* En toen zei hij: 'September.' Alsof hij dat wilde bevestigen.
W: Is dat alles?
M: Dat is alles wat ik van hun gesprek heb gehoord. Toen kwam de Sjeik terug en zei tegen de anderen: 'Slecht nieuws.'
W: Slecht nieuws. Weet je wat dat betekent?
M: Hoe moet ik dat weten? Misschien is de shipment klein. Of de timing verkeerd. Het kan van alles zijn.
W: En toen?
M: Toen gingen ze weg, de Sjeik en de twee leden van de Supreme Committee. Ze gingen naar beneden, naar de kelder. En dan weet je dat het top secret is.
W: Denk je dat de shipment in september komt? Is dat de conclusie die je hebt getrokken?
M: Het is een vermoeden.
W: Ja of nee?
M: Dat is wat ik denk.
W: En de shipment. Heb je enig idee wat het is?
M: Als het Macki is, dan weet je dat het diamanten zijn.
W: Wat moet de Committee met diamanten, Ismail?
M: Dat weet alleen de Supreme Committee.
W: En niemand anders heeft het erover gehad?
M: Natuurlijk hadden ze het erover, op de lagere niveaus. Maar dat is

linke info, dat weet je.
W: Waar rook is... Wat zeiden de lagere niveaus?
M: Ze zeiden dat het wapens waren. Voor lokale actie.
W: Hoe bedoel je?
M: Dat was de *word in the street*. Ze willen wapens invoeren. Voor een *attack*, hier. Voor het eerst. Maar ik geloof er niets van.
W: Een islamitische aanslag? In Zuid-Afrika?
M: Ja. Hier. Cape Town. Onze schone Kaap.

3

(2 augustus 2009. Zondag.)

Op de zesde verdieping van Wale Street Chambers, in het directiekantoor van de PIA, de presidentiële inlichtingendienst, bestudeert Janina Mentz aandachtig de transcriptie. Als ze klaar is, zet ze haar bril af en legt hem op het bureau. Ze wrijft in haar ogen.

Ze heeft niet goed geslapen; het nieuws van de vorige avond vreet aan haar, het gerucht over een fusie. Het is vreemd genoeg om waar te zijn. Of gedeeltelijk waar.

En wat zal er dan van haar worden?

De indruk bestaat dat zij een Mbeki-aanstelling is geweest. De vorige president heeft de PIA opgericht. En al heeft Mentz geen partij gekozen in de strijd om het leiderschap, al leveren zij en haar mensen uitstekend werk, het stigma is gebleven.

En bovendien is ze nieuw, pas drie maanden directrice, nog geen wapenfeiten die ze kan inzetten om een nieuwe functie te krijgen. En ze is blank.

Hoeveel van het gerucht is waar? Mo Shaik als hoofd van de superstructuur? Mo, de broer van Schabir, de veroordeelde, corrupte Schabir, een oude vriend van de nieuwe president.

Niets is onmogelijk.

Zoveel dienstjaren. Zoveel strijd, zoveel geploeter om zo ver te komen. Alleen om alles te verliezen?

Nee.

Janina Mentz zet haar bril weer op.

Ze schuift de transcriptie weer naar zich toe. Wat zij, wat de PIA nodig heeft om te overleven, is een Sensationele Opschudding, een Grote Bedreiging. Een Gevoelige Zaak.

En hier is hij, door de goden gezonden. En het is haar verantwoordelijkheid om hem te onderzoeken.

Ze draait zich naar haar computer en gaat op zoek naar de historische rapporten in de database.

Rapport: moslimextremisme Zuid-Afrika op herhaling
Datum: 14 februari 2007
Samengesteld door: Velma du Plessis en Donald MacFarland
Qibla in een nieuwe gedaante
Qibla werd in 1980 opgericht door de radicale imam Achmed Cassiem om de stichting van een islamitische staat in Zuid-Afrika te bevorderen, met de Iraanse revolutie als voorbeeld. In de jaren tachtig stuurde Qibla aanhangers naar Libië voor militaire training, en in de jaren negentig werden leden in Pakistan opgeleid en vochten ze aan de kant van Hezbollah in Zuid-Libanon. Na 9/11 werden er ook strijders gerekruteerd om naar Afghanistan te sturen.
Door de maatregelen tegen de verwante organisatie People Against Gangsterism and Drugs (PAGAD) tussen 1998 en 2000, en de arrestatie van meer dan honderd Qibla-aanhangers wegens geweldsmisdrijven waaronder moord, is Qibla vrijwel verdwenen.
Ervoor in de plaats werd een veel geheimere organisatie opgericht onder de naam *The Supreme Committee.*

(3 augustus 2009. Maandag.)

Milla Strachan trekt de sleutel uit het slot en duwt de voordeur open, maar gaat niet meteen naar binnen. Ze blijft staan, haar lichaam roerloos, donkere ogen die in het niets staren. Aan de andere kant van de open deur zijn de kamers van het appartement leeg. Geen gordijnen, geen meubels, alleen versleten vloerbedekking, van een bijna kleurloos beige.

Nog steeds aarzelt ze voor de deur, alsof ze wordt tegengehouden door een grote kracht, alsof ze ergens op wacht.

Tot ze opeens vastberaden bukt, de twee grote reistassen naast zich optilt, en naar binnen stapt.

Ze zet de bagage in de slaapkamer, zich bewust van de drukkende leegte. Toen ze zaterdag hier was, stond het huis nog vol met de meubels van de vorige huurster en opgestapelde dozen voor de haastige reis naar Duitsland, ze was plotseling teruggeroepen naar het hoofdkantoor van een hulporganisatie. 'Ik ben zo dankbaar dat iemand mijn advertentie heeft gezien, dit is zo'n crisis. Je zult er geen spijt van hebben, moet je het uitzicht zien,' had de vrouw gezegd, wijzend naar het raam. Het kijkt uit op de Davenportstraat in Vredehoek en een smalle strook van de stad en de zee, omlijst door de flatgebouwen aan de overkant.

Milla had gezegd dat ze het appartement wilde hebben en dat ze het huurcontract overnam.

'Waar kom je vandaan?' had de vrouw gevraagd.
'Een andere wereld,' had Milla zacht geantwoord.

Ze zitten met zijn drieën om de ronde tafel in het kantoor van Mentz, allemaal opvallend verschillend. De directrice met haar strenge gezicht, ondanks de grote, brede mond zonder lippenstift. Een degelijke bril met stalen montuur en het haar altijd strak naar achteren, de kleren conservatief, wijd, grijs en wit, alsof ze haar vrouwelijkheid wil verbergen. De vage, oude sporen van acne langs haar kaaklijn gecamoufleerd met foundation, haar slanke vingers ringloos, de nagels ongelakt. Haar gezicht meestal onpeilbaar.

Advocaat Tau Masilo, adjunct-directeur Operaties en Strategie. Drieënveertig, platte buik, kleurige bretels, bijpassende das, een tikje flamboyant. Krachtig, ernstig gezicht, doordringende ogen, het haar kort en netjes. Masilo's personeel heeft hem de bijnaam 'Nobody' gegeven, naar analogie van '*nobody's perfect*'. Want in hun ogen is de onverstoorbare en deskundige Tau Masilo perfect. Hij is Sesotho, maar spreekt moeiteloos vijf andere Zuid-Afrikaanse talen. Mentz heeft hem persoonlijk uitgezocht.

En dan Rajkumar, adjunct-directeur Informatiesystemen. Met lang, zwart haar dat tot op zijn billen hangt. Mentz heeft hem geërfd.

Rajkumars redding zijn zijn fenomenale verstand en zijn inzicht in elektronica en digitale communicatie, want verder is hij dikker dan dik, overgevoelig en sociaal onhandig. Hij zit nu met zijn onderarmen op tafel, zijn worstenvingers verstrengeld, en staart strak naar zijn handen alsof die geweldig interessant zijn.

Mentz kijkt langzaam op. 'Nog meer bewijzen?'

Rajkumar, altijd bereidwillig en gretig: 'Het e-mailverkeer van de Supreme Committee: er is duidelijk een escalatie. Ik denk dat Ismail gelijk heeft, ze zijn ergens mee bezig. Maar ik heb mijn twijfels over het doelwit...'

'Tau?'

'Wat mij dwarszit zijn de rapporten uit Zimbabwe. Macki doet niet meer mee. Hij en Mugabe kunnen niet meer door één deur.'

'Dus de goederen komen misschien niet uit Zim?'

'Mogelijk. Misschien rechtstreeks uit Oman, misschien uit een andere bron. Angola is een mogelijkheid.'

'En het feit dat ze iets in de Kaap van plan zijn?' vraagt Mentz.

'Ik ben het met Raj eens. Ten eerste zitten hun vennoten helemaal niet te wachten op lokale terreur. Hamas en Hezbollah zijn erg dankbaar voor de sympathie en ondersteuning van onze regering. Ten tweede: wat hebben zij er zelf aan? Wat is het doelwit? Ik kan niets logisch bedenken wat ze ermee zouden kunnen bereiken. Ten derde: wat zou de motivering zijn? Nou? Afghanistan,' zegt de advocaat. 'Dat is de nieuwe brandhaard. De moedjahedien hebben meer wapens en voorraden nodig, maar hoe krijgen ze die? Pakistan werkt nu nauw samen met de VS en timmert alles dicht. De NAVO houdt alle verkeer uit het Midden-Oosten met haviksogen in de gaten, Somalië is dankzij de piraten geen optie meer.'

'De opiumprijs is ook gedaald,' zegt Rajkumar. 'De cashflow van de taliban is ook niet meer wat hij geweest is.'

'Dus vanaf waar stuur je je zendingen?' vraagt Masilo en hij beantwoordt zijn eigen vraag: 'Vanaf hier.'

'Hoe?'

'Geen idee. Per schip?'

'Waarom niet?' vraagt Rajkumar. 'Afghanistan heeft geen kust, maar Iran wel.'

'En waarom zouden ze de wapens niet verschepen vanuit Indonesië? Daar stikt het van de boze moslims.'

'Goed punt. Misschien omdat de VS dat ook zullen denken. Ze hebben daar een grote vloot liggen...'

Ze kijken naar Mentz. Die knikt en legt de documenten voor zich op een nette stapel. 'En toch, volgens Ismail hebben ze het over een lokale aanval.'

'Op de lagere niveaus.'

'Je weet hoe informatie van boven naar beneden sijpelt, Raj.' Ze kijkt naar Masilo. 'Hoe makkelijk zullen we Ismail Mohammed kunnen vervangen?'

'Niet zo makkelijk. Door het incident met Ismail hebben ze het benauwd gekregen. Ze vergaderen niet meer in de Schotschekloof, we zullen er eerst achter moeten komen waar de nieuwe locatie is. Als er een is.'

'Dat heeft prioriteit, Tau. Spoor ze op. En ik wil dat Ismail vervangen wordt.'

'Dat gaat tijd kosten.'

'Je hebt minder dan een maand.'

Hij schudt zijn hoofd. 'Mevrouw, ze hebben drie, vier jaar geen prioriteit gehad. Het is een gesloten kring. Ismail was al binnen.'

'Er moet nog iemand binnen zijn die we kunnen... bereiken.'

'Ik zal een lijstje maken.'

'Raj, waarom kun je hun e-mail niet lezen?'

‘Ze gebruiken een versleuteling die ik nog nooit heb gezien. Het kan een variant van 128 bits zijn, maar waar het op neerkomt, is dat we hem niet kunnen kraken. We blijven aan elk pakketje snuffelen. Op een gegeven moment zullen ze een fout maken en iets vergeten te versleutelen. Dat gebeurt. Uiteindelijk.’

Ze denkt even na voordat ze zegt: ‘Er broeit iets, mijne heren. Alle tekenen zijn ernaar. Het e-mailverkeer, het plotselinge optreden tegen Ismail, de geruchten, de zogenaamde shipment na twee jaar stilte. Ik wil weten wat het is. Als jullie meer mensen en middelen nodig hebben, zeg het dan. Tau, verdubbel onze observatie. Ik wil iemand op Ismails plek, ik wil wekelijks voortgangsrapporten, ik wil focus, ik wil toewijding. Bedankt dat jullie zo vroeg wilden komen.’

Ze haalt nog twee tassen en daarna de slaapzak en het luchtbed uit de witte Renault Clio die ze in de straat heeft geparkeerd. Buiten voelt ze zich ongemakkelijk. Wat zullen de mensen denken: een vrouw van veertig die hier in haar eentje intrekt. En de vage, ongedefinieerde angst ligt in haar te wachten, als een sluimerend reptiel onder het wateroppervlak.

Ze bergt haar kleren op in de ingebouwde kasten van goedkope witte kunststof. In de badkamer is niet genoeg plaats voor haar spullen in het kastje boven de wastafel. Als ze het deurtje dicht duwt, ziet ze zichzelf in de spiegel: bijna een vreemde. Zwart haar, tussen lang en kort in, niet goed verzorgd. Ongeverfd, het grijs is te zien. De vale mediterrane huid, de rimpeltjes bij de ogen, twee groeven vanaf de mondhoeken naar beneden, geen make-up, levenloos, mat. Een onthulling. Hemel, Milla, geen wonder. Je hebt je laten gaan, welke man zou bij je blijven?

Ze draait zich haastig om en wil het luchtbed gaan opblazen.

In de slaapkamer gaat ze op de grond zitten, rolt het open en zet het ventiel tegen haar lippen. Ze blaast. Er gaan woorden door haar heen, zoals altijd, te veel.

Sommige ervan zal ze die avond in haar dagboek opschrijven: *Ik ben hier omdat de vrouw in de spiegel een beetje heeft gefaald, elke dag weer. Als een touw in mijn handen met een onzichtbaar gewicht aan de andere kant van de afgrond, net zwaar genoeg om het stukje bij beetje te laten wegglijden, totdat het uiteinde uit mijn vingers glipt. De oorzaak, weet ik nu, ligt hier, onder mijn huid. In de structuur van mijn weefsel, in de vervlechting van mijn* DNA. *Gewoon zo gemaakt en zo gelaten. Ongeschikt. Ongeschikt, ondanks al mijn pogingen en mijn heilige voornemen. Ongeschikt, juist door mijn pogingen en mijn voornemen. Een ingebakken, onontkoombare, ingewortelde, totale, frustrerende, ellendige ongeschiktheid:*

ik kan geen vrouw zijn voor die man. Ik kan geen moeder zijn voor dat kind. En er is een grote kans dat ik niemands vrouw kan zijn, dat ik in het algemeen ongeschikt ben om een echtgenote en een moeder te zijn.

Het mobieltje in haar handtas gaat over. Ze drukt het ventiel van het luchtbed voorzichtig dicht, langzaam, want ze vermoedt dat het Christo is. Haar ex-man. De facto.

Hij heeft de envelop ontvangen.

Ze haalt de telefoon uit haar tas en kijkt naar het schermpje. Het nummer van Christo's werk.

Hij zal in zijn kantoor zitten, met haar brief voor zich. En de papieren van de advocaat, zaterdagmiddag in allerijl opgesteld. Christo zal de deur hebben dichtgesmeten, met die woedende uitdrukking op zijn gezicht die zegt: stomme trut, rotwijf. De scheldwoorden zullen zich hebben opgehoopt. Als ze de telefoon opneemt, zal hij de sluizen openzetten met: 'Jissis, Milla.'

Ze staart naar het schermpje, haar hart bonst, haar handen trillen. Ze laat de telefoon zakken en doet hem terug in de tas. Het schermpje gloeit daarbinnen met een onheilslicht.

Eindelijk gaat de telefoon over op voicemail en dooft het schermpje. Ze weet dat hij een bericht zal inspreken. Vloekend.

Ze draait zich van de handtas af en neemt een besluit: ze neemt een ander nummer.

Voordat ze weer bij het luchtbed gaat zitten, klinkt het piepje dat zegt dat ze een nieuw bericht heeft.

(5 augustus 2009. Woensdag.)

Ze komen de Ardo-ijskast aan het eind van de middag afleveren. Als ze weg zijn, staat Milla te luisteren naar het geruststellende geluid, ze kijkt naar de hoekige vorm en ze denkt: dit is iets om me aan vast te houden. De eerste, vierkante verschansing tegen teruggaan, tegen verzwolgen worden, tegen de angst voor de vormloze toekomst. En die nieuwe onrust in haar, die bezorgdheid om geld. Een bed, een bank, tafel, stoelen, bureau, gordijnen, alles is besteld, een klein fortuin.

Haar appeltje voor de dorst, haar bescheiden erfenis, is aanzienlijk geslonken.

Ze zal werk moeten zoeken. Dringend. Voor het geld. Maar ook voor de bevrijding.

4

(6 augustus 2009. Donderdag.)

Om tien uur 's ochtends rijdt ze terug naar Durbanville, want dan is er niemand thuis. Ze wil de slaapzak en het luchtbed in de garage opbergen, want die zijn van Christo, en haar sleutels voor de laatste keer achterlaten.

De Herta Ernastraat.

Christo had haar uitgelachen toen ze zei dat ze niet in een straat wilde wonen met zo'n naam.

Hij werkt met cijfers en heeft nooit begrepen wat zij met woorden heeft. Begrijpt niet dat woorden ritme en gevoel en dynamiek hebben. Dat de manier waarop mond en tong ze vormen niet losstaan van betekenis en emotie en klank.

De Lombaards uit de Herta Ernastraat. Ze had gehuiverd toen ze in het huis trokken.

Ze wacht ongeduldig terwijl het elektrische hek langzaam openschuift. Daarachter het grote, twee verdiepingen hoge huis. 'Projectontwikkelaarsporno', noemde een architect de bouwstijl in een tijdschrift. 'Of Transvaal-Toscaans. Op zijn best modern-buitenwijks.'

Ze waren destijds samen gaan kijken. Twee maanden zoeken in deze wijk, want Christo wilde met alle geweld hier wonen. Zijn enige reden: 'We kunnen het betalen.' Wat eigenlijk betekende: 'We zijn nu te rijk voor Stellenberg.'

Het ene Durbanville-huis na het andere. Ze had ze gewogen en te licht bevonden. Luxe, kille, onpersoonlijke huizen. En er was er niet één met een boekenkast. Dat staat haar nog helder voor de geest, al die rijke, blanke mensen, maar geen boek in huis. Wel allemaal een huisbar, ja, ingewikkelde, dure gruwelen van hout, van donkere spoorbielzen tot blank Zweeds, de indirecte verlichting vaak met pijnlijk veel zorg, kunde en kosten aangelegd.

Druk op de knop en de bar wordt wakker, ontluikt, ontpopt zich hier voor je: een heilig oord, een kathedraal van drank.

Toen ze dit huis zagen, had Christo gezegd: 'Dit wil ik.' Want het zag er rijk uit. Zij had bezwaar gemaakt, tegen alles, ook tegen de straatnaam. Hij had het weggelachen en het contract getekend.

Milla rijdt naar binnen, tot voor de drie garagedeuren. Eén voor Christo's Audi Q7. Eén was voor haar Renault. En één voor Christo's speelgoed.

Ze drukt op de afstandsbediening van de garagedeur. Hij gaat open. Ze pakt het luchtbed en de slaapzak, netjes opgerold, stapt uit en loopt naar binnen.

De plek van de Q7 is leeg.

Opluchting.

Ze loopt haastig naar achteren, waar Christo's bezittingen netjes opgeborgen liggen. Legt de slaapspullen op hun plek. Dan staat ze stil, zich bewust van de deur links van haar, de deur die naar binnen gaat. Ze weet dat ze niet naar binnen moet gaan. Ze zal Barend ruiken. Ze zal zien hoe ze nu leven. Ze zal de zwaartekracht van haar leven hier voelen.

Het geluid van keffende honden op straat. De depressie legt een hand op haar schouder.

De honden blaffen overdag onophoudelijk in deze buurt. 'Dogville'. Zo had ze Durbanville genoemd toen ze het weer eens had gewaagd zich tegenover Christo over haar lot te beklagen.

'Jissis, Milla, ben je dan verdomme nooit tevreden?'

Ze loopt haastig de garage uit naar haar auto.

Bij het Palm Grove Winkelcentrum midden in Durbanville schiet ze in de eerste de beste vrije parkeerplek met de bedoeling iets voor de lunch te halen bij Woolworths. Als ze uitstapt, ziet ze het uithangbord van Arthur Murrays dansstudio. Ze kijkt er even naar; ze was al vergeten dat die hier zat; nog een bewijs van de verdoving waarin ze heeft geleefd.

Als ze de supermarkt binnenkomt, ruikt ze de bloemen en kijkt ernaar, de felle kleuren, alsof ze die voor het eerst ziet. Ze denkt aan de woorden in haar dagboek gisteravond. *Hoe vind ik terug wie ik was, v.Chr. (voor Christo).*

Als ze weer bij de Renault is, kijkt ze naar het uithangbord.

Dansen. Christo wilde nooit dansen. Niet eens op de universiteit. Waarom had ze dat zo berustend aanvaard, zijn keuzes, zijn voorkeuren? Ze had er vroeger zoveel plezier aan beleefd, voordat alles veranderde.

Ze doet de auto van het slot, stapt in, en legt de bloemen en de plastic tas met haar lunch op de stoel naast zich.

Ze is bevrijd van Christo.

Ze stapt weer uit, doet het portier op slot en gaat op zoek naar de studio.

Op de dansvloer, in het heldere licht dat door de ramen naar binnen stroomt, dansen een man en een vrouw. Jong. Hij in een zwarte broek, wit overhemd, zwart gilet. Zij in een korte wijnrode jurk, mooie lange benen. Een tango uit de luidsprekers, ze glijden over de houten vloer, moeiteloos en geoefend.

Milla staat te staren, gevangen door de schoonheid, het vloeiende, de synchronie, het zichtbare plezier. Ze is opeens vervuld van een verlangen om iets zó te kunnen doen, zo bedreven, iets wat mooi is en waarin je je kunt verliezen, waarin je kunt vóélen en geven en ervaren.

Kon ze maar zo dansen. Zo vrij.

Ten slotte loopt ze door naar de balie. Een vrouw kijkt glimlachend op.

'Ik wil les nemen,' zegt Milla.

(7 augustus 2009. Vrijdag.)

Haar haar is geknipt en geverfd. Ze heeft zich met zorg gekleed. Haar streven was informele professionaliteit en nonchalante elegantie met de laarzen, lange broek, zwarte trui en rode sjaal. Maar nu, terwijl ze op De Vriendin wacht in espressobar Media24, is ze onzeker. De make-up is te licht, de sjaal is *too much*, ze ziet er te formeel uit, ze ziet eruit als iemand die te veel haar best doet.

Maar als De Vriendin haar opwachting maakt, zegt ze: 'Milla! Wat zie je er prachtig uit!'

'Vind je?'

'Je wéét dat je mooi bent.'

Maar dat weet ze niet.

De Vriendin heeft samen met haar gestudeerd, bijna twintig jaar geleden, en heeft carrière gemaakt in de journalistiek. De Vriendin, met haar knappe uiterlijk, is nu senior assistent-redacteur van een bekend vrouwentijdschrift en praat vaak in accenten en uitroeptekens.

'Hoe gáát het met je?'

'Goed.' En dan wat bedremmeld: 'Ik wil werken.'

'Je boek schrijven? Eíndelijk!'

'Ik zoek journalistiek werk...'

'Nee! Milla! Waarom? Problemen?'

Ze weet dat ze nog niet alles kan vertellen. Daarom haalt ze alleen haar schouders op en zegt: 'Barend heeft me niet meer nodig in huis.'

'Milla! Geen goed idee. Je hebt de verkeerde huidskleur. Je hebt geen ervaring, je hebt geen cv, dat je cum laude bent afgestudeerd helpt je niets, niet op onze leeftijd. Je moet concurreren met hordes jonge, ambitieuze, hoogopgeleide mensen die bereid zijn om voor niets te werken. Zij kennen de digitale media, Milla, ze léven erin. En de economie! De media redden het nauwelijks! Weet je hoeveel tijdschriften ze opheffen? Banen worden bevroren, wegbezuinigd. Je had geen slechter moment kunnen kiezen. Zeg tegen Christo dat je een boetiek wil beginnen. Een espressobar. Journalistiek? Vergeet het maar!'

(9 augustus 2009. Zondag.)

Ze zit op haar nieuwe bank in de woonkamer. Voor haar op de salontafel ligt het katern met de personeelsadvertenties van *The Sunday Times*. Haar ogen gaan verlangend over de advertenties van de mediabedrijven die op zoek zijn naar een e-Commerce Operations Manager, een WordPress/PHP Developer, Web Developer en een Web Editor *(ervaring met Word en diverse webbrowsers onontbeerlijk)*...

De beklemming wordt nu weer sterker, de vertwijfeling, ze gaat het niet redden, ze overleeft het niet. De Vriendin had gelijk. En vrijdagmiddag heeft een uitzendbureau hetzelfde tegen haar gezegd, versluierd achter politieke correctheid en bedrijfseufemismen: ze maakt geen schijn van kans.

Ze wil het niet aanvaarden. Ze heeft eerst de tijdschriften gebeld, rechtstreeks, het ene na het andere. Haar voorkeurslijstje afgewerkt tot aan de dagbladen, Afrikaanse en Engelse. Daarna met tegenzin de plaatselijke wekelijkse roddelbladen. En ten slotte, wanhopig, de uitgevers van bedrijfsbladen geprobeerd.

Zonder succes. Steeds dezelfde boodschap: we hebben geen vacatures. Maar stuur uw cv.

Helemaal onder aan een van de binnenpagina's ziet ze ten slotte het kleine blokje: *Journalist. Vaste aanstelling in Kaapstad. Relevante ervaring een pre. Uitstekende onderzoeks- en schrijfvaardigheid vereist. Moet houden van teamwork. Academische achtergrond vereist. Marktconform salaris. Bel voor nadere informatie mevr. Nkosi. Sollicitaties voor 31- 08- '09.*

Het is dat 'een pre', dat haar een beetje moed geeft, zodat ze rechtop gaat zitten, de krant zo vouwt dat de advertentie duidelijk zichtbaar is, en haar kopje rooibosthee pakt.

5

(11 augustus 2009. Dinsdag.)

Om 12.55 uur duwt de *bergie* met zijn linkerhand een winkelkar door de Coronationstraat, langs de rij auto's voor de moskee. Hij slingert. In zijn rechterhand heeft hij een fles, verpakt in een bruine papieren zak.

De straat is verlaten, de eigenaars van de auto's zijn in de moskee, voor *dhurh*, het middaggebed.

Naast een witte Hyundai Elantra uit 1998 struikelt de bergie en valt. Hij houdt de fles omhoog, als de dood dat die zal breken. Hij blijft even verdwaasd liggen. Hij probeert op te staan, maar krijgt het niet voor elkaar. Hij schuift zijn lichaam zo dat zijn hoofd onder de auto ligt, vlak naast het achterwiel, alsof hij koelte zoekt. Dan trekt hij de fles ook onder de auto, om een slok te nemen, maar zijn handen zijn niet meer te zien. Zo ligt hij even te rommelen voordat hij langzaam weer tevoorschijn schuift.

Hij zet de fles op het asfalt, legt zijn hand op de rand van het spatbord en probeert op te staan. Het lukt niet goed, zodat hij zich weer aan de auto moet vastklampen en met grote moeite overeind komt.

Hij klopt denkbeeldig stof van zijn gehavende kleren, pakt de fles, nog steeds onvast op zijn benen, grijpt zich aan de kar vast en loopt wankelend verder.

In de computerruimte van de presidentiële inlichtingendienst zit Rajhev Rajkumar bij een computeroperator terwijl Quinn, de stafchef Operaties, naast hen staat. Alle drie kijken ze strak naar het scherm, waarop een plattegrond van Kaapstad te zien is.

Quinn kijkt snel op zijn horloge en dan weer naar het scherm.

Opeens wordt de stilte verbroken door een elektronisch piepje. Er verschijnt een kleine, rode driehoek op het scherm.

'Inzoomen,' zegt Rajkumar.

De operator klikt op het vergrootglasicoon en dan op het driehoekje, twee, drie keer, tot de naam van de straat duidelijk leesbaar is: Coronation.

'Volgens mij is de bal aan het rollen,' zegt Rajkumar.
'Ik wacht op Terry's rapport,' zegt Quinn. 'Maar *so far so good*.'

Quinn rapporteert rechtstreeks aan advocaat Tau Masilo, adjunct-directeur Operaties en Strategie. Aan het eind van de middag, in het kantoor van zijn chef, vertelt Quinn aan Masilo dat de gps-zender succesvol is aangebracht op de witte Hyundai Elantra van Baboo Rayan. En volgens de monitor staat de auto al meer dan een uur voor een nieuw adres. Chamberlainstraat 15, in Bo-Woodstock.
'Laten we er even langsrijden,' zegt Masilo.
'Met de apotheekmotor?'
'Goed idee.'
'Ik ga erachteraan.'

Fotokopie: dagboek van Milla Strachan
Datum van aantekening: 11 augustus 2009
De swing. Een-twee-drie, een-twee-drie. Backstep.
De foxtrot. Slow. Slow. Quick quick.
De wals. Een. Twee. Drie.
De tango. Slow... slow... slow... quick, quick.
De morsecode van de dans. 'Schoolfiguren', noemt Arthur Murray het, babystapjes die ik moet oefenen. Wat is dit ver verwijderd van de vrouw die ik vorige week donderdag zag dansen. Maar toch, het heeft iets geruststellends: als je dáár wilt komen, moet je híér beginnen. Onderaan. Eén stapje tegelijk. Vreemd hoe het de angst en onzekerheid verlicht.

(14 augustus 2009. Vrijdag.)

In haar kantoor, aan de ronde tafel, vertelt Janina Mentz aan Rajkumar en Masilo over het idee van één inlichtingendienst dat de president schijnt te koesteren. Masilo reageert niet. Rajkumar kijkt bezorgd naar een velletje naast zijn duimnagel.
'Onze carrières staan op het spel,' zegt ze.
Rajkumar begint op het velletje te bijten.
'Zijn wij de enige spelers in de verwikkelingen rond de Supreme Committee?' vraagt ze.
'Natuurlijk,' zegt Tau Masilo.
'Dan moeten we het uitbuiten.'
'Dus u bedoelt...'

'Ja, Raj, ik bedoel dat dit onze gouden kans is. Onze laatste strohalm. Tenzij je iets anders weet waar we geen concurrentie hebben...'

'Nee...'

'Dan moeten we zorgen dat we hiervan profiteren, anders kunnen we bureaudienst gaan draaien in een achterkamertje van de nieuwe superduper inlichtingengigant die de president in zijn hoofd heeft, en ons afvragen waarom we niet een beetje harder en sneller hebben gewerkt toen we de kans hadden.'

'Maar stel dat hij gelijk heeft? Stel dat het geen plaatselijke actie is, maar gewoon Al Qaida in een laatste wanhopige poging om een paar AK's naar Afghanistan te sturen?'

'Dan zullen we dat feitje in ons voordeel moeten laten werken, Raj.'

Milla Strachan zit te lezen als om halfvier 's middags haar mobiel gaat.

ONBEKEND NUMMER

'Hallo?'

'Spreek ik met Milla Strachan?'

'Ja.'

'Met mevrouw Nkosi. Van de advertentie. Ik heb goed nieuws. We willen u graag uitnodigen voor een sollicitatiegesprek.'

'O...' zegt ze opgelucht, verbaasd en dankbaar.

'Bent u nog geïnteresseerd?'

'Ja.'

'Kunt u volgende week langskomen?'

'Ja, jazeker.'

'Woensdag?'

'Woensdag is prima.' Ze zegt bijna 'fantastisch' en moet zichzelf dwingen om niet té dankbaar en gretig te klinken.

'Mooi zo. Twaalf uur?'

Angst, angst, angst. Waarom is ze zo bang voor alles? Zo was ze vroeger niet. Vóór Christo, vóór alles was ze dapper en avontuurlijk. Dat is bijna twintig jaar geleden. Waar is die Milla gebleven? Te bang om naar het avondje bij Arthur Murray te gaan. Waarom? Waarvoor?

Ten slotte is het haar belofte aan de dansleraar die haar over de streep trekt. Ze maakt zich te haastig op, rijdt te hard, en gaat naar binnen met een hart dat te heftig klopt. Tot haar opluchting zijn ze allemaal al op de dansvloer, zijn er meer vrouwen dan mannen, zijn er vrouwen die jonger zijn dan zij en komt haar beginnersleraar haar meteen ten dans vragen.

6

(18 augustus 2009. Dinsdag.)

Tau Masilo slaat een map op zijn schoot open, haalt er een foto uit en legt die voor Mentz op het bureau. 'Gistermiddag laat vanaf de apotheekmotorfiets genomen bij de Chamberlainstraat 15 in Woodstock.'

De foto laat zien hoe de Sjeik, Suleiman Dolly, voorzitter van de Supreme Committee, om de neus van een auto heen loopt.

'Grote kans dat dit hun nieuwe vergaderplek is,' zegt hij.

Ze bestudeert de foto. 'Die hebben ze goed uitgezocht.'

'Inderdaad. En dat zegt wel iets. Kijk naar de foto. Dolly rijdt niet meer in zijn Volvo, wat betekent dat hij opeens heel voorzichtig is geworden. De nieuwe vergaderplek, nu met interne beveiliging, want vanochtend zagen we dat Baboo zijn intrek heeft genomen in de ene helft van de schakelwoning. En de keuze van het huis zelf. Middenklassebuurt, de meeste bewoners zijn overdag naar hun werk. Dus stille straten en weinig nieuwsgierige ogen. Vreemde auto's zullen snel opvallen. Twee verdiepingen, vanuit het bovenraam kun je bijna de hele straat overzien.'

'Een hoop moeite,' zegt Mentz.

'Een hele hoop moeite. En daar moet een reden voor zijn.'

'Wat ben je van plan?'

'Onze enige optie is iemand in een van de vier huizen aan de overkant zetten. We zijn nu naar de eigendomsbewijzen aan het kijken. Het zou natuurlijk ideaal zijn als een ervan verhuurd was...'

'Zal dat helpen, Tau?'

'Hoe bedoelt u?'

'Zal het helpen om iemand in een van die huizen te zetten? Dan hebben we nog meer foto's van hoe ze in en uit lopen, maar dat brengt ons niets nieuws. We willen weten waar ze over praten.'

'Mevrouw, we zijn heel wat meer van plan dan alleen een camera.'

'O?'

'We gaan gsm-antennes oprichten, paraboolmicrofoons...'

Mentz maakt een wegwerpgebaar.

Masilo laat zich niet van zijn stuk brengen. 'Kijk hier bijvoorbeeld, op de voormuur. Als we een van die schroeven kunnen vervangen door een elektro-akoestische microfoon...'

'Als?'

'U weet toch dat we eerst moeten observeren, mevrouw.'

'Soms krijg ik het gevoel dat we maar wat spelen, Tau. Met al die technologie, met het idee van spionage. Het is allemaal zo filmisch, zo leuk en opwindend. Maar als het op resultaten aankomt, schieten we tekort.'

'Ik protesteer...'

'Je kunt zoveel protesteren als je wilt, maar vertel dan eens waar de resultaten zijn? We hebben Ismail Mohammed binnen gehad, we hebben geprobeerd ze af te luisteren met technologie die ik soms niet helemaal begrijp, en hier zitten we. In het duister te tasten.'

'Niet helemaal.'

Janina Mentz grijnst en schudt haar hoofd. 'Breng me resultaten, Tau.'

Hij glimlacht naar haar. 'Komt voor elkaar.'

(19 augustus 2009. Woensdag.)

'Zou je jezelf ambitieus noemen?' vraagt de moederlijke, niet al te jonge mevrouw Nkosi.

Milla denkt na voordat ze antwoord geeft, want ze vermoedt dat het een strikvraag is. 'Ik geloof dat je vooruitkomt in het leven als je hard werkt, als je je verantwoordelijkheden getrouw en naar beste kunnen nakomt.'

Mevrouw Nkosi zegt weer tevreden 'aha' en schrijft iets in haar papieren. Dan kijkt ze op. 'Vertel eens iets over jezelf. Je achtergrond.'

Dat had Milla verwacht, ze is voorbereid. 'Ik ben in Wellington geboren, daar ben ik opgegroeid en naar school gegaan. Mijn moeder was huisvrouw...'

'Gezinsmanager,' zegt mevrouw Nkosi, alsof dat het edelste beroep ter wereld is.

'Ja,' zegt Milla. 'En mijn vader was zakenman, zou je kunnen zeggen...'

Operatie Shawwal
Transcriptie: afluisteren, M. Strachan. Daven Court nr. 14, Davenportstraat, Vredehoek
Datum en tijd: 7 oktober 2009. 23.09 uur
MS: Het was een stel Boeren-hippies, hij en mijn moeder. Reuze excentriek, heel anders dan de ouders van andere kinderen. Ik weet

nog steeds niet of het... wat voor invloed dat op mij heeft gehad. Er was een tijd dat ik me zo voor ze schaamde... Ik bedoel, mijn moeder was... Ze liep soms bloot door het huis als we alleen waren. Mijn vader rookte af en toe een joint. In de woonkamer. Hij werkte thuis. De garage was zijn werkplaats. In het begin repareerde hij kassa's. Toen computers... hij was... niet alleen excentriek, maar hij was ook slim. Hij las alles wat los en vast zat, wetenschap, geschiedenis, filosofie... Hij was een groot aanhanger van Bertrand Russell, en beschouwde zichzelf ook als een politieke pacifist, zijn lievelingscitaat was: 'Het vrije intellect is de belangrijkste motor van menselijke vooruitgang...'

'Ik trouwde het jaar dat ik cum laude mijn studie journalistiek afrondde. En werd zwanger. Toen gezinsmanager...' Ze laat het woord met een verlegen glimlach tussen hen in hangen, omdat het mevrouw Nkosi's woord was. '... zeventien jaar lang. En nu woon ik weer op mezelf. Ik moet ook zeggen dat ik officieel nog niet Strachan heet. Het is mijn meisjesnaam, maar de scheiding is er nog niet door.'

'Goed zo,' zegt mevrouw Nkosi. 'Hoe lang woon je al op jezelf?'

'O, al maanden.' De leugen is uit nood geboren.

'Heel goed,' zegt mevrouw Nkosi. Milla weet niet waarom. De hele ervaring doet een beetje surrealistisch aan. Het uitzendbureau is een teleurstelling. Op de vierde verdieping van een ongezellig gebouw in de Waalstraat, de letters op de deur zijn klein en fantasieloos. PERFECT PLACEMENT. ARBEIDSBEMIDDELAARS. De inrichting is karakterloos, vaag deprimerend. Ze vraagt zich nog steeds af voor wat voor publicatie de vacature kan zijn. Een klein bedrijfsblad? Een nieuw huis-aan-huiskrantje in de buitenwijken?

Ze zitten ruim anderhalf uur te praten en dwalen af naar een ietwat verontschuldigende verkenning van haar achtergrond, haar persoonlijkheid, haar meningen en ideologieën, elk antwoord beloond met een 'goed', een gefascineerd 'aha' en soms een 'prachtig', alsof het allemaal volmaakt en precies goed is.

Eindelijk: 'Is er iets wat je mij zou willen vragen?'

'Ik zou graag willen weten voor wat voor publicatie de vacature is.'

'Ik zal eerlijk tegen je zijn. Het is niet voor een publicatie als zodanig. Mijn cliënt heeft journalisten in de eerste plaats nodig om hun bedrevenheid in het verwerken van informatie. En natuurlijk goede schrijfvaardigheid.' Mevrouw Nkosi raadpleegt haar aantekeningen. 'Degene die de functie krijgt, zal verantwoordelijk zijn voor het verwerken en structureren van feiten, en het schrijven van bondige, duidelijke en leesbare rapporten voor het hogere management. De rapporten spelen een cruciale rol in de besluitvorming van deze instantie.'

'O.' De teleurstelling klinkt door in haar stem.

'Het is een belangrijke functie,' zegt mevrouw Nkosi.

Milla knikt, in gedachten verzonken.

'Je gaat precies hetzelfde verdienen als iemand bij de media. Zelfs een beetje meer.'

'Wat is het voor instantie?'

'Ik ben niet gemachtigd dat nu al bekend te maken.'

7

Fotokopie: dagboek van Milla Strachan
Datum van aantekening: 20 augustus 2009
De eerste zes danslessen achter de rug, de introductiecursus, en officieel overgedragen aan meneer Soderstrom, mijn nieuwe, vaste leraar. Ik weet zijn voornaam niet, zo doen ze dat bij Arthur Murray, ouderwetse aanspreekvormen: 'meneer' en 'mevrouw' en 'juffrouw'. Galanterie, beleefdheid. Meneer Soderstrom is mager en een verschrikkelijk goeie danser. Ik vroeg hem na een sessie van zweten en stuntelen of hij dacht dat ik het zou kunnen. 'O ja,' straalde hij, 'u zult dánsen!'
Dat zegt hij vast tegen al zijn leerlingen.
Heb drie uur achter de computer gezeten en geprobeerd aan het boek te werken. Niets. Zijn er ook verplichte figuren voor schrijven, hoe je een roman aanpakt, teruggebracht tot een-twee-drie-backstep voor leken? Mijn gedachten zijn afgedwaald naar de vreemdste dingen. De aard van vrijheid, de relativiteit ervan. Vrijheid, gebonden door geweten, door verlangen, door schuld en afhankelijkheid van geld en prikkels en structuren en talent en doelen. En moed. Die ben ik jaren geleden kwijtgeraakt, ergens in de noordelijke voorsteden.

(24 augustus 2009. Maandag.)

Milla loopt door de Pick n Pay in het winkelcentrum van Tuine wanneer Kemp, de advocaat, belt.

'Twee dingen. Ik heb hier een brief van je zoon. Voor jou. En Christo heeft gebeld, woedend. Hij zegt dat er mensen bij hem zijn geweest, op zijn werk. Vanwege je achtergrondcheck.'

'Mijn achtergrondcheck?' Helemaal verbluft.

'Je hebt kennelijk ergens gesolliciteerd.'

Het kost haar moeite het verband te zien.

'Is dat zo?' vraagt Kemp.

'Ja.'

'Hij zegt dat ze kwamen vragen naar je politieke achtergrond.'
'Mijn politieke achtergrond?'
'Mag ik vragen waarop je gesolliciteerd hebt?'
'Ik... het... het uitzendbureau kon niet veel zeggen. Het is een journalistieke functie... Wat heeft Christo tegen ze gezegd?'
'Letterlijk?'
'Ja.'
'Dat je een fokking communist bent, net als je vader. En even gestoord als je moeder. Hij ging helemaal over de rooie, het heeft hem heel erg in verlegenheid gebracht, zegt hij, je had hem moeten waarschuwen.'
'Hoe had ik dat...?' Ze hoort het geluid van een wisselgesprek. 'Gus, ik moet ophangen.'
'Ik stuur de brief met onze koerier.'
'Dank je, Gus.'
Hij groet, en ze kijkt op het schermpje. ONBEKEND NUMMER.
'Hallo?'
'Hallo, Milla, met mevrouw Nkosi.'
Milla wil haar vragen naar de achtergrondcheck, ze wil beleefd bezwaar maken, maar voordat ze kan reageren, zegt mevrouw Nkosi: 'Ik heb heel goed nieuws voor je. Je staat op de shortlist. Kun je morgen komen voor het volgende gesprek?'
Te onverwacht, zodat Milla vraagt: 'Morgen?'
'Als dat je uitkomt.'
'Natuurlijk.' Ze bevestigt de tijd, hangt op en staat achter de kar midden in de supermarkt alles te verwerken. Kennelijk heeft Christo's commentaar over haar vader, de communist, niet al te veel schade aangericht.
Als Milla heeft betaald loopt ze naar voren, naar de kiosk, en koopt een pakje sigaretten en een wegwerpaansteker. Voor het eerst in achttien jaar.

In de Operations Room van de presidentiële inlichtingendienst is op het grote scherm een foto afgebeeld van een man in pak die uit een auto stapt. Het is een kleurling en hij draagt een smaakvol donker pak, een wit overhemd en een grijze das. Een zwarte tas over de schouder. Het beeld is korrelig en heeft weinig diepte, wat de indruk geeft dat de foto met een telelens is gemaakt.
Janina Mentz en Tau Masilo zitten te kijken. Naast hen staat de rechterhand van Masilo, Quinn, stafchef Operaties. Hij wijst naar het scherm.
'Dit is een van de leden van de Supreme Committee, Shahied Latief Osman,' zegt Quinn. 'Je ziet hem niet vaak in pak, meestal draagt hij

traditionele islamitische kleding. De foto is zondag genomen, omstreeks halfeen, voor een vijfsterren guesthouse in Morningside, Johannesburg. Osman heeft daar zaterdag gereserveerd onder de naam Abdul Gallie. Hier is hij weer op weg naar het vliegveld. Twintig minuten eerder heeft deze man...' Quinn klikt met de muis van de laptop en er verschijnt nog een foto. '... ook het pand verlaten.' Een zwarte man, groot, netjes gekleed in een donkerblauw jasje en grijze broek, die voor het guesthouse in een zwarte BMW X5 stapt, aan de passagierskant.

'We hebben hem vanochtend geïdentificeerd aan de hand van de nummerplaten van de auto. Hij heet Julius Nhlakanipho Shabangu. Hij gebruikt de schuilnaam "Inkunzi", wat "stier" of "bul" betekent in het Zoeloe. De belangrijkste bron van informatie over hem is de criminele-inlichtingendatabase van de SAPS, die hem in verband brengt met georganiseerde misdaad in Gauteng. Hij heeft een strafblad, twee keer gezeten voor gewapende overvallen. Hij wordt ervan verdacht het brein te zijn achter een netwerk van autokapingen en verschillende overvallen op geldtransporten in de afgelopen vier jaar. Er zit ook nog info in de dossiers van de voormalige Schorpioenen, maar het duurt even voor we die in handen hebben.'

'Volgens een lid van het keukenpersoneel van het guesthouse hebben Shabangu en Osman elkaar in de bibliotheek gesproken, achter gesloten deuren,' zegt de advocaat.

Quinn beaamt dat met een wijsvinger naar het scherm: 'Shabangu kwam die ochtend tegen tienen bij het guesthouse aan. Zijn chauffeur bleef buiten wachten. Twee uur later kwam hij weer naar buiten, en kort daarna Osman. Osman had sinds de avond daarvoor het guesthouse niet verlaten.'

'Interessant,' zegt Janina Mentz.

'We hebben geen eerdere rapporten van een ontmoeting tussen die twee. Osman gaat vaak naar Johannesburg, maar dan voornamelijk naar moskeeën in Newton, Lenasia, Mayfair en Laudium. Shabangu is nog nooit op een van die plekken waargenomen,' zegt Quinn.

'Een nieuwe vennootschap.' Janina Mentz is tevreden. Er worden vorderingen gemaakt.

'Vreemde bedpartners,' zegt Tau Masilo.

'En ik neem aan dat we nu Shabangu in de gaten gaan houden?'

'Inderdaad.'

Ze wil eerst een sigaret opsteken voordat ze de brief openmaakt, maar bedenkt dat ze geen asbak heeft. Ze loopt naar de keuken, haalt een schoteltje, steekt de sigaret aan, neemt een flinke trek. En hoest.

Ze rookt eerst de sigaret op en staart naar de brief op de salontafel. Ze pakt hem met tegenzin op en scheurt hem open.

Lieve ma,

Het spijt me heel erg, ma. Ik heb nare dingen tegen je gezegd en ik had ongelijk. Ik heb je niet genoeg gewaardeert, pas toen het te laat was. Ma, ik heb mijn lesje geleerd, dat beloof ik. Als je me kunt vergeven, zal ik het goedmaken. Dat zweer ik, ma. Pa zegt als jullie gewoon met elkaar kunnen praten, kunnen we alles weer goedmaken. Alsjeblieft, ma, ik mis je en ik heb je nodig in mijn leven. Ik weet niet wat ik tegen mijn vrienden moet zeggen.

Bel me, ma.

Barend

Zijn handschrift is meestal slordig, soms onleesbaar. Maar op dit papier, dat hij god mag weten waar vandaan heeft, duur en dun, kan ze zien dat hij met grote zorg heeft geschreven. Ondanks de spelfout.

Milla schuift de brief van zich af over de salontafel, want het schuldgevoel en het verlangen branden in haar.

Die avond laat ligt ze in bed vol wroeging naar het plafond te staren, en werpt een dijk op tegen het schuldgevoel door in haar hoofd een antwoord aan Barend te schrijven.

Laat ik je de volledige waarheid vertellen: het helpt niet als je vader en ik met elkaar praten, want ik houd niet meer van hem. En tot mijn schande weet ik niet of ik ooit van hem heb gehouden. Ik haat hem ook niet, daar ben ik allang voorbij. Ik voel niets voor hem.

Van jou houd ik, want jij bent mijn kind.

Maar liefde is als een boodschap, en kan alleen bestaan als er een ontvanger is. En je moet toegeven dat jij allang niet meer ontvangt. Jij, Barend, die nu zo smeekt en pleit en vol berouw is, waar was dat allemaal toen ik keer op keer liefdevol en teder bij je ging zitten en vroeg: praat gewoon netjes tegen me, want hoe een man met een vrouw praat, bepaalt wie hij is. Je bent groter en sterker dan ik, fysiek ben ik bang voor je. Ik wil je zonden niet allemaal opsommen, want ik zie je gezicht voor me als je dat zou moeten lezen. De onbeduidende, burgerlijke, huishoudelijke tienerzonden: je kamer een varkenskot, je wasgoed altijd op de vloer in de badkamer, hoe ik ook smeek. Je botheid, je ongeïnteresseerdheid, je arrogantie, alsof ik een stuk vuil ben dat jij met moeite tolereert.

Je algehele gebrek aan consideratie, je egocentrische bestaan, je eindeloze gevraag om nog meer geld, nog meer dingen, nog meer gunsten. Je reactie als ik nee zeg, de uitbarstingen, het gevloek'. Je verwijten, zo bitter onrechtvaardig, je gemanipuleer, je leugens. Je bent een pestkop en een bedrieger en ondanks dat houd ik van je, maar dat betekent niet dat ik daar voor altijd mee hoef te leven.

Dat schrijft ze in haar hoofd, al weet ze dat niets ervan op papier zal komen.

Morgenochtend zal ze Barend een echte brief schrijven. Ze zal hem vertellen dat ze hem voorlopig niet gaat bellen. Hem vragen haar alsjeblieft de tijd te gunnen om haar draai te vinden. Maar ze kunnen corresponderen, ze zal elke keer terugschrijven.

Dat ze hem al vergeven heeft. Dat ze oneindig veel van hem houdt.

8

(25 augustus 2009. Dinsdag.)

Dezelfde karakterloze, licht deprimerende vergaderkamer, deze keer met vier mensen: de opgewekte mevrouw Nkosi, een zwarte man die zichzelf alleen heeft voorgesteld als 'Ben', en tegen de achtermuur twee niet geïntroduceerde toeschouwers, een heel dikke Indiër en een blanke vrouw van in de vijftig.

'Ik moet zeggen dat de achtergrondcheck een beetje als een verrassing kwam,' oppert Milla voorzichtig tegen de gemoedelijke mevrouw Nkosi.

'Begrijpelijk,' zegt Ben, die Milla aan Shakespeare doet denken, een van de 'schrale en hongerige mannen' van Julius Caesar. 'Onvermijdelijk. Waarschuwen is contraproductief. Ondermijnt de geloofwaardigheid.' Zinnen die marcheren als soldaten.

'Maar het goede nieuws is, je hebt de shortlist gehaald,' zegt mevrouw Nkosi. 'De functie is precies zoals ik heb beschreven. En nu kunnen we je wat meer vertellen.'

'Het is werk voor een overheidsinstantie. Een heel belangrijke. Bent u bereid om voor de overheid te werken?' vraagt Ben.

'Ja, ik... Mag ik vragen met wie u nog meer hebt gesproken? Over mij?'

'Meestal kijken we naar het journalistieke werk. Praten met voormalige werkgevers en collega's. Uw geval was anders. We hebben uw exman gesproken. Een leraar van vroeger. Een universitair docent. U bent geslaagd. Met vlag en wimpel.'

Ze wil vragen welke leraar, want in Wellington waren het allemaal conservatieve Broederbonders.

'Goed. De functie. Voor een ministerie. Geheimhouding is essentieel. De belangrijkste factor: u zult niet over uw werk kunnen praten. Het echte werk. U zult moeten liegen. Tegen uw vrienden. Uw familie. Voortdurend. Dat kan zwaar zijn.'

'In het begin, eigenlijk alleen in het begin,' zegt mevrouw Nkosi sussend. 'Je raakt eraan gewend.'

'Natuurlijk wordt u getraind. Hoe ermee om te gaan. Maar misschien is dit helemaal niet wat u in gedachten had.'

'Het is... Ik had geen idee...'

'Dat begrijpen we, het is plotseling, het is onverwacht. Maakt u zich geen zorgen, u krijgt alle tijd om na te denken. Maar als u nu al het gevoel hebt dat het iets is wat u helemaal niet wilt doen...'

'Nee,' zegt Milla Strachan. 'Ik... Het klinkt... spannend.'

(27 augustus 2009. Donderdag.)

Rajhev Rajkumar kent Janina Mentz goed. Hij weet hoe hij haar voor zich moet winnen.

'Over de aanstelling bij het Rapportageteam...'

'Ja?'

'Dit was denk ik de sterkste kandidaat,' zegt hij en hij tikt met een vingernagel op een map.

'Waarom?'

'Ze is intelligent, beetje nerveus, maar Ben kan lastig zijn. Ze is politiek bijna neutraal, met een liberale achtergrond. Woont alleen. En ze kan natuurlijk de eerste beginnen, dat is een pre.'

'Ze heeft geen echt relevante ervaring.'

'Dat hadden ze geen van allen. Zoals u weet is dat eigenlijk een voordeel. Geen slechte gewoontes, geen media-ideologie.'

'Mmm...'

Rajkumar wacht geduldig, want hij weet dat Mentz alle transcripties heeft gelezen. Hij weet welke passages de doorslag zullen geven.

Sollicitatiegesprek: vacature – Rapportageteam
Transcriptie: M. Strachan, ondervraagd door B.B. en J.N.
Datum en tijd: 25 augustus 2009. 10.30 uur
BB: Krijgt u alimentatie?
MS: Nee.
BB: Waarom niet? U hebt er toch zeker recht op? En uw man is rijk.
MS: Geld van hem aannemen zou een erkenning van afhankelijkheid zijn. En onderwerping. Zwakte. Ik ben niet zwak.

'Ja,' zegt Janina Mentz ten slotte, 'neem haar.'

(1 september 2009. Dinsdag.)

Veertien stoelen in het opleidingslokaal, een lessenaar ervoor, maar zij en de instructeur zitten naast elkaar. Zijn stem dreunt eentonig door, zijn gezicht in een ernstige frons. 'Je primaire dekmantel is wat je je familie vertelt, en je vrienden. In jouw geval is je primaire dekmantel *News This Week*. Dat is een werkelijk bestaande publicatie, die wordt geproduceerd door het ministerie van Communicatie en verspreid onder ministers, directeuren-generaal en hun staf. Dus je kunt tegen mensen zeggen dat je daar werkt, dat je de gedrukte en elektronische media dagelijks doorzoekt op nieuws uit Limpopo en Mpumalanga, jouw secties. En dat je daar een wekelijkse pagina over schrijft in de nieuwsbrief. Je moet weten dat de overheid werkelijk geïnteresseerd is, ze willen die dingen echt weten. En je moet ook elke week de echte nieuwsbrief bestuderen, zodat je weet wat erin staat. Verder is het essentieel dat een dekmantel ook ambitieuze kanten heeft, dus je kunt mensen vertellen dat je hoopt ooit door te stromen naar de grotere secties, zoals de Wes-Kaap, en misschien over een paar jaar redactieassistent te worden.'

Milla vraagt zich af waarom ze haar fictieve ambitie niet hoger mag leggen, naar de functie van hoofdredacteur bijvoorbeeld.

Vlak voor de lunch ontmoet ze haar nieuwe baas, mevrouw Killian, de chef van het Rapportageteam, zoals de instructeur het noemt. Milla herkent haar, zij was bij het laatste gesprek een van de mensen die zwijgend bij de muur zaten, degene die er goedig uitzag, als iemands oma. Er is alleen tijd om haar andere collega's snel een hand te geven – de spectaculaire Jessica, woest rood haar en een magnifieke boezem – en twee kale knarren van wie ze de naam niet heeft onthouden.

Ze beseft dat ze te netjes gekleed is, want Jessica draagt een oude, oversized trui op een spijkerbroek, en een van de mannen een das bij een geruite spencer.

(2 september 2009. Woensdag.)

Janina Mentz kijkt lang naar het bericht in *Die Burger*, onder de kop *Nieuwe vragen over wapens*.

Dan trekt ze met een glimlachje de la van haar bureau open, pakt een schaar en knipt het bericht uit.

Voordat ze het zorgvuldig in een nieuwe map archiveert, leest ze het nog een keer. Vooral de vijfde alinea, waarin David Maynier, een parlementslid van de Democratische Alliantie, wordt geciteerd: '*Wat hier gebeurt, is verkeerd. We staan op het punt vliegeniersoveralls te leveren aan piloten van president Mahmoud Ahmadinejad van Iran, eerder verkochten we al granaatwerpers en raketten die gebruikt kunnen worden om kernwapens te lanceren aan kolonel Moammar Gaddafi van Libië, en geweren aan president Hugo Chávez van Venezuela. De regering zal moeten uitleggen waarom er wapens aan een hele reeks schurkenstaten worden verkocht, en nog illegaal ook.*'

Om 10.14 uur op woensdagochtend 2 september stopt de rode Toyota Corolla met een Oost-Kaaps kenteken voor de Chamberlainstraat 16A. Het huis is een van zes schakelwoningen, elk in een andere, felle kleur geschilderd. Nummer 16A is een onbeschrijfelijk paarsroze, met rood op de punten van de zuiltjes naast het al even rode tuinhek. Een man en vrouw van een jaar of dertig, kleurlingen, stappen traag uit de auto, rekken zich uit alsof ze een lange, vermoeiende reis hebben gehad, lopen naar het rode hekje en gaan naar binnen. De jonge man haalt sleutels uit zijn zak en doet de voordeur open. Ze verdwijnen in het huis, dat sinds de vorige dag leegstaat.

Nog geen kwartier later stopt een vrachtwagen voor de deur. Op de zijkant staat: AFRIWORLD REMOVALS, PORT ELIZABETH.

Het stel komt naar buiten, begroet de bestuurder en gebaart naar het huis.

Van schuin aan de overkant, achter het bovenraam van nummer 15, houdt Baboo Rayan, loopjongen van de Supreme Committee, alles nauwkeurig in de gaten: het openmaken van de deuren van de vrachtwagen, het naar binnen dragen van het eenvoudige middenklasse meubilair.

Tijdens de vergadering aan het eind van de middag rapporteert Masilo aan Mentz dat de twee operators succesvol zijn geïnstalleerd tegenover het huis van de Supreme Committee. (Masilo heeft het woord 'agent' uit het woordenboek van de PIA verbannen. 'We verkopen geen verzekeringen,' was zijn onverzettelijke standpunt.) 'De operators zullen zich de komende twee weken heel gedeisd houden, mevrouw. Hij begint morgen in zijn baan bij een auto-onderdelenbedrijf in de Victoriastraat. Zij gaat voorlopig huisvrouw spelen en beginnen met de fotosurveillance van de Chamberlainstraat 15. We hebben de apparatuur voor het afluisteren van stemmen en mobiele telefoons in de meubels verborgen. Hij zal vanavond alles opstellen en we zouden morgen operationeel moeten zijn. Dan is er alleen nog het installeren van de elektro-akoestische microfoon, maar dat kunnen we pas doen wanneer we helemaal zeker zijn van hun bewegingen...'

'Goed werk, Tau.'

'Dank u, mevrouw.'

Ze kijkt naar Rajkumar. Ze weet dat de Indiër goed nieuws heeft. Hij zit al sinds het begin van de vergadering zelfvoldaan te grijnzen.

'Raj?'

'Julius Shabangu, onze topcrimineel uit Jo'burg. We hebben heel interessante informatie verworven.'

Mentz trekt haar wenkbrauwen op.

'We hebben afgelopen week twee auto's, vermomd als bewakingspatrouilles van de Eagle Eye Company door Shabangu's wijk laten rondrijden,' zegt Rajkumar en hij wacht tot Janina Mentz de ironie en scherpzinnigheid op waarde kan schatten.

Ze knikt alleen even.

'Hoe dan ook, ze hebben het mobiele telefoonverkeer in de gaten gehouden. We hebben veel data verwerkt en het goede nieuws is, dat we twee mobiele nummers hebben die waarschijnlijk van hem of zijn mensen zijn...'

'Waarschijnlijk?'

'Mevrouw, er zijn meer dan twintig huizen in het blok, en er is veel telefonisch verkeer. Maar de betreffende gesprekken corresponderen met de momenten dat Shabangu en zijn staf thuis waren. We hebben ze nu geïsoleerd en gaan vanaf vanavond afluisteren. Maar nu komt het interessante. Ze hebben met Harare gebeld. Twee gesprekken vanaf twee verschillende mobiele telefoons, naar hetzelfde nummer in Zim.'

'Wel, wel,' zegt de advocaat.

'We weten alleen niet van wie het nummer in Harare is,' zegt Mentz.

'We hebben geen toegang tot de infrastructuur in Zim. Maar we luisteren van nu af aan mee met alle gesprekken vanaf die nummers.'

Mentz schenkt hem een brede glimlach. 'Dat is goed werk, Raj.'

'Weet ik,' zegt de Indiër.

Fotokopie: dagboek van Milla Strachan
Datum van aantekening: 2 september 2009
Klaar. Moe. Wat een dag. Negen uur les – computervaardigheid, internetvaardigheid, zoekprocedures, rapportage, schrijfstijl – allemaal in één ruimte, achter een computer, met vier verschillende, dodelijk saaie instructeurs.

Fotokopie: dagboek van Milla Strachan
Datum van aantekening: 3 september 2009
Hoogtepunt van de dag: ik zie voor het eerst de woorden *'The Iron Lady is hungry.'* Die lopen langzaam over het computerscherm van Theunie, mijn kale collega. Het is zijn screensaver. Ik vraag hem wat het betekent. Hij glimlacht en zegt dat de directrice naar inlichtingen smacht.
Hij ruikt naar pijp, net als mijn vader.

9

(4 september 2009. Vrijdag.)

Ze zitten in de Bizerca Bistro, de elegante zwarte advocaat, Tau Masilo, en de onkreukbare blanke vrouw, Janina Mentz, met hun hoofden bij elkaar als minnaars. Ze zijn een eiland van ernst in de opgewekte lunchdrukte.

Masilo zegt zacht: 'Volgens mijn bron heeft onze minister aanbevolen ons ongemoeid te laten bij de samensmelting, maar andere kabinetsleden zijn het daar niet mee eens.'

'Wie?'

'De minister van Defensie, blijkbaar, en de minister van Binnenlandse Zaken.'

Oudgedienden in het kabinet, weet Mentz. Ze verwerkt de informatie voordat ze vraagt: 'Wie steunt ons nog meer?'

'De vicepresident.'

'Verder niemand?'

'U moet begrijpen dat het informatie uit de tweede hand is, en ik vermoed dat er heel wat speculatie bij zit. Maar het belangrijkste is dat de president nog niet zeker weet of wij erbij betrokken zullen worden.'

Ze eten zwijgend, Masilo met zichtbaar genot. Ten slotte legt hij zijn mes en vork neer. 'Geen wonder dat de minister van Financiën hier ook eet. Mevrouw, mag ik een voorstel doen?' vraagt hij.

'Natuurlijk, Tau.'

'Dit is het moment om lawaai te maken. Om de president te overtuigen.'

'Hoe?'

'Met wat we hebben. Ik weet het, ik weet het, objectief gezien is het niet veel. Maar een kort rapport, slim geschreven...'

'Dat is riskant.'

'Waarom?'

'Hoeveel gaan we aan geloofwaardigheid inboeten als we er met dat moslimverhaal helemaal naast zitten, Tau?'

'Maakt dat over een maand of twee iets uit?'

'We hebben gewoon nog niet genoeg,' zegt ze met een nauwelijks verhuld verwijt.

'Ik weet niet of we veel langer kunnen wachten, mevrouw. Dit is een buitenkans, en het is nu of nooit. De president kan nu elke dag zijn besluit nemen.'

Janina Mentz schuift haar bril omhoog. Niet overtuigd.

Masilo's telefoon gaat. Hij neemt op, luistert en zegt dan in het toestel: 'Waarvandaan?' En dan: 'Ik kom eraan.'

Hij bergt de telefoon op. 'Dat was Quinn. Ik denk dat het afluisteren in Gauteng resultaat heeft opgeleverd.'

Quinn, gekleed in een zwarte coltrui en een kaki broek, streelt de feiten met zijn zachte stem: 'Inkunzi Shabangu en zijn mensen zijn slim, zoals het leden van de georganiseerde misdaad betaamt. Ze vervangen elke week hun simkaart. Het kost de mensen van Raj steeds drie tot vier dagen om de nieuwe nummers te isoleren, want we kunnen alleen Shabangu's huis monitoren, dat is ons enige vaste punt. Dan blijven er maar drie afluisterdagen over voordat we weer van voren af aan moeten beginnen.

Overigens gebruiken ze dezelfde simkaart nooit twee keer, en we hebben het vermoeden dat elk nieuw nummer op zondagavond aan belangrijke contacten wordt ge-sms't. Dit is een opname van vanochtend. De ene stem is Shabangu zelf. De oproep komt uit Harare, het is ook een typisch Zim-accent.'

Quinn klikt met de muis. Het geluid klinkt uitstekend via de indrukwekkende installatie.

'Hallo.'

'*Mhoroi*, Inkunzi, hoe gaat het?'

'Heel goed, *my friend*, en hoe gaat het met jou?'

'Niet zo goed, Inkunzi, het zijn zware tijden hier.'

'Ik weet het, my friend, ik weet het, de kranten staan er vol van.'

'Wat doe je eraan...?'

'Maar goed, my friend, *ndeipi*?'

'Het nieuws is dat je gelijk had, Inkunzi. Chitepo werkt aan een nieuwe route, en die zal door Zuid-Afrika gaan.'

Quinn zet het afspelen van de opnamen even stil. 'Mogelijk Johnson Chitepo, hoofd van het Joint Operations Command van Zim, en Mugabes rechterhand. Maar luister hier...' en hij zet de opname weer aan.

'Weet je het zeker?' zegt de stem van Julius Shabangu door de luidsprekers.

'Bijna zeker. Negenennegentig procent. Maar het ziet ernaar uit dat hij kameraad Bob in het duister laat tasten.'

'Chitepo?'

'*Yebo.*'

'Hij steelt nu van Mugabe?'

'Hij zorgt voor zichzelf.'

'Oké. Dus wanneer gaat het gebeuren?'

'Snel, denk ik. Maar we proberen nog meer te achterhalen.'

'En de route? Hoe werkt die?'

'Het enige wat ik weet is dat hij met een Zuid-Afrikaan werkt. Iemand bij Natuurbeheer. Dus misschien gaat het via het Krugerpark, weet je wel, daar lopen verschillende grenzen doorheen. Het Gonarezhoupark en het Krugerpark zijn nu met elkaar verbonden. Dat denken we, dat ze via daar gaan.'

'Oké, my friend, dat is heel goed. Maar we hebben details nodig.'

'Ik weet het, Inkunzi. Ik blijf luisteren.'

'*Tatenda*, my friend. *Fambai zvakanaka.*'

'Fambai zvakanaka, Inkunzi.'

Quinn zet de opname weer stil. 'Dat laatste betekent gewoon "het ga je goed" in het Shona. Het gesprek is redelijk standaard, ze houden het kort, net zoals het volgende. Hier is Shabangu degene die belt, het nummer dat hij belt is een huis hier in de Kaap, in Rondebosch-Oos, dat we natuurlijk van nu af aan gaan monitoren. Het huis is van ene Abdallah Hendricks, die tot nu toe niet op onze radar voorkwam.' Hij klikt op een nieuwe digitale map.

'Hendricks.'

De stem van Inkunzi, diep en autoritair: 'Ik heb een boodschap voor Inkabi.'

'Inka...? Ja, Inkabi. Wat is de boodschap?'

'Zeg hem dat hij gelijk had. Onze vriend in Zimbabwe is terug in de exportbusiness, maar hij heeft nieuwe partners, en hij wil exporteren naar Zuid-Afrika. Zeg hem dat het negenennegentig procent zeker is, maar dat is alles wat we hebben. We proberen nog meer te weten te komen.'

'Ik zal het ze vertellen.'

'Oké, my friend. Dat is alles.'

'*Khuda hafiz.*'

'Oké.'

De elektronische klik van een telefoongesprek dat beëindigd wordt. Quinn draait zich van het scherm af en kijkt naar Mentz en Masilo. '"Inkabi" is het Zoeloe-woord voor "os", zoals in Osman. Het is mogelijk de code die Shabangu en Osman overeengekomen zijn tijdens hun ontmoeting. Shabangu heeft dus gevoel voor humor.'

Masilo is de enige die glimlacht.

'Je kunt er ook uit afleiden dat Hendricks een beetje overvallen werd. Hij herkende de code niet meteen. We denken dat dit de eerste keer was dat Shabangu het nummer belde, de eerste keer dat hij de code gebruikte om aan Osman te rapporteren nadat ze elkaar in Johannesburg hadden ontmoet,' zegt Quinn.

'Wat betekent "khuda hafiz"?' vraagt Mentz.

'Dat is een moslimbegroeting. Iets als "moge God je beschermen". Zoals u hoorde, wist Shabangu het ook niet.'

'We hebben geen idee wie het contact van Inkunzi Shabangu in Harare is?'

'Nee, mevrouw. Maar we weten wel aardig wat andere dingen. We weten nu waarom Osman naar Shabangu is gegaan.'

'Dat willen wij ook graag horen,' zegt Janina Mentz.

'Het plaatje is nog onvolledig...'

'Dat weet ik, Quinn. En voor mij is het ook nog behoorlijk warrig.'

'Begin bij het begin,' zegt Masilo. 'Het is heel belangrijk dat we allemaal precies begrijpen wat hier aan de hand is.'

Quinn knikt en denkt even na voordat hij tegenover hen komt zitten.

'Nou goed,' zegt hij. 'Zie het als een toneelstuk met twee hoofdrollen en twee bijrollen. Hoofdrol nummer een is Johnson Chitepo. Hij is chef van het Joint Operations Command in Zimbabwe, hij was Mugabes rechterhand, hij was de man die destijds de deal heeft gesloten om de diamantmijnconcessies in Kongo in handen te krijgen. Hij was ook degene die de diamanten verkocht in die zorgeloze jaren, zodat hij en kameraad Bob centjes opzij konden zetten. Heel veel centjes. Maar dat was toen. Nu staat het er aanzienlijk anders voor. Mugabe en Chitepo zijn langzaam maar zeker hun macht in Zim aan het verliezen. Hun diamantenhandel is beknot door sancties en internationale verdragen, hun bankrekeningen zijn bevroren, al dat geld is feitelijk weg. Op het ogenblik is het Chitepo's vurigste verlangen om snel weer een appeltje voor de dorst te vergaren voordat het einde komt. En het einde zal komen, dat is alleen maar een kwestie van tijd. Hij zit met minstens honderd miljoen dollar aan diamanten, maar krijgt geen kans ze rechtstreeks te verkopen. Maar nu heeft hij kennelijk nieuwe vennoten. Iemand bij Natuurbeheer, iemand die ze kan wegsmokkelen via het Krugerpark. Ben ik nog te volgen?'

Mentz knikt.

'Onze tweede hoofdrolspeler is Sayyid Khalid bin Alawi Macki. Hij was degene die destijds Chitepo heeft geholpen met de diamantverkoop, hij was degene die de Kongo-diamanten omzette in contanten, die het geld witwaste en naar de Zwitserse bankrekeningen van Mugabe en consorten wegsluisde. Maar toen zijn kanalen werden afgeknepen, verzuurde de vriendschap tussen hem en Chitepo. Voordat ik verderga: we moeten een aantal dingen in gedachten houden als het om Macki gaat. Eén: zijn kernactiviteit is geld witwassen, en hij opereert overal in Afrika. We weten dat hij het doet voor de piraten in Somalië, voor de fraude- en drugsnetwerken in Nigeria en voor de autodiefstalsyndicaten in Mozambique. Twee: de internationale economische crisis heeft hem ernstig geraakt. Hij heeft gigantische verliezen geleden met investeringen in Dubai, zijn omzet is over het geheel genomen met meer dan zestig procent gedaald, en hij heeft het op het ogenblik zwaar. Drie: hij is een militante moslim uit Oman, de nieuwste en grootste groeimarkt voor Al Qaida. En vier: Macki heeft een zwak voor Al Qaida. Door zijn welvaart, zijn rijkdom en zijn ondersteuning stond hij in die kringen in hoog aanzien. En dat aanzien wil hij nu dolgraag terugwinnen.'

Quinn geeft Mentz de kans om dit allemaal in zich op te nemen.

'De belangrijkste intrige van ons toneelstuk is Chitepo's verlangen om de diamanten te verkopen, en Macki's standpunt dat de steentjes eigenlijk van hem zijn, of dat hij er minstens een aandeel van vijftig procent in heeft, volgens de oorspronkelijke overeenkomst. Macki heeft op de een of andere manier lucht gekregen van Chitepo's plannen, en hij is vast van plan de zending te onderscheppen. De zogenaamde "shipment". Zijn probleem is dat hij geen vrienden meer heeft in Zimbabwe, hij zit daar helemaal boven in Oman. Dus wat kan hij doen? Zijn enige uitweg is praten met zijn contacten die het dichtst bij de actie zitten: zijn moslimbroeders.'

'De Supreme Committee,' zegt Janina Mentz.

'Hier in onze schone Kaap,' zegt Masilo.

'Precies,' zegt Quinn. 'Daarom heeft Macki de eerste bijrolspeler op het toneel geroepen. Suleiman Dolly, de voorzitter van de Supreme Committee.'

'Het gesprek dat onze mol Ismail Mohammed heeft afgeluisterd.'

'Inderdaad. Macki weet dat Dolly en de Supreme Committee dringend fondsen nodig hebben, voor het project waar ze mee bezig zijn.'

'Het lokale project, dat volgens Ismail Mohammed het binnensmokkelen van wapens is.'

'En nu komt onze tweede bijrolspeler op, Julius "Inkunzi" Shabangu. Mijn vermoeden is dat Macki Shabangu heeft aanbevolen. Vergeet niet, Macki is een geldwitwasser. En door de Mozambikaanse autodiefstalsyndicaten moet hij op zijn minst van Shabangu hebben gehoord, maar hij heeft mogelijk al direct of indirect zaken met hem gedaan...'

'We weten ook,' zegt Tau Masilo, 'dat Inkunzi Shabangu een stelletje Zimbabwanen voor zich heeft werken in Gauteng. Autokapers.'

'Precies,' beaamt Quinn. 'En volgens de dossiers van de Schorpioenen wordt hij ook verdacht van het leveren van valse paspoorten aan Zimmers en Nigerianen. Dus moet hij goede contacten in Harare hebben... Hoe dan ook, toen Macki met Suleiman Dolly praatte, heeft hij ongetwijfeld Inkunzi aanbevolen als mogelijke vennoot in het hele verhaal. En toen stuurde Dolly een van zijn Supreme Committee-leden om met Inkunzi te gaan overleggen: Osman, in het guesthouse in Johannesburg. Inkunzi zal Macki graag tevreden willen houden, maar hij is vooral een zakenman. Hij zal een percentage van elke transactie nemen. Osmans samenwerkingsvoorstel was voor hem volkomen aanvaardbaar.'

'Mmm,' zegt Janina Mentz.

'Inkunzi en zijn eigenaardige nieuwe vennoot, de Supreme Committee, willen Chitepo's zending diamanten onderscheppen,' zegt Tau Masilo.

'De "shipment",' zegt Quinn.

'En Inkunzi moet uitvinden welke route die gaat volgen. Welke Zuid-Afrikanen erbij betrokken zijn.'

De twee mannen kijken naar haar. Ze schuift haar bril omhoog en staat op.

'Ik denk dat dit een heel interessant rapport kan opleveren,' zegt Tau Masilo. 'Voor de president.'

Mentz aarzelt. De twee mannen wachten in spanning.

'Jullie maken een cruciale fout,' zegt Mentz. 'Met jullie rolverdeling. Het rapport mislukt totaal als jullie Chitepo en Macki als hoofdrolspelers opvoeren.'

Masilo is snel van begrip. 'Voor onze doeleinden wordt de hoofdrol vertolkt door de Supreme Committee en hun wapentransactie.'

10

(7 september 2009. Maandag.)

Milla in haar zwarte jurk en laarzen, en het korte blauwe spijkerjasje. Ze voelt zich op haar gemak, alsof ze bezig is een eigen stijl te ontwikkelen, de werkende vrouw, aangepast aan de informaliteit van het Rapportageteam. Ze zit achter haar computer, om kwart voor negen, haar eerste *News This Week* te lezen met nieuwtjes uit Limpopo en Mpumalanga. In het kantoor hangt een afwachtende sfeer. Theunie, een van de twee kale knarren, heeft gezegd dat er iets groots aankwam, want Bigfoot heeft Moeder bij zich geroepen, een duidelijk voorteken.

Theunie met zijn bijnamen. 'Moeder' is mevrouw Killian. 'Bigfoot' verwijst naar Rajkumar, de dikke Indiër, die hij ook 'V.S.' noemt, een afkorting voor 'Verschrikkelijke Sneeuwman', of 'de Incredible Bulk', of soms alleen 'de Bulk'.

Milla noemt hij 'Carmen', Jessica 'Freia' (of 'de Godin' als hij het in de derde persoon over haar heeft), Don MacFarland, de andere kale, noemt hij 'Mac' of 'Mac the Wife'.

'Waarom "Mac the Wife"?' vroeg ze.

Toen gaf Don zelf antwoord: 'Omdat ik gay ben, schat.'

Om kwart over negen komt mevrouw Killian haastig binnen en roept hen bij elkaar met een stapeltje dunne mappen in haar hand.

'De Bulk heeft gesproken,' zegt Theunie.

'Theunie, jij gaat het vertrouwelijk resumé schrijven, en de rest doet de addenda.' Ze geeft Milla een map. 'Jouw onderwerp is Johnson Chitepo. Kijk maar wat erin zit, kijk of je iets recenters kunt vinden op internet, en laat Theunie je uitleggen hoe het format werkt. Jess, jij doet Sayyid Khalid bin Alawi Macki.'

'Wie?'

'Het staat er allemaal in, maar het is ernstig verouderd. Interessante man. Don, ik geef jou de belangrijke dingen.'

'*Of course*.'

'Quibla, de Supreme Committee, Al Qaida, en een gloednieuw personage: een zekere Julius Nhlakanipho Shabangu, alias "de Bul".'

'Omdat hij zo'n grote hoorn heeft?'

Ze lacht niet. 'Het is belangrijk en het is urgent. Aan het werk.'

Die avond thuis op de bank, als de adrenaline van de dag nog door haar heen giert, en met de voldoening van de kameraadschap en de leercurve en de collegiale kwinkslagen nog vers in haar geheugen, besluit ze impulsief om haar zoon te bellen.

'Hallo?' zegt hij, tienerachterdochtig over een nummer dat hij niet kent.

'Barend, met mij.'

'Ma?' Verbijsterd.

'Ik wilde alleen je stem horen.'

'Waar ben je?'

'Ik ben in mijn nieuwe huis. Hoe gaat het met je?'

'Ma... Jissis, ma...'

'Barend...' Ze heeft spijt dat ze heeft gebeld, beseft dat hij natuurlijk niet dezelfde euforie voelt als zij.

'Heb je een huis?'

'Het is een appartementje. Kunnen we gewoon even praten?'

Haar zoon aarzelt voordat hij antwoord geeft, een onzeker 'Oké'.

'Hoe gaat het?'

'Ma... Wil je dat echt weten?'

'Ja, Barend, dat wil ik echt weten. Je weet dat ik veel van je hou.'

'Nou, waarom ben je dan weggelopen?'

Weggelopen. 'Heb je mijn brieven gekregen?'

'Zijn we dan zó slecht, ma?'

Iets in die woorden, in de toon, doet haar vermoeden dat ze uit Christo's mond komen. Ze wil opeens niet meer praten, maar kan niet meer terug. Ze gaat rechtop zitten en concentreert zich. 'Ik heb geprobeerd het goed uit te leggen, dat het niet aan jullie ligt...'

'Ma...'

'Laat me even uitpraten, alsjeblieft. Ik moest weg, juist omdat ik van je hou, Barend, ik weet niet of je dat zult kunnen begrijpen.'

Hij zegt niets.

'Zal ik je iets vertellen? Ik heb werk gevonden, ik heb vandaag een ongelooflijke dag gehad, ik heb het gevoel dat ik iets voorstel...'

'Je had bij ons kunnen blijven en werk zoeken. Waarom moest je weglopen?'

Ze staat op het punt in de oude toon te vervallen, maar herstelt zich net op tijd. 'Hoe gaat het met je schoolwerk?'

'Hoe dénk je dat het gaat? We hebben nu een meid, ik moet thuiskomen bij een fokking zwarte meid...'

'Barend!'

Hij mompelt iets.

'Waar heb je dat geleerd?' Maar ze weet waar. Christo, de cryptoracist. Christo, die zijn lot bejammerde tegen zijn zoon: 'Nu moeten we thuiskomen bij een fokking zwarte meid. Dat is wat je moeder ons heeft aangedaan.' Zonder zich een ogenblik af te vragen of hij schuld had.

'Wat kan het je schelen?'

Milla haalt haar sigaretten naar zich toe. Ze moet rustig blijven. 'Ik had gehoopt dat we konden praten. Zonder verwijten. Ik had gedacht dat we misschien regelmatig met elkaar konden praten om te proberen de verstandhouding te herstellen.'

'Dus ík heb je weggejaagd.'

'Barend, onze relatie was helemaal kapot. Ik ben bereid om te proberen dat te herstellen. Als jij dat ook bent.'

'Kom je terug?'

'Misschien moeten we het niet nu al over de toekomst hebben. Laten we het per dag bekijken. Laten we eerst proberen de relatie te herstellen. Wat vind jij?'

Hij zwijgt een hele tijd, en zegt dan: 'Oké.'

11

(8 september 2009. Dinsdag.)

In Rajkumars kantoor legt Janina Mentz het verslag van het Rapportageteam voor de dikke Indiër neer en zegt: 'Het is niet goed genoeg.'

En dan vertelt ze hem welke veranderingen ze wil zien: meer nadruk op mogelijke wapentransacties. Zonder Raj in te lichten over de bron van haar inspiratie. Want een uur eerder heeft ze het nieuwste bericht in *Die Burger* gelezen, dat er een parlementaire storm is losgebarsten over de beschuldiging van het parlementslid van de Democratische Alliantie dat de ANC-regering wapens verkoopt aan zogenaamde schurkenstaten. 'De nationale veiligheid is in het geding. Maynier kan strafrechtelijk vervolgd worden,' heeft een lid van de regeringspartij gezegd.

Janina Mentz is blij met deze wending, met het feit dat de hele kwestie van wapentransacties opnieuw in de schijnwerpers staat. Ze weet dat de president daar absoluut niet op zit te wachten, gezien het stigma dat ook aan Mo Shaik kleeft, die misschien de nieuwe inlichtingensuperstructuur zal moeten leiden, al is het alleen maar doordat hij in verband wordt gebracht met zijn veroordeelde broer.

Als ze dit goed aanpakt, is het een pressiemiddel.

(9 september 2009. Woensdag.)

D-Day voor Operatie EAM. Quinn zit voor de drie schermen, met een koptelefoon op. Alleen hij, want ze willen geen getuigen als de boel in de soep draait. Gespannen, want de operatie is zijn idee, en het is riskant. Een kleine mislukking kunnen ze nog toedekken en beschouwen als een tijdelijke tegenslag. Maar als de boel ernstig misloopt, is het hele project Supreme Committee naar de knoppen.

Het doel is een elektro-akoestische microfoon (EAM) in de muur van Chamberlainstraat 15 monteren; een apparaat dat ook bekendstaat als een betonmicrofoon en soms door loodgieters wordt gebruikt om lekkages in muren op te sporen.

Hij is zelf een week geleden met de oplossing gekomen: gebruik de bestaande structuur – de satellietschotel die door een vorige eigenaar aan de muur is geschroefd, links naast de voordeur – om de microfoon diep in het beton en steen van de gevel van nummer 15 in te brengen.

De tweede stap was de voorbereiding. De technische afdeling van de PIA, onder leiding van een enthousiaste Rajkumar, heeft een precieze replica van de schotel en de muursteun gemaakt, gebaseerd op foto's die vanachter het raam aan de overkant zijn gemaakt. In een van de vier schroeven zit nu de microfoon. Een zender met een batterij is in de buis van de muursteun ingebouwd. De ontvanger is al in het observatiehuis aan de Chamberlainstraat 16A geïnstalleerd.

De derde stap moet nu beginnen. De stap met het grootste risico. Ze moeten de oude schotel vervangen door de nieuwe. En ze hebben maar negen minuten om het te doen.

Negen minuten, want dat is hoe lang Baboo Rayan, loopjongen en bewaker van de Supreme Committee, elke ochtend het huis onbewaakt achterlaat om melk en een krant te gaan halen bij een winkeltje in de Victoriastraat. Soms duurt het langer, afhankelijk van het verkeer in de Mountainstraat, maar het is nog nooit minder dan negen minuten geweest.

Op de schermen voor hem zijn drie verschillende beelden te zien. Het middelste komt van nummer 16A, en laat het huis van de Supreme Committee aan de overkant zien, waar de witte Hyundai Elantra uit 1998 van Baboo Rayan nu voor staat. Het tweede beeld, links, komt vanuit het busje om de hoek en laat de straat zien vanuit het oogpunt van de chauffeur. En het derde, rechts, is het vooraanzicht van het winkeltje waar Rayan elke ochtend, vaste prik, zijn inkopen doet.

Er zit geen camera in het oude, gedeukte *bakkie* op de hoek van Chamberlain en Mountain. Dat is Quinns crisisbeheer, zijn Plan B, een manier om de straat te blokkeren en Rayan te vertragen. Hij wil het eigenlijk niet inzetten, want het zou makkelijk wantrouwen kunnen wekken bij de extremisten, ze zijn de afgelopen weken hyperachterdochtig en extreem voorzichtig. Met alles.

Op het middelste scherm gaat de voordeur van de Chamberlainstraat 15 open en Rayan verschijnt.

'*Stand-by*,' zegt Quinn in het microfoontje voor zijn mond.

Hij kijkt hoe Rayan gewoontegetrouw op de stoep gaat staan en links en rechts de straat in kijkt. Dan het portier van de Elantra opendoet en instapt. Eerst de radio instelt. De motor start, en schakelt.

Hij rijdt weg.

Quinn drukt op het knopje van de stopwatch. 'Oké, Klusjesman, je kunt,' zegt Quinn.

Het busje komt in beweging. Op de zijpanelen staat het logo van een fictief tv-installatiebedrijf.

Rayans Elantra verdwijnt van de middelste monitor.

Quinn kijkt naar het beeld helemaal links. Het busje draait de Chamberlainstraat in. Daar komt Rayans auto aan. Rayan negeert het busje en rijdt erlangs.

'Beetje meer tempo.'

Middelste scherm. Chamberlain 15. Hij wacht tot het busje verschijnt. De seconden tikken voorbij.

'T minus acht,' leest Quinn de tijd van de stopwatch af.

Het busje maakt een U-bocht voor nummer 15 en parkeert zo dat de camera de straat laat zien, en de voordeur en de satellietschotel vanaf nummer 16A zichtbaar zijn.

De monteur en zijn hulpje springen eruit en rennen naar de achterdeuren van het busje.

'Rustig aan. Niet haasten. Normaal doen.'

Ze bewegen zich wat rustiger. Doen de achterdeuren open en halen de eerste ladder en de gereedschapskist eruit.

Quinn kijkt gejaagd naar het beeld van het winkeltje, al kan Rayan daar nog niet zijn.

Zijn team draagt de ladder en de kist naar het hekje van nummer 15. Maken het open. Gaan naar binnen. Beginnen de ladder open te klappen, want de schotel zit hoog. Zetten de ladder tegen de muur. De monteur klimt erop, kijkt aandachtig naar de schroeven en zegt dan tegen zijn collega beneden: 'Sleutel dertien.'

Rayan is nog niet bij het winkeltje.

De monteur maakt de tv-kabel los, begint de bouten los te draaien en zijn hulpje loopt terug naar het busje om de nieuwe muursteun voor de schotel te halen.

'T minus zeven.'

Rayans Elantra stopt voor het winkeltje.

'Hij loopt een beetje voor op schema. We moeten opletten,' zegt Quinn.

'Bouten zijn roestig,' zegt de monteur op de ladder. 'Geef me de WD40.'

Quinn zegt niets. Kijkt alleen maar. Het hulpje is weer op weg naar het busje om de tweede ladder te pakken. Alles volgens plan.

Rayan stapt uit en loopt naar het winkeltje.

Laten er alsjeblieft nog andere klanten zijn, denkt Quinn.

'Bouten een beetje een probleem,' zegt de monteur.

'Wat dan?'

'Roest. Kan er twee niet loskrijgen.'

Rayan verdwijnt in het winkeltje. Quinn kijkt op de stopwatch. 'Je hebt een minuut om de boel af te blazen.'

'*Roger*.' Quinn ziet hoe de monteur weer WD40 op de bouten spuit. Het hulpje zet de tweede ladder naast de eerste.

De monteur krijgt ze niet losgedraaid. Spanning.

De seconden tikken voorbij.

Monteur spuit, probeert het nog eens. De bout zit vast. Spuit weer, op alle bouten. Lang. Zet de sleutel op de bout en draait vastbesloten.

Vordert te langzaam.

'T minus zes.'

Nog steeds worstelt hij met de bouten. Quinns handen zweten. Rayan is nog in het winkeltje.

'Verdomme,' zegt de monteur.

'Nog dertig seconden om het af te blazen.'

Hij ziet hoe de man zwoegt met het gereedschap. Hij krijgt een bout los. 'Eén los.' Hij draait hem er in razende vaart uit.

Rayan nog in het winkeltje.

Misschien moet hij het team in het bakkie stand-by laten staan, denkt Quinn. Meer roest dan ze hadden gedacht.

Nog niet. Bewaar dat als laatste uitweg.

'Twee los.'

'Te langzaam.'

'Wacht, het lukt wel...'

'Bijna T minus vijf. Daarna is er geen weg meer terug. Wat denk je?'

Hij hoort de monteur kreunen van inspanning. 'Drie los, het gaat door.'

'Roger. Tempo.'

Rayan komt het winkeltje uit, de plastic tas met de melk aan zijn arm, de krant in zijn handen, zijn ogen op de koppen gericht.

Rustig aan, Baboo.

'Vier los. Hij is eruit.'

Quinn ziet hoe de oude schotel aan het hulpje wordt gegeven. Die zet hem op de grond en klimt de tweede ladder op met de nieuwe. Komt boven. Haalt de nieuwe bouten voorzichtig uit zijn zak en geeft ze een voor een aan de monteur. Tijdens de generale repetitie hebben ze twee keer een bout laten vallen, waardoor kostbare seconden verloren gingen.

Baboo Rayan is bij de Elantra. Laat de krant zakken. Kijkt naar de overkant, heel even recht in de cameralens. Het is een idioot, denkt

Quinn, een sukkel die de procedures van observatie braaf doorloopt, maar niets ziet. Ze hebben al een maand lang de gps-zender aan zijn auto zitten, ze zijn al bijna twee weken lang aan het observeren, recht onder Rayans neus, en hij merkt er niets van. Hij kijkt, maar hij ziet niets.

Rayan pakt zijn sleutels uit zijn zak en doet het portier van de Elantra open. Gooit de krant op de passagiersplaats, haalt de plastic tas van zijn arm...

'T minus vier.' Achter op schema.

Rayan stapt in de auto.

Het hulpje drukt de nieuwe steun tegen de muur. De monteur steekt de eerste bout erin.

Rayan rommelt weer aan de radio.

De monteur steekt er nog twee bouten in, een voor een. De vierde is de microfoon, fijn werk, dunne draadjes die aangesloten moeten worden.

Begint de drie bouten vast te draaien.

Het hulpje laat los, klimt naar beneden, pakt de ladder en klapt hem dicht.

Rayans Elantra komt in beweging.

Hulpje brengt de ladder terug naar het busje.

'Microfoon gaat erin.'

Hulpje komt terug voor de oude schotel.

'T minus drie.'

'Microfoon zit. Nu aansluiten.'

Hulpje bergt de oude schotel in het busje en komt terug voor de gereedschapskist. Monteur worstelt met de fijne draadjes.

'Verdomme,' zegt de monteur.

'Sluit nu de tv-kabel aan. We kunnen de microfoon morgen doen.'

'Ik red het wel.'

'Doe maar.'

'Roger.'

De monteur maakt de tv-kabel vast.

Hulpje komt onder de eerste ladder staan, klaar om hem mee te nemen.

'Tv aangesloten.'

Quinn kijkt op de stopwatch. Rayan is nog minstens een minuut van de hoek verwijderd.

'Je hebt dertig seconden.' Hij besluit om het onderscheppingsteam in het bakkie stand-by te laten staan. 'Onderscheppingsteam, start de motor.'

'Roger.'

De monteur gaat verder met het aansluiten van de draadjes van de microfoon.

'Twintig seconden.'

Quinn kijkt naar de linkermonitor. Dan kan hij de Elantra de hoek om zien komen.

'Tien seconden.'

'Verdomme, verdomme, verdomme.'

'Negen, acht, zeven, onderscheppingsteam, stand-by...'

'Roger.'

'Aangesloten,' roept de monteur helemaal opgelucht.

'Wegwezen, als de bliksem!' Quinn kan de spanning in zijn stem niet onderdrukken.

Monteur glijdt van de ladder. Hulpje grijpt de ladder. Ze rennen naar het busje, schuiven de ladder erin, slaan de deur dicht. Lopen naar de cabine.

'Hek dicht,' zegt Quinn scherp. De monteur rent terug.

'Niet rennen!'

Hij loopt. Doet het hekje dicht. Loopt weer naar het busje. Stapt in.

De tijd is om. Het busje rijdt weg.

Tien seconden later komt Rayan de hoek om.

Quinn slikt en leunt achterover in zijn stoel. Veegt zijn handen aan zijn broek af.

'Onderscheppingsteam, inrukken. Heren, dat was fantastisch. Test de microfoon alsjeblieft.'

De stem van de vrouwelijke operator in nummer 16A. 'Microfoon oké.'

'Goed gedaan,' zegt Quinn. 'Heel goed gedaan.'

Hij zet zijn microfoon uit. Zodat hij een diepe zucht kan slaken.

12

Fotokopie: dagboek van Milla Strachan
Datum van aantekening: 9 september 2009
Jessica heeft me uitgenodigd om te komen eten. Ze is zo mysterieus, ze ziet eruit alsof ze model kan zijn geweest.
Hoogtepunt van de dag: de tango. Ik had er moeite mee, tot meneer Soderstrom zei dat de tango vier benen, twee lichamen en één hart is. 'De meeste dansen,' citeerde hij iemand, 'zijn voor mensen die verliefd worden. De tango is een dans voor mensen die dat hebben overleefd en nog steeds een beetje boos zijn dat hun hart zo mishandeld is.'
Toen begreep ik het.

(10 september 2009. Donderdag.)

Ze staan met gespannen gezichten naar het tv-scherm te kijken. Rajkumar is de enige die zit. Quinn en Tau Masilo staan.

Op de videobeelden zien ze hoe de leden van de Supreme Committee met een paar minuten tussentijd aankomen – Suleiman Dolly als laatste – en de voordeur van de Chamberlainstraat 15 binnengaan.

Via de FAM in de satellietschotel horen ze de mannen praten. De klank is hol en onduidelijk, en zal later met programmatuur door Rajkumars team bijgeschaafd worden. Maar het is goed genoeg om te horen hoe de extremisten elkaar begroeten, hoe ze daarbinnen in het huis luchtig naar elkaars gezondheid informeren.

'Kom. De agenda is kort vanochtend.' Vermoedelijk de stem van Suleiman Dolly door het systeem; de drie waarnemers spitsen hun oren en hun hoop vlamt op.

'Begrijpelijk, Sjeik,' zegt een ander lid van de Committee.

'Waarom hebben we nog niets gehoord? We hebben geen tijd meer,' zegt een ander.

Tau Masilo is de enige die bedenkt hoe vreemd het is om naar een moslimsamenzwering in het Afrikaans te luisteren. Dat geeft het geheel een zekere ongeloofwaardigheid, alsof het een knullige televisieserie is.

'We moeten gewoon vertrouwen hebben,' zegt Dolly.

'*Allahu Akbar*.'

'Kom, laten we gaan,' zegt Dolly.

Quinn kijkt naar Masilo.

'Betekent dat wat ik denk dat het betekent?' vraagt Rajkumar.

'Wacht even,' zegt Masilo.

Door de luidsprekers komt het geluid van schuifelende voeten.

'Ze verplaatsen zich,' zegt Raj en hij kijkt naar de plattegrond van nummer 15 die voor het tv-scherm ligt. De grote vraag is waarheen. En hoe goed de EAM zal functioneren.

De luidspreker valt stil.

'Shit,' zegt Raj. 'Ze gaan naar de kelder.'

Quinn verstelt het volume. Er klinkt geruis en wat vage echo's van een mannenstem, maar onverstaanbaar.

'Zou je dat kunnen filteren?' vraagt Quinn.

Rajkumar schudt zijn hoofd, diep teleurgesteld. 'Waarschijnlijk niet.'

Ze staan te luisteren naar de luidsprekers, tot de laatste hoop vervlogen is.

'Kom op, Raj,' zegt Masilo bemoedigend. 'We wisten allemaal dat er maar een heel kleine kans was. Ze zijn niet stom.'

'Ik weet het. Maar fok, we kunnen wel wat geluk gebruiken. Ik bedoel, we verdienen het. Een heel klein beetje geluk.'

'*Geduld is zulk een schone zaak*,' zegt Tau Masilo.

Rajkumar vult aan op zijn gebruikelijke, pessimistische manier: '*Maar dat zijn praatjes voor de vaak*.'

(11 september 2009. Vrijdag.)

Janina Mentz is op weg naar het kantoor van de minister van Veiligheid, drie straten verderop, voor hun afspraak om elf uur.

Ze loopt rechtop en vol zelfvertrouwen door de regen. Want ze is voorbereid. In de aktetas zit Het Rapport. Maar dat is alleen het uiteindelijke planten van het zaad. Eerst moet ze de aarde omspitten, het perk voorbereiden, wat veel belangrijker is. Ze heeft het hele verloop uitgedacht, gevisualiseerd: de minister, een joviale man met een kaalgeschoren hoofd en een makkelijke glimlach, zal haar gastvrij ontvangen en haar vragen thee met hem te drinken. Dat zal ze dankbaar aanvaarden. Ze zal gaan zitten, het cijferslot van de zwarte aktetas traag openmaken, de map eruit halen, maar die op haar schoot houden.

Hij zal vragen hoe het met haar gaat, en met de Dienst. Ze zal zeggen dat het bijzonder goed gaat, dank u, meneer de minister. En geweldig dat u tijd kon maken, op zo korte termijn, maar ik wilde de zaak zo spoedig mogelijk onder uw aandacht brengen. Vooral in het licht van de recente gebeurtenissen.

Ze zal wachten op zijn reactie, op het optrekken van zijn wenkbrauwen en het bevriezen van zijn glimlach. Dan zal zij zeggen, haar woorden zorgvuldig gekozen, dat dit een gevoelige kwestie is. Te... precair om op de wekelijkse Veiligheidsvergadering te bespreken.

Dat zal ze laten bezinken. De minister is een intelligente man. Hij zal de nodige conclusies trekken. Misschien zal ze dat alleen een beetje versterken door te onderstrepen dat de PIA de enige is die over deze (met een knik in de richting van de map) inlichtingen beschikt. Dat ze dus veilig zijn.

En dan tegen de minister zeggen dat ze betrekking hebben op de wapenhandel.

Ze zal vertrouwen op het gewicht van dat laatste woord, een gewicht dat de regeringspartij en de kandidaat van de nieuwe inlichtingensuperstructuur maar niet van zich afgeschud krijgen. En de nieuwste polemiek, op het goede moment ontketend door de Oppositie. Dat zal de polsslag van de minister ongetwijfeld verhogen. Daar rekent Janina Mentz op.

Weer zal ze wachten, voor ze de volgende, complicerende onthulling doet.

Meneer, er zijn moslimextremisten bij betrokken. En alles wijst erop dat ze een terreurdaad in Kaapstad plannen. Met geïmporteerde wapens.

Daar zal hij zeker een poos op moeten broeden.

We gaan alle mogelijke middelen hierop inzetten, omdat we ons er terdege van bewust zijn dat dit de president in een lastig parket kan brengen.

De minister zal begrijpen wat een 'lastig parket' betekent. Gezien de wapenleveranties aan Iran en Libië.

En dan zal ze de map langzaam van haar schoot pakken en plechtig op zijn bureau leggen. Alsof hij heel zwaar is.

Mocht u de zaak op enigerlei wijze willen bespreken nadat u de bijzonderheden hebt bestudeerd: ik sta vierentwintig uur per dag tot uw beschikking.

Aan de overkant van de kruising met de Parlementstraat tilt Janina Mentz de aktetas op zodat ze op haar horloge kan kijken. Een beetje te vroeg. Ze vertraagt haar pas en houdt de paraplu stevig vast terwijl het koufront om haar heen woedt.

13

(12 september 2009. Zaterdag.)

'Je realiseert je toch wel dat we allemaal mislukkelingen zijn, hè?' vraagt Jessica De Godin aan Milla terwijl ze nog wat rode wijn inschenkt, haar woorden omfloerst door de alcohol. 'Al die vragen die je hebt beantwoord tijdens de sollicitatiegesprekken, al die *psychobabble* zoals "ben je ambitieus?" dat is allemaal gelul. Het enige wat ze wilden weten was: ben je mislukt? Daar houden ze van. Een verloren zaak, een buitenstaander. Beschadigde waar, goed geïsoleerd.'

Milla is ook niet meer nuchter. Ze knikt een beetje te overdreven.

'Ik bedoel, kijk naar ons. De rest van de Dienst is een toonbeeld van positieve discriminatie, een volmaakte afspiegeling van de Regenboognatie, maar wij zijn allemaal blank, boven de veertig, en helemaal *fucked up*. Theunie is ontslagen bij een krant in Jo'burg omdat hij een column had geplagieerd. Twee keer. Daarom is zijn derde vrouw van hem gescheiden. Mac was vroeger artdirector bij een krant in Johannesburg tot ze hem betrapten met de postjongen. In de postkamer. En jij bent de weggelopen huisvrouw. En dan ben ik er. Wil je er een?' vraagt ze en ze houdt Milla het pakje lange, dunne sigaretten voor.

'Graag.'

Jessica steekt eerst geconcentreerd de sigaretten aan en heft dan haar glas in een heildronk. 'Op het Schandaalteam.'

Milla doet hetzelfde en klinkt haar glas tegen dat van Jessica. 'Was jij bij een schandaal betrokken?'

'*Oh yes*.'

De wijn geeft Milla moed. 'Wat heb je gedaan?'

'Heb je het niet gehoord?'

'Nee.'

'Vreemd.' De Godin grijnst haar perfecte tanden bloot. 'Het mijne is nog wel interessant, daarom dacht ik dat Mac op zijn minst hints had gegeven.'

'Nee hoor,' zegt Milla.

'Nou, laat ik het dan zelf maar vertellen,' zegt Jessica en ze neemt een lange trek van de sigaret. 'Ik was parlementair correspondent voor *The Times*. En toen moest ik zo nodig een heel erg belangrijke topambtenaar neuken... Vraag het maar niet, ik zeg het toch niet. We hadden twee jaar lang een verhouding. Tot zijn vrouw ons betrapte. Enorme scène. Hysterie, veel gegooi met kleine huishoudelijke voorwerpen, de allerschattigste doodsbedreigingen. Ze liet me ontslaan. Hij heeft me de baan bij de Dienst bezorgd. Hij neukte geweldig... Nu we het er toch over hebben, wanneer heb jij voor het laatst...?'

'Ik?'

'Jij.'

'Geweldig geneukt?' De woorden verrassen haar, alsof ze niet wist dat ze nog ergens in haar zaten.

'Ja.'

'Ik weet het niet...'

'Hoe kun je dat nou niet weten?'

'Ik geloof eigenlijk dat ik nog nooit geweldig heb geneukt.'

'Nooit?'

'Oké, misschien niet nooit... de eerste keer was best lekker.'

'Met je man.'

'Mijn ex-man.'

'Ben je maar met één man naar bed geweest?'

'Ach, je weet wel... ik werd zwanger en toen moesten we trouwen.'

'Jezus christus.'

'Ik weet het.'

'Waarom ben je in godsnaam geen verhouding begonnen?'

'Dat... Ach... Ik denk niet... Ik weet niet...'

'Nooit gevaarlijk geleefd?'

'Nee...'

'En nu? Je bent nu alweer, hoe lang, twee maanden alleen...'

'Ik heb...'

'Je zit je tijd te verknoeien.'

'Misschien wel.'

'Zal ik je aan iemand voorstellen?'

'Nee!'

Ze kijkt peinzend naar Milla. 'Ik ben dol op hopeloze gevallen. We hebben een hoop werk te doen.'

Milla lacht.

'Ik zal je moeten inwijden in de geneugten van het *cougar*-schap.'

'Cougar?'

'Dat ben ik, lieve Milla, een openlijke, ongegeneerde... nee, trotse cougar. Een verleidster van jongere mannen. Begin twintig. Lekker strak, gretig, een WOP-relatie.'

'WOP?'

'Wippen, ontbijten, pleite. De perfecte oplossing. Harde, jonge lijven, uithoudingsvermogen, zoveel enthousiasme. En een gemeenschappelijke weerzin tegen vaste banden. *Love them and leave them.*'

'Aha...'

'Ik ga iets voor je organiseren.'

'Nee, Jess. Nee, nee, nee.'

Operatie Shawwal
Transcriptie: afluisteren M. Strachan. Daven Court nr. 14, Davenportstraat, Vredehoek
Datum en tijd: 7 oktober. 23.32 uur
MS: Christo was knap. Je weet hoe het gaat op die leeftijd, als een knappe jongen met zelfvertrouwen jou eruit pikt, tussen alle anderen, en je vriendinnen o en ah roepen. Ik had een laag zelfbeeld, ik was gewoon zo... opgelucht dat hij belangstelling voor me had. Zo... dankbaar... Hij was zo... Het leek of hij zo wereldwijs was, zo op zijn gemak met zichzelf. Ik weet niet of ik ooit verliefd op hem ben geweest. Misschien lieg ik tegen mezelf... Ik was die avond dronken. Het was carnaval. Iedereen was dronken. Dat is geen excuus, ik zou zeker op een bepaald moment met hem naar bed zijn gegaan. Ik was er klaar voor, ik wilde hem hebben, ik wilde weten hoe het voelde...

(13 september 2009. Zondag.)

Milla duikt pas na tienen op uit haar dronkenmansslaap. Brokstukken van de vorige avond zweven door haar hoofd. Jessica's sensuele, door drank benevelde stem.

We zijn allemaal mislukkelingen.

Jij bent de weggelopen huisvrouw.

Ben je maar met één man naar bed geweest?

Nooit gevaarlijk geleefd?

God, heeft zij echt aan dat gesprek deelgenomen?

Nou en of. En meer. Ze heeft haar verhaal verteld, laat op de avond, de volledige waarheid, met dronkenmanstranen, en Jessica heeft haar hand vastgehouden en meegehuild. Het komt nu allemaal terug en de schaamte daalt in vlagen op Milla neer.

En dan de angst: hoe is ze thuisgekomen? Ze weet het niet meer.

Zodat ze opspringt en uit het raam kijkt en haar Renault Clio buiten ziet staan. De opluchting is klein, want de hoofdpijn bonkt opeens. Ze stapt weer in bed en trekt de dekens over haar hoofd. Ze is in haar dronkenschap naar huis gereden, ze had een ongeluk... Ze had in de gevangenis kunnen belanden, wat zou Christo daarvan genoten hebben, hoe kan ze haar zoon zoiets aandoen? 'Is dat jouw moeder, die dronken vrouw die in de krant stond? Dat wijf dat weggelopen is?'

Ze kan dit soort dingen niet doen.

Ze ligt zichzelf verwijten te maken tot ze er niet meer tegen kan, voorzichtig opstaat, haar kamerjas en sloffen aantrekt, naar de keuken sloft en het koffiezetapparaat aanzet.

En dan bedenkt ze dat ze een beetje gevaarlijk heeft geleefd, gisteravond. Ze heeft een stukje van alles wat ze kwijt was teruggekregen.

Transcriptie: afluisteren, telefoongesprek – J.N. Shabangu (alias 'Inkunzi') en A. Hendricks.
Datum en tijd: 13 september 2009. 20.32 uur
S: Ik heb een boodschap voor Inkabi.
H: Wat is de boodschap?
S: De exportdeal...
H: Ja.
S: De man die de spullen wil kopen, weet je wel. Hij is in Kaapstad. Hij is een Inkosi...
H: Ik weet niet wat 'Inkosi' betekent.
S: Inkosi is een belangrijke man. Een chef. Je weet wel... van een... bedrijf. Hoe zal ik het zeggen? We zitten in dezelfde business, deze koper en ik... Maar zijn business is in Kaapstad.
H: Oké.
S: We hebben gehoord dat zijn naam Tweetybird is.
H: Tweetybird.
S: Dat is wat we hebben gehoord. Dus we denken dat jij kunt helpen hem te vinden.
H: Oké.
S: En we denken dat de spullen aan het eind van de maand op reis gaan. Na de 24e.
H: Weet je meer over het transport en de route?
S: We denken per vrachtwagen, maar de route is niet zeker. Daarom moet je die Tweetybird vinden. Die zal de route kennen. Je moet zorgen dat hij hem aan ons vertelt.

H: Oké.
S: Ik zal je een nummer geven. Het nummer verandert aanstaande zondag, en dan bel ik je weer.
H: Wat is het nummer?

14

(14 september 2009. Maandag.)

Om 06.46 uur, terwijl Quinn samen met zijn vrouw en twee tienerzoons in de keuken zit te ontbijten in hun huis in de Nansenstraat in Claremont, krijgt hij het sms'je. Hij kijkt vluchtig op het scherm van zijn mobiele telefoon, verontschuldigt zich, loopt naar de slaapkamer en belt Masilo.

'Osman is op het vliegveld, op weg naar Walvisbaai,' zegt hij als Masilo opneemt.

'Hoe laat vertrekt de vlucht?'

'In elk geval binnen een uur.'

'Dan mogen we wel opschieten.'

'We hebben maar één operator in Namibië. In Windhoek. Ik ga hem nu bellen om te horen hoe snel hij in Walvisbaai kan zijn.'

'Dank je, Quinn. Walvisbaai? Wat gaat Osman in hemelsnaam in Walvisbaai doen?'

'Waarom Walvisbaai?' vraagt Janina Mentz aan de ronde tafel in haar kantoor. Het is 08.41 uur.

'Invoerhaven. Voor de wapens,' zegt Tau Masilo.

'Dat is speculatie.'

Masilo heeft zich voorbereid. 'De eenvoudigste verklaring is meestal de beste, mevrouw. Na het debacle met Ismail Mohammed zal de Supreme Committee absoluut niet de aandacht willen vestigen op de Kaap, ze zijn nu voorzichtiger dan ooit. Ze weten dat het moeilijk gaat worden de wapens hier aan land te brengen, want als het fout loopt, zijn alle ogen meteen op hen gericht. Dat moet je ze nageven: Walvisbaai is slim. Minder beveiliging, minder steekpenningen, goede verbindingen door de Trans-Kalahari Corridor naar Gauteng. En als er iets misgaat, is er weinig bewijs van hun betrokkenheid.'

Mentz overweegt het standpunt en knikt. 'Zou kunnen. Wat doen we?'

'Osman vliegt via Windhoek, daar moet hij overstappen. We hebben daar een operator. Die is al met de auto op weg, hij zou een uur eerder dan Osman in Walvisbaai moeten zijn.'

'Hoe laat komt Osman aan?'

'Om één uur vanmiddag.'

'Hoe goed is onze man in Namibië?'

'Dat is Reinhard Rohn. Dertig jaar ervaring. Een oude jakhals. Zijn rapporten zijn altijd degelijk. Nauwkeurig.'

'Hoe komen we toch aan die mensen?' Maar dan fronst Mentz haar wenkbrauwen. 'Als we een *inside man* hadden, Tau, dan stonden nu drie van onze beste teams Osman op te wachten.'

Masilo knikt alleen, hij heeft weinig zin in dit gesprek. Dan verandert hij van onderwerp: 'We weten wie de zending diamanten van Johnson Chitepo gaat kopen.'

Het duurt even voordat Mentz de omslag kan maken. 'O?'

'De rolverdeling van dit drama wordt steeds interessanter. Inkunzi Shabangu heeft dit weekend de Committee weer gebeld met dit bericht. De nieuwste bijrol is kennelijk ene Willem "Tweetybird" de la Cruz, bendeleider van de Kaapse Vlakte.'

'Dat meen je niet.'

'Kom, Mac, aan het werk,' zegt mevrouw Killian even na tienen en ze rolt haar stoel naast Milla's bureau. Ze wacht tot MacFarland zijn stoel dichterbij rijdt voordat ze gaat zitten en de dikke mappen op het bureau legt.

'Milla, dit is je eerste grote opdracht, en we moeten iets klaar hebben voor morgenochtend,' zegt ze. 'Maar maak je geen zorgen, Mac is je vangnet...'

Mevrouw Killian geeft Milla de eerste map.

'Misdaadbendes op de Kaapse Vlakte. Er is heel veel materiaal en de uitdaging is om alles terug te brengen tot drie of vier bladzijden. Waarvan eentje over de achtergrond, maar gefocust op de laatste tien jaar, de rest is eigenlijk irrelevant. Eentje over de huidige stand van zaken, weer alleen de grote lijnen, een kort overzicht. Bedenk dat we het hoofdbestuur willen inlichten, maar we willen niet hun tijd verspillen. En dan een bladzij over een specifiek syndicaat: De Restless Ravens. Niet meer dan een alinea of twee over hun geschiedenis. Concentreer je op hoe ze er nu uitzien, waar ze nu mee bezig zijn. En dat brengt me bij jou, Mac. Jij gaat kijken naar ene Willem de la Cruz, ook bekend als "Tweetybird" of "Willy".'

'Wil-ie wel of wil-ie niet...'

'Nu even niet, Mac. De la Cruz is de leider van de Restless Ravens, hij is degene voor wie we de meeste belangstelling hebben.'

'En terecht. Je weet wat ze zeggen, één tweetybird in de hand...'

'Mac!'

'Maar kom op, moeder. Tweetybird. The Ravens, Willy... Op zijn zachtst gezegd freudiaans.'

Om vijf voor halfeen steekt Quinn zijn hoofd bij Masilo's kantoor naar binnen. 'Reinhard Rohn, onze man in Namibië, belde net. Hij staat in de aankomsthal van het vliegveld van Walvisbaai Osman op te wachten.'

'Hij weet dat hij heel discreet moet zijn?'

'Dat weet hij.'

'Hoe moet hij Osman herkennen?'

'Ik heb drie foto's naar zijn mobiel gestuurd.'

Masilo is tevreden. 'Hou me op de hoogte.'

'Doe ik.' Quinn aarzelt. 'Die geschiedenis met Tweetybird de la Cruz...'

'Ja?'

'Als de Supreme Committee... Die geschiedenis kan een oorlog op de Kaapse Vlakte veroorzaken. Als Suleiman Dolly in de oren van PAGAD begint te fluisteren.'

'Ik denk niet dat Dolly zo dom zal zijn. Hij wil de diamanten hebben en als hij onrust stookt, gaan de smokkelaars misschien op zoek naar andere kopers.'

Quinn schudt zijn hoofd. 'Ik hoop dat je gelijk hebt.'

Veertien kilometer ten oosten van Walvisbaai – en maar twee kilometer van de grens van het Namib-Naukluft National Park – ligt het vliegveld van Walvisbaai, een kleine oase in de vlakke, eindeloze uitgestrektheid van de Namibwoestijn.

Het moderne luchthavengebouw met zijn grijze stalen dak en zalmkleurige muren staat tussen palmen en grasveldjes. Voor Reinhard Rohn, operator van de PIA, is het feit dat het gebouw relatief klein en het vliegveld redelijk stil is, tegelijkertijd een voor- en een nadeel. De vertrekhal en de aankomsthal liggen naast elkaar en zijn makkelijk te overzien. Maar voor iemand die discreet wil zijn, is er weinig beschutting.

Rohn is een eenenvijftigjarige veteraan. Daarom staat hij eerst bij de ramen die uitkijken op de landingsbaan en zorgt hij ervoor dat hij Osman herkent als die uit het vliegtuig komt, en op weg gaat naar het gebouw. Rohn prent zich het gezicht in, de kleur van het maatpak (lichtbruin), het open overhemd (lichtblauw), en de kleine zwarte reistas op wieltjes die Osman achter zich aan trekt.

Dan loopt hij het gebouw uit, over het grijze tegelpad en het zanderige parkeerterrein naar zijn witte Toyota-bakkie. Hij stapt in, draait de ramen open, haalt de kleine verrekijker uit het dashboardkastje, richt die op de ingang en wacht.

Zeven minuten later ziet hij Osman naar buiten komen en constateert dat de man geen andere bagage heeft, alleen de reistas. Hij volgt hem terwijl hij naar het parkeerterrein van Avis loopt, tot hij uit het zicht is.

Rohn start de motor en keert de auto zodat hij de juiste inrit in de gaten kan houden.

15

Om negen minuten over vier die middag rapporteert Quinn aan zijn baas dat Rohns achtervolging van Shahied Latief Osman in Walvisbaai foutloos is verlopen. 'Osman reed met een auto van Avis regelrecht naar de haven, waar hij parkeerde voor het kantoor van Consolidated Fisheries, bij de vissershaven. Hij ging om 13.35 uur het gebouw binnen en kwam pas twee uur later, om 15.30 uur weer naar buiten. Daarna reed hij naar het Protea Hotel op de Sam Nujoma Avenue, waar hij incheckte. Rohn heeft er ook een kamer genomen en zal de zaak verder in de gaten houden. We zijn nu bezig onderzoek te doen naar Consolidated Fisheries, en de mensen van Raj zorgen dat er morgenochtend een rapport klaarligt.'

Om tien voor halfvijf roept moeder Killian Jessica De Godin binnen om haar de nieuwe opdracht te geven. Als Jessica tien minuten later vloekend terugloopt naar haar bureau ('Een fucking visbedrijf in een of andere fucking achterlijke havenstad...') verstoort ze Milla Strachans diepe concentratie, zodat die opkijkt van haar omvangrijke onderzoek naar straatbendes en tegen Donald MacFarland zegt: 'Mac, er zitten hier dingen bij die de overheid niet in een gunstig daglicht stellen.'

'Nou en?'

'Moet ik die erbij doen?'

'Natuurlijk. De Iron Lady moet het weten, ook al doet het pijn.'

'Oké.'

Rapport: misdaadbendes op de Kaapse Vlakte
Datum: 14 september 2009
Opgesteld door: Milla Strachan en Donald MacFarland

Achtergrond:
De laatste tien jaar van de Apartheid bleven bendeactiviteiten in de toenmalige Kaapprovincie grotendeels beperkt tot de voormalige gekleurde groepsgebieden, vooral in de sociaal-economisch min-

derbedeelde woonwijken van de Kaapse Vlakte.
Ook de aard en omvang van hun misdaden was vrij beperkt, hoofdzakelijk als gevolg van internationaal isolement, belemmering door de Groepsgebiedenwet, en een effectieve, ervaren politiemacht met uitgebreide bevoegdheden, waaronder aanhouding zonder verhoor en bedenkelijke ondervragingsprocedures.
Begin jaren negentig ontstond er een subtiele verschuiving toen de mankracht van de toenmalige SAP hoe langer hoe meer aangewend werd voor het onderdrukken van politieke onrust. Straatbendes kregen de ruimte, konden sneller rekruten werven en stelselmatig hun activiteiten uitbreiden, die in die tijd nog op kleine en beperkte schaal plaatsvonden.
De overgang naar een democratische regering, in 1994, en de reusachtige veranderingen in het land in de daaropvolgende zes jaar, hebben de georganiseerde misdaad de gelegenheid gegeven om zich van huisnijverheid tot internationale speler te ontwikkelen.
De volgende factoren zijn van toepassing:

<u>* Na 1994: opening van grenzen en internationale toestroom</u>
Afschaffing van strenge grenscontroles en de hernieuwde deelname van Zuid-Afrika aan de internationale handel hebben een toestroom van buitenlandse toeristen, valuta en investeringen tot gevolg gehad, wat ook gold voor de voornaamste spelers in de transnationale georganiseerde misdaad. Het waren vooral syndicaten uit Nigeria, Rusland, China, Italië en Colombia die hun kans zagen, en zich al snel nestelden, met name in Johannesburg, Durban en Kaapstad.
Naar schatting zijn meer dan 100.000 Nigeriaanse burgers in die tijd Zuid-Afrika illegaal binnengekomen en hebben zich hier gevestigd.

<u>* Bestaande infrastructuur</u>
Het Zuid-Afrika van 1994 beschikte, ondanks het isolement van het land, over een uitstekende infrastructuur; een uiterst efficiënt bankwezen, uitstekende telecommunicatienetwerken, en uitgebreide weg-, spoor- en luchtverbindingen.
Zowel misdaadsyndicaten als buitenlandse investeerders en nieuwe bedrijven hebben hiervan geprofiteerd.
Er was bovendien al een basisstructuur van georganiseerde misdaad, in de vorm van de bendes van het Kaapse Schiereiland. Vooral heroïne en cocaïne begonnen in grote hoeveelheden het land bin-

nen te stromen, en vonden een bestaand, zij het vrij rudimentair netwerk van verwerking en verspreiding.
Ook de smokkel van en handel in andere drugs, wapens, ivoor, hout, edelstenen, parelmoer en mensen begon gaandeweg toe te nemen.

* Een verzwakte politiemacht en moderne wetgeving

Precies tijdens deze instroom van transnationale misdaadsyndicaten werd de voormalige SAP tussen 1994 en 1996 getransformeerd in de nieuwe South African Police Service (SAPS). De gevolgen van dat proces zouden, ironisch genoeg, beschouwd kunnen worden als een van de beslissende factoren in de opkomst van de georganiseerde misdaad, vooral in de Wes-Kaap.
Positieve discriminatie, een groot percentage hoge functionarissen die ontslag namen of met pensioen gingen, omscholing en hervorming, verandering van structuren en overplaatsingen hebben niet alleen een enorm verlies aan ervaring binnen de gelederen van de politie teweeggebracht, maar ook het vertrouwen tussen leden en de algemene moraal binnen de dienst ernstig beschadigd. Interne ruzies, frustratie, obstructie en politisering hebben er ook toe bijgedragen dat de SAPS de georganiseerde misdaad uit het oog is verloren.
Het strafprocesrecht, gestoeld op moderne humane en internationaal aanvaardbare mensenrechten, kwam ook in die tijd op, waardoor wetshandhavers gedwongen werden de rechten van verdachten te respecteren, arrestatieprocedures te veranderen en ondervragingstechnieken grondig te herzien (waaronder het volledig afschaffen van de zogenaamde bekentenisformule – lees fysieke intimidatie – uit het Apartheidstijdperk).
De criminele inlichtingeneenheid is hierdoor volledig in het slop geraakt en moest vanaf de grond weer worden opgebouwd.
Hierdoor kreeg de georganiseerde misdaad een kans, die ze ten volle heeft benut.

* PAGAD, CORE en POCA

Doordat de politie was lamgelegd, vlamde het burgerlijke verzet tegen de misdaad in de gekleurde gebieden op. De voornaamste verzetsgroep was PAGAD (People Against Gangsterism and Drugs), een islamitische pressiegroep, die in 1996 begon met burgerwachten tegen bendeleiders op de Kaapse Vlakte.
Betogingen tegen drugshuizen, schietincidenten, overvallen en eliminatie van leiders hebben de bestaande bendes ernstig in de wie-

len gereden, hiërarchische structuren verwoest en de criminele activiteiten een stevige knauw gegeven.
Voor de Vlaktebendes was het een evolutieproces; alleen de sterksten overleefden. De reactie van de overgebleven syndicaatsleiders was de oprichting van het Community Outreach Forum (CORE). De naam was doelbewust cynisch gekozen en had niets met gemeenschapszin te maken. Het was een consolidatie en hergroepering, en voor het eerst in de geschiedenis een samenwerkingsverband van de georganiseerde misdaad. Ze riepen een klein, efficiënt uitvoerend comité in het leven, dat binnen een paar maanden drugs, witwaspraktijken, smokkelarij en internationale samenwerking had gestroomlijnd en tot nieuwe hoogten van professionaliteit en geheimhouding had gebracht.
Een ander gevolg van het optreden van PAGAD was dat de top van de bendes wegtrok uit de gekleurde gemeenschappen naar traditioneel blanke woonbuurten en de activiteiten verlegde naar deze nieuwe gebieden, waar vooral de verkoop van onder meer cocaïne en hasj een nieuwe markt vond.
Een laatste factor was de aanvaarding in het parlement van de POCA (Prevention of Organised Crime Act), een veelomvattende wetgeving die de Staat bijvoorbeeld de macht gaf om beslag te leggen op de activa van bendeleiders en hun consorten.

* De Restless Ravens

De Restless Ravens vormden een betrekkelijk kleine, maar zeer efficiente straatbende die begin jaren negentig voornamelijk in Manenberg, Bonteheuwel, Bishop Lavis, Heideveld, Surrey en Primrose Park opereerde.
Hun leider was de meedogenloze, ambitieuze en uiterst intelligente Willem (Willy) 'Tweetybird' de la Cruz (53), die toen al twee keer een gevangenisstraf had uitgezeten wegens mishandeling (1978-1981) en beroving (1983-1988). Hij heeft zijn bijnaam te danken aan zijn hobby, het fokken van parkieten, maar ook aan het ritueel om een levende vogel in de mond van verraders te stoppen nadat hij ze had laten vermoorden.
De la Cruz en de Restless Ravens hebben enorm geprofiteerd van de chaos die PAGAD in 1996 veroorzaakte. Juist doordat ze kleiner waren en dus als een minder grote bedreiging werden gezien, liet PAGAD hen meestal met rust. De Ravens hebben niet alleen dat tijdperk overleefd, maar ook als gevolg van het optreden van burgerwach-

ten nieuwe rekruten en afzetgebieden geworven.
De la Cruz was ook een van de oprichters van CORE, en speelde met zijn goede onderhandelingsvaardigheden en netwerken uiteindelijk een sleutelrol in de alliantie. Daarbij zag hij al vroeg de bedreiging van de POCA-wetgeving en de toepassing ervan door de bijzondere onderzoekseenheid, de Schorpioenen.
Zijn angst dat de autoriteiten beslag zouden leggen op zijn aanzienlijke tegoeden en bezit dwong hem twee belangrijke mensen aan te stellen, allebei vertrouwelingen die hij in de gevangenis had ontmoet.
De eerste was een accountant, de voormalige boekhouder Moegamat Perkins (49, straf wegens fraude uitgezeten van 1982-1988), die moest zorgen dat de activa van de Ravens in de eerste plaats niet op naam van De la Cruz stonden en ten tweede dat ze zo waren georganiseerd dat beslaglegging vrijwel onmogelijk zou zijn.
De tweede was een 'generaal', een krachtpatser die met moord, geweld en intimidatie gezag voor de Ravens kon afdwingen, maar ook een tegenwicht kon bieden dat ervoor moest zorgen dat de invloed van accountant Perkins beperkt bleef. Zijn keuze was gevallen op Terrence Richard Baadjies (50, 'Terry', 'Terror', 'de Terrorist'), op zijn vijftiende wegens moord veroordeeld tot jeugddetentie, daarna een gevangenisstraf uitgezeten wegens de handel in verdovende middelen, zware mishandeling en doodslag.
Beide aanstellingen waren een meesterzet. Toen de Schorpioenen en vooral de afdeling Georganiseerde Misdaad van de SAPS tussen 2000 en 2006 beslag legden op bijna 200 miljoen rand aan activa van bendes op het Kaapse schiereiland, waren de Ravens onaantastbaar. En met Terror Baadjies en zijn soldaten die altijd bereid waren om met geweld de werkzaamheden van benadeelde syndicaten over te nemen, ontwikkelden de Restless Ravens zich in dat tijdperk tot een van de succesvolste misdaadorganisaties in de Kaap. De prominente rol van De la Cruz bij CORE kreeg ook een extra impuls.
Het rekruteren van jonge, gekleurde mannen op de Kaapse Vlakte door de Ravens werd aanzienlijk vergemakkelijkt door de sociaaleconomische neergang van die gemeenschap sinds 1994. De belangrijkste factoren daarvoor zijn onder andere:
De drug 'tik' (crystal meth): 91% van alle tikverslaafden is gekleurd, met een gemiddelde leeftijd van 16,6 jaar.
18% van alle gekleurde jongeren tussen 14 en 34 zit in de gevangenis wegens misdaad.

21,8% van de gekleurde jongeren van 16 jaar gaat niet naar school. 48% van de gekleurde gemeenschap is economisch niet-actief of werkloos. (Op een totaal van 2,7 miljoen zijn er 975.000 niet-actief en 340.000 werkloos.)

* Ten slotte

Het succes van de Restless Ravens (en hun ontduiking van de POCA) heeft misschien juist het soort aandacht getrokken dat ze niet willen hebben. Volgens een recent bericht in *Die Burger* (28 augustus 2009) heeft de nieuwe provinciale DA-regering in de Wes-Kaap opdracht gegeven een speciale openbaar aanklager aan te stellen om de activiteiten van de bende te onderzoeken met het oog op een verdenking van belastingontduiking.

16

(15 september 2009. Dinsdag.)

Aan het eind van de middag vraagt Mentz hen binnen met een glimlach en een opgewekt: 'Ga zitten, collega's.' Ze vertelt dat de minister na de lunch heeft gebeld.

Hij wilde graag horen of er nieuwe ontwikkelingen waren. Ze kon hem vertellen van Walvisbaai. En toen zei hij: 'Janina, de president en ik hebben grote waardering voor je werk, maar vooral voor de manier waarop je deze zaak hebt aangepakt. Kijk eens naar je budget. Als je meer nodig hebt, moet je het zeggen, want het heeft voor ons hoge prioriteit. Er is nog iets wat ik moet zeggen: je hebt misschien al geruchten gehoord over een nieuwe structuur van de inlichtingendiensten, ik hoor dat het overal in de wandelgangen rondwaart. Nou, Janina, ik kan je vertellen dat jouw bureau voorlopig geen deel uitmaakt van de plannen van de president.'

Janina Mentz leunt achterover in haar stoel en kijkt de twee mannen intens tevreden aan.

Masilo steekt zijn duimen onder zijn bretels en glimlacht, langzaam en breed.

Rajkumar, getrouw aan zijn aard, zoomt in op het woord 'voorlopig'.

Mentz stelt hem gerust, maar vandaag zonder de traditionele frons en onderdrukte irritatie. 'Dit was precies wat we wilden, Raj, het was ons primaire doel, en we hebben het bereikt. Laten we van het moment genieten. En laat ik jullie bedanken voor het uitstekende werk.' En dan voegt ze eraan toe: 'Ik wil mijn felicitaties overbrengen aan het Rapportageteam. Ik vond hun werk van gisteren uitstekend. En laat mevrouw Killian ze meenemen voor een lunch in een leuk restaurant. Op mijn rekening.'

De twee mannen verbergen hun verbazing. Ze kunnen zich niet herinneren Janina Mentz ooit zo te hebben gezien.

Mentz richt haar glimlach op Masilo. 'En hoe gaat het met onze man in Walvisbaai?'

De advocaat rapporteert dat Osman, volgens operator Reinhard Rohn, de nacht in het Protea Hotel heeft doorgebracht en de volgende middag om 12.55 uur is teruggevlogen naar Kaapstad. Een team heeft hem daar opgewacht en voorzichtig achtervolgd naar het vergaderhuis van de Supreme Committee in de Chamberlainstraat 15, waar hij vermoedelijk rapport ging uitbrengen. Intussen heeft Quinn Rohn opdracht gegeven in Walvisbaai achter te blijven en te kijken wat hij kan doen om het raadsel op te lossen.

'En wat weten we van Consolidated Fisheries, Raj?'

Hij geeft haar het beknopte verslag van Jessica en zegt dat het Rapportageteam hoegenaamd geen bewijzen heeft gevonden dat het bedrijf bij enige vorm van onwettige activiteiten betrokken is. 'Ze maken deel uit van de Erongo Group, die beursgenoteerd is. Het bedrijf bezit een visserijvloot van negen hektrawlers, een inblikfabriek, en ze zijn actief in het gebied bij Benguela. Er is niets te vinden.'

'Maar,' zegt Tau Masilo, als altijd de jurist die zijn huiswerk doet, 'luister hier eens even naar.' Hij legt een document dat hij voor zich heeft liggen recht en leest voor: 'Alle vaartuigen die de haven van Walvisbaai binnen willen komen, dienen de volgende informatie te overleggen, 72 uur voor aankomst via e-mail of fax: internationaal scheepsveiligheidscertificaat, nummer, veiligheidsstatus van het vaartuig, datum vertrek uit de laatste haven, enzovoort...'

Masilo kijkt op naar Mentz. 'Alle vaartuigen...' zegt hij en hij laat de woorden even in de lucht hangen voordat hij de zin afmaakt, '... met úítzondering van vissersschepen.'

'Verdomme,' zegt Rajkumar.

'Ik stel voor, mevrouw, dat we drie teams in Walvisbaai inzetten. Want dat is waar ze de wapens gaan binnenbrengen. Zonder enige twijfel.'

(17 september 2009. Donderdag.)

De elektro-akoestische microfoon in de muur van de Chamberlainstraat 15 werpt voor het eerst vruchten af.

Even na elven die ochtend arriveert Shahied Latief Osman en gaat naar binnen, terwijl de vrouwelijke operator aan de overkant dit vastlegt op video en foto. Ze heeft haar koptelefoon op, maar verwacht niet dat ze veel zal horen via de betonmicrofoon, want meestal praten de mannen weinig in de voorkamer boven.

Maar tot haar verbazing hoort ze Osmans stem: 'Alles rustig?'

Transcriptie: afluisteren, S.L. Osman en B. Rayan, Chamberlainstraat 15, Woodstock.
Datum en tijd: 17 september 2009. 11.04 uur
SLO: Alles rustig?
BR: Superrustig.
SLO: Weet je het heel zeker, Baboo?
BR: Heel zeker.
SLO: Garage opgeruimd?
BR: Ja. De auto kan er makkelijk in.
SLO: Mooi zo. Jij wacht in de garage. Als ik het zeg, doe je de deuren open. En als de auto binnen is, doe je ze weer dicht. Baadjies heeft een zak over zijn hoofd, maar hij begrijpt dat het zo moet gebeuren. Jij moet hem leiden, hierlangs en dan naar beneden. Daarna kom je weer naar buiten, hoe minder gezichten hij ziet hoe beter. Begrepen, Baboo?
BR: Begrepen.

De operator controleert of het gesprek op de laptop is opgenomen voordat ze Quinn belt.

Quinn haast zich naar de controlekamer, waar hij snel de monitors aanzet en de livevideo- en geluidsopnamen instelt. Hij is net op tijd om te zien hoe Baboo Rayan de tweede bruine houten deur van de garage van nummer 15 openduwt, snel rondkijkt of iemand het ziet, en terugloopt de diepe schaduw van de garage in.

Dan draait een witte Chrysler Neon de oprit op en rijdt de garage in. Baboo Rayan trekt snel de deuren dicht.

Quinn zit te luisteren naar de liveopname.

Het blijft bijna twintig seconden stil. Dan hoort hij Osmans stem. 'Voorzichtig, Terry, je gaat nu de trap af.'

Een vreemde stem zegt: 'Oké.' Schuifelgeluiden volgen, en dan is het stil.

Ze staan op het dak van Wale Street Chambers zodat Masilo een sigaar kan roken, 'om het te vieren'.

Rajkumar is niet in een feestelijke stemming. 'De Supreme Committee die optrekt met een misdaadbende van de Kaapse Vlakte. Dat slaat nergens op.'

'Natuurlijk wel,' zegt Masilo.

'Hoe bedoel je?' vraagt Rajkumar.

Masilo legt uit: 'De Supreme Committee heeft aan de ene kant Inkunzi

Shabangu, die gaat proberen de diamanten te onderscheppen, en nu praten ze met Terror Baadjies van de Ravens, de uiteindelijke kopers van de diamanten. Omdat ze aan alle kanten ingedekt willen zijn. Als Bul Shabangu erin slaagt de stenen te jatten, kopen ze ze van hem. Zo niet, dan sluiten ze een deal met de Ravens.'

Rajkumar is nog steeds niet overtuigd. 'Maar tegen welke prijs?'

'Je moet de aard van het spel begrijpen. Diamantsmokkelaars hebben allemaal hetzelfde probleem: hoe krijg je de meeste pegels voor je waar, want internationale afspraken en wetshandhaving maken het tegenwoordig erg moeilijk om het spul te verkopen. Het grote geld zit nu in India, waar meer stenen worden verwerkt dan in Nederland. Maar om aan de Indiërs te verkopen moet je langs drie of vier tussenpersonen, die ieder een aandeel krijgen. De Ravens krijgen waarschijnlijk veertig cent per rand als ze via hun eigen kanalen verkopen. Maar de Supreme Committee heeft een troefkaart: Sayyid Khalid bin Alawi Macki. Bedenk wel dat hij een geldwitwasser is, en waarschijnlijk een direct lijntje naar de Indiërs heeft. Dus kunnen ze de Ravens vijftig of zestig cent per rand bieden. En laten we niet vergeten dat we het hebben over een levering ter waarde van zo'n honderd miljoen rand. De Committee zal in het ongunstigste geval minstens twintig miljoen rand winst maken. Meer, als Bul Shabangu de zending onderschept, want dan hebben ze de eerste prijs.'

'Ik bedoelde niet letterlijk de prijs in geld uitgedrukt,' zegt Rajkumar gelaten. 'Hoe zit het met de prijs van zakendoen met een misdaadsyndicaat, een drugsorganisatie? Ik bedoel, PAGAD zal in zijn broek schijten. De hele extremistische gemeenschap zal in het geweer komen.' Hij gooit met twee handen zijn haar naar achteren over zijn schouders. 'Wat ik probeer te zeggen: er staat heel veel op het spel. Wat betekent dat het uiteindelijke doel heel, heel belangrijk is. Groot. Groter dan de termen waarin wij tot nu toe dachten. Zo groot dat ze zullen kunnen zeggen dat het doel de middelen heiligt. Als het een terroristische actie wordt, dan wordt het gruwelijk. Dus is dit eigenlijk heel slecht nieuws.'

'Slecht?' zegt Masilo. 'We zullen het tegenhouden. En je moet denken zoals de directrice, Raj. In termen van onze toekomst vind ik het gewéldig nieuws.'

Jessica komt Milla bij haar bureau halen. 'Loop even mee,' fluistert ze.

Milla loopt achter haar aan naar de damestoiletten. De Godin haalt een lippenstift uit haar handtas en gaat voor de spiegel herstelwerkzaamheden uitvoeren. 'Een vriend van een vriend komt dit weekend naar

Jo'burg. Hij is stagiair bij een groot advocatenkantoor in Jo'burg, knappe jongen, zou wel wat gezelschap kunnen gebruiken.'

'O?'

'Hij is vierentwintig en...'

'Vierentwintig?'

De Godin lacht naar haar en bergt de lippenstift op. 'De perfecte leeftijd. Zoveel energie. Hoe dan ook, hij werkt bij zo'n groot advocatenkantoor, hij is hier voor het weekend, en hij is knap...'

'Jess, ik weet het niet.'

'Laat je gewoon meenemen naar een club, wat drinken, beetje dansen, beetje lol maken. Als hij je type niet is, heb je een leuke avond gehad. Als hij het wel is, dan neuk je hem blind.'

Milla bloost. 'Ik...'

'O, kom op, een beetje gevaarlijk leven, Milla.' Ze onderdrukt haar verwarring. 'Ik zal erover nadenken.'

Mentz stelt de enige vraag die ze niet aan zagen komen. 'Waarom Terrence Baadjies, de krachtpatser?'

'Mevrouw?' vraagt Tau Masilo, om tijd te winnen.

'Waarom heeft Tweetybird de la Cruz zijn generaal naar de Supreme Committee gestuurd? Waarom niet Moegamat Perkins, de geldman?'

Hij had kunnen weten dat ze de rapporten zorgvuldig zou bestuderen. Hij is boos op zichzelf, op Quinn en Rajkumar, dat ze geen van allen over die vraag hebben nagedacht.

'Sterker nog,' zegt Mentz, 'waarom zou de Committee met Baadjies willen onderhandelen? Hij is alles wat ze verachten, en voor zover ik begrijp is hij uiterst gevaarlijk.'

Masilo weet dat hij haar niet om de tuin kan leiden. 'Ik weet het niet,' zegt hij.

'Dan zullen we daarachter moeten komen, Tau,' zegt ze.

Hij ziet dat de frons weer terug is.

Om halftien die avond belt ze Jessica.

'Ik kan het niet,' zegt ze. 'Hij is nauwelijks ouder dan mijn zoon.'

'Dat is precies waarom ik nooit kinderen wil,' zegt De Godin.

En wanneer Milla heeft opgehangen en zich weer op de bank laat zakken, vermoedt ze dat Jessica de ware reden weet: het is onzekerheid, over zichzelf.

17

(18 september 2009. Vrijdag.)

Voor Suleiman Dolly, ook wel de Sjeik genoemd, is dit de dag waarop hij De Datum te horen krijgt.

Zijn mobiele telefoon gaat om 07.38 uur. Sayyid Khalid bin Alawi Macki groet hem op de moslimmanier en zegt: 'Sjeik, het is bevestigd. 23 Shawwal 1430.'

Dolly's hart gaat sneller kloppen, en hij herhaalt de woorden. '23 Shawwal 1430. Allahu Akbar.'

Julius 'Inkunzi' Shabangu zal over twaalf dagen dood in een plas bloed in zijn slaapkamer liggen. Maar in die twaalf dagen zal hij zich 18 september als 'Zwarte Vrijdag' herinneren, want dat is de dag dat de moslims hem bedrogen. En dat die hond Becker op zijn pad kwam.

Even na negenen belt Abdallah Hendricks, spreekbuis van Osman. 'Meneer, er zijn ontwikkelingen geweest.'

Inkunzi stuurt zijn BMW X5 door het spitsverkeer van Sandton met zijn telefoon aan zijn oor, zijn aandacht verdeeld tussen de weg en het telefoongesprek. Daarom ruikt hij aanvankelijk geen onraad. 'Wat voor ontwikkelingen?' vraagt hij.

'Nou, er schijnen marktkrachten aan het werk te zijn, als u snapt wat ik bedoel.'

'Nee, ik snap niet wat je bedoelt.'

'Vraag en aanbod, die dingen veranderen voortdurend. Mij is door Inkabi verzocht nogmaals met u te onderhandelen.'

'Onderhandelen?' Shabangu heeft nu zijn volle aandacht bij het gesprek, hij ruikt lont.

'Ja, we kunnen u helaas nu nog maar dertig cent bieden.'

'Dat is bullshit.'

'Het spijt me echt, maar dat is mijn opdracht.'

'We hadden een deal, zeg tegen Osman dat we een deal hadden!'

'Alstublieft, meneer, geen namen.'

'Dit is bullshit. Waarom doet Osman dit?'

'Alstublieft, meneer, we moeten ons houden aan het afgesproken protocol.'

'Fuck het protocol, waar is Osman mee bezig?'

'Om eerlijk te zijn, meneer, hebben we reden om aan uw bronnen te twijfelen. Over de route.'

'De route? Ik heb vanaf het begin gezegd dat het tijd zou kosten, het is een proces... Wacht eens even... klootzakken...'

'Pardon?'

'Stelletje klootzakken. Het is Tweetybird, hè? Jullie hebben een deal met hem gesloten. Daarom weten jullie van de route.'

'Nee, meneer,' antwoordt Hendricks doodkalm en volmaakt beleefd. 'Het is gewoon de marktwerking. Onze koper heeft een lager bod gedaan en we moeten...'

'Jullie zitten me te fucken.'

Hendricks wil iets zeggen, maar Shabangu schreeuwt over hem heen. 'Ik zal je nog wat vertellen, ik krijg die diamanten te pakken, en dan zullen we zien wat voor prijs jullie betalen! Ik kom achter die fucking route en ik kaap de hele fucking handel!'

'Alstublieft, meneer, u belt met uw mobiele telefoon.'

'*Fuck you*!' schreeuwt Inkunzi en hij drukt de telefoon uit met een hand die beeft van woede. Tien minuten lang vloekt hij, slaat op het stuur, en loert woest naar het verkeer om hem heen. Dan belt hij eerst zijn twee luitenants om het verraad van de moslims met ze te bespreken en daarna zijn hoofdinformant in Harare.

'Waar betaal ik je godverdomme voor?'

'Inkunzi?'

'Waar betaal ik je godverdomme voor? Je hebt de route helemaal mis, en laat ik je dit vertellen, als je niet op tijd de goeie vindt, kom ik persoonlijk je fucking ballen afsnijden, hoor je me?'

Tegen elven is Inkunzi Shabangu terug bij zijn luxe huis, zijn stemming iets beter dankzij de verzekering van zijn luitenants, zijn informant en zijn andere Zim-contacten dat ze koste wat het kost achter de route zullen komen.

Dan gaat zijn telefoon weer.

'Ja?'

'*Ouboet*, mijn naam is Lukas Becker, en u hebt per ongeluk mijn geld gestolen. Ik ben niet boos, ouboet, maar ik wil het terug.'

De laconieke toon en het trage ritme van de stem, de woordkeuze, de vermoedelijke herkomst – een blanke Afrikaner – zijn zo eigenaardig en onverwacht dat Shabangu in lachen uitbarst.

En Becker zegt: 'Daar kan ik mee werken, ouboet, met een man die kan lachen.'

Een afluisteroperator laat kort na het gesprek tussen Shabangu en Hendricks Quinn halen. Die luistert bij de computer van de operator naar de opname, zegt dat het gesprek onmiddellijk in de gedeelde map op de server geplaatst moet worden om het te laten transcriberen, en loopt naar Masilo's kantoor om het hem te vertellen.

Het Becker-gesprek wordt hem later per e-mail toegestuurd met twee audiobestanden als bijlage. De operator schrijft: *Dacht dat je dit wel leuk zou vinden. Heel apart.*

Quinn luistert.

(Shabangu lacht uitbundig.)

Daar kan ik mee werken, ouboet, met een man die kan lachen.

Wie de fuck ben jij?

Lukas Becker. Uw mensen hebben mijn auto gekaapt. Ik had het ding gehuurd, ouboet, dus jullie mogen hem houden. Maar mijn geld zat erin. Nu zeg ik beleefd: ik wil mijn geld terug.

Geld? Wat voor geld?

Veel geld. In pond sterling. Cash.

Mijn mensen? Hoezo mijn mensen?

Ik heb er één hier. Hij heet Enoch Mangope, die met dat witte oog. En hij zegt dat hij voor u werkt.

Zo iemand ken ik niet.

Hij wilde eerst niets zeggen, ouboet, maar toen we voor het politiebureau stopten, ging hij praten. En ik denk niet dat hij liegt. Luister, laten we de dingen simpel houden. Ik wil alleen maar mijn geld.

Ik weet niets van jouw geld.

Ik geloof u, ouboet, maar uw mensen weten het wel. Het geld zat in mijn rugzak, de rugzak zat in de kofferbak. Jullie mogen de rugzak ook houden, geef mij alleen het geld.

Of?

Nee, laten we het nog niet over 'of' hebben.

Hier heb je een 'of': Fuck off.

Ai, ouboet, die houding brengt u nog eens in de problemen.

Problemen? Wie denk je wel dat je bent?

Lukas Becker. Ik dacht dat ik dat al had gezegd.

(Shabangu lacht.) Je maakt zeker een grapje.

(Opgehangen.)

Einde van het eerste audiobestand.

Quinn grinnikt en klikt het tweede aan.

Ik begrijp hoe u zich voelt, ouboet, een blanke kerel die zomaar vanuit het niets belt, maar ik maak geen grapjes. Ik wil dit alleen op een nette manier oplossen. Wat vindt u?

(Shabangu lacht ongelovig.) Weet je wie ik ben?

Ik ken u niet, ouboet, maar uw man Eenoog Enoch hier zegt dat u een Inkosi bent. Een gevaarlijke kerel.

Dat klopt. En ik ben je fucking ouboet niet...

Ach, zo praat ik nou eenmaal.

... en als je me nog eens belt, kom je er wel achter hoe gevaarlijk ik ben.

Ik geloof best dat u heel gevaarlijk bent, ouboet, maar daarom geloof ik ook dat u iemand bent die het zal begrijpen. Ik heb hard gewerkt voor dat geld.

Kan me geen fuck schelen.

Ai, ouboet, dat moet u niet zeggen.

Wat wil je eraan doen? Mij in elkaar komen slaan?

Ik ga door met het netjes vragen, ouboet. Totdat dat niet meer helpt.

(Shabangu lacht.) Je bent gek.

Nog niet.

Luister, laat me met rust. En zeg tegen Enoch dat hij niet meer voor me werkt.

18

Tau Masilo houdt zich niet vaak bezig met data die in het verleden liggen. Hij concentreert zich meestal op de toekomst. Maar van 18 september laat hij een spoor na in zijn agenda.

Sinds Janina Mentz hem de vorige dag overviel met de vraag over Baadjies ligt de kwestie hem zwaar op zijn maag. Voor de advocaat is het in de eerste plaats een erezaak: voorbereid en op de hoogte zijn, alle invalshoeken bekijken en begrijpen, een evenwichtige, doordachte mening formuleren. Dat is immers waarom Mentz hem heeft aangesteld.

Die vrijdag weet hij waarom hij heeft zitten slapen met die Baadjiestoestand, er gebeurde gewoon te veel te snel. Maar hij gelooft niet in excuses en verontschuldigingen. Hij krijgt pas 's middags echt de kans om over alles na te denken, na de opwinding van de afgeluisterde gesprekken en het onderscheppen van de e-mail. Hij leest nog eens het document van het Rapportageteam over de georganiseerde misdaad, kijkt naar alle relevante transcripties en staat zichzelf toe te speculeren. Hij krabbelt haastig, in zijn bijna onleesbare handschrift, sleutelwoorden op de open regels van die vrijdag in zijn agenda.

En tijdens dat proces ontwikkelt hij langzaam maar zeker Het Vermoeden.

Dat de Supreme Committee meer weet van de interne zaken van de Ravens dan de PIA.

Dat het niet het besluit van Tweetybird de la Cruz was om Terror Baadjies naar de onderhandeling met de Committee te sturen.

Dat al die dingen op de een of andere manier van belang zijn.

Dat ze daarachter zullen moeten komen.

Janina Mentz en Rajhev Rajkumar zullen zich die dag herinneren door de e-mail die de mensen van Raj onderschept hebben.

Masilo is net bezig Mentz in haar kantoor op de hoogte te stellen van het gesprek tussen Shabangu en Hendricks. De Indiër komt binnenstormen met een papier in zijn hand. 'Je zult het niet geloven, je zult het echt niet geloven...'

Mentz is eerst alleen verstoord. 'Wat, Raj?'

'Een van die sukkels heeft een fout gemaakt. Hij heeft een ongecodeerde mail doorgestuurd met de datum erin.'

'Dat meen je niet,' zegt Masilo.

'Kijk maar.' Rajkumar knalt de e-mail tussen hen in. 'De oorspronkelijke mail kwam van de Supreme Committee, helemaal beveiligd en versleuteld. En toen had een van de ontvangers even een hersenstilstand.'

Mentz leest langzaam het korte mailtje door, en kijkt dan op naar de opgewonden man voor haar bureau. 'Is dat een datum?'

'23 Shawwal 1430 is de islamitische datum voor 12 oktober 2009.' En dan, alsof ze het niet zelf kan bedenken, voegt hij eraan toe: 'Dat is over minder dan een maand.'

'Dat weet ik, Raj. Maar wat betekent het?'

'Dan gaat het gebeuren?'

'Het?'

'U weet wel, de transactie. De wapens.'

'Volgens Ismail Mohammed gebeurt dat in september.'

'Misschien hebben ze het veranderd... Shit. Denkt u dat het de dag van de aanslag kan zijn? Van de terroristische actie?'

'We kunnen maar beter zorgen dat we daarachter komen, vind je niet?'

(19 september 2009. Zaterdag.)

Tau Masilo is vanaf negen uur op kantoor, waar het stil is. Alleen de kernploeg is er.

Hij leest eerst het rapport van Reinhard Rohn, hun man in Namibië. Niets nieuws. Hij begint bezorgd te worden.

Dan kijkt hij weer in zijn aantekeningen van de vorige dag, over de Restless Ravens. En krijgt hetzelfde onbehaaglijke gevoel.

Hij kijkt naar het rapport van Rajkumar. 23 Shawwal. 12 oktober 2009.

Hij schuift alles opzij en legt zijn handen op het toetsenbord van zijn laptop. Hij opent zijn browser en gaat vervolgens naar Google. Hij typt in: *12 oktober 2009, Kaapstad.*

Zijn ogen gaan de mogelijkheden langs. De zesde hit trekt zijn aandacht. Het is een bericht uit een lokaal dagblad, en het wordt hem koud om het hart.

Kaapstad – Het Amerikaanse voetbalteam dat aan de Worldcup in 2010 zal deelnemen, brengt volgende maand een bliksembezoek aan het nieuwe stadion van Kaapstad in Groenpunt.

De komst valt samen met de inspectie van de bouwwerkzaamheden door de FIFA op 12 oktober, wanneer Sepp Blatter, de hoogste man van de FIFA, en een afvaardiging van zo'n zestig officials zullen deelnemen aan de ceremonie waarbij de eerste spade wordt gezet.

'Jezus,' zegt Masilo.

Hij staart lang naar het scherm, klikt dan het bericht weg en belt Janina Mentz.

Boek 2: Lemmer

(DE ZWARTE ZWAAN)

September 2009

De kunst van het spoorzoeken behelst alle tekenen van dierlijke aanwezigheid die in de natuur kunnen worden aangetroffen, waaronder grondsporen, vegetatiesporen, geur, sporen van voeding, urine, uitwerpselen, speeksel, braakballen, territoriumvlaggen, paden en schuilplekken, vocale en andere geluidssporen, visuele sporen, toevallige sporen, indirecte sporen en sporen van skeletten.

– De principes van het spoorzoeken: Identificatie van sporen (L.W. Liebenberg)

19

Territoriumgrenzen kunnen gemarkeerd worden met een geurvlag van urine of uitwerpselen, of met een geur die op de struiken wordt overgebracht via speciale geurorganen.

- De principes van het spoorzoeken: Classificatie van sporen

Ik zoek de problemen niet op, ze komen naar me toe.

Het is elf uur op een zaterdagochtend eind september. Ik zit met Emma le Roux in de Rooi Granaat, mijn wereld is op dit moment goed, bijna volmaakt: de luie dorpsgeluiden van Loxton, het begroetingsfluitje van een kwikstaart als hij het restaurant binnen hipt, de baan zonlicht door het raam op het noorden. Ik heb mijn grote ontbijt met voldoening naar binnen gewerkt, de filterkoffie is lekker en sterk. Emma zit nog rustig en met zichtbaar genoegen te eten van de verse scones met room en jam; er staat een pot thee klaar. Haar huid gloeit en ze heeft een blos op haar wangen, want twee uur geleden lagen we nog verstrengeld op de spierwitte lakens van mijn bed. Ze vertelt over een boek dat ze aan het lezen is, met een stem die altijd dieper is dan haar tengere lichaam voorspelt. Op de volmaakte boog van haar lip zit een spatje room, als een sneeuwvlokje.

Het is allemaal te mooi om waar te zijn, want ik ben Lemmer.

Alsof de goden wakker worden, klinkt er een vaag, diep, mechanisch lawaai dat steeds harder wordt, tot Emma ophoudt met praten en haar hoofd omdraait. Tante Wilna, het kloppende hart van de Rooi Granaat, komt uit de keuken en veegt haar handen af aan haar schort. 'Horen jullie dat ook?'

We luisteren hoe de rollende donder aanzwelt en een duidelijke richting krijgt: een invasie vanaf Carnarvon.

We kijken samen naar het ruime verkeersplein rond de kerk. Alsof het hele dorp tegelijk pauze neemt, drommen de mensen ineens uit de supermarkt en de coöperatie. Er komt een kluitje bruine kinderen van de kant van het parochiehuis aanrennen tot op het plein, maar hun kreten gaan verloren in de kakofonie. Ze wijzen plotseling met opgewonden vingers naar de straat.

Een dramatische opkomst op de negen-uur-poot van het verkeersplein: bonkige wonderen van chroom en staal en lange zwarte slierten leer die van handvatten en zadeltassen wapperen; vier Harley Davidsons en hun ridders met zonnebril, potsierlijke helm, felgekleurde bandana over mond en neus, armen en benen gestrekt om bij de pedalen en het stuur te kunnen. Ze verdwijnen achter de kerk, verschijnen weer, volgen de bocht tot hier voor het restaurant en stoppen, keurig in het gelid, met de achterkant naar ons toe, voorwielen naar de straat. Nog even wordt de motor opgejaagd, met oorverdovend lawaai, en dan worden de standaards uitgeschopt en de bandana's afgetrokken.

Genadige stilte.

Kleine nummerborden. Ik lees ze op volgorde: NV ME. BOY'S TOY. LOUD PROUD. En HELLRAZOR. Allemaal uit de Kaap.

NV ME stijgt van zijn troon, gespt zijn helm los, trekt de vingerloze leren handschoenen uit, en dan het leren jasje met kwastjes. Staalgrijs haar, duur en stijlvol geknipt, een jongensgezicht, een en al zelfvertrouwen. Het T-shirt zit een beetje strak.

Hij laat zijn vorstelijke blik over Loxton gaan. 'Fokking gat van niks,' oordeelt hij, zodat iedereen het kan horen.

De kinderen komen aanrennen en de arbeiders komen dichterbij vanaf de winkel.

Alle vier de motorrijders zijn nu afgestapt; leren broeken, glimmende zwarte laarzen, barok versierd met zilver. Allemaal aan de verkeerde kant van de veertig. Nummer twee is groot, zeker twee meter; nummer drie is klein en gedrongen met een rattenkop; nummer vier is gemiddeld maar sportief.

'Weg daar! Jullie mogen kijken, maar niet aankomen!' commandeert Staalgrijs de kinderen.

Ze kijken met grote ogen naar hem en houden afstand.

Dan komen de ridders binnen. Staalgrijs voorop, gevolgd door Rat en Sportief, en Grote in de achterhoede. Pikorde.

'Goedemorgen, welkom in Loxton,' zegt tante Wilna met de liefdevolle hartelijkheid die ze voor iedereen overheeft.

Ze inspecteren haar en het restaurant. 'Heb je bier?' vraagt Staalgrijs, niet onder de indruk.

Emma draait zich weer naar mij, schudt even haar hoofd en eet haar scone.

'We hebben helaas geen vergunning, maar de drankwinkel is aan de overkant. Ik stuur Mietjie wel even.' Ze wijst naar de grote zespersoonstafel. 'Ga gerust zitten...'

Staalgrijs werpt een vluchtige, taxerende blik op mij. De ogen van Rat blijven speculerend op Emma rusten. Dan gaan ze zitten. Achter op het T-shirt van Sportief staat de kreet: *If you can read this, the bitch fell off.*

Tante Wilna pakt menukaarten voor hen. 'Wat voor bier willen jullie?'

'Black Label,' zegt Staalgrijs. 'Koud.'

'Haal snel even vier Black Label bij Zelda, alsjeblieft,' zegt tante Wilna tegen Mietjie. 'Vraag of ze de koude neemt.'

'Juffrouw,' zegt Staalgrijs, 'maak daar maar twaalf van.'

'Er moet een hoop gedronken worden,' zegt Grote.

'Trek na de Grote Trek,' zegt Rat, hofnar ten huize van Staalgrijs, want ze lachen. Ha-ha-ha. Kameraden.

Tante Wilna aarzelt heel even voordat ze knikt. 'Vraag bij Zelda of ze twaalf koude hebben, anders leggen we ze even in de vriezer.'

Mietjie loopt weg. Even valt er een stilte.

Buiten rijden vier kleurlingen op een ezelskar voorbij, de kant van Beaufort op, de hoeven klakken op het asfalt. Sportief kijkt ze na en zegt: 'Binnenwegen.' De anderen lachen weer, grapje voor ingewijden. Ze beginnen een gesprek, met hardere stemmen dan nodig, zodat wij - het publiek - kunnen meegenieten.

Emma schenkt me een weemoedig glimlachje dat zegt dat ons magische moment voorbij is.

20

Dieren met rabiës worden vaak gekenmerkt door afwijkend gedrag, waartoe ook het aanvallen van mensen kan behoren.
– De principes van het spoorzoeken: Gevaarlijke dieren

'Waar waren we?' vraagt ze zacht.

'De Zwarte Zwaan,' zeg ik en ik neem een slok van mijn koffie. Het is een boeiend boek waarover ze me heeft zitten vertellen.

'Ik was eigenlijk bijna klaar.' Emma schenkt thee in haar kopje en pakt haar laatste scone.

Aan de buurtafel verkondigt Staalgrijs dat hij een Porsche Cayenne gaat kopen.

'Waarom?' vraagt Sportief. 'Je Q7 is nog geen jaar oud.'

'Omdat het kan.' Ha-ha-ha.

Staalgrijs probeert te hard de onverschrokken, doorgewinterde zwerver uit te hangen, de Hells Angels-kloon. Hij is duidelijk welgesteld, maar dat opscheppen duidt op onvrede. Zeker een aardige positie in een groot bedrijf, managersniveau, maar directieniveau haalt hij niet, misschien omdat zijn bazen de venijnige dictator in hem zien. Ik gok: financiële-dienstensector, fondsenmanager. Risico, adrenaline, het grote geld, grootheidswaanzin, verzengende ambitie.

Ik kijk naar de anderen. Grote is het makkelijkst te plaatsen: hij is een ondergeschikte van Staalgrijs op het werk, zijn waakhond. De andere twee zijn lastiger, geen collega's maar geestverwanten. Klanten van Staalgrijs misschien. Spelen samen golf, lange alcoholische lunches, nu en dan een stiekem bezoek aan een stripclub. Het zijn alle vier rijke Afrikaners uit de noordelijke voorsteden van Kaapstad, op een droomtrip in de schoolvakantie, vrouw en kinderen in het strandhuis in Hermanus geparkeerd. Maar de kloof tussen wat ze zijn en de indruk die ze willen wekken is iets te groot.

'Je hebt te veel *toys*,' zegt Rat.

'*Boys need toys*,' zegt Grote en hij kijkt voor goedkeuring naar Staalgrijs.

‘Reken maar van yes,’ antwoordt hij.
En dan beginnen ze over hun bezit te praten.
Mietjie komt terug met het bier en Wilna bedient ze. ‘Laat die glazen maar zitten,’ zegt Grote.
Intens behaaglijk lurken ze aan hun flesjes. Staalgrijs dreunt de bodem van het flesje hard op tafel en veegt zijn mond af. ‘Moedermelk.’
Emma buigt zich over haar thee naar me toe. ‘Regressie,’ fluistert ze. ‘Het zijn weer studenten.’
Het zijn hufters, denk ik.
‘Meer bier,’ roept Rat.
Tante Wilna komt aandraven. Als ze langsloopt, vraag ik om de rekening.
‘Neem je geen dubbeldikke milkshake?’ vraagt ze verbaasd. De ridders zijn plotseling stil en luisteren aandachtig.
‘Vandaag niet, dank je, tante,’ zeg ik zacht.
‘Dubbeldik,’ giechelt Rattenkop.
Ha-ha-ha. Drinken gulzig van hun bier.
‘De scones zijn fantastisch,’ zegt Emma tegen tante Wilna.
‘Dank je, Emmatjie.’
Emma schenkt thee in haar kopje.
‘Emmatjie, kom bij ons zitten,’ zegt Sportief.
‘Welnee, zij is dubbeldun,’ zegt Rat.
‘Nog genoeg te kluiven...’ zegt Sportief. Ha-ha-ha.
‘Hij lijkt me een beetje dubbeldom,’ zegt Grote. Hij kijkt naar mij en tikt tegen zijn voorhoofd.
Lemmers Eerste Loxton-wet: geen hand in woede heffen in mijn woonplaats. Ik sta op, loop naar de toonbank en pak mijn portemonnee, met mijn rug naar hen toe.
‘Waarom is Jezus niet in Loxton geboren?’ vraagt Rat.
Tante Wilna kijkt bedenkelijk.
‘Omdat ze hier geen wijze man konden vinden,’ zegt Staalgrijs.
Ha-ha-ha.
‘En geen maagd,’ zegt Grote. Ha-ha-ha. Een octaaf hoger.
Tante Wilna schrijft onze rekening. Langzaam en nauwkeurig, zoals altijd.
‘Ik weet het niet. Emmatjie ziet eruit of ze nog maagd kan zijn,’ zegt Staalgrijs.
Ik leg mijn handen op de toonbank, laat mijn hoofd zakken en haal adem.
Langzaam in, langzaam uit. Ik weet hoe het werkt in hun kop: ze keken

naar me, zagen een onopvallende, magere plattelander en vonden moed in hun aantal.

'Laat mij beschikken over de maagd van de dubbeldikke,' zegt Sportief.

'Rijmen en dichten zonder het hemd op te lichten,' zegt Grote.

'Emma, *ko' lê ma, sê ma' vir jou grêmma die omie wil jou baby hê...'* zingt Rat zijn versie van een oud Afrikaans liedje.

Uitbundig gelach.

Ik doe mijn portemonnee open, mijn vingers zijn klaar om het geld eruit te pakken. Ik zie hoe mijn handen trillen.

'Kom maar Emma, ik zal lief voor je zijn,' zegt Rat.

'Of misschien niet,' zegt Sportief. Ha-ha-ha.

Ik hoor Emma's stoel naar achteren schuiven en weet dat we een probleem hebben.

'Kom dan,' zegt Emma, 'kom het dan proberen.'

'Hoooo...' zegt Rat, maar met minder bravoure.

Emma's stem is als een mes: 'Ik vraag me af wat je vrouw zou zeggen als ze je nu kon zien. En je kinderen...'

Daar hebben ze geen gevat antwoord op.

'Het is vijfennegentig rand,' zegt tante Wilna fluisterend. Ter wille van haar moeten we hier weg. Nu.

'Stelletje zielenpieten,' zegt Emma.

Geladen stilte. Ik leg haastig mijn geld op de toonbank en draai me om. Emma staat tegenover hen, haar lichaam strakgespannen van woede. 'Emma...' zeg ik, want ik heb haar al eens in actie gezien, toen ze negen maanden geleden een slanke vinger in de borst van een politieagent prikte, herhaaldelijk en onbevreesd.

Ik zie het gezicht van Staalgrijs, het gif, en ik weet dat het volgende wat hij gaat zeggen alles zal veranderen. Ik ben onderweg naar Emma als hij vraagt: 'Wie de fok denk je wel dat je bent?'

Ik klamp me verbeten aan mijn laatste restje zelfbeheersing vast. Mijn hoofd schreeuwt: loop weg.

'Jij bent zelf een fokking zielenpiet, spichtige teef,' sist Staalgrijs.

Drift spoelt door me heen. Ik verander van richting, naar hem toe.

21

Sporen omvatten een breed scala aan tekenen, van duidelijke voetafdrukken, die gedetailleerde informatie leveren over de identiteit en activiteiten van een dier, tot heel subtiele tekenen die soms niets meer aangeven dan dat er een verstoring is geweest.

– De principes van het spoorzoeken: Classificatie van sporen

'Hallo, wat een prachtige fietsen daarbuiten, jullie moeten schatrijk zijn,' klinkt een joviale, diepe stem vanaf de deur. Een grote man met een bekend gezicht loopt haastig voor me langs naar binnen. Hij geeft me een knipoog en leidt me af. 'Lemmer, ouwe jongen, ik loop je al in het hele dorp te zoeken,' zegt hij alsof hij me goed kent.

Ergens in mijn achterhoofd registreer ik wie hij is. Diederik Brand, plaatselijke boer. Ik loop om hem heen, want ik wil bij Staalgrijs beginnen, ik wil ze pijn doen. Grote begint al op te staan.

Emma ziet me en komt tot bezinning. 'Lemmer, nee,' zegt ze.

Diederik legt een brede, stevige hand op mijn schouder, zijn stem is zacht en overredend: 'Dat wil je jezelf niet aandoen.' Hij wendt zich naar hun tafel. 'Heren, wat kost zo'n ding nou?' vraagt hij terwijl hij me naar de deur manoeuvreert.

Emma ziet wat hij wil doen en pakt mijn arm; haar hand is koel op mijn huid.

'Tweehonderdtwintig,' zegt Rat, met een hoge stem van de spanning. 'En dat is zonder de extra's.'

Diederik en Emma hebben me bij de deur, maar mijn ogen zijn op Staalgrijs gericht, hij ziet daarin iets en kijkt weg.

'Ongelooflijk,' zegt Diederik. 'Prachtige machines.' En dan staan we buiten en zegt hij zacht tegen me: 'Dit is niet wat je wilt.'

Emma trekt hard aan mijn arm. 'Ik had niet kwaad moeten worden,' zegt ze. 'Ik had ze moeten negeren.'

'Nee,' zeg ik en ik worstel me terug het restaurant in.

'Lemmer!' zegt Diederik Brand scherp. Ik kijk hem aan en zie de kuiltjes in zijn wangen, de geruststellende glimlach.

Ik blijf staan.

'Luister,' zegt hij, 'wat zou je ervan vinden om de laatste twee zwarte neushoorns van Zimbabwe te redden?' Alsof het een volkomen logische vraag is.

Ik weet maar twee dingen over Diederik Brand. Hij heeft een groot boerenbedrijf tussen de Sakrivier en de Nuweveldberge. En als de inwoners van Loxton zijn naam noemen, zeggen ze: 'Ai ai, die Diederik,' en dan lachen ze en schudden hun hoofd alsof ze het hebben over een geliefde, maar ondeugende zoon.

Ik ken hem van gezicht, maar zie meestal alleen een harige arm die vanuit het raampje van een pick-up groet. Nu zit hij in mijn woonkamer te praten, op de nieuwe leren bank, een zoenoffer van Emma nadat ze in de bocht van de weg vlak voor Jakhalsdans met mijn oude Isuzu over de kop was geslagen.

We zijn samen met hem hierheen gereden, terwijl ze me er allebei sussend van probeerden te overtuigen dat die ridders de ellende niet waard zijn. Nu zit ik naast Brand en luister, terwijl ik in gedachten nog half in de Rooi Granaat bezig ben straf uit te delen.

Hij is groot, in de vijftig, en heeft brede schouders en een zongebruind gezicht, zoals alle boeren in de Karoo. Zwart met grijs haar krult over zijn oren en de kraag van het nette kaki overhemd, hij heeft een militaire snor en lachrimpels om zijn ondeugende ogen. Zijn natuurlijke charme is van het innemende, niet hoog van de toren blazende soort. Hij zit naar voren geleund, ellebogen op de knieën en vertelt meeslepend, ervaren en indringend zijn verhaal. Emma hangt aan zijn lippen.

'We proberen al twee jaar zwarte neushoorns te pakken te krijgen, maar dat valt niet mee. Een vergunning krijgen is vrijwel onmogelijk. Er is een wachtlijst van hier tot ginder, je moet gekeurd worden, genoeg land hebben, de juiste habitat, je moet bereid zijn om bij het fokprogramma betrokken te worden. De nationale wildparken krijgen voorrang. Zambia heeft het afgelopen jaar de enige tien die beschikbaar waren gekregen, want daar worden ze al sinds 1998 als helemaal uitgestorven beschouwd. En zo'n zwarte neushoorn is duur, je hebt het over een half miljoen rand per stuk. Maar we moeten er iets aan doen, want ze waren ooit inheems in dit deel van de wereld. En omdat ik het overal heb gevraagd, weet iedereen in de handel dat ik die beesten zoek. Drie weken geleden werd ik gebeld door iemand uit Zimbabwe, hij heeft bij Natuurbeheer van Zimbabwe gezeten, en is natuurlijk allang door de stoottroepen van Mugabe verjaagd, maar hij doet nog privésafari's in de

Chete. Hoe dan ook, hij belt en zegt dat ze een stier en een koe hebben gevonden, toevallig, aan de Sebungwerivier, iets ten zuiden van Kariba. De beesten zijn angstig, wild, heel agressief, je kunt niet in de buurt komen. Hij zegt dat ze sowieso om hun hoorns afgeschoten zullen worden als we ze niet redden, en zij hebben geen geld voor verdoving en transport, maar als ik garant kan staan voor de kosten, zullen ze de dieren naar de grens smokkelen. Ik hoef ze alleen maar te komen halen. En dat is niet zo eenvoudig als het klinkt, want Sebungwe is zevenhonderd kilometer over de weg vanaf de grens met Zuid-Afrika en ze moeten voorzichtig zijn met al die wegblokkades en zo, dus het is een verdomde opoffering van hun kant, maar het is allemaal voor de goede zaak...'

Hij houdt ineens op met praten en kijkt naar het raam. Van buiten klinkt het hoge geluid van een vliegtuigmotor, eenmotorig, steeds harder. Diederik Brand knikt alsof hij het had verwacht.

Ons dorp. Opeens een mierennest op een zaterdagochtend.

'Meneer Brand, wilt u misschien koffie?' benut Emma het ogenblik. Terwijl ik me af zit te vragen wat het verhaal met mij te maken heeft.

'Diederik, noem me Diederik. Nee, dank je Emma. Nee, het probleem is dat er geen tijd is.' Hij pakt het dikke zwarte dossier dat hij bij het binnenkomen op mijn dekenkist-salontafel had gelegd, slaat het open en begint door de stapel papieren te bladeren. 'Het eerste wat ik heb gedaan was met de mensen van onze minister praten, want ik schiet er niets mee op als die dieren tot de grens komen, maar ik ze niet kan invoeren. Milieubeheer staat er positief tegenover, ik denk dat er ook schuldgevoelens zijn over Zim, als je begrijpt wat ik bedoel, maar zij zitten met een dilemma, want we krijgen geen certificaat van herkomst en geen uitvoervergunning van Zim, dus het is smokkel, hoe je het ook wendt of keert.'

Hij kiest een document en legt het plechtig op de dekenkist. 'Nu zijn er een paar dingen die de doorslag hebben gegeven. Het eerste is de genenpool. In Zuid-Afrika is die maar klein, onze zwarte neushoorns zijn bijna allemaal afstammelingen van de kuddes in KwaZulu en het Krugerpark. Wat dat betreft zijn die Zim-dieren goud waard. Ik moest ondertekenen dat Natuurbeheer het eerste recht op de kalveren heeft. Het tweede is dat ik afgelegen woon. Er zal maar een handjevol mensen weten dat ik neushoorns ga houden en daar horen jullie nu bij, dus vraag ik jullie om het onder ons te houden, want die hoorns brengen hier tegen de twintigduizend dollar per kilo op. Dan heb je het over meer dan zestigduizend voor een hoorn, bijna een half miljoen rand. En het derde is, ik heb de ruimte en mijn omheining staat onder stroom. Dit...' Hij tikt met een omvangrijke vinger op een document, '... is mijn vergunning.'

Hij haalt nog een papier uit het dossier. 'Dit is een brief van de directeur die bevestigt dat ze een uitzondering maken voor de invoervergunning aangezien het een "noodgeval" is.' Hij maakt met zijn dikke wijsvingers aanhalingstekens in de lucht.

'Diederik...' zeg ik.

'Ik weet wat je gaat vragen, Lemmer. Wat heeft dat met jou te maken? Nou, dat zal ik je vertellen. Je kent Lourens le Riche?'

'Ik ken hem van naam.'

'Lourens is op het ogenblik in Musina met de wildtruck van Nicola, vannacht laadt hij de neushoorns in, iets ten oosten van Vhembe aan de grens met Zim, dan moet hij de hele weg hiernaartoe afleggen met een vracht die een fortuin waard is, en dan heb ik het niet alleen over geld. Het is meer dan vijftienhonderd kilometer, als er iets zou gebeuren...' Brand kijkt me veelbetekenend aan. Het duurt even voordat ik het snap.

'Je wilt dat ik met hem meerijd?'

'Alsjeblieft, Lemmer, beste jongen,' zegt hij alsof we oude vrienden zijn. 'Ik betaal je de volle mep, zeg maar wat je tarief is.'

Op Emma's gezicht staat te lezen dat ze vindt dat ik de edele zaak moet steunen.

'Zo eenvoudig is het niet, Diederik...'

'Alles is officieel, Lemmer, je hoeft je nergens zorgen over te maken.'

'Dat is het probleem niet. Ik sta onder contract. Ik mag geen freelancewerk doen.'

'Hoe bedoel je?'

'Ik werk voor een bedrijf in de Kaap. Body Armour...'

'Dat bodyguardwerk van jou? Jullie bewaken al die *rich and famous*...'

In de Bo-Karoo zijn geen geheimen, alleen verkeerde percepties. 'Het zijn vooral buitenlandse zakenlieden...' zeg ik.

'Maar je bent nu vrij.'

'Ik heb een contract met Body Armour dat ik geen freelancewerk mag doen, Diederik. Alles moet via hen gaan.'

'Ze pakken zeker commissie.'

'Dat klopt.'

'Lemmer, man... hoe zouden ze erachter moeten komen? Vanavond laden jullie, overmorgenochtend zijn jullie terug.'

Hoe maak ik zonder hem voor het hoofd te stoten duidelijk dat over mijn loyaliteit aan Jeanette Louw, mijn werkgever, niet te onderhandelen valt?

'Ik ben net als jij, Diederik. Ik houd ook van officiële toestemming.'

Hij kijkt me aandachtig aan. Hij denkt na.
'Oké,' zegt hij. 'Wie heeft daar de leiding? Wat is zijn telefoonnummer?'
'Wat zal dat uitmaken? Musina is hier een dag rijden vandaan.'
'Dat vliegtuig...' en hij wijst met zijn duim in de richting van het vliegveld. 'Dat is Lotter. Hij wacht op je...'

Na een telefoongesprek van tien minuten geeft hij het toestel aan mij. 'Ze wil met je praten.'
'Jeanette,' zeg ik.
'Blij te horen dat je tegenwoordig zelf klanten werft...' De gebruikelijke ironie in haar rauwe Gauloises-stem, gevolgd door één blaffend 'Ha!' Wat betekent dat ze lacht.
Ik zeg niets.
'Ik zal de administratie doen als je de klus wilt hebben.'
Wil ik dat? Dit is vlak bij huis. En ik heb vragen, nog onuitgesproken, alles gebeurt te snel, te kort na de ridders. En dan is er de Eerste Wet van Lemmer: raak niet betrokken. En hier gaat het juist om betrokken raken. Bij een plaatselijke boer, bij een Grote Zaak.
Jeanette interpreteert mijn stilte goed: 'Misschien weet jij meer dan ik. Het is jouw besluit.' En dan voegt ze eraan toe: 'Het is een goede zaak, Lemmer. Hij klinkt als een echt mensch. En je weet hoe het is, met de recessie...'
Ik weet het. De omzet van Body Armour is met vijftig procent gedaald door de internationale economische rotzooi. Ik heb al twee maanden geen cent verdiend.
Ik kijk naar Emma's pleitende ogen. Ze is, net als Jeanette, al helemaal een Diederik-volgeling. Ik denk aan de jonge Lourens le Riche, de hardwerkende student. Wat zal het dorp zeggen als ik hem laat stikken? Ik denk aan de aflossing voor mijn nieuwe Ford-bakkie. En mijn dak. Het zachte fluiten van Ben Bruwer toen hij uit het plafond klom en zei: 'Het hout is rot. Je zult het hele dak moeten vernieuwen.'
Ik zucht. Diep.
'Ik doe mee,' zeg ik.

22

Om tekenen te herkennen, moeten spoorzoekers weten wat ze moeten zoeken en waar ze moeten zoeken. Iemand die niet vertrouwd is met de tekenen herkent ze misschien niet, al liggen ze vlak voor zijn neus.
– De principes van het spoorzoeken: Herkenning van sporen

Lotter ziet eruit als een rocker van middelbare leeftijd: kalend, paardenstaartje, rond brilletje en een zigeunergezicht. Hij schudt mijn hand met een gemoedelijke glimlach, pakt mijn zwarte sporttas en loopt naar het vliegtuigje.

Het is onmogelijk klein, een rood-wit-blauw speeltje met een perspex koepeltje over de cockpit, twee zitplaatsen, en een dunne stuurknuppel waar je iets substantiëlers verwacht. Het lijkt op het soort dat in het nieuws een 'ultralight vliegtuig' wordt genoemd, gewoonlijk met het woord 'neergestort' in dezelfde zin.

Emma komt ook kijken, nieuwsgierig, gegrepen door wat zij daarnet enthousiast mijn 'lekkere avontuur' heeft genoemd.

Diederik Brand komt naast me staan. 'Je hoeft je geen zorgen te maken, Lotter is een nationale kampioen.'

Wat me dwarszit is niet hoe hij vliegt, maar waarin hij vliegt. Ik zeg niets.

'Liever het zekere voor het onzekere,' zegt Brand en hij geeft me een in een groezelige lap gewikkeld pakket.

Ik ruik de wapenolie en begin het pakket open te maken.

Hij legt een hand erop. 'Misschien kun je beter kijken als jullie in de lucht zijn...' en hij werpt een betekenisvolle blik naar Emma. 'Ik wil haar niet bezorgd maken.'

'Is er iets wat ik moet weten?'

'Je weet wat er gebeurt op onze wegen,' zegt hij.

Ik aarzel. Mijn Glock 37, met tien .45 GAP-kogels in het magazijn, zit in mijn sporttas. Ik heb niets anders nodig. Maar Diederik Brand heeft zich al omgedraaid, loopt naar het toestel des doods en klapt in zijn handen. 'Kom op, beetje opschieten.'

Ik kijk op mijn horloge. Vijf voor twaalf.
Twee uur geleden was mijn leven een lied.

Ik sta naast de vleugel, klaar om in te stappen. Emma komt naar me toe met een eigenaardige mengeling van emoties op haar gezicht: bezorgdheid, trots, tederheid...

Ik wil haar een afscheidszoen geven. Ze omhelst me onverwacht, haar lichaam tegen het mijne. Ze zegt iets wat verloren gaat in het lawaai van de vliegtuigmotor.

'Wat?' schreeuw ik.

Emma houdt haar mond tegen mijn oor.

Ze roept: 'Ik hou van je, Lemmer.'

'*Cape Town information, romeo victor sierra, good morning*,' zegt Lotter over de radio als de Bokpoortweg onder ons voorbij schuift en mijn maag in mijn keel zit.

'*Romeo victor sierra has taken off Loxton at ten zero four zulu, on flight plan reference zero two five, romeo victor sierra*.'

'*Romeo victor sierra, squawk four zero six six, no reported traffic and call me crossing the* FIR *boundary*.'

Taal van een vreemde wereld. Lotter herhaalt de woorden van de spookstem ter bevestiging, stelt hier wat, schuift daar wat en bestudeert de onpeilbare instrumenten. Ik vraag me af welke de eerste aanduiding zal geven dat we in een vuurbal zullen vergaan. Dan kijk ik met tegenzin uit het koepelvenster. Onder ons is de Karoo ineens wijd en open, het luchtruim erboven is diepblauw en onmetelijk groot.

Er groeit een onaangenaam gevoel in mijn maag.

Ik herinner me het pakket op mijn schoot, rol de lap van het vuurwapen en onthul een eigenaardig ding: het is een MAG7, het lokaal gefabriceerde hagelgeweer met korte loop, dat eruitziet als een uzi aan de steroiden. Kaliber 12, vijf patronen in een lang magazijn, serieuze stopkracht, zo'n ding dat speciale eenheden van de politie voor invallen gebruiken. Twintig extra kogels in een plastic zakje.

Lotter fluit in mijn koptelefoon. 'Ik zweer het, ik sta aan jouw kant,' zegt hij met zijn vage Boeren-Engelse accent.

'Maar wie staat er aan de kant van Brand?'

'Hoe bedoel je?'

'Deze wapens zijn alleen voor overheidsgebruik. Burgers krijgen daar geen vergunning voor.'

Lotter lacht. 'Jaja, die Diederik,' zegt hij en hij schudt zijn hoofd. Hij kijkt me aan. 'Je ziet een beetje bleek.' Hij trekt een bruin papieren zakje onder zijn stoel vandaan en geeft het aan mij. 'Voor als je moet kotsen.'

Wat even voorbij Hopetown gebeurt.

'Uitgebreid ontbeten?' vraagt Lotter meelevend.

Ik antwoord niet, te bang om te praten.

'Het is heel normaal,' zegt hij, verwijzend naar mijn ongemak. 'Je gaat je zo beter voelen.'

Twintig minuten later schuift er nog een dorp onder ons voorbij. Ik haal diep adem en vraag hoopvol of hij niet moet landen om te tanken.

Hij grinnikt. 'Dit ding vliegt drieduizend kilometer op een volle tank.'

'Dat is ver voor een ultralight vliegtuig,' zeg ik sceptisch.

'Nee!' zegt hij verontwaardigd. 'Dit is geen ultralight, dit is een RV7.'

Een RV7 en een MAG7. Misschien heeft de wildtruck van Nicola ook een 7 in zijn naam. Dan kan ik de jackpot winnen.

Lotter ziet mijn gebrek aan enthousiasme. 'Beste zelfbouwvliegtuig ter wereld,' zegt hij. 'Het is een ontwerp van Richard van Grinsven, topsnelheid van meer dan 190 knopen, dat is zo'n 340 kilometer per uur, hij kan cruisen, hij kan acrobatiek doen, fantastisch bereik...'

'Ik zou zweren dat het een ontwerp van Van Brakestein is,' zeg ik.

Lotter lacht. 'Komt door de snelheid en de hoogte,' zegt hij. 'Je evenwichtssysteem zegt dat je keihard gaat, maar je ogen zien het niet. Het is net als lezen in de auto. Gewoon vaak naar beneden kijken. Dan ga je je beter voelen.'

Beloften.

Hij gaat weer bezig met zijn radio, spreekt zijn onverstaanbare luchtvaarttaal. '*Cape Town, romeo victor sierra is crossing FIR boundary.*'

'*Romeo victor sierra, call Johannesburg Central on one two zero decimal three, good day,*' zegt de radiostem.

Ik luister niet verder, maar kijk omlaag naar de Karoo die langzaam maar zeker overgaat in gras. En Lotter heeft gelijk, na een paar minuten beginnen mijn ingewanden tot rust te komen. Zodat mijn gedachten afdwalen. Langzaam. Voorzichtig. Naar Emma.

Ik hou van je, Lemmer.

Voor het eerst.

Emma en ik.

Negen maanden geleden waren we vreemden, tegenpolen, verschillende werelden. Zij was klein, beschaafd, vastberaden en mooi als een nimf uit een kinderboek. En welgesteld in de overtreffende trap, dankzij de erfenis van haar vader de industrieel. Emma was wanhopig op zoek naar haar verloren broer en naar iemand om haar tegen de gevaren rond zijn verdwijning te beschermen. Ik was de lijfwacht die Jeanette haar had toegewezen, achterdochtig, sceptisch, want Emma was alles waartegen mijn wetten me waarschuwden.

En toen overrompelde ze me langzaamaan, tegen mijn zin, tegen mijn verwachtingen en vooral, tegen beter weten in. Want ze was in de eerste plaats een klant. En bovendien ben ik Lemmer. *White trash* uit de achterbuurt van Seepunt, met een ernstig woedebeheersingsprobleem, een sterke hang naar geweld en voorwaardelijk vrij, na vier jaar in de gevangenis voor doodslag. Ik ken mijn plek, ik weet hoe het leven in elkaar zit.

Ik heb haar broer gevonden. En na afloop van dat alles ging ik terug naar Loxton, in de overtuiging dat ik haar nooit meer zou zien en dat dat ook het beste was. Maar met Emma is niets voorspelbaar.

Ze kwam me opzoeken. Alleen om te bedanken, dacht ik aanvankelijk, want ze is meestal pijnlijk correct, door en door fatsoenlijk.

Ik had het mis.

Het opbloeien van onze relatie had iets surrealistisch, iets als een droom, alsof ik een toeschouwer was. Misschien omdat ik gewoon niet kon geloven in de mogelijkheid dat een vrouw zoals zij belangstelling voor mij kon hebben en ik verblind was door de magie van Emma en mij, door mijn opluchting en verbazing en verlangen. En de morbide nieuwsgierigheid naar waar en hoe het zou ontsporen.

Tot vanochtend, naast de RV7. *Ik hou van je, Lemmer.*

Het probleem is dat Emma het nog steeds niet weet. Ik heb mijn zonden voor haar verborgen gehouden. Ze denkt dat ik in Loxton woon omdat het een mooi dorp is met goede mensen. Ze weet niet dat ik me daar verstop voor stadse vuurtjes die mijn agressie ontsteken. Ze weet niet van mijn verlangen om door de kalmte, lankmoedigheid en integriteit van de mensen in dit dorp genezen te worden. Ze weet niet van mijn vergeefse pogingen om door hen aanvaard te worden.

Vergeefs, want ik ben in de terminologie van de Bo-Karoo een kofferdrager; een nieuwkomer, een onbekende persoon die afstand houdt, subtiel, beleefd, in navolging van mijn Eerste Wet. En mijn vreemde beroep heeft implicaties: de freelancelijfwacht die elders gaat werken, die wekenlang weg is, soms met zichtbare verwondingen terugkeert. De schimmige figuur die elke week een handwapen op de schietbaan van Loxton laat knetteren, die in de avondschemering lange afstanden over onverharde wegen rent.

Dorpelingen zoals de excentrieke Antjie Barnard, de joviale Joc van

Wyk en mijn gekleurde huishoudster Agatha le Fleur waren de enigen die me ondanks alles zonder enige aarzeling hebben aanvaard. Maar zij vormden een uitzondering. Totdat Emma verscheen.

Zij was een teken van normaliteit. Zij was, indirect, een bewijs van aanvaardbaarheid, de spontane, aardige, welbespraakte jonge vrouw die uit het niets opduikt en daarna een of twee keer per maand bij me komt logeren. Die haar Renault Mégane heeft ingeruild voor een Land Rover Freelander om de onverharde wegen te trotseren. Die op een vrijdagmiddag in augustus mijn oude Isuzu-diesel heeft gepakt om in Beaufort-Wes boodschappen te doen en op de terugweg met de pick-up in de bocht bij Jakhalsdans over de kop is geslagen, auto total loss.

De volgende ochtend, toen ze in de coöperatie op zoek was naar een 'groen' middel tegen mijn mierenplaag, liet ze de grijsbaardige boeren daar schateren om haar verhaal over hoe ze 'de bocht een beetje te snel had genomen, omdat ik zo naar Lemmer verlangde'.

'En toen?'

'Toen sloeg ik over de kop.'

'En toen?'

'Toen ik merkte dat ik niets mankeerde, ben ik de laatste zeven kilometer naar het dorp gaan lopen.'

Hoofdschuddend, vol bewondering: 'En wat zei Lemmer toen?'

'Dat weet ik niet. Ik versta geen Frans.'

En volgens Joe hadden ze toen uitbundig gelachen en elkaar op de schouders geslagen en alle mogelijke moeite gedaan om Emma uit te leggen dat de mieren van de Karoo zich eigenlijk niets aantrekken van groen gif.

Emma heeft me overgehaald om op zondag samen met haar naar de kerk van Loxton te gaan. Zij is de reden waarom we zijn uitgenodigd voor de barbecue bij het waterskimeer, en het diner in het Blou Huis na een rugbytoernooi. Emma le Roux is mijn sociale paspoort, mijn visum voor asiel. En ik heb het allemaal, verliefd, verloren, laten gebeuren, en niet geluisterd naar de stem van de aanklager die soms wilde vragen: stel dat ze er allemaal achter komen wie je echt bent?

Want net als Emma weet Loxton van niets.

Ik vermoed dat ze zich vaag bewust zijn van bepaalde aspecten. Antjie heeft al subtiele vragen gesteld. Emma heeft glimpen ervan opgevangen toen ze nog mijn cliënt was. In de zoektocht naar haar broer heb ik mijn talenten soms daadwerkelijk vertoond. Het kan dat hij, door erover te vertellen, bepaalde facetten aan zijn zusje heeft onthuld. Misschien intrigeerde het haar, maakte het deel uit van de aantrekkingskracht, want ze is destijds heel soepel in de rol van beschermde gegleden, zoals vrouwen over het algemeen geneigd zijn te doen.

Vanochtend, met die ridders, heeft ze me echt gezien. En me tegengehouden. Zonder verwijt. Misschien denkt ze dat ze me in de hand kan houden.

Maar ze kent me maar gedeeltelijk.

Ik moet haar de volledige waarheid vertellen.

Dat wilde ik al eerder doen. Er waren momenten dat ik er zo dichtbij was, dat het verlangen naar een biecht zo groot was, dat ik het in mijn mond kon proeven. *Ik heb een man in woede doodgeslagen, Emma. En ik putte er voldoening uit. Genot. Want ik ben het product van geweld. Het zit in me. Dat ben ik.*

En voordat ik dat allemaal als een kwade geest uit de olielamp kan bevrijden, is er elke keer de verstikkende angst dat ik haar zal verliezen, en daarmee de mogelijkheid van haar liefde. Meer nog, de kans om daardoor veranderd te worden in iemand die die liefde waard zal zijn. Want dat is ze aan het doen. Ze maakt me aan het lachen, ze verleidt me om haar aan het lachen te maken, om luchthartig en speels en spitsvondig te zijn, om de donkere stegen in mijn hoofd te vergeten. Voor het eerst van mijn leven begin ik van mezelf te houden. Een beetje. Omdat ik haar goedkeuring heb. En nu haar liefde.

Ik hou van je, Lemmer.

En ik stond naast het vliegtuig in haar heftige omhelzing, met haar mond tegen mijn oor, en zei niets. Want ik wist dat ik haar alles zal moeten vertellen, voordat ik haar antwoord kan geven.

Maar nu is het te laat, de kans op pijn en schade is veel te groot. Voor mij en voor haar.

Ik kijk uit over de eindeloze vlakten van de Noord-Kaap en vraag me af waar ik misselijk van ben geworden: het kleine vliegtuig of mijn grote bedrog.

23

Spoorzoekers zoeken vaak naar sporen op voor de hand liggende plekken...
– De principes van het spoorzoeken: Herkenning van sporen

Om aan mijn gedachten te ontkomen vraag ik Lotter hoe hij Diederik kent.

'Via via. Een paar jaar geleden belde hij me en zei dat hij gehoord had dat ik overal naartoe vlieg, hij wilde naar mogelijke investeringen in Mozambique gaan kijken, maar het was te ver om te rijden, *time is money*, en of ik hem kon komen halen. Dat was het begin. Nu gaat het zo dat Diederik belt en zegt dat hij dringend tractoronderdelen nodig heeft uit Ermelo, of laten we snel even naar Windhoek wippen, of kom mijn makker in Loxton ophalen. En je weet hoe het gaat: betaald worden voor wat je graag doet... Wist je dat hij een landingsbaan op zijn boerderij heeft?'

Ik zeg dat ik eigenlijk weinig van Diederik weet.

'Een apart figuur. En een sluwe zakenman. Vinger in veel pap...'

De geasfalteerde landingsbaan van Musina ligt van oost naar west, lang en weelderig in het donkerbruine landschap.

Om tien voor halfdrie scheren we laag over de rioolwaterzuivering en de begraafplaats, met het dorp rechts van ons. Lotter landt vederlicht, met een achteloos gemak, keert en taxiet terug naar de oostpunt en dan naar rechts over een smal pad naar een groepje gebouwen en loodsen. Hij stopt en maakt de beugels van de koepel los. De hitte vloeit dik en zwaar naar binnen.

'Dit is het. De truck komt je hier ophalen.'

Maar er is geen truck te zien.

Ik knip de indrukwekkende veiligheidsriem los, neem mijn zwarte sporttas en het verpakte hagelgeweer vanachter mijn stoel en steek Lotter mijn hand toe.

'Dank je.'

'*Any time*. En veel succes.' Hij wijst naar het pakket dat ik als een baby op mijn arm draag. 'Ik hoop niet dat je dat ding hoeft te gebruiken.' En dan, als ik op het asfalt sta, vlak voordat hij de perspex koepel weer vastzet, roept hij boven de luide motor uit: 'Lemmer, ik neem aan dat je het al wist, maar Diederik moet je altijd vooraf laten betalen...'

Een stem achter me: 'Meneer!'

Ik kijk om. Er komt een man aanspringen, een gezicht als een oorwurm van verontwaardiging. Hij is kort en breed, een bruingebrande Napoleon in een keurig lichtgrijs uniform met blauwe epauletten. 'Waar gaat die man naartoe?' Hij wijst met een beschuldigende vinger naar de RV7 die naar het westen opstijgt.

'Vast naar huis.'

'Hebt u de vrijwaring?'

'Wat voor vrijwaring?'

'Zijn landingsvrijwaring.' Hij komt voor me staan, zet zijn handen op zijn heupen, en staart Lotter na. 'Over de radio zei hij dat hij die had.'

'Nee,' zeg ik.

'Ik moet zijn vrijwaring hebben.'

Lotter is een stipje dat nu naar het zuiden glijdt.

'Ik heb zo'n vermoeden dat je die niet gaat krijgen.'

'*Jirre*,' zegt Napoleon. 'Die mensen maken me het leven onmogelijk.'

'Waarvan vrijwaart dat wie?'

Hij richt zijn aandacht voor het eerst op mij, een blik die bevestigt dat ik inderdaad zwakzinnig ben. 'Het vrijwaart het bedrijf, in het geval van een incident. Dit is geen openbaar vliegveld.'

'Een incident?'

'Een ongeluk.'

'Maar er is geen ongeluk gebeurd.'

'Dat doet er niet toe.' Hij kijkt naar mijn sporttas, naar de bundel voor mijn borst. 'Wat doet u hier?'

'Ik wacht op een truck.'

Handen weer op de heupen. 'Niet hier. Dit is bedrijfsterrein.'

'Waar kan ik wachten?'

'Bij het hek.' Een korte vinger steekt als een dolk in oostelijke richting.

Bij het hek strekt de asfaltweg zich voor me uit, het landschap is hard, vaalbruin en droog. Hier en daar een boom. Ik blijf even staan, rits mijn sporttas open, stop de MAG7 erin, maak hem dicht. Loop door. Ik raak steeds meer overweldigd door de hitte, het zweet glijdt in ijle stroompjes langs mijn rug.

De weg is stil. Verlaten. Waar is Lourens le Riche?

Het is allemaal te snel gegaan, te ongecoördineerd. Ik had het mobiele nummer van Le Riche moeten krijgen. En dat van Diederik Brand. Er waren vragen die ik had willen stellen. Zoals: waarom is Brand pas zo laat met mij komen praten, een paar uur voordat de neushoorns ingeladen worden? Wanneer heeft hij besloten om mijn diensten in te roepen?

Ik zie een kruising verderop. Daar ga ik wachten.

De enige beschutting tegen de vlijmscherpe zon zijn vier armetierige, bijna bladloze bomen. Ik zet mijn tas neer, zoek een beetje schaduw en leun tegen de ruwe stam. Mijn hemd kleeft tegen mijn rug, het zweet brandt in mijn ogen. Ik heb geen hoed.

Ik kijk op mijn horloge. Kwart voor drie.

Ik veeg met mijn mouw over mijn voorhoofd. En dan vloek ik lang en hartgrondig.

24

De meeste dieren blijven het liefst verborgen als ze eten, en brengen soms hun voedsel naar een speciale voederplek, waar ze veilig kunnen eten.
– De principes van het spoorzoeken: Classificatie van sporen

Om kwart voor vier ga ik op de grond zitten, met de dunne stam tussen mij en de genadeloze zon. Mijn telefoon gaat. Ik sta op en haal hem uit mijn broekzak in de hoop dat het Diederik Brand is, want ik heb een appeltje met hem te schillen.

Het is Joe van Wyk. Uit Loxton. 'Lemmer, jongen, ik hoor dat Diederik je ergens bij heeft gehaald.'

'Dat klopt.'

'Heeft hij je vooruitbetaald?'

'Ik weet het niet, Joe, dat loopt via mijn werkgever.'

'O, nee, dan is het goed. En wat moet je voor hem doen?'

'Dat mag ik niet zeggen.'

'Ai ai, die Diederik,' zegt hij en hij lacht zijn vrolijke lach. 'Nou ja, sterkte, Lemmer jongen. Anna stuurt ook de groeten.'

Om tien over vier gaat mijn mobiel opnieuw. Ben Bruwer, de aannemer uit Loxton, de man die advies had gegeven over mijn rotte dak: 'Nu werk je voor Diederik Brand,' klinkt het verwijtend.

'Een paar dagen maar.'

Die informatie moet hij even verwerken. 'Hoe dan ook, als ik jou was had ik om een aanbetaling gevraagd. Vijftig procent voorschot.'

'Hij onderhandelt met mijn werkgever, Ben.'

'Hoe dan ook, ik zou vijftig procent voorschot vragen. Goedendag.' En dan is hij weg.

Loxton wordt wakker na de middagrust. Het nieuws verspreidt zich als een virus.

Om halfvijf belt Antjie Barnard, zeventig jaar oud, ooit een internationaal bekende celliste, die rookt en drinkt alsof ze twintig is. 'Emma zit hier bij mij op de veranda, we drinken gin-tonic en we missen je,' zegt ze met die diepe, nog steeds sensuele stem.

En ik sta hier in de zon van Limpopo en zweet en wacht, mijn geduld is op. Dat slik ik weg. 'Ik mis jullie ook.'

'En ze zegt dat je voor Diederik werkt. Maar ze doet heel geheimzinnig.'

'Zo is mijn Emma. Altijd een raadsel.'

Antjie giechelt. Dat betekent dat ze aan haar derde gin is. 'Je weet wat je moet doen als je voor Diederik werkt?'

'Je laat je vooruitbetalen.'

'Aha, Joe heeft je al gebeld.'

'En Ben.'

'Het dorp maakt zich zorgen om je.'

'Dat waardeer ik zeer.'

'Wil je Emma nog even?' Zodat Antjie kan meeluisteren en een idee kan krijgen over wat ik voor Diederik doe.

Het is nu niet het juiste moment om met Emma te praten.

'Ik heb het nogal druk, Antjie, zeg tegen Emma dat ik haar later bel.'

Om tien over vijf komt er een vrachtwagen aanrijden, met het logo van Nicola's Karoo Wilddiensten op de deur van de witte cabine, en een enorme bullbar op de neus. Ik loop naar de rand van de weg en zwaai met mijn armen, want als hij doorrijdt, pak ik het hagelgeweer en schiet een band lek.

Hij stopt.

Wanneer ik het portier opendoe, de tas omhoog zwaai en instap, zegt Lourens le Riche: 'Ik dacht dat u bij het vliegveld zou staan.'

Ik zeg niets. Sla alleen het portier dicht, harder dan nodig is.

'Ik ben Lourens.' Hij steekt zijn hand uit. 'Wacht u al lang?'

Het gezin Le Riche is legendarisch in Loxton.

Mijn kennis is gebrekkig, flarden van verhalen die ik her en der heb opgevangen: ze hebben een boerderij aan de Pampoenpoortweg, 6.000 hectare merino's, geen arbeiders. Het gezin doet alles zelf. Vader, moeder, twee zoons en een dochter. De kinderen zijn net als hun ouders, pezig en taai.

Lourens, de oudste, zit nu in het laatste jaar van Landbouwstudies op Stellenbosch, betaalt zijn eigen studie, en grijpt elke kans aan om een paar rand te verdienen. Zoals deze. Ik vraag me af of hij zijn geld vooruit heeft gekregen. Maar ik begin er niet over, want ik plak van het zweet, heb het warm en ik baal.

'Oom Diederik had gezegd dat jullie om een uur of vijf zouden aankomen,' verklaart hij zijn aankomsttijd als hij wegrijdt. 'Toen ben ik een uiltje gaan knappen, want we moeten de hele nacht doorhalen.' Zijn gezicht is hoekig, met een hoog voorhoofd, een vastberaden kin en een makkelijke glimlach. 'Hebt u een goede vlucht gehad, oom?'

De onschuld in zijn stem weerhoudt me ervan mijn frustraties op hem te botvieren. Ik voel de lafenis van de airco, richt de blower van het dashboard op mezelf, zoek het knopje van de ventilatie, zet hem harder en zeg: 'Niet echt nee, dank je. En je hoeft me geen oom te noemen.'

'Oké, oom.'

Ik schuif de sporttas naar de ruimte achter de bank, doe mijn riem om en ga beter zitten.

'Diederik was een beetje vaag over ons tijdschema.'

'We gaan nu eerst iets eten hier in het dorp, oom, want we laden vanavond, als het donker is. Rond acht uur. En dan gaan we rijden.'

Als de Mercedes-diesel de hoofdstraat van Musina in gromt, zegt Lourens le Riche: 'U zult wel honger hebben, zullen we op zoek gaan naar een biefstuk?'

Lourens is tot mijn opluchting geen chronische prater.

We parkeren in de Grenfellstraat. Hij haalt twee grote thermosflessen achter zijn bank vandaan en sluit de vrachtwagen zorgvuldig af. Hij draagt het uniform van de jonge Karoo-boer: blauwe spijkerbroek, bruin overhemd met blauwe schouderstukken, laarzen van de coöperatie. We lopen zwijgend naar de Buffalo Ridge Spur Steak Ranch op de hoek. Het is rustig in het restaurant aan het eind van de middag, de airco heerlijk koel.

Lourens bestelt een T-bone en een cola en vraagt of ze de thermosflessen willen vullen met zwarte koffie zonder suiker. Ik ontdek dat mijn maag hersteld is van de RV7-ervaring en vraag om een lendenbiefstuk en een glas rodedruivensap. Als de frisdrank komt, vraagt Lourens meer uit beleefdheid dan uit nieuwsgierigheid: 'Wat voor beroemdheden hebt u al bewaakt?'

'We tekenen een geheimhoudingsclausule...' Dat is mijn standaardantwoord, maar in Loxton werd dat geïnterpreteerd als een ontwijkende bevestiging dat ik meestal met Amerikaanse film- en popsterren rondreis. De waarheid is dat ik beroemdheden als klanten probeer te vermijden. Te veel heisa. Daarom voeg ik eraan toe: 'Ik werk meestal met buitenlandse zakenlieden.'

'O,' zegt hij vaag teleurgesteld.

Terwijl we op het eten wachten, zit hij een tijdje uit het raam te staren naar de straat buiten. Straathandelaren breken hun kraampjes op, honderden voetgangers, haastig op weg ergens naartoe. Een constante stroom minibustaxi's komt langs, met hoog opgetast dak, veel uit Zimbabwe. Mensen in transit. Een grensstadje.

'Het is hier een andere wereld,' zegt hij peinzend.

'Dat is het,' zeg ik.

De totale omvang van ons gesprek.

De vrachtwagen is een Mercedes 1528, zescilinder diesel. Geen zeven in zicht, de jackpot gaat aan mijn neus voorbij.

Achter op de laadbak staat een dichte staalconstructie, grijs geschilderd, hoger dan de cabine, met verschillende toegangspanelen en grote deuren aan de achterkant. Bovenop drie smalle openingen over de hele lengte van de laadbak. Dubbele wielen achter, enkele voor.

Het interieur van de cabine is luxe, als van een auto. Het dashboard is van zwart kunstleer en grijs plastic, heeft een houder voor twee bekers of blikjes en een cd-speler in het midden. Tussen de twee stoelen is een bult van een halve meter op zithoogte boven de motor, waarop Lourens' mobiel en oplader liggen, en een paar cd's. Ik herken alleen Metallica en Judas Priest, van de rest heb ik nog nooit gehoord: Ihsahn, Enslaved, Arsis.

Een grafiekje op de versnellingspook toont een schema van acht versnellingen.

We rijden weg over de R572, met de ondergaande zon recht in ons gezicht. Lourens le Riche is een ervaren chauffeur. Zijn blik gaat heen en weer tussen de weg, de spiegels en de instrumenten, hij rijdt soepel, gelijkmatig, oplettend.

Ik haal de Glock uit mijn sporttas en zoek een plek waar ik hem kan verstoppen, goed binnen handbereik.

Lourens kijkt naar het wapen, maar zegt niets, tot ik begin te experimenteren met de ruimte tussen mijn stoel en de bult boven de motor.

'U kunt hem daarboven neerleggen.' Hij wijst naar de panelen boven de voorruit. Daar zitten allerlei bergruimtes. Recht voor me is een open vak, met een rand die hoog genoeg is om het wapen binnen te houden als we hard optrekken. Goede keuze.

'Dank je.'

'Wat is dat, oom?'

'Een Glock 37.'

Hij knikt alleen maar.

Ik haal de MAG7 tevoorschijn.

'Jissie,' zegt Lourens.

‘Dit was een idee van Diederik,’ zeg ik besmuikt.

Lourens lacht. ‘Ai ai, die oom Diederik,’ zegt hij hoofdschuddend.

‘Waarom zegt iedereen “Ai ai, die Diederik”?’

‘Hij is een geval apart.’

‘Geval apart?’

‘Een ouwe boef.’

‘Wat bedoel je daarmee?’

‘Kent u de verhalen niet?’

‘Nee.’

Hij glimlacht al bij voorbaat. Ik heb diezelfde gezichtsuitdrukking al bij Antjie gezien, en bij Joe, de voldoening die voorafgaat aan het vertellen van een goed verhaal. Want verhalen zijn het sociale betaalmiddel van de Karoo. Iedereen heeft er wel een. Liefdesverdriet, geluk, triomf en falen, maar het zijn verhalen die definiëren, karakteriseren, inzicht geven. Zo anders dan de verhalen van stedelingen, nu op Facebook en Twitter, die zijn opgeleukt, zodat iedereen er goed afkomt, onecht en vervormd, rookgordijnen en maskers.

‘Oom Diederik heeft veel kanten. Neem het milieu bijvoorbeeld. Hij doet vreselijk veel, ik ken niemand die zoveel van de Karoo houdt... en hij is heel slim,’ zegt Lourens le Riche. En dan eerbiedig: ‘... zo scherp als een mes.’

25

Spoorzoeken leer je het best van een ervaren spoorzoeker.
– De principes van het spoorzoeken: Leren spoorzoeken

Hij vertelt me het verhaal van Diederik Brand die een zestientons Toyota Hino met een dubbeldeks schapenbak voor 400.000 rand te koop had gezet in het *Landbouweekblad.*

'Er belden drie kerels, en oom Diederik zei dat de eerste man die het geld overmaakte de truck kon komen ophalen. Ze stortten alle drie het geld. Toen zei oom Diederik tegen alle drie dat ze de truck konden komen halen. De eerste kwam en nam de truck mee. Toen de andere twee op de boerderij kwamen, zei oom Diederik: "Het spijt me erg maar jullie zijn te laat." Ze werden boos, dus zei oom Diederik: "Jongens, het zijn maar zaken, jullie hebben een heel eind gereden, vanavond slapen jullie hier en genieten van de echte Karoo-gastvrijheid, op mijn kosten." En hij liet een hoop eten maken, gooide er wat brandewijn tegenaan en vertelde de hele avond verhalen en grappen, en toen ze lekker bezopen waren, zei hij: "Maak je geen zorgen, morgenochtend krijgen jullie allebei een cheque voor het volle bedrag," en ze gingen uit elkaar als de beste maatjes. Maar een week later belden die twee mannen en zeiden dat de cheques ongedekt waren, en vroegen waar hun geld was. Oom Diederik zei dat het een fout van de bank moest zijn, hij zou meteen de directeur van de bank bellen, en onmiddellijk een nieuwe cheque sturen. Een week later hetzelfde verhaal. En zo ging het een maand of wat door, tot die mannen doorhadden dat ze waren opgelicht, en toen kwamen de brieven van advocaten en dreigementen. Maar oom Diederik kent alle trucs, hij zei dat uit zijn afschriften bleek dat de betaling was gedaan, of hij vroeg bewijzen van koopcontracten die er niet waren, want hij doet alles mondeling. Of hij nam de telefoon niet op, hij hield ze aan het lijntje en trok bijna een jaar rente van die 800.000 rand, tot het voor de rechter zou komen. En toen, op het bordes van de rechtbank, zei hij: "Oké, jullie krijgen je geld, zonder rente, maar dan laten jullie de aanklacht vallen," en toen waren die kerels het zo zat en waren ze zo dankbaar dat ze zeiden dat het goed was.'

Ik begin te begrijpen waarom ze allemaal zeggen dat ik me vooruit had moeten laten betalen.

'Slim,' zegt Lourens le Riche.

Voordat hij me nog meer kan vertellen, gaat zijn telefoon. Het is Nicola, die wil weten waar we zijn.

'We zijn binnen een halfuur bij de laadplek,' zegt Lourens.

Als hij is uitgepraat, vraag ik: 'Wat is de topsnelheid van dit ding?'

'Hangt ervan af hoe zwaar de vracht is, oom. En met wild aan boord rijden we liever rustig, zo tussen de tachtig en negentig.'

Wegscheuren als er problemen komen, zal geen optie zijn.

'Hoe zwaar is een neushoorn?'

'Weet ik niet, oom.'

'Wat is ons laadvermogen?'

'Zo'n twintig ton. Maar deze vracht komt daar niet in de buurt. Ik schat dat we vanavond niet meer dan iets van vijf ton laden.'

Mijn mobiel bliept. Het is een sms van Jeanette Louw, de standaardvraag op deze tijd van de dag: ALLES OK?

Het heeft geen zin om haar op te zadelen met mijn frustraties. Ik antwoord: ALLES OK.

Ik verwacht een clandestiene smokkelontmoeting in het donker, sluipende mensen en dringende, fluisterende stemmen ergens in het dichte bos. Wat we aantreffen, is het felverlichte, drukke erf van een boerderij aan de Limpoporivier.

Een stuk of tien zwarte arbeiders zitten luid pratend te wachten op de betonnen rand van een lange stalen schuur. Op de achterklep van een witte Land Cruiser zitten twee blanken in kaki shorts, kaki met groene overhemden, kniekousen, en hoge schoenen. Als we het erf oprijden, springen ze eraf. De ene is jong, begin twintig, de andere achter in de veertig.

Lourens stopt. We stappen uit. De blanke mannen komen naar ons toe. 'Lourens?' vraagt de oudste en hij steekt zijn hand uit.

'Dat ben ik, oom.'

'Wickus Swanepoel, dit is mijn zoon, Swannie.'

'En dit is oom Lemmer...'

We begroeten elkaar. Het zijn twee grote zongebruinde mannen met een ruige stoppelbaard, identieke stompneus en borstelige wenkbrauwen. De leren riem van pa Wickus hangt laag om een bierbuik de ruimte te geven.

'Hun truck wacht aan de grens, hier aan de overkant,' zegt hij en hij wijst naar het noorden. 'Zijn jullie er klaar voor?'

'Wij zijn er klaar voor, oom.'

Wickus kijkt naar zijn zoon. 'Zeg dat ze kunnen komen. En vraag of ze hun bandenspanning hebben verlaagd. En of ze van de paaltjes weten.'

Swannie haalt een telefoon uit zijn broekzak en belt. Zijn vader zegt: 'We dachten dat het beter zou zijn tot het donker te wachten voordat ze oversteken. Voor het geval dat.'

Het zekere voor het onzekere, denk ik. De woorden van Diederik.

Zijn zoon zegt in de telefoon: 'Cornél, jullie kunnen doorkomen, ze zijn er. Hebben jullie de bandenspanning verlaagd?'

'Keer de truck maar vast,' zegt Wickus tegen Lourens. 'En doe de achterdeuren open.'

'Goed, oom,' zegt Lourens. 'Hoe lang gaat het duren?'

'Ze staan hier recht aan de overkant, op de oever aan de Zim-kant. Als ze niet in dat verdomde zand blijven steken, zijn ze hier zo.'

Lourens stapt in de Mercedes.

'Ze komen eraan, pa,' zegt Swannie.

'Heb je gezegd dat ze op de paaltjes moeten letten?'

'Nee, pa. Maar ze zeggen dat ze onze lichten zien.'

'O nee, koot, echt iets voor een vrouw, die lichten helpen hun geen fok als ze niet letten op de paaltjes.'

'Maak je geen zorgen, pa.'

Lourens draait de Mercedes met de neus in de richting vanwaar we gekomen zijn. Wickus Swanepoel loopt naar waar de arbeiders zitten te praten. Hij roept bevelen in een zwarte taal. Ze staan op en komen dichterbij. Wickus beveelt weer en wijst naar de dikke ijzeren staven die naast de deur van de schuur liggen. De helft van de arbeiders gaat erheen om ze te halen.

Lourens zet de motor van de Mercedes af, springt uit de truck en doet de grendels van de grijze stalen achterdeuren open.

'Ik hoor dat ze een Bedford hebben, die is misschien iets lager dan jouw laadbak, dus dan moeten we de katrollen tevoorschijn halen,' zegt Wickus.

'Ik hoor ze, pa,' zegt Swannie.

Het dreunen van een dieselmotor klinkt op uit het donker, hij maakt veel toeren.

'O koot,' zegt Wickus, 'ik hoop dat die fokker weet hoe hij op zand moet rijden.'

Lourens komt dichterbij. We staan met z'n vieren op een rij, en kijken naar het noorden, in de richting van het geluid. 'Zand is rul, in deze tijd van het jaar,' zegt Wickus. 'Zacht. Poeder. De rivier is leeg. Als ze geen lucht uit hun banden hebben laten lopen, komen ze vast te zitten. Dan zijn we de pineut.'

'Maak je geen zorgen, pa.'

'Iemand moet zich zorgen maken.'

'Hoor maar, ze zijn erdoor.'

Het toerental van de motor is nu lager, beheerster.

'Maar waarom doet hij zijn licht dan niet aan?'

'Maak je geen zorgen, pa.'

'Dat heb je nou al vaak genoeg tegen me gezegd.'

'Maar we hoeven ons ook geen zorgen te maken, pa. We hebben alle vergunningen voor deze kant.'

'Die mensen moeten nog terug zien te komen in Zim vanavond, en ze hebben niets wat op papieren lijkt.'

En dan zien we de vrachtwagen, een oude Bedford, die aan de buitenrand van de lichtcirkel uit het donker opduikt.

'Goddank,' zegt Wickus Swanepoel. 'Het is een oude RL.'

'Een wat?'

'Dat was zo'n beetje de enige Bedford met fourwheeldrive,' zegt zijn vader als de vrachtwagen voor ons stopt. Hij ziet eruit als een oud militair voertuig, met verbleekte en gehavende groene verf, maar aan de motor mankeert niets. Een zwarte chauffeur achter het stuur, geel shirt, gespierde armen, sigaret in de mond.

Het portier aan de bijrijderskant gaat open. Er springt een vrouw uit, lichtvoetig. Ze negeert ons en gaat direct naar de laadbak van de wagen, die is afgedekt met een smerig verschoten zeil. Ze begint de touwen los te maken.

'Koot!' zegt Wickus, maar gedempt. Want zij is op het eerste gezicht spectaculair. Schouders, armen en benen zijn fraai, atletisch gespierd. Gitzwart haar in een nonchalante paardenstaart, de hals lang en elegant, de glans van fijn zweet op de honingkleurige huid, het gezicht gedomineerd door sterke, hoge jukbeenderen. Lara Croft van de Limpopo op laarzen, in strakke kaki shorts en een mouwloos wit T-shirt dat haar flinke cupmaat onthult.

'Cornél?' vraagt Swannie. Hij klinkt blij dat hij de telefoonstem met dit uiterlijk kan verbinden.

Ze kijkt hem aan. 'Kom helpen,' beveelt ze.

Swannie komt niet onmiddellijk in beweging. 'Vlo?' vraagt hij verbijsterd. 'Vlo van Jaarsveld?'

Ze reageert als door een wesp gestoken. 'Ik ken jou niet.'
'We hebben samen op de lagere school gezeten,' zegt Swannie, innig dankbaar dat hij een band met haar heeft. 'Jissie, Vlo, wat ben jij veranderd.'
'Ik ben Cornél. Komen jullie nog helpen?' vraagt ze en ze gaat weer verder met het losmaken van het zeil.
'Fantastisch om je weer te zien.' Swannie komt gretig dichterbij om een handje te helpen.

26

Om sporen te bestuderen, moet je onvermijdelijk naar plekken waar je grote kans loopt wilde en vaak gevaarlijke dieren aan te treffen.
– De principes van het spoorzoeken: Gevaarlijke dieren

Vlo van Jaarsveld. Neushoorndompteur.

Ze organiseert het weghalen van het zeil met een geïrriteerde stem en veel gewichtigheid, alsof haar verantwoordelijkheden groter zijn dan wij kunnen bevroeden. Ze kijkt een keer afkeurend naar de plek waar ik met gekruiste armen sta toe te kijken, een blik die zegt dat ik ook moet komen helpen.

En dan zie ik dat haar schoonheid van dichterbij bekeken relatief is, het totaalbeeld indrukwekkender dan de onderdelen. De lijnen van haar mond hebben een zuinig trekje, de kaak is net iets te zwak. Wat haar gelaatstrekken van kilheid redt is de kleine misvorming aan haar linkeroog, een deukje in het onderste ooglid, als een traan. Dat verzacht alles door een zweem van melancholie.

Ze rollen het grote zeil van de laadbak van de Bedford en onthullen de twee enorme stalen kooien die dicht tegen elkaar aan staan. Er zit maar een paar millimeter tussen de achterklep van de Bedford en de laatste kooi. De neushoorns zijn in duister gehuld, twee bonkige, rusteloze vormen achter ijzeren tralies.

'Ik moet hier licht hebben,' commandeert Vlo met een gebaar naar de dieren. De jonge Swannie, opeens de hoogst efficiënte jonge boer, springt op en blaft bevelen naar de arbeiders.

Ze klimt weer in de cabine van de Bedford, met opbollende kuitspieren en zekere bewegingen, een en al zelfvertrouwen en concentratie. Als ze uitstapt, heeft ze een zwartleren tas in haar hand, zo'n onpraktisch ding dat artsen als een soort statussymbool dragen. Deze heeft al een verleden zo te zien. Ze zwaait hem boven op de laadbak van de Bedford, stapt op het achterwiel en klimt erachteraan.

'Waar blijft dat licht?'

'Komt eraan,' roept Swannie.

Ze kijkt op het grove horloge om haar slanke pols, drukt op knopjes. Swannie komt aandraven met een jachtlamp, een straal als een zoeklicht in de nachthemel. Hij houdt hem voor haar op.

'Klim erop,' zegt ze, nu met haar aandacht op de opengemaakte tas.

Hij grijnst, blij dat hij uitverkoren is, knikt ijverig en klimt in de laadbak.

Op dat moment zie ik Lourens le Riche. Hij staat naast de Bedford. Zijn ogen volgen haar met een gehypnotiseerde uitdrukking.

'Schijn hierop,' zegt ze tegen Swannie en ze wijst naar de voorste kooi. Ze haalt een injectiespuit en een flesje vloeistof uit de tas. De naald is kort en dik.

Ik ga dichterbij staan om te kijken. De jachtlamp verlicht de voorste neushoorn. Het beest is geblinddoekt. Er hangt een prop stof uit het ene oor, over de blinddoek. De neushoorn beweegt onrustig, een poot stampt op de houten vloer, zijn kop bonkt tegen de tralies. De huid is lichter dan ik me had voorgesteld, vaalgrijs met een grof oppervlak in het felle licht, overdekt met een rozerode uitslag, ontstoken gezwellen in de nek, op de rug en de achterhand, die nat en ziekelijk glimmen.

'Koot!' zegt Wickus Swanepoel, die naast de Bedford de gang van zaken in de gaten houdt. 'Wat is er met die beesten aan de hand?'

Vlo trekt met de naald de vloeistof uit het flesje. 'Necrolytische dermatitis, in het stadium van zweren.'

'Je bent veearts,' zegt Swannie met groot respect.

'Kunnen ze doodgaan aan die zweren?' vraagt zijn vader.

'Het gaat gewoonlijk gepaard met anemie en gastro-intestinale ziekten,' zegt ze. 'Daar zit het gevaar.'

'Koot!' zegt Wickus.

Ze drukt de spuit in de romp van de neushoorn, aan de achterkant, boven de sterke dijen. 'Ze zijn heel zwak, heel gestrest. We mogen geen tijd verspillen. Kun je die sok terug stoppen in het oor?'

'Is dat een sok?'

'Het enige nut van een rugbysok van de Stormers. Dempt het geluid. Houdt ze rustig.'

'Krijg nou wat. Zo te horen ben jij een *Bulls*-supporter,' zegt Wickus in zijn nopjes. 'Net als wij.'

Ze pakt haar tas en gaat naar de tweede kooi. We staan als één man naar haar kleine, sexy achterwerk te kijken.

'Wat spuit je ze in?' vraagt Swannie.

'Azaperone. Honderdvijftig milligram. Houdt ze kalm, gaat het negatieve fysiologische effect van de M99 tegen.'

‘Oké,’ zegt Swannie weer met grenzeloze bewondering.

En Lourens le Riche staat naar haar te staren als een hert dat verblind is door koplampen.

Het overladen kost meer dan een uur, vijftien man die zweten, trekken, duwen, tillen, neerzetten en de kooien centimeter voor centimeter van de Bedford naar het laadruim van de Mercedes schuiven. Wickus organiseert het werk, zijn taalgebruik is nu een stuk fatsoenlijker. Vlo commandeert ons rond voor de rest van het werk met een minimum aan woorden en een maximale frons.

Totdat Lourens eindelijk de deuren dicht duwt en vergrendelt. Vlo loopt haastig naar hem toe. ‘Jij bent de chauffeur naar de Karoo.’

‘Lourens,’ zegt hij en hij steekt zijn hand uit.

Ze negeert die, veegt met de rug van haar linkerhand het zweet van haar voorhoofd, loopt naar de bijrijderskant van de Mercedes en zegt: ‘Laten we gaan.’

Dat is de eerste aanwijzing dat ze meegaat.

We rijden om tien over halftien weg. Vlo gooit een bloedrode reistas en de dokterstas in de cabine, klimt erachteraan en maakt het zich gemakkelijk op de bijrijdersstoel. Als ik na haar instap, kijkt ze me aan: ‘Moet jij ook mee?’ Niet blij met die mogelijkheid.

‘Dit is oom Lemmer,’ is het enige wat Lourens zegt. Dan pakt hij twee grote, zachte kussens voor haar, legt die op de bult tussen de twee stoelen, bergt haar bagage weg en schuift de kussens recht, één onder haar zitvlak, één achter haar rug.

De Swanepoels staan buiten naast mijn raam, met alleen oog voor haar. ‘Je weet nu waar we wonen, Cornél. Kom eens langs,’ roept Wickus Swanepoel hoopvol. Naast hem sluit zijn zoon zich knikkend bij de uitnodiging aan, de zware wenkbrauwen hoog opgetrokken van enthousiasme. Dan zwaaien ze voor het laatst en rijden we het duister in.

Haar geur drijft door de cabine van de Mercedes, een interessant mengsel van zeep, shampoo en zweet. Ze zit met opgetrokken benen, de armen om haar knieën, en haar lichaamstaal drukt ontevredenheid uit, vermoedelijk omdat we daar met z’n drieën zitten, en ze niet de luxe van een eigen plek en een goede stoel heeft.

Lourens belt Nicola om te zeggen dat we op weg zijn.

Vlo kijkt op het digitale horloge om haar pols. ‘Tussen halftwee en twee moet ik ze weer een spuitje geven,’ commandeert ze Lourens.

Ik zit op zijn reactie te wachten. Hoe zou een Karoo-jongen omgaan met dit... fenomeen?

Hij haalt papieren uit zijn portiervak en geeft die aan haar, met langzame, afgemeten bewegingen. 'De bovenste is het routeboek, de onderste is een kaart. Tegen twee uur zouden we zo'n driehonderd kilometer hiervandaan moeten zijn, misschien iets meer...'

Ze pakt het zonder een woord te zeggen aan, laat haar benen zakken, bestudeert het bovenste document, een wit papier waarop kolommen met plaatsnamen en afstanden staan. Dan vouwt ze de kaart open, vergelijkt die twee, en vindt met haar slanke vinger een route over dat spinnenweb van wegen, via Vaalwater, Rustenburg, Venstersdorp... tot ze naar hem opkijkt. Ik kan haar gezicht niet zien, maar hoor de afkeuring in haar stem: 'Het is een gigantisch obscure route. Waarom pakken we de N1 niet?'

Ik zie voor het eerst de vage lijn van een oud litteken in haar nek. Het krult vanonder haar linkeroor tot achter haar haar, een dun patroon, als de buitenrand van een vogelvleugel, net een tint lichter dan haar huid.

'Oom Diederik wil dat we de hoofdroutes vermijden. En...'

'Hoezo?' vraagt ze scherp en beschuldigend.

'Weegbruggen,' zegt Lourens kalm en beheerst.

'Weegbruggen?'

'Bij lange afstanden gaat het vooral om de gemiddelde snelheid, en er is niets wat de gemiddelde snelheid zo omlaag haalt als stilstaan. Elke weegbrug kost je zo'n beetje een uur, en er zijn er vijf tussen Musina en Kimberley, als we over de N1 en N12 gaan. En bovendien is deze route bijna honderd kilometer korter.'

Ik ben trots op hem, want hij laat zich niet intimideren, zijn stem klinkt rustig en hij zoekt niet naar haar goedkeuring, maar geeft uitsluitend informatie, beleefd en gemoedelijk. Indrukwekkend voor een jongen die smoorverliefd is.

Ze volgt met haar vinger de route nog een keer en schudt haar hoofd. 'Nee. We zullen over Bela-Bela moeten rijden. Ik heb licht nodig als ik ze een spuit geef.'

Hij kijkt naar de plek die ze aanwijst. 'Oké,' zegt hij, 'dan stop ik daar.'

Met zelfvoldane bewegingen vouwt ze de kaart op. Deze ronde heeft ze gewonnen. Ze legt hem boven op het dashboard, in de ruimte achter de bekerhouders, trekt haar benen weer op en laat haar hoofd op haar knieën zakken om verdere communicatie te ontmoedigen.

Dit wordt een interessante tocht.

De hoeksteen van mijn beroep is mensen kunnen lezen. Om bedreigingen te herkennen, om degenen die je beschermt te begrijpen, om situaties te kunnen voorspellen en voorkomen. Het is een gewoonte geworden, een ritueel, soms een spel, om je ogen open te houden en te luisteren en de brokjes terloopse informatie samen te voegen tot een profiel dat voortdurend wordt aangepast en uitgebreid, elke keer een stap dichter bij de waarheid. Het probleem, heb ik in de loop van twintig jaar geleerd, is dat we bedrieglijke dieren zijn. We weven heel behendig een valse façade, dikwijls uitgebreid en ingewikkeld, een subtiel mengsel van feiten en fictie om het goede en aanvaardbare te benadrukken en het foute te verbergen.

De kunst is om ook de façade te analyseren, want die onthult meestal wat erachter schuilgaat.

Er is heel wat dat Vlo van Jaarsveld verraadt: die lichtgeraakte superioriteit. De doelbewuste afstand die ze tussen ons en zichzelf bewaart. Het overdreven gebruik van geleerde medische termen. Haar bijnaam. Het benadrukken dat ze nu Cornél heet, wat tien tegen één een zelfverzonnen verbuiging van Cornelia is, omdat het veel chiquer klinkt. En de keuze van haar kleren die haar sterke punten onnodig benadrukken. Want ze is mooi, ondanks de kleine smetten. Of misschien juist dankzij die verwaarloosbare gebreken.

De meeste klanten van Body Armour zijn aantrekkelijke mensen die in weelde zijn grootgebracht. Zij eigenen zich over het algemeen moeiteloos voorrechten toe, bewaren een natuurlijke afstand tot het gepeupel, voelen zich op hun gemak met hun schoonheid en versluieren die vaak.

Dit alles staat in schril contrast met Vlo. Daarom gok ik dat haar achtergrond lagere middenklasse is, blauwe boorden, mijn- of fabrieksarbeiders, eenvoudig, enigszins platvloers, een beetje grof.

Armoede is niet noodzakelijkerwijs een negatieve vorming. De problemen beginnen pas wanneer de begeerte om te ontsnappen je gaat verteren. Ze heeft op de lagere school waarschijnlijk al de academische belofte getoond die haar uiteindelijk in staat zou stellen om diergeneeskunde te studeren. 'Je bent slim,' zullen haar nederige maar brave ouders haar hebben aangemoedigd. 'Je moet doorleren. Iets van je leven maken.' Een andere manier om te zeggen: je kunt hier wegkomen.

Maar het was de fysieke ontluiking die vermoedelijk de doorslag heeft gegeven. Uit Swannies: 'Jissie, wat ben jij veranderd', leid ik af dat ze op haar veertiende gewoon, of zelfs een grijze muis was, met weinig wat erop wees dat ze zulke goede genen zou blijken te hebben. Daarom heeft de metamorfose, ergens tussen haar vijftiende en zestiende, haar overvallen, zodat ze ineens moest omschakelen om het potentieel van dit alles in overweging te nemen. Slim én mooi is een stevig platform om jezelf van te lanceren.

En dat heeft ze gedaan.

Zodat ze met verbeten inspanning tot hier is gekomen, nu met de realistische verwachting van een Grote Vangst. Ze droomt waarschijnlijk van een sprookjeshuwelijk met de schatrijke eigenaar van een exclusief particulier natuurreservaat, waar ze het fokprogramma van een of andere exotische bedreigde diersoort kan leiden en nu en dan fotogeniek op het omslag van milieutijdschriften kan prijken, met de arm van haar aantrekkelijke, iets oudere echtgenoot om haar schouders, en haar armen beschermend om een luipaardwelp.

Maar ik weet uit persoonlijke ervaring: je kunt niet aan je afkomst ontsnappen. Die zit in je, vervlochten in elke cel. Je kunt zeggen dat je het contact met je ouders bent kwijtgeraakt, je kunt vage antwoorden geven als Emma vraagt: 'Hoe was het om in Seepunt op te groeien?' Je kunt je in Loxton verstoppen, maar op een gegeven moment haalt alles je in.

En ik denk dat Vlo van Jaarsveld dat in zekere zin weet. Het is de angst voor ontmaskering die haar drijft, die aan haar vreet, het is dat mechanisme dat haar heeft vervormd tot deze boze, vastberaden jonge vrouw.

Het is een gevoel dat ik begrijp. Daarom zal ik haar haar gang laten gaan. Haar van dienst zijn.

Maar moet ik Lourens le Riche waarschuwen? Want Vlo zal zijn hart breken.

Nee. Lemmers Eerste Wet.

27

... spoorzoekers moeten ook in staat zijn activiteiten van dieren te interpreteren zodat ze hun bewegingen kunnen voorzien en voorspellen.
– De principes van het spoorzoeken: Interpretatie van sporen

Onverharde wegen in Limpopo, nu en dan een stuk asfalt, alles verlaten zo diep in de nacht. De koplampen van de Mercedes, op groot licht, beschijnen hoog, dor gras langs de rand van de weg, soms bomen, koeien, ezels, gehuchtjes, of armoedige, in duisternis gehulde nederzettingen. In de cabine heerst stilte, want De Veearts slaapt.

Ze is stilletjes ingedut, haar armen zijn opeens van haar knieën gegleden en ze heeft de schrik verhuld door haar benen onder het dashboard te steken, haar rug in het kussen te nestelen en haar hoofd tegen de leuning van Lourens' stoel te laten rusten.

Pas wanneer we vlak voor middernacht op de R561 naar het zuiden afslaan, fluistert Lourens tegen mij: 'Kunt u de koffie tevoorschijn halen, alstublieft.'

Ik doe voorzichtig om haar niet te storen en vind de thermosfles.

'De bekers zitten daarboven,' zegt hij en hij wijst naar een vakje in het midden. Hij kijkt in de zijspiegel. Ik strek me, doe het vakje open en pak de bekers.

'Neem zelf ook.'

Ik schenk in en geef hem een beker. Hij pakt hem aan, kijkt vluchtig en medelijdend naar Vlo en zegt: 'Ze zal wel kapot zijn. Ik vraag me af of ze ook al helemaal uit Zim is meegereden.'

'Vast wel,' fluister ik.

'Het moet een helse tocht zijn geweest.'

Hij heeft gelijk. Misschien moet ik mijn kijk op haar ook wat afzwakken. Zevenhonderd kilometer door Zimbabwe met een verboden vracht zal zijn tol eisen.

'Waar zou oom Diederik haar vandaan hebben?' vraagt hij. En dan kijkt hij weer in de zijspiegel, remt af, proeft hoe warm de koffie is, loert weer in de spiegel en zegt: 'Waarom gaan die lui ons niet voorbij?'

Ik schenk koffie in de tweede beker.
'Hij zit al vanaf Alldays achter ons,' zegt hij, nog steeds zachtjes.
'Hoe ver terug is dat?'
'Zo'n vijftig kilometer.'
Het was een onverharde weg, lastig om te passeren, maar nu zitten we op asfalt en rijden we langzamer, iets over de zeventig. 'Wat doet hij nu?'
'Nu is hij teruggevallen.'
'Heb je deze spiegel nodig?' Ik duid naar de spiegel aan mijn kant.
'Die kunt u wel even verstellen.'
Ik draai het raampje open. De nacht is behoorlijk afgekoeld sinds we de neushoorns hebben ingeladen. Ik verstel de spiegel zodat ik de weg achter ons kan zien. Vlo wordt wakker door het lawaai van de wind.
'Wat?' zegt ze en ze veegt met haar hand over haar mond.
Ik draai het raampje dicht. 'Ik heb alleen de spiegel versteld.'
Ze komt overeind, rekt zich uit, voor zover mogelijk in de beperkte ruimte, en haalt haar vingers door haar haar om het glad te strijken.
'Wil je ook koffie?' vraagt Lourens.
Ze knikt, wrijft in haar ogen en kijkt op haar horloge.
Ik geef mijn beker aan haar en kijk in de spiegel. Nog steeds lichten achter ons, een halve kilometer terug.
'Waarom rijden we zo langzaam?' vraagt ze nors.
Lourens geeft weer gas. 'Alleen om de spiegel te verstellen,' zegt hij. Hij vangt samenzwerend mijn blik.

De auto achter ons houdt afstand. Het hoeft niet noodzakelijk iets te betekenen. Sommige mensen passeren liever niet 's nachts, om de rode lichten voor hen als baken te gebruiken.
Wanneer ze haar beker halfleeg heeft, vraagt Lourens aan Vlo: 'Was het zwaar, de rit door Zim?'
'Wat denk jij?'
Hij laat zich niet van zijn stuk brengen. 'Hoe ken je oom Diederik?'
'Die ken ik niet.'
'O?'
'Ik ken Ehrlichmann.' Een toegift.
'Wie is Ehrlichmann?'
Ze zucht en vraagt met overdreven geduld: 'Weet je waar de neushoorns vandaan komen?'
'Ja.'
'Ehrlichmann heeft ze uit Chete gehaald.'
'Was dat die wildopzichter?'

'Ja.'

'Aha.' En dan verbaasd: 'Hoe ken je hem dan?'

Weer de stille zucht. 'Er was afgelopen jaar een WWF-olifantentelling in de Chizarira... dat is een nationaal park in Zim. Ik had me als vrijwilliger gemeld. Ehrlichmann zat in het team.'

'Oké,' zegt Lourens.

Achter ons zijn de lichten nog steeds aanwezig.

Ze drinkt de beker leeg, geeft hem aan mij, trekt haar benen onder zich in de lotushouding en kruist haar armen onder haar borsten. 'Vertel eens over Diederik Brand.'

'Oom Diederik...' zegt hij. 'Waar zal ik beginnen? Hij is een soort legende in de Bo-Karoo...'

'Is hij rijk?'

Interessante vraag.

'Oom Diederik? Ja, hij is rijk.'

'Hoe heeft hij zijn geld verdiend?'

Lourens hinnikt even.

'Wat moet dat betekenen?'

'Kijk, oom Diederik, hoe moet ik het zeggen? Hij is een...' Op zoek naar het juiste eufemisme.

'Zwarte Zwaan,' zeg ik onwillekeurig.

Ze kijken me allebei aan.

Het komt doordat ik aan Emma had zitten denken, het afgelopen uur, voordat Lourens om koffie vroeg.

'Een Zwarte Zwaan is een afwijking van de regel, iets onverwachts wat alles verandert,' zeg ik en ik probeer me te herinneren wat Emma me zestien uur geleden in de Rooi Granaat vertelde. Ze had het hele weekend in het boek gelezen, waarbij ze voortdurend opmerkingen maakte als 'ongelooflijk' en 'zo interessant', tot ik haar zaterdagochtend vroeg waar het over ging.

Lourens en Vlo wachten tot ik me nader verklaar.

'Voordat ze Australië hadden ontdekt, waren de Europeanen ervan overtuigd dat alle zwanen wit waren. Want zo werkt ons hoofd. We leren uit observatie, we trekken conclusies op grond van een grote mate van waarschijnlijkheden, we geloven vast dat dit de enige waarheid is. Als je honderd jaar lang alleen maar witte zwanen ziet, ligt het voor de hand dat er alleen witte zwanen zullen zijn. En toen vonden ze zwarte zwanen in Australië.'

'Wat heeft dat met Diederik Brand te maken?'

Geen onredelijke vraag, al irriteert haar houding me.

'Alle mensen in de Karoo die ik ken, zijn pijnlijk eerlijk. Eerbaar. Een arbeidsethiek die zegt dat er maar één manier is om je brood te verdienen. Het is nooit bij me opgekomen dat Diederik anders zou zijn.'

'En is hij dat?'

'Klaarblijkelijk,' zeg ik en ik kijk naar Lourens voor hulp.

'Dat is hij,' beaamt Lourens en dan trapt hij op de rem en zet zijn richtingaanwijzer aan. 'We moeten er hier af.' Hij wijst naar de wegwijzer die de D579 naar het Lapalala Wilderness Game Reserve aanduidt.

Vlo pakt de kaart en vouwt hem open. 'Weet je het zeker?'

'Yep,' zegt hij en hij blijft remmen totdat hij van de asfaltweg een brede onverharde weg op draait. Hij werpt me een snelle blik toe en dan kijken we allebei in de zijspiegels. Hij maakt langzaam vaart.

De weg achter ons blijft donker.

Lourens rijdt harder.

Nog steeds donker.

Vlo kijkt op van de kaart. 'Ik snap nog steeds niets van de route,' zegt ze.

'We moeten over Vaalwater,' zegt Lourens. 'Dan naar Bela-Bela. Het is geen grote omweg...'

En dan zwijgt hij ineens want plotseling verschijnen achter ons de koplampen in de spiegels.

28

... als je een enthousiaste natuurvorser bent die veel tijd in het veld doorbrengt, dan is de kans dat je vroeg of laat gebeten wordt niet te verwaarlozen (vooral als je probeert slangensporen te volgen).

– De principes van het spoorzoeken: Interpretatie van sporen

'Wat?' zegt Vlo, want ze is niet dom.

'Maak je geen zorgen over de route,' zegt Lourens.

'Waarom zitten jullie naar elkaar te kijken?'

'Er zit een auto achter ons, al zeker een uur,' zeg ik, want ze moet het weten.

Ze kijkt me aan alsof ze me voor het eerst ziet. Dan ontsnapt er een korte, ruwe lach uit haar mond. 'Je maakt een grapje.'

'Kijk zelf maar,' zeg ik met een gebaar naar de spiegel.

Ze leunt opzij, ziet de lichten en vraagt sceptisch: 'En hij zit al een uur achter ons?'

'Hij slaat af waar wij afslaan,' zegt Lourens.

'*Big deal*,' zegt ze. 'Kan ik nog wat koffie krijgen?' En dan: 'Denken jullie dat ik daarin trap? Denken jullie dat ik stom ben?'

'Nee,' zeg ik.

Dat vleit haar.

Ik denk na over het landschap. De weg daalt en stijgt, kronkelend tussen onzichtbare heuveltjes. Ik vermoed dat we in de Waterberge zijn. In het licht van de koplampen staan doringbomen tot vlak langs de weg, nu en dan een hoekige rotsformatie. Niet ideaal.

'We moeten het zeker weten, Lourens. We wachten op een langere helling. Niet remmen, want we willen ze niet waarschuwen. Maar rij langzamer, rem op de motor. Langzaam, gelijkmatig. Hou je lichten aan.'

'Oké.'

Vlo negeert ons en zit te pruilen.

De weg maakt een brede bocht, eerst naar links, een kilometer later naar rechts, dan is er een lang stuk rechtuit, een flauwe daling. Lourens haalt zijn voet van het gaspedaal en schakelt terug. De Mercedes verliest snelheid. We houden de spiegels scherp in het oog. De lichten verschijnen in de laatste bocht, worden aanvankelijk groter als de auto dichterbij komt. Dan blijven ze die afstand aanhouden.

Ik kijk omhoog naar het plafondlampje, verschuif de schakelaar zodat het licht uit blijft als het portier opengaat. 'Kijk goed hoe de weg loopt, en dan schakel je de koplampen uit.'

Lourens wacht even en dooft dan de lichten. De nacht is meteen stikdonker. Alleen de koplampen achter ons, nu weer een stuk dichterbij.

'Als we stoppen, zet je de motor uit en trek je de handrem aan. Maar blijf binnen, en hou je hand op de contactsleutel.'

'Oké.' Kalm, bedaard. Precies wat we nodig hebben.

Ik pak de Glock uit het vak, wacht tot we rollend tot stilstand komen, doe het portier open, spring uit de truck en ren naar de achterkant, met het pistool in mijn hand. Lourens zet de motor uit.

De lichten achter ons, nu nog maar tweehonderd meter van ons verwijderd, gaan plotseling uit.

Heel slecht teken.

Sterren, geen maan. Mijn ogen zijn nog niet gewend aan het donker, ik kan alleen de onmiddellijke omgeving herkennen, de weg, het hoge gras, diepe schaduwen van doringbomen aan de andere kant van het hek.

Ik luister. De geluiden van de vrachtauto achter me, metaal dat afkoelt. En dan voetstappen op de steentjes.

'Ga terug in de truck,' zeg ik zacht.

Ze komt naast me staan. 'Als de tranquillizer is uitgewerkt, raken de neushoorns door het dolle.'

Ik staar het donker in om te proberen ze te zien.

'Ik heb al eens gezien hoe een neushoorn z'n eigen sinussen tegen de kooi tot moes sloeg,' zegt ze.

Ik leg mijn vinger op mijn lippen om aan te geven dat ze moet zwijgen.

'Een dag later was hij dood. Ik kan ze niet in het donker inspuiten. Kunnen we verder rijden?'

Ik weet genoeg. We hebben een probleem. Er zitten mensen achter ons aan met een agenda. En ze willen niet gezien worden. Nemen genoegen met alleen maar volgen.

Ik draai me om, loop terug naar het bijrijdersportier en wacht daar op haar. Ze komt niet meteen, wil eerst een punt scoren. Dan komt ze, armen over elkaar, hoofd in de nek, werpt me een vuile blik toe en stapt in. Ik klauter achter haar aan en zeg tegen Lourens: 'Laten we gaan rijden. Laat de lichten zo lang mogelijk uit.'

Ze zegt: 'Dit is echt niet grappig.'
Lourens concentreert zich op de weg, rijdt langzaam.
Ik denk na.
Ze weten dat we het weten. Ze zagen waarschijnlijk net zo weinig in het donker als ik, maar hun motor was uitgeschakeld. Ze moeten de Mercedes hebben horen wegrijden. Ze weten dat we op een bepaald moment het licht weer moeten aandoen, tenzij we met deze snelheid willen voortkruipen tot het dag wordt. Als ze dichtbij genoeg blijven, kunnen ze zonder licht volgen en de vrachtwagen als wegwijzer gebruiken, tot het licht wordt.
De vraag is niet wat ze zoeken. Er staat voor een miljoen rand aan rinoceroshoorn op spuugafstand van me vandaan. De vraag is waar ze op wachten. Het is een auto, niet groot, sedan of pick-up. Of een busje dat acht of tien mensen kan vervoeren. Overmacht als we stoppen. Wat we net gedaan hebben. En toen gebeurde er niets.
Weten ze dat we gewapend zijn? Of gaan ze ervan uit? Of vergis ik me helemaal?
Wat zou ik doen als ik een twintigtonner wilde kapen?
Hangt ervan af waar je op uit bent. Ik betwijfel of onze achtervolgers belangstelling hebben voor iets meer dan de hoorns. En daarvoor hoeven ze alleen maar de truck tot stilstand te dwingen zonder zichzelf te veel in gevaar te brengen, dan de mensen in de truck uit te schakelen, de buit afsnijden, en ervandoor gaan. Er is maar één manier om dat makkelijk te doen.
Ik draai me om zodat ik bij mijn sporttas kan en haal de MAG7 eruit.
'Jezusmina,' zegt Vlo.
Ik doe mijn veiligheidsriem vast. 'Is er een riem voor haar?' vraag ik aan Lourens.
'Nee, oom.'
Ik kijk naar haar. De hoogmoed is weg, maar het verwijt is er nog. Ik zie voor het eerst haar linkeroog van dichtbij. Er loopt nog een littekenlijntje van het deukje in het onderste ooglid, een centimeter langs haar wang. Dun als een haar.
'Als ik "zakken" zeg, dan duik je hierin.' Ik wijs naar de voetenruimte bij mijn stoel. 'Ik zal plaats voor je maken.'
'Waarom?'
Ik begin me af te vragen of ik nog meer geduld voor haar kan opbrengen, maar Lourens is me voor. 'Hij is een getrainde bodyguard, Cornél. Je kunt maar beter naar hem luisteren.'
'Een bodyguard?'

'Luister,' zeg ik, 'de kans dat ze de neushoorns levend willen hebben is heel klein. Te veel moeite, te veel tijd om over te laden, te veel injecties en verzorging. We zullen ervan uit moeten gaan dat ze op de hoorns uit zijn. Dat betekent dat ze ons tot stoppen moeten dwingen. De enige zinvolle manier is de weg vóór ons afsluiten. We zullen misschien ergens door een blokkade moeten rijden, iets van de weg stoten...'

'Nee!' zegt ze. 'De dieren...'

'De dieren zijn beschermd genoeg. Als we moeten stoppen, zijn wij én de dieren in gevaar.'

Ze overweegt het argument. En knikt dan tot mijn verbazing. Ze ademt langzaam in en kijkt me recht aan. 'Wat wil je dat ik doe?'

'Laat me even nadenken.'

Ze blijft roerloos zitten.

Ik kijk in de spiegel, de weg achter ons is nog steeds donker. Dan pak ik de kaart weer, want ik moet mijn nieuwe theorie daaraan toetsen.

Lourens zei dat ze vóór Alldays al achter ons zaten. Op het tweede lange stuk asfalt sinds ons vertrek, na zo'n vijftig kilometer onverharde wegen. Ik houd niet van veronderstellingen, maar ze moeten gemaakt worden. Veronderstelling nummer een: ze wisten waar we geladen hebben. Er zijn gewoon te veel wegen in Noord-Limpopo, ze kunnen ons nooit bij toeval op het spoor zijn gekomen. Wat betekent dat ten minste dat ene voertuig vanaf het begin al achter ons zat. Maar toen ze beseften dat we niet op de asfaltwegen bleven, moesten ze de volgafstand verkorten, om ons niet kwijt te raken bij een obscure afslag. Daarom heeft Lourens ze pas zo laat opgemerkt.

Veronderstelling nummer twee is dan logisch: ze wisten niet welke route wij zouden volgen. Ze zullen hebben gegokt en gingen er net als Vlo van uit dat we de N1 zouden pakken, met de R521 naar Polokwane als tweede optie. Als ik in hun schoenen stond, zou ik mijn andere auto's – minstens drie of vier – bij Mokopane laten wachten. Misschien bij een van de tolhekken, een goede plek om een stilstaand voertuig te overrompelen, heel snel de hoorns af te snijden en te verdwijnen.

Veronderstelling nummer drie: toen onze route afweek van hun verwachtingen, moesten ze hun plannen herzien. Ze zullen wel een kaart hebben en moeten tegen deze tijd de rechte lijn van onze geplande route hebben getrokken: over Vaalwater, Rustenburg en Ventersdorp. Onze laatste afslag, twintig minuten geleden, was de laatste belangrijke aanwijzing.

Veronderstelling nummer vier: het duister is de vriend van alle gespuis. Ze willen vóór het licht toeslaan. En ze zullen nu snel moeten werken, voordat we bij een politiebureau kunnen komen.

Ik meet de afstanden vanaf Polokwane en Mokopane, bereken gemiddelde snelheden en waarschijnlijkheden en kom elke keer op hetzelfde antwoord uit: Vaalwater. Ze zullen vóór Vaalwater tot actie moeten overgaan. Binnen de volgende vijftig kilometer.

Ik vouw de kaart dicht en berg hem op. Ik leg de Glock tussen mij en Vlo op mijn stoel en pak de MAG7.

'Hoe sterk is die bullbar voorop?' vraag ik aan Lourens.

'Dat hangt ervan af...'

'Als we een auto of een pick-up van de weg moeten stoten.'

'We hebben drie weken geleden voorbij Middelburg een koedoe geraakt, en toen boog dat ding zo ver terug dat hij de voorruit eruit drukte.'

Niet wat ik wil horen. 'Maar de motor zit hier?' en ik wijs naar de bult onder Vlo.

'Ja, maar de radiateur zit daar aan de voorkant. Als we iets op de verkeerde manier raken, zitten we in de problemen.'

Vlo haalt adem om iets te zeggen, maar schudt dan haar hoofd en blijft zwijgen.

Ik denk na. 'Als er geen kans is om erdoorheen te komen, zullen we moeten stoppen, Lourens, ze zullen proberen de weg te blokkeren. Er zou aan de zijkant ruimte kunnen zijn om door te raggen. Laat je niet afschrikken door hekken. Als het veld aan de andere kant er goed uitziet...'

'Oké.'

'Maar je krijgt heel weinig tijd om een besluit te nemen.'

Hij knikt en gaat recht achter het stuur zitten, vastberaden.

De spiegel trekt mijn aandacht. Ik kijk. De lichten zijn er weer, veel dichterbij.

'Ze zijn terug,' bevestigt Lourens.

'Dan gaat het gebeuren,' zeg ik en ik ontgrendel de MAG7.

Tweehonderd meter voor ons op de weg verandert de nacht in dag.

29

... de sporen van vluchtende dieren duiden op een verstoring, en als er geen tekenen van roofdieren worden gevonden, kan nader onderzoek menselijke indringers onthullen.

– De kunst van het spoorzoeken – Inleiding: Stropen

De koplampen van vier voertuigen, verblindend fel, zodat we niets anders kunnen zien, alleen de rotswand links, de afgrond rechts. De volmaakte plek.

Lourens trapt op de rem, ik schreeuw tegen Vlo dat ze moet duiken, verplaats mijn benen om ruimte voor haar te maken en pijnig mijn hersenen over een plan van aanpak: spring ik uit de truck om hun aandacht af te leiden, of blijf ik zitten om Lourens en Vlo te beschermen?

Ze doet iets wat ik niet had verwacht. Ze pakt de Glock voordat ze zich tussen het dashboard en de stoel wurmt. Ik grijp ernaar, te laat, zie opeens rechts buiten een schaduwfiguur uit het niets verschijnen, een gewapende man, met zwaaiende armen. Lourens rukt aan het stuur om hem niet aan te rijden.

De vrachtwagen slipt op het losse gruis, heel even denk ik dat hij de macht over het stuur zal verliezen.

Dan raakt hij de man, een misselijkmakende bonk.

Ik besluit dat ik eruit moet, om te zorgen dat ze twee doelwitten hebben, klik de riem los, vecht tegen de zwaartekracht, stoot het portier open en spring in de hoop dat ons eigen licht me onzichtbaar zal maken.

Een ogenblik in de lucht, dan raken mijn voeten hard de grond, ik maak gebruik van de vaart en rol door het hoge gras langs de weg, stenen en pollen, de MAG strak tegen me aan, rol, prikkeldraad snijdt ineens in mijn rug, diep en pijnlijk, ik kom overeind en zie hoe de remlichten van de Mercedes in een stofwolk tot stilstand komen. Nog geen tien meter van me af duiken twee figuren op uit het gras, aanvalsgeweer in de hand, en stormen op de vrachtwagen af. '*Kill the lights!*' schreeuwen ze. '*Kill the lights!*' Een van hen knielt naast de cabine, richt zijn loop op het portier, de ander klimt op de treeplank, rukt het portier open, springt weer omlaag, zakt naast zijn makker. '*Kill the lights*!' komt het bulderende bevel, schimmen in het stof en licht.

Lourens schakelt het licht uit.

'*Now get out*.'

Het stof dwarrelt lui neer. Ik zie dat ze zwart zijn, de wapens AK47's. Voor de Mercedes verschijnen er nog drie, geweer tegen de schouder, vizier op de ruit.

Vlo en de Glock die daar liggen te wachten zijn hopelijk zo verstandig als ik denk dat ze zijn.

'*Hold up your hands*!' roept iemand van de andere kant van de vrachtwagen. '*Now jump down*.'

Lourens stapt uit.

'Op de grond.'

Ik zie eerst alleen zijn voeten onder de vrachtauto door, en dan zakt hij op zijn knieën.

'Ga liggen.'

Hij gaat in het stof liggen, met zijn handen op zijn hoofd.

'Jij daarbinnen,' roept een van de mannen die aan deze kant knielt, 'stap uit!'

Ik kom langzaam overeind, kniel in het gras, til de MAG op, druk de veiligheidspal weg, richt hem op de AK het dichtst bij me, en bid dat ze zal gehoorzamen.

'Uitstappen, zei ik!' roept hij.

Achter in de bak bewegen de neushoorns, stampgeluiden, een bozig gesnork. De voeten van de aanvallers schuifelen over het gruis, AK's worden ontgrendeld. Vlo's handen in het zicht bij het raam, dan haar hoofd, angst op haar gezicht.

De koude loop van een vuurwapen drukt zacht in mijn nek. Een kalme stem achter me, heel dichtbij: 'Leg het wapen neer.'

Ik laat de MAG zakken.

Onze achtervolgers. Ze moeten me hebben zien springen.

Ik leg het geweer voorzichtig neer, nog steeds op mijn knieën. Hij loopt om me heen tot ik hem kan zien. Grote zwarte man, gigantische zilverkleurige revolver in twee handen, armen gestrekt, mikt tussen mijn ogen.

Dan glimlacht hij: 'Mister Stuntman.'

Hij komt ineens naar voren en schopt me. Ik weer hem af met mijn armen en wijk uit, zodat hij me laag raakt, in mijn maag. Ik val achterover, rol weg, maar hij komt achter me aan, schopt weer, raakt mijn rug. Ik verander van richting, rol naar hem toe, wacht op de volgende schop, grijp zijn laars, en ruk uit alle macht. Zijn voeten gaan van de grond, hij landt hard op zijn rug en loeit: 'Hu!' Dan zit ik op hem, mijn knie stoot in zijn maag, zijn mond is groot en ademloos open, mijn linkerhand grijpt zijn revolverarm, ik richt mijn rechterelleboog op zijn gezicht, breek zijn neus, voel het bloed tegen me aan spatten, zijn revolverhand gaat omhoog, ik grijp het vuurwapen, druk het tegen zijn slaap, span de haan, en ga met mijn volle gewicht op hem liggen.

'*Amasimba*,' sist hij terwijl hij zijn handen naar zijn neus brengt. Bloed stroomt uit zijn mond. '*You are a fucking fool*.'

Een loop tegen mijn achterhoofd, een stem achter me zegt: '*You want me to shoot him*, Inkunzi?'

De grote man duwt met een ongeduldig gebaar de revolverloop van zijn slaap weg. 'Nog niet. Als hij stomme toeren uithaalt, schiet je hem in zijn been.'

'*Nazo-ke*, Inkunzi!'

'Ga van me af,' zegt Inkunzi tegen me.

Ik kijk om. Twee van hen achter me, AK's in de aanslag. Ik sta op. Langzaam. Inkunzi's revolver is een Smith & Wesson, het reuzenmodel 500, twee kilo roestvrij staal. Ik laat hem in het gras vallen. Inkunzi vloekt in een Afrikaanse taal, bukt, raapt hem op aan de loop en slingert hem naar mijn hoofd. Het ding is te zwaar voor een verrassingsaanval. Ik kan makkelijk wegduiken, grijp zijn arm, wil hem uit balans brengen.

De kolf van een AK raakt me in de rug. Ik val voorover. Inkunzi schopt me onmiddellijk, in mijn ribben, doffe klap, plotse pijn. De andere twee schoppen van achter, sportschoenen, minder doeltreffend. Ik schop terug, raak er een tegen zijn knie, probeer overeind te komen, mijn enige kans. Inkunzi grijpt mijn kraag, rukt. Ik val weer. Er komt er nog een bij, nu zijn ze met z'n vieren. Schoppen regenen neer, ik rol op mijn rug, ik moet mijn wervels beschermen, trek mijn knieën tegen mijn borst, mijn armen over mijn hoofd. Ik stoot heen en weer, overal pijn, doffe klap tegen mijn hoofd, nog een, ik verschuif mijn gebalde vuisten om mijn schedel te beschermen, glimlach zwak, glijd weg naar een veilige plek in mijn hoofd, en zie de zool die onderweg is naar mijn gezicht te laat.

Gesuis in mijn hoofd, de geur van stof, vage geluiden, schimmen die in het dansende licht springen, lichaam een zee van pijn.

Een dik oog. Zie niet scherp.

Figuren.

Ze krijgen vorm.

Ik lig voor de Mercedes, op mijn zij, arm onder me, onhandig. Ze moeten me hierheen hebben gesleept.

Links van me zit Vlo op haar knieën met haar handen achter haar hoofd. Naast haar knielt Lourens, met de revolver van Inkunzi tegen zijn achterhoofd.

Tussen ons liggen bezittingen over de weg gestrooid, mijn sporttas, Vlo's dokterstas, thermosflessen, bekers, kussens, kleren, gereedschap.

Naast me ligt het lichaam van de man die we hebben aangereden. Doodstil.

Alsof de tijd stilstaat, niemand beweegt.

Geluiden dringen door. Bij de vrachtwagen, metaal op metaal, iemand slaat met een hamer. Mannenstemmen.

Vlo snikt.

Ik weet niet hoe lang ik al zo lig.

Twee mannen lopen langs me. Sterke geur van diesel. 'Niets in de tank,' zegt de ene.

'Het zit niet in de truck,' zegt de ander.

Inkunzi vloekt. 'Waar is het?' vraagt hij aan Vlo.

'Ik weet het niet.' Uitgeput.

Ik til langzaam mijn hoofd op. Er stoot een geweerloop in mijn rug. 'Deze is weer wakker.'

'Mooi zo,' zegt Inkunzi en hij kijkt naar mij. 'Ik schiet die jongen dood als je het niet vertelt.'

'Wat vertel?' wil ik vragen, maar mijn stem werkt niet. Ik probeer het weer, een rasp die vlammen langs mijn ribben stuurt.

'Je weet wat we willen. Waar is het?'

'Waar heeft hij het over?' Er klinkt wanhopige angst in Vlo's stem.

'Dat weet je heel goed,' zegt Inkunzi.

'Ik weet het niet,' zegt ze smekend.

'Dan schiet ik hem dood.' Hij spant de haan van het wapen.

'Nee!'

Iemand buigt zich over de figuur die naast me ligt, rolt hem om. 'Slang is dood, Inkunzi.'

'Shit. Weet je het zeker?'

'Zo te zien.'

'Stomme idioot... Zorg... Wacht. Waar is haar pistool?'

De man loopt naar de plek waar onze bezittingen verstrooid liggen. 'Hier.'

Inkunzi komt dichterbij. 'Geef maar aan mij.' Hij steekt zijn grote

Smith & Wesson in zijn riem en neemt het andere wapen aan van zijn handlanger. Het is mijn Glock.

'Waarom zou een dame met zo'n wapen rondlopen?'

'Het is van mij,' probeer ik te zeggen, met schorre stem.

'Wat?'

'Het is van mij.'

'Mooi zo,' zegt Inkunzi. Hij loopt naar het lichaam van Slang, duwt de loop tegen de schedel en vuurt. Bloed, vezels en bot spatten rond. Vlo maakt een hoog, angstig geluid. Lourens loeit, buigt voorover en geeft over.

'Laten we nu een levende schieten,' zegt Inkunzi en hij loopt weer naar Lourens. Hij gaat achter de gebogen figuur staan en drukt mijn Glock tegen Lourens' nek.

'Waar is de handel?'

'Ik weet het niet!' gilt Vlo.

'Eén...'

'Alsjeblieft!'

'Twee...'

'Pak de hoorns!' schreeuwt ze schril, uitzinnig van angst.

'Ik wil die fucking hoorns niet.'

'Wat wil je dan?' kreun ik.

'Dat weten jullie best.'

Het slaat nergens op. 'Nee,' zeg ik en ik probeer heftig mijn hoofd te schudden. Foute optie.

'Jullie zijn gestopt, een eind terug.'

'Omdat jullie ons achtervolgden.'

Hij kijkt peinzend naar de weerloze nek van Lourens le Riche. Haalt de trekker over. Donderend schot, Lourens schokt, Vlo uit een oerkreet. Lourens zit nog steeds, ik besef wat de stofontploffing op de weg betekent. Hij heeft doelbewust misgeschoten.

Een geluid uit Lourens, hartverscheurend. Dan geeft hij weer over.

Vlo huilt, haar schouders schokken.

De grote man bekijkt ons, een voor een. Lourens ademt hortend, hij wil zijn snikken inhouden. Dan komt Inkunzi naar me toe, een rustige stap. 'Jullie hebben het in het veld gegooid.'

'Wat?' vraag ik.

Hij maakt een geluid, misschien een lach, maar zijn lip is kapot, zijn neus zal pijn doen. Dat doet me genoegen. 'We weten alles,' zegt hij. Hij bukt zich en drukt een grote hand tegen mijn borst.

Een hersenschudding is niet bevorderlijk voor helder denken, ik weet niet wat ik moet antwoorden. 'Pak de truck,' zeg ik. 'Pak alles. Pak mij ook. Maar laat hen vrij. Alsjeblieft.'

'Nee,' zegt hij op een redelijke toon. 'Vertel me alleen maar of jullie het spul in het veld hebben gegooid. Waar moeten we gaan zoeken? Aan de andere kant van het hek?'

'Ik wilde zien of we achtervolgers hadden. Meer niet.'

Hij denkt na voordat hij antwoordt. 'Jij bent een pro,' zegt hij. 'Nu vraag ik me af waarom jij hier bent. En die *firepower*. De route die jullie nemen. Daar is een reden voor.'

'We doen het vanwege de neushoorns.'

Weer het lachgeluid, zijn gezicht dat niet wil meewerken.

'De hoorns zijn veel geld waard,' zeg ik.

'*Chinese witchcraft*,' zegt hij. 'Niet mijn business.'

'Wat is jouw business dan?'

Hij negeert me, staat langzaam op. Hoofd gebogen, diep nadenkend, voelt voorzichtig aan zijn neus, kijkt eindelijk naar een van zijn trawanten. '*You sure there's nothing*?'

'*Yes, Inkunzi*.'

'Shit.' Hij pakt een lap uit zijn zak, veegt mijn Glock ermee schoon, en gooit het vuurwapen dan tussen onze bezittingen. 'We hebben de plek waar ze zijn gestopt gemarkeerd met drie rotsen aan weerszijden van de weg...'

Daarom zijn ze een tijdje uit het zicht geweest.

'Neem de mannen mee, ga zoeken. Het moet er zijn.'

'Maken we ze nu af?'

Hij kijkt naar mij. 'Deze zou ik graag vermoorden. Maar eerst...'

Hij loopt naar Vlo, rukt haar aan haar haar overeind en gaat tegen haar aan staan. Ze worstelt, maar hij heeft haar paardenstaart in een ijzeren greep en trekt haar tegen zich aan. Hij houdt zijn kapotte mond bij haar oor, zijn linkerhand streelt haar borsten en hij fluistert iets.

Ze siddert.

Hij stoot haar weg, draait zich opeens om en komt op mij af. Hij haalt de Smith & Wesson uit zijn riem, komt wijdbeens tegenover mij staan, uitdrukkingsloos. Heft de revolver.

30

Om de kans om gedood te worden door een gevaarlijk dier tot een minimum te beperken, moet je een irrationele angst voor het onbekende overwinnen, en tegelijkertijd een irrationeel gebrek aan angst voor wat je denkt te 'kennen' vermijden.

– De principes van het spoorzoeken: Gevaarlijke dieren

Er is een plek waar ik naartoe kan. Ik heb hem als kind ontdekt, een niemandsland, een toevluchtsoord. Het is geen kamer, maar de muren beschermen me. Het is geen open ruimte, maar ik kan de troostende zee zien en horen.

Ik ben me bewust van waar mijn lichaam is, de pijn ergens ver en vaag, maar ikzelf ben daar niet. Ik weet dat mijn blik dan strak is. Ze zeggen dat ik niet bang ben voor de vuistslagen van mijn vader, ik verdraag ze, want ik ben weggeglipt, sta een stap verderop. Mijn stem is verstomd, ik smeek niet, ik huil niet, ik schreeuw het niet uit. En mijn glimlachje zegt: sla maar, kom maar op, pak me maar. Want op een dag kom ik terug. Om me af te reageren. Om uit te delen.

Ik ga naar die plek, kijk hem in de ogen als hij de haan terugtrekt. Grijnslach.

Hij blijft lang zo staan, met zijn vinger om de trekker.

Dan schudt hij zijn hoofd. 'Je bent gek.' Hij laat het wapen zakken. 'Ik weet je te vinden.' Hij loopt weg. '*Let's go!*' roept hij hard.

Ik beweeg niet. Lig daar in niemandsland.

Ik hoor hoe ze het lijk van Slang ergens heen slepen, en dan hun voetstappen, van ons vandaan. Autoportieren slaan dicht. Motoren worden gestart, banden knarsen, steentjes schieten tegen de vrachtwagen, stofwolken bollen op. Ik hoor ze wegrijden, zie hoe de lichten de een na de ander verdwijnen, tot het donker als een soort genade over ons neerdaalt. De zachte snikken van Vlo van Jaarsveld. Lourens' adem die steeds wanhopig door zijn lijf scheurt.

Ik kijk naar de sterren, hoe ze steeds helderder schijnen.

Het dreunen van voertuigen dat ten slotte verdwijnt.

Dan kom ik terug. Rustig. Hef mijn bovenlijf van de grond. Zie Vlo niet.

Ik sta op. Pijn, mijn voeten onzeker. Ik loop naar de plek waar Lourens knielde. En vind hun tweeën daar in het donker. Ze heeft haar armen beschermend om hem heen, haar hand wrijft troostend over zijn achterhoofd. Hij zit daar maar.

Ik pak onze spullen bij elkaar. Alles binnenstebuiten gekeerd, uitgeschud. Mijn Glock er minachtend tussen gesmeten. Ik krijg een ingeving tussen de verspreid liggende bezittingen en ga de MAG zoeken. Die is weg.

Ik loop om de Mercedes heen. De banden zijn heel. Ze hebben de dop van de dieseltank eraf gehaald. Ik vind hem achter het wiel, wil hem erop draaien. Er is iets wat dat belemmert, een lang stuk dubbelgedraaid ijzerdraad met een haak aan het eind. Ik trek het eruit en gooi het in het veld.

Ik kijk in de cabine. Elk vakje met een klep staat open. Nog meer rotzooi. Ik ruim op, maak dicht. Ga alles halen wat buiten ligt, berg het weer op. Lourens en Vlo moeten door niets aan de afgelopen gebeurtenissen worden herinnerd.

De neushoorns zijn niet gelukkig, ze schuren en stampen en bewegen. Ik kijk op mijn horloge. Tien over halftwee. *Tussen halftwee en twee uur moet ik ze weer een spuit geven.*

Ik berg alles wat buiten ligt weer op in de cabine. Loop naar Lourens en Vlo. Ze zitten nog precies hetzelfde.

'Ik zal rijden,' zeg ik zacht. 'We moeten gaan. De neushoorns moeten een spuit hebben.'

Vlo staat op. Ze trekt Lourens aan zijn schouder. Hij komt overeind. Ze lopen naar het bijrijdersportier. Hij is totaal van de wereld, verdwaasd.

Ik klim achter het stuur, sla het portier dicht en wacht op hen. Dan start ik, worstel met de versnellingen, zet de lichten aan en trek langzaam op. Ik concentreer me, probeer de vrachtwagen onder controle te krijgen, de omvang, de massa. Verzet me tegen verwijten, maar dat lukt niet. Ik had ze moeten beschermen. Ik had niet uit de wagen moeten springen. Ik had er eerder uit moeten springen. We hadden moeten stoppen, de politie moeten bellen. Ik had de achtervolgers moeten confronteren, een uur geleden, toen het er nog maar twee of drie waren.

Ik had ze moeten beschermen.

Ik had moeten schieten, chaos zaaien.

Ze hadden overmacht. Maar weinig wat ik kon doen, in mijn eentje.

Waarom heeft Diederik me meegestuurd?
Ik had ze moeten beschermen.
Dertig kilometer verder vraagt Lourens nauwelijks hoorbaar en toonloos: 'Hebt u hier een geldig rijbewijs voor?'
'Nee.'
'Ik ben zo weer in orde.'

In Vaalwater, onder het felle licht van een benzinestation, klimt ze naar de kooien en geeft eerst de ene neushoorn en dan de andere een spuit.
Tankbedienden kijken ons met achterdochtige, schichtige ogen aan. Er zit bloed op mijn gezicht.
Ik laat de tank vol diesel gooien, inspecteer de vrachtwagen opnieuw. Alles lijkt in orde. Ik loop naar de wc. Ontdek in de spiegel dat ik er slecht uitzie. Opgezwollen oog, diepe snee bij de wenkbrauw. Vlokjes van de hersenen van Slang op mijn oor. Ik was me lang en grondig.
In het winkeltje koop ik vier liter cola, want ze hebben suiker nodig.
Lourens zegt: 'Ik rijd weer.'
'Straks,' zeg ik en ik laat hem van de frisdrank drinken. 'Jij mag kaartlezen.'
Om 2.45 uur rijden we het dorp uit. Zijn stem is emotieloos als hij aanwijzingen geeft.
Ik wil met ze praten. Ik wil tegen ze zeggen dat bang zijn geen schande is. Ik wil uitleggen hoe geweld en angst je van je waardigheid beroven, dat je dat niet moet toelaten. Ik wil ze uitleggen hoe trauma's werken, de processen, de mechanismen om het te bestrijden. Zoals wraak.
Ik vind de woorden niet.
Eindelijk haalt Lourens zijn cd's uit een vakje. Hij kiest er een, duwt hem in de speler en draait het volume open. Ik kijk naar de hoes. Arsis. *We are the Nightmare.*
Deathmetal spoelt over ons heen, surrealistisch, onaards, tot er voor niets anders meer ruimte is.

Wanneer de cd is afgelopen, de verschrikkelijke stilte. Dan zegt Lourens: 'Nou gaat het wel weer.'
'Ik rijd tot vlak voor Rustenburg. Probeer een beetje te slapen. We hebben nog een lange weg te gaan.'
Hij aarzelt voordat hij 'Oké' zegt.
'Wil je een kussen?' vraagt Vlo.
'Nee, dank je. Jij moet ook proberen te slapen.'
Er is nu een band tussen hen.

'Het spijt me,' zeg ik.
'Het was niet uw schuld.'
Ik zeg niets.
'U had niets kunnen doen.'
Ik wil hem geloven. Ze waren met te veel.
'Wat zochten ze?' vraagt Vlo, retorisch.
'Ik weet het niet.'
Ze draait zich naar mij. 'Zeker weten?'
'Nee,' werpt Lourens tegen. 'Oom Diederik heeft hem gisteren pas gevraagd om mee te rijden.'
'Waarom?'
Dat is de vraag.
'Daar kom ik wel achter,' zeg ik. Want het antwoord ligt bij Diederik Brand. De oude boef. De Zwarte Zwaan van de Bo-Karoo. 'Ik kom er wel achter.'

Ze slapen twee uur lang.
Ik ken het proces dat Lourens doormaakt. De nabijheid van de dood, de schok van een eerste confrontatie met wreedheid. Het onvermogen om te begrijpen of te accepteren dat mensen daartoe in staat zijn, dat de wereld eigenlijk een plek is waar de gewelddadigste zegeviert. Ik was acht toen mijn vader me in elkaar begon te meppen. Om mijn moeder te straffen voor haar ontrouw. Een kind leert sneller, past zich makkelijker aan als het niets anders kent. Maar Lourens komt voort uit een stabiel, liefdevol gezin dat hem waardigheid en zelfbewustheid heeft meegegeven, naastenliefde, respect voor anderen.
Dat is hem nu allemaal afgepakt.
Zeventig kilometer voor Rustenburg komt de zon op, schuin van links, zodat ik de zonneklep moet neerklappen. Lourens wordt wakker.
'Hoe voel je je?' vraag ik.
'Beter dan u oom. Klaar om achter het stuur te gaan.' Een valse klank in zijn enthousiasme.
Ik stop en stap uit. Bonkende koppijn, linkeroog dichtgezwollen, mijn lijf doet pijn, maar de grootste schade is hopelijk een gebroken rib. Voor de vrachtwagen legt Lourens een hand op mijn arm. 'Oom, we hadden niets kunnen doen.'
Ik kijk hem aan en zie de ernst op zijn gezicht. Ik knik alleen maar.
Als we optrekken, wordt Vlo met een ruk wakker, kijkt op haar horloge en pakt de kaart. 'Ventersdorp,' zegt ze. 'Om zes uur moet ik weer prikken.'

Ik laat hem bij een benzinestation in Rustenburg stoppen zodat we naar de wc kunnen. Ik wil kijken of er bloed in mijn urine zit.

Dat zit er niet. Vlo komt het winkeltje uit met twee bruine papieren zakken. Als we weer rijden, haalt ze er voor mij een doosje pijnstillers uit, broodjes, koffie en cola. Ze geeft Lourens te eten en te drinken, zorgzaam. Ze heeft nu een soort vastberadenheid, een innerlijke kracht.

Ik heb me in haar vergist.

Lourens zet de radio aan. We luisteren naar het nieuws op RSG, al het onheil van het land en de wereld, dat we onszelf hebben aangedaan, zonder uitzondering. *Annus horribilis.*

Tien voor halfzes stopt hij. Ze klauteren naar achteren, zij met haar dokterstas. Hij om haar te helpen de dieren te kalmeren. Ik sta naast de Mercedes nutteloos te zijn en kijk hoe een tractor ploegstrepen over het land trekt.

Vlak voordat we wegrijden, belt Nicola. 'We liggen achter op schema...' zegt Lourens. En: 'Ik schat zo tegen een uur of zeven vanavond. Nee, alleen... alleen een beetje moe... verder is alles oké.'

En dat klopt. Wat schieten we ermee op om de gebeurtenissen van vannacht te vertellen?

Voorbij Hartebeesfontein wordt het zwijgen van Lourens haar te veel. Ze zegt: 'Vertel eens iets over de Bo-Karoo,' met een zachte, intieme stem, als die van een geliefde. Hij haalt diep adem voordat hij antwoord geeft, eerst alleen oppervlakkig en beleefd. Ze blijft hem uithoren. Over zijn familie, over hemzelf. Dat is haar strategie. Een goede. Lourens' stem krijgt geleidelijk weer kracht, een pijnlijk langzame terugkeer naar wie hij was. Hij is nog jong, denk ik. En taai. Misschien komt hij er wel weer overheen.

De pijnstillers maken me loom. Ik vecht ertegen en gebruik mijn frustratie, mijn woede als boksbal. Diederik Brand. Ik verheug me op ons weerzien. En Inkunzi. Ik ga naar hem op zoek. Ik zal hem laten knielen, met de Glock tegen zijn achterhoofd. Hem zijn zelfrespect afpakken zoals hij met Lourens heeft gedaan, schieten, en kijken hoe zijn lijf schokt van de schrik. Laat hem maar voelen hoe het is om de dood te zien.

Ik word wakker van mijn telefoon. Mijn lichaam is pijnlijk en stijf, ik zoek hem in mijn broekzak, druk op het verkeerde knopje en het apparaat zwijgt onmiddellijk.

'Waar zijn we?' Ik zie op de digitale klok op het dashboard dat het 8.41 uur is.

'Vlak voor Hertzogville. U hebt lekker geslapen, oom.'

Lemmer, de wakkere lijfwacht.

Ik kijk wie er belde. Jeanette. Ik bel haar terug.

'Hoe gaat het?' vraagt ze, zoals gewoonlijk vol ochtendvuur en geestdrift.

'We schieten op.' Ik zal haar later alles vertellen, als ik alleen ben.

'Je vriend Diederik heeft nog niet betaald.'

'Hij is mijn vriend niet.'

'Ik dacht dat jullie allemaal maatjes waren daar in die negorij.'

'Ik zie hem vanavond. Dan zal hij zeker betalen.'

'Het klinkt een beetje alsof deze rit niet alles is waar je van hebt gedroomd.'

'Ik bel je vanavond.'

'Is alles oké, Lemmer?'

'Het komt goed.'

Ze heeft het direct door. 'Je kunt nu niet praten. Moet ik me zorgen maken?'

'Nee.'

'Bel me zodra het kan,' met onrust in haar stem.

Ze laat niet met haar mensen sollen.

31

Vrijwel alle denkbare handelingen laten kenmerkende markeringen achter, die het de spoorzoeker mogelijk maken de activiteiten van het dier te reconstrueren.

– De kunst van het spoorzoeken: Interpretatie van sporen

Lourens ontdooit. Hij zegt tegen Vlo: 'Jij houdt veel van neushoorns.'

Een schouderophalen dat 'niet per se' zegt. 'De hoeklip is bedreigd.'

'De hoe-klip?'

'De "*hook-lip*". Dat is de juiste benaming voor de zwarte neushoorn. De witte neushoorn is de "*square-lip*". Als je goed kijkt, zie je het verschil duidelijk.'

'Hoe bedreigd?'

'In 1970 waren er vijfenzestigduizend, in 1993 nog maar tweeduizend.'

'Op de wereld?'

Ze knikt. 'Voor zesennegentig procent uitgemoord.'

'Jissie. En nu?'

'Zo'n drieduizendzevenhonderd.'

'Oké,' zegt Lourens. 'Nu snap ik het.' En dan: 'Is het vanwege de hoorns? Omdat de Chinezen geloven dat de hoorns je... vruchtbaar maken...'

'Nee, dat is een mythe. Ze geloven dat het tegen koorts helpt. Daarvoor worden de meeste hoorns vermalen. Ongeveer een derde wordt gebruikt om ornamenten van te maken. En bewerkte dolkheften. In Jemen en Oman is een dolk met een heft van rinoceroshoorn een enorm statussymbool.'

'Maar de aantallen stijgen nu weer?'

Ze snuift verontwaardigd. 'Niet lang meer. Vorig jaar hebben ze zesendertig zwarte neushoorns in onze nationale parken doodgeschoten, en nog eens vijftig in particuliere wildparken...'

'Wie?'

'Dieven. Stropers. Ze stelen allemaal samen, blank en zwart. In Kongo en Zim is de slachting nog veel groter, want het kan niemand iets schelen, niemand houdt ze tegen. Afgelopen jaar hebben ze in Zim vier kerels opgepakt die hebben bekend dat ze achttien neushoorns hebben vermoord. En toch liet de politie ze gewoon lopen.'

'Dat is de reden waarom je met deze tocht hebt geholpen.'

Ze knikt. 'Je zult zien. Als deze twee het overleven... Dat zal een groot verschil maken.'

Dat is waar Diederik Brand zich achter verschuilt. Deze edele daad. Met zijn charme en zijn milieuacties. Maar er zit een addertje onder het gras.

Wat zochten Inkunzi en zijn bende?

Een stuk ijzerdraad met een haak in de dieseltank? *Vertel me alleen maar of jullie het spul in het veld hebben gegooid. Waar moeten we gaan zoeken? Aan de andere kant van het hek?*

Ze hebben de vrachtwagen doorzocht. Onze bezittingen. Iets wat klein genoeg was om in een sporttas verstopt te worden, minstens licht genoeg om over een hek gegooid te worden?

Jij bent een pro. Nu vraag ik me af waarom jij hier bent. En die firepower. De route die jullie nemen. Daar is een reden voor.

Diederik die een zogenaamde 'pro' meestuurde, en de MAG7. En waarschijnlijk ook de route heeft voorgeschreven, met de doorzichtige leugen van 'weegbruggen vermijden'.

Ik vraag aan Vlo: 'Hoeveel weegt een rinoceroshoorn?'

'Een kilo of drie.'

Makkelijk zat om een zak met tien hoorns in het veld te gooien. Maar hij zei: *Chinese witchcraft. Niet mijn business.* Hij heeft misschien gelogen, doelbewust, voor het geval dat we niet weten waar hij het over heeft.

'Ehrlichmann. Wat weet je van hem?'

'Hij was een wildopzichter.'

'Die nu aan de kost moet komen als safarigids in een land waar gewoon geen toerisme meer is. Was hij erbij toen jullie gingen opladen?'

'Hij had de leiding.' Ze heeft het onmiddellijk door. 'Denk je dat hij...'

'Wie waren er verder nog bij?'

Ze denkt eerst na. 'Alleen de arbeiders. En de drijvers.'

'Heb je het hele laadproces gezien?'

'Niet alles. Ik was bezig met de neushoorns.'

Lourens en ik waren bij het overladen op de Mercedes. En het enige wat van de ene vrachtwagen naar de andere is verschoven zijn de twee kooien.

'Wanneer moet je ze weer inspuiten?'

Ze kijkt op haar horloge. 'Over een halfuur.'

'We kunnen in Hertzogville stoppen. Ik moet tanken,' zegt Lourens.

Iets anders wat ik me afvraag: 'Waarom heeft Diederik Brand nog niet gebeld?'

'Nicola houdt hem op de hoogte, oom.'

'Je hebt voor een miljoen rand aan neushoorns op een truck, met nog eens een miljoen aan hoorns, je huurt een lijfwacht omdat je je ernstig zorgen maakt. Maar je krijgt je voortgangsrapport uit de tweede hand?'

'Ai ai,' zegt Lourens halfhartig, niet bereid om Brand de schuld in de schoenen te schuiven. 'Die oom Diederik...'

Terwijl Vlo de dieren inspuit, onderzoek ik de kooien. Er is geen verstopplek. Het raamwerk en de tralies zijn massief stalen staven, de vloer bestaat uit een laag houten planken zonder ruimte eronder.

Ik rol onder de vrachtwagen. Heel veel mogelijkheden, maar Inkunzi en zijn trawanten zullen grondig hebben gezocht. Ik heb het voordeel van daglicht, maar vind niets.

Wat kan zo waardevol zijn dat je zoveel moeite doet om een nachtelijke kaping op touw te zetten, met vijf auto's en twaalf man? Wat breng je mee uit het noorden van Zimbabwe, een land waar niets is, dat helemaal kaal is geplukt?

Voordat we instappen, kijkt Vlo me met opgetrokken wenkbrauwen aan. Ik schud mijn hoofd want ik heb geen antwoorden.

We rijden. Ze brengt hun gesprek weer op gang, alsof ze dat als haar verantwoordelijkheid beschouwt.

Ik staar naar het landschap dat voorbijschuift en probeer chocola van dit alles te maken. Het laadproces op de boerderij van Swanepoel is de sleutel. Was daar iemand die er niet bij betrokken was, die niet hielp duwen of trekken om die kooien over te plaatsen?

Nee.

Wickus stond vanaf de grond bevelen te roepen. Vlo stond boven op het dak van de Mercedes. Swannie op de Bedford, met de helft van de arbeiders, Lourens en ik en de andere helft trokken aan de touwen om de neushoorns centimeter voor centimeter van de ene truck op de andere te schuiven.

Allemaal bezig, kreunend, zwetend, geconcentreerd. Hoe duidelijker ik me het toneel voor ogen haal, hoe zekerder ik ervan ben: er was geen gelegenheid om iets anders te laden, te verstoppen of vast te maken.

Mijn telefoon bliept in mijn zak. Ik haal hem tevoorschijn. Een sms van Emma. ZIE JE VANAVOND OP BOERDERIJ VAN D. VERLANG HEEL ERG. XXX.

Ik word overspoeld door opluchting, zodat ik te laat merk dat Vlo ook naar het schermpje zit te staren.
Ze kijkt naar me en haar schuine glimlach verraadt dat dit haar beeld van mij verandert.

Om kwart voor elf kruisen we de N8 tussen Kimberley en Bloemfontein. Om elf uur wijst Lourens op de wegwijzer naar Magersfontein.
'Was dat geen boek?' vraagt Vlo.
'Het was een slagveld in de Boerenoorlog,' zegt hij. 'Mijn overgrootvader was erbij. Paardeberg is hier ook in de buurt. En Modderrivier.'
'Hebben we gewonnen?'
'Bij Magersfontein en Modderrivier hebben we een Engelse overmacht er goed van langs gegeven. Maar Paardeberg... dat is een treurig verhaal.'
'Vertel,' zegt Vlo.

Om twee over elf, in het dorpje Jacobsdal, wordt mijn aandacht opeens afgeleid van Lourens' geschiedenisles. Ik laat mijn stem neutraal klinken. 'Kun je even stoppen, alsjeblieft?'
'Oom?' zegt hij.
'Even snel een paar oude vrienden begroeten.' Want langs de hoofdstraat, netjes in het gelid voor een klein hotel, staan vier Harley Davidsons.
'Oké.' Hij begint te remmen.
Vlo ademt in om iets te zeggen.
'Ik zal het kort houden,' verweer ik me.

32

Slangen vluchten liever, en vallen alleen aan als ze bedreigd worden.
– De kunst van het spoorzoeken: Gevaarlijke dieren

Ik kijk voor de zekerheid voordat ik naar binnen ga. De motor het dichtst bij de deur heeft de nummerplaat NV ME.

Ik vind ze in de bar, alle vier op hoge krukken, bier in de hand, ergens om aan het lachen. Ha-ha-ha. Ik loop door naar Staalgrijs en leg mijn hand op zijn schouder.

'Ben je nuchter?' vraag ik.

Hij kijkt verstoord om, vervolgens met een fronsende blik naar mijn dikke oog, de blauwe plekken, en probeert me uit alle macht te plaatsen.

'Wie heeft jou te grazen genomen?' vraagt hij. Ze staren nu alle vier naar mij.

'Ben je nuchter? Ik kan je niet in elkaar slaan als je dronken bent.'

'Loxton,' zegt Rat. 'Gisteren...'

Hij weet het nog. Dan zijn ze nuchter genoeg. Ik trek Staalgrijs aan de franje van zijn leren jasje, zodat hij van zijn kruk moet komen. De franje breekt af. 'Hee!' zegt hij en hij maait naar me. Een amateur.

Ik ontduik de klap. 'Jij noemde Emma le Roux een spichtige teef,' zeg ik.

'Laat hem los,' zegt Grote dreigend en hij komt naar me toe.

Ik sla Staalgrijs. Er zit veel achter die stomp. Mijn dilemma over Emma's liefdesverklaring, de Vlucht in de Kotskoets, uren in de zon van Musina, een nacht van vernedering, pijn in mijn hele lijf, frustratie over onbeantwoorde vragen.

Hij valt. Snel.

Ik draai me om naar de Grote. 'Kom maar op,' zeg ik.

Om zestien minuten over elf stap ik weer in de cabine van de Mercedes, opgelucht, ik heb een last afgeworpen, een klein paradijs bezocht.

'Dank je,' zeg ik.

Lourens kijkt naar het bloed op mijn hand en trekt zijn conclusie: 'Die kerels van gisteren?'

'Hoe wist je dat?'

'Nicola heeft het me over de telefoon verteld, gisteren al voor de lunch. Hij had het van oom Diederik gehoord.' Geen geheimen in de Bo-Karoo.

Ik schud mijn hoofd.

'Ik dacht dat het vrienden waren,' zegt Vlo.

'Ik denk dat de vriendschap nu wel naar zijn mallemoer is.'

Het gezicht van Lourens verandert langzaam, de lach overrompelt hem beetje bij beetje, tot hij zijn hoofd in zijn nek gooit, een geschater dat Vlo aansteekt zodat ze uiteindelijk uitbundig samen lachen. Ik wil glimlachen, al vindt mijn gezicht dat niet prettig, want nu weet ik dat ze de nacht zullen kunnen verwerken.

Vlo haalt Lourens over haar het hele Harley-verhaal te vertellen, want ik weiger. Het wordt een interessante ervaring om het nu van de andere kant van het Loxton-roddelkanaal te horen. Vier motorrijders zijn er zes geworden. De woorden 'leeglopers' en 'Hells Angels' zijn erbij gekomen; Staalgrijs zal met dat laatste in elk geval wel ingenomen zijn. Ze hebben tante Wilna en Emma 'gruwelijk beledigd'. En Diederik Brand heeft mijn vuist nog net op tijd tegengehouden in de Rooi Granaat, anders was er volgens de overlevering 'enorme trammelant' van gekomen.

Lemmer, de held van Loxton.

'Het zijn geen Hells Angels,' zeg ik als hij klaar is.

'Wat zijn het wel?' vraagt Vlo.

'Rijke Afrikaners.'

'Wat heb jij tegen rijke Afrikaners?' vraagt Vlo verontwaardigd.

Ik schud mijn hoofd, omdat ik geen zin heb erop in te gaan.

'Kom op,' spoort ze me aan. 'Ben je jaloers?'

'Dat is zeker voor een deel zo.'

'En het andere deel?'

Ik zucht, hier heb ik geen zin in.

'Kom op nou.'

'Ivorentorenzeikers.'

'Wat bedoel je daarmee?'

'Ik bedoel dat ze traiteurmaaltijden zitten te vreten in hun gigantische, dure huizen achter hoge muren en alarmsystemen, voor hun *surround sound high definition* flatscreen-tv's, met een Mercedes ML, twee quads, een Harley en een motorboot in de drie garages gepropt, en maar klagen over hoe slecht het gaat met dit land...'

'Maar het gaat ook slecht.'

'Met hen? Kul. Het punt is dat ze er niets aan doen. Ze stemmen niet, ze zijn niet betrokken, ze zeggen dingen als "mijn stem maakt toch geen verschil meer", ze zitten als aasgieren te wachten tot de regering een fout maakt en dan zeggen ze, zie je wel, heb ik het niet gezegd. Ze zijn racistisch, maar te laf om het openlijk te laten zien. Ze mopperen over de misdaad, maar geen van hen heeft ooit overwogen om een buurtwacht te beginnen of politiereservist te worden. Ze hebben geen cultuur, behalve geld uitgeven en zuipen. Ze zijn bang geworden. Voor alles. En dit van mensen... Hun voorvaderen bij Magersfontein en Modderrivier draaien zich om in hun graf...'

Ze blijft daarna lang stil voordat ze zegt: 'Ze zijn niet allemaal zo.'

'Dat is waar,' zeg ik, want Emma is een uitzondering.

Vlo knikt alsof ze tevreden is.

Hun gesprekken krijgen een natuurlijk verloop, een ritme. Ik word een vijfde wiel aan de wagen, een toeschouwer van de ontluikende vriendschap tussen hen. Ze is een paar jaar ouder dan Lourens, worstelt misschien met een paar demonen, maar haar hooghartigheid is weg. Misschien omdat ze nu weet wie en wat hij is. Het gedeelde trauma zal ook van invloed zijn, een basis leggen.

Daarom doe ik niet meer mee, geef ik hun de ruimte en bereid me voor op de nieuwe ontmoeting met Diederik Brand. Emma zal erbij zijn. Ik zal me moeten inhouden.

We stoppen nog twee keer. In Britstown, voor pasteitjes en frisdrank, en in Victoria-Wes om de neushoorns nog een laatste keer in te spuiten. Vlo maakt zich zorgen. 'Ze zijn moe en hebben dorst. De stier redt het wel, maar de koe...'

Even na zes uur rijden we door Loxton, waar de perenbloesem als sneeuw over de straten ligt. Lourens belt Nicola om een voortgangsverslag te geven, en neemt dan de kortste route via Slangfontein en door de Sakrivierpoort voordat we bij de volgende kruising links afslaan naar Skuinskop, de boerderij van Diederik Brand in de Nuweveldberge, naast het Karoo Nasionale Park.

33

Om een specifiek spoor te herkennen, heeft een spoorzoeker vaak een voorgezet beeld van hoe een kenmerkend spoor eruitziet.
– De principes van het spoorzoeken: Herkenning van sporen

Ze wachten ons op voor de grote hoeve: Diederik Brand, zijn vrouw Marika, Emma, en een horde arbeiders. Diederik heeft alleen oog voor de neushoorns en begint onmiddellijk de deuren aan de achterkant open te maken. Emma komt naar mijn portier toe, een en al blijdschap. Die verdwijnt als ik uitstap en ze mijn gezicht ziet. 'Wat is er gebeurd?'

'We hebben een beetje tegenslag gehad,' zeg ik.

'Een beetje?'

Ik kijk in de richting van Brand en zeg: 'Dat vertel ik je straks wel.'

'Zijn jullie...?'

'Niets ernstigs.'

Ze aarzelt even voordat ze me omhelst. 'Goddank,' zegt ze. 'Goddank.'

'Goeie genade,' zegt Brand vanachter de truck. 'Waar is Cornél? Die beesten zijn ziek...'

'Ze hebben necrolytische dermatitis,' zegt Vlo en ze stapt ook uit. 'We moeten ze nu zo snel mogelijk uitladen en rustig zien te krijgen.'

Pas dan komt hij om de vrachtwagen heen. 'Goed dan,' zegt Brand, 'de omheining is hier vlak achter...' Hij ziet de schade aan mij. 'Lemmer! Wat is er gebeurd?'

'Laten we eerst uitladen, dan gaan we praten,' zeg ik.

Ik voel hoe Emma tegen mij aan verstijft als ze mijn toon hoort.

Zijn 'werkkamer' is rommelig. Een groot bureau met een computer en papieren in wanordelijke stapels. Aan de muur ingelijste foto's van voorouders, fokrammen, jachtpartijen en zijn mooie blonde echtgenote Marika in haar jonge jaren als Wolkoningin. Een boekenkast van donker hout met decoratieve olielampen, ordners, landbouw- en beleggingshandleidingen en een grote verzameling oude nummers van het *Landbouweekblad*. In de hoek staat een golftas van verweerd leer, de koppen van antieke golfclubs loeren erbovenuit. Hij leunt tegen de rand van zijn bureau, met gestrekte benen, zijn armen over elkaar geslagen als iemand die iets te verbergen heeft. Ik ga op de punt van de bank zitten. Die is bekleed met de huid van Nguni-koeien, bruin met witte vlekken.

'Je hebt tegen me gelogen, Diederik,' zeg ik.

'Nee! Ik begrijp er helemaal niets van,' zegt hij, want hij heeft het verhaal stukje bij beetje uit Lourens getrokken tijdens het uitladen, met ogen die bezorgd mijn kant uit gingen.

'Je liegt.'

'Ik zweer het, Lemmer.' Dat is het eerste wat ze altijd zeggen.

'Ik heb geen zin in jouw geintjes, Diederik. Ik ken de verhalen over je. Je bent een boef en een leugenaar. En je hebt mijn rekening nog niet betaald, dus je bent geen klant. Nu heb je de keuze. Praten of bloeden.'

'Lemmer, jongen, volgens mij is hier sprake van een vreselijk misverstand.' Handen onschuldig in de lucht, de charme op maximum volume. 'Ik ben nog niet aan betalen toegekomen, dat ga ik straks doen. En die overval...'

Ik zucht en sta op.

'... als ze niet op de hoorns uit waren...' zegt Diederik. 'Wat ter wereld, ik bedoel... dit... ik snap het niet...'

Ik loop naar de golftas en kies een stok met een enorme houten kop, want mijn knokkels doen pijn na de ridders.

'Denk je dat het een spelletje is, Diederik? Zoals toen je die Toyota-truck verkocht?'

'Welke Toyota? Er zijn zoveel verhalen, Lemmer, de mensen overdrijven.'

Wat misschien ten dele waar is. Ik trek de stok naar achteren en zwiep naar hem, mik op zijn ribben. Voor een grote man beweegt hij verrassend snel. Ik sla mis. 'Lemmer, alsjeblieft,' en hij rent naar de deur. Ik heb hem beet aan zijn overhemd en trek hem terug. Dan loop ik naar de deur, doe die op slot en steek de sleutel in mijn zak.

'Alsjeblieft, maat...' Grote ogen nu, de charme is aan het tanen.

'Heeft Lourens je verteld hoe ze een revolver tegen zijn hoofd hebben gehouden? Nadat ze een kerel die wij hadden aangereden door zijn kop hadden geschoten?'

'Nee.'

'Dat komt doordat hij te netjes is, Diederik. Hij had je moeten vertellen hoe het voelt als je het schot hoort en denkt dat je doodgaat. Het geluid dat je maakt, de angst, de vernedering als ze expres misschieten. Heeft hij je verteld hoe Cornél gehuild en gesmeekt heeft?'

'Jezus, Lemmer, dat wist ik allemaal niet.'

'Er is schade aangericht. Door jouw toedoen. En nu ga je betalen.'

'Lemmer, ik zweer...'

Ik sla snel en tref hem op zijn onderste ribben.

'Lemmer!' Een gil. 'Jezus, alsjeblieft...'

Ik sla weer. Hij weert af met zijn handen, de houten kop raakt zijn onderarm.

'Alsjeblieft!' Bulderend, smekend.

'Papa?' klinkt de stem van zijn vrouw van de andere kant van de deur.

Ik til de stok weer op. 'Zeg tegen haar dat alles in orde is,' zeg ik zacht.

'Alles in orde, mama.'

'Weet je het zeker?'

'Ja, absoluut zeker.' Zijn adem gaat nu snel, zijn ogen flitsen heen en weer tussen mij en de deur.

Eerst stilte. Dan voetstappen op de houten vloer. Ze gelooft hem.

'Waarom heb je me meegestuurd?'

Hij houdt nu zijn handen beschermend voor zich. 'Je gelooft me toch niet...'

Ik til de stok op. 'Doe een poging.'

Hij trekt zich terug tot bij zijn bureau. 'Ik zweer het, Lemmer, het ging alleen over de hoorns.' Hij praat snel, wanhopig. 'De wilddieven, de stropers, het loopt uit de hand. En het spul komt uit Zim, je weet hoe het daar gaat, de politie, ze doen allemaal mee met het smokkelen, ik zweer het, ik zweer het, ik heb alleen ter bescherming van Lourens en Cornél...'

'Je hebt gelijk. Ik geloof je niet. Wanneer heb je Lotter laten komen?'

'Vrijdagavond heb ik hem gebeld...'

'Maar je komt pas zaterdagochtend om elf uur naar mij vragen?'

'Ik... het punt is, ik was aanvankelijk van plan zelf mee te rijden. Maar toen zei Marika: "Geen sprake van, laten we liever een professional inhuren," en toen heb ik rondgebeld, maar niemand had je nummer, je staat niet in het telefoonboek, en ik kon zaterdagochtend pas tegen negen uur hier weg met al het geregel en toen ben ik je thuis gaan zoeken, maar daar was niemand, en toen vond ik je in de Rooi Granaat...'

'En je gaf me een MAG7, het zekere voor het onzekere?'

'Ik weet hoe het klinkt, Lemmer...'

'Waar heb je dat geweer vandaan?'

'Dat is een lang verhaal...'

Ik sla weer en raak hem vol op zijn schouder. Hij maakt een wanhopig geluid en vlucht om het bureau heen, hij zoekt een plek om onder weg te kruipen. 'Wat wil je?' roept hij wanhopig.

'De waarheid, Diederik. Want je liegt.'

'Waarover?'

Ik til de stok weer op en loop achter hem aan.

'Oké.' Smekend, vluchtend, om het bureau heen, ik erachteraan.

'Oké wat?' Nog steeds een draaimolen, kinderspel.

'Ik zal het vertellen, maar zet eerst die fucking club neer.'

Ik blijf staan, laat de stok zakken.

Hij blaast langzaam en luid zijn adem uit. 'Moet je ons zien...'

Het is een circus, maar ik wil hem geen kans geven te ontsnappen. 'Praat, Diederik.'

Hij gaat uitgeput in de mooie oude stoel zitten. 'Ik heb over de vergunning gelogen.'

'De vergunning?'

'Die is vervalst.'

'De invoervergunning?'

'Ja. En de brief van Natuurbeheer. Ik... het heeft geen schade aangericht, Lemmer. Nicola... Hij heeft een regel, hij vervoert geen wild als de vergunningen niet in orde zijn. En ik had op geen enkele manier een vergunning voor die neushoorns kunnen krijgen.'

'Wie heeft de vervalsing gemaakt?'

'Ikzelf. Alleen om langs Nicola te komen. En voor jullie, als jullie werden aangehouden...'

'Je hebt niet met mensen van de regering gepraat?'

'Nee.'

'Het was smokkel.'

'Ja.'

'Zijn de beesten gestolen?'

'Nee! Ik zweer het. Ehrlichmann had gehoord dat ik neushoorns zocht, hij belde me en vertelde dat die beesten buiten de wildparken rondliepen, ze waren van niemand, de kans dat ze zouden overleven was nul, het was alleen maar een kwestie van tijd, Lemmer, het was een noodgeval, een reddingsactie, ik zweer het. Maar ik moest voorzichtig zijn, ik... er waren een hoop mensen bij betrokken om ze te vangen en in te laden. Ze konden stuk voor stuk besluiten om de hoorns... Daarom heb ik jou erbij gehaald, want je weet maar nooit, dit is Afrika...'

'Wat heeft Ehrlichmann meegestuurd, Diederik?'

'Ik weet het niet,' zegt hij klagerig.

'Papa,' roept Marika, weer bij de deur, ernstig bezorgd. Ze rukt aan de deurknop.

'Alles oké,' antwoordt hij.

'Doe de deur open.'

'Marika, alles is oké.'

'Doe de deur dan open.'

Ik kijk naar hem, de aartsleugenaar die me in mijn huis de 'vergunning' heeft overhandigd met zoveel sluw bedrog. En hij liegt nog steeds. Ik haal de sleutel uit mijn zak en gooi die naar hem. Hij mist, bukt zich, raapt hem op, komt overeind en gaat de deur opendoen.

'Wat is er aan de hand?' vraagt Marika met een beschuldigende blik naar mij.

'Gewoon een misverstand,' zegt Diederik. 'We komen eraan.'

Ze wil eigenlijk niet weglopen, maar draait zich langzaam om en verdwijnt in de gang.

Diederik en ik staren elkaar aan. 'Lemmer, op mijn erewoord, ik weet niet wat ze zochten. Het spijt me verschrikkelijk wat er is gebeurd, maar ik ben onschuldig, op mijn erewoord.'

'De vraag is of je nog eer hebt,' zeg ik. 'Je betaalt nu Jeanette Louw. Anders kom je de kamer niet uit.'

'Natuurlijk.'

En dan loop ik weg om Emma te gaan halen.

34

... heeft een spoorzoeker vaak een vooropgezet beeld van hoe een kenmerkend spoor eruitziet. Hij zal bevooroordeeld zijn, zien wat hij wil zien, en om zulke vergissingen te voorkomen, moet hij of zij zorgen niet te snel conclusies te trekken.

– De principes van het spoorzoeken: Herkenning van sporen

Op de terugweg naar Loxton in de Freelander van Emma. Zij rijdt, ik vertel.

'Ai ai,' zegt ze als ik klaar ben, dezelfde Diederik-ontnuchtering die ik heb ervaren, hetzelfde gevoel van verlies, een barst in de eerbare façade van de Bo-Karoo.

'Wat ga je doen?'

'Ik weet het niet... Daar ga ik een nachtje over slapen. Eerst met Jeanette praten.'

'Het is misschien goed zo,' zegt ze. 'Lourens vertelde dat je die Harleykerels weer tegen het lijf bent gelopen...'

Ik had het kunnen weten.

'Ik...' Ik zoek naar een verontschuldiging, maar vind die niet.

Emma steekt haar hand uit en pakt zacht de mijne, die met de snijwonden.

Jeanette Louw is een voormalige sergeant-majoor van de Legeracademie voor vrouwen in George, en oprichter, directeur en enige aandeelhouder van Body Armour. Haar leeftijd – een geschatte eind veertig – is een goed bewaard geheim. Ze heeft een voorliefde voor Gauloises, pasgescheiden heteroseksuele vrouwen en dure, donkere designermannenpakken met felgekleurde dassen. Ze is een veeleisende werkgever die absolute loyaliteit, integriteit en professionaliteit van haar mensen verwacht, omdat ze aan zichzelf dezelfde eisen stelt.

'Ik hoop dat je hem goed op z'n falie hebt gegeven,' zegt ze over de telefoon als ik mijn verhaal heb verteld.

'Met een golfclub.'

'Ha!' Haar gewone lach. Explosief. 'En je gaat het daar niet bij laten.' Want ze kent me.

'Nee.'

'Luister, Lemmer: ik ga die lul nu bellen en zeggen dat zijn rekening doorloopt tot jij erachter bent wat er aan de hand is. En als hij niet betaalt, stuur ik twee gorilla's om het geld te halen.'

'Dank je.'

'Met jou alles goed?'

'Alleen wat wonden op interessante plekken. Heel sexy. Ik kan je foto's sturen.'

'Fok,' zegt ze. 'Hoe krijg ik dat beeld nou weer uit mijn hoofd?'

Aan het eind van de avond, op de spierwitte lakens van mijn bed, snakt Emma naar adem bij het zien van de blauwpaarse plekken en schaafwonden op mijn lichaam. Ze haalt een tasje en smeert mijn lichaam in met olie en crèmes, langzaam en zorgvuldig. Haar handen zijn zacht en koel, haar stem melodieus als ze me met smaak vertelt over haar middag met Antjie Barnard, haar ochtend in de kerk. Antjie, die achter een rookgordijn van sigaretten had gezegd: 'Emma, jij bent de juiste voor Lemmer. Maar als ik dertig jaar jonger was...' En: 'Het probleem van Diederik Brand is dat hij zich verveelt. Hij is te intelligent om boer te zijn.'

Voor de kerkdienst, zegt Emma, wilden ze allemaal de verhalen over de ridders en de Rooi Granaat horen. 'De dominee heeft vanochtend gebeden "dat de Goede Heer Zijn beschermende hand over onze Lemmer en Lourens moge houden tijdens hun reis".'

Onze Lemmer. Voor het eerst.

Maar stel dat ik Diederik Brand ontmasker?

Als ze klaar is, pakt ze de flesjes en potjes weer in, doet het licht uit en komt naast me liggen, haar hand zacht op mijn borst. 'Ik moet morgen terug naar de Kaap,' fluistert ze. En dan, met een diepe zucht van welbehagen: 'Ik hou zoveel van je.'

'Emma...'

Ze legt haar vinger tegen mijn mond. 'Slaap lekker,' zegt ze en ze kust me op mijn gave wang.

Morgenochtend, denk ik. Morgenochtend ga ik haar alles vertellen.

Om kwart voor zeven die maandagochtend wordt er zacht op de deur geklopt.

Emma slaapt nog. Ik sta stil op, loop de gang uit en doe open.

De zeventigjarige Antjie Barnard, met hoed, wandelschoenen en stok.

Ze bekijkt me van top tot teen. Ik besef dat ik alleen mijn rugbybroek aanheb, en dat de blauwe plekken op mijn lichaam goed te zien zijn. 'Mmm,' zegt ze suggestief. 'Kinky.'

'Morgen, Antjie.'

'Diederik Brand zegt dat hij jouw nummer niet heeft, maar hij vraagt of je hem meteen wilt bellen. Hij klinkt een beetje paniekerig.' En ze geeft me een snipper papier.

Emma's zachte voetstappen achter me. 'Morgen, Antjie.'

'Morgen, Emma. Voel je niet schuldig, ik zou hem net zo toegetakeld hebben.'

Het duurt even voordat Emma het doorheeft. Ze giechelt. 'Het was alleen maar een waarschuwing,' zegt ze.

'O?'

'Voor het geval hij te veel aandacht aan jou besteedt als ik er niet ben.'

'Lemmer, je moet komen kijken,' zegt Diederik door de telefoon. Hij klinkt eerder opgewonden dan paniekerig.

'Waarom?'

'Dit is een gemeenschappelijke lijn. Alsjeblieft, kom gewoon kijken. Je zult het niet geloven.'

Ik heb andere plannen. Ik moet met Emma praten. 'Ik zal kijken of ik vanmiddag kan komen.'

'Ik denk niet dat je zo lang wilt wachten.'

'Wat is er aan de hand, Diederik?'

Hij denkt na over zijn antwoord. 'De vragen die je gesteld hebt. Ik denk dat ik de antwoorden heb. En hoe langer je wacht...'

Ik heb niet veel zin om hem te geloven, al is zijn stem vol vuur en overtuiging.

'Je moet het zelf weten, Lemmer.'

'Ik zal zien wat ik kan doen,' eindig ik het gesprek.

'Wat was dat?' roept Emma uit de badkamer.

Ik loop tot in de deuropening. Ze staat voor de douche, klaar om eronder te stappen, bloot, zo ontspannen in haar kleine, volmaakte lichaam. Het beneemt me elke keer de adem. 'Ik...'

'Concentreer je, Lemmer...' Ondeugende glimlach.

Ik kijk tegen mijn zin weg, naar het raam. 'Diederik Brand wil dat ik naar hem toe kom. Hij heeft iets gevonden en wil niet zeggen wat.'

'Ik moet toch weg,' zegt ze.

Ik moet eerst met haar praten. Ongehaast, ik moet het allemaal goed zeggen. 'Ik...'

Ze draait zich om en geeft me een volledig vooraanzicht terwijl ze verleidelijk tegen de douchedeur leunt. 'Je wilde zeggen?'

'Emma...'

'Ja?'

'Ik...' Wat had ik willen zeggen?

'Wat?'

'Zin om de kwetsuren van een zwaargewonde te wassen?'

'Eigenlijk meer zin in zijn gezonde delen. En "wassen" stond niet noodzakelijkerwijs op de agenda.'

'Jullie vrouwen,' zeg ik terwijl ik haastig de rugbybroek uittrek. 'Geen respect voor persoonlijke hygiëne.'

'Hij is bij de neushoorns,' zegt Marika bij de voordeur van de boerderij, stug en onvriendelijk.

Ik bedank haar en loop naar de omheining, waar de dieren, volgens de voorschriften van Vlo, eerst twee weken moeten herstellen en wennen voordat ze losgelaten kunnen worden.

Het is de eerste keer dat ik het hier bij daglicht zie. De hoeve staat in een kom van de Nuweveldberge, de helderblauwe hemel en de ruige, roestbruine heuveltjes vormen een dramatische achtergrond voor het eenvoudige witte gebouw en de groene, dichtbegroeide tuin. Een karrenspoor volgt de contouren van de berg, langs een meertje waar eenden onder wilgen zwemmen, en dan door een kloof met doringbomen. Twee zwarte arenden zwenken geluidloos rond de toppen in het noorden, op zoek naar klipdassen.

Diederik Brand staat tegen de omheining geleund, naast de windmolenpomp en de betonnen waterbak.

Hij hoort me aankomen, maar draait zich niet om. Ik ga naast hem staan. Hij wijst. 'Kijk,' zegt hij.

De neushoorns grazen rustig tussen de doringbomen.

'Wat?'

Hij glimlacht alleen maar, kuiltjes naast de snor.

Dan zie ik het.

De dieren lijken... gezond. Hier en daar is hun huid donker en vochtig. Er zitten brokjes modder aan vast. Maar de necrolytische dermatitis is weg, de rozerode, ontstoken vergroeiingen zijn in één nacht helemaal verdwenen.

35

In één oogopslag genomen beslissingen zijn vaak verkeerd, dus wanneer je nieuwe sporen tegenkomt, moet je de tijd nemen ze nauwkeurig te bestuderen.

– De principes van het spoorzoeken: Herkenning van sporen

Zonder een woord en met een triomfantelijke sprankel in zijn ogen, geeft Diederik me iets. Het is zo groot als een duim, roze, en hol. Het ziet eruit als een hoekje dat van een verpakking is afgesneden. Ik pak het aan. Plastic. Zacht, buigbaar, sterk.

Ik voel eraan, kijk weer naar de neushoorns, mijn hoofd te traag om alles te verwerken.

'Dit lag hier,' zegt hij en hij wijst naar het hoge gras dat weelderig groeit in het lekkende windpompwater bij het hek. 'Er heeft iets in gezeten. Een beetje gel, een soort taaie vloeistof.'

Hij kijkt naar me terwijl ik probeer alles op een rijtje te zetten.

'Wacht...' zeg ik, want ik snap er niets van. Ik ruik aan het plastic. Niets.

'Ze is weg,' zegt Brand.

Ik probeer hem te volgen. 'Wanneer?'

'Ergens vannacht. Ze heeft gisteravond nog met ons gegeten. Daarna heeft Marika haar haar slaapkamer gewezen, haar welterusten gewenst en de deur dichtgedaan. En toen ik hier kwam, om een uur of zes vanochtend, waren de kooien open en de dieren eruit. Toen wilde ik haar wakker maken, maar de kamer was leeg. Ze heeft een bad genomen, maar niet in het bed geslapen.'

'Wacht, wacht, wacht...' Mijn hersenen knarsen. 'Vlo heeft ze 's nachts naar buiten gelaten?' Want toen de kooien hier gisteravond eindelijk op de grond stonden, had ze dringend gezegd: 'Laat ze maar waar ze zijn.' En op Diederiks vraag waarom, antwoordde ze dat neushoorns slechte ogen hadden. 'Ze gaan dwars door de omheining heen als ze in het donker uit de kooi komen. Morgenochtend maken we ze open. Pas na negen uur. Dan zijn ze gewend aan de geluiden en geuren.'

'Cornél,' zegt Diederik nu. 'Die bedoel ik.'

'Ze moest ze wel in de kooien laten zodat ze de spullen kon weghalen,' zegt Diederik. 'En ze hoopte waarschijnlijk dat ze zich ergens zouden verstoppen vanochtend, zodat zij nog wat tijd kon winnen.'

'Jissis,' zeg ik, want ik begin het te begrijpen.

'Ik heb net Ehrlichmann op zijn satelliettelefoon gebeld. Hij zegt dat de dieren toen ze in Zim werden ingeladen zo gezond waren als maar kan. Nijdig en wild, maar geen huidziekte te bekennen. Ze moet het plastic onderweg op ze hebben vastgeplakt. Kijk, ze hebben vanochtend hier bij de voederbakken door de modder gerold, kijk maar naar die donkere vlekken op de huid waar de zweren zaten. Ik denk dat ze een beetje last hadden van de lijm.'

'Alleen aan de bovenkant,' zeg ik.

'Wat?'

'De zweren. Die zaten alleen boven op de neushoorns. Op de nek en rug en billen. Waar ze erbij kon door de tralies van hun kooien.'

Hij grinnikt en knikt. 'Je moet toegeven dat het slim is.'

Ik kijk weer naar het stukje plastic. 'Maar wat zat erin?'

'God mag het weten. Maar dat is wat de overvallers zochten.'

'Moet haast wel.'

'Je bent me een excuus schuldig, Lemmer.'

'Ze werkte voor jou, Diederik...'

'Nee! Ik ken haar voor geen meter. Ehrlichmann heeft haar gevonden. Hij heeft haar betaald.'

'En hij beweert dat hij niets van dat spul af weet?'

'Wat ik zeg, hij klonk door de telefoon net zo verbijsterd als ik.'

'Heb jij Ehrlichmann gevraagd of ze iets bij zich had tijdens het laden in Zim?'

'Nee.'

'Hoe weet je dat hij er niet bij betrokken is?'

'Waarom zou hij anders toegeven dat de neushoorns gezond waren?'

Goed punt. 'Ik wil met hem praten.'

'Het is een satelliettelefoon. Oproepen kosten een fortuin. Wat maakt het uit? De neushoorns zijn hier, veilig... iedereen is betaald. Jij, Lourens, Nicola... Ja, we zijn door een meisje bedonderd, maar wat is de echte schade? Ik bedoel, volgende week zijn jouw blauwe plekken weg.'

'Het maakt voor mij uit, Diederik. En voor Lourens le Riche. Kom...' zeg ik en ik wil weglopen.

'Je bent me nog steeds een excuus verschuldigd.'

'Je hebt documenten vervalst die Nicola veel schade hadden kunnen berokkenen. En waardoor Lourens en ik de bak in hadden kunnen vliegen.' En bovendien ben ik voorwaardelijk vrij, kan ik er nog bij vertellen.

Hij kijkt schuldbewust naar de grond. Zeker bang dat ik Nicola over zijn zonden ga vertellen.

'Diederik, hoe ben je aan die MAG7 gekomen?'

'Ik... dat is een lang verhaal.' Met een hoofdschudden dat beduidt dat hij daarover gaat zwijgen.

'Heb je mijn werkgever al betaald?'

De kuiltjes zijn verdwenen. Hij knikt zuur. 'Kom, laten we dat maar even afhandelen.'

We lopen zwijgend. De volle omvang van Vlo van Jaarsvelds bedrog dringt langzaam tot me door.

Vlak voordat we de boerderij binnengaan, valt me iets anders in: hoe is ze hier weggekomen? 'Het is zestig kilometer naar het dorp, Diederik...'

'Het is tien kilometer tot aan de doorgaande weg. En ze was moe, dat kon ik zien.'

'Heb je iets gehoord? Een auto?'

'Je hoort auto's pas als ze daar door de poort komen...' Dan zegt hij: 'Ai ai, die Cornél,' en hij lacht zijn kuiltjeslach en schudt zijn hoofd.

We krijgen Ehrlichmann niet te pakken aan de satelliettelefoon. In zijn kantoor steekt Diederik me de hoorn toe zodat ik naar de zoemtoon kan luisteren.

'Maar je hebt hem vanochtend nog gesproken?'

'Zijn telefoon staat niet altijd aan.'

Ik pak mijn mobiel. 'Geef me het nummer.'

'Je hebt hier geen bereik,' zegt hij.

Ik kijk naar het toestel en zie dat hij gelijk heeft.

'Geloof je me niet?' vraagt Diederik.

'Nee, geef me het nummer maar.'

Hij kijkt me met een zekere verwondering aan. 'Je kunt het echt niet loslaten, hè?'

Ik denk niet dat hij mijn motieven zal begrijpen. En ik heb genoeg van Diederik, genoeg van zijn houding, zijn uitvluchten, zijn zelfrechtvaardiging.

'Ik wil het nummer van Ehrlichmann hebben. En als je het verkeerde geeft, kom ik terug. Ik wil het nummer van Lotter en ik wil het nummer van Swanepoel. En ik neem aan dat Jeanette Louw je vanochtend heeft gebeld om te zeggen dat de rekening doorloopt tot ik zeker weet dat jij helemaal onschuldig bent.'

'Dat is chantage... en waarom wil je ook het nummer van Lotter?'

Ik reageer niet.

Hij schudt zijn hoofd en zucht, alsof hem een groot onrecht wordt aangedaan. Maar dan trekt hij een papier naar zich toe en begint te schrijven.

Ik rijd terug naar Loxton in mijn nieuwe zilverkleurige Ford Ranger, de vier liter V6-King Cab, in de wetenschap dat Diederik in elk geval de volgende aanbetaling heeft voldaan.

En ik denk aan Vlo van Jaarsveld. Aan haar reactie toen de jonge Swannie Swanepoel haar herkende, vlak voordat we begonnen te laden. *Ik ken je niet,* was haar heftige reactie. Het was geen kribbigheid, het was paniek. Haar aanvankelijke, onaangename afstandelijkheid kon pure spanning zijn geweest. Ze wilde niet bij mij en Lourens betrokken raken, want het is veel makkelijker om vreemden te bedriegen. Ze wilde niet dat we stopten bij die overval. Want ze wist waar ze naar zochten. Inkunzi die in haar oor fluisterde... Wist hij dat zij de smokkelaar was? Hoe?

Haar zorgzaamheid voor Lourens na de overval. Geen medelijden, maar schuldgevoel, want zijn vernedering, zijn angst, was allemaal haar toedoen. Het betekent dat ze een geweten heeft. Geen geharde smokkelaar. Maar wel een heel slimme. En doortrapt. Want ze probeerde de schuld op mij af te schuiven toen ze vroeg: 'Wat zochten ze?' En het kwam haar heel goed uit dat ik Diederik verdacht.

Wat smokkelde ze? Ik kijk weer naar het stukje plastic in mijn hand. Hoeveel van die... houders zaten er op elke neushoorn geplakt? Vijftien, misschien, dus dertig in totaal. Iemand moet dat hebben ontworpen, gemaakt, en gevuld met iets wat zo waardevol is dat een bende van dertien man honderden kilometers door de nacht jaagt om ons tegen te houden.

Waarom al die moeite om iets uit een land te smokkelen waar geen wetten gelden en de grens zo lek als een mandje is?

Agatha is aan het opruimen in huis. Ze werpt een lange, afkeurende blik op mijn gezicht. 'Ik heb gehoord van die scootermensen. Ai ai. Ik hou niet van ruzie.'

Voordat ik het kan uitleggen, zegt ze: 'We moeten die tas uitpakken, zodat we het wasgoed kunnen wassen.'

Ik knik als een kind dat een standje heeft gekregen, loop naar de kamer, pak de tas waar ik hem bij de muur heb neergezet, til hem op het bed, en rits hem open. Begin uit te pakken, mijn hoofd bij de neushoorns, het roze plastic.

Pas als ik klaar ben, realiseer ik me dat mijn Glock er niet in zit.

Ik doorzoek de kleren, ineens gejaagd. Ik heb het pistool in de tas gestopt toen ik bezig was op te ruimen na de overval. Is dat zo? Ik probeer na te denken, en begin langzaam ongerust te worden. Na de overval in de nacht: het lag tussen de kleren, in het licht van de koplampen van de vrachtwagen. Ik heb het opgepakt toen ik daar rondliep. Boven op mijn T-shirt gelegd, dat ernaast lag. Die twee dingen als laatste in mijn tas gestopt, zodat het wapen bovenop lag. Beslist.

Ik vind het niet.

Ik haal diep adem, schuif alles opzij, zoek nog eens, langzaam en zorgvuldig.

De Glock is weg.

36

Het scheppen van arbeidsplaatsen voor spoorzoekers biedt plaatselijke gemeenschappen economisch voordeel. Bovendien kunnen ongeletterde spoorzoekers die in het verleden als ongeschoolde arbeiders werden aangesteld, erkenning krijgen voor hun gespecialiseerde expertise.

– De kunst van het spoorzoeken

'Fok, Lemmer,' zegt Jeanette Louw door de telefoon, met bezorgdheid in haar stem. 'Er staat een artikel in *Beeld* vanochtend. Lijk van onbekende zwarte man langs de weg gevonden bij het Lapala-wildreservaat. Kogelwond in zijn hoofd.'

'Mijn vingerafdrukken zitten op die Glock. En bloed van die man, zijn DNA.'

'Fok.'

'Vlo is de enige die de Glock gepakt kan hebben. Als zij...'

'Dan zul je haar moeten vinden.'

De satelliettelefoon van Ehrlichmann blijft zoemen.

Ik bel de Swanepoels. De telefoon gaat lang over voordat vader Wickus opneemt. 'Swanepoel?'

Ik leg uit wie ik ben en vraag of ze de komende dagen op de boerderij zijn. 'We zijn altijd hier. Zijn er problemen?'

'Helemaal niet. Ik wilde even langskomen.'

'O?' Hij wacht tot ik zeg waarom. 'Hebben jullie een landingsbaan op de boerderij?'

'Min of meer. Maar er zijn geen lichten of zo.'

'Ik zal de piloot vragen eerst te bellen.'

'Wanneer kom je?'

'Hopelijk morgen.'

Hij zwijgt lang voordat hij zegt: 'Nou goed dan,' maar er klinkt bezorgdheid in zijn stem.

Ik ga er niet op in.

Dan bel ik Lotter.

‘*So how was the trip*?’ vraagt hij.

‘Interessant,’ zeg ik. ‘Diederik Brand wil dat je me nog een keer naar Musina brengt. En dan naar Zimbabwe.’

‘En jij bent bereid om weer in mijn Van Brakestein te vliegen?’ Geamuseerde spot.

‘Bereid’ is niet het juiste woord, maar zijn RV7 is de snelste manier om in Zim te komen, en bovendien heb ik een paar vragen voor Lotter. ‘Ik vestig mijn hoop op een lichter ontbijt,’ zeg ik, wat min of meer de waarheid is.

‘Waar precies in Zim?’

‘Voorlopig ergens in de buurt van het Chizarira National Park. Ik laat het je nog wel weten als dat verandert. Maar we moeten eerst bij een boerderij in de buurt van Musina landen.’ Ik geef hem het nummer van Wickus.

Als hij dat heeft opgeschreven vraagt hij: ‘Wanneer?’

‘Morgenochtend.’

‘Ik zal eerst naar het weer moeten kijken. En Zim… de *flight clearance* kan tijd kosten. Ik bel je terug.’

Ik probeer weer de satelliettelefoon van Ehrlichmann. Nog steeds de zoemtoon. Heeft Diederik het verkeerde nummer opgeschreven?

Waarom?

Om tien voor drie belt Emma om te zeggen dat ze weer veilig thuis is. ‘Hoe voel je je?’ vraagt ze.

‘Mijn hele lichaam mist je helende handen.’

‘Je hele lichaam?’

‘Van top tot teen.’

‘De helende handen van de dokter zijn helaas deze week alleen in de Kaap beschikbaar, tegen een speciaal tarief voor Karoo-mannen.’

‘Deze Karoo-man moet eerst naar Zimbabwe.’

‘Lemmer,’ zegt ze ineens ernstig. ‘Doe je voorzichtig?’

‘Dat doe ik.’

Maar ik lieg.

‘Hij heet Julius Nhlakanipho Shabangu,’ zegt Jeanette Louw door de telefoon. ‘Zijn bijnaam is “Inkunzi”. Dat betekent “bul” in het Zoeloe. Hij komt uit Esikhawini, een township bij Empangeni in KwaZulu-Natal, maar nu woont hij in Sandton. Schatrijk, gescheiden, een haan onder de Johannesburgse hennen, met een strafblad zo lang als de benen van Jolene…’

‘Interessante vergelijking,’ zeg ik. Jolene Freylinck is de efficiënte, sensuele receptioniste van Body Armour.

‘Je weet wat ik bedoel, Lemmer. Moet je horen: Julius is niet het soort man dat met zich laat sollen. Georganiseerde misdaad, gespecialiseerd in overvallen op geldtransporten, speelt onder één hoedje met een Mozambikaans autodiefstalsyndicaat. Ze denken dat veertig procent van de autodiefstallen in Gauteng door zijn mensen wordt gepleegd. En hij heeft politieke connecties.’

‘Wat moet hij dan met een wildtruck in Limpopo?’

‘Dat is de vraag.’

‘Die ik hem ga stellen.’

‘Je bent niet goed bij je hoofd.’

‘Daarom vind je me zo onweerstaanbaar.’

‘Ha!’ zegt ze. En dan: ‘Zorg dat je Vlo van Jaarsveld en je schiettuig te pakken krijgt. Dat is het enige wat Diederik Brand en ik gaan financieren.’

‘Even het zekere voor het onzekere, Jeanette,’ zeg ik met mijn nieuwe lievelingsuitdrukking, ‘als ik met Julius de Bul wil praten, hoe pak ik dat dan aan?’ Want ik weet dat zij alles heeft uitgevogeld. Haar netwerk is indrukwekkend.

‘Ga eerst Vlo maar zoeken.’

‘Kom op, Jeanette...’

‘Jissis, Lemmer...’

Ik wacht.

‘De Bull Run. Dat is een restaurant naast het Balalaika-hotel in Sandton. Gespecialiseerd in biefstuk. Daar hangt hij uit en verkondigt aan Jan en alleman dat die plek naar hem is vernoemd.’

Ik zal Lotter weer moeten bellen. Johannesburg maakt nu deel uit van ons vluchtplan.

Als ik aan het eind van de middag terugkom van het joggen zie ik dat er een boodschap van Lotter op mijn mobiel staat. ‘Weer ziet er goed uit, wacht nog op flight clearance voor Zim. Kom je om halftien halen.’

Ik probeer Ehrlichmann weer. De satelliettelefoon gaat over.

‘Base Camo,’ antwoordt een mannenstem.

‘Ehrlichmann?’

De satelliet vertraagt zijn antwoord. ‘Yes?’

‘Met Lemmer. Ik heb met Diederik Brand samengewerkt om de neushoorns hier te krijgen.’

Weer een stilte, het signaal dat door de ruimte stuitert. ‘Dit is geen veilige lijn.' Rhodesië-accent, zangerig, traag en geduldig.

'Ik moet u spreken.'

'Waarom?'

Omdat ik in zijn ogen wil kijken, zodat ik kan zien of hij liegt. 'Heeft Diederik het niet verteld?'

'Wat verteld?' vraagt hij, heel behoedzaam.

'De... onze lading. Hoe ze op wonderbaarlijke wijze zijn genezen.'

'Ik weet niet waar u het over hebt.'

'Hebt u vanochtend met Diederik gesproken?'

'Ja.'

'Wat heeft hij u verteld?'

Hij zwijgt zo lang dat ik denk dat de verbinding is verbroken. 'Het spijt me. Ik ken u niet.'

'Bel Diederik. Hij zal u vertellen dat ik de gewapende geleide was op de truck. Hij zegt dat u hem vanochtend over de gezondheid van de lading hebt gesproken.'

Hij denkt hier eerst over na. 'Hij vroeg of ze een huidziekte hadden toen ik ze voor het laatst zag. Ik zei nee.'

'Dat is alles?'

'Ja.'

'Ik vlieg morgenochtend uw kant uit. Ik moet u spreken.'

'Vliegt u op Harare?'

'Ik vlieg op waar u bent. Hebt u een landingsbaan?'

Nog een heel lange stilte. 'Ik hoop dat u een heel goede piloot hebt.'

37

Hoewel de basisvaardigheden van het spoorzoeken in korte tijd kunnen worden aangeleerd, kan het ontwikkelen van de verfijndere aspecten van het spoorzoeken jaren duren. Bovendien is voor de intuïtieve en creatieve aspecten een aangeboren talent nodig, zodat maar weinig mensen de potentie hebben om bedreven spoorzoekers te worden.
– De kunst van het spoorzoeken

Ik kijk eerst naar *7de Laan* op tv. Dan roepen geuren me naar de keuken. Er ligt een briefje op de keukentafel:

Beste meneer,
Ik heb uw lievelingskostje gemaakt, om aan te sterken. Al hou ik niet van ruzie, bedankt dat u de eer van juffrouw Emma hebt gered.
De uwe
Agatha le Fleur

Ze is klein en rond, zesenvijftig jaar oud, heeft vijf kinderen op de wereld gezet en behandelt mij alsof ik het zesde ben. Meestal met het koninklijke 'wij' in haar vermaningen en zorgzaamheid. 'We moeten het wasgoed in de mand doen, we betalen zoveel geld voor de kleren, en die liggen hier zomaar op een hoopje.' Op een maandagochtend: 'We kunnen niet de kopjes en glazen van het hele weekend overal door het huis laten staan.' Wanneer ik van een contract terugkom, altijd de bezorgde inspectie en: 'Ai ai, we worden te mager, morgen maken we vlees, juffrouw Emma houdt van een stevige man, dat zien we zo.'

En als er serieus gecommuniceerd moet worden, het briefje op tafel, formeel, dan wordt het 'meneer'.

Ik trek de oven open. Schapenbout, langzaam gebraden. De buitenkant zal een korstje hebben, vanbinnen zal hij boterzacht zijn, de smaak... onbeschrijfelijk. Het betekent dat er sla in de ijskast staat, want 'we moeten gebalanceerd eten', al zal ze zelf geen hap sla eten. Vanavond zijn het kogelronde jonge bietjes en feta. Ik schep op, maak een fles Birdfield rood druivensap open en schenk een glas in. Emma heeft in juli twee flessen voor me meegebracht. Sindsdien ben ik verslaafd. Ik bestel het per krat bij Klawer.

Ik neem het bord, het glas en de fles en ga aan de metalen tafel op de achterveranda zitten.

Bedankt dat u de eer van juffrouw Emma hebt gered.

Ze begrijpt het, want ze kent een leven zonder eer. Ze kent armoede en vernedering, ze kent de verschrikkelijke strijd om haar menselijkheid, haar waardigheid te behouden. Ze weet wat die waard zijn.

Diederik Brand vroeg: 'Je kunt het echt niet loslaten, hè?' Niet-begrijpend. Want hij is nog nooit alles kwijtgeraakt.

Het antwoord is te vinden in de brief van Agatha. En in mijn jeugd. En op een donkere weg in de Waterbergen.

Ik eet mijn bord leeg, schenk het laatste druivensap uit de fles, en kijk omhoog naar de sterren, het onbeschrijfelijke uitspansel van de Karoo. Ondanks het slaaptekort en de pijn in mijn lijf geniet ik van dit moment, deze plek. Mijn huis dat ik stukje bij beetje weer opbouw, net als mijn leven. Er is nog veel werk te doen, maar dit is mijn veilige haven, mijn kasteel, mijn toevluchtsoord. Mijn eigen sleutel die in de deur past. Ik ken de geluiden van het huis, het kraken van de oude dakbalken, het tikken van het zinken dak als het 's nachts afkoelt, het kreunen van de antieke waterleidingen. Ik ken de geur van elke kamer, de koele hoeken in de zomer, de warme gloed van het Aga-fornuis in de winter. En het gevoel van de houten vloer in de gang, het kleed in de kamer, de leisteen van mijn veranda onder mijn blote voeten. Mijn zweet, bloed en inspanning in de verbouwde delen, de doorgebroken muren, eelt op mijn handen van het bakstenen dragen en kruiwagen duwen en hamer zwaaien, zodat het huis deel van mij is geworden.

En rondom me het dorp, nu zo volmaakt stil. Hier en daar zal licht branden, een televisiebeeld flakkeren, weerloze, goede mensen die de tijd verdrijven voor het slapengaan. Straks zal de gevlekte ooruil roepen, twee eenzame lettergrepen vanuit zijn nest in de dennenboom tegenover het bejaardentehuis. Er zullen zich twee stekelvarkens onder mijn omheining door wurmen en de tuin komen plunderen. De wind zal ritselen door de perenbomen, een vrachtwagen zal over het asfalt voorbij dreunen, naar Victoria-Wes. Voorspelbaar, volgens vaste regels, geordend, een ritme dat in geen honderd jaar veranderd is. Ik ben er dol op, ik kan er niet meer buiten.

Daarom zal ik voorzichtig moeten zijn, want Diederik Brand maakt deel uit van dit alles. Hij mag dan een oplichter en een boef zijn, hij hoort wel bij Loxton. Zijn geschiedenis in het district gaat vier generaties terug, hij maakt deel uit van het DNA van deze streek. Hier wordt verdragen en vergeven, hier zeggen ze met een schalks lachje 'ai ai, die Diederik', want er is loyaliteit die in de loop van tientallen jaren is gegroeid, er zijn voorvaderen die samen zijn gesneuveld in de Boerenoorlog, er is de gedeelde ellende van droogte, epidemieën en plagen, de afzondering die betekent dat iedereen op elkaar is aangewezen, morgen moeten ze nog steeds door één deur kunnen, bij de coöperatie, de kerkbazaar, de schapenveiling.

Als ik Diederik wil straffen, zal ik meer moeten hebben dan een vervalste vergunning.

Ik kan niet slapen. In mijn bed hangt Emma's geur nog in de lakens, het huis is onaf zonder haar, alsof de constructie en de ruimtes haar afwezigheid voelen. Ik verlang naar haar.

Ik zal naar de Kaap rijden, ik zal voor haar gaan staan en mijn leven voor haar blootleggen, zodat ze kan zeggen dat ze hier niet mee overweg kan. En dan met de gevolgen leven. Ik heb geen andere keuze. Maar eerst Vlo en Inkunzi zoeken. De Glock vinden. En antwoorden.

Ik denk aan alle vragen, herbeleef de afgelopen 72 uur op zoek naar betekenis, een kluwen gebeurtenissen die in de knoop zitten, touwen en draden door elkaar, ik torn, trek hier en daar aan uiteinden, maar trek alles alleen maar strakker vast. Tot ik me afvraag waar Vlo van Jaarsveld in de nacht naartoe is verdwenen, zestig kilometer van de boerderij van Diederik naar het dichtstbijzijnde dorp, tien kilometer naar de dichtstbijzijnde verlaten doorgaande weg, geen bereik op haar mobiel. Ze kent de omgeving niet, ze kent niemand...

En dan besef ik dat ze wel degelijk iemand kent, iemand die met hertenogen naar haar heeft staan kijken, iemand die uit medelijden haar houding probeert te verklaren met 'ze is zeker uitgeput', iemand die in de loop van vijftienhonderd kilometer een band met haar heeft gesmeed.

Ik sta op en kijk op mijn horloge. Kwart voor tien. Hij is misschien nog wakker. Ik bel de streekcentrale en vraag of ze het nummer van Le Riche in Pampoenpoort hebben.

'Ik bel voor u...'

De telefoon gaat over, veraf en eentonig, de atmosferische storing op de lijn knettert en kraakt. 'Hallo, met Lourens.' Opgewekt, klaarwakker, hoopvol.

'Lourens, met Lemmer.'

‘Hallo, oom, hoe gaat het?’ Een zweem van teleurstelling, alsof hij op iemand anders had gehoopt.

‘Goed, dank je.’ Het heeft geen zin er doekjes om te winden. ‘Lourens, heb jij Cornél afgelopen nacht bij Diederik opgehaald?’

Stilte die aanhoudt tot hij zegt: ‘Oom... kan ik u terugbellen? Vanaf mijn mobiel?’

Hij wil geen antwoord geven op de gemeenschappelijke lijn. Dat zegt al bijna genoeg.

‘Natuurlijk,’ zeg ik, en ik geef hem het nummer.

Het duurt twaalf minuten voordat hij terugbelt en met gedempte stem zegt: ‘Hoe weet u dat?’

‘Ik had een vermoeden, Lourens.’

‘Oom, ik...’

‘Het blijft tussen ons, Lourens. Dat beloof ik. Ze heeft je gevraagd om haar te komen halen?’

Een aarzeling voordat hij antwoordt: ‘Ja, oom.’

‘Het enige wat ik echt wil weten, is waar je haar naartoe heb gebracht.’

‘Ai, oom, ik... ze... naar het dorp. Ik wilde haar niet zomaar... Maar zij zei dat iemand haar zou komen halen. Maar waarom vraagt u dat?’

‘We maken ons alleen maar zorgen om haar. Ze heeft niet tegen Diederik gezegd dat ze wegging.’

‘Ze zei dat ze een briefje voor hen had achtergelaten.’

Vlo van Jaarsveld, koningin van het leugentje om bestwil. ‘Dat is zeker zoekgeraakt. Hoe laat heb je haar in het dorp afgezet?’

‘Dat was tegen drie uur vanochtend, oom.’

‘Je weet niet wie haar heeft opgehaald?’

‘Ze zei een vriendin, oom. Ze stond voor het politiebureau te wachten.’

‘En toen zei ze dat je weg moest rijden?’

‘Ja, oom...’ Iets in zijn stem wat zegt dat er meer is.

‘Het blijft tussen ons, Lourens.’

‘Het punt is, ze zei dat ze een relatie heeft, ze wilde niet dat...’

‘De vriendin jou zag?’

‘Ja, oom,’ met een opluchting die ik begrijp.

‘Laatste vraag. Wat had ze bij zich?’

‘*Jinne*, ik... Tassen, twee tassen, een rode en een gele.’

‘Waar is de dokterstas gebleven?’

‘Jinne, dat is een goede vraag.’

‘En die gele tas? Hoe groot was die?’

‘Oom?’

‘Die gele tas. Groter dan de rode?’

Het duurt even voordat het kwartje valt, maar ondanks zijn verliefdheid en het gebrek aan slaap dringt het tot hem door: 'Fo-ok,' zegt hij zacht. 'Die gele. Die had ze niet... Bij oom Wickus had ze alleen de rode en de dokterstas.' En dan, ineens bezorgd: 'Zit ze in de nesten, oom?'

'Hoe groot was die gele tas?'

'Zo... Hoe zal ik zeggen, ongeveer zo groot als een vlies.'

'Een vlies?'

'Ja, oom, de wol van één schaap.'

Ik probeer me dat voor te stellen. 'Hoe zwaar was die tas?'

'Wat heeft ze gedaan, oom?'

'Het is een lang verhaal, Lourens. Als ik erachter ben, zal ik het vertellen. Hoe zwaar was die tas?'

'Ik weet het niet, oom, ze heeft hem zelf ingeladen en uitgeladen, toen ik wilde helpen zei ze dat ze een sterk meisje was.'

'Heb je haar nummer?' Het zekere voor het onzekere.

Weer een aarzeling. 'Oom...'

'Ik zal niet tegen haar zeggen van wie ik het heb gekregen,' terwijl ik in de keukenla naar pen en papier zoek.

Hij geeft het nummer. Ik laat het hem herhalen. Dan vraagt hij: 'Oom, alstublieft, wat is er aan de hand?'

'Ik weet het echt niet, Lourens. Ik ga proberen erachter te komen. *Baie dankie*. En ik beloof dat ik geen woord zal verklappen.'

'Dank u.' Met oprechte opluchting. En dan: 'Ik was het bijna vergeten. Ze zei dat ik iets tegen u moest zeggen...'

'O?'

'Ze zei: "Als Lemmer iets zoekt, zeg dan maar dat ik het heb."'

Ik toets Vlo's nummer en bel.

'*The number you have dialed does not exist...*'

Geen grote verrassing.

Als Lemmer iets zoekt, zeg dan maar dat ik het heb. Dat is een boodschap. En die betekent: Laat me met rust of...

Het is een risico dat ik zal moeten nemen.

Als ik weer in bed stap, vraag ik me af of ze echt een geweten heeft. Ze heeft met Lourens gespeeld, de hele weg. De overval was voor haar een bonus.

Heeft ze geweten dat een man die de dood in de ogen ziet, nog ontvankelijker zal zijn voor de belofte van seks?

Ik zal haar krijgen.

38

Spoorzoeken vereist verdeling van de aandacht, de focus moet heen en weer gaan tussen piepkleine details van het spoor en het algehele patroon van de omgeving.

– De kunst van het spoorzoeken: Principes van het spoorzoeken

Lotter landt om drie minuten voor halftien, trekt het vliegtuig tot naast mijn Ranger, doet de koepel open en roept: '*Howzit*, Lemmer, goeie timing, wat jij? Jeez, wat is er met je gezicht gebeurd?'

'Ik ben tegen een deur aangelopen.'

'Je weet dat die dingen een klink hebben...'

En dan, vlak voordat we vertrekken: 'Moet je horen, we hebben nog geen clearance voor Zim *airspace*, Martina faxt die door naar je boerenvriend, als we hem krijgen. En ik heb een vluchtplan voor Lanseria ingediend, dat is het beste wat ik kon krijgen op zo'n korte termijn.'

'Wie is Martina?'

'Mijn vrouw.'

Een uur nadat we zijn opgestegen, mijn misselijkheid onder controle dankzij die ene geroosterde boterham voor het ontbijt en mijn ogen die voortdurend de Karoo beneden en de horizon voor ons in de gaten houden, vraag ik Lotter waarom hij toen geen vrijwaring had om op Musina te landen.

'Die had ik wel.'

Ik vertel hem wat Napoleon, de beveiligingsman, na mijn aankomst me vertelde.

'Een *security guy*?' vraagt hij oprecht verbijsterd. En dan voegt hij er hoopvol aan toe: 'Je maakt een grapje.'

Ik geef geen antwoord.

'Ik heb ze de clearance en de *indemnity* gefaxt, de avond voordat we vlogen. Wat nog niet zo makkelijk was, die gemeente is hopeloos, het heeft me een halfuur gekost om de nummers van ze los te krijgen, en toen heb ik het opgegeven. Gelukkig heeft een buddy van me de air race bij Tzaneen gedaan, en hij kon me het nummer geven, maar toen antwoordde Em Ee Zet niet, die gaan zeker vrijdag om halfvijf dicht.'

'Em Ee Zet?'

'Mike Echo Zulu. Dat is de FAA-code van Musina airport.' En dan verontwaardigd: 'Wat is dit, Lemmer?'

Mijn leugendetector is niet onfeilbaar, maar ik vermoed dat Lotter de waarheid spreekt. Alle tekenen zijn er.

Ik besluit hetzelfde te doen. Ik vertel hem over onze reis met de neushoorns, en laat niets weg, zelfs niet mijn achterdocht over zijn betrokkenheid, en mijn twijfel over Diederiks eerlijkheid. Hij denkt er een tijdje over na, en dan lacht hij, eerst uit ongeloof, en dan omdat hij het doorheeft.

'Dat verklaart het,' zegt hij.

'Wat?'

'Diederik, gisteravond. Toen ik hem belde om te checken of hij voor de flight ging betalen, zei hij: "Dat zal wel moeten."'

'Wanneer heeft hij je gevraagd om me te komen halen, de vorige keer?'

'Afgelopen vrijdagmiddag. Maar zo gaat het altijd, altijd haast, altijd op het laatste nippertje.'

'Wat zei hij?'

'Hij wilde iemand meesturen met een wildtruck. Misschien ging hij zelf, misschien iemand anders.'

Dan heeft Diederik daar niet over gelogen tegen mij. Maar waarover dan wel? Want hij heeft ergens over gelogen.

'Je zei dat je hem al eerder naar Mozambique had gevlogen.'

'*Sure.*'

'Wat ging hij daar doen?'

'Moet je horen, je zou inmiddels moeten weten dat Diederik een beetje een *bullshitter* is. Hij is een en al suggestie en overdrijving. Toen in Mozambique was het enige wat hij zei: "Een smak geld, Lotter, ik wou dat ik je het kon vertellen." Je moet hem nemen zoals hij is. Hij is onderhoudend, hij is charismatisch, hij is een persoonlijkheid, de eerste keer dat ik hem vloog, betaalde hij niet, heel charmant door de telefoon: "Heb je nog steeds je geld niet?", en zo ging dat drie maanden lang. Tot hij weer wilde vliegen. Toen heb ik gezegd: "Niet om het een of ander, maar voor jou is het boter bij de vis, en alleen als je de openstaande rekening hebt betaald." Hij lachte en zei: "Natuurlijk, Lotter" en ik heb nooit meer problemen met hem gehad. En wat hij doet als hij uit het vliegtuig is gestapt, dat zijn zijn eigen zaken. Maar hij weet: *I fly by the rules*.'

'Je zult je toch weleens hebben afgevraagd wat hij uitspookt?'

'Natuurlijk. We hebben zo'n relatie, Diederik en ik. Als hij belt en hij wil ergens heen, vraag ik: "Wie ga je deze keer oplichten?" en dan zegt hij: "Je weet hoe het is, Lotter, *There's a sucker born every minute*." Maar wat hij precies doet... *I don't care*.'
'Ik wel,' zeg ik.
'Dat zie ik.'

De 'landingsbaan' van de Swanepoels is een breed, recht stuk landweg, een kilometer van de hoeve af.
Lotter vliegt eerst laag over het huis voordat hij de RV7 met gemak aan de grond zet. Wanneer Swannie ons een paar minuten later met de Land Cruiser komt halen, is Lotter nog bezig het vliegtuig met haringen en touwen te verankeren.
Swannie bewondert het vliegtuig. 'Jissie, dat is een sexy dingetje.'
'Amerikaans,' zeg ik. 'Van Brakestein-design.'
'Allemachtig,' zegt Swannie. 'Wat is er met uw gezicht gebeurd?'
'Hij is tegen een deur aangelopen,' zegt Lotter samenzwerend.
'Echt waar?'
'Echt waar.' Lotter geniet hiervan. 'Ik doe mijn best deuren te vermijden in de Karoo, ze kunnen dodelijk zijn.'
Swannie kijkt naar mij op zoek naar een teken dat Lotter hem in de maling neemt. Ik kijk de andere kant op. Hij geeft de moed op. 'Ma zegt dat jullie meteen moeten komen lunchen, oom, hoe gaat het met de neushoorns, wat zegt Vlo, ik bedoel Cornél, wanneer komt ze langs, hadden jullie een goede reis naar de Karoo?'
'De neushoorns zijn springlevend,' zeg ik. 'En als ik Vlo zie zal ik het vragen.'

'Ma' heet Lollie en ze past niet bij de ruwe eenvoud van de Swanepoelmannen: ze is een slanke, statige vrouw, niet conventioneel mooi, maar goed verzorgd. Er blijkt humor uit haar ogen, alsof ze makkelijk lacht, en een soort ongedwongenheid, tevredenheid met zichzelf en haar leven. Het interieur van de boerderij is verrassend. Ik verwachtte geweien en gehaakte kleedjes, maar tref smaakvolle oude houten meubels, oosterse tapijten op glimmende houten vloeren, echte schilderijen aan de muur en een lange boekenkast vol gebonden boeken.
Ook haar invloed op pa Wickus is goed, hij is een galante gastheer die drankjes aanbiedt en beleefde vragen stelt. Aan tafel bidt hij kort en ernstig. Midden op tafel staat een kippenpastei met goudbruine korst. Lollie tilt de deksels van andere schalen en onthult zoete pompoen,

gestoofde bonen, gebakken aardappelen en rijst.

'Jissie,' zegt Swannie enthousiast en hij steekt zijn hand uit naar een opscheplepel.

'Alsof ik niet elke dag kook,' zegt Lollie.

'Laat de gasten eerst nemen,' zegt Wickus.

Het siert hem dat hij geduldig wacht tot we allemaal klaar zijn met eten voordat hij de grote vraag stelt: 'En, mannen, wat brengt jullie hier?'

Ik wik en weeg al sinds gisteren, maar weet nog steeds niet precies hoe ik hem moet benaderen. Het probleem is: Wickus en Swannie zijn erbij betrokken, maar ik heb geen idee op welk vlak. Ze hebben iets, een zekere naïviteit waardoor ik vermoed dat het toevallig en oppervlakkig kan zijn.

'Het gaat om Vlo,' zeg ik.

De borstelige wenkbrauwen van de twee Swanepoel-mannen gaan in gelid omhoog.

'Ze is midden in de nacht van Diederiks boerderij vertrokken. Zonder afscheid te nemen...'

'Ai,' zegt Lollie.

'Was er ruzie?' vraagt Wickus.

'Nee. Maar ze zou gisterochtend de neushoorns verzorgen. Nu maakt Diederik zich zorgen...'

Ik hoop dat het genoeg is, maar Wickus is niet dom. 'Dat is niet het hele verhaal,' zegt hij, zonder verwijt. 'Je gezicht, het feit dat je hier met het vliegtuig bent... Ik ga je niet vragen wat er is gebeurd, misschien is het beter als we het niet weten. Maar vertel me alleen maar: hoe ernstig is het?'

'Ernstig genoeg.'

'Jinne,' zegt Swannie. Zijn ouders kijken elkaar aan met een blik van verstandhouding, alsof ze iets weten. Wickus knikt langzaam. 'Hoe kunnen we helpen?'

'Ik kreeg de indruk dat ze hier uit de buurt kwam. Zat jij niet met haar op de lagere school?' vraag ik en ik kijk naar de jonge Swannie.

'Dat is twaalf jaar geleden. Ze zijn hier weggegaan in...'

'1998,' zegt Lollie.

'Waarheen?' vraag ik.

Wickus en Lollie kijken elkaar weer aan. 'Er gingen een heleboel geruchten,' zegt ze zacht.

'Het is een triest verhaal,' zegt Wickus.

'Jinne...' zegt Swannie.

'Jij was nog te jong om die dingen te weten,' zegt zijn moeder.

Wickus schuift zijn bord weg en zet zijn ellebogen op tafel. 'Vertel het maar, Lollie. Ik weet niet of het zal helpen, maar vertel het hem.'

39

De meeste dieren veranderen voortdurend van slaapplek en hebben alleen tijdens het voortplantingsseizoen een vaste verblijfplaats om de jongen te beschermen.

– De kunst van het spoorzoeken: Classificatie van sporen

Ze doen het in duet.

Zij begint met: 'Haar vader was Louis, een vrije geest...' En Wickus zegt: 'Hij was een spoorzoeker, maar je moet goed begrijpen dat hij een meester was. Je hebt tegenwoordig niveaus, met de opleiding die ze nu volgen, niveau een, twee en drie, dan Senior Tracker en dan Master. Nou, Louis zou een Master zijn geweest, koot, wat was die goed.'

'Hij kwam uit de Kalahari,' neemt zij het verhaal over. 'Ze zeggen dat hij heel arm is opgegroeid, zijn vader was een nietsnut en een zwerver, deed her en der los werk op boerderijen. De kindertijd van Louis was half wild, tussen de Bosjesmannen. Daar heeft hij leren spoorzoeken. Hij is nauwelijks naar school gegaan, niet verder dan de achtste klas en daarna hielp hij zijn vader, maar die ging dood toen Louis zeventien was. Op de een of andere manier is hij toen in onze contreien beland.'

'Hij wilde voor Natuurbeheer gaan werken, maar hij had helemaal geen opleiding, en daar kom je niet tussen zonder officiële papieren,' zegt Wickus.

'Toen huurden de jagers hem in. Hier, Botswana, Zimbabwe...'

'De trofeemensen, figuren die voor Amerikanen en Duitsers de grootste olifanten en leeuwen zoeken...'

'Niet altijd legaal,' zegt Lollie.

'Wat moest hij anders? Hij wilde in het veld leven, hij moest geld verdienen.'

'Een mooie man was het, zo'n blozend gezicht, dikke bos blond haar, maar hij leefde in een andere wereld. Hij heeft geloof ik een keer een python gevonden in de buurt van Phalaborwa en toen werd hij echt gek, hij zei dat het zijn voorvader was. Dat komt door de Bosjesmannen, die geloven dat de mens van de python afstamt...'

'Maar de beste spoorzoeker die je kon vinden, goed aangeschreven, gewild.'

'En toen kreeg hij wat met Drika. Nee, dat moet je anders zeggen. Hij werd verliefd op Drika. En zij... het probleem was dat ze amper negentien waren, en zij was de dochter van Grote Frik Redelinghuys en vervolgens werd ze zwanger...'

'Koot,' zegt zoon Swannie en hij klinkt net als zijn vader.

Wickus kijkt streng naar zijn zoon: 'Daarom zeg ik altijd: hou je ding in je broek...'

'Wickus...' waarschuwt Lollie.

'Hoe dan ook, Grote Frik boert in het Laeveld, zes, zeven bedrijven, sinaasappelen, noten, bananen, wild, hij huurde Louis in als er buitenlanders kwamen jagen, schatrijk, drie dochters, Drika was de jongste. Mooie meid, van haar heeft Vlo haar lange haar en dat lichaam, maar verwend...'

'Heel erg. Ze wist dat ze mooi was en was niet bang om ermee te koop te lopen. En zo koppig als wat, wilde altijd hebben wat ze niet kon krijgen. Ze had net eindexamen gedaan, wist nog niet wat ze wilde, zat thuis dat jaar, paarden en feestjes. En toen kwam Louis...'

'Hoe weet je dat allemaal, ma?' vraagt Swannie.

'Mensen praten, jongen. Er werd enorm over geroddeld, de dochter van een vooraanstaand man. Ze zeggen dat Frik nog voordat ze zwanger raakte achter de relatie was gekomen. Hij heeft haar op het matje geroepen en gezegd: "Over mijn lijk." En toen is ze met Louis naar bed gegaan, om haar vader te laten zien dat ze deed wat ze wilde.'

'En raakte ze zwanger van Vlo,' zegt Wickus.

'Jinne,' zegt Swannie.

'Frik was woedend, grote schande voor de familie, hij bedankte als ouderling en kwam meer dan een jaar niet meer in de kerk. En hij distantieerde zich helemaal van zijn dochter. Louis en Drika trouwden voor de landdrost en kwamen toen hier terecht, op Elandslaagte, een grote boerderij een kilometer of twintig buiten Musina, afhankelijk van de naastenliefde van anderen. In die tijd noemden ze dat "bywoners", een soort deelpachters. En omdat Louis moest werken waar en wanneer hij maar kon, zaten Drika en Vlo vaak alleen in een huisje ver van de bewoonde wereld...'

'Recept voor problemen,' zegt Wickus.

'Drika was nog een kind, gewend aan geld en luxe, totaal geen zin om een huilende baby in haar eentje op te voeden. De romantiek van weglopen met je geliefde hield niet lang stand. En als je je leven lang alleen maar aandacht en bewondering krijgt en dat droogt ineens op, dan ga je ernaar op zoek. Ze was meer in het dorp dan op de boerderij, en toen begon ze Grote Frik te bellen en te zeggen dat ze zo'n spijt had en kon hij niet helpen, maar Frik zei: "Wie zijn billen brandt moet op de blaren zitten..."'

'Wat ook waar is, kinderen moeten leren: alles heeft gevolgen.'

'Maar het was zijn dochter, Wickus...'

'Ik zeg het alleen maar.'

'Als hij geholpen had, wie weet. Want langzamerhand liet Drika Vlo steeds vaker op de boerderij achter, bij het Venda-kindermeisje, en ze liep met alles wat een broek aanhad te flirten, verscheen ongenood op partijtjes, dronk en feestte, en Louis wist van niets, want als hij terugkwam uit het veld, bleef ze thuis en zeurde hem aan zijn kop hoe akelig het was om een kind alleen groot te brengen. Zo ging dat meer dan twee jaar door, iedereen wist wat ze uitspookte, behalve Louis, want niemand had het lef om het hem te vertellen.'

'Tot de gitarist.' Wickus spuugt het woord uit alsof het een zondig beroep is.

'Hij was een mannetje uit de Baai, lang haar, strakke broeken en van die wijde witte overhemden die tot aan zijn navel openstonden...'

'Grote gouden kettingen in zijn borsthaar. Waarom zou een man sieraden dragen?'

'Hij zong overal in clubs en bars, maar niet zo goed...'

'Van het soort waarvoor het publiek een beetje dronken moet zijn...'

'... toen kwam hij hier in de Intaba spelen, dat was indertijd een ruige *bushpub* buiten het dorp...'

'Verdorven plek.'

'... en een van de stamkroegen van Drika. En Drika en hij vonden elkaar, de vonken spatten eraf, ze was meer bij hem dan bij haar kind en aan het eind van de avond zong ze dronken met hem mee. En toen vonden de mensen het welletjes. Eerst hebben een paar van die lui de gitarist bedreigd en gezegd dat hij zijn boeltje moest pakken, en twee van hen zijn Louis gaan halen, hij zat ergens in het noorden van Thuli met een groep Scandinavische jagers, en ze hebben hem verteld dat hij beter terug kon komen, omdat zijn vrouw hem te schande maakte.'

'Vlo's vader heeft ze weggejaagd,' zegt Wickus.

'Louis wilde het niet geloven, de arme man. Maar twee dagen later kwam hij. Had er waarschijnlijk over zitten broeden. En tegen de tijd dat hij thuiskwam, waren Drika en de gitarist vertrokken. Louis was er kapot van, hij hield van die vrouw met heel z'n hart en ziel. De grote tragedie is dat hij haar is gaan zoeken, maar tegen de tijd dat hij haar gevonden had, was ze dood, zij en de gitarist ook, niet ver van Sun City, midden in de nacht van een brug af gereden, waarschijnlijk niet nuchter, en ze waren allebei op slag dood.'

'Koot,' zegt Swannie.

'Verschrikkelijk,' zegt Wickus.

'Daarna heeft Louis zijn dochter alleen opgevoed, en laat ik je wel vertellen, dat moet voor hem een bittere pil zijn geweest, want hij heeft nog jaren gerouwd om Drika, hij had zich helemaal teruggetrokken, hij werkte alleen als er geen brood meer op de plank was en dan nam hij Vlo mee...'

'Zo heeft ze leren spoorzoeken.'

'Ze is zo'n beetje in het veld opgegroeid.'

'Sommige mensen zeggen dat ze beter is dan haar vader.'

'Ik weet dat er gedoe was toen ze naar de lagere school moest, Louis wilde er niets van weten, de Kinderbescherming moest met hem gaan praten. Tot hij haar tegen zijn zin in het dorp op kostschool heeft gedaan. Ze zat met Swannie op school tot aan...?'

'De zesde klas,' zegt Swannie, die gretig zijn steentje bijdraagt. 'Ze viel nauwelijks op, ze was een eenling, zo'n mager meisje dat met niemand praatte, altijd op zichzelf. Jissie, ze is wel veranderd,' en hij schudt ongelovig zijn hoofd, het is te zien hoeveel indruk de volwassen Vlo op hem heeft gemaakt.

'Louis kreeg een vaste baan. Daarom zijn ze hier weggegaan,' zegt Wickus. 'Het was de tijd dat de particuliere wildreservaten als paddenstoelen uit de grond schoten, en de concessies. Mensen als Louis waren ineens heel erg gewild, veel nieuw werk, goed loon. Toen boden ze hem werk aan in Moremi...'

'In Botswana,' zegt Lollie.

'Okavango.'

'Privéonderwijs voor de kinderen.'

'Dat gaf voor Louis de doorslag, hij kon Vlo elke dag zien.'

'En zo heeft ze waarschijnlijk de kans gekregen diergeneeskunde te studeren, door dat privéonderwijs.'

'Toen waren ze weg. Van de ene dag op de andere. Meer weten we eigenlijk niet,' zegt Lollie.

'Er gingen andere verhalen.'

'Ik weet niet of je die altijd moet geloven.'

'Dat van de krokodil is waar, Lollie. Div de Goede heeft het zelf gehoord. En hij kent Grote Frik goed.'

'Misschien.'

Swannie kan zijn nieuwsgierigheid niet onderdrukken. 'Wat voor krokodillenverhaal?'

'Div kwam hier met het verhaal, ook al weer zes, zeven jaar geleden. Hij is vertegenwoordiger van AgriChem, hun hoofdkantoor zit in Nelspruit, Frik is een van zijn grote klanten. Hij zei dat de mensen van Moremi op een dag bij Frik voor de deur stonden en vertelden dat Louis dood was. Een enorme krokodil had hem het water van de Okavango in gesleept en nu wisten ze niet wat ze met Vlo aan moesten. Ze zal toen, ik weet het niet, een jaar of zeventien, achttien zijn geweest. Frik is haar grootvader, en of ze het kind bij hem konden brengen. Maar Frik keek hen alleen maar aan, zei geen woord en gooide de deur voor hun neus dicht. De mensen van Moremi zijn toen naar Nelspruit gegaan in de hoop iemand te vinden die kon helpen, misschien een van de andere dochters van Frik, dat zijn tenslotte tantes van Vlo. Div is die mannen toen ergens tegen het lijf gelopen, waarschijnlijk in een bar, want hij houdt wel van een glaasje, en toen hebben ze hem het hele verhaal verteld. Van hoe Louis met de jaren steeds meer de kluts kwijtraakte. Soms verdween hij ineens, en kwam een maand later weer terug, dan rook hij naar strohut en hoorden ze dat hij bij de Bosjesmannen had gezeten. En soms maakte Louis een groot vuur in het bos en danste eromheen tot hij in trance raakte...'

'Ik weet niet of ik dat moet geloven,' zegt Lollie.

'Ik vertel alleen wat Div zei. Het punt is dat Louis behoorlijk van slag was nadat Vlo was aangevallen door bavianen.'

'Koot!' zegt Swannie.

'Dat is allemaal onzin,' zegt Lollie.

'Ik weet het niet,' zegt Wickus schouderophalend. 'Er schijnt daar in het noorden een grote droogte te zijn geweest, aan het eind van de winter, de bavianen waren heel agressief omdat er niets te eten was. Vlo was met haar hondje gaan wandelen, een kleine jack russell of zo, ze was dol op dat beest. En toen kwamen de bavianen haar op het spoor en gingen achter het hondje aan, belust op bloed, zo worden ze. Vlo wilde ze tegenhouden en werd aangevallen door een groot mannetje, vreselijke krabben en sneden over haar bovenlijf en haar gezicht. Dat hebben jullie toch gezien toen ze hier was? Hoe dan ook, een paar zwarten kwamen eropaf en gooiden stenen naar de bavianen en redden Vlo, maar het hondje heeft het niet gehaald. En toen begon Louis te zeggen dat het zijn schuld was, dat de goden kwaad op hem waren om wat hij als kind had gedaan. En toen ze vroegen wat hij dan had gedaan, zei hij dat hij schildpad had gegeten, dat is enorm taboe bij de Bosjesmannen, alleen oude mensen mogen dat eten of zo. En hoe meer ze tegen hem zeiden dat het onzin was, hoe hij meer hij zei dat de goden hem straften: daarom was Drika dood, daarom had ze met andere mannen gerommeld, daarom was zijn vader dood, daarom hadden de bavianen Vlo aangevallen. En hij moest zichzelf offeren, dat was de enige uitweg...'

Fluisterend zucht Swannie, bijna onhoorbaar 'koot'.

'Wat een onzin,' zegt Lollie.

'Niet voor Louis. Hoe dan ook, daar in de bar hebben ze Div verteld dat Louis volgens hen was gaan zitten wachten tot de krokodil hem kwam pakken.'

'Maar waarom?' vraagt Swannie.

'Om zijn dochter van de vloek te verlossen.'

40

... spoorzoekers moeten zich in hun prooi verplaatsen om te voorzien welke route die kan hebben genomen. Zo zijn ze in staat vooraf te bepalen waar ze sporen kunnen verwachten en verliezen ze geen tijd met zoeken.
– De kunst van het spoorzoeken: Principes van het spoorzoeken

Lollie neemt Lotter mee naar 'het kantoor' zodat hij kan faxen om onze landingstoestemming af te ronden. Ik drink met de Swanepoel-mannen koffie in de woonkamer. 'En waar gaan jullie vanaf hier naartoe?' vraagt Wickus.

'Naar Ehrlichmann,' zeg ik doelbewust.

'Aaah...' zegt hij. Wat betekent dat hij weet wie het is.

'Hoe ken je Ehrlichmann?'

'Van de hulp aan Zimbabwanen,' zegt hij. 'Ehrlichmann was er al vroeg bij betrokken.'

'Hulp aan Zimbabwanen?'

'Toen die klootzak van een Mugabe mensen hun boerderijen begon af te pakken, wisten veel van de Zim-boeren dat ze hun spullen snel het land uit moesten zien te krijgen. Wij smokkelden die naar binnen. Huisraad, vee, machines, auto's, tractors, trailers, gereedschap, dollars, een paar keer, kartonnen dozen vol, je gelooft je ogen niet. Fok, we hebben een keer een hele sigarettenfabriek doorgevoerd, geen flauw benul wat ze daarmee gingen doen. Hoe dan ook, Ehrlichmann was een van de mannen aan de andere kant die hielpen alles te organiseren.'

Ik probeer dat even te verwerken voordat ik vraag: 'En Diederik Brand?'

'Diederik was een koper.'

'Een koper?'

'Ik dacht dat je voor hem werkte?'

'Sinds zaterdag.'

'O. Kijk, de spullen die uit Zim kwamen... De boeren aan de andere kant wilden cash, wat moesten ze met vee en machines in Zuid-Afrika? Diederik kocht het op, hij was een van de mensen die op die manier hebben geholpen. Dan verkocht hij het door, op veilingen en zo. Ik heb hem nog nooit ontmoet, alleen over de telefoon gesproken. Goeie kerel... Heeft zelfs een keer voor de Zimmers voedsel en medische apparatuur teruggestuurd, toen Mugabe en zijn bende de voedselhulp van het Rode Kruis hadden ingepikt.' En dan gniffelt Wickus en schudt zijn hoofd. 'Ik vraag me nog steeds af waar Diederik dat spul vandaan had...'

'Het is een ritselaar,' zegt Swannie, even vergenoegd.

'Koot, dat is hij echt. Hoe krijgt een Karoo-boer medische apparatuur uit Noorwegen in handen?'

In mijn achterhoofd gaat een alarm af. 'Noorwegen?'

'Stond op de kratten, levensgroot. Karma of Karmer of zoiets. En Oslo, Norge.'

'Kvaerner?'

'Zoiets.'

Kvaerner was het Noorse bedrijf dat eigenaar was van Techno Arms, de maker van de MAG7. 'Heeft Ehrlichmann met die medische kratten geholpen?'

'Jazeker,' zegt Wickus Swanepoel. 'Zim heeft meer van zulke mensen nodig.'

Ze komen ons alle drie uitzwaaien bij het vliegtuig. Lollie geeft ons een afscheidskus, de handdrukken van Wickus en Swannie zijn warm en hartelijk, alsof we nu bij hun netwerk horen.

Wanneer Lotter over hen heen cirkelt en in een laatste groet met de vleugels wappert, kijken we naar beneden, naar de drie figuurtjes die met gestrekte armen staan te zwaaien, en Lotter zegt: 'Goede mensen.' Hij, de Swanepoels, Emma, die spontaan de deugden in de ander zien, die geloven dat mensen van nature goed zijn, of ten minste interessant, boeiend. Daarom zeg ik niets, want zo ben ik niet. Ik heb aan de eettafel gezeten en geluisterd naar het verhaal over Vlo van Jaarsveld en me afgevraagd waarom niemand heeft ingegrepen. Waarom niemand naar Grote Frik Redelinghuys is gereden om te zeggen: 'Het gaat om jouw dochter en jouw kleinkind, lul die je bent, word wakker.' Waarom zijn de hoeders van de goede zeden van Musina niet eerder met Drika gaan praten, of Louis gaan waarschuwen? Toen die twee mensen van Moreni na de dood van Louis op zoek gingen naar verwanten van Vlo, waarom is er toen niemand opgestaan om te zeggen: 'Breng het kind maar bij mij?' Je schiet er niets mee op om tien jaar nadat de schade is aangericht het verhaal op te dissen met quasi-altruïstische opmerkingen als 'Het is heel triest'. Dat is het probleem met onze samenleving: we zijn toeschouwers geworden, critici in de marge. We kunnen niet wachten om verhalen over de tegenslagen van een ander te lezen, of aan te horen en door te vertellen. Altijd hoog van de morele toren. 'Ze hebben gekregen wat ze verdienden.' Maar niemand heeft de moed om in te grijpen.

Ik geef toe, mijn Eerste Wet is 'raak niet betrokken', maar het kardinale verschil is dat ik niet hoog van de morele toren blaas, ik doe niet net alsof ik 'goed' ben.

En dan word ik me bewust van mijn woede. Ik weet waar die vandaan komt. Wickus en Lollie hebben iets van me afgepakt: mijn motieven om Vlo... wat wilde ik doen wanneer ik haar had opgespoord? Straffen? Ontmaskeren? En dan? Nu die parallellen tussen ons zo duidelijk zijn – een slet als moeder, een gek als vader, kinderjaren die doeltreffend zijn verpest door ouders die zich nooit hadden moeten voortplanten en een familie of samenleving die liever de andere kant op keek omdat het niet hun probleem was – nu hoop ik dat ik haar nooit te pakken krijg. Nu hoop ik dat wat ze ook aan de twee neushoorns heeft vastgeplakt, ontsnapping en verlossing brengt.

Nu wil ik omkeren en naar huis gaan.

Maar dat kan niet. Ik moet de Glock terug hebben.

Lotter kijkt neer op de strook vrijgemaakt bos in een vlakke vallei tussen hoge heuvels en zegt: 'Dit wordt *tricky*.'

'Hoe tricky?'

'Heel tricky.'

'We hoeven niet te landen,' en ik begin alternatieven te bedenken die hoofdzakelijk vervoer over de weg inhouden.

'Je kunt maar beter je ogen dichtdoen,' zegt hij met een grijns die uitdrukt dat hij nog steeds de grenzen van zijn RV7 wil testen.

Hij vliegt weer over de landingsbaan en laat een vleugel zakken om beter te kunnen zien.

'Waar kijk je naar?'

'Er is geen windzak.'

'Is dat een probleem?'

'Neu... niet echt.'

Dan maakt hij een wijde draai voordat hij omlaag duikt en op een opening tussen twee heuvels mikt. '*Hold on*.'

Ik overweeg serieus om mijn ogen dicht te doen.

Rotsen en struiken en bomen niet meer dan een paar meter van de punten van de vleugels, dan draait hij scherp naar links, zakt nog lager. De vallei opent zich, de boomtoppen zijn te hoog, te dichtbij. De toonhoogte van de motor zakt, hij werkt met de stuurknuppel en de pedalen, de landingsstrook ligt recht voor ons, te kort. We raken de aarde met een harde bons. Lotter remt hard, mijn lichaam hangt in de veiligheidsgordels. De muur van bomen komt snel naderbij.

Ik doe mijn ogen dicht.

'Jeez,' zegt Lotter.

We komen tot stilstand. Ik doe mijn ogen open. De schroef van het vliegtuig is nauwelijks meer dan twee meter van de solide stam van een baobab verwijderd.

Hij schakelt de motor uit en zucht diep.

'*That wasn't so bad*,' zegt hij.

'En het opstijgen morgen?'

'Naaa... *Piece of cake*.' Maar hij gelooft het zelf niet eens.

41

Op lastig terrein, waar sporen schaars zijn, moeten spoorzoekers soms volledig anticiperen op de verplaatsingen van het dier.
– De kunst van het spoorzoeken: Principes van het spoorzoeken

Tien minuten nadat we zijn geland, komt een aftandse Land Rover aangehobbeld door het hoge gras en de doringbomen. Er stappen twee zwarte mannen uit die ons verlegen in het Engels begroeten alsof ze niet elke dag bezoekers krijgen.

'Wij brengen u naar het kamp.'

Lotter kijkt met grote belangstelling naar de auto. 'Fantastisch,' zegt hij. 'De Serie II stationwagon, de 2.25 diesel. Dat ding moet minstens vijftig jaar oud zijn.'

In vervoering, alsof we niet net een doodsverachtende landing hebben overleefd.

We pakken allebei onze tas, stappen in en hotsen over bijna onzichtbare karrensporen door het bos, verstoren een kleine kudde gnoes en hun zwerm vergezellende vogels. Drie giraffen, verheven boven dit alles, negeren ons. De hitte hier is draaglijk, minder drukkend dan in Musina.

Het kamp ligt tegen de helling van een heuvel, een kring lichtgroene canvas tenten op houten platforms in de koele schaduw van enorme *msasa's*. Naast de weg staat een ruw bord met de woorden CHINHAVIRA CAMP uit een blok teakhout gekerfd. Er staat een *lapa* in het midden, met een paar tafels en stoelen, een grote vuurplaats. Tussen de tenten harkt een man de roodbruine grond, bij een tafel naast de lapa staan twee anderen groente te schillen.

Onze chauffeur zegt: 'Shumba komt later. Ik zal u uw tent laten zien.'

'Shumba' is Ehrlichmann vermoed ik.

We lopen achter hem aan.

Hij verschijnt tegen zonsondergang, een grote man die door de lange schaduwen komt aanlopen, een kromme wandelstaf in de hand, kaki korte broek en overhemd met korte mouwen, sandalen, breedgerande hoed en lang zilvergrijs haar tot op zijn schouders. Een baardloze Mozes in safari-outfit.

Lotter en ik zitten in de lapa, hij met een biertje, ik met een cola, want ze hebben geen Birdfield of Grapetiser. De man zet zijn staf tegen de ring van houten palen, neemt zijn hoed af, glimlacht breed en komt met uitgestrekte hand naar ons toe.

'Ik ben John Ehrlichmann,' zegt hij, dezelfde mooie, melodieuze stem van de satelliettelefoon.

We staan op en stellen ons voor.

'Lotter.'

'Lemmer.' Ik verwacht dat hij iets over de toestand van mijn gezicht gaat zeggen en vraag me af welke kwinkslag Lotter in petto heeft.

'Alliteratie,' zegt Ehrlichmann. 'Daar hebben we hier veel van.' Dan lacht hij zacht. 'Welkom in Chinhavira. Ik zie dat Chipinduka en Chenjerai goed voor jullie hebben gezorgd.' Hij is bijna twee meter lang, met een diep gegroefd gezicht. Hij moet aan de verkeerde kant van de zestig zijn, maar is een indrukwekkende figuur, energiek en fit. Het lange grijze haar is nu een stralenkrans. Om zijn linkerpols zitten allerlei verschillende armbandjes.

'*Please*. Ga zitten. Geniet van je drankje. Ik kom zo bij jullie.'

'Dank je,' zegt Lotter.

'Graag gedaan,' en dan draait hij zich om en loopt traag en statig weg, in de richting van de tenten. Als hij buiten gehoorsafstand is, zegt Lotter zacht: 'Weet je aan wie hij me doet denken?'

Hij houdt van mensen. Daarom verwacht ik de een of andere verheven vergelijking. Ik doe een poging: 'Een nuchtere Nick Nolte?'

'Nee,' zegt hij lachend. 'Die mandril uit *The Lion King*... die met die staf, hoe heet die ook al weer? Deze man heeft diezelfde soepele manier van lopen... Rafiki! Hij is groter en ouder, maar hij doet me aan Rafiki denken.'

Rafiki Ehrlichmann is de volmaakte gastheer.

Als hij weer tevoorschijn komt, heeft hij gedoucht en zijn wildernisavondkleding aangetrokken: kaki hemd met lange mouwen, blauwe spijkerbroek en *velskoene*. De waterval van haar is in een paardenstaart gebonden, de mouwen van het overhemd zijn een stuk opgerold om de armbanden te laten zien. Ze glimmen en fonkelen in het licht van twintig olielampen en een groot kampvuur. Hij zorgt er eerst voor dat onze glazen vol zijn, en laat voor zichzelf een whisky-soda komen voordat hij bij ons komt zitten. Hij installeert zich behaaglijk op de kampeerstoel en vraagt ons omzichtig uit over de reis, alsof hij ons wil aanmoedigen het doel ervan te onthullen. Ik wil dat hij eerst een paar whisky's achter de kiezen heeft voordat we dat aanroeren. Daarom laat ik Lotter praten over de vlucht, en ons bezoek aan Wickus en zijn gezin.

Ehrlichmann levert nu en dan kort commentaar, met een wijze knik van het grijze hoofd. Diederik Brand is een 'prima kerel'. Over de Swanepoels zegt hij dat het 'fantastische mensen' zijn, kennelijk de algemene opvatting. En wanneer Lotter, altijd geboeid door het doen en laten van anderen, Ehrlichmann over zijn leven begint uit te horen, vertelt hij zijn verhaal alsof het onbelangrijk en doorsnee is: geboren op een boerderij in de buurt van Gweru, kostschool in Bulawayo, bachelor aan de universiteit van Kaapstad, wildopzichter in het Matobo National Park in de Rhodesië-tijd. Daarna wordt hij hoofdopzichter bij het pas opgerichte Mana Pools-park, begin jaren tachtig, later adjunct-directeur van het Chizarira National Park, tot de heksenjacht van Mugabe begint. Sindsdien is hij concessiejager en wandelgids. De zwarten die bij hem werken zijn allemaal veldgidsen of ondersteunend personeel uit zijn Chizariratijd.

Bij zijn tweede whisky stuurt hij het gesprek behendig naar zijn avonturen. Hij heeft twee tics: met zijn rechterhand over zijn haar strijken, en een trekje van de mond, een peinzende halve glimlach wanneer het verhaal zijn ontknoping bereikt, een uitdrukking die zegt: voilà. Zijn verhalen gaan over olifanten en leeuwen, krokodillen en nijlpaarden, visarenden en mestkevers. Ik vraag me af hoe vaak hij ze al heeft verteld, hoeveel buitenlandse toeristen er al rond dit kampvuur op zijn vergast. Maar hij doet het meesterlijk, met volmaakte dramatische timing, een bezieling voor de natuur en een bestudeerde bescheidenheid alsof hij per ongeluk zo bevoorrecht is.

We eten *nhedzi*-soep van wilde paddenstoelen. En *sadza* van maïspap en vlees van knobbelzwijn, met snijbonen en pompoenbeignets, opgediend door zijn team stille, efficiënte helpers. Dan komt er een fles Franse cognac op tafel.

'Wow,' zegt Lotter.

'Wist je dat cognac tegenwoordig het meest door zwarte Amerikanen wordt gedronken?' vraagt Ehrlichmann.

'Niet te geloven,' zegt Lotter.

Nog een ernstige hoofdknik van de wijsgeer. 'Hiphopcultuur. Kennelijk hebben een paar van die articsten erover gezongen. Een man met de naam Busta Rhymes. Kleurrijke naam, vind je niet?' Hij kijkt naar mij. 'Ik geloof dat jij geen alcohol drinkt?'

'Nee, dank.'

En dan, terwijl hij voor zichzelf en Lotter ieder een kwart glas inschenkt: 'Maar je had een paar vragen over de neushoorn.'

'Nee,' zeg ik. 'Mijn vragen gaan over Cornél van Jaarsveld.'

'Mmm...' zegt hij. Hij staat langzaam op, loopt nadenkend naar het nagloeiende vuur en gooit er nog wat hout op. Hij port met een stok in het vuur tot de vlammen beginnen op te laaien en komt weer terug naar de tafel. 'Mag ik vragen wat er precies is gebeurd?'

Soms moet je op je instinct vertrouwen. Ik vertel het hem, zonder nodeloze details. Van de 'dermatitis' van de neushoorns, de reis, en de overval, het wonderbaarlijke herstel van de beesten, de verdwijning van Vlo. Ik haal het stukje roze plastic uit mijn zak en laat het aan hem zien. Tijdens dit alles houd ik hem, zijn handen en zijn lichaamstaal, zorgvuldig in de gaten. Zijn enige reactie is het optrekken van zijn wenkbrauwen wanneer ik over de overvallers vertel, en een flits van zijn ogen naar mijn gezicht, alsof hij nu iets snapt van de schade. Hij pakt het plastic, rolt het tussen zijn vingers. Stelt een paar vragen, over het aantal zweren, hoe groot ze precies waren.

Ik speel open kaart over mijn achterdocht ten aanzien van Diederik en de Swanepoels. Ik zeg tegen hem dat ik voortdurend het vermoeden heb dat hij er zelf op de een of andere manier bij betrokken is. Dit lokt alleen een ernstige knik van zijn hoofd uit.

Als ik klaar ben, draait hij zijn hoofd af en staart de nacht in. 'Ze heeft zoveel potentie,' zegt hij tegen zichzelf.

Hij pakt het cognacglas, rolt het tussen zijn handen, neemt een slokje, en rolt het weer, diep in gedachten.

Hij zet zijn voilà-grijns op.

'Ik denk...'

Hij haalt zijn hand over zijn haar en kijkt me aan. 'Ik denk dat ik weet wat ze smokkelde.'

42

De gemiddelde mens zou door oefening en ervaring in staat moeten zijn een redelijke spoorzoeker te worden, maar echte uitblinkers hebben waarschijnlijk een aangeboren gave.

– De kunst van het spoorzoeken: Leren spoorzoeken

Hij zwijgt even om het dramatische effect te verhogen voordat hij begint.

'Het is een gok, maar ik ben er vrij zeker van... Laat me het hele verhaal vertellen.'

Hij zegt dat het, net als alles in Zimbabwe tegenwoordig, een beetje een circus was. Twee wildopzichters van het Chizarira National Park zijn twee jaar geleden betrapt met tweeëntwintig olifantenslagtanden. Er was een heftige internationale reactie vanuit de groene gelederen, maar pas toen een toerismeboycot de enige overblijvende bron van buitenlandse valuta begon te bedreigen, kwam de regering-Mugabe in actie. Hun strategie om de boel te sussen was instemmen met de olifantentelling waarop het WWF had aangedrongen. Die organisatie had Ehrlichmann benaderd vanwege zijn achtergrond, en Vlo van Jaarsveld maakte deel uit van een team van meer dan dertig mensen die in april hun kamp hadden opgeslagen in het nationaal park.

Ze was hem pas echt opgevallen nadat ze de andere drie spoorzoekers volkomen in de schaduw had gesteld. 'Ze was fenomenaal, ik heb nog nooit zoiets gezien. Dat zesde zintuig... En de kennis, de gedetailleerde kennis van het veld en de dieren, insecten, vogels, noem maar op. Dus ik begon haar in de gaten te houden. Zoals jullie weten is ze een lust voor het oog...' zei hij met een glimlach vol oudemannennostalgie.

Ze deed haar werk heel gedreven, van zonsopgang tot zonsondergang. 's Avonds ging ze afwisselend bij de verschillende groeperingen zitten: de mensen van het WWF, de wildopzichters, de vrijwilligers, de arbeiders en de helpers. Op een avond zat ze aan tafel met Ehrlichmann en twee enthousiaste jonge dierenartsen, een Nederlander en een Oostenrijker. Het gesprek ging over het verdoven van olifanten, en de twee Europeanen zaten vol grote theorieën en boekengeleerdheid. Vlo legde ze met één woord het zwijgen op: 'Bullshit.' En begon ze toen pinnig en tot in detail te vertellen hoe het er in Afrika aan toegaat.

'Dus ik dacht natuurlijk dat ze dierenarts was. Ik vroeg haar of ze in Onderstepoort had gestudeerd. "Nee," zei ze, ze had drie jaar met Douw Grobler gewerkt. Douw was vroeger hoofd van de afdeling die het wild ving in het Krugerpark, waarschijnlijk de beste die er is. Maar dan nog, om zoveel grondige kennis in je op te nemen... Het is een slimme meid. Maar ik dwaal af...'

'Zeg je nu dat ze geen dierenarts is?'

'Dat is ze niet. Maar ze kon die twee mannen aan. Op elk vlak. En van het transport van wilde dieren wist ze veel meer. Daarom heb ik haar gebeld toen de twee neushoorns voor Diederik een optie werden.'

Ik hoor het bijna niet, omdat ik nog na zit te denken over het valse beroep van Vlo. 'Je bent veearts,' had Swannie vol respect tegen haar gezegd toen we de neushoorns inlaadden. Haar antwoord waren grote medische woorden, 'anemie' en 'gastro-intestinale ziekten'. Een fraaie manier van liegen. En dan dringt het tot me door wat Ehrlichmann tegen me heeft gezegd.

'Je hebt haar gebeld? Hoe heb je contact met haar opgenomen?'

'Ze heeft na de telling bij bijna iedereen haar kaartje achtergelaten. Ik heb haar op haar mobiel gebeld.'

'Heb je dat kaartje nog?'

'Natuurlijk. Ik zal het voor je opzoeken. Maar laat me eerst vertellen wat er volgens mij is gebeurd. En dan kun je je eigen conclusies trekken. De eerste week was ik diep onder de indruk van de manier waarop ze met iedereen optrok, heel nadrukkelijk, met enorm veel flair en charme. Na een tijdje kwam ik erachter dat er een systeem zat in die sociale omgang, want ze begon bepaalde mensen totaal te negeren, of zelfs af te wijzen, en haar aandacht volledig op anderen te richten.'

Het was voor hem niet moeilijk om te zien wat haar doel was: de mensen met wie ze steeds meer tijd doorbracht, waren mensen die voor haar van nut konden zijn. Misschien iemand die in de toekomst van haar diensten gebruik zou kunnen maken, of anders minstens als opstapje naar andere, belangrijkere figuren kon dienen. Maar het eigenaardigste was de allerlaatste avond met het afscheidsfeest in Kaswiswi-kamp nummer één.

'We hadden een enorme barbecue, veel drank, zo'n typische vip-*bush-party*, want er was een aantal mensen van de regering per helikopter ingevlogen: de minister van Milieu en Toerisme, zijn drie hoogste ambtenaren, het hoofd Parken, de plaatselijke chef van het Wereldnatuurfonds...'

Ehrlichmann kijkt vluchtig over zijn schouder, buigt zich naar voren over de tafel, zijn stem is ineens zachter, alsof hij een geheim met ons gaat delen. 'Maar de man met wie Cornél die avond de meeste tijd doorbracht, was Johnson Chitepo.'

Hij kan zien dat die naam geen indruk op ons maakt.

'Jullie hebben nog nooit van Johnson Chitepo gehoord?'

'*Nope*,' zegt Lotter.

'Hij is het beste maatje van Mugabe,' zegt hij met een zekere onwillekeurige eerbied. 'Hij is een sleutelfiguur in de Zimbabwean Central Intelligence Organisation, het hoofd van de Joint Operations Command, en de man met wiens zegen bijna elke misdaad ongestraft kan worden gepleegd in Zimbabwe. Hij is ook, als je de geruchten moet geloven, de figuur die de laatste verkiezingen heeft gemanipuleerd, en de voornaamste kandidaat om de volgende president te worden.'

Net als met zijn wildedierenverhalen werkt hij naar een ontknoping toe.

'Maar het gaat er niet zozeer om wat Chitepo nu doet. De sleutel van het hele verhaal zit in zijn geschiedenis, en de geschiedenis van de streek. In 1998 had president Laurent Kabila van de Democratische Republiek Kongo dringend een leger nodig. Zijn voormalige bondgenoten, Rwanda en Uganda, hadden zich net tegen hem gekeerd, ze hadden de grenzen van Kabila's bolwerk in Kinshasa bereikt en hij had wanhopig hulp nodig. Dus belde Kabila zijn oude makker Mugabe. En Mugabe stuurde Chitepo, met een duidelijke opdracht: ga kijken wat het ons kan opleveren. En het bleek dat Kabila zijn antwoord daarop al klaar had. Hij bood een mijnconcessie in Mbuji-Mayi in ruil voor het lenen van Mugabes leger. En weet je wat er in Mbuji-Mayi wordt gewonnen?'

We schudden ons hoofd.

'Diamanten,' fluistert Ehrlichmann.

'Aha,' zegt Lotter.

Een langzame hoofdknik. 'Diamanten,' herhaalt hij en hij neemt de laatste slok uit zijn cognacglas. 'En dat is wat Cornél volgens mij hiervandaan heeft gesmokkeld.'

Hij laat het eerst bezinken voordat hij naar de fles grijpt en die naar Lotters glas uitsteekt.

'Nee, bedankt, ik moet morgen vliegen.'

Ehrlichmann knikt en schenkt zichzelf bij.

Ik ben niet helemaal overtuigd van zijn theorie. 'De oorlog in Kongo was tien jaar geleden.'

'Vergeet de oorlog. Dat is alleen waar het is begonnen. Denk aan nu. Denk aan de strop rond de nek van Zimbabwe. Denk aan de miljoenen dollars aan diamanten die in de loop der jaren uit Mbuji-Mayi zijn gewonnen en de steeds kleinere aantallen kopers, omdat Zim steeds geïsoleerder is geraakt. Er zijn sancties geweest, de EU heeft alle activa van Zimbabwaanse ministers in het buitenland bevroren, en het Kimberleyproces maakt het heel moeilijk voor hen om een markt te vinden voor hun besmette stenen. En dan is er het zwaarwegende probleem van internationaal terrorisme. Het probleem is dat er een connectie is tussen de Mbuji-Mayi-concessie en Al Qaida.'

'Dat meen je niet,' zegt Lotter.

Ehrlichmann schudt zijn hoofd. 'Jazeker. In 1998 hadden Mugabe en Chitepo een groot probleem: ze hadden niet de knowhow die nodig is om diamanten te winnen. Maar in Afrika trekt elk kadaver onmiddellijk aaseters aan. Dus daar was mister Sayyid Khalid bin Alawi Macki, een zakenman en mijnmagnaat uit Oman, met alle technische expertise die nodig was. Binnen een week was er een joint venture tussen Osleg, de zakenvleugel van het Zimbabwaanse leger, de regering van Zim, en Macki. En onze mister Macki is kennelijk degene met banden met Al Qaida. Via zijn vele bedrijven kan hij niet alleen geld witwassen voor de terroristen, maar levert hij ook rechtstreeks fondsen, wapens en materiaal. Dus je begrijpt hoe lastig het is geworden voor Chitepo om de diamanten kwijt te raken. Iedereen houdt ze in de gaten, ook de CIA. Alle gebruikelijke kanalen zijn geblokkeerd, alle grensposten worden gecontroleerd. Volgens de tamtam wordt Chitepo steeds wanhopiger, hij moet de diamanten verkopen omdat de tijd begint te dringen. Voor hem, voor Mugabe, voor Zimbabwe. Ik bedoel, wie weet wat die nieuwe coalitieregering van plan is? Het is ieder voor zich nu, en ze houden elkaar scherp in de gaten. Hoe dan ook, die avond, tijdens de Big Barbecue, bracht Johnson Chitepo veel tijd door met Cornél. Wat heet, toen ik vlak voor middernacht vertrok, zaten ze daar nog met z'n tweeën, koppen bij elkaar, diep in gesprek. En ik denk nu dat ik weet waar ze het over hadden. Ik bedoel, zij was volmaakt: Zuid-Afrikaans, blank, geen bekende banden met smokkelaars. En de rhino's gebruiken... Nou, dat is echt heel erg slim.'

Ik vraag hem uit over de neushoorns.

Hij zegt dat hij al een jaar geleden via de bush-tamtam had gehoord dat Diederik Brand, weldoener van de boeren in Zim, dolgraag een stier en een koe zou willen hebben. Toen hij in juni tegen die twee beesten aanliep, nog geen twintig kilometer van waar we nu zitten, besefte hij dat hun overlevingskansen gering waren. Strooptochten op zwarte neushoorns werden intensief en georganiseerd uitgevoerd met medeweten van de Zim-politie. Daarom had hij via de gebruikelijke kanalen aan Diederik laten weten: als Brand de operatie financiert, doet Ehrlichmann de rest om de dieren tot aan de grens te krijgen. Toen er een positief antwoord kwam, was Cornél van Jaarsveld de voor de hand liggende keus, vanwege haar kennis van het verdoven van wild tijdens transporten. Hij had haar visitekaartje opgeduikeld en haar gebeld...

'Wanneer was dat?' vraag ik.

'Begin juli. Twee dagen nadat ik haar had gebeld, was ze er. Pittige onderhandelaar. Als ik zorgde voor een team om te helpen de rhino's te laden, zou zij de rest organiseren; de truck, de medicijnen voor de dieren. Maar goedkoop was ze niet. Tweehonderdvijftigduizend...'

Vlo had bijna drie maanden en een kwart miljoen rand gehad om alles te organiseren. En waarschijnlijk de medewerking van Johnson Chitepo en de Zim-overheden om de plastic houdertjes te laten maken, om wegblokkades te manipuleren, om veilig naar de grens te komen. Als Ehrlichmann gelijk heeft.

'Ik hield de rhino's in de gaten, we spraken een datum af om ze te vangen, en afgelopen week hebben we het gedaan. Cornél schoot verdovingspijltjes, we laadden ze in en daar ging ze. Eigenlijk vrij soepel. En die twee beesten waren goed gezond toen ze die weg afreed.' Hij wijst in de richting van het karrenspoor dat zijn kamp uit loopt.

'Toen zíj die weg afreed?' vraag ik.

'Dat klopt.'

'Geen chauffeur?'

'Ze zei dat er in Kwekwe een chauffeur wachtte om haar af te lossen. Dat is zo'n honderdvijftig kilometer van hier.'

43

Ieder mens heeft een eigen manier van lopen, waardoor hij of zij een 'handtekening' in zijn of haar spoor achterlaat.
– De kunst van het spoorzoeken: Inleiding

Ik kan niet slapen en lig in de tent te luisteren naar de geluiden van Afrika. Het enige wat ik herken is het janken van een jakhals. De andere klanken zijn niet te duiden; vogels, insecten, nachtdieren die in het donker hun geheime levens leiden. Net als veel van ons.

Voordat we uiteindelijk het dovende kampvuur verlieten, had ik Ehrlichmann nog twee dingen gevraagd. Het eerste was of Vlo ooit over haar thuis, haar achtergrond had gepraat.

'Grappig dat je dat vraagt,' zei hij. 'De avond voordat we de rhino's vingen, vroeg ik haar waar ze vandaan kwam. En toen wees ze naar die rode tas van haar en zei: "Dat is mijn thuis." Dus ik zei nee, ik bedoel waar je bent opgegroeid. En ze lachte heel vreemd en zei "het vagevuur". Ik ben er nooit achter gekomen wat ze bedoelde.'

Daarna vroeg ik hem naar Diederik Brand en zijn Kvaerner-kratten.

'Tja...' zei hij, en hij keek in zijn glas alsof daar een diepe betekenis in kon zitten. 'Dit is Afrika.'

Wist hij dat het wapens waren?

'Ja, ik wist het.'

Waar moesten die kratten naartoe?

Hij stond op, niet helemaal vast ter been en zei: 'Kom maar mee.'

Toen pakte hij een olielamp van een van de tafels en liep weg door het stof. Ik ging achter hem aan, Lotter bleef zitten.

Het pad liep weg van de tenten, de heuvel op. Achter donkere doringbosjes en een rotsformatie, verscholen in de diepe schaduwen van bomen, stonden twee lage golfplaten gebouwtjes van het soort dat bouwbedrijven soms als tijdelijke werkplaats gebruiken. Vuilgroen geschilderd, de haastige kwaststreken nog te zien. De dubbele deuren van een ervan stonden open. In het zwakke licht van de lamp zag ik twee Land Rovers, de ene op houten blokken. Onderdelen, oude banden, gereedschap. Ehrlichmann liep naar de andere, gaf mij de lamp om vast te houden, diepte een sleutelbos op uit zijn zak, en maakte met veel gemorrel het hangslot aan de deur los. Toen trok hij de deur open, pakte de lamp weer van me aan en liep naar binnen. Hij tilde een stuk zeildoek op, in de lichtbaan van de lamp steeg stof op.

Daaronder stonden de kratten.

'Hier zijn ze.'

Ik keek. Van twee kratten waren de deksels los. De andere waren nog dicht en onaangeroerd. Hij maakte er een open. De geweren, verpakt in noppenfolie, hier en daar een opening waar er een paar waren uitgehaald.

'Zijn ze te koop?'

'Wil je er een?'

'Hangt van de prijs af.'

'Neem maar mee. Ze zijn gratis.'

Ik keek hem aan. Hij grijnsde om mijn ongeloof, bukte, pakte een MAG7, maakte een andere kist open, haalde er een doos patronen uit, en drukte alles in mijn armen. Hij trok het zeil weer recht en liep naar buiten. Daar zette hij de lamp op de grond en sloot langzaam af. Toen liepen we terug. Halverwege bleef hij staan, hield de lamp omhoog en keek me aan. 'Je bent een geval apart, weet je dat? Zo deugdzaam,' zei hij, maar zonder verwijt, meer als een constatering. Hij wilde zich omdraaien, maar bedacht zich en keek me weer aan. 'Ik geloof dat je je eigen demonen hebt.' Toen tilde hij zijn hand op, en een kort, surrealistisch moment dacht ik dat hij me daarmee ging slaan. Maar hij maakte alleen zijn haar los, waarna hij zijn hoofd schudde zodat de haren over zijn schouders vielen. Hij zei: 'Ik deel de geweren uit. Aan bevriende boeren. De weinigen die over zijn. Dat is wat Diederik wilde. Daarom heeft hij dit cadeau gedaan.'

En vervolgens draaide hij zich bedaard om en liep terug naar het kampvuur. Tegen Lotter zei hij: 'Ik wens je een goede nacht,' hij pakte zijn staf en liep met zijn statige Rafiki-slenter naar de tenten.

En nu lig ik te luisteren en te denken aan nachtdieren en geheime levens. Aan percepties. En de verhalen die erdoor gevormd worden, zo vaak aangedikt tijdens het doorvertellen. Aan de vele lagen camouflageverf die we zo getraind en handig op onze façades aanbrengen dat de penseelstreken meestal niet te zien zijn.

Diederik Brand. De sluwe vos. De boerenbedrieger. Een 'geval apart' zoals Lourens le Riche en Lotter hem hebben beschreven. Toch niet de Zwarte Zwaan waarvoor ik hem aanzag. Zijn verf is grijs, de tint net licht genoeg om de goedmoedige Karoo-glimlach te ontlokken die zegt: 'Ai ai, die Diederik.' Ik vermoed dat hij dat beeld doelbewust heeft geschapen, zijn zonden op de grens van het toelaatbare, in het nog net veilige niemandsland van sociale acceptatie. Zo praat Emma over haar klanten en hun producten, zijn *unique selling point*, datgene waardoor hij boven de massa uitsteekt. Zijn verhaal.

Houdt hij het weldoenersgedeelte bewust geheim voor Loxton, de noodhulp aan Zim-boeren, het geschenk van een zending MAG7-geweren omdat het zijn imago zal veranderen, hem minder interessant zal maken?

Zo eigenaardig. Wil de echte Diederik Brand alsjeblieft opstaan? Of is hij juist dat, die optelsom van tegenstrijdigheden, de man die zo tevreden bij het hek naar de rustig grazende neushoorns stond te kijken, omdat zijn geld ze gered had, zijn toedoen, zijn tussenkomst, zijn leugentjes om bestwil en valsheid in geschrifte.

En Ehrlichmann, met zijn haar en zijn armbanden en wandelstaf. Een handelsmerk, weinig subtiel, onbeschaamd, versterkt en bijgeschaafd door de wijsheden, de maniertjes, het accent, de stem, de boeiende verhalen. Ik ben van nature achterdochtig bij mensen zoals hij, verdenk ze ervan dat ze altijd iets proberen te verbergen. Of minstens in een fantasiewereld leven, beide mogelijkheden zijn even gevaarlijk in mijn beroep.

Ik geloof dat je je eigen demonen hebt. Met verschillende implicaties: dat hij de zijne heeft. Dat hij het inzicht – en de belangstelling – heeft om de mijne op te merken. Dat hij niet oordeelt. Eigenschappen die hem veel interessanter en acceptabeler maken dan het omslachtige, aangeleerde imago. Zodat ik me afvraag: waarom dan?

En het antwoord is, net als in het geval van Diederik: vanwege zijn behoefte om gezien te worden.

Emma heeft een theorie dat die behoefte de kern vormt van alle handelsmerken, de behoefte van de mens om zich te onderscheiden, om te ontsnappen uit de eenvormigheid van de massa. We willen een beeld scheppen met alles wat we kopen, een spandoek van onszelf voor de wereld omhooghouden waarop staat: DIT BEN IK. Voor Emma is dat een interessant, opwindend concept. Voor mij is het deprimerend omdat we niet meer worden gedefinieerd door wat we doen, maar door wat we bezitten. Het is de motor van consumentisme en oppervlakkigheid en hebzucht, de oorsprong van alle leugens en geknoei.

Dat is, denk ik, wat Vlo van Jaarsveld heeft gemotiveerd. Dat was haar oplossing voor haar hartverscheurende geschiedenis, de gekwetstheid, de vernederingen. Ik herinner me hoe we in de vrachtwagen over rijke Afrikaners zaten te praten. *Ze zijn niet allemaal zo*, had Vlo gezegd. Want ze wil er zo graag zelf een zijn. Ze denkt dat het haar pijn zal verzachten.

Ze was zo ongelooflijk doelgericht, zo meedogenloos in haar bedrog. Ik zie haar voor me, tijdens de olifantentelling, in haar strakke kleren, almaar bezig om kansen te zoeken, contacten te leggen. Het minachtende negeren van de nuttelozen, de warme toenadering tot de nuttigen.

Ze heeft mij en vooral Lourens zo slim om haar vinger gewonden, zo vlekkeloos gemanipuleerd met haar zinspelingen, haar toenadering. Ze moet doodsbang zijn geweest daar voor de vrachtwagen, met Inkunzi en zijn trawanten die de vrachtauto doorzochten, al haar plannen bedreigd, levens op het spel. Maar wat heeft ze zich daarna snel hersteld en aangepast.

En de diefstal van mijn Glock. Was het de stop bij de Harley-ridders die haar op het idee heeft gebracht dat ik haar zou gaan zoeken? Zodat ze ook daarvoor voorzorgsmaatregelen moest treffen?

'Ze heeft zoveel potentie,' heeft Ehrlichmann gezegd. Maar het is meer dan potentie. Ze heeft de hele operatie op poten gezet, gepland en uitgevoerd.

Ik vraag me alleen af wat ze zal doen als ze erachter komt dat al het geld haar wonden niet zal helen.

44

Het schieten van gevaarlijke dieren moet worden overgelaten aan ervaren wildopzichters die weten wat ze doen.
– De kunst van het spoorzoeken: Gevaarlijke dieren

We ontbijten alleen. Chipinduka, de chauffeur van de Land Rover zegt: 'Shumba is gaan wandelen. Hij laat de groeten doen, zegt hij, tot ziens, en u bent altijd welkom.'

'Wandelt hij veel?' vraagt Lotter.

'Elke ochtend en elke middag.' Hij haalt iets uit zijn borstzakje. 'Shumba zei dat ik dit aan u moest geven.'

Ik pak het aan en bekijk het. Een zandkleurig visitekaartje. Met de afbeelding van een pootafdruk. CORNÉL VAN JAARSVELD. Een Gmail-adres en een mobiel nummer. Niet het nummer dat ik van Lourens heb gekregen.

Ik hoor Lotter aan Chipinduka vragen: 'Wat betekent "Shumba"?'

'Het is Shona voor "leeuw". Vanwege zijn haar. Hij heeft leeuwenhaar.'

'Herken jij dierensporen?' vraag ik hem.

'Ja.'

Ik laat hem het kaartje van Vlo zien. 'Dit spoor? Welk dier is dat?'

Hij bestudeert de afdruk. 'Ik denk dat het de bruine hyena is.'

'De brúíne hyena?'

'Ja, die is anders dan de andere hyena's.'

'Hoezo?'

'Hij leeft solitair.'

Wanneer Lotter de ankertouwen van de RV7 losmaakt, vraagt hij: '*What's the plan, Stan*?'

Ik kijk naar de ongelooflijk korte landingsbaan, de heuvels om ons heen. 'Stap één is het opstijgen overleven.'

'En als dat op wonderbaarlijke wijze lukt?'

'Kun je me dan in Jo'burg droppen?'

'Denk je dat ze daar is?'

‘Waarschijnlijk niet. Maar mijn laatste aanknopingspunt is daar.’ Inkunzi die zich tegen Vlo aandrukte en iets in haar oor fluisterde.
‘En je hebt een rekening te vereffenen.’
‘Misschien zal dat moeten wachten.’
Hij trekt zijn wenkbrauwen op.
‘Ik zal moeten kiezen tussen informatie krijgen en voldoening krijgen. Moeilijke keus.’
‘Dat was me al opgevallen aan je,’ zegt hij en hij begint het vliegtuig te inspecteren. De twee Shona’s volgen hem met veel belangstelling. ‘Wil je een rondje?’ vraagt Lotter aan Chipinduka.
Grote witte glimlach, schuddende hoofden. ‘We zijn niet gek.’
‘Precies,’ zeg ik.
Ze lachen.
Als Lotter klaar is, groeten we en stappen in.
Hij is nog steeds irritant opgewekt. ‘Ooit een wonder zien gebeuren?’
‘Niet echt.’
‘Dan wordt dit een groots moment voor je...’

Het wonder geschiedt, maar ik weet niet hoe, want ik houd mijn ogen dicht.
Als we kruishoogte bereiken en Lotter klaar is met zijn praatjes in luchtvaartdialect via de radio, vraag ik of hij zichzelf ooit als een dier heeft voorgesteld.
‘*What sort of a girly-man question is that anyway*?’ vraagt hij met een volmaakt Arnold Schwarzenegger-accent.
‘Ik denk dat het de nieuwe mode is. Shumba de leeuw met zijn manen, Vlo de bruine hyena. Slang is de man die tijdens de kaping is gedood, en ik ben op weg om Inkunzi de Bul op te zoeken. Wat hebben die mensen?’
‘Het hoort bij onze cultuur, denk ik,’ zegt Lotter filosofisch. En dan, een paar minuten later: ‘Heb je ooit Laurens van der Post gelezen, de natuurwetenschapper?’
‘Nee.’
‘Hij heeft geschreven over de confrontatie tussen een stokstaartje en een cobra van bijna twee meter...’
‘En?’
‘Dat ben jij, ten voeten uit. En dan bedoel ik niet de cobra.’
‘Heeft het stokstaartje gewonnen?’
‘Goh, dat weet ik niet meer.’

Kort na twaalf uur landen we op Lanseria. 'Ik zal je op het platform moeten droppen, want ik moet tanken. Overigens, zit dat geweer in je tas?'

Hij heeft gisteravond niets gezegd toen ik met de MAG7 en munitie samen met Ehrlichmann uit het donker terugkwam.

'Ja.'

'Zeg dan tegen ze dat we nu uit Musina komen. We willen niet dat je door de douane moet.'

'Dank je, Lotter.'

Hij schudt mijn hand. 'Het was me een genoegen en heel leerzaam.'

'Ik kan bijna hetzelfde zeggen, als we de Zim-landingsbaan buiten beschouwing laten.'

Hij lacht. '*Good luck, mate.* En geef een belletje als het achter de rug is. Ik wil weten hoe het gegaan is.'

Bij de autoverhuur vraag ik of ze een Ford hebben.

'Een Ford?' Alsof het een onzedelijk voorstel is.

'Graag.'

'Waarom?' Heel achterdochtig.

'Ik hou van Fords.'

Ze werpt een onderzoekende blik op mijn gehavende gezicht terwijl ze haar computer laat zoeken. 'Ik kan u een Ikon geven.'

'Baie dankie.'

Ze houdt mijn identiteitsbewijs tegen het licht om er zeker van te zijn dat het echt is. De prijs van Ford-loyaliteit. En van zichtbare wonden.

Ik rijd naar Sandton over snelwegen die overvol en traag zijn. Het enige wat ik tegen Johannesburg heb: het frustrerende verkeer.

Bij de Sandton Holiday Inn discrimineren ze niet op autovoorkeur of uiterlijk, ze geven me een kamer aan de straat op de tweede verdieping. Als ik mijn tas op het bed heb gezet, pak ik Vlo's visitekaartje en gebruik de hoteltelefoon om haar mobiel te bellen.

Die gaat direct over naar haar voicemail. '*This is Cornél. Please leave a message.*' Zakelijk, een beetje haastig, Vlo in haar doeltreffende dierenartsmodus. Ik hang op. Dan bel ik Jeanette om haar op de hoogte te brengen.

Mijn werkgever is een vrouw van vele talenten, maar waar ik vaak het meest van onder de indruk ben, is haar onbeperkte talent om het woord 'fok' te verbuigen. Ze gebruikt het vier keer in de loop van mijn verhaal, elke keer met een andere intonatie en betekenis. De laatste, wanneer ik bij de diamanten kom, is lang en gerekt, wat betekent dat ze diep onder de indruk is van Vlo's ondernemerschap.

'Dat is de reden waarom ik met Inkunzi wil gaan praten. Hij is de laatste mogelijke schakel.'

'Praten?'

'Ik zal hem ook vriendelijk duidelijk maken dat de mensen van Body Armour beter met rust gelaten kunnen worden.'

'En jij wilt dat ik je geloof?'

'Jeanette, de wildtruck van Nicola... de mensen van Inkunzi kunnen het kenteken hebben genoteerd. Als ze ons willen vinden, dan lukt dat. Hoe graag ik ook zijn gezicht wil verbouwen, dat is geen zinvolle optie. Lourens en ik zouden de rest van ons leven over onze schouder moeten kijken.'

'Jissis,' zegt ze. 'Zwaar weer op komst: Lemmer heeft het woord zinvol gebruikt.'

'Als Lourens of Nicola iets zou overkomen... dat vergeeft Loxton me nooit. En hoe dan ook heeft het terugvinden van de Glock de grootste prioriteit.'

'Mmm...' zegt ze. 'En waarom denk je dat Inkunzi zal praten?'

'Ik heb een plan.'

'Vertel op.'

Dat doe ik. Als ik klaar ben, zegt ze: 'Dat noem jij een plan?'

'Het kan werken. Tenzij jij een beter idee hebt.'

'Mijn idee is dat je teruggaat naar je rimboe en het hele gedoe laat zitten. Maar ik weet dat je dat niet zult doen. Ik zal het huisadres voor je opzoeken. Heb je verder nog iets nodig?'

'Ja graag. Ik zoek een grimeur. Mijn gezicht is op het ogenblik nogal opvallend.'

'Ik zal zien wat ik kan doen.'

45

Omdat ze op hun camouflage vertrouwen om onopgemerkt te blijven, zijn pofadders verantwoordelijk voor het grootste aantal ernstige slangenbeten.
– De kunst van het spoorzoeken: Gevaarlijke dieren

Ik rijd naar het adres dat Jeanette me heeft ge-sms't. De kraal van de Bul, in de dure wijk Gallo Manor, op een steenworp afstand van de Johannesburg Country Club, aan het eind van een doodlopende straat. Grote bomen langs de stoep, een gepleisterde muur van twee meter hoog zonder stroomdraden, het huis daarachter bijna onzichtbaar. Struiken, bomen, slingerende klimplanten aan de andere kant van de muur. Het zal een dichte, verzorgde tuin zijn, veel schaduw.

Elektrisch schuifhek met een tv-camera erop en twee bordjes: PYTHON PATROLS – ALARMS & ARMED RESPONSE. En PYTHON CCTV – YOUR 24/7 SECURITY EYE.

Het alarm had ik verwacht. Daar is mijn plan op berekend. De camera's vormen een bijkomend risico, maar niet onoverkoombaar.

Er komt een patrouillevoertuig van een particulier beveiligingsbedrijf voorbij. Eagle Eye. Nog meer dierenassociaties. Lotter heeft misschien gelijk, het zit in onze cultuur gebakken.

Ik keer aan het eind van de straat, alsof ik een adres zoek, kom dan weer terug en kijk nog een keer goed. Dan rijd ik door, want stilstaan in die buurt is geen optie. En daar ligt mijn grootste probleem.

Ik koop in Sandton City een Panasonic FX37 digitale camera, een Energizer-hoofdlamp met een optioneel roodfilter, een honkbalpet, een goedkoop plastic brilmontuur, een paar dunne leren handschoenen en een boek om te lezen: *Of Tricksters, Tyrants and Turncoats* van Max du Preez.

Aan het eind van de middag klopt de grimeur op mijn hotelkamerdeur. Ze heet Wanda en heeft gevoel voor humor. Bij het zien van mijn gezicht: 'Ik hoop dat die andere vent er erger uitziet.'

Ze zet me op een klapstoel die ze heeft meegebracht. Haar aluminium koffertje met kwasten, poeders, kleuren en lipsticks staat op mijn hotelbed. Ze staat tegen me aan, een aantrekkelijke vrouw van in de dertig, rond engelengezicht, donker haar, zachte ogen en druk in de weer met een sponsje tegen mijn gezicht. Ze ruikt lekker.

'Hoe ken je Jeanette?' vraag ik haar.

'In vleselijke zin,' antwoordt ze ongegeneerd.

'Gescheiden?'

'Nee, zo geboren. En jij?'

'Zo gemept.'

Ze lacht, een mooi diep geluid.

Als ze klaar is en een stap naar achteren doet om haar werk te bestuderen, zegt ze: 'Je mag niet over je gezicht wrijven. Je mag niet zweten, je mag niet tegen iemand aan schuren, je mag niet krabben als je jeuk hebt. Als je gaat slapen was je het er met water en zeep af.' Dan houdt ze de handspiegel op zodat ik haar werk kan zien.

'Brad Pitt,' zeg ik.

'*Bad* Pitt,' zegt ze lachend en ze begint haar spullen in te pakken.

'Heeft Jeanette tegen je verteld dat het misschien een contract van een paar dagen is?'

'Ja. Ik ben aan het eind van de middag beschikbaar, dus het is oké.'

'Wat doe je normaal gesproken?'

'Ik werk freelance. Meestal voor tv.'

'Heb je ook voor *7de Laan* gewerkt?' vraag ik hoopvol.

'Nee. Ben jij een *7de Laan*-kijker?'

'Absoluut.'

Ze schudt ongelovig haar hoofd. '*What a wonderful world*,' zegt ze en ik vraag me af wat Jeanette haar over mij verteld heeft.

Ik draag de klapstoel naar haar auto, groet, loop naar mijn kamer, trek de gordijnen dicht en test de Panasonic in het bijna-donker. Tien megapixels en vijf keer optische zoom, intelligente autofocus die zo ongeveer alles beheerst als een idioot maar één kans heeft om een foto te nemen.

Precies wat ik nodig heb.

Dan haal ik de Gouden Gids uit de la en zoek een taxiservice die in Sandton werkt.

De Bull Run is een aangename verrassing. Het restaurant ligt tegenover de effectenbeurs, pal naast het Balalaika-hotel. De inrichting is smaakvol en eenvoudig, de muren zijn van kale baksteen, er brandt een open haard en er is een slagerstoonbank waar je vers vlees kunt kopen om mee naar huis te nemen.

Tegen halfzeven zit het halfvol. Vanaf de bar heb ik het beste uitzicht op het restaurant, maar dan loop ik te veel in het oog. Ik vraag een tafel in de hoek. De jonge serveerster, in witte blouse en zwart schort, kijkt nieuwsgierig naar de zwarte sporttas die ik bij me heb en brengt me naar mijn tafel. Ik ga met mijn rug half naar de ruimte zitten, en sla de menukaart open. Ik bestudeer die een hele tijd voordat ik mijn hoofd optil om rond te kijken.

Julius 'Inkunzi' Shabangu is er niet.

Ik vraag of ze Birdfield-druivensap hebben. Nee, zegt de serveerster. Ik bestel sla met gefrituurde haloumi en een rode Grapetiser en vraag de serveerster hoe laat ze dichtgaan. Dat hangt ervan af, zegt ze. Meestal pas laat, tegen een uur of een.

Ik lees het boek en vraag me af of ik contact moet opnemen met de schrijver om te vertellen over een nieuwe generatie oplichters.

De Grapetiser komt, later de sla. Ik bestel een pepersteak, medium, maar zeg dat er geen haast bij is.

Geen teken van de Bul.

Tegen halfnegen is het restaurant vol. Twee grote groepen zakenlui, hier en daar een paar gezinnen of stellen, kleinere groepen, een paar tafels van zes met lachende, pratende twintigjarigen, zwart en blank, zo op hun gemak met elkaar, alsof dit land geen geschiedenis heeft. In de winkelcentra en op straat is het ook zo, alsof deze stad een visioen is van wat we zouden kunnen zijn als de donkere schaduwen van de armoede kunnen worden gewist.

De biefstuk is volmaakt, de frieten zijn warm en vers, de bijgerechten van babymaïs en geroosterde paprika's niet helemaal mijn smaak.

Ik begin te twijfelen of hij nog komt opdagen.

Om tien voor negen komt Inkunzi met zijn entourage het restaurant binnen; vier jonge vrouwen, drie trawanten. Ik herken een van hen. Hij was een van de medeschoppers tijdens de Waterbergnacht.

Ze gaan aan een tafel links van me zitten. Ik draai ze de rug toe, trek mijn sporttas naar me toe en rits die open.

De MAG7 ligt daar. Het zekere voor het onzekere.

Ze zijn luidruchtig. Lachen, praten, grote gebaren. Helemaal op hun gemak.

Ik eet mijn hoofdgerecht, bedank voor een toetje, vraag om de rekening. Als die komt, betaal ik aan tafel.

Ik pak de tas op, zwaai hem over mijn schouder zodat ik het geweer bij de hand heb, draai me om en loop rustig naar buiten. Mijn hoofd van hen afgewend.

Het is niet moeilijk zijn auto te vinden. Een zwarte BMW X5 met extravagante wieldoppen. Op de nummerplaat staat INKUNZI. Bescheiden man.

Geen andere lijf- of schildwachten. Ik ga bij de fontein van de Village Walk zitten, bel het taxibedrijf en vraag of ze een auto kunnen sturen. Haal de honkbalpet uit mijn tas, trek die diep over mijn hoofd en zet de bril op. Tien minuten later verschijnt de taxi. Ik stap in en vraag de zwarte chauffeur om zo te parkeren dat ik het interieur van het restaurant kan zien.

'De meter loopt,' zegt hij.

'Laat maar lopen.'

Ik geef hem het huisadres van Inkunzi. 'Weet je waar dat is?'

Hij wijst naar de navigator op zijn voorruit. 'Ik weet waar alles is,' zegt hij en hij voert het adres in. Het toestel geeft aan dat het 6,9 kilometer is van waar we nu zijn, met een verwachte rijtijd van veertien minuten.

'Als ik je een teken geef, moeten we daar snel naartoe.'

'*Yebo*.' Alles gezien en alles gehoord. Dit is Johannesburg.

Tien minuten later vraagt hij of hij muziek mag aanzetten.

Natuurlijk, zeg ik. Hij stemt af op een zender die *kwaito* speelt en zit onbekommerd te luisteren.

Om halfelf vraagt hij: 'Trubbels met vrouwen?'

'Ja.'

'*Welcome to the club*,' zegt hij met een zucht.

Om kwart over elf zie ik Inkunzi met zijn gezelschap naar de deur komen.

'Laten we gaan,' zeg ik.

Hij zet de motor aan, trekt soepel op en volgt snel en zeker de aanwijzingen van de navigator, zonder de maximumsnelheid te overtreden.

De straten van Gallo Manor zijn stil, de bewoners zitten veilig achter muren en beveiligingssystemen.

Onderweg zien we twee particuliere patrouilleauto's. Geen van beide schenkt aandacht aan ons.

'Hier is goed,' zeg ik wijzend naar de diepe schaduwen van een van de bomen in de straat en ik trek mijn tas naar me toe.

Het tarief is 265 rand. Ik geef hem 350 rand. 'Koop wat rozen voor haar. Bij mij werkt het,' zeg ik voordat ik uitstap.

'Ziet er niet naar uit, maar bedankt.' Hij werpt een schuine blik op de zwarte tas die ik bij me heb, schudt zijn hoofd en rijdt weg.

46

Om dicht bij een dier te komen, moeten spoorzoekers onopgemerkt blijven, niet alleen voor dat dier, maar ook voor andere dieren die het zouden kunnen waarschuwen.

– De kunst van het spoorzoeken: Principes van het spoorzoeken

Timing is het halve werk. En een beetje geluk.

Ik neem aan dat Inkunzi het beste alarmsysteem heeft dat er bestaat, met groothoekstraalsensoren buiten en de kleinere infraroodogen binnen. En ik ga ervan uit dat hij dat met een afstandsbediening uitschakelt als hij naar binnen gaat. Dat is de tijdruimte die ik heb.

Er zijn twee grote risico's: dat een patrouillewagen me aanhoudt voordat hij verschijnt, of dat hij en zijn gezelschap me zien als ik over de muur spring. Daar heb ik geluk voor nodig.

Het probleem is dat hij er langer over doet dan ik had verwacht. Ik sta in de schaduw van een jacaranda, twintig meter van Inkunzi's muur, haal de handschoenen tevoorschijn en trek ze aan. Hang de zwarte tas over mijn schouder. Ik wacht. Gedruis van verkeer op de N1, een autoalarm dat in de verte eentonig jankt, een optrekkende motorfiets die krijsend schakelt.

Tien minuten. Geen beweging, geen patrouillewagens.

Vijftien minuten.

Zijn ze ergens anders naartoe? Iemand gaan afzetten. Of ophalen.

Twintig minuten. Mijn geduld begint op te raken.

Tweeëntwintig minuten, er verschijnen koplampen aan het eind van de straat.

Ik schuif achter de stam van de boom in de hoop dat die breed genoeg is.

De lichten spoelen over me heen en verdwijnen. Ik kijk om. Met z'n drieën in de BMW, wachten tot het hek openschuift. Ik zal snel moeten zijn.

Het hek is open. Hij rijdt naar binnen. Ik ren.

Zie nog een auto aankomen. Langzaam. Beveiligers?

Ik gooi de tas over de muur, spring, krijg de bovenkant van de muur te pakken, mijn sportschoenen glijden over de gepleisterde gladheid, trek me op, wanhopig.

Boven. Ik glijd eroverheen, rol er aan de andere kant af. Te open. Ik kom overeind, zoek de tas. Die ligt op een grasveldje. Geluid van een garagedeur die automatisch dichtgaat. Ik raap de tas op en ren tussen de struiken door naar het huis.

Hoeveel tijd voordat ze het buitenalarm weer aanzetten?

Enorm huis, modern ontwerp, drie verdiepingen die de contouren van het land volgen, het laagste punt is het verst van me af, oostelijk, helemaal achteraan. Ik ren langs de zuidkant van het gebouw, waar de kleinere ramen zullen zijn, de badkamers en bergruimtes.

Binnen gaat licht aan, links van me, op het niveau het dichtst bij het toegangshek. Ik zal verder weg moeten komen, weg van de activiteit.

Ik ren in volle vaart over het pad rechts langs het huis. Ramen, te hoog om te bereiken.

Een stel treden, ik val bijna. Niveau twee. Ramen nog steeds te hoog, zandloper die leegloopt.

Nog meer trappen, derde niveau, de ramen bereikbaar, mijn tijd is om. Het eerste raam, ter hoogte van mijn borst, net groot genoeg om naar binnen te gaan. Ik haal een T-shirt uit de tas, draai het om mijn hand en sla hard op het glas. Het valt naar binnen, één knal, luid in mijn oren. Ik steek mijn hand naar binnen, duw het handvat omlaag, trek het raam wijd open, gooi het T-shirt en dan de tas naar binnen, en wurm me erdoorheen. Ik duw het raam dicht.

Daar is een contactsensor. Staat het binnenalarm uit?

Dit is een wc, de binnendeur is dicht. Ik kniel, stop het T-shirt terug in de tas, haal de MAG tevoorschijn en laad het geweer door.

Seconden tikken voorbij. Er gebeurt niets.

Fase Eén is gelukt.

Hopelijk.

Fase Twee zou gemakkelijk zijn geweest als er niet een complicerende factor was: ik moet een persoonlijk, een-op-een-moment met Inkunzi zien te krijgen. En ik moet mijn zaken afhandelen zonder dat zijn trawanten weten dat ik hier ben, want als ik de eer van de Bul aantast in het bijzijn van zijn makkers, als ik hem als bendeleider zijn gezicht laat verliezen, zal hij achter ons aan komen.

Maar ik kan mijn voordeel doen met zijn status, door die op het spel te zetten. Ik moet bewijzen dat hij kwetsbaar is. Dan heb ik een hefboom.

Twee redenen waarom ik hem moet afzonderen, hem alleen moet treffen. Wat de zaken ingewikkeld maakt.

Ik ga uit van twee basisprincipes: dat mensen zich veilig voelen achter hun beveiligingssystemen, en dat het huis een gebruikelijke indeling heeft: zit- en ontvangstkamers aan de voorkant bij de garage, privéruimtes zoals slaapkamers achter. En Julius zal de grootste hebben, de troonzaal.

Dat deel van het huis is doodstil.

Ik haal de camera tevoorschijn en stop hem in mijn overhemdzak. Dan de Energizer-lamp, draai de band om mijn linkerhand.

Ik til mijn linkerhand op en doe zachtjes de wc-deur open, nog steeds gebukt.

Donkere gang.

Ik zet de lamp op het roodfilter om nachtzicht te hebben.

De slaapkamers zouden rechts van me moeten zijn. Ik schuifel naar voren, tuur eerst naar links, waar ik vermoed dat Inkunzi en zijn twee volgelingen uithangen.

Niets.

Kijk naar rechts. Lange, donkere gang. Ik belicht hem vluchtig met de lamp. Deuren rechts en links.

Ik verplaats me, vaag onthouden lessen van de opleiding voor de snellereactie-eenheid twintig jaar geleden, de MAG die elke beweging leidt. De gang is breed, helemaal aan het eind de deur waarvan ik vermoed dat het de hoofdslaapkamer is.

Hij is dicht.

Geluid achter me. Ik druk de lamp tegen mijn shirt om het licht te dempen, draai me snel om, zak op mijn hurken, met de MAG tegen mijn schouder.

Een stem, iemand verschijnt aan het eind van de gang, doet daar de deur open, schakelt het licht aan, verdwijnt in een kamer. Ik rol naar de open deur die het dichtstbij is. Slaapkamer, groot. Enorm bed, veel kussens. Ik ga naast de deur tegen de muur zitten en luister.

Hoor hoe aan het eind van de gang de deur dichtgaat. Dan weer stilte.

Loer voorzichtig om de deurpost. Er is niemand. Is hij iets komen halen?

Ik wacht vijftien seconden en ren dan de gang door, naar de gesloten deur aan het eind. Leg mijn hand op de kruk, druk hem naar beneden. De deur zwaait open.

Het is donker binnen.

Ik glip naar binnen en doe de deur achter me dicht.

Het is een gigantische kamer. De noordkant is van glas, een schuifdeur achter lichte vitrage. Buiten flonkeren lichten in een zwembad. Voor het raam staan een bank, twee stoelen en een salontafel. Tegen de oostmuur staat een reuzenbed met een houten hoofdeinde. Ik belicht het. Er is een aanvallende stier in uitgesneden, onheilspellend in het rode licht. De zuidmuur heeft witte louvredeuren over de hele breedte, twee in het midden staan open en leiden naar een badkamer waar vaag marmer en roestvrij staal te zien zijn. En links van me, tegen de westmuur, een grote flatscreen-tv en surround sound-luidsprekers.

Ik ren naar de louvredeuren links van de badkamer en duw ze open. Een inloopkast. Rijen kleren, netjes opgehangen, indrukwekkend door hun overvloed. Schoenen beneden, boven de jasjes, broeken, overhemden, dassen en riemen.

Tegen een achtermuur een wapenkluis. Daar zal ik hem moeten weghouden.

Ik doe de louvredeuren open en ga de kast uit. Doe de kastdeuren aan de rechterkant open. Nog een inloopkast. Hier en daar hangen wat vrouwenkleren, die worden duidelijk niet veel gebruikt. Precies wat ik zoek.

Ik doe de deur achter me dicht, ga midden in de ruimte zitten, haal de camera uit mijn zak, leg die voor me op het dikke witte tapijt, houd de MAG in mijn armen. Doe de lamp uit.

Ik zal moeten wachten tot hij komt.

47

Schijnaanvallen, vooral door oude en solitaire olifantenbullen, worden gekenmerkt door uitgespreide oren en een luid getrompetter, en kunnen een paar meter van de indringer stoppen, waarna de olifant zich terugtrekt. Wegrennen kan fataal zijn. Als de bul een vertoning geeft, blijf dan staan tot hij stopt en loop vervolgens langzaam voor de wind weg.

– De kunst van het spoorzoeken: Gevaarlijke dieren

Ik wacht lang.

Kort na tien voor halfeen hoor ik de kamerdeur opengaan. Hij knipt het licht aan en doet de deur achter zich dicht. Ik blijf zitten en richt het geweer op de ingang van de kast.

Strepen licht door de latjes. Opeens het geluid van de tv, een voetbalkanaal, net te hard om zijn bewegingen te kunnen horen.

Drie minuten later water dat in de ruimte naast me gaat lopen. Klinkt als de douche. Het volmaakte Kodak-moment. Ik geef hem voldoende tijd om de watertemperatuur te regelen en eronder te stappen. Dan sta ik op, pak de camera, zet hem aan, stel hem in op autofocus. Houd hem in mijn linkerhand, de MAG in mijn rechter, kom de kast uit, loop naar de gangdeur en draai die op slot. Dan ga ik naar de badkamer.

Inkunzi staat onder de douche met zijn rug naar me toe, bezig zich in te zepen. Brede schouders, sterke armen, fraaie spierdefinitie. Littekens van oude messengevechten.

Hij zingt zachtjes in het Zoeloe.

Ik pak de camera en laat hem focussen. Richt met de MAG.

'Julius!' roep ik zacht.

Zijn hoofd draait met een ruk om. Ik klik, de flits legt zijn verontwaardiging vast.

Hij vloekt, ongenoegen wordt woede. Ik klik weer, stop de camera in mijn zak, houd het geweer in beide handen, zet het tegen mijn schouder en richt op zijn gezicht. '*Blast from the past*,' zeg ik.

'Wat?' want het water stroomt nog over hem heen en hij is totaal verbluft.

'Draai de kraan dicht.'

Het duurt even voordat hij bij zinnen is, dan zet hij het water uit.

'Nog een MAG7,' zeg ik. 'Niet heel nauwkeurig. Maar op deze afstand blaast hij je finaal aan barrels. Dus we gaan rustig praten, want zodra ik iemand daarbuiten bij de deur hoor, begin ik te schieten. Snap je dat?'

Hij is niet op zijn gemak in zijn naaktheid, open en bloot, het rood in zijn ogen laat zien dat hij gedronken heeft. Er zit nog een donkere plek op zijn iets gezwollen mond en neus van onze vorige ontmoeting.

'Ga zitten,' zeg ik.

Hij zakt langzaam op zijn knieën, met zijn handen in de lucht. Verstandig. Instinctief gaat hij zo zitten dat zijn geslachtsdelen beschermd zijn.

Hij kijkt me aan met kalme haat. 'Je bent er geweest.'

'Dat is een van de dingen waar we het over moeten hebben, Julius. Niemand hoeft iets te weten van dit... ongemakkelijke ogenblik tussen ons. O, en voordat ik het vergeet...' Ik pak de camera, richt hem zo dat ik de loop van het geweer en Inkunzi in beeld krijg en neem nog een foto.

Hij vloekt lang en vindingrijk.

'Als ik ooit het idee krijg dat je mij, of iemand die ik ken, zoekt, dan hang ik deze foto's op bij de Bull Run, het politiebureau van Sandton, ik stop ze onder de ruitenwissers van je X5, stuur ze naar de roddelbladen en naar iedere concurrent en handlanger die je hebt en ik zet ze op internet. En ik verkondig aan iedereen die het wil horen hoe makkelijk het was om de Bul in zijn kraal te temmen. Aan de andere kant, als je ons gesprek vertrouwelijk wilt houden, heb je mijn volledige medewerking.'

Ik laat hem hierover nadenken, maar krijg geen positieve reactie. Razernij op zijn hele gezicht.

'Kom op, Julius, je hebt een reputatie hoog te houden. Vooral nadat Vlo van Jaarsveld, ook bekend als Cornél, ons allebei een oor heeft aangenaaid.'

Ik zie dat de naam bij hem binnenkomt.

'De diamanten zaten wel in de truck.'

Verbazing. 'Je liegt.'

'Weet je nog die zweren op de neushoorns, die ziekelijke roze uitgroeisels? Al die tijd plastic, Inkunzi. Met de diamanten erin. Ik moest gisteren helemaal naar Zimbabwe voordat ik het doorhad. Maar jij wist van de lading. Waar het vooral om gaat, is dat je je moet afvragen waarom ik al die moeite zou doen om vanavond hier te gaan zitten als ik van de diamanten af wist. Waarom zou ik liegen? Het punt is, Vlo heeft iets van mij gestolen, en dat wil ik terug. Jij bent op zoek naar de stenen. We kunnen elkaar helpen.'

Hij verwerkt alles en komt half overeind. 'Geef me die badjas.' Zijn stem klinkt redelijk, hij wijst naar een dik wit kledingstuk dat aan een haak aan de muur hangt. Onderhandelen is geven en nemen. Ik gooi hem naar hem toe. Hij hangt hem om zich heen. 'Hoe kunnen we elkaar helpen?' De omschakeling gaat te snel. Ik vertrouw hem niet.

'Help me om haar op te sporen.'

Hij lacht zonder humor.

'Grappig?'

'Onmogelijk.'

'Niets is onmogelijk. Hoe wist je van de diamanten?'

'Ik wil me eerst aankleden.'

'Dat gaat niet gebeuren.'

'Dan wordt het een lange nacht.'

'Alleen als je geen belangstelling meer hebt voor de diamanten.'

'Ik onderhandel niet in de douche.'

Ik vind de douche prettig. Die beperkt zijn opties. Maar ik zal hem de kans moeten geven iets van zijn eer te redden. Zolang ik hem maar weghoud van de wapenkluis in de inloopkast. 'Kom,' zeg ik, 'maar langzaam.'

Hij staat op en trekt de badjas aan. Ik loop achteruit, tot in de grote slaapkamer. Hij komt achter me aan.

'Ik wil roken.' Met een gebaar naar zijn nachtkastje waar een pakje Camel en een Zippo naast een bos sleutels liggen.

Ik knik, houd de MAG op hem gericht en verplaats me naar de bank bij het raam. Inkunzi heeft de gordijnen daarachter dichtgetrokken. Ik ga zitten. Hij tikt een sigaret uit het pakje, steekt hem aan en gaat op het bed zitten.

'De asbak...' Hij wijst naar de salontafel voor me, waar een grote glazen asbak staat.

'Gebruik het kleed maar.' Ik wil hem niets geven waar hij mee kan gooien.

Hij blaast rook door zijn neus. Boos.

'Hoe wist je van de diamanten?'

Hij trekt aan de sigaret en staart ernaar alsof hij diep nadenkt. 'Ik hoor veel verhalen.'

'Dit is een verhaal dat je in details moet hebben gehoord, want je wist precies waar je ons moest pakken.'

'Er zitten Zimbabwanen in mijn team.'

Mijn team. De sport georganiseerde misdaad.

'En toen hebben jullie over Johnson Chitepo en Vlo gehoord?'

Hij kijkt me onder de indruk aan. 'Je weet veel.'

'Niet genoeg.'

Hij laat zijn ellebogen op zijn knieën zakken, leunt naar voren, weg van mij, alsof hij diep aan het nadenken is. Trekt aan de sigaret en blaast lang en traag de rook uit.

'We hadden gehoord van een transactie. Chitepo en andere figuren. Het eerste verhaal was dat ze via het Krugerpark zouden komen. Toen, een dag voordat het zover was, hoorde ik dat Cornél van Jaarsveld erachter zat, en dat ze bij Musina over de grens kwamen. In een Bedford. Later die avond lieten ze weten, nee, het is een Mercedes.'

'Hoe wisten ze dat?'

'De jongen die Cornél had ingehuurd om de Bedford te rijden. Maar hij moest eerst bij jullie weg zijn...'

De chauffeur van de Bedford, de man in het gele hemd, de gespierde armen, sigaret in de mond. Ik begin het door te krijgen. 'Ze heeft hem in Kwekwe laten wachten, zodat ze eerst de diamanten op de neushoorns kon plakken. Daarom wisten jullie er niet van.'

Inkunzi knikt alleen maar.

'En jullie hebben niets anders gehoord? Wie waren de mensen met wie Chitepo een deal had gesloten?'

'Ik weet het niet.' Maar hij liegt. Ik laat het voorlopig zitten.

'En toen lieten jullie ons gewoon gaan, zonder Vlo aan te moedigen om te zeggen waar de diamanten zijn? Dat klopt niet, volgens mij.'

Hij rolt met zijn schouders.

'Kom op, Julius. Waarom heb je mij niet doodgeschoten? Waarom heb je Vlo niet een beetje gemarteld? Jij bent niet iemand die een probleem heeft met geweld.'

Hij heeft de sigaret opgerookt en kijkt om zich heen om de peuk ergens te laten. Hij heeft geen zin om mijn vraag te beantwoorden, wat mijn vermoedens bevestigt.

'Je wist wie de uiteindelijke koper is, Julius. Je wist waar ze naartoe op weg was. En de enige reden waarom je bereid was om ons te laten gaan, was omdat je Plan B in werking kon stellen. Maar Plan B was niet zo gemakkelijk of winstgevend als Plan A...'

'Ik wil mijn peuk kwijt,' zegt hij met een blik naar het nachtkastje.

'Langzaam.'

Hij strekt zijn arm uit, zet de peuk voorzichtig naast de bos sleutels zodat hij rechtop staat, met de gloeiende kant naar boven. En dan drukt hij met een vinger op iets aan de sleutelbos en boven ons begint opeens het alarm te loeien en hij kijkt me aan en zegt: 'Jij bent fucking dood.'

Hij gooit de sleutels naar me toe en springt op, in de richting van de inloopkast.

Ik negeer zijn projectiel, richt en haal de trekker over.

Er gebeurt niets.

48

Tenzij je een uitstekende schutter bent en precies weet wanneer en waar je een dier moet neerschieten, is het misschien beter helemaal niet te schieten, want niets is gevaarlijker dan een gewond dier.
– De kunst van het spoorzoeken: Gevaarlijke dieren

De veiligheidspal van de MAG zit links van de trekker, maar heeft ook een grendel aan de kolf onder de loop. Die was ik vergeten, geconditioneerd door mijn verloren Glock, die geen veiligheidsmechanisme heeft behalve de traagheid van de trekker.

Koortsachtig schuif ik de grendel van het bonkige geweer opzij terwijl ik opspring; ik richt, zie hoe Inkunzi de louvredeuren van zijn kast openrukt. Hij duikt, ik schiet, te vroeg. Splinters, stof, groot gat in het hout, rennen, ik moet hem pakken voordat hij de wapenkluis openmaakt, kostbare seconden.

Ik zal mijn schoten moeten tellen, maar zes kogels in het magazijn. Vijf over.

Bij de kastdeur staat hij met een grote Smith & Wesson Model 500 in zijn hand, ik laat me plat vallen, hij schiet. Oorverdovende donderslag, mis. Het ding zal onder een overhemd hebben gelegen, ik duik, rol, richt op de lamp midden op het plafond, haal de trekker over, rol door.

Vier over.

Nog steeds licht in de kamer. De tv. Ik draai me om, schiet hem uit, rol weg.

Plotseling donker. Drie over.

Telefoon begint te rinkelen. Beveiligingsbedrijf.

Zijn revolver dondert, een kogel knalt langs me, ik rol naar zijn bed toe, besef dat ik klem zit, zijn twee makkers komen eraan, de gangdeur is geen optie meer, het beveiligingsbedrijf zal op weg gaan als niemand de telefoon opneemt. Maar één keuze: Inkunzi omleggen en de schuifdeur naar het zwembad gebruiken.

Ze hameren op de gangdeur, roepen. Ik draai me om, schiet erdoorheen, handlanger schreeuwt aan de andere kant, valt.

Nog maar twee schoten over.

Rol tot achter het bed, kom snel overeind, lichtbaan vanaf het gat in de gangdeur, zie Inkunzi als hij mij ziet, geen keus, ik schiet hem in de borst, hij valt terwijl hij nog een schot lost, dat in het plafond slaat.

Ik zwaai de MAG naar de gangdeur, daar is er nog een.

Eén schot over.

Ik hoor Julius rochelen. Dat was niet de bedoeling.

Stem vanuit de gang. 'Inkunzi?'

Ik kruip over het bed.

De Bul ligt daar, een groot gat naast zijn hart, bloed pompt over het kleed. Rochelt weer.

Dan is hij stil.

'Inkunzi?' Dringend.

Ik richt het geweer op de deur. Zie niets.

Hij zal bukken of knielen, uit het zicht blijven.

Ik moet hier weg. Ik klauter over het bed, pak de Smith & Wesson uit Inkunzi's hand, kan me niet herinneren hoeveel schoten hij heeft gelost. Ik spring op, de gordijnen zijn dicht, ruk ze opzij, doe het slot van de schuifdeur.

De gangdeur breekt achter me, ik draai me om, schaduwen rollen naar binnen, ik schiet. Hij loeit. Heb hem geraakt.

Ik gooi de lege MAG naar rechts, tegen de muur. Hij schiet ernaar. Pak de revolver over met mijn rechterhand, til het zware ding omhoog, zie hoe hij overeind komt, haal de trekker over, twee schoten. Hij valt.

Ik ren naar de schuifdeur, trek hem open. Buiten. Binnen loeien het alarm en de telefoon. Hoeveel tijd heb ik?

Bedenk me. Zwarte tas nog bij de wc. Inkunzi's sleutels op het nachtkastje. Klik het magazijn van de Smith & Wesson open. Alle vijf kogels afgevuurd. Gooi hem op de grond, de kamer weer in. Pak de sleutels en het wapen van de handlanger. Kleine revolver, lijkt op een Colt. Naar buiten via de gangdeur. Degene die daar ligt, is nog niet dood. Zijn rechterarm is weggeschoten, hij houdt de stomp vast met zijn linkerhand, probeert het bloed te stelpen.

'Help me.'

Dit is degene die meegeschopt heeft tijdens de overval. Hij kijkt me strak aan, zijn ogen worden spleetjes. Hij herkent me, reikt snel naar zijn pistool op het kleed.

'Nee,' zeg ik.

Hij weet dat het overleven is, zijn vingers om de kolf.

Ik schiet hem in zijn hart.

En dan gooi ik uit walging en woede de Colt weg, want zo had ik het niet gepland, dit heb ik niet gewild.

Ren de gang in, de wc in, pak mijn tas, dan naar buiten. Zoek de garage, neem een deur vanuit de ruime, moderne, schone keuken. De telefoon rinkelt niet meer. Slecht teken.

Zoek de afstandsbediening aan de sleutelring. Vier knopjes. Druk het rode in. Alarm stopt.

Druk de andere knopjes een voor een in. Hoor buiten het hek openschuiven. Dan gaat de deur van de garage open. Ik spring in de BMW, doe de sleutel erin, start de motor. Automatische versnelling, ik zet hem in zijn achteruit, rijd weg.

Ongewapend. Als de patrouillewagen opduikt...

Het hek uit, ram de X5 in de versnelling, trek op, rijd weg.

Auto van de beveiligingsdienst komt me tegemoet, met sirene.

Ik versnel. Trek de pet omlaag.

Voorbij.

Houd hem in de gaten in de spiegel.

Hij draait bij het huis van de Bul het hek in.

'Fok,' zegt Jeanette Louw. Er klinkt diepe afkeer in door.

In mijn hotelkamer houd ik de mobiel tegen mijn oor en zeg niets.

'Waar de fok is die BMW nu?'

'Voor de Bull Run.'

Haar stem wordt zachter. 'Je weet dat je in de stront zit?'

'Ik weet het.' Maar ik zoek de problemen niet op. Ze komen naar me toe.

Boek 3: Milla

(EEN CHAOSTHEORIE)

19 september tot 11 oktober 2009

Je moet zo leven dat elke dag zijn sporen achterlaat.
– Fotokopie: dagboek van Milla Strachan, 27 september 2009

49

Fotokopie: dagboek van Milla Strachan
Datum van aantekening: 19 september 2009
Mijn boek schiet niet op. Het verhaal is klein, voorzichtig, bang. Net als mijn leven.

Van: t.masilo@pia.gov.org
Aan: quinn@pia.gov.org
Cc: director@pia.gov.org; raj@pia.gov.org
Datum: za. 19-09-2009. 11.31 uur
Gemarkeerd: urgent

Operatie Shawwal

Quinn

NB: Observatie van de Supreme Committee, de Restless Ravens en Julius Shabangu, en ons onderzoek in Walvisbaai vallen vanaf heden onder 'Operatie Shawwal'. Deze krijgt uiterste aandacht en hoogste prioriteit. Korte dagelijkse rapporten zijn essentieel. Verder:
1 Zorg dat Reinhard Rohn het belang inziet. Hij heeft zes operators tot zijn beschikking, maar is er een gedetailleerd plan? Laat hem er een opstellen, en zorg dat hij alles krijgt wat hij nodig heeft. We moeten die wapenzending absoluut onderscheppen.
2 Onze info over de Restless Ravens schiet tekort, ik wil maandag 21 september voor het eind van de dag een actieplan zien dat hier drastisch verbetering in aanbrengt.
3 We kunnen het ons niet permitteren drie dagen van elke week Shabangu niet te kunnen afluisteren, vooral de komende twee tot vier weken. Hoe verbeteren we dat?
4 Graag volledig rapport vóór woensdag 23 september over de beveiligingsmaatregelen van het Cape Town Stadium, inzake het FIFA-bezoek op 12 oktober.

(21 september 2009. Maandag.)

'Het Amerikaanse voetbalteam? Dat is speculatie, Tau. Waar zijn je bewijzen?' vraagt Janina Mentz.

'We kunnen niet niets doen, het risico is te groot.'

'Maar wat wil je doen? Naar de krant stappen?'

'We zullen met de commissaris van politie moeten praten en hem in vertrouwen nemen.'

'Dan kun je net zo goed naar de krant gaan.'

'Mevrouw, we kunnen niet niets doen.'

'Wat wil je dan, Tau?'

'De Supreme Committee oppakken. Ze uit de circulatie halen, ze verstrikken in rechtszaken, zulke felle schijnwerpers op ze zetten dat de hele boel wordt schoongebrand.'

'Nee,' zegt ze.

'Waarom niet?' vraagt Masilo.

Ze ergert zich. 'Omdat we dan voor gek komen te staan, Tau. Jij bent hier de jurist, jij zou dat moeten weten. Wat doen we als de rechter de zaak seponeert, want dat zal hij doen, dat weet je. Waar blijven we dan mee zitten? Met bijzonder ongelukkige vrienden in het Midden-Oosten, met een president die alle vertrouwen in ons kwijt is, en met moslimextremisten die nog dieper ondergronds gaan. Is dat wat je wilt?'

'Ik wil de aanslag voorkomen, de veel grotere schade van een terreuractie.'

'Op een idiote manier?'

'Dat is niet eerlijk...'

'Als jouw mensen hun werk hadden gedaan, zaten we nu niet in deze positie.'

'Mijn mensen doen hun best...'

'Hun best? Jammer van dat bloedbad, meneer de president, jammer van de gênante situatie en van de schande, maar we hebben ons best gedaan. En smelt ons nu maar samen, want we zijn net zo waardeloos als de Nationale Geheime Dienst.'

'Is dat waar het om gaat?'

'Mag ik wat zeggen?' vraagt Raj. Hij heeft de onverstoorbare Masilo nog nooit zo gezien. Hij wordt er zenuwachtig van.

'Wat insinueer je, Tau?' vraagt Mentz.

'Ik insinueer niets, ik vraag me af...'

'Ik heb een idee...' zegt Rajkumar.

'Wat vraag je je af?'

'Ik vraag me af waarover we ons het meest zorgen maken.'
'We kunnen de schepen traceren,' zegt Rajkumar.
'Je bedoelt...' Ze kijkt opeens naar Rajkumar. 'Wat zei je?'
'We kunnen de vissersschepen van Consolidated Fisheries traceren. In Walvisbaai.'
'Hoe?'
'We hebben een beetje in hun systemen rondgekeken, hun digitale beveiliging is tamelijk rechttoe rechtaan, wat ook niet zo gek is, ik bedoel, tenslotte vangen ze vis...'
'Raj.'
'Ze gebruiken Lloyd's MIU, om precies te zijn de Automatic Identification System Fleet Tracker, oftewel AIS. Het is een realtimesysteem, ze loggen in met een wachtwoord op de website van Lloyd's om te zien waar hun schepen zich op een bepaald moment bevinden. Het gaat per satelliet, een soort gps-spoorzoeken voor volwassenen, erg geavanceerd en nauwkeurig. Als we daarin kunnen komen, kunnen we zien waar die schepen zijn geweest, waar ze op een bepaald moment zijn, en hopelijk ook bedenken waar ze naar op weg zijn. Natuurlijk moeten we het wachtwoord hebben. En dan maskeren we gewoon ons IP-adres of we gebruiken het hunne.'
'Hoe komen we aan het wachtwoord?'
'Dan moeten we een *keylogger* implanteren. Maar ik denk dat we meer moeten doen. Ik bedoel, met alle respect, we hebben daar nu zes operators, maar geen garanties. Laten we alles uit de kast halen. Zorgen dat we toegang tot hun systeem krijgen. Zodat we het hele plaatje kunnen zien.'
Mentz denkt lang na. Uiteindelijk knikt ze. 'Oké.'
Rajkumar glimt.
Vlak voor ze weglopen zegt ze tegen de advocaat: 'Ik zal met de minister praten. Over 12 oktober.'

50

(25 september 2009. Vrijdag.)

Operatie Shawwal
Transcriptie: afluisteren J. Shabangu, mobiel gesprek
Datum en tijd: 25 september 2009. 12.45 uur
(Onbekende): *Mhoroi*, Inkunzi, hoe gaat het?
JS: Zeg jij het maar.
(Onbekende): Ik heb groot nieuws, Inkunzi.
JS: Ja?
(Onbekende): Het is niet het Krugerpark, Inkunzi, het is Musina, en het gebeurt morgen, Inkunzi, misschien morgennacht...
JS: Geen misschien, ik wil geen misschien, ik wil zekerheid.
(Onbekende): Inkunzi, ze komen morgenochtend uit Kwekwe, dat is zeker, in een oude Bedford-truck. Kolonel Van Jaarsveld, een Zuid-Afrikaan, is de smokkelaar. Mijn contact is de bijrijder, hij zegt dat ze secundaire wegen moeten nemen, ze moeten wegversperringen vermijden, dus het zal een hele dag kosten om de grens te bereiken. Ze kunnen er op zijn vroegst om vijf uur zijn.
JS: En ze komen over de grens bij Musina? Beitbridge?
(Onbekende): Nee, Inkunzi, ze zijn aan het smokkelen, ze gaan beslist niet via de grenspost. Mijn contact zegt een of andere illegale overgang, ergens tussen Beitbridge en de grens met Botswana, we denken Mapungubwe National Park, dat ligt het meest voor de hand.
JS: Jullie denken? Jullie denken? Fuck.
(Onbekende): Alstublieft, Inkunzi, die kolonel heeft mijn contact niet verteld waar. Maar aan jullie kant zijn niet veel wegen waar een grote truck overheen kan. Kijk maar op de kaarten.
JS: Je weet zeker dat het een Bedford is?
(Onbekende): Honderd procent, Inkunzi.

(26 september 2009. Zaterdag.)

Als iedereen verzameld is in de Operations Room, zegt Masilo: 'Luister heel goed naar me: we hebben maar één doel, en dat is die diamanten onderscheppen. En we hebben maar één kans. De operators in het veld zijn volledig afhankelijk van ons. Ze kunnen Julius Shabangu en zijn troepen niet onderscheppen als wij ze niet precies vertellen waar ze heen moeten. Dus ik verwacht absolute professionaliteit, absolute focus. Als je moe bent, als je je concentratie verliest, zeg dat dan tegen mij, dan word je afgelost. Er staat veel op het spel. Heel veel.'

Dan gaan ze aan het werk. Ze hebben de afluisterapparatuur zo ingesteld dat ze de mobiele telefoon van Inkunzi Shabangu kunnen horen als hij hem gebruikt, en dat ze contact kunnen houden met de zeven teams van PIA-operators, één team voor elk van de mogelijke routes in de omgeving van Musina en een extra team als back-up.

Ze horen hoe Shabangu als een generaal met mensen en auto's schuift.

'Hij heeft tien auto's,' zegt een meeluisterende operator.

'Hij wil die diamanten echt per se hebben,' zegt Rajkumar.

Om halfeen 's middags rapporteert Quinn, na een eenzijdig telefoongesprek: 'Het afgelopen halfjaar is er geen Zuid-Afrikaan met de rang van kolonel en de achternaam Van Jaarsveld Zim binnengekomen. We hebben twaalf Van Jaarsvelds die de grens over zijn gestoken, negen mannen en drie vrouwen.'

Advocaat Tau Masilo mompelt iets onverstaanbaars, haalt diep adem en zegt: 'Breng me het oorspronkelijke geluidsbestand.'

Masilo zit met een koptelefoon op achter de computer, een schrijfblok naast zich. Om kwart voor een zet hij de koptelefoon af en zegt: 'Ik wil de details van alle Van Jaarsvelds met een voornaam die begint met een C of een K.'

'Ik zal ze uitprinten,' zegt Quinn.

De hele kamer kijkt vol verwachting naar Masilo. 'Misschien is het geen rang maar een verkeerd uitgesproken voornaam,' zegt hij.

'Aha,' zegt Rajkumar.

Om één uur kijkt Masilo op van de lijst namen en vraagt aan Rajkumar: 'Die Afrikaner in het Rapportageteam, hoe heet die?'

'Theunie.'

'Wat is zijn toestelnummer?'

'Wil je hem nu spreken?'

'Ja.'

'Ogenblik,' zegt Rajkumar, hij belt mevrouw Killian en vraagt of hij Theunie kan spreken. Hij steekt Masilo de hoorn toe.

'Theunie...? We hebben een vrouw met de naam Cornelia Johanna. Is het mogelijk dat ze haar alleen "Cornel" noemen? Of zoiets?'

Masilo luistert even, zegt 'Dank je' en legt de telefoon neer. 'Cornelia Johanna van Jaarsveld. Haar ID-nummer staat op de lijst. Zorg dat je een vaste verblijfplaats vindt en dat daar mensen naartoe gaan. Ik wil alles weten wat er te weten is.'

De dag is als een langzaam gif dat iedereen verlamt. Spanning, verveling, frustratie. Tien over drie, een beetje opwinding.

Door de luidspreker klinkt Shabangu's stem wanneer hij zijn mobiel opneemt: 'Hou op me te bellen, *fucker*.'

'Ik heb er net zo genoeg van, ouboet. Laten we dit even afhandelen...'

'Fuck you,' zegt Shabangu en hij hangt op.

De operator die Quinn de oorspronkelijke geluidsbestanden heeft gestuurd kijkt met een grijns op. 'Becker,' fluistert hij.

Quinn knikt.

'Wie?' vragen Rajkumar en Masilo tegelijk.

Voordat ze kunnen antwoorden, wordt er weer gebeld. Weer Becker. 'Ouboet, ik hou niet op met bellen voordat we...'

Shabangu: 'Waar heb je dit fucking nummer vandaan?'

'Een van je mannen heeft het me gegeven.'

'Wie dan?'

'Hij zegt dat hij Kenosi heet.'

Shabangu vloekt door de ether in het Zoeloe, een stroom woorden die knalt als een zweep. Dan: 'Ik weet je te vinden.'

'Neemt u dan het geld mee, ouboet?'

'Fuck you, Boer.'

'Zal ik anders langskomen, ouboet? Kenosi heeft me verteld waar u...'

Het gesprek wordt plotseling beëindigd door Shabangu.

De afluisteroperator lacht. 'Die vent durft.'

'Waar ging dat in godsnaam over?' vraagt Masilo.

'Wie is die kerel?' vraagt Raj weer.

Weer valt Shabangu's stem hen in de rede, want Becker belt voor de derde keer. 'Fuck off, fuck off, ik neem niet meer op.'

Einde gesprek.

'Jullie kennen die man?' vraagt Masilo.

Ze vertellen hem in het kort van de blanke man die op zoek is naar zijn geld, schijnbaar na een autokaping.

'Waarom hoor ik daar nu pas van?'

Voordat iemand het kan uitleggen, zegt een operator: 'Jongens, we hebben een probleem.'

Iedereen kijkt naar hem.

'Shabangu heeft net een sms gestuurd: *Cell phone now off. Call Thato.*'

'Shit,' zegt Rajkumar. 'Shit, shit, shit.'

'Dat was het dan. Hij is offline.'

'Wat betekent dat voor ons?' vraagt Masilo.

'Veel,' zegt Rajkumar. 'Foute boel. Hij was de belangrijkste, het nummer dat we gevolgd hebben.'

'Kunnen we de andere nummers onderscheppen, de ontvangers van de sms?'

Rajkumar springt op en waggelt naar de deur. 'We hebben meer apparatuur nodig. Dat gaat uren duren. Ik ga erachteraan.'

Tau Masilo laat langzaam zijn hoofd in zijn handen zakken. 'Beckett? Heet hij zo? Zitten we op Godot te wachten?'

'Nee,' zegt Quinn. 'Becker. Hij heet Lukas Becker.'

De grote digitale klok aan de muur van de Operations Room staat op 23.35 uur.

Ze zijn moe, verveeld en gespannen, want ze weten dat het een mislukking wordt. Geen van de zeven teams van de PIA langs de grenzen met Zimbabwe en Botswana heeft een Bedford gezien.

Masilo maakt er geen geheim van dat hij teleurgesteld is. In hen. In alles.

Opeens zegt een afluisteroperator met heldere, hoopvolle stem: 'Shabangu is weer online.'

'Godzijdank,' zegt Rajkumar en hij neemt nog een hap van zijn hamburger.

'Amen,' zegt Quinn zacht.

'Er komen sms'jes binnen.'

'Lees eens voor.'

'In het eerste staat: Mercedes 1528.'

Quinn googelt daar meteen op.

'Tweede sms bestaat alleen uit cijfers.'

'Lees voor!'

'S23 54.793 E28 27.243.'

'Jissis,' zegt Masilo en hij kijkt naar Quinn: 'Gps-coördinaten.'

'Mercedes 1528 is een vrachtwagen,' voegt Quinn eraan toe.

'Shit,' zegt Rajkumar. Hij legt zijn hamburger snel opzij en laat zijn vingers over het toetsenbord dansen om de coördinaten te bepalen. ‘De coördinaten zijn een heel eind ten zuiden van de grens... een enorm eind, shit, de T-splitsing waar de R518 en de D579 bij elkaar komen.’

‘Daar moeten mensen heen. Nu.’ Masilo springt op en begint heen en weer te lopen.

Quinn blaft bevelen door de radio.

51

(27 september 2009. Zondag.)

Masilo ligt pas om vier uur die ochtend in bed. Om 08.07 uur belt Rajhev Rajkumar hem wakker. 'De baas zegt dat ze ons en onze afdelingschefs om tien uur in de Operations Room wil zien.'

Masilo wrijft in zijn ogen en schraapt zijn keel. 'Ik ga geen oneerlijke kritiek pikken.'

'We zullen moeten pikken wat we krijgen,' zegt Rajkumar sussend.

'Nee,' zegt Masilo.

Met hun koppen bij elkaar alsof ze aan het roddelen zijn, staan de informant en de operator in een steeg bij het paviljoen van het Grendelsportcomplex in Parow, nog geen driehonderd meter van het station waar de informant is uitgestapt.

'Tweetybirds vrouw en kinderen zijn weg, *bro*, gister in een vliegtuig gestapt, richting Paraguay of Uruguay. En iedereen zegt dat de Bird morgen ook uitvliegt, vals paspoort, permanente ballingschap. En nu zeggen ze dat het Terror tegen Money Man is, daar komt oorlog van, wat ik je brom.'

'Waar is Tweetybird nu?'

'Houdt zich gedeisd.'

'Maar waar?'

'Geen idee, hij is bang dat de openbaar aanklager hem opsluit wegens belastingontduiking voordat hij het land uit kan komen.'

'En Terror Baadjies? We kunnen Terror niet vinden.'

'Ze zeggen dat hij ervoor moet zorgen dat Tweetybird veilig in het vliegtuig komt. Ze zitten ergens ondergedoken, maar *nobody knows where*.'

De operator haalt vijf biljetten van honderd rand uit zijn zak en schuift ze in de wachtende hand van de informant. 'Als je ons kunt vertellen waar ze zijn, geef ik je vijfduizend.'

'Jissis, bro, ik ga het proberen.'

Aan het eind van de ochtend belt mevrouw Killian Milla. 'Ik weet dat het zondag is, maar we hebben je nodig. Kun je naar kantoor komen, alsjeblieft?'

'Natuurlijk.'

Een halfuur later stapt ze binnen bij het rapportageteam. Alle anderen behalve Jessica zitten er al.

'Wat is er aan de hand?' vraagt Milla.

Donald MacFarland zucht diep en zorgelijk. 'Als ze ons in het weekend laten komen is er stront aan de knikker.'

De Godin komt pas een uur later. 'Ik zat op een jacht. Mijn god, hebben die mensen niets anders te doen?'

'Welkom in mijn wereld,' zegt Mac the Wife.

Het is een dag vol gefluister over De Grote Confrontatie. Het is een dag van rapportjes schrijven, langzaam, met de karige brokjes informatie die uur na uur doorkomen.

Theunie werkt aan het profiel van een jonge vrouw.

'Waar halen ze die mensen vandaan?' vraagt hij. En later proeft hij hardop de zin 'zonder sporen achter te laten'.

'Wat?' vraagt Mac verstoord.

'Cornelia Johanna van Jaarsveld blijkt een professioneel spoorzoeker te zijn, Mac. Maar het ironische is dat ze eigenlijk geen spoor heeft achtergelaten.'

Milla glimlacht. Ze is bezig met een rapport over ene Ephraim Silongo, ook wel 'Slang' genoemd. Ze werkt het systematisch bij, al naargelang de rapporten van de operators binnenkomen. Slang Silongo's lichaam is gevonden op een verlaten onverharde weg in de Waterbergen, provincie Limpopo, zwaar toegetakeld, kogelwond in zijn hoofd. Volgens informatie van de SAPS was hij een gewapende overvaller en maakte hij deel uit van het syndicaat van Julius Shabangu.

'Hebben we laatst niet iets gedaan over Julius Shabangu?' vraagt ze.

'Klopt,' zegt Theunie. 'Moet in de database staan.'

Terwijl ze zoekt, denkt ze weer aan het vacuüm waarin ze heeft geleefd, haar onwetendheid over de onderstromen in dit land.

Donald MacFarland is degene die hun na een gefluisterd telefoongesprek vertelt van De Grote Confrontatie, met gedempte stem, terwijl zijn ogen snel heen en weer flitsen naar de deur van mevrouw Killian. 'Het schijnt dat onze Iron Lady vanochtend haar naam heeft waargemaakt,' zegt hij.

'Wat?' vraagt De Godin, altijd nieuwsgierig als ze Macs roddeltoontje hoort.

'Het schijnt, lieverd, dat onze zeer achtenswaardige directrice totaal over de rooie is gegaan...'

Ze schuiven alle drie dichterbij, en Mac herhaalt het gerucht, met zo veel mogelijk verbale barok. Over iets wat vannacht is gebeurd, een operatie die een totale mislukking was. En vanochtend heeft Janina Mentz alle hoge pieten in de Operations Room ontboden, inclusief mevrouw Killian. Ze stond voor het gehoor, keek de laatkomers dreigend aan, wachtte tot ze allemaal zaten, en begon ze toen uit te foeteren. '"Ik heb nog nooit van mijn leven zoveel onbenul, zoveel zwakzinnigheid gezien," zo begon ze, en het werd steeds erger,' vertelt Mac met smaak. 'Ze gooide letterlijk met dingen. En toen waagde Mister Nobody het haar tegen te spreken, en vroeg ze de rest om weg te gaan, en toen gingen die twee elkaar te lijf achter gesloten deuren, het schijnt dat je ze op de gang nog tegen elkaar kon horen schreeuwen.'

Masilo loopt met een papier in zijn hand het kantoor van Janina Mentz in. Hij gaat voor haar bureau staan en zegt: 'Hier is mijn ontslagbrief. Gedateerd op 13 oktober. Als ik die terreurdaad niet kan voorkomen, ga ik weg. Als ik slaag, is het uw keuze of u mijn ontslagbrief aanvaardt.'

Mentz kijkt hem uitdrukkingloos aan.

'We kunnen Willem de la Cruz en Terrence Richard Baadjies nergens vinden.' Masilo's monotone stem verraadt de vermoeidheid, de berusting. 'We vermoeden dat ze de zending diamanten ergens anders gaan proberen te onderscheppen. We vermoeden verder dat De la Cruz alleen wacht tot de transactie met de Supreme Committee is afgehandeld voordat hij naar Zuid-Amerika vlucht. Daarom houden we nu alle buitenlandse vluchten vanuit Kaapstad en Johannesburg in de gaten. We hebben alle verkeersdiensten in de Wes-Kaap gewaarschuwd; ze zullen elke Mercedes 1528 die stopt bij een weegbrug op weg naar de Kaap aanhouden en vasthouden tot een van onze operators hem heeft doorzocht. We hebben de observatie van Suleiman Dolly, Shahied Latief Osman en Baboo Rayan opgevoerd. De Reactie-eenheid staat klaar mocht er contact zijn tussen de Supreme Committee en de Restless Ravens. De operatie om toegang te krijgen tot het computersysteem van Consolidated Fisheries vindt maandag even na middernacht plaats.'

Mentz zit nog steeds als een sfinx.

'We onderzoeken op het ogenblik de uitvoerbaarheid van een plan om een elektro-akoestische microfoon in de kelder van de Chamberlainstraat 15 te planten. De enige mogelijkheid is door Baboo Rayan minstens een uur bij het huis weg te houden, misschien met een nepoverval op het winkeltje waar hij 's ochtends naartoe gaat. Dat zal zeer omzichtig moeten gebeuren, want we kennen de beveiligingsmaatregelen in het huis van de Committee niet. En als laatste: we zullen Julius Shabangu blijven afluisteren tot 13 oktober.'

Dan draait hij zich om en loopt weg.

52

Fotokopie: dagboek van Milla Strachan
Datum van aantekening: 27 september 2009
Sporen achterlaten, diepe sporen, is een manier om te zeggen 'ik was hier'. Iets wat zin geeft aan dit vluchtige bestaan.
Hoe laat je een spoor achter?
En wat voor spoor wil ik achterlaten? Wat voor spoor kán ik achterlaten? Waarom wil ik een spoor achterlaten? Is het alleen angst, angst om vergeten te worden, want vergeten worden maakt een heel leven nutteloos. Is dat mijn wezenlijke angst? Is dat waarom ik een boek wil schrijven, mijn enige (laatste!) kans om iets tastbaars achter te laten, een klein bewijs dat ik hier was?
En wat heeft het voor nut?
Dan moet ik zeker ook vragen wat het nut is van dit dagboek? Is dat niet juist een bewijsstuk? Ik was hier, dit is wat er met me is gebeurd. En het grootste deel van mijn dagboeken is alleen het opschrijven van niets. Gedachten, verzuchtingen, gemompel, maar er is niets gebeurd, niets bereikt.
Want sommige dagen laten geen sporen na.
Ze gaan voorbij alsof ze nooit hebben bestaan, onmiddellijk vergeten in de nevel van de dagelijkse sleur (of mijn verlangen om ze zo snel mogelijk te vergeten). De sporen van andere dagen blijven misschien een week of wat zichtbaar, tot de wind van de geheugenbank er het vale zand van nieuwe ervaringen overheen blaast.
Hoeveel van de gemiddeld tweeëntwintigduizend dagen van ons leven onthouden we, dag en datum? Misschien tien of twaalf: verjaardagen, trouw- (en wegloop- en scheidings-!) en sterfdata, een paar Eerste Keren. De sporen van de andere vervagen in de loop van de tijd, zodat een leven eigenlijk alleen bestaat uit een maand herinnerde dagen en een berg datumloze herinneringen.
Je moet zo leven dat elke dag zijn sporen achterlaat.
Maar hoe?

53

De Pilatus PC-12 landt om 13.52 uur op Walvisbaai. Het is het 'Combi'-model, uitgerust voor vier passagiers en een aanzienlijke hoeveelheid lading, in dit geval tweehonderd kilo computerapparatuur.

De vier mannen, respectievelijk twee inbraakspecialisten en twee van Rajhev Rajkumars beste technici, stappen uit, laden de kisten met de apparatuur uit en wachten op Reinhard Rohn, die over het asfalt aan komt lopen met invoervergunningen in zijn hand en twee douanebeambten naast zich.

Het kost tien minuten om de formaliteiten af te handelen. Rohn gaat zijn pick-uptruck halen om de kratten in te vervoeren. Als ze ingeladen zijn, lopen de inbraakspecialisten en technici naar de afdeling Autoverhuur, ieder met een weekendtas over de schouder. Rohn kijkt ze na, ziet de lenigheid en het brutale zelfvertrouwen.

Zo was ik ook, denkt hij. Lang geleden.

Operatie Shawwal
Transcriptie: afluisteren, J. Shabangu en L. Becker, mobiel telefoongesprek
Datum en tijd: 27 september 2009. 17.21 uur
JS: Ik heb je fucking geld niet, maar ik kan je wel vertellen, als ik jou ooit in handen krijg, zul je bloeden...
LB: Ai, ouboet, zo komen we nergens. Wie heeft dan mijn geld?
JS: Fuck off.
(Opgehangen.)

Operatie Shawwal
Transcriptie: afluisteren, J. Shabangu en L. Becker, mobiel telefoongesprek
Datum en tijd: 27 september 2009. 17.29 uur
LB: Ouboet, wat een verrassing...
JS: Ik zal je zeggen wie je geld heeft. En dan laat je mij met rust.
LB: Op mijn erewoord.

JS: Shahied Latief Osman. Vraag het hem maar.
LB: Wie is Shahied Latief Osman?
JS: Hij is een fucking *isela*, hij woont op de Kaap. Hij heeft jouw geld. Elke fucking cent. Ik sms je zijn nummer. Dan zeg jij tegen hem dat hij en Tweetybird jou geld moeten geven. Zeg tegen hem dat ik het gezegd heb.
LB: Dankjewel, ouboet.
JS: En je belt me niet meer, fucking *never*!

Quinn gaat tegen 23.00 uur weer naar kantoor om de inbraak en de installatie van de apparatuur in Walvisbaai te monitoren.

De operator laat hem eerst het gesprek tussen Julius Shabangu en Lukas Becker horen. Na afloop schudt Quinn ongelovig en bezorgd zijn hoofd. Dan schrijft hij snel een e-mail aan Masilo en Rajkumar. Hij zegt dat Becker niet meer zomaar een grappig intermezzo is, sinds zijn telefoontje naar Shabangu de onderschepping bij Musina zo dramatisch in de soep heeft gedraaid. Hij is een onberekenbare factor, met het potentieel de hele operatie te laten stranden. Daarom moeten ze snel meer weten, een diepteprofiel maken. En ernstig overwegen hem te onderscheppen.

Hij verstuurt de e-mail en loopt naar de Operations Room. Een kwartier voordat de Walvisbaai-inbraak begint. Hij doet een schietgebedje. Lieve heer, zorg toch dat er vannacht geen blunders worden begaan. Amen.

(28 september 2009. Maandag.)

Om tien voor halfeen 's nachts wordt ze door het geluid van haar mobiele telefoon uit haar slaap gehaald. Ze strompelt naar de woonkamer met een gevoel van naderend onheil. Ze ziet dat het Barend is en haar maag krimpt ineen.

'Is alles goed?' is het eerste wat ze vraagt.

'Er is iets met pa,' zegt hij.

Milla moet meteen gaan zitten. 'Wat is er gebeurd?'

'Hij is aangevallen. Hij ligt in het ziekenhuis.'

'Aangevallen? Waar?' Ze begrijpt het verwijt in haar zoons stem niet, het is niet haar schuld.

'In Jacobsdal, maar de ambulance heeft ze naar Kimberley ge...'

'Barend, hoe ernstig is het?'

'Ernstig. Ze hebben zijn jukbeen, zijn neus en zijn ribben gebroken.'

'Hoe weet je dat? Hoe heb je het gehoord?'
'Hij belde me net...'
'Heeft je vader je gebeld?'
'Ja.'
Opluchting, en bijna zegt ze: dan zal het wel niet zo ernstig zijn. Ze zakt achterover op de bank. 'Wie heeft hem aangevallen? Waarom?'
'Een stel kerels kwamen gewoon binnen en begonnen ze te slaan...'
'Ze?'
'Tjaart en Langes en Raynier, ze waren op de Harleys, en toen waren ze in Jacobsdal gestopt om iets te drinken, en toen kwamen die gekken het café in en vielen ze aan.'
Dus daarom moest Barend in de vakantie naar zijn oma. Zodat Christo en zijn vrienden een Harley-tochtje konden maken. Hij komt nog steeds zijn vaderlijke plichten niet na, hij zet zichzelf altijd op de eerste plaats. Maar ze zal zich nu moeten inhouden, haar zoon heeft haar nodig.
'Weet oma het al?'
'Nee.'
'Ik bel het ziekenhuis om te horen hoe ernstig het is en dan bel ik terug.'
'Waarom bel je pa niet gewoon?'
'Een dokter zal... Ik wil de mening van een deskundige horen.'
Pas als ze heeft opgehangen, beseft ze dat Barends vraag betekent dat hij nog steeds hoop heeft, en dat hij in de aanval een kans ziet om haar en Christo weer bij elkaar te brengen.

Een halfuur later belt ze Barend terug. 'Ik heb met de afdelingszuster gepraat. Ze zegt dat ze geen van allen ernstig gewond zijn, ze worden morgen allemaal ontslagen.'
'Hoe moet pa thuiskomen, ma? Hij kan geen motorrijden met gebroken ribben. Kunnen we hem niet gaan halen?'
'Er zijn geregelde vluchten tussen Kimberley en Kaapstad, Barend.'
'Hoe kun je zo gevoelloos zijn, ma?'

Rajkumar kan niet goed met conflicten omgaan. Daarom is de vergadering des te pijnlijker voor hem, de zware atmosfeer, de in het oog lopende onmin tussen de directrice en Masilo. Een bijkomende factor is dat hij weet dat hij niet geprezen zal worden, ondanks het goede werk van afgelopen nacht.
Masilo is koppig. Hij blijft de hele vergadering staan. Dat is een vorm van protest, denkt Raj, een manier om te zeggen: als ik samen met haar aan een tafel zit, is dat een teken van instemming, van solidariteit.

En Mentz kijkt niet naar Masilo. Ze zit naast Raj, haar ogen op de muur gericht, terwijl Rajkumar verslag uitbrengt: 'De operatie bij Consolidated Fisheries was een doorslaand succes, mooi teamwerk tussen de operators van Tau en mijn technici.' Hij werpt een blik naar haar, maar ziet dat het geen indruk maakt.

'Ga verder.'

'We zijn nu hun harde schijven aan het klonen. Een deel van de software is gekocht, een deel is maatwerk, maar ze kunnen binnen de kortste keren operatief zijn,' zegt hij met zoveel optimistische blijmoedigheid als hij maar kan opbrengen. 'Wat echt geweldig nieuws is, is dat we al ingelogd zijn op de website van hun Fleet Tracker. Rond lunchtijd hebben we een volledig rapport van alle vaarbewegingen van afgelopen maand.'

Ze knikt alleen. 'Nog iets?' vraagt ze zonder Masilo aan te kijken.

'Alleen slecht nieuws,' zegt de advocaat. 'We kunnen De la Cruz en Baadjies niet vinden. De leden van de Supreme Committee houden zich aan hun vaste routine. Onze pogingen om de vrachtwagen te onderscheppen hebben niets opgeleverd. Dat is alles.'

Milla is als eerste op kantoor. Mevrouw Killian komt haastig aanlopen met een dunne map in haar hand. Ze groet en legt de map voor Milla neer.

'Theunie zal je uitleggen hoe een nieuw profiel werkt, kijk hier maar vast naar tot hij er is. We verwachten de eerste rapporten van de operators pas morgen, het idee is dat jij het document aanvult zodra er nieuwe informatie komt.'

Milla slaat de map open. Eén vel papier, de oorspronkelijke instructie onder de kop: *Diepteprofiel Lukas Becker.*

'Dit is een belangrijke, Milla. Je moet je hoofd er goed bij houden.'

Operatie Shawwal

Transcriptie: afluisteren, A. Hendricks en L. Becker, mobiel telefoongesprek

Datum en tijd: 27 september 2009. 17.41 uur

LB: Mag ik Shahied Latief Osman spreken, alsjeblieft?

AH: *I'm sorry?*

LB: Verstaat u Afrikaans, ouboet?

AH: *Who is this, please?*

LB: U spreekt met Lukas Becker, ik ben op zoek naar Shahied Latief Osman.

AH: *I think you have the wrong number, sir.*

LB: Tweetybird? Is hij bereikbaar?
AH: *You definitely have the wrong number.*
LB: *Are you sure?*
AH: *There's nobody here by those names.*
LB: Oké. Sorry.

In het kantoor van de minister, bij een kopje thee, kiest Janina Mentz haar woorden voorzichtig, want ze heeft zich goed voorbereid. 'Meneer, we hebben het potentiële doelwit van een terreurdaad geïdentificeerd, en het blijkt een politiek uiterst gevoelig doelwit te zijn. Onze eerste prioriteit is natuurlijk om het doelwit te beveiligen. Maar we zitten met twee dilemma's. Ten eerste hebben we geen harde bewijzen dat dit het doelwit is. We speculeren, op grond van een datum die we van de extremisten hebben onderschept. Ten tweede zullen we, om het mogelijke doelwit te beveiligen, de hulp van onze collega's bij Wetshandhaving nodig hebben, inclusief wellicht bepaalde plaatselijke overheden. En zoals u weet zal de DA-regering in de Wes-Kaap overal politieke munt uit proberen te slaan. Ik weet niet of we hen kunnen vertrouwen.'

De minister knikt instemmend.

'Ik kom u om raad vragen. Hoe kunnen we de terreur afwenden, zonder de hele operatie in gevaar te brengen?'

(29 september 2009. Dinsdag.)

'Als er contact is geweest tussen de Ravens en de Committee hebben we dat gemist. Of misschien is er geen contact geweest,' zegt Quinn.

'Maar waar zijn de diamanten?' vraagt Rajkumar.

'Onderweg naar Oman.'

De twee adjunct-directeuren kijken Quinn scherp aan.

'Ga maar na,' zegt hij. 'Het zijn moslimextremisten. De stenen zijn besmet. Zondig. Ze willen ze niet aanraken. En ze willen zo min mogelijk contact met de Ravens, om voor de hand liggende redenen. Dus wat zijn de opties? Je zegt tegen Terror Baadjies dat hij de hele zooi in een kluisje moet doen en per DHL naar Macki in Oman moet sturen. Op het moment dat het aankomt, wordt het geld overgemaakt. Of zoiets.'

Masilo zwijgt alleen maar.

Rajkumar zegt: 'Shit.'

'We moeten aannemen dat de deal is afgehandeld,' zegt Quinn. 'We moeten ons nu concentreren op de wapens. Of explosieven. Of wat ze dan ook aan het binnensmokkelen zijn. En op 12 oktober.'

54

(30 september 2009. Woensdag.)

Milla laat Theunie de vier nieuwe documenten voor het profieldossier van Lukas Becker zien: een uittreksel uit het bevolkingsregister, een beknopt bankoverzicht, informatie van de SAPS en een uitgeprinte e-mail van ene R. Harris. 'Het is nietszeggend,' zegt ze, 'en... niet zo goed.'

Hij kijkt ernaar en legt uit: 'R. Harris is de PIA-operator, hij zit ergens in een kantoortje, waar hij de opdracht krijgt om meer te achterhalen over die en die, en vlug een beetje. Het is niet zijn taak om dingen te interpreteren en te ordenen, hij is alleen de verzamelaar. Dus hij stuurt elk stukje informatie dat hij vindt meteen door. Het is onze taak om de stukjes van de puzzel in elkaar te passen. Soms ziet zo'n profiel er wekenlang uit als een schurftige hond, en dan komt er opeens een hele berg info binnen. Dat is normaal. Dus maak je geen zorgen, je doet wat je kunt met wat je hebt.'

'Ik begrijp het,' zegt Milla. 'Dank je.'

Rapport: profiel – Lukas Becker
Datum: 30 september 2009
Opgesteld door: Milla Strachan. Veldrapport R. Harris

Achtergrond

Lukas Becker (42), momenteel zonder vaste woon- of verblijfplaats, is op 23 juli 1967 geboren in Bloemfontein, als zoon van J.A. en E.D. Becker, vermoedelijk uit Smithfield.

Creditcarduitgaven duiden op aanwezigheid in Johannesburg, vooral in de omgeving van Sandton, sinds 13 september 2009. Inkopen omvatten kleren (R 2.118,64) en voedsel.

Strafblad

Geen. (Volgens ID-nummer was Becker op 13 september het slachtoffer van een autokaping in Johannesburg.)

Opleiding
Bachelor Geschiedenis. (Onbevestigd.)

Financiën
Becker beschikt over vier rekeningen bij de Standard Bank:
- Een rekening-courant. Saldo: R 2.294,60.
- Een mastercard-creditcardrekening. Saldo: R 4.646,27.
- Een beleggingsrekening (32 dagen opzegtermijn). Saldo: R 135.701,27
- Een beleggingsrekening (vast deposito): Saldo: R 1.425.007,22.

Overschrijvingen van en naar een lopende rekening bij Wells Fargo in de VS (saldo onbekend).

Aan het eind van de middag geeft mevrouw Killian Milla nieuwe documentatie over Lukas Becker. Ze ziet dat er nu twee veldoperators aan het profiel werken. Ze vraagt zich af wat dat betekent. Wat kan een man die geschiedenis heeft gestudeerd misdaan hebben?

Ze leest, haastig en nieuwsgierig.

Eerst ziet ze de studierichting, die haar interesseert. En als ze bij de informatie over Lukas Beckers ouders komt, gaat haar hoofd omlaag en leest ze met nog meer aandacht.

Rapport: profiel – Lukas Becker
Datum: 30 september 2009
Opgesteld door: Milla Strachan. Veldrapport R. Harris en P. Lepono.

Achtergrond
Lukas Becker (42), momenteel zonder vaste woon- of verblijfplaats, is op 23 juli 1967 geboren in Bloemfontein.
Hij is het enige kind van Johannes Andreas Becker (1934-2001), voormalig eigenaar en boer van Rietfontein in het district Smithfield, en Esther Debora Becker (geboren Faber, 1941-1999), voormalige onderwijzeres, later huisvrouw. (Grotendeels onbevestigd.)
Na zijn schoolopleiding (lagere school in Smithfield en Grey College in Bloemfontein) doet hij in 1984 eindexamen met een tien voor geschiedenis. Na twee jaar militaire dienstplicht bij de Zuid-Afrikaanse marine behaalt hij in 1989, na een studie aan de universiteit van de Vrystaat, een BA landbouwkunde. Vervolgens een BA geschiedenis en antropologie (deeltijd, UNISA, 1994) en een *postgraduate* studie in de VS. (Laatstgenoemde onbevestigd.)

Ouders

Esther Debora Becker wordt omstreeks 1995 opgenomen in een inrichting voor geesteszieken, waarschijnlijk Witrand in de toenmalige Transvaal, en later in een privékliniek in Johannesburg, waar ze in 1999 een natuurlijke dood sterft. (Onbevestigd.)
Johannes Andreas Becker zou in 2000 failliet zijn verklaard, waarna Rietfontein werd verkocht aan W.E. Stegman, die daar nog steeds boert. Becker sr. heeft in 2001 zelfmoord gepleegd in Margate, KwaZulu-Natal, zie bronnenlijst.

Carrière

Na zijn studie aan de universiteit van Transvaal gaat Becker weer terug naar de marine (Permanent Force), waar hij van 1990 tot 1994 in Simonstad werkt en de rang van luitenant bereikt. (Onbevestigd.)
Daarna volgt werk in het buitenland.

55

(1 oktober 2009. Donderdag.)

Na middernacht, als hij diep in slaap is, gaat Quinns mobiele telefoon. Hij wordt wakker van het geluid, en van de geïrriteerde elleboogstoot van zijn vrouw in zijn ribben. Hij staat snel en geschrokken op, grijpt twee keer mis naar het toestel, en strompelt slaapdronken door de gang terwijl hij op het schermpje kijkt. Hij ziet dat het zijn bureauchef in Johannesburg is.

'*Yes*,' zegt hij.

'*I'm really sorry*, maar het gaat om Inkunzi Shabangu. Hij is vermoord. Gigantisch bloedbad in zijn huis. Ik dacht dat je het meteen zou willen weten.'

'Wanneer?'

'Ongeveer een uur geleden.'

'Hoe?'

'Zo te zien is Shabangu vermoord met een geweer en een paar van zijn mensen met een pistool.'

'Hoe ben je er zo snel achter gekomen?'

'Wij waren als eersten ter plekke. Een van onze patrouillevoertuigen die de bewegingen van de mobiele telefoons volgen, zag een blanke man op hoge snelheid langskomen in Shabangu's BMW en is naar het huis gegaan. Alles stond open, het hek, de garagedeur, alarm aan. Toen kwam het bewakingsbedrijf en die gingen naar binnen. Mijn mannetje belde mij, en ik heb hem opdracht gegeven met de bewaker mee naar binnen te gaan. Ze vonden drie lichamen, Shabangu en twee van zijn trawanten.'

'Is de politie er?'

'Die kwam tien minuten later. Het krioelt er nu van.'

Quinn is nu klaarwakker. 'Vertel eens van die blanke man.'

'Er valt niet veel te vertellen. Hij scheurde langs. De patrouilleman kan geen beschrijving geven. Er is een opsporingsbevel uitgegaan voor de BMW.'

'Oké,' zegt Quinn. 'Hoe zijn je connecties bij de politie?'

'Niet slecht. Ik hou je op de hoogte.'

'Bedankt.'

Quinn loopt naar de keuken en gaat op de hoge kruk bij de ontbijthoek zitten, zijn hersenen malen.

Zal ik anders naar uw huis komen, ouboet? Ik weet waar u woont. Dat is zo ongeveer wat Becker vorige week door de telefoon tegen Shabangu zei.

Becker. Hij is degene die eergisteren het nummer heeft gebeld dat hij van Shabangu had gekregen, het nummer van Shahied Latief Osman. En toen te horen kreeg dat het nummer niet klopte.

Is hij vannacht naar Shabangu's huis gegaan? Omdat zijn geduld op was?

Wat heeft De Bul tegen hem gezegd voordat hij werd neergeschoten? Over Osman en de Committee?

Quinn pakt zijn telefoon, belt het PIA-kantoor en krijgt de operator die nachtdienst heeft. 'Ik wil een algehele en volledige rode-vlagwaarschuwing voor Lukas Becker, zijn ID- en creditcardgegevens zitten in het systeem. Als hij een pink verroert wil ik het weten. En bel het bureau in Bloemfontein. Zeg dat ik al hun mensen op het onderzoek naar Becker wil. Nu.'

Quinn zet zijn ellebogen op de bar en wrijft in zijn ogen. Het is opeens erg ingewikkeld geworden. Ze zitten met informatie over een ernstige misdaad. Iemand zal moeten besluiten wat ze met de politie delen. En wanneer.

Niet zijn probleem. Tijd om de advocaat ook uit zijn slaap te halen.

Die ochtend wordt om zeven uur digitaal de rode vlag gehesen, op Oliver Tambo Airport in Johannesburg, wanneer Lukas Becker met zijn creditcard een vliegticket koopt bij de 1Time-balie, voor vlucht 1T 103 naar Kaapstad.

'Hij vertrekt om 09.25 uur en komt aan om 11.35 uur,' zegt Quinn tegen Masilo door de telefoon. '1Time is akkoord met een IFI, ik stuur mijn beste teams om de observatie te beginnen zodra hij aankomt.'

'Mooi,' zegt Masilo.

'En de politie?'

'Het risico om de operatie prijs te geven is te groot. We zeggen niets. Maar verlies Becker niet uit het oog. Geen seconde.'

De stewardess van de 1Time-vlucht doet de IFI, oftewel *in-flight identification,* veertig minuten nadat de jet is opgestegen. Ze raadpleegt de passagierslijst en ziet dat er maar één Becker op de vlucht zit: ene L. Becker op stoel 11A. Ze controleert of hij inderdaad op die plek zit door een paar passagiers in Beckers omgeving naar hun instapkaart te vragen, en de man zelf ook. Ze prent zijn gezicht en kleding goed in haar geheugen.

Vlak voordat vlucht 1T 103 in Kaapstad landt, kijkt ze nog een laatste keer naar de man, die rustig zit te lezen.

Als het vliegtuig tot stilstand is gekomen en zij en een collega de deur opendoen, zien ze dat er twee extra grondpersoneelsleden in 1Time-uniform boven aan de trap staan. Een van hen maakt oogcontact en knikt naar haar.

Ze knikt terug.

Ze wacht tot Becker langsloopt. Ze steekt haar hand uit, een vriendelijk gebaar. 'Hebt u een prettige vlucht gehad?' vraagt ze en ze raakt de elleboog van de man aan.

Hij glimlacht naar haar. Het is een oprechte glimlach. 'Ja, dank u.'

Dan is hij buiten.

Ze kijkt naar de onbekende medewerker van het grondpersoneel, die wacht tot Becker hem voorbij is. Dan kijkt hij naar haar en knikt weer.

Hij loopt achter Becker aan.

Mevrouw Killian legt de nieuwe informatie op het bureau en zegt: 'Milla, de status van dit rapport is vanochtend verhoogd. Er zal de komende 24 uur heel veel materiaal bij komen. Ik zal Theunie vragen je te helpen.'

'Wat heeft die man gedaan?'

'Ik weet het niet.'

Milla bekijkt de nieuwe informatie. Ze ziet dat er nu vier extra operators aan het onderzoek werken. Er zitten een analyse van bankgegevens en ambtelijke documenten van de marine en van een ziekenhuis bij. Er zijn ook korte stukjes van websites, getranscribeerde gesprekken, lang en kort, met kennissen en vroegere vrienden en buren. Een daarvan is een gesprek met een academica uit Bloemfontein die tegelijk met Lukas Becker heeft gestudeerd.

Ik was zijn danspartner. Hij was gek op dansen.

En:

Nee, we waren gewoon vrienden. We wisten destijds allemaal dat Lukas op weg was naar iets anders. Altijd. Het was veiliger... om gewoon vrienden te blijven. Ik heb me altijd afgevraagd of hij naar iets toe rende, iets wat hem dreef, of dat hij wegrende van zijn ouders...

Ze werkt de documenten snel en grondig door, helemaal gefascineerd. Ze voegt de nieuwe stukjes bij het rapport en verandert het op de punten waar de speculaties nu bevestigd zijn.

Financiën
Becker beschikt over vier rekeningen bij Standard Bank, met een totaalsaldo van R 1.570.649,98. Overschrijvingen van en naar een lopende rekening bij Wells Fargo in de VS, alsmede rente-inkomsten uit minstens twee Amerikaanse beleggingen, duiden op een totale waarde van meer dan twee miljoen rand.

Ze werkt ook de gegevens over zijn ouders bij:

Beckers moeder, Esther Debora Becker, is op 17 april 1995 opgenomen in het zorgcentrum Witrand voor observatie en behandeling van een geestesziekte. Ze wordt op 1 december 1995 overgeplaatst naar de Janet Steinmetz-privékliniek in Johannesburg, waar ze wordt behandeld tot ze een natuurlijke dood sterft op 27 september 1999.

Onder 'Achtergrond':

Tijdens zijn dienstplicht (1985-1986) wordt Lukas Becker opgeleid tot duiker bij de Zuid-Afrikaanse marine, in Simonstad. (*The South African Diving Unit trains teams of combat divers in mine-countermeasures, search and recovery and underwater explosives as a war-time role*, zie bronnenlijst.)

En:

Becker behaalt in 1996 een Master in antropologische archeologie aan de universiteit van Zuid-Florida (St. Petersburg in de VS).

Onder 'Carrière':

Na zijn studie Landbouwkunde aan de UV gaat Becker terug naar de marine, waar hij van 1990 tot 1994 als instructeur werkt en later opleidingsofficier (luitenant) wordt bij de duikeenheid.
Becker werkt vanaf 1994 tot 1996 parttime in de haven van St. Petersburg (VS) als dekknecht, schipper en duikinstructeur, om zijn studie aan de universiteit van Zuid-Florida te betalen. (Onbevestigd.)

Van 1997 tot 2004 neemt hij deel aan verscheidene Amerikaanse interuniversitaire archeologische expedities, onder meer naar Israël, Egypte, Jordanië, Iran en Turkije, terwijl hij buiten de universiteit aan een dissertatie over de prehistorie werkt, met specifieke aandacht voor het paleolithicum. (Onbevestigd.)
In 2005 aanvaardt hij een positie bij de particuliere Amerikaanse militaire uitvoerder Blackwater (tegenwoordig bekend als Xe Services LLC), en werkt sindsdien op contractbasis in Irak. (Onbevestigd.)

Twee teams volgen Becker vanaf het vliegveld. Het ene neemt foto's terwijl Becker zijn auto in ontvangst neemt bij Tempest Car Hire – een witte Toyota Yaris 1.4 – en noteert het kenteken.

Ze rijden ongezien in zijn spoor over de M29 in de richting van Parow, en daarna via de M16 langs het Tygerberg-ziekenhuis, de M16 langs het Karl Bremer-ziekenhuis en ten slotte de M31 en M13 naar Durbanville.

In de stille buitenwijken moeten ze afstand houden, zodat het ze bijna ontgaat dat hij afslaat bij Vierlanden Garden Cottages.

Ze stoppen en overleggen voordat ze Quinn bellen. Hij geeft het ene team opdracht om bij het guesthouse te informeren naar kamers, en te reserveren als er plaats is. Hij geeft ook meteen een nieuw observatieteam opdracht om rechtstreeks naar het adres te gaan.

'Dat stuk over zijn ouders is overbodig,' zegt Theunie.

'Denk je niet dat een moeder met een geestesziekte invloed heeft op iemands psyche?'

'Je hebt maar één zin nodig om te zeggen dat zijn moeder gek was en dat zijn ouders zijn overleden.'

'Oké,' zegt ze, met tegenzin.

En dan komt de foto.

56

Het rapport staat als livedocument in de database van de PIA. Milla Strachan vraagt zich af of iemand haar updates leest. En waarom.

Wat heeft Lukas Becker, historisch antropoloog, gedaan dat een inlichtingendienst belangstelling voor hem heeft? Komt het door zijn contractwerk bij Blackwater, nu bekend als Xe Services? Ze is gaan lezen over dat bedrijf op internet. Onder de nieuwe naam is niets te vinden, alleen een website die nog '*under construction*' is. 'Blackwater' geeft veel hits, de meeste controversieel. Er worden huursoldaten opgeleid.

Om 14.27 uur, terwijl ze bezig is het rapport te herschrijven, meldt de programmatuur dat iemand van buitenaf het document heeft bijgewerkt. Milla klikt op het vernieuw-pagina-icoon. Het nieuwe materiaal is een foto. Ze kan haar nieuwsgierigheid niet bedwingen en klikt erop.

De foto verschijnt.

Gevangen in het felle zonlicht, naast een witte Toyota, staat de man met zijn donkere borstelhaar. Zijn lichaam is atletisch, zijn hoofd half naar de camera gedraaid terwijl hij naar een zwarte man in het uniform van een autoverhuurbedrijf kijkt.

Er is iets in de glimlach, in de vriendelijkheid van zijn ogen, in zijn manier van kijken, wat haar boeit. Op dat ogenblik werd er iets gezegd tussen twee vreemden, een ogenblik van zorgzaamheid en erkenning. Ze blijft er lang naar kijken, zoekt op dat gezicht sporen van zijn leven, de labiele, overleden ouders, de exotische, interessante studies, de archeologische expedities, het werk als soldaat en later huursoldaat, maar ze kan niets vinden. Alleen de glimlach en het medeleven. En wanneer Jessica de Godin opeens haar schouder vastpakt en vraagt: 'Wie is dat lekkere ding?' komt Milla met een ruk in de werkelijkheid terug.

Even voor vijven loopt Quinn Masilo's kantoor binnen en zegt: 'We hebben een probleem. Lukas Becker is net langzaam langs het huis van Shahied Latief Osman gereden.'

'En toen?'

'Toen reed hij weg, in de richting van de stad.'

'Hebben we al een zender op zijn auto?'
'Voor het einde van de dag.'
'En zijn mobiel?'
'We luisteren. Maar dat is niet alles. Bureau Johannesburg heeft laten weten dat Julius Shabangu is neergeschoten met een MAG-7, een automatisch geweer met korte loop.'
'En?'
'Dat is een wapen met bagage: smokkel en militaire bagage. Becker heeft bij Blackwater en in Irak gezeten.'
'Wat zeg je, Quinn?'
'Die kerel is gewapend en gevaarlijk.'
'We weten niet zeker of hij degene is die Shabangu heeft neergeschoten. Het is indirect bewijs.'
'En als Osman de volgende op zijn lijst is?'
Dan doet Masilo iets wat Quinn niet had verwacht. Hij haalt zijn schouders op.
Dan begrijpt Quinn waar de advocaat op hoopt. En dat Masilo nog steeds de motieven van Janina Mentz niet vertrouwt.

Fotokopie: dagboek van Milla Strachan
Datum van aantekening: 1 oktober 2009
Leven is een schuttingwoord zonder dimensie. Je leeft. Of niet. Als een schakelaar, aan of uit. De dimensie komt door wat we ermee doen. Dat is het verschil tussen leven en bestaan.
Ik heb tegen Jessica gezegd dat ik dingen wil doen, dingen wil ervaren. Ik wil leven.
En ik dacht dat mijn nieuwe begin, mijn nieuwe werk, mijn danslessen en plannen voor een boek betekenden dat ik leef. Maar als ik het vergelijk met het leven van zo'n Lukas Becker, weet ik dat mijn schakelaar nog niet op 'aan' staat.

(2 oktober 2009. Vrijdag.)

Wanneer de Elantra van Baboo Rayan om de hoek van de Chamberlainstraat verdwijnt, stopt het bakkie van Telkom bij nummer 15, recht voor de voordeur.
De twee technici stappen uit, de ene met een kleine gereedschapskist in zijn hand, de andere met een grote tas en een rol telefoondraad. Ze gaan het hekje door en lopen doelbewust naar de voordeur.
De ene technicus begint het draad af te rollen terwijl hij peinzend

naar de gevel van het huis kijkt, alsof hij daar iets wil installeren. De andere bukt bij de voordeur, met zijn rug naar de straat, zodat voorbijgangers niet kunnen zien wat hij doet. Hij maakt de gereedschapskist open en haalt er de fibroscoop uit. Dat is een lange, dunne buis die bij de PIA bekendstaat als '*snake cam*'. Hij schuift het uiteinde van de scoop langzaam onder de voordeur door naar binnen, zijn ogen gericht op het kleurenmonitortje in de gereedschapskist.

Dan beweegt hij de punt van de scoop heen en weer om zo veel mogelijk van de ruimte binnen te kunnen zien.

'Shit,' zegt Rajhev Rajkumar.

Quinn en hij kijken naar de monitor in de Operations Room. Die laat een vergroot beeld zien van wat de slangcamera in Bo-Woodstock ziet.

'Die gasten zijn paranoïde,' zegt Quinn. Want de woonkamer van de Chamberlainstraat 15 is een toonbeeld van beveiliging: contactalarmen bij de deur en de ramen, bewegingssensoren in twee hoeken en een bewakingscamera in een andere hoek.

'Je kunt het ze niet kwalijk nemen,' zegt Rajkumar.

'Zo is het genoeg,' zegt Quinn door de radio tegen de technici. 'Wegwezen daar.'

Rajkumar staat moeizaam op. 'Nou, dat was dan het eind van Operatie Microfoon... Weet je, ik heb dit nog nooit meegemaakt.'

'Dit soort beveiliging?'

'Dat ook. Maar zoveel pech achter elkaar heb ik nog nooit meegemaakt. Dat er zoveel misgaat. Het goede nieuws is dat het niet zo kan blijven, vroeg of laat moet het omslaan.'

Tijdens het avondje bij Arthur Murray, die vrijdag, ziet Milla Strachan Lukas Becker over de dansvloer aan komen lopen.

Ze zit aan een tafeltje met andere cursisten, jong en oud, te wachten tot de muziek begint en te praten over gewone dingen als 'Waar kom je vandaan?' en 'Hoe lang dans je al?' De lichten zijn gedempt, alleen de dansvloer is felverlicht, en ze ziet vanuit haar ooghoek de beweging, zodat ze opkijkt en hem ziet.

Haar eerste instinctieve impuls is naar hem te zwaaien, omdat ze hem kent. Dan weet ze weer wie het is, heeft ze hem geplaatst, en haar hart slaat een slag over.

De muziek begint. Een foxtrot.

'Mag ik deze dans, juffrouw Strachan?' De stem van haar leraar, meneer Soderstrom, naast haar. Ze blijft even verbluft zitten, maar staat dan op.

De 'bushalte' is bedoeld om de cursisten van de Arthur Murray-studio met veel verschillende partners te laten dansen. De vrouwen staan in een rij, de mannen komen langs, nemen de voorste vrouw mee voor een ronde, en komen dan terug voor de volgende.

Milla is zich intens bewust van Becker. Zich bewust van zijn aanwezigheid, zijn dansvaardigheid, zijn galanterie. En van alles wat ze van hem weet. Ze probeert niet naar hem te kijken.

De timing van de eerste bushalte valt toevallig zo dat hij niet met haar danst. Twintig minuten later, halverwege de tweede bushalte, staat ze voor in de rij. Hij komt naar haar toe, met die fotoglimlach op zijn gezicht en een dun zweetlaagje onder de lijn van zijn borstelhaar, maakt een kleine buiging en dan dansen ze. 'Ik heet Lukas,' zegt hij.

'Milla,' zegt ze, maar het komt er te zacht uit, ze is verlamd van de zenuwen en struikelt over haar voeten.

'Millie?' Hij is een kop groter dan zij en kijkt op haar neer.

'Milla.'

'Milla,' herhaalt hij, alsof hij het wil onthouden.

Ze ruikt hem. Ze beseft dat ze niet goed danst. 'Ik ben het nog aan het leren,' zegt ze verontschuldigend en beschaamd.

'Ik ook.'

Dat is hun hele eerste gesprek.

'En nu een Amerikaanse *linedance*,' zegt de omroeper.

Die heeft Milla nog niet geleerd. Ze blijft zitten. De muziek begint te spelen. *Cotton-Eyed Joe*, countrymuziek. Ze ziet dat Lukas Becker in een van de rijen gaat staan met zijn rug naar haar toe.

Ze kijkt naar hem, ziet dat hij aanvankelijk nog een beetje stroef is en een paar fouten maakt. Maar dan is het alsof hij het zich langzaam weer herinnert, en hij danst met steeds meer overgave, met genot, en uiteindelijk zorgeloos en bijna uitbundig.

Ze herinnert zich zijn geur.

Tegen het eind van de linedance vangt hij haar blik en glimlacht naar haar. Ze kijkt snel opzij.

57

Fotokopie: dagboek van Milla Strachan
Datum van aantekening: 2 oktober 2009
Moet ik dit rapporteren? Wat zeg ik tegen mevrouw Killian? U gelooft nooit wie er vrijdagavond tijdens het dansavondje kwam aan walsen?
En dan? Sturen ze dan mensen om met de Arthur Murray-studio te gaan praten, zoals ze destijds met Christo gingen praten? Dank je feestelijk. Tien tegen een dat ik hem nooit van mijn leven meer zie.

(3 oktober 2009. Zaterdag.)

In Crazy Mamma's Pizzeria en Restaurant in Walvisbaai is het een vrolijke drukte op zaterdagavond, vol en luidruchtig.

Reinhard Rohn gaat naar binnen en ziet de vrouw zitten, aan de lange bar achter in de eetzaal. Er is geen stoel naast haar vrij, zodat hij eerst een plek zoekt aan een tafeltje.

Hij bestelt alvast een biertje en een pizza en houdt haar voorzichtig in de gaten. Ze ziet er niet beter uit dan op de foto, eind veertig, beetje overgewicht, kapsel dat haar niet staat. Maar ze is alleen.

Later komt er een stoel naast haar vrij. Hij staat op, neemt zijn tweede biertje en de half opgegeten pizza mee.

'Mag ik hier komen zitten?' vraagt hij haar.

'Ga je gang.' Ogen die hem opnemen, automatisch, zonder veel belangstelling. Ze is klaar met eten en drinkt iets met cola erin.

Hij gaat zitten en eet verder.

Zij kijkt de andere kant op.

'Lekkere pizza,' zegt hij.

Ze merkt niet meteen dat hij het tegen haar heeft. 'O... Ja.'

'Ik eet meestal pizza bij La Dolce Vita, in Windhoek, in het Kaiserkrone-centrum.'

Ze schudt haar hoofd om te zeggen dat ze dat niet kent en bekijkt hem met meer interesse.

Hij wijst naar de pizza die voor hem staat. 'Maar deze doet daar niet voor onder.'

'Kom je uit Windhoek?' vraagt ze.

'Ja. Ben hier voor zaken. En jij?'

'Al negen jaar hier.'

'O? Wat doe je?'

'Ik werk bij een visbedrijf. Hoofd Administratie.'

(4 oktober 2009. Zondag.)

Milla Strachan zit die ochtend aan een schrijftafeltje in haar slaapkamer, achter haar laptop. Ze heeft Microsoft Word openstaan. Ze typt een nieuwe titelpagina:

Veertig

Door Milla Strachan

Ze begint een nieuwe pagina en schrijft: *Hoofdstuk 1.*

Daaronder de eerste twee zinnen van de nieuwste poging, waar ze lang over heeft nagedacht, en waarvan ze nog steeds niet weet of ze werken.

Hannelie, ouder en wijzer, heeft me vaak gewaarschuwd: alles wordt anders op je veertigste.

Ik geloofde haar niet.

Het hoofd van de administratie van Consolidated Fisheries belt Reinhard Rohn die ochtend na elf uur. Hij neemt de telefoon op in zijn kamer in het Protea Hotel.

'Met Ansie.'

'Goedemorgen.'

'Wat ben jij aan het doen?'

'Ik zit te werken. En jij?'

'Ik lig me dingen te herinneren.'

'En wat herinner je je?'

'Alles.'

'Je bent een stout meisje.'

'En wanneer gaat dit stoute meisje jou weer zien?'

'Wat doet het stoute meisje vanavond?'

(5 oktober 2009. Maandag.)

Op de agenda van Janina Mentz voor die dag staat vrede. Ze loopt Masilo's kantoor in, gaat vastberaden tegenover hem zitten en vraagt: 'Wat zou jij gedaan hebben als je in mijn positie was?'

Hij laat niet zien dat hij verbaasd is. 'Ik zou alles in de strijd hebben geworpen om de terreurdaad tegen te houden, al zou dat een fusie met de PIA betekenen. Ik zou begrip en waardering hebben gehad voor het werk van mijn mensen.'

'Zou je overwogen hebben een oplossing te zoeken die de terreur voorkwam en tegelijkertijd onze toekomst zeker stelde?'

'Natuurlijk...'

Ze speelt met zachte stem haar troefkaart uit. 'De minister kondigt vanmiddag aan dat het FIFA-bezoek van 12 oktober gepaard zal gaan met een enorme beveiligingsoefening, om de paraatheid van de SAPS, de politie van Kaapstad en bepaalde onderdelen van Defensie te testen. Hij zal het publiek vragen geduld te hebben, omdat uitgebreide wegblokkades en het afsluiten van bepaalde routes oponthoud kunnen veroorzaken.'

Masilo probeert zijn opluchting te verbergen. 'Dank u,' zegt hij.

'Even voor de goede orde, Tau, ik heb enorme waardering voor de ijver en toewijding van ons personeel. Maar als ze niet met de gewenste resultaten komen, is het mijn plicht en verantwoordelijkheid om dat te zeggen. Het is het onaangenaamste deel van mijn werk, maar ik moet het met dezelfde ijver en toewijding doen.'

Masilo komt half overeind, maar laat zich dan langzaam weer in zijn stoel zakken.

'Tau, ik heb je nodig. Ik leun zwaar op je. We mogen van mening verschillen, maar we moeten elkaar vertrouwen om onze afzonderlijke plichten na te komen.'

Hij knikt. 'U hebt gelijk.'

'Wil je overwegen weer met mij aan tafel te gaan zitten?'

58

Tijdens de dansles om 19.00 uur komt er iets los in Milla Strachan.

Misschien omdat ze te laat was, in gedachten verzonken, geen tijd heeft gehad om na te denken, en gewoon begint te dansen. Misschien omdat twee maanden dansles, theorie, praktijk, vastberadenheid en verlangen eindelijk samenvallen, zodat ze beweegt zonder na te denken en de muziek bezit van haar neemt. En omdat haar leraar, meneer Soderstrom, zo verstandig is niets te zeggen voor het einde, haar geen verplichte figuren laat doen en haar geen kans geeft een adempauze te nemen.

Pas als het uur om is, zegt hij: 'Juffrouw Strachan, dat was magnifiek.'

En Milla, met een blos van inspanning en genot op haar wangen, beseft opeens wat ze heeft bereikt en zegt: 'Ja, dat was het.' Emotie welt in haar op, euforie. 'Dank u,' zegt ze. 'Zeg ik dat wel vaak genoeg?'

Ze trekt haar dansschoenen uit, neemt afscheid, pakt haar handtas en loopt met energieke veerkracht, haar tas heen en weer zwaaiend, de trap af, naar buiten, de mooie, stille avond in. Ze loopt naar haar Renault.

Dan roept iemand haar naam.

Ze kijkt om, nog steeds opgetogen en voldaan.

Lukas Becker komt over het asfalt naar haar toe lopen.

Een lach die van diep uit Milla opstijgt, een besef dat deze ontmoeting voorbestemd is, dat het goed is en klopt, en ze zegt 'hallo' en blijft staan.

'Ik was net op weg naar Woolies, en toen zag ik je naar binnen gaan.'

Ze staat daar alleen maar, met een glimlach om haar mond.

'Toen besloot ik een hinderlaag te leggen, in de hoop dat je dorstig, moe en weerloos zou zijn als je naar buiten kwam,' met precies voldoende behoedzaamheid en moed in zijn stem.

'Heb je een uur op me gewacht?'

'Eigenlijk alleen de laatste tien minuten. Daar tegen die pilaar,' zegt hij jongensachtig verlegen. Dan lacht hij.

Ze lachen allebei. 'Ik verga van de dorst. En ik ben een beetje weerloos.'

Fotokopie: dagboek van Milla Strachan
Datum van aantekening: 5 oktober 2009
Lieve Jessica,
Je hebt me een keer gevraagd of ik nooit gevaarlijk had geleefd.
Vanavond heb ik het gedaan. Een beetje. En het was lekker.

In het Thaise restaurant aan de hoofdstraat, een blok van Arthur Murrays dansstudio, zitten ze op het balkon.

'Wat doe jij?' vraagt hij haar.

'Ik drink mineraalwater met een stalker en overweeg sushi te bestellen.'

'Touché. Wat voor wérk doe je?'

'Ik ben bedrijfsjournalist. Ik werk voor de overheid, voor het ministerie van Communicatie, bij een krant die *News This Week* heet. Als ik morgen ontslag neem, stort de regering in. En jij?'

'Ik heb in het buitenland gezeten. Bijna dertien jaar.'

'Wat heb je daar gedaan?'

'Opgravingen, de eerste zeven jaar. En vanaf 2005 was ik in Irak. Opleiding kleine vaart op de Tigris. Voor het Iraakse leger.'

'Wanneer ben je teruggekomen?'

'Een week of drie geleden.'

'Waarom?'

'Dat is een lang verhaal.'

'Dan kunnen we beter sushi bestellen.'

Fotokopie: dagboek van Milla Strachan
Datum van aantekening: 5 oktober 2009
Hij was echt. Eerlijk. En zo ontzettend op zijn gemak met zichzelf, met mij, met de serveerster (hij noemde haar '*ousus*', en de wijnkelner 'ouboet'), hij probeerde geen indruk te maken, hij probeerde niet overdreven grappig of ernstig te zijn, hij praatte ongedwongen over zichzelf en toonde ongedwongen belangstelling voor mij.
Hij heeft een mooie stem.
Ik heb hem mijn mobiele nummer gegeven.

'Ik ben teruggekomen om een boerderij te kopen.'

'In de Kaap?'

'Nee. In de Vrystaat. Tussen Philippolis en Springfontein.'

'Waarom daar?'

'Dat is min of meer waar ik vandaan kom en het is een mooie boerderij. Het is het landschap waar ik van hou. De Suidwes-Vrystaat, gras en heuvels, struikgewas met doringbomen, een stroompje met wilgen...'

'Maar wat doe je dan in de Kaap?'

'Je bent een nieuwsgierige vrouw.'

'Dat heeft mijn vader me geleerd: als een man je stalkt, zorg dan dat je zo veel mogelijk te weten komt.'

'Je vader is een wijs man. Ik ben in de Kaap om geld terug te krijgen dat iemand van me heeft... geleend. Ik heb het nodig om de boerderij mee te betalen.'

'Ben je daarom in het buitenland gaan werken? Om een boerderij te kunnen kopen?'

'Dat was een van de redenen.'

59

(6 oktober 2009. Dinsdag.)

Milla haalt haar identiteitskaart door de gleuf van de veiligheidsdeur, hoort het slot klikken en gaat naar binnen. Ze kijkt omhoog naar de bewakingscamera in de hoek en voelt zich een beetje schuldig.

Die mensen moesten eens weten...

En heel even overweegt ze de mogelijkheid dat iemand hen gisteravond gezien kan hebben. Dat laat haar hart sneller kloppen en maakt dat ze zich opeens bewust is van de mensen in de gangen op weg naar kantoor. Ze zoekt naar tekenen van belangstelling, van afkeer, ook bij haar collega's.

Maar ze begroeten haar met het gewone ritueel.

'*Good morning*,' zegt Mac, met zijn neus tegen zijn computerscherm.

Theunie, die zijn pijp schoonmaakt, kijkt op en glimlacht naar haar. 'Carmen. Je ziet er bijzonder aantrekkelijk uit vanochtend.'

En Jessica is laat. Zoals elke ochtend.

Milla ontspant langzaam.

Misschien was het profiel het enige wat ze wilden hebben. Misschien is Lukas Becker allang weer vergeten.

Quinn herkent haar niet op de foto, de belichting is slecht: Becker en de vrouw 's avonds op het balkon van het restaurant.

Pas als hij het korte rapport van het achtervolgingsteam leest, de registratiegegevens van de witte Renault Clio, ziet hij de naam. Milla Strachan. Komt hem bekend voor.

Hij moet hard nadenken om de naam te kunnen plaatsen: boven aan een paar recente PIA-rapporten, als hij het zich goed herinnert.

Hij zoekt het op in zijn computer en ziet dat het inderdaad dezelfde naam is als van die nieuwe vrouw bij het rapportageteam. En hij denkt: toeval? Het is geen doorsnee naam, hij moet het onderzoeken. Zou dat niet krankzinnig zijn, zou dat niet de knuppel in het hoenderhok zijn?

Hij vraagt het PIA-personeelsrapport van Milla Strachan op en ziet dat type en kleur en registratienummer van de auto hetzelfde zijn. Hij kijkt naar de pasfoto en vergelijkt hem met de vrouw op het balkon van het restaurant.

Ze is het.

Hij zoekt in de database om te zien aan welke rapporten ze heeft gewerkt. Lukas Becker was het laatste.

Quinn zegt niets, hij fluit alleen tussen zijn tanden, een verbaasd gesis, en een soort bewondering voor het noodlot, dat Operatie Shawwal maar niet met rust wil laten.

'Quinn heeft het observatieteam bij zich geroepen en grondig ondervraagd,' zegt Tau Masilo tegen Mentz. 'Ze zeggen dat Becker haar buiten het winkelcentrum opwachtte. Daar zitten een sportschool en een dansstudio, ze kan bij een van die twee zijn geweest. En toen ze tegen 20.00 uur naar buiten kwam, sprak hij haar aan. Toen gingen ze naar het restaurant, waar ze hebben zitten eten en praten tot 22.40 uur. Daarna ging hij terug naar het guesthouse. We hadden geen mankracht om haar te volgen.'

Janina Mentz zit zo lang zwijgend naar de muur tegenover zich te staren dat Masilo zegt: 'Mevrouw...?'

Ze staat abrupt geërgerd op, loopt om haar bureau heen, gaat achter haar computer zitten, klikt met de muis en kijkt gespannen naar het scherm. Masilo ziet hoe zich langzaam een gloed over haar gezicht verspreidt.

Ze kijkt naar hem. 'CIA,' zegt ze, alsof het een scheldwoord is.

Masilo probeert haar bij te houden, maar geeft het op. 'Ik begrijp het niet.'

'Heb je zijn profiel gelezen? Hij werkt verdomme voor de CIA.'

Masilo herinnert zich Beckers telefoongesprekken met Inkunzi Shabangu, hoe hij zijn geld zocht na een autokaping. 'Ik weet niet zeker of ik het daarmee eens ben.' 'Even combineren, Tau, wat hebben Becker en Amerika met elkaar gemeen?'

Hij probeert zich te herinneren wat er in het rapport staat, maar ze beantwoordt de vraag zelf. 'Israël, Egypte, Jordanië, Iran, Turkije. En nu Irak. Zegt dat je iets?'

'Hotspots van de CIA.'

Ze schudt haar hoofd, pakt de foto op, die van Becker en Milla op het balkon. 'Kijk naar haar, Tau. Kijk hoe ze naar hem kijkt.' De directrice zakt langzaam terug in haar stoel. 'Ik ben heel erg teleurgesteld in haar.'

Masilo en Quinn zitten achter de gesloten deur van het kantoor van de advocaat.

'Heb je het Strachan-incident met iemand besproken?' vraagt Masilo.

'Alleen met het observatieteam.'

'Is er al een dossier? Iets in het systeem?'

'Nog niet.'

Masilo knikt opgelucht. 'Houden zo. Quinn, dit is een heel gevoelige kwestie. Het is heel goed mogelijk dat hij haar als doelwit heeft gekozen. Dat hij niet is wie wij denken dat hij is.'

Quinn overdenkt dit. 'Het zou me verbazen...'

'We kunnen het ons niet veroorloven een fout te maken. De schade aan de Operatie, de schade aan de reputatie van het Bureau.'

Hij kijkt naar Quinn om te controleren of dit allemaal wel tot hem doordringt.

'De opdracht van de directrice is heel specifiek. Niets in het systeem. Je houdt alles in je la. Strachans naam wordt nergens genoemd. Van nu af aan staat ze bij ons bekend als "Miss Jenny". Zo zullen alle betrokkenen haar noemen, dat is de naam die op instructies aan andere departementen staat. Van nu af aan beperken we het aantal mensen dat ervan weet drastisch; de directrice, ik, jij, en een klein team dat je onmiddellijk moet samenstellen. Een paar operators die je vertrouwt, Quinn, drie of vier verstandige mensen. Zoek ze zorgvuldig uit. Zíj doen het monitoren, zíj schrijven de rapporten. Met de hand.'

'Ik begrijp het.'

'We moeten haar appartement doorzoeken, we willen microfoons in elke kamer. Vandaag nog. En alleen jouw team luistert af. En we willen precies weten waar ze naar kijkt op haar computer, wat voor materiaal ze hier aanvraagt, digitaal of hard copy. En we willen haar telefoongesprekken afluisteren.'

'Visuele observatie en laten volgen?'

'Nee, concentreer je op Becker. En over Becker gesproken: we willen dat jij die twee Shabangu-handlangers opspoort met wie Becker heeft gewerkt.' Masilo raadpleegt zijn aantekeningen. 'Volgens de transcriptie zei Becker tegen Shabangu: "Ik heb er een hier. Hij heet Enoch Mangope, die met dat witte oog. En hij zegt dat hij voor u werkt." En de andere heet Kenosi, dat is het enige wat we hebben. Spoor ze op, Quinn, we willen precies weten wat Becker tegen ze heeft gezegd. Nog vragen?'

'Nee.'

'De volgende opdracht is voor Rohn in Walvisbaai. Hij zal zijn bron vandaag moeten gebruiken.'

'Dat is misschien te vroeg.'
'We hebben geen keus. Nog zeven dagen, Quinn. Er is geen tijd meer.'
'Ik zal het tegen hem zeggen.'
'Dat is voorlopig alles, dank je.'
Quinn staat op en loopt naar de deur, waar hij blijft staan. 'Waarom "Miss Jenny"?'
'Dat was een idee van de directrice. Schijnbaar iemand die de Amerikanen heeft bespioneerd. Lang geleden.'
Quinn fronst zijn wenkbrauwen.
'Je komt er wel achter,' zegt Masilo.

De Mountainstraat in Nuweland is boomrijk, de huizen zijn groot, de muren hoog.
De operators die Shahied Latief Osman in de gaten houden, doen dat vanuit een ongebruikte slaapkamer op de bovenste verdieping van nummer 12, met toestemming van de meestal afwezige eigenaar. Het is niet het ideale uitkijkpunt, want Osmans huis is schuin aan de overkant, even verderop, zodat ze de ingang, een deel van de inrit, de garage, een stukje grasveld en net de voordeur kunnen zien. Maar het is het enige wat ze konden krijgen.
Even na negen uur zien ze de witte Toyota Yaris voor de ingang stoppen. De operator zwaait de sterke verrekijker op de driepoot erheen en stelt hem scherp.
Hij ziet Becker uitstappen en naar het hek lopen, waar op een glanzende stalen paal de intercom is gemonteerd. Becker drukt op een knopje. Wacht. Bukt zich om in de intercom te praten. Komt weer overeind en kijkt door het hek.
De operator zwaait de verrekijker naar de voordeur. De seconden tikken voorbij. Dan gaat de deur open. Shahied Latief Osman komt naar buiten in zijn djellaba en loopt naar het hek. Arrogant.
Zegt iets tegen Becker. Blijft achter het hek staan, maar doet niet open.
Becker praat terug.
Osman schudt zijn hoofd.
Becker praat weer.
Osman zegt iets, zijn lichaamstaal is agressief.
Becker praat.
Osman maakt een armgebaar dat betekent dat Becker weg moet gaan.
Becker zegt weer iets.
Osman draait zich om en loopt terug naar de voordeur. Op de drempel draait hij zich om, roept iets, gaat naar binnen en doet de deur dicht.

De verrekijker zwaait weer naar Becker. Die blijft nog even staan en loopt dan naar zijn auto.
De operator zou zweren dat hij een glimlach ziet.

Het huiszoekingsteam opent de deur van Milla's appartement om 14.03 uur. Ze zijn handig en ervaren. Ze maken eerst digitale foto's van elke kamer, daarna van elke kast en elke lade. Dan beginnen ze te zoeken.
Degene die de dagboeken vindt, belt Quinn. 'Het zijn er vierentwintig. Ze gaan terug tot 1986, dat gaat tijd kosten.'
'Fotografeer de bladzijden van de laatste... zes maanden. We kunnen de andere beetje bij beetje later kopiëren. Vanaf morgen.'
Pas als tegen 15.32 uur de huiszoeking klaar is en elke ruimte weer geordend is zoals op de oorspronkelijke foto's, gaan de technici naar binnen om de microfoons te plaatsen.

In de Chamberlainstraat 15 in Bo-Woodstock beginnen de leden van de Supreme Committee te arriveren.
De operator aan de overkant stelt meteen Quinn op de hoogte en controleert of de apparatuur werkt.
Ze zit zonder veel hoop te luisteren naar de betonmicrofoon in de arm van de satellietschotel.
Tot haar verbazing hoort ze om 15.59 uur de stem van Shahied Latief Osman, verontwaardigd: 'Hij zegt dat Shabangu tegen hem heeft gezegd dat ík zijn geld heb. Ik of Tweetybird.'
'Rustig, Shahied, denk om je hart. Heb je het kenteken van de auto?' vraagt de Sjeik, Suleiman Dolly.
'Ja.'
'Kom, dan praten we beneden verder.'

Hij belt haar na zes uur.
Ze zit achter haar laptop in de slaapkamer aan haar boek te werken.
Ze herkent het nummer niet. 'Milla,' zegt ze voorzichtig.
'De patat bij Fisherman's Choice is altijd goudbruin en bros en heet en vers, en de stokvis is boterzacht. En het is een prachtige avond.'
'Wat weet een Vrystater van boterzachte stokvis?'
'Helemaal niets, ik had gehoopt dat mijn gevleugelde woorden en mijn poëtische aanpak onweerstaanbaar zouden zijn.'
'Dat is erg suggestief...'
'Wij Vrystaters kennen zulke grote woorden niet. Betekent dat "ja"?'
'Waar is Fisherman's Choice?'

Op Quinns computerscherm staan de foto's van Milla Strachans dagboekbladzijden.

Hij leest eerst de aantekeningen van afgelopen week.

Hij ziet dat ze Becker vrijdagavond al voor het eerst heeft ontmoet, tijdens het dansen.

Door Becker georkestreerd.

Hij ziet sporen van Milla's geweten, hij ziet hoe ze wordt meegesleept. Hij gaat terug naar het begin en leest de aantekeningen van een halfjaar geleden. Toen was ze nog een huisvrouw. Eenzaam. Verloren.

Hij volgt haar woordenspoor naar de bevrijding, naar de PIA, en leest over haar zorgen om haar zoon, haar intieme gedachten, haar geleidelijke emancipatie.

Tegen zijn zin vindt hij haar aardig. En hij raakt hoe langer hoe meer overtuigd van haar onschuld. Ze is een toevallig stukje wrakhout dat meedrijft met Operatie Shawwal.

Dan gaat zijn telefoon. 'Becker heeft net Miss Jenny gebeld. Ze gaan weer uit eten.'

Reinhard Rohn ligt op bed. Ansie, hoofd Administratie van Consolidated Fisheries, rust met haar hoofd op zijn buik. Ze rookt een sigaret, de asbak staat op de welving van haar buik.

'Ik hoor dat een van mijn oude vrienden laatst bij jullie was,' zegt hij.

'Wie?'

'Shahied Osman. Uit de Kaap.'

'Ken jij Osman?'

'Hij is eigenlijk meer een zakelijke kennis, als ik eerlijk ben. Ik zei gisteren toevallig tegen hem door de telefoon dat ik in Walvisbaai ben, en toen vertelde hij dat hij een maand of wat geleden hier zaken heeft gedaan. Met jullie.'

'Kleine wereld,' zegt ze.

'Ik wist niet eens dat hij vis importeerde.'

'Nee, dat doet hij ook niet.'

'O?'

'Wat voor werk doet de Osman die jij kent?'

'Import.' Expres vaag.

'Dat is niet wat hij ons heeft verteld. Hij zei dat hij tussenhandelaar was. Speculant.'

'In vis?'

'Nee. In boten. Hij wilde een van onze boten kopen.'

60

Aan het Waterfront in Kaapstad, waar duizend lichtjes spiegelend op het water naast pier 4 dobberen, luistert Milla naar Lukas Becker. Ze luistert naar zijn stem, de klank en intonatie; rustig, vredig, zacht. Met een vleugje zelfverloochening, alsof hij en zijn leven alleen dankzij haar belangstelling de moeite waard zijn. En iets anders, een zuiverheid die in haar resoneert, een warmte, voor haar, voor hén.

Vertel eens over die opgravingen, heeft ze hem gevraagd, alsof ze er niets van weet.

Hij heeft gezegd dat het een van de boeiendste ervaringen in zijn leven was.

'Waarom?'

'Ik ga je vervelen.'

'Nee hoor.'

Hij eet eerst nog wat. Dan zegt hij: 'Heb jij weleens over de vlaktes van de Vrystaat gelopen en je afgevraagd hoe die er honderdduizend jaar geleden uitzagen? Heb je weleens in het veld iets zien blinken en het opgeraapt en tussen je vingers gedraaid; een stukje struisvogelei, rond geschuurd, een gaatje erin, en je afgevraagd wie het om zijn hals heeft gedragen? Hoe het geweest moet zijn om toen te leven. Toen de springbokken bij duizenden over de savanne trokken, toen mensen 's nachts vuur maakten om de leeuwen weg te houden, daar waar nu alleen koeien en schapen en beschaving zijn. Heb je je weleens afgevraagd waarom deze aarde, dit Afrika ons zo aanspreekt, ons Europeanen? Ik vraag me dat al af vanaf mijn jeugd, vanaf mijn zeventiende of achttiende. Waar komt de liefde voor dit landschap vandaan? Waarom willen we het bezitten? Waarom hebben Afrikanen, en vooral Afrikaners, zo'n sterke binding met grond, zo'n diep verlangen naar grond. En speciaal naar een boerderij. Waar komt dat vandaan? Het zat in mijn vader en het zit in mij. En toen ben ik gaan zoeken naar de antwoorden en besefte ik steeds meer dat dit iets nieuws is. Tien-, misschien twaalfduizend jaar oud. Daarvoor was de mens een zwerver, een nomadische jager en verzamelaar die de planeet bevolkte door achter voedselbronnen aan te trekken.

Alles behoorde ons toe, de hele aarde. Tweehonderdduizend jaar lang, als je alleen naar de *homo sapiens* kijkt. Bijna tweeënhalf miljoen jaar, als je de *homo habilis* ook meerekent. De wereld was onze woning, het voorbij horizons trekken, de vrijheid, de beweging, dat zat in onze genen, dat was onze drijfveer. En toen, tussen de achttien- en veertienduizend jaar geleden, maakten de Kebaran uit de Levant plaats voor de Natufianen, die voor het eerst grassen zaaiden...'

'De Kebaran?' (Ze vraagt het fluisterend, bijna verontschuldigend, want ze wil niet dat hij ophoudt met praten.)

Hij loopt met haar mee tot aan het veiligheidshek.

Ze wil hem mee naar binnen vragen.

'Milla, ik wil je morgenavond weer zien,' zegt hij.

'Dat zou fijn zijn.'

Ze blijven even zwijgend staan en dan zegt hij: 'Slaap lekker, Milla.'

(7 oktober 2009. Woensdag.)

Rajkumar weet dat het niet zijn technologie was die voor de doorbraak heeft gezorgd. Het waren de ouderwetse methoden van het mannetje van Masilo en Quinn, die middelbare en bijna vergeten operator Reinhard Rohn. Hij probeert dat nu te compenseren met informatie die die ochtend snel is verzameld: 'We hebben dit allemaal uit hun systeem gehaald. Het heet een hektrawler, en het is geen boot, het is een schip. Vierenveertig meter lang, tien meter breed, vijf meter diepgang. Slaapruimte voor vijftien bemanningsleden, kan bijna duizend ton lading vervoeren. Maar het echte probleem: het is toegerust om tot vijfenveertig dagen op zee te kunnen blijven. En Osmans mensen hebben het schip in gebruik genomen op 21 september, dus zijn ze al drie weken op zee. Ze kunnen overal ter wereld zijn,' zegt Rajkumar. En dan snel, omdat Mentz hem nijdig aankijkt: 'Ik weet dat dat niet is wat u wilt horen.'

'Daar gaat het niet om.'

'Mevrouw, we hadden geen reden om te kijken naar de schepen die ze hadden verkocht.'

'Nee, Raj, daar gaat het ook niet om. Jij vraagt "waar?", maar wat je zou moeten vragen is "waarom?".'

'O.'

'Waarom hebben ze zo'n groot schip nodig? Wat willen ze transporteren? Laten we veronderstellen dat Tau gelijk heeft en dat het doelwit het Amerikaanse voetbalteam is of het stadion in Kaapstad, of allebei. Daar

hebben ze geen duizend ton wapens en explosieven voor nodig.'
'Mensen,' zegt de advocaat. 'Ze brengen mensen aan land.'
'Precies,' zegt Mentz.
Raj veegt zijn haar naar achteren over zijn schouders, boos op zichzelf.
'Ze brengen een moordcommando aan land,' zegt Mentz. 'Waarschijnlijk getraind door Al Qaida. Het schip verklaart alles. Het verklaart waarom ze zoveel geld nodig hadden. Waarom Macki er zo bij betrokken was. Misschien hebben ze de diamanten gebruikt als contante betaling, Walvisbaai is een smokkelhaven. Het verklaart waarom ze zo weinig contact hebben gehad met de Restless Ravens. Het belangrijkste is dat we de Committee in de gaten hebben gehouden, maar de rol van de Committee is eigenlijk uitgespeeld. Ze kunnen alleen nog maar zitten wachten tot het moordcommando er is.'
'Met alle respect,' zegt Rajkumar. 'Dat maakt de kwestie van "waar" nog belangrijker.'
'Daar heb je helemaal gelijk in,' zegt Masilo.
'Dus hoe vinden we het schip?'
Rajkumar is voorbereid op die vraag. 'Dat hangt ervan af hoe graag ze gevonden willen worden.'
'Hoezo?'
'SOLAS. Het internationale verdrag voor Safety of Life at Sea. Sinds 2006 moeten alle vaartuigen groter dan driehonderd ton onder andere beschikken over Long Range Identification and Tracking-apparatuur, LRIT. Als ze hun LRIT- en de AIS-zenders aan hebben staan, kunnen we een Chapter Five-verzoek indienen via de minister – of een ander lid van het kabinet – bij de internationale LRIT gegevensuitwisseling, om hun huidige positie te bepalen.'
'En als ze de zenders niet aan hebben staan?'
'Dan moeten we rapporten vinden over schepen die de SOLAS-regels hebben overtreden, en dat kost tijd. De enige echte oplossing is met de Amerikanen praten en vragen of ze met hun satellieten willen kijken.'
'Ik ga niet met de Amerikanen praten.'
'Ik weet hoe u zich voelt, mevrouw,' zegt Tau Masilo. 'Maar we hebben geen keus. We hebben geen tijd meer. En ze hebben geen haven nodig om een terreurcommando aan land te brengen. Ze kunnen op zee overgeheveld worden naar een kleinere boot, waar dan ook voor de kust. En we hebben een ellenlange kustlijn.'
'Waarom is het een probleem om de Amerikanen om hulp te vragen?' vraagt Rajkumar onschuldig.
'Omdat het slangen zijn,' zegt Mentz.

'O.'
'We hebben geen keus,' zegt Masilo weer.
Mentz kijkt afkeurend naar de advocaat, maar zegt ten slotte: 'Raj, bereid het Chapter Five-verzoek voor. Ik ga met de minister praten.'

'Nee,' zegt de minister, hoogst geïrriteerd.
'Meneer...' zegt Mentz.
'Nee, nee, nee. Wat moeten we tegen de Amerikanen zeggen? Iemand komt met een boot vol gestoorde moslims om jullie voetbalteam op te blazen, kom alsjeblieft een handje helpen, want we zijn te suf om een stelletje baarden tegen te houden? Heb jij enig idee van de druk op het ogenblik, van de mediagieren die daarboven in de lucht cirkelen, boven de World Cup, van de Afro-pessimisten? Ze willen dat we falen. Zodat ze kunnen zeggen: "Kijk, Afrika is nog steeds Afrika, vergeven van misdaad en corruptie en zwarten." En nu wil je dat we negen maanden voor het toernooi tegen de Amerikanen zeggen: "Jullie team is in gevaar en wij zijn te stom om het zelf op te lossen." Straks kondigt Obama aan dat ze niet meer komen, dat het risico te hoog is. Nee, Janina, nee, nee.'
'Meneer, niemand heeft een grotere hekel aan...'
'Waarom hebben jullie die moslims niet gewoon opgepakt, Janina? Toen daar nog tijd voor was?'
'Meneer, u weet...'
'Ik weet wat jij me vertelt, ik vertrouwde je.'
'We hoeven niets tegen de Amerikanen te zeggen.'
'Niets? We vragen ze om al hun satellieten op onze wateren te richten, maar we zeggen niets?'
'Meneer, we hebben een troefkaart.'
'En dat is?'
'De CIA is onlangs begonnen met een infiltratieproces. Bij de PIA.'
'Dat meen je niet.'
'Dat meen ik wel.'
'Heb je bewijzen?'
Ze legt de foto op het bureau. Lukas Becker, op het vliegveld van Kaapstad. 'Hij is een Zuid-Afrikaner met een militaire achtergrond. Hij is in 1994 uitgeweken naar de VS...'
'In 1994?' klinkt het verontwaardigd. 'Een van die lui die het niet beviel in ons nieuwe, democratische Zuid-Afrika?'
'Best mogelijk. We zijn nog bezig om zijn ideologie te onderzoeken, maar we zijn er redelijk zeker van dat hij tussen 1994 en 1996 door de CIA is geronseld. Want van 1997 tot 2004 wordt hij ingezet in alle speer-

puntgebieden van de CIA: Israël, Egypte, Jordanië, Iran en Turkije, onder de dekmantel van archeologische opgravingen. Hij zat vanaf 2004 tot eerder dit jaar fulltime in Irak, als "werknemer" van Blackwater. Hij beschikt over een Amerikaanse bankrekening en twee beleggingsrekeningen, en zijn liquide middelen bedragen volgens een conservatieve schatting meer dan twee miljoen rand. Een maand geleden is hij opeens weer in het land en pleegt een sluipmoord op een van de hoofdrolspelers van de georganiseerde misdaad, die wij toevallig aan het onderzoeken waren vanwege zijn relatie met de Supreme Committee.'

De minister zakt hoofdschuddend onderuit in zijn stoel. 'CIA,' zegt hij als het tot hem doordringt.

'Hij is nu bezig toenadering te zoeken tot een van onze administratief medewerkers.'

'En dan zitten ze bij de samenwerkingsvergaderingen en doen alsof ze onze vrienden zijn.'

'Precies.'

'Hoe wil je dit gebruiken, Janina?'

'Als pressiemiddel. Ik wil de troefkaart niet uitspelen voordat het echt niet anders meer kan.'

61

'Wil je koffie?' vraagt Milla als ze voor het veiligheidshek van het appartement staan.

'Graag,' zegt hij.

Ze toetst de code in en doet het hek open. Haar hart bonst.

'Milla,' zegt hij.

Ze kijkt hem aan.

'Vertel je dan wat over jezelf?'

De operator is een vrouw, 34 jaar oud. Ze is een van Quinns vertrouwelingen, een van de mensen op wie hij kan bouwen.

Om 22.48 uur zit ze in haar hokje bij de PIA als het achtervolgingsteam haar laat weten dat Becker en Miss Jenny zojuist zijn aangekomen voor haar appartement. Het afluisteren kan beginnen.

Ze gaat snel naar de Operations Room, doordrongen van Quinns opdracht: geen opnamen in het systeem. Alleen een digitaal geluidsbestand op een usb-stick, ter attentie van hem, op zijn bureau. En een handgeschreven aantekening om aan te duiden hoe belangrijk het is.

Ze stemt af op het juiste kanaal, zet de computer aan en plaatst de koptelefoon op haar hoofd. Ze weet niets over de man en vrouw van wie ze de stemmen hoort, kent alleen de codenamen.

Ze is zich bewust van de indrukwekkende gevoeligheid van de hightech microfoons, die elk geluid glashelder opvangen: de zachte stappen op een vloer, het kraken van een stoel, het rammelen van bekers, het gerinkel van theelepels. En de stemmen. De vrouw die over haar leven vertelt, de man die haar zacht vragen stelt. Ze praten over de voor- en nadelen van opgroeien in een klein dorp. Over ouders. Ze verplaatsen zich naar een andere kamer. Zij zegt: 'Het was een stel Boeren-hippies, hij en mijn moeder. Reuze excentriek, heel anders dan de ouders van andere kinderen. Ik weet nog steeds niet of het... wat voor invloed dat op mij heeft gehad. Er was een tijd dat ik me zo voor hen schaamde...' Geluid van een auto die door de straat rijdt.

De operator luistert onbevooroordeeld, ze concentreert zich puur op informatie die te maken kan hebben met Operatie Shawwal. Maar ze hoort alleen een man en een vrouw over hun leven praten, over kindzijn en opgroeien, over de dingen die hen gevormd hebben.

En later hoort ze, tot haar verlegenheid, de intimiteit tussen een man en een vrouw. Ze hoort hoe ze na middernacht ophouden met praten. En dan beginnen de geluiden subtiel een verhaal te vertellen van fysiek contact en liefkozingen, tot de adem en de stem van de vrouw, de geheimzinnige Miss Jenny, uiteindelijk zacht haar diepe bevrediging tot uiting brengen.

De operator vindt er weinig erotiek in. Want morgen, als Quinn het afluistert, zal hij weten dat zij dit ook heeft gehoord.

(8 oktober 2009. Donderdag.)

Wanneer het Amerikaanse team binnenkomt, blijkt het uit vier mensen te bestaan.

Mentz is verbaasd, want ze kent er maar twee van. 'Zo, zo, wat zijn jullie gegroeid,' zegt ze.

'*Janina, how are you? Tau, good to see you again.* Laat me jullie voorstellen aan twee van mijn collega's,' zegt Bruno Burzynski, de bureauchef van de CIA in zuidelijk Afrika, groot, atletisch en kaal. 'Dit is Janet Eden, en dit is Jim Grant. En Mark ken je al.'

Als ze elkaar begroet hebben en om de tafel zitten, zegt ze tegen Burzynski: 'En wat doen je collega's zoal, Bruno?'

'Landbouwattachés natuurlijk.'

Ze glimlacht. 'Namens de minister bedank ik jullie voor jullie komst op zo'n korte termijn. Hij laat jullie groeten.'

'Altijd tot genoegen. Doe de groeten terug.'

'Iemand koffie? Thee? Water?'

'Nee, bedankt.'

'Mochten jullie van gedachten veranderen, de drankjes staan achter jullie... Zo, en als jullie het niet erg vinden, kom ik meteen ter zake. Zoals jullie waarschijnlijk weten, heeft onze regering gisteren een internationaal SOLAS Chapter Five-verzoek ingediend, voor een vissersschip. Het gaat om dit schip, een hektrawler,' en ze klikt op de afstandsbediening om de powerpointafbeelding op het grote scherm te activeren. 'Het scheepsidentificatienummer is ERA112, het vaart onder Namibische vlag, de naam op de boeg is *The Madeleine*. Het is een week of drie geleden verkocht door een bedrijf in Walvisbaai. Helaas blijkt uit een voorrapport van SOLAS dat het schip de LRIT en AIS niet aan heeft staan, waardoor het erg moeilijk te vinden is. En we moeten het zeer dringend vinden. Daarom stelde de minister voor onze goede vrienden, de regering van de Verenigde Staten, om assistentie te vragen in deze kwestie. Hij en de president zouden dat zeer op prijs stellen.'

'Het zal ons een eer zijn jullie te helpen, als we kunnen, natuurlijk. Mag ik vragen wie de nieuwe scheepseigenaren zijn?'

Die vraag had ze verwacht. 'Een groep tamelijk onsmakelijke figuren die van plan zijn onze nationale veiligheid te ondermijnen.'

Als hij merkt dat ze niets meer zal vertellen, zegt hij: 'Ik begrijp het. En wat voor soort assistentie had de minister in gedachten?'

'De minister heeft veel respect en bewondering voor het enorme arsenaal aan technologische toverij dat de regering van de Verenigde Staten tot haar beschikking heeft, met name BASIC, de Broad Area Surveillance Intelligence Capacity.'

'De minister is goed op de hoogte.'

'Daar laat hij zich op voorstaan. En hij vroeg zich af of de VS bereid zouden zijn onze ontluikende jonge democratie te helpen beschermen door deze faciliteiten aan ons beschikbaar te stellen. Om het schip te vinden, natuurlijk.'

Burzynski knikt langzaam, alsof hij hier eerst over moet nadenken. 'Janina, je weet, er is de regering van de Verenigde Staten, en met name de CIA, veel aan gelegen de vriendschap met onze zeer gewaardeerde bondgenoten in Zuid-Afrika in stand te houden en te versterken. En als we op de een of andere manier kunnen helpen, zullen we absoluut ons uiterste best doen, zoals altijd. Maar weet je wel welke kosten eraan verbonden zijn, in termen van mankracht en middelen, mochten we instemmen met een satellietzoektocht? Vooral als ze de LRIT niet aan hebben staan. Het schip is al weken zoek, en er is tijdsdruk.'

'Dat ga jij me ongetwijfeld vertellen.'

'Het wordt een wereldwijde zoektocht, Janina. Ze kunnen overal zijn. De logistiek is gigantisch.'

'Ik begrijp het.'

'Ik zeg niet dat we niet kunnen helpen. Maar om mijn superieuren te... laten we zeggen, motiveren, heb ik munitie nodig.'

'Ja, natuurlijk. Daarom heeft de minister deze brief geschreven.' Ze schuift hem over tafel naar Burzynski toe. 'Je zult zien dat hij de zaak omschrijft als een kwestie van nationale én internationale veiligheid, en van de hoogste urgentie.'

'En?'

'En hij drukt zijn innige dankbaarheid uit.'

'Genoteerd. Maar met alle respect, Janina, we hebben meer nodig dan dat.'

'Zoals?'

'De aard en schaal van de dreiging. En vooral de internationale implicaties ervan.'

'Helaas zijn we niet in een positie om jullie op dit moment veel meer te geven. Maar als jullie ons kunnen helpen het vaartuig te lokaliseren, en we informatie vinden waar de CIA belangstelling voor zou kunnen hebben, geef ik mijn woord dat we die door zullen geven.'

'Janina, daarmee kom je er niet.'

'Dat is echt jammer. Ik had gedacht dat het de ideale gelegenheid zou zijn voor de CIA om... ons vertrouwen terug te winnen.'

'Ik kan je niet volgen.'

'Ik denk van wel, maar daar gaat het nu niet om. Mag ik je vragen het verzoek in ongewijzigde vorm aan Langley over te brengen?'

'Zijn er vertrouwenskwesties waarvan ik niet op de hoogte ben, Janina?'

'Ik weet echt niet waarvan jij op de hoogte bent, Bruno. Wil je ons verzoek doorgeven?'

'Natuurlijk, ik zal mijn uiterste best doen.'

'Heel erg bedankt.'

62

Er is een afstand tussen Milla en de werkelijkheid, een zacht kussen, een lichte mist. Haar lichaam voelt hem nog, ze ruikt en proeft hem nog. Zijn woorden, zijn verhalen zitten in haar hoofd.

Theunie komt naast haar staan en legt zijn arm om haar schouders. 'Is alles oké?'

Ze reageert langzaam, kijkt op en glimlacht. 'O, ja.'

'Je bent een beetje afwezig vanochtend.'

'Dat ben ik zeker.'

En ze denkt: zo voelt het dus om verliefd te zijn. Op je veertigste.

'We zijn Becker kwijt,' zegt de operator.

'Hoe?' vraagt Quinn. Hij probeert zijn teleurstelling niet te laten blijken.

'Op het vliegveld. Hij had de Toyota teruggebracht naar Tempest Car Hire. Toen liep hij naar de vertrekhal. Dat hadden we niet verwacht, en tegen de tijd dat we er waren, was hij weg.'

'Hoe lang geleden?'

'Vijf, zes minuten. De rijen om in te checken zijn lang, en daar stond hij niet. Ik denk niet dat hij een vlucht heeft genomen. Ik denk dat hij ergens anders weer naar buiten is gegaan.'

'Dat betekent dat hij jullie heeft gezien.'

'Dat is onmogelijk.'

'Blijf zoeken. Je hoort van me.'

Quinn vloekt, staat op en rent naar het team van Rajkumar. Hij wil weten of Becker een vliegticket heeft gekocht en waarom ze daar niets van weten.

'Jissis, Quinn,' zegt Masilo.

Quinn weet hoe groot de druk op zijn baas is. Hij praat op rustige toon. 'We vinden hem wel.'

'Dat is je geraden. Want ik ga niet het kantoor van die vrouw binnenstappen en zeggen dat we niet weten waar hij is.'

'We vinden hem wel, want we hebben een aanknopingspunt,' zegt hij zacht.

'Wat?'

'Miss Jenny. Hij heeft de nacht bij haar doorgebracht. We gaan hem daar weer opwachten.'

'Ik weet niet zeker of dat genoeg is.'

Burzynski belt haar vlak na de lunch. 'Janina, ik neem aan dat de lijn aan jouw kant ook veilig is?'

'Ja.'

'Mooi. Ik heb net een langdurige videoconferentie met Langley gehad en ik heb geweldig nieuws. We gaan jullie helpen dat schip te vinden.'

'Dat is geweldig nieuws, Bruno. Ik sta bij je in het krijt.'

'Nee, Janina, alsjeblieft. In vriendschapskwesties is dat irrelevant.'

In Masilo's kantoor is Janina Mentz verbaasd dat de advocaat niet verheugder reageert op het nieuws van de CIA.

'Dat bevestigt alles,' zegt hij. 'Ik had mijn bedenkingen over Becker en de CIA, maar je had gelijk. Ze hebben hem gewaarschuwd. Dat wij het weten. Hij heeft vanmiddag onze mensen afgeschud. Hij is verdwenen.'

'God, Tau...' Ze gaat zitten.

Hij heft zijn handen als gebaar van machteloosheid. 'Achteraf gezien was het te verwachten. Maar Quinn zegt dat het tijdelijk is. Dat hij weer contact zal opnemen met Miss Jenny.'

'Dat betwijfel ik.'

'Ik ook. Maar er zijn vragen, mevrouw, dingen die ik niet begrijp. Waarom had de CIA belangstelling voor Shabangu? Waarom wilden ze hem elimineren?'

'Ik denk niet dat het een eliminatie was,' zegt Mentz. 'Kijk maar hoe het gebeurd is. In zijn slaapkamer. Waarom al die moeite doen als je hem op straat kunt neerschieten. Of een bom in zijn BMW kunt plaatsen.'

'Zit wat in.'

'Ik denk dat het een misgelopen onderhandeling was. Of ondervraging.'

Masilo piekert daar even over. 'We zullen erachter komen.'

'Als hij contact opneemt met Miss Jenny, verlies hem dan niet meer uit het oog.'

Becker belt Milla als ze in de Renault op weg is naar huis.

'Wanneer heb jij voor het laatst de Leeukop beklommen?'

Ze kijkt al de hele dag uit naar dit ogenblik, en onmiddellijk welt de vreugde in haar op. 'Nog nooit.'

'Het is vollemaan en ik heb een fles champagne.'

'Ik zal iets te eten halen bij Melissa's.'

'Perfect. Niet te veel, want we moeten het naar boven dragen. Ik zie je over een uur.'

Milla stopt voor het appartementengebouw, de mobiele telefoon in haar hand, en nu pas dringt het tot haar door: er was iets in zijn toon, in de stem waarnaar ze drie andere avonden zo aandachtig heeft geluisterd en die ze nu zo goed kent. Een kleine dissonant, een subtiele verandering. Alsof hij probeerde zijn enthousiasme te pakken te krijgen maar er net niet bij kon.

Heeft ze het zich verbeeld? Kwam het alleen door de slechte verbinding?

Ze kijkt naar de telefoon in haar hand en ziet voor het eerst dat hij niet heeft gebeld vanaf zijn gewone nummer, het nummer dat ze zo plechtig onder 'Lukas' aan haar contacten heeft toegevoegd.

'Hij gebruikt een andere mobiele telefoon en simkaart,' zegt de afluisteroperator tegen Quinn. 'Maar nu hebben we het nummer.'

'Hebben jullie zijn positie?'

'Ja, Milnerton. Marine Drive. Hij is onderweg, maar de telefoon staat nu uit. We blijven hem monitoren.'

Quinn kijkt omhoog naar de tv-schermen van de Operations Room. De camera is gericht op de buitenkant van Milla's appartementengebouw; hij is op het dak van het gebouw aan de overkant gemonteerd. Hij heeft drie teams in auto's in de buurt. 'Hebben jullie het gehoord?' vraagt hij hun. 'Hij is onderweg.'

'We hebben het gehoord. We zijn stand-by.'

Om 18.17 uur stopt de taxi voor Daven Court. Een man stapt uit.

'Het is hem,' zegt Quinn.

'Rijdt hij nu in een taxi?' vraagt de vrouwelijke operator naast hem.

'Noteer het kenteken van de taxi. Ik wil weten waar hij is ingestapt.'

Quinn kijkt strak naar het beeld. 'En let op, hij heeft alleen de rugzak bij zich.'

'Meneer?'

'Hij is vanochtend uitgecheckt uit het guesthouse. Waar is zijn bagage?'

Het duurt even voordat ze het begrijpt. 'Hij trekt niet bij Miss Jenny in.

Hij heeft ergens een nieuwe verblijfplaats.'
'Precies,' zegt Quinn.

Als hij binnenkomt, omhelst en kust hij haar, de Lukas van gisteravond, alle warmte is er weer.
Het kwam door de telefoon, denkt ze.
Ze gaan naar de keuken en pakken zijn rugzak in. 'Ik zit tijdelijk zonder vervoer, vind je het vervelend als we met jouw auto gaan?'
'Helemaal niet.'
Onderweg naar de Leeukop merkt ze dat hij stiller is dan normaal, al houdt hij haar hand vast. Ze vraagt: 'Hoe was je dag?'
'Erg druk,' zegt hij.
Hij is moe, begrijpt ze. Natuurlijk is hij moe, ze hadden niet veel geslapen, hij had misschien een zware dag gehad, ze weet niet eens wat hij doet.
Opluchting. Ze knijpt in zijn hand en zegt: 'Als je liever gewoon wilt uitrusten... We hoeven die berg niet te beklimmen.'
Hij lacht, vol gevoel en dankbaarheid. 'Zo druk was het nou ook weer niet, dank je.'

'Ze hebben geparkeerd. Ze gaan nu de berg op lopen. Wat doen we?' vraagt de operator.
Quinn overweegt de risico's. 'Blijf bij de auto, laten we het zekere voor het onzekere nemen.'
'Oké,' zegt de operator dankbaar.
Het is de derde avond dat Becker haar ergens mee naartoe neemt, in het openbaar, denkt Quinn. Vermijdt hij het appartement? Vermoedt hij iets van het afluisteren?

Ze zitten tegen elkaar aan op een rots, ieder met een glas champagne, de etenswaren voor hen uitgestald. De maan is een zilveren munt. Seepunt en Groenpunt liggen voor hen, de stad rechts, de N1 is een lichtworm die naar de donkere Hottentots-Hollandbergen kruipt. Er zijn nog andere mensen op de top, kleine groepjes die, net als zij, zachtjes praten.
Hij vertelt haar van het bericht in *Die Burger* die ochtend, over Britse wetenschappers die denken dat de mens het eind van zijn evolutionaire weg heeft bereikt, omdat er eigenlijk geen natuurlijke selectie meer is. Hij zegt dat het een interessante zienswijze is, al is hij het er niet helemaal mee eens.
En dan zwijgt hij, en wil zij hem vragen naar zijn dag, wat hij gedaan

heeft, maar hij schuift een stukje van haar af en zegt: 'Milla, er is iets wat ik je moet vertellen.'

Ze ziet de ernst. 'Wat?' vraagt ze en ze pakt haar sigaretten.

'Ik wil dit voorzichtig zeggen, Milla, want ik moet het goed vertellen. Dat ben ik je verschuldigd.'

'Zeg het maar gewoon,' zegt ze, opeens bezorgd over de implicaties van het woord 'verschuldigd'.

Hij ziet haar ongerustheid en steekt zijn hand naar haar uit, maar laat hem zakken alsof hij zich bedenkt.

'Ik ging vrijdag geld trekken in Durbanville. Toen zag ik het bordje van de dansschool. Ik had vijf jaar geleden voor het laatst gedanst. Ik ben gaan informeren, en ze vertelden me dat er een dansavond was, dat ik kon komen, als gast. En toen zag ik jou. En danste ik met je. En toen ik ging zitten, dacht ik dat ik... nog meer met je wilde dansen. En maandagavond, zag ik je, helemaal toevallig...'

'Waarom heb je het niet gedaan?' Ze begrijpt opeens dat hij op een breuk aanstuurt. Nú. Nadat hij met haar geslapen heeft. Ze kan de afkeer niet uit haar stem weren.

'Hoe bedoel je?'

'Waarom heb je vrijdagavond niet nog een keer met me gedanst?'

'Dat is wat ik je wil uitleggen. De omstandigheden waren er niet naar...'

'Omstandigheden? Wat voor omstandigheden?' Ze is nu boos om zijn verraad, om zijn slappe leugen.

Hij weegt eerst zijn woorden. 'Ik denk dat je me verkeerd begrijpt. Ik wil niet ophouden met je om te gaan. Ik kán er zelfs niet mee ophouden. Het is de timing, Milla... Dit gaat over de mensen die mij geld schuldig zijn. Het is beter als ik je de komende paar dagen niet zie, en ik wil dat je begrijpt waarom. Ik wil je niet aan gevaar blootstellen.'

'Het is beter...? Wat voor gevaar?'

'Mag ik je het verhaal vertellen, vanaf het begin?'

Ze kijkt naar hem en dan naar het pakje sigaretten dat ze nog steeds in haar hand heeft. Ze haalt er een uit, steekt hem aan, neemt een flinke trek en blaast langzaam uit. 'Vertel maar,' zegt ze.

'Laat je me helemaal uitspreken?'

Ze knikt.

Hij zet het glas champagne neer. 'Ik heb de afgelopen jaren geprobeerd mijn beleggingen te spreiden, om niet al mijn eieren in één mandje te hebben. Een van de rekeningen liep bij Northern Rock, de Engelse bank die vorig jaar met de kredietcrisis in de problemen kwam. Toen dat gebeurde, ben ik naar Londen gevlogen en heb het hele bedrag opgenomen, want ik wilde eerst zien hoe het zou gaan. Dus toen zat ik met de contanten, in Irak... het enige wat ik kon doen was het veilig opbergen. Tot ik drie weken geleden hier aankwam. Met het geld in mijn rugzak. Dat was mijn eerste fout. En toen heb ik er nog een gemaakt. In Johannesburg. Ik heb een dure auto gehuurd op O.R. Tambo. Ik was het niet van plan, het was een impuls, op het laatste moment boden ze me een upgrade aan en ik had de onverharde wegen van de Vrystaat in het vooruitzicht. Dus nam ik een Mercedes ML en reed naar Sandton om een hotel te zoeken en wat te slapen. Maar toen hebben ze dat ding gekaapt. Vier kerels met pistolen, en ik kon er niets tegen doen. Het geld zat in mijn rugzak, achterin. Ik vroeg ze of ik mijn bagage mocht pakken...'

'En toen hebben ze het geld gestolen?' De vraag komt er onwillekeurig uit, ze ziet hoe hij glimlacht om de onderbreking. 'Sorry,' zegt ze.

'Ja, toen hebben ze ook het geld gestolen. Veertigduizend pond sterling. Een half miljoen rand.'

Milla snakt naar adem en slikt met moeite haar woorden in.

'Dat was een interessante ervaring,' zegt hij, 'te zien hoe ze wegreden. Ik ben erachteraan gerend, een paar honderd meter...'

Milla kijkt alleen maar naar hem, met verwondering nu. Haar hart is weer een beetje bedaard.

'Hoe dan ook, ik ben de kaping aan gaan geven, heb een paar dagen gewacht en toen... Nee, laat ik eerst een zijpad inslaan, heb alsjeblieft geduld, want dit deel is belangrijk... voor ons. Ik wil je uitleggen waarom ik bepaalde dingen moet doen. Dat komt gedeeltelijk door mijn jeugd, de ziekte van mijn moeder, de machteloosheid van mijn vader, ze hadden geen controle over hun leven, Milla, ze werden helemaal overweldigd door de omstandigheden. Ik weet nog hoe ik hier op mijn vijftiende een soort openbaring had dat ik zo niet wilde leven. En dat ik eigenlijk op mezelf was aangewezen, omdat ze allebei... afwezig waren. En toen, op de universiteit, las ik Voltaire, die zegt dat je niet kunt kiezen welke kaarten het leven je geeft. Maar dat het wel jouw keuze is hoe je je hand uitspeelt. Als je wilt winnen. Toen heb ik het besluit genomen, Milla. Om mijn eigen lot te bepalen...'

Ze knikt, want ze begrijpt het.

'Toen ze het geld hadden gestolen... ik besefte dat de politie in Sandton met twee of drie kapingen per dag zit, ze hebben te weinig mensen, te veel andere misdaad... en zelfs als ze die kerels te pakken krijgen, is er niet veel kans dat ze het geld terugvinden. En ik moet dat geld hebben om de boerderij mee te betalen, anders gaat de koop niet door. Dus besloot ik: ik zal zelf het geld terug moeten zien te krijgen. Het eerste probleem was de kaper opsporen. Een van hen had een ernstige oogafwijking, een witte verkleuring van het hoornvlies. Ik wist dat als ik hem aan de juiste mensen kon beschrijven... Het duurde een paar dagen, ik ben gaan rondvragen, ik heb mensen betaald voor inlichtingen, tot ik hem had gevonden. En toen duurde het nog een dag voordat hij me vertelde voor wie hij werkte. Daarna ben ik met hen gaan onderhandelen, met de baas, Julius Shabangu...'

Milla schrikt van de naam, want die kent ze.

'... en het spoor van mijn geld leidde naar de Kaap, daarom ben ik hier. Het probleem is dat het lastige mensen zijn. Het gaat om syndicaten en georganiseerde misdaad in Johannesburg en PAGAD hier in de Kaap, vermoed ik. En eergisteren... dacht ik dat ik gevolgd werd. Daarom wil ik die geschiedenis eerst afhandelen. Maar ik beloof je, als ik klaar ben, kom ik terug.'

'Wacht,' zegt ze. 'Zeg het tegen de politie. Nu je weet wie je geld heeft.'

'Shabangu is dood, Milla, hij is vorige week in zijn huis doodgeschoten. Als ik naar de politie stap en zeg dat hij degene is die mijn... Snap je?'

63

Het besef van haar eigen bedrog begint langzaam tot Milla door te dringen, een donkere stroom vloeit door haar heen, de druk groeit; ze moet hem vertellen dat ze weet van Shabangu, PAGAD, de georganiseerde misdaad, en nog veel meer. Van een PIA-profiel over hem dat ze nu zo'n beetje begint te begrijpen.

Het kan niet, want dan raakt ze hem kwijt.

Het onheil dat net onder het oppervlak van haar wereld lag, komt nu boven, raakt haar aan. Ze wil het terugduwen. Ze biedt aan hem het geld te lenen. Ze probeert te argumenteren, ze wil hem overtuigen, er zullen nog andere boerderijen komen, het is maar geld, het is niet de moeite waard, maar hij schudt alleen zijn hoofd en sust haar en pakt haar vast en zegt dat ze zich geen zorgen hoeft te maken. Hij weet wat hij doet.

En ten slotte, vlak voordat ze aan de terugtocht beginnen, legt hij zijn handen op haar schouders en zegt: 'Milla, ik ga deze hand uitspelen. Ik ga er niet voor weglopen. Zo ben ik niet.'

Ze lopen zwijgend de Leeukop af, zij met een bezwaard gemoed.

Als ze bij haar appartement zijn, zegt ze: 'Blijf vanavond nog bij me.'

Een halfuur nadat ze het hek binnen zijn gegaan ziet Quinn het slaapkamerlicht van Milla Strachan aangaan.

Hij staat op. 'Zo te zien blijft hij slapen. Ik ga naar huis.'

'Slaap lekker,' zegt de vrouwelijke operator.

'Zodra hij op pad gaat, bel je me.'

'Oké.'

Even voor middernacht liggen ze in haar bed, hij met zijn armen om haar heen. Ze overdenkt alles. Ze vergelijkt Lukas Becker met haar ex, denkt aan haar eigen strijd om haar leven richting te geven, om controle over haar lot te krijgen.

'Ben je nog wakker?' fluistert ze ten slotte.

'Ja.'

'Ik begrijp wie je bent. En ik zou niet willen dat je anders was.'

(9 oktober 2009. Vrijdag.)

Ze slaapt onrustig, zich hevig bewust van zijn lichaam tegen het hare.

Even na vier uur wordt ze wakker doordat hij beweegt. Ze hoort hoe hij zacht opstaat en naar de badkamer loopt. Dan naar de keuken.

Daar blijft hij een poosje.

Ze hoort hoe hij terugkomt en zich aankleedt. Ze voelt de lichte kus op haar wang. Stilte, een geritsel naast het bed, voordat ze naar de zachte voetstappen luistert, die de kamer uitgaan.

De voordeur die opengaat, en weer dicht.

Ze blijft nog even liggen, maar springt dan snel op en loopt naar het raam. Ze wil hem zien. Ze trekt het gordijn opzij, haar blik gericht op het veiligheidshek beneden.

Hij komt naar buiten, met de rugzak over zijn schouders, en loopt doelgericht de stille straat uit, zonder om te kijken. Hij gaat sneller lopen en verdwijnt om de hoek. Ze blijft staan tot ze overweldigd wordt door emotie. Ze moet weer gaan liggen.

Dan ziet ze de brief op haar nachtkastje.

Haar naam staat op de witte envelop. Ze maakt hem open.

Lieve Milla

Mijn verstand zegt dat het te vroeg is om te zeggen dat ik van je houd, maar mijn hart spreekt een andere taal.

Hieronder een mobiel nummer, voor noodgevallen.

Lukas

Ze leest de tekst drie keer. Omdat ze weet dat ze toch niet meer zal kunnen slapen, gaat ze aan haar bureau zitten en trekt haar dagboek naar zich toe.

Ze begint te schrijven.

De operator ziet Becker het hek uitkomen. Ze is meteen klaarwakker. Ze grijpt de radio en zegt dringend tegen de drie teams: 'Becker is op pad, hij is het hek uit en loopt in westelijke richting, de kant van Highlands Avenue op.'

Stilte.

'Zijn jullie daar?'

Het duurt even voor iemand reageert, een slaapschorre stem, en dan paniekerig: 'We zien hem.'

'Hij is buiten mijn gezichtsveld, vertel me waar hij heen gaat.'

'Hij komt Highlands door, richting stad.'

'Verlies hem niet uit het oog.'
'Hij zal ons zien. Het is hier doodstil, er is niemand, alleen hij.'
'Nee, hij mag jullie niet zien.'
'Nu rent hij. Nu is hij verdomme aan het rennen.'

Om 5.19 uur belt de operator Quinn.
Ze kan aan de geluiden horen dat hij de telefoon niet goed te pakken krijgt.
'Wacht even,' zegt hij op gedempte toon tegen haar. Ze hoort Quinns ademhaling en dan: 'Is er nieuws?'
'We zijn hem kwijt,' zegt ze zakelijk, want ze weet dat er geen manier is om dit te verzachten.
Lange stilte, dan de bijna onhoorbare zucht. 'Waar?'
'In de Kompanjiestuin. Er waren gewoon te veel uitgangen. Ze zoeken hem nog steeds, maar ik denk niet dat ze hem gaan vinden.'
'Heeft hij ons gezien?'
'We denken van wel. Dat was gedeeltelijk het probleem.'
Quinn probeert alles tot zich door te laten dringen. 'Ik kom eraan.'

Masilo noemt verzachtende omstandigheden: het uur van de nacht, de stille straten, het feit dat Becker te voet was en beseft moet hebben dat hij werd gevolgd.
Mentz blijft merkwaardig kalm. 'Doet het er echt toe? Nu de CIA weet dat we van hem weten?'
'Waarschijnlijk niet. Wat ik me afvraag, is waarom hij nog steeds zo graag zijn achtervolgers wil afschudden.'
'De Amerikanen hebben hun eigen agenda.'
'Die ik niet kan peilen. Ik heb nog een keer naar alle transcripties en rapporten gekeken, en volgens mij is er maar één scenario dat klopt.'
'En dat is?'
De advocaat trekt zijn aantekeningen naar zich toe. 'Uit de verslagen blijkt dat Becker op 12 september uit Bagdad naar Londen is gevlogen, en dezelfde avond naar Johannesburg, waar hij de ochtend van 13 september is aangekomen. Volgens het SAPS-dossier is zijn huurauto even voor negen uur diezelfde ochtend in Sandton gekaapt. Hij belt op 18 september voor het eerst naar Bul Shabangu om zijn geld te vragen. Hun gesprekken zijn allemaal alleen daarover gegaan. En we hebben een opname, van 6 oktober, toen Osman in de Chamberlainstraat tegen Suleiman Dolly zei: "Shabangu heeft tegen hem gezegd dat ik zijn geld heb. Ik of Tweetybird." Als we aannemen dat de autokaping echt is. En als we

kijken naar het contact dat hij met Shabangu en Osman had. Dan kan er eigenlijk maar één conclusie worden getrokken. Er zat iets in die gekaapte auto. Iets wat Becker en de CIA heel graag terug willen hebben. En het is geen geld.'

Mentz knikt langzaam.

Een klop op Masilo's deur. 'Binnen...'

Quinn doet open en steekt zijn hoofd naar binnen. Hij ziet Mentz. 'Morgen, mevrouw.'

'Morgen, Quinn.'

'Zal ik later terugkomen?'

'Nee,' zegt Masilo. 'Is er nieuws?'

'Het gaat om Miss Jenny. Ze is bezig allerlei rapporten en documenten in het systeem te openen.'

'Welke?'

'Shabangu, de Supreme Committee, PAGAD, Tweetybird, de georganiseerde misdaad. Het lijkt of ze een spoor volgt.'

Mentz is de eerste die reageert. 'Dat is goed nieuws,' zegt Mentz. 'Dat doet ze voor hem. Voor Becker. Het betekent dat hij weer contact met haar gaat opnemen.'

Het PIA-team dat Shahied Latief Osman achtervolgt, zit een blok van de moskee aan de Coronationstraat, naast het schoolplein van de Zonnebloemschool voor Meisjes, in slaap gesust door Osmans vaste routine en de wetenschap dat er een gps-sensor aan zijn auto zit.

'Fok,' zegt het ene teamlid met de verrekijker opeens.

'Wat?' vraagt de bestuurder.

'Start de auto...'

'Wat zie je?'

'Er is een kerel... Jissis, bel Quinn, een of andere figuur heeft Osman net ontvoerd. Rijden!'

'Hou afstand,' zegt Quinn. 'We volgen hem met de gps.'

Hij kijkt naar het flikkerende pijltje op de plattegrond van Kaapstad en ziet hoe Osmans auto in de richting van Woodstock rijdt.

'Heb je gezien hoe die man eruitzag?'

'Blank. Donker haar, meer kon ik niet zien.'

'Ik stuur een foto naar je mobiel. Kijk of je hem herkent.' En Quinn geeft de operator naast zich een knikje om aan de slag te gaan.

'Roger.'

'Duurt nog even, we moeten hem eerst verkleinen.'

‘Roger.’

Quinn houdt de bewegingen van de auto op het scherm in de gaten. Het ziet ernaar uit dat ze op weg zijn naar de Chamberlainstraat. Waarom?

Maar het pijltje beweegt in noordelijke richting door de Melbournestraat, voorbij de mogelijke afritten, naar Victoria.

Waar gaan ze heen?

Quinn zegt in zijn mobiel: ‘De foto is onderweg, meld het even als je hem binnen hebt.’

Op het scherm is Osmans auto op weg naar de Pleinstraat, en slaat dan rechts af de Albertstraat in.

Naar de N1?

‘Het zou die man kunnen zijn, ik weet het niet zeker,’ zegt de bijrijder in de volgwagen.

De logische route om op de N1 te komen is van de Albertstraat naar de Kerkstraat in Woodstock, maar de gps-sensor laat zien dat Osmans auto de tegenovergestelde richting in slaat.

En dan links de Treatystraat in. Onverklaarbaar.

‘Niet te dichtbij,’ zegt Quinn tegen de achtervolgers. ‘De straat loopt rond, ze moeten er aan de andere kant uit komen.’

Het pijltje komt tot stilstand.

Quinn staart fronsend naar het scherm.

‘Is dat een industriegebied?’ vraagt hij.

‘Zelfkant van de wereld.’

Nog steeds staat Osmans auto stil.

Dan beseft Quinn wat Becker doet, want hij is er zeker van dat het Becker is. Hij vloekt niet, dat ligt niet in zijn aard. Hij zegt alleen in de telefoon: ‘Rijden! Rij nu naar Osmans auto. Schiet op.’

64

Quinns mondelinge verslag aan Masilo is zakelijk, hij verbergt zijn teleurstelling.

Hij zegt dat Becker en Osman in de Treatystraat zijn gestopt, vlak naast de spoorlijn. Het achtervolgingsteam was net op tijd om te zien hoe Becker Osman te voet over de vier treinsporen sleurde, door van tevoren gemaakte openingen in de hoge hekken. Ze denken dat Becker een rugzak had, nog een tas over zijn schouder, en in zijn rechterhand een wapen.

Ze waren erachteraan gerend, maar de voorsprong was te groot. Op een afstand van honderd meter, voorbij fabrieken en pakhuizen, zagen ze hoe Becker Osman in een auto aan de andere kant duwde, bij de oostelijke punt van de Strandstraat. Het was een blauwe Volkswagen Citi Golf, bouwjaar onbekend. Het was te ver weg om het kenteken te kunnen lezen. De Golf was met piepende banden opgetrokken en in westelijke richting gereden, want naar het oosten loopt de Strandstraat dood, en Becker kon van daaruit makkelijk op de N1 komen, via de Laer Kerkstraat.

Het is een man die goed getraind is, zegt Quinn op zijn kalme manier, die alles slim heeft voorbereid, die wist dat hij en/of Osman achtervolgd werd, die vermoedde dat Osmans auto gemonitord werd. Het is een man die spoorzoekers wilde afschudden.

Milla Strachan is voor Theunie aan het corrigeren, een overzicht van de wapenhandel van Zuid-Afrika met Iran, Libië en Venezuela. Ze kijkt op als de twee mannen binnenkomen, samen met mevrouw Killian, herkent de ene, dat is Nobody, de advocaat Masilo, die met die bretels. En dan beseft ze dat ze voor haar komen.

'Milla,' zegt mevrouw Killian.

De beklemming is meteen terug, haar maag trekt samen. 'Ja?' zegt ze met angst in haar stem.

'Ze willen je spreken.'

'Wilt u alstublieft meekomen,' zegt de andere man, die met de zwarte coltrui.

'Waarom?'
'Niets om je zorgen over te maken,' zegt mevrouw Killian.
'We willen alleen even praten,' zegt Coltrui.
Milla zit als versteend, ze weet dat haar gezicht van kleur is veranderd. 'Waarover?' Ze beseft vaag dat haar reactie verdacht is, maar ze kan er niets aan doen.
'Kom mee, dan leggen we het uit.'
'Wat is er?' vraagt Mac the Wife.
'Nu even niet, Mac,' zegt mevrouw Killian.
'Mevrouw,' zegt de man met de coltrui weer, 'mijn naam is Quinn, ik ben de stafchef Operaties hier. Loopt u alstublieft mee.' Ferm en kalm.
'Ik ben bezig...' Milla wijst naar het computerscherm.
'Dat kan wachten, Milla,' zegt mevrouw Killian.
'Wat is er aan de hand?' vraagt Theunie bezorgd.
'Ga maar weer aan het werk,' zegt de advocaat.
Milla kijkt naar mevrouw Killian, en naar Quinn. Dan staat ze langzaam op, alsof ze wankel op haar benen staat.

Op aandringen van Janina Mentz is de verhoorkamer van de presidentiele inlichtingendienst destijds ingericht als een prettig vertrek. Er staan drie stoelen met beige bekleding, vastgeschroefd aan de vloer. Ze vormen een intieme kring, een gezellige driehoek. De vloerbedekking is effen en onopvallend.
De microfoon zit verstopt achter het zachte halogeenlicht aan het plafond en de bewakingscamera hangt in de kamer ernaast, de observatiekamer, zoals die genoemd wordt, het oog achter het spiegelraam is op de drie stoelen gericht.
In een ervan zit Milla.
Masilo, Mentz en Quinn zijn in de observatiekamer.
'Laat haar maar even sudderen,' zegt Mentz. 'Een uurtje of zo, voor je met haar gaat praten. Quinn, stuur intussen mensen naar haar appartement. Neem alles wat van belang kan zijn mee, het moet met een stofkam worden doorzocht. En het moet duidelijk zijn dat ze zijn geweest. Ze moeten een beetje rommel maken. Tau, jij brengt haar het slechte nieuws. En dan laat je haar gaan.'

Milla zit op de stoel, haar gedachten razen door haar hoofd, paniek, een refrein dat in haar hoofd rondtolt: *ze weten het, ze weten het, ze weten het...* Tot de vragen het overnemen: hoe lang weten ze het al? Hoe weten ze het? Wat weten ze? Wat willen ze van haar, wat gaan ze met haar doen? Wat is er aan de hand? Ze was vanochtend koortsachtig de rapporten gaan lezen, over Shabangu, PAGAD, op zoek naar redenen waarom de PIA belangstelling heeft voor Lukas, ze had alleen schimmen gezien, mogelijkheden die verdwijnen zodra je er goed naar kijkt. Wat heeft Lukas hen aangedaan?

Ze vindt geen antwoorden. Ze bedenkt wat ze haar zullen vragen, ze bedenkt mogelijke antwoorden, en telkens beseft ze dat ze maar één ding verkeerd heeft gedaan. Ze heeft haar contact met Lukas niet gerapporteerd. Waarom niet? Niemand heeft haar toch gezegd dat ze dat moest doen? Is het zo'n grote zonde? Echt? Het is geen misdaad, wat kunnen ze met haar doen, wat is het ergste? Haar ontslaan?

Zodat ze ten slotte kalmeert en er verzet in haar groeit: laten ze haar maar voor het blok zetten, laten ze haar maar vragen stellen, laten ze haar maar ontslaan, het kan haar geen moer schelen, ze heeft geen misdaad begaan. Tot ze opstaat, vastberaden naar de deur loopt, die probeert open te rukken, en merkt dat hij op slot zit, wat de vonk van woede aanwakkert, wie denken ze wel dat ze zijn? Dit kunnen ze niet maken, ze heeft rechten, ze is geen imbeciel, geen stomkop die landsgeheimen gaat verraden of zo. Ze is geen crimineel.

Ze gaat weer zitten, hoort de deur achter zich opengaan, kijkt om en ziet dat het Meneer Perfect, Mister Nobody, Masilo met zijn bretels is. 'Jullie hebben het recht niet om me hier op te sluiten,' zegt ze en ze komt uit de stoel overeind.

Hij glimlacht naar haar en doet de deur achter zich op slot. 'Rustig maar,' zegt hij ontspannen, alsof ze elkaar kennen.

'Doe die deur open,' zegt ze.

Hij loopt naar een stoel tegenover haar. Ze ruikt een vleugje aftershave. 'Dat kan ik niet doen.' Hij gaat zitten. 'Alsjeblieft, Milla, laten we praten, ik weet zeker dat je beseft dat er veel te vertellen valt.'

Ze staat naast de stoel. 'Nee. Dat denk ik niet.'

'O?'

'Ik heb niets verkeerd gedaan.'

'Reden temeer om te gaan zitten en rustig met me te praten.'

Ze weet dat hij haar probeert te manipuleren, maar haar keuzes zijn beperkt. Ze gaat onwillig zitten en slaat haar armen over elkaar.

Hij zegt niets, maar glimlacht vriendelijk.

Tot ze de stilte niet meer verdraagt. 'Wat is er aan de hand?'

'Dat weet je heel goed.'

'Ik heb geen idee.'

'Lukas Becker.'

'Ik heb niets verkeerds gedaan.'

'Waarom dan die reactie, daarnet?'

'Hoe zou u het vinden als iemand dit met u deed? Zomaar opeens?'

'Maar ik heb geen geheimen, Milla.'

'Iedereen heeft geheimen.'

Hij lacht eerst zacht. Dan wordt zijn gezicht ernstig. 'Milla, je bent een pion. Een instrument. Hij gebruikt je, en ik weet zeker dat je je daar helemaal niet van bewust bent.'

'Lukas?'

'Precies.'

'Ach wat!'

'Er is veel dat je niet van hem weet.'

'Ik heb zijn profiel geschreven. Hij... hij weet niet eens waar ik werk.'

Masilo lacht lang en hartelijk. 'Je bent erg naïef.'

'Hoezo?'

'Milla, jouw Lukas Becker werkt voor de CIA.'

Nu is het haar beurt om te lachen, maar het komt er ongemakkelijk uit. 'Jullie zijn paranoïde.'

'Ik moet eerlijk zeggen dat ik eerst ook sceptisch was. Tot we de Amerikanen lieten merken dat we van hem weten. Dezelfde dag, een paar uur later, is hij opeens verdwenen. Nieuwe verblijfplaats, nieuwe auto, nieuwe mobiel...'

'En nu denken jullie...'

Hij geeft haar geen kans. 'Wist je dat hij een moordenaar is?'

'Gelul!'

'Die Julius Shabangu over wie je vanochtend zo trouw voor hem zat te lezen. Door wie denk je dat hij geëlimineerd is?'

'Niet door hem.'

'Hoe weet je dat, Milla? Omdat hij het heeft gezegd? Is dat het enige bewijs dat je hebt? Want wij weten aanzienlijk meer.'

'Nee...'

'Milla, Milla, je bent zo goed van vertrouwen. Je weet dat hij in Israël, Egypte, Jordanië, Iran en Turkije is geweest. Maar weet je waarom? Denk even na, Milla, denk even aan de plaatsen waar Amerika in een strijd verwikkeld is. En zijn bankrekeningen? Maken die je niet een klein beetje achterdochtig? Hoe vergaart iemand miljoenen rand in krap zes, zeven jaar? Met opgravingen doen voor universiteiten? Kijk naar het enorme toeval dat hij bij jouw dansschool opdook. Twee keer. Kijk naar het feit dat hij je elke keer ergens mee naartoe nam, ergens in het openbaar, weg van de microfoons...'

'Microfoons?' Ze begrijpt de volledige reikwijdte daarvan niet meteen.
'Ja, Milla, we slapen niet.'
'Jullie hebben het recht niet.'
'Dat hebben we wel. Het gaat hier om de nationale veiligheid, de internationale...'
'Jullie hebben het recht niet.' Er zit nu een andere klank in haar stem, woede en schaamte tegelijk, en ze komt half uit de stoel.
'We hebben je dagboeken ook.'
Dat moet even bezinken, als een dieptebom. En dan ontploft ze. Milla Strachan komt uit de fauteuil en springt op hem af.

65

'Bedankt voor het terugbellen, Janina,' zegt Burzynski, bureauhoofd van de CIA.

'Natuurlijk, Bruno. We hadden het toevallig net over je.'

'Geen slechte dingen, hoop ik? Janina, ik heb een rapport van Langley, en ik kan tot mijn genoegen melden dat we vorderingen maken. Laat me in het kort proberen uit te leggen wat ze hebben geprobeerd. Stap één was vaststellen dat *The Madeleine* de LRIT en de AIS niet aan heeft staan, en dat kan ik definitief bevestigen. Het laatste signaal van het schip is ontvangen op 22 september om 23.30 uur, vanaf de coördinaten S13 34.973 W5 48.366, dat is ongeveer vijftienhonderd mijl ten westnoordwesten van Walvisbaai in de Atlantische Oceaan. Toen is het uitgelogd. Helemaal van de radar verdwenen. We hebben het gecheckt bij de SOLAS-autoriteiten, en zij zeggen dat ze de eigenaren van het vaartuig hebben gewaarschuwd, maar geen antwoord hebben gekregen...'

'Het is een nepbedrijf. Alle registratiegegevens zijn vals.'

'Dat hebben we ook geconcludeerd. Stap twee was alle schepen die de LRIT uit hadden staan en van het juiste formaat waren, afzetten tegen mogelijke overeenkomsten op satellietbeelden, en we hebben zestien potentiële kandidaten gevonden, waarvan er al veertien zijn nagetrokken met hoge-resolutie beeldmateriaal. We hebben best interessante specimens aangetroffen, zoals smokkelaars in de Andamanen en de Zuid-Chinese Zee, en een schip dat vastgehouden wordt door Somalische piraten, maar de meeste hebben gewoon technische problemen en zijn allemaal bekend. De laatste twee zijn een beetje een probleem. Slechte weersomstandigheden, slechte zichtbaarheid vanuit de ruimte...'

'Waar liggen ze?'

'Noord-Atlantische Oceaan, dat zal ik moeten nagaan. Grand Banks, daar ergens. Het weer zou de komende twaalf uur beter worden en dan zijn we er klaar voor.'

'Ik kan je niet genoeg bedanken, Bruno.'

Milla Strachan geeft advocaat Tau Masilo een stomp op zijn linkerjukbeen. Ze slaat nog een keer, maar hij houdt haar tegen en grijpt haar polsen.

'*Thiba*!' roept hij verbaasd in zijn moedertaal. Hij duwt haar weg, komt overeind en drukt haar terug in haar stoel. Ze spartelt verwoed tegen en schopt naar hem.

'*Se ke*...' Hij laat haar meteen los, heft zijn hand om haar een klap te geven, bedenkt zich en loopt naar de deur.

'*Nkwenyane*,' zegt hij buiten adem. 'Je bent een kleine tijger.'

'Ik neem ontslag,' krijst Milla, nog steeds ziedend. 'Steek dat werk maar in jullie...'

Masilo voelt voorzichtig aan zijn jukbeen, kijkt haar aan en glimlacht langzaam.

'Vooruit,' zegt hij en hij haalt de sleutel van de deur uit zijn zak. 'Ik zal iemand roepen om met je mee te lopen, dan kun je je spullen gaan pakken.'

De directrice belt Rajkumar op zijn kantoor. 'Ik wil weten wat voor weer het op het ogenblik is op de Noord-Atlantische Oceaan. Rond de Grand Banks.'

'Moet ik terugbellen?'

'Ik blijf wel hangen.'

'Oké.'

Ze hoort het klikken van Rajs muis en zijn zware ademhaling. 'Ben er bijna... ben er bijna... oké, ik heb een satellietbeeld van... twintig minuten geleden... ziet er niet slecht uit...'

'Geen slecht weer? Geen wolken?'

'Wacht even... Weeronline in Engeland zegt... nee, geen slecht weer, even checken bij het Earth Science Office van de NASA...'

Ze wacht.

'Klaarhelder, een paar wolken bij Canada, maar dat is alles.'

'Kun je het nog een keer checken en me dan terugbellen?'

'Absoluut.'

Ze legt de telefoon neer.

Waarom zou Burzynski liegen?

Brandend van woede en schaamte, met twee brede operators achter zich aan, gaat Milla haar handtas en een paar spulletjes uit haar la halen.

Er heerst doodse stilte bij het Rapportageteam, alleen Donald MacFarland kijkt uitdagend naar de twee mannen bij haar, en knikt dan naar haar, kort en meelevend. De anderen vermijden haar blik en ze zal pas later, als ze bij Milnerton aan zee zit, beseffen dat iemand het hun moet hebben verteld. En zich afvragen wat ze te horen hebben gekregen.

Maar nu stopt ze alleen de persoonlijke bezittingen in haar tas, kijkt nog een keer naar Mac en loopt naar buiten.

Bij de veiligheidsdeur zegt een van de mannen: 'Uw pasje alstublieft.'

Ze haalt het tevoorschijn en smijt het voor hem neer.

De andere man maakt de deur voor haar open.

In het appartement ziet Milla de chaos. Kastdeuren staan open, de vloer ligt bezaaid met voorwerpen.

In haar slaapkamer ziet ze dat ze haar dagboeken hebben meegenomen. En haar laptop. Ze wordt overweldigd door machteloosheid en woede, en de onrechtvaardigheid van dit alles, maar ze weet dat er ergens microfoons zitten en huilt geluidloos, met gebalde vuisten.

Meteen wil ze weg, want de ruimte is nu besmet. Ze pakt haar tas, haalt de dingen eruit die ze op kantoor heeft ingepakt, gooit ze haastig op haar bureau en gaat weg. Vlak voordat ze in haar auto stapt, blijft ze staan, met een plotselinge angst. Ze doet haar tas open, zoekt haastig naar haar portemonnee, en vindt hem. Ze doet hem voorzichtig open, ze wil zien of iemand er met zijn vingers aan heeft gezeten.

Het briefje van Lukas is er nog, bij de bankbiljetten, nog net zo opgevouwen als ze het vanochtend heeft opgeborgen.

Ze haalt het tevoorschijn en bedenkt dat haar tas op kantoor over de leuning van haar stoel hing.

Zouden ze erin hebben gekeken?

Ze gaat het nummer nu uit haar hoofd leren en het briefje weggooien.

Quinn en Masilo kijken naar het scherm en zien hoe Miss Jenny opeens stilstaat en iets met haar tas doet.

Quinn is degene die haar lichaamstaal ontcijfert, de plotselinge haast combineert met het voorwerp van haar belangstelling.

'We hebben haar handtas niet doorzocht,' zegt hij vol zelfverwijt. 'Die was hier, op kantoor.'

'Ai, ai,' zegt Masilo en hij raakt met zijn vingertoppen de kleine zwelling op zijn wang aan.

'Het ziet eruit als een papiertje.'

Ze zien hoe ze het weer dichtvouwt, in haar portemonnee stopt, en naar de auto loopt. Hij pakt de radio en zegt: 'Stand-by, Miss Jenny is op pad.'

‘Hoeveel teams?’ vraagt Masilo.

‘Alle drie die Becker gevolgd hebben.’

‘En hem zijn kwijtgeraakt.’ Geen verwijt, alleen een constatering van feiten.

‘En ze weten hoe onaanvaardbaar dat is. Maar Becker was lopend, eind van de nacht, hij wist dat we achter hem aan zaten, en hij is een pro. Dat is zij niet. We hebben gps op haar auto, we peilen haar mobiel voor de positie, we horen elk telefoongesprek, we hebben microfoons in haar appartement...’

‘Oké,’ zegt Masilo. Hij kijkt naar het scherm waarop Milla’s auto te zien is als een bewegende pijl. ‘Waar gaat ze naartoe?’

Ze rijdt eerst gewoon instinctief in de richting van Durbanville. Tot ze merkt wat ze aan het doen is en waarom. Daar schrikt ze van, ze neemt de Koeberg-afslag, maar weet niet waar ze heen moet, het is nergens veilig, ze moet nú Lukas bellen, nú, ze steekt haar hand in haar tas om haar mobiel te zoeken, vindt hem en toetst de eerste drie cijfers van het nummer uit haar hoofd in.

Een auto naast haar toetert opeens schril en onverwacht, ze schrikt, kijkt op, ziet dat ze schuin over de weg is geslingerd, rukt de Renault terug in de goede baan en kijkt naar de andere auto, een man met een vertrokken gezicht, een zwaaiende arm, een opgestoken vinger, klankloos gevormde woedende woorden.

Dan is hij voorbij en haar handen trillen, ze bedenkt dat ze moet stoppen, eerst stoppen en dan bellen. Ze ziet het Caltex-benzinestation aan de andere kant van de verkeerslichten, daar gaat ze heen. En dan pas hoort ze een stemmetje in haar hoofd dat zegt: niet bellen, ze luisteren mee.

Het dreunt door haar heen.

Lagoon Beach is de eerste plek waar ze kan parkeren, zonder nadenken neemt ze de afslag, ze wil alleen van de weg af, de auto uit. Ze stapt uit, doet de Renault op slot en loopt blindelings weg, haar tas over haar schouder, haar hand er wanhopig omheen geklemd alsof het haar enige bezit is.

Masilo’s beschuldigingen zijn als flikkerende, verblindende lichten die alles verduisteren, zodat ze eerst niet kan nadenken, zich haar gesprekken met Lukas en het lezen van de rapporten niet kan herinneren, er is alleen het ontploffende vuurwerk.

Ze loopt zes kilometer, langs de golfbaan en de huizen, langs andere mensen, zich niet bewust van de vier die haar te voet volgen. Dan gaat ze onverwacht zitten, een eindje van zee in het zand, haar tas op schoot, haar hoofd in haar handen, haar ogen op de zee gericht, en ze denkt na.

De operator laat zijn verrekijker zakken en zegt tegen Quinn door zijn mobiele telefoon: 'Nee, ze zit alleen maar.'

'Luister goed: we vermoeden dat ze op Becker wacht. Jullie weten allemaal hoe hij eruitziet. Laat het ons onmiddellijk weten als jullie hem zien, maar blijf onzichtbaar. Hij is een pro, en mogelijk gewapend.'

'Roger.'

'De Reactie-eenheid is onderweg. Als Becker komt, pakken ze hem op. Stand-by.'

Het besef dat ze op het punt heeft gestaan Lukas te bellen dwingt Milla om te proberen kalm te worden.

Ze zit met haar ogen dicht en doet wanhopig en aanvankelijk zonder succes haar best alles te onderdrukken: de angst, de emoties, de twijfel, de vernedering en het zelfmedelijden.

Maar uiteindelijk begint de pijn in de knokkels van haar rechterhand overal doorheen te dringen, zodat ze haar aandacht even daarop richt: waarom doet het zo'n pijn? Maar dan weet ze weer hoe ze Masilo heeft geraakt, ze herinnert zich de plotselinge, diepe bevrediging die ze op dat moment voelde. Ze ziet zichzelf terug, hoe ze hem sloeg. 'Je bent een kleine tijger.' En ze kan het niet helpen, maar grijnslacht: ha, Milla, was jij dat, het huisvrouwtje uit Durbanville?

Dit verlicht de verschrikkelijke spanning in haar lijf, niet helemaal, maar net genoeg om doelbewust en langzaam uit te ademen en zich schrap te zetten tegen de storm in haar hoofd. En ze bedenkt dat ze toch vorderingen heeft gemaakt, ze is toch gegroeid, ze heeft op dat stompmoment fysiek teruggeslagen, instinctief. En dat was goed.

Ze klampt zich vast aan positieve gedachten, en probeert zich andere te herinneren, zoals toen ze in haar dagboek schreef: *Ik heb vanochtend een stukje van mezelf gevonden. Ik heb de gewoonte om angst te onderdrukken, mezelf te verstoppen. En dan vreemde dingen te doen.* En ook: *Milla, de kat in het nauw, maakt rare sprongen, en meestal weet ik niet eens dat ik in het nauw zit.*

Ze besluit dat ze deze angst niet gaat onderdrukken. Ze gaat niet ontkennen dat ze in het nauw zit. Ze gaat dit onder ogen zien en haar sprongen goed overdenken. Ze gaat de waarheid zoeken, ze gaat een plan trekken, ze gaat, in de woorden van Lukas Becker en Voltaire, de kaarten die het leven haar heeft gegeven, weloverwogen uitspelen.

Ze blijft meer dan een uur zitten, een eenzame figuur op een breed strand.

66

'Ze is opgestaan en loopt weer naar haar auto,' zegt de operator.

'Er is niemand bij haar in de buurt geweest?' vraagt Quinn.

'Niemand... Wacht even... Het ziet ernaar uit dat ze aan het bellen is...'

Quinn draait zich om naar een van de teamleden in de Operations Room. 'Ik wil het gesprek horen.'

De technicus knikt en draait aan knopjes.

'Ja, ze houdt haar mobiel tegen haar oor,' bevestigt de operator op het strand van Milnerton.

Milla's stem klinkt door het geluidssysteem. 'Met Milla Strachan, mag ik Gus spreken, alstublieft?'

'Ogenblik,' zegt een onbekende stem.

Muziek op de lijn.

'Ik wil weten van wie dit nummer is,' zegt Quinn tegen zijn team.

'Milla, hoe is het?' Een mannenstem.

'Goed, dank je. Gus, ik heb je hulp nodig.'

'Je gaat me toch niet vertellen dat Christo moeilijk doet?'

'Nee, nee, het heeft met werk te maken. Die baan waar ik op 1 september begonnen ben, is bij de PIA, de presidentiële inlichtingendienst. Hun kantoor...'

'De PIA, die spionnen?'

'Ja. Hun adres is...'

'Ben jij een spion geworden?'

'Nee, ik heb rapporten gemaakt. Hun kantoor is in de Wale Street Chambers, op de hoek van de Waalstraat en de Langstraat...'

'Wacht even, ik schrijf het op.'

Iemand fluistert tegen Quinn: 'Het is het nummer van een advocatenkantoor in Durbanville. Smuts, Kemp en Smal.'

'Stuur maar vast een van de achtervolgingsteams die kant op.'

'Oké,' zegt de mannenstem door de telefoon.

Milla's stem: 'Ik sms je het telefoonnummer van hun centrale en de naam van de betreffende adjunct-directeur. Ze hebben vanochtend ingebroken in mijn appartement en mijn laptop en al mijn dagboeken gestolen. Die wil ik terug, Gus.'

'Jissis,' fluistert iemand in de Operations Room.

Quinn steekt zijn hand op om stilte te vragen. Het is de rust in Milla Strachans stem die hem het meest dwarszit.

'En dan zoek ik iemand die de microfoons die ze hebben geplaatst kan komen weghalen.'

'Fok, Milla,' zegt de man die ze 'Gus' noemt. En dan een korte, harde lach.

'Ik wil dat je weet dat er grote kans is dat ze dit gesprek afluisteren,' zegt Milla, 'maar dat maakt eigenlijk niet uit. Ik wil mijn spullen terug, en hoe openlijker het proces om ze te krijgen, hoe beter. Gus, ze mogen zich niet kunnen verstoppen.'

'Een kort geding is openbaar. En als je wilt, kan ik een van mijn maatjes bij Media24 bellen, maar dan moet je er rekening mee houden dat het morgen in de krant staat.'

'Laat ik eerst Barend bellen en hem waarschuwen dat zijn moeder in het nieuws komt.'

Masilo vertelt Mentz over het telefoontje van Miss Jenny naar advocaat Kemp en sluit af met: 'Ze heeft hem mijn naam ge-sms't. Ik denk dat het persoonlijk is, omdat ik degene ben die haar van Beckers wandaden heeft verteld.'

En dan wacht hij op de uitbarsting, maar die komt niet.

Mentz staart hem aan. Lang. Dan zegt ze kil: 'De Amerikanen liegen tegen ons.'

Hij moet even omschakelen. 'Waarover?'

'Over het weer op de Noord-Atlantische Oceaan. Het is een vertragingstactiek, Tau. Het heeft iets te maken met het feit dat Becker hun Osman heeft gegeven, of dat ze nog niet hebben opgespoord wat er van Becker is gestolen. We zullen Becker moeten vinden. En snel.'

'Miss Jenny is de weg naar hem toe.'

'En die bitch belt haar advocaat,' zegt Janina Mentz, maar op berustende toon.

'Ik had het moeten zien aankomen toen ze me te lijf ging,' zegt Masilo en hij wrijft weer over zijn jukbeen. 'Ik heb me vergist.'

'We hadden het moeten zien aankomen bij haar aanstelling. Ze had de moed om uit haar huwelijk weg te lopen.'

Masilo denkt aan het gerucht dat Mentz tien jaar geleden ook een ongelukkig huwelijk met een vreemdgaande man achter zich had gelaten, en hij vraagt zich af in hoeverre de directrice zich met Milla Strachan identificeert.

Operatie Shawwal
Transcriptie: afluisteren, M. Strachan. Daven Court nr. 14, Davenportstraat, Vredehoek
Datum en tijd: 7 oktober 2009. 23.19 uur
LB: Waarom heb je zo lang gewacht?'
MS: Dat vraag ik me ook elke dag af. Maar toen... Ik denk dat het... Er zijn zoveel redenen. Ik wist niet hoe een fatsoenlijk huwelijk eruitzag, ik kende alleen dat van mijn ouders en wist dat dat niet normaal was. Maar wat is normaal? Ik bedoel... als ik om me heen keek, had iedereen zo'n huwelijk, de man met zijn carrière, de vrouw thuis, klagend over gebrek aan aandacht. Twee werelden, dat was de standaard die iedereen aanvaardde. Iedereen gaat gewoon door. Maar het is meer dan dat. Als je depressief bent, als je geen zelfvertrouwen meer hebt, als je in die dwaling leeft, als je geen zingeving en doel hebt, dan glipt elke dag gewoon door je vingers. Het is ook de sleur, zo geestdodend. Je denkt niet, je voelt eigenlijk niets, ik weet niet... als je het nog nooit hebt meegemaakt is het waarschijnlijk moeilijk te... Ik... Het is zo'n geruisloos, sluipend proces, als een kreeft in een pan kokend water, je raakt eraan gewend, je merkt het niet. En zelfs als je... Ik denk dat Christo al tien jaar geleden zijn eerste echte affaire had, maar toen was ik te naïef. Of misschien wilde ik het gewoon niet... ik besefte het pas vorig jaar, toen... God, het is allemaal zo vreselijk burgerlijk.
LB: Als je er liever niet over wilt...
MS: Nee, dat wil ik juist wel. Ik denk dat het moet, ik heb er al in mijn dagboek over geschreven, maar als ik het nu teruglees, is het zo... zielig. Ik... Alle tekenen waren er, ik was alleen... blind is niet het juiste woord. Afgestompt? Afwezig? Ik weet niet, ik was zo vreselijk in mezelf gekeerd... Hij stond die avond onder de douche, hij moest weer weg voor een zakendiner, zijn mobiel lag op tafel, beneden. Toen hoorde ik het sms'je binnenkomen. Ik weet nu nog niet waarom ik keek, dat had ik nog nooit... Het was zo ordinair. Over wat ze met Christo wilde doen, die avond. Ik weet nog dat ik dacht dat het aan het verkeerde nummer was gestuurd, dat het niet voor Christo bestemd was. Ik bedoel, onze seks... toen we het nog deden, was zo... netjes.
LB: Milla...

MS: Ik ben achter hem aan gereden. Naar Tyger-Waterfront. Niet eens zo ver, gewoon om de hoek. Open en bloot in een restaurant. Ze zag er zo... ik weet niet, zo gewoon uit, jonger dan hij, maar niet... niet iemand die zo'n sms zou sturen. Ik vraag me nu nog af of ze wist dat ze niet de enige was, dat hij nog drie of vier anderen had, Barend heeft hem met een andere gezien, een blondine, nog jonger, zo is hij erachter gekomen...

'Gaan we met haar onderhandelen?' vraagt Tau Masilo.

'Geen sprake van,' zegt Mentz. 'Laat mevrouw Killian haar bellen. En iets zeggen als: "Je wordt niet meer verdacht, we moesten het zeker weten. We leveren vanavond alles bij je appartement af".'

'En de microfoons?'

'Laat maar zitten. Even afwachten hoeveel ze er vinden.'

Milla rijdt in de middagspits door Table View. Ze houdt haar spiegeltje in de gaten met het sterke vermoeden dat ze achter haar zitten, ergens. Maar ze ziet niets.

Ze kruist de N7. Bij Bothasig slaat ze links af, de N13 op. Nog steeds ziet ze geen achtervolgers. Dat betekent dat ze er niet zijn, of een eind achter haar, en dat is het enige wat ze nodig heeft. Ze geeft gas en rijdt zo hard als het verkeer maar toelaat, knippert met haar lichten achter langzame auto's en scheurt erlangs.

Bij de splitsing met Altydgedacht, als ze naar rechts wil in de richting van Tygervallei, gaat haar mobiel.

'Hallo?'

'Hallo, Milla, met Betsie Killian.'

Milla zwijgt.

'Ik wil alleen maar even zeggen dat het team en ik het erg jammer vinden, wat er is gebeurd.'

'Dank u.'

'En ik kan je ook nog vertellen dat je dagboeken en je computer vanavond nog bij je appartement worden afgeleverd.'

'Dus ze luisteren mijn telefoon af.'

'Sorry?'

'Doet er niet toe. Bedankt voor het bellen. Vraag even of ze alles ook weer opruimen, alstublieft.'

'Ik zal het overbrengen. Ze willen dat je tekent voor ontvangst. Hoe laat komt het gelegen?'

'Nee, mevrouw,' zegt Milla. 'Ik weet niet hoe laat ik thuis ben. Laat ze gewoon alles op zijn plek leggen. Ze weten hoe ze binnen moeten komen. O, en zeg tegen Masilo dat ik geen kort geding zal aanspannen als ze alles terugbrengen.'

'Ik zal het zeggen.'

Wanneer ze heeft opgehangen, vraagt Milla zich af of ze niet om een andere reden is gebeld. Ze weet uit de rapporten van de operators dat het mogelijk is iemands positie te bepalen via het signaal van een mobiele telefoon.

Dat doet er ook niet toe. Ze zal de telefoon in de auto laten als ze Lukas gaat bellen.

Transcriptie: ondervraging van Enoch Mangope door S. Kgomo. Safehouse, Parkview, Johannesburg
Datum en tijd: 9 oktober 2009. 14.14 uur
SK: Jij was een van de mensen die Beckers auto hebben gekaapt, op 13 september.
EM: (Geen reactie.)
SK: Ik ben niet van de politie, dus het maakt niet uit.
EM: (Geen reactie.)
SK: En toen, later, waar heeft Becker jou gevonden?
EM: Joel Road. Berea.
SK: Was hij gewapend?
EM: *Yebo.*
SK: Met een geweer?
EM: *Hhayi! iSistela.*
SK: Een pistool.
EM: Yebo.
SK: En toen?
EM: Toen zegt hij, kom mee.
SK: Waar heeft hij je heen gebracht?
EM: Indlu. In Randburg. Een huis in de stad.
SK: Zou je die plek terug kunnen vinden?
EM: *Kungaba...*
SK: Wat deed hij toen?
EM: Toen bond hij me vast. Aan een stoel. En toen praatte hij heel veel.
SK: Wat zei hij?
EM: Hij wil zijn geld.
SK: Wat voor geld?
EM: Het geld dat in zijn tas zat.

SK: Heb jij dat geld gezien?
EM: (Geen reactie.)
SK: Kom op, Enoch, ik heb je verteld dat we Becker zoeken, niet jou. Heb je het geld gezien?
EM: Yebo.
SK: Hoeveel was het?
EM: Veel. Engels geld. Ponden.
SK: Wat heb je toen tegen hem gezegd?
EM: Dat ik zijn geld niet heb.
SK: En toen?
EM: Toen vroeg hij, wie dan wel.
SK: Ja?
EM: Toen zei ik niks.
SK: En toen?
EM: Toen praatte hij niet meer, de hele nacht niet. Geen eten, geen drinken. Hij maakte me wakker, *kaningi*, ik kan niet slapen, want ik zit zo.
SK: Wanneer heb je het hem verteld, Enoch? Van Shabangu. Inkunzi.
EM: De derde dag. Hij had me naar de *amaphoyisa* gebracht.
SK: De politie? Dat snap ik niet...
EM: Hij bracht me in de auto naar de politie. Toen zegt hij, praten of je moet de *ijele* in, de bak.
SK: Op het politiebureau?
EM: Hhayi. Buiten.
SK: Toen heb je het hem verteld?
EM: Wat kon ik anders?
SK: En toen?
EM: Toen belde hij Inkunzi. Toen liet hij mij vrij.
SK: Heeft hij je gemarteld?
EM: *Kungani*?
SK: Heeft hij je geslagen of zo?
EM: Hhayi.
SK: Helemaal niet?
EM: (Geen reactie.)
SK: Vroeg hij nog naar iets anders? Wat er in die tas zat?
EM: Zoals wat?
SK: Maakt niet uit.
EM: Hij had het alleen over geld.
SK: Niets anders? Helemaal niets?
EM: *Mahhala*.

67

'Ze staat stil,' zegt Quinn door de autoradio tegen de achtervolgers. 'Op het parkeerterrein van Tygervallei, aan de oostkant. Team Eén, hoe ver zijn jullie van het winkelcentrum?'

'Ongeveer een kilometer.'

'Schiet op. Parkeer en ga haar zoeken. Team Twee, jullie doen hetzelfde. Team Drie, laat even weten als jullie er zijn, jullie houden haar auto in de gaten.'

'Roger,' klinkt het, de een na de ander.

'We peilen nu haar mobiel, ik zal laten weten waar ze ongeveer is.'

Ze kent het winkelcentrum van Tygervallei als haar broekzak.

Ze loopt snel ingang 8 in, blijft meteen staan en kijkt om. Overal mensen, die aan komen lopen of weggaan, maar niets wat er verdacht uitziet.

Ze loopt het centrum in, glipt links een zijingang van de Pick n Pay in, dan door de Durbell-apotheek naar buiten, de roltrap af, linksaf, ze bukt onder het hekje bij de bioscoop door.

'Mevrouw!' roept de kaartjescontroleur. Milla begint te rennen, zwaait alleen even.

Aan de andere kant weer naar buiten, daar rechtsaf, de trap op, dan weer links in de Arena. Daar zijn de telefoons, bij de roltrappen, zoals ze zich herinnerde. Ze doet haar tas open, pakt haar portemonnee en gaat bij de verste munttelefoon staan. Pakt de muntstukken. Kijkt nog een keer goed om zich heen, en toetst dan de cijfers een voor een in.

De telefoon gaat over.

Ze duwt de munt in de gleuf. Hij valt naar beneden.

'Hallo.' De stem van Lukas, kortaf.

'Ik heb niet veel tijd en ik bel vanuit een telefooncel. Ik zal je twee vragen stellen en je moet alleen antwoord geven. Niets anders.'

'Milla, wat...'

'Niets anders.'

'Ik luister.'

'Werk je voor de CIA?'

Ze luistert met haar hele wezen, hoort het geluid dat uit zijn mond komt, verbazing en geamuseerdheid tegelijk, alsof ze een grapje maakt. 'Werk ik...' Nog een geluid, nu een beetje bezorgd. 'Nee. Het antwoord is nee.'

Hij spreekt de waarheid, denkt Milla. Ze weet het. 'Heb jij Julius Shabangu doodgeschoten?'

'Nee!' Driftig. 'Milla, je zult me moeten vertellen...'

'Lukas, luister alleen maar. Er zitten microfoons in mijn appartement, ze luisteren mijn mobiel af, ik denk dat ze me achtervolgen. Ze zoeken jou. Ik wil je waarschuwen, en ik wil je helpen.'

Het blijft even stil. Als hij weer praat, is zijn stem opeens kalm. 'Weet je wie het zijn?'

'Ja. De presidentiële inlichtingendienst.'

Weer een stilte. Dan: 'Hoe weet je... Wacht, dat is nu niet belangrijk. Waar ben je?'

'In winkelcentrum Tygervallei. Toen ik naar binnen ging, zat er niemand achter me aan.'

'Waar is je mobiel?'

'In de auto. Buiten.'

'Mooi zo. Luister nu goed, ik zal je vertellen wat je moet doen.'

Rajkumar komt buiten adem de Operations Room binnengewaggeld, met een usb-stick in zijn hand. 'Dit moeten jullie horen,' zegt hij tegen Quinn en Masilo, en hij steekt de stick in een computer.

'Schakel hem door naar het systeem,' zegt Raj. 'Nieuwsbulletin op Kfm, vijf minuten geleden.'

Hij start het geluidsbestand. De stem van de nieuwslezer, helder en gewichtig: 'De plaatselijke politie roept het publiek op om te helpen zoeken naar de zakenman en islamitische religieuze leider uit Kaapstad, Shahied Osman. Osman werd als vermist opgegeven na een schijnbare autokaping voor de Azzavia Masjid-moskee eerder vandaag. Diverse getuigen zagen hoe een man Osman dwong in zijn nieuwe Toyota Prado te stappen. Familieleden vertelden aan Kfm nieuws dat ze zeer bezorgd zijn over de gezondheid van Osman, aangezien hij aan een ernstige hartkwaal lijdt.'

Ze loopt haastig de uitgang van Game uit, door de ondergrondse parkeerplaats, tot de helling naar de Humestraat. Ze zoekt een voetpad, ziet er een rechts van zich, rent erheen. Laat zich zo snel mogelijk naar beneden glijden.

Het is druk op straat, zoals ze had gehoopt. Ze wacht op een opening in het verkeer en sprint naar de overkant. Een automobilist drukt fel op zijn toeter, ze stopt even op de middenberm, dan rent ze de volgende baan over, tot het lelijke stalen hek van Willowbridge. Dan pas blijft ze staan en kijkt om, hijgend, en laat haar blik rondgaan, zoals Lukas heeft gezegd. *Zijn er andere mensen die te snel lopen? Of rennen? Identificeer ze. Kleur, geslacht, kleren, lengte, uiterlijk.*

Die zijn er niet.

Ze rent naar de hoek en gaat linksaf.

'Niets?' vraagt Quinn door de telefoon.

'Het is een groot centrum,' zegt de operator. 'En we zijn maar met z'n vieren.'

'Blijf zoeken.'

'En haar mobiel?'

'We vermoeden dat ze die in haar auto heeft achtergelaten.'

Ze koopt eerst een felrode sjaal en een wit jasje. Ze vraagt om de grootste boodschappentas die ze hebben. Dan een zonnebril met een groot wit montuur. *Als je geen contant geld hebt, gebruik je je creditcard. Dat maakt nu niet uit.*

Dan gaat ze een mobiel kopen.

Waar is je mobiel?

In de auto.

Mooi. Laat hem daar maar liggen. Koop een nieuwe. Ze gaan je om een ID vragen, zeg dat je er morgen mee langskomt, dit is een noodgeval, je... je telefoon is gestolen, je moet dringend je familie op de hoogte brengen. Koop ook een auto-oplader. Dan zoek je een plek, ergens in een winkel, waar je de deuren in de gaten kunt houden, ergens waar het stil is...

Ze loopt naar beneden naar de parkeerkelder, rent helemaal door naar de achtermuur. Ze legt het doosje van de mobiele telefoon op de achterkant van een blauwe Mazda, doet het open en begint de telefoon in elkaar te zetten.

Meestal is de batterij voldoende opgeladen voor een uur of twee...

Als ze klaar is, stuurt ze een sms. HEB TELEFOON. NU STAP 2.

Ze doet de sjaal om haar hoofd, zet de zonnebril op en trekt het jasje aan.

Bij de Pick n Pay koopt ze haastig het broodnodige: een tandenborstel, bodymilk, kleurloze lipgloss, mascara en deodorant. Een schrijfblok en een pen. Ze vraagt aan een van de inpakkers waar ze een minibustaxi kan vinden.

'Waarheen, mevrouw?' Geamuseerd.

'De kant van Bellville op.'

'Daarboven op de Durbanweg, bij het Engen-benzinestation. Maar het is een eind lopen.'

'Geeft niet. Baie dankie.'

Willowbridge uitkomen is riskant, er is maar één weg naar binnen en naar buiten.

Koop iets om je uiterlijk te veranderen, een trui of een jasje, iets lichts. En een grote boodschappentas, alles wat je silhouet verandert. Vanaf dat moment moet je anders proberen te lopen, langzamer, je hoofd naar beneden, alsof je moe bent, op weg naar huis. Je kijkt niet op, je kijkt niet om, je loopt gewoon...

Het kost haar ruim een kwartier om bij het benzinestation te komen. Er staan drie minibusjes. Ze loopt naar het achterste. 'Waar gaan jullie naartoe?' vraagt ze aan de kaartjesverkoper.

'Is dat een theoretische vraag, of wil mevrouw echt met ons meerijden?'

68

Ze neemt vanaf Bellville de metro naar de stad.

Weinig mensen gaan aan het eind van de middag die kant op. Ze zoekt, volgens de instructies van Lukas, de volste coupé. Ze kijkt naar de grond, haar tas op schoot, en houdt hem met beide armen vast. De meeste passagiers zijn jonge mannen. Milla denkt aan het rapport over de georganiseerde misdaad.

Ze sms't Lukas: IN TREIN.

Een paar minuten later komt zijn antwoord: WACHT VOOR STATION IN ADDERLEY. BLAUWE VW CITI GOLF.

Ze antwoordt: OK.

Dan stopt ze de telefoon in de tas, gaat voorovergebogen zitten en vraagt zich weer af wat hij zal zeggen als ze hem alles vertelt.

'We kunnen haar niet vinden,' zegt de operator tegen Quinn.

'Ze hebben daar bewakingscamera's. Ik zal het kantoor van het winkelcentrum bellen en vragen of ze naar de opnamen willen kijken. Ze moet daar ergens zijn, haar auto en haar telefoon zijn er nog. Maar twee van jullie zoeken door. Hoe zit het met paskamers?'

'Dat is lastig.'

'Nee, dat is het niet. Ga zoeken.'

Ze hoeft niet lang te wachten voordat de blauwe Citi Golf voor haar stopt. De lak van de auto is verbleekt, met roestvlekken en een paar deuken. Ze buigt voorover en ziet dat het Lukas is onder een honkbalpet, doet het portier open en stapt in.

Hij trekt meteen op, maar steekt zijn hand uit, pakt de hare, kijkt naar de hoofddoek en de donkere bril. Hij grijnst en zegt: 'Mata Hari Strachan.' Ze ziet de spanning op zijn gezicht en bedenkt dat het haar schuld is. Ze houdt zijn hand stevig vast en zegt: 'Het spijt me.'

'Nee, Milla, het spijt *míj*.' Met zijn ogen op het drukke verkeer gericht.

'Lukas, er zijn dingen die je niet weet.'

Hij kijkt even bezorgd naar haar.
Dan vertelt ze hem alles, vanaf het begin.

Ze rijden in de richting van Blouberg, door de laatste drukte van het spitsverkeer. Langs het Milnertonstrand waar ze een paar uur geleden op verhaal is gekomen, maar ze beseft het nauwelijks, ze laat alleen de woorden naar buiten rollen, te snel, de druk om haar bedrog te bekennen is te groot, zodat ze over haar zinnen struikelt. De zon gaat onder boven zee. Lukas' gezicht staat strak in het gedempte licht. Hij luistert zwijgend, zonder haar aan te kijken.

Als ze klaar is, zegt hij alleen: 'Milla...' met vermoeide bewondering.

Ze voelt de opluchting van de last die ze heeft afgeworpen en wacht gespannen op zijn reactie. Die komt niet snel.

Hij zucht. 'Ik werk niet voor de CIA en ik heb niets met de dood van Shabangu te maken.'

'Ik geloof je.' En dan: 'Was het toeval, Lukas? Dat je toen ging dansen?'

'Ja.'

'En die maandagavond?'

Hij tilt zijn hand van het stuur met een gebaar van machteloosheid.

Ze wacht, zich steeds meer bewust van zijn uitputting.

'Op een avond in New York,' zegt hij zacht, 'dacht ik aan een studievriendin. En vroeg me af wat er van haar geworden was. De volgende dag liep ik haar tegen het lijf op Lexington Avenue... Hoe groot is die kans? Ik kan het niet verklaren.'

Ze begrijpt wat hij wil zeggen. 'Ik weet het.'

'Het gebeurde gewoon.'

'Denk je nog aan haar?' Haar poging om wat lucht te creëren.

Het werkt. Hij draait zijn hoofd naar haar toe en glimlacht. 'Nu niet zoveel meer.'

'Je bent moe,' zegt ze.

'Nee,' zegt hij. 'Ik zit in de rottigheid. En ik zal het je moeten vertellen, want jij maakt er nu deel van uit.'

Om halfzeven zegt de operator tegen Quinn dat ze het videomateriaal hebben bestudeerd. Ze hebben gezien hoe Milla Strachan even na 14.00 uur via ingang 8 het winkelcentrum Tygervallei binnenkwam. Ze konden haar route min of meer nagaan, ze had bij de bioscoop even voor opwinding gezorgd, ze was langs een camera in de Arena gelopen. Pas veertien minuten later zagen ze haar ingang 6 aan de westkant uitkomen. De laatste camera in de ondergrondse parkeergarage heeft

haar spoor gevolgd, kennelijk naar buiten.
Ze vermoeden dat iemand haar daar is komen ophalen.

Lukas Becker vertelt Milla over de ontvoering van Shahied Latief Osman.

Het was de bedoeling dat het binnen een paar uur afgelopen zou zijn; hij wilde Osman en zijn auto bij de moskee onderscheppen, hem op zo'n manier in de Citi Golf krijgen dat hij er zeker van was dat niemand ze kon volgen, naar Blouberg rijden, Osman in het gehuurde appartement op een stoel vastbinden en zeggen dat hij hem pas los zou laten als hij het geld terug had.

Eerst liep alles volgens plan. Voor de moskee was Osman zich doodgeschrokken, maar toen herkende hij Lukas van een vorige confrontatie bij Osmans huis, en kalmeerde hij een beetje. Hij was in zijn Prado gestapt, had de instructies gevolgd en was gaan rijden, onder het voortdurend herhalen van: 'Shabangu liegt, ik heb je geld niet.' Waarop Becker geduldig had geantwoord: 'Dan zul je moeten zorgen dat je het te pakken krijgt.'

Het eerste probleem ontstond toen hij Osman bij de spoorlijn in Woodstock dwong om uit te stappen. Osman stak bij het uitstappen zijn hand in zijn jaszak. 'Niet doen,' had Becker geschreeuwd en hij had het pistool op Osman gericht, maar de man negeerde dat. Lukas had hem tegen de grond gewerkt, zijn handen vastgedrukt en de loop tegen zijn wang gedrukt.

'Lig stil.'

Er zat een verschrikkelijke spanning in Osmans lichaam, wanhoop in zijn ogen. Becker wist dat hij geen tijd meer had; hij had het jasje uitgerukt, was opgestaan en had het doorzocht. Had alleen een mobiel gevonden en die over het hek gegooid.

Toen was Osman opgesprongen, maar het vreemde was dat hij niet wegrende. Hij strompelde terug naar zijn auto.

'Wat doe je?' terwijl hij hem tegenhield.

'De tas,' had Osman dringend gezegd.

De tas. De schoudertas waarmee Osman uit de moskee was gekomen.

Lukas had zich snel omgedraaid, Osman meegetrokken, en de tas uit de Toyota Prado gehaald. En toen moest hij opschieten want de achtervolgers kwamen eraan.

Aan de overkant van de spoorlijn, in de doorgang tussen fabrieksgebouwen, had Osman geprobeerd Lukas de tas af te pakken. 'Geef hier!'

Lukas had hem weggerukt en gezegd: 'Kom.'

Osman, met de wanhoop op zijn gezicht, was langzamer gaan lopen en had naar zijn borst gegrepen. 'Mijn hart,' had hij gezegd.

'Je liegt. Kom!'

In de Citi Golf zat Osman in elkaar gedoken, wasbleek, nat van het zweet, zijn adem te snel. Hij had een bevende hand naar de zwarte tas uitgestoken, in slow motion.

'Laat die tas los.' Toen zag hij Osmans ogen, de wilde paniek van de man. En de hand die snel terugschoot, naar de linkerschouder, het gezicht vertrokken van pijn. En nog steeds geloofde Lukas Becker hem niet.

'Ik moet mijn medicijnen hebben,' had Osman gekreund.

Lukas had hem genegeerd en zich op de weg en de achteruitkijkspiegel geconcentreerd.

Toen was Osman in elkaar gezakt. Becker was vloekend gestopt. Osmans gezicht was gelig, en hij zag dat de ogen weggedraaid waren. Hij had Osmans pols opgenomen, de razende hartslag gevoeld en geweten dat het een hartaanval was, hij had een basisopleiding eerste hulp gehad en wist dat het de volgende vijftien minuten een kwestie van leven of dood was voor Osman.

Dat veranderde alles, hij was naar de stad geracet, naar de dichtstbijzijnde medische hulppost, het Chris Barnard Memorial Hospital, met Osman bewusteloos naast zich. Hij was gestopt bij de eerste hulp, had Osman met een brandweergreep naar binnen gedragen en om hulp geroepen. Het medisch personeel was op hen afgestormd en had hem gevraagd Osman op een brancard neer te leggen. Hij had verteld dat de man een hartaanval had gehad, hij had gelogen en gezegd dat hij hem gewoon op straat had gevonden.

Ze hadden Osmans djellaba omhoog gerukt, stethoscopen tegen zijn borst gedrukt, een zuurstofmasker voor zijn gezicht gehouden en hem door de klapdeuren weggereden.

'Ik heb het ziekenhuis gebeld vlak voordat ik jou kwam halen. Ze hebben hem nog niet geïdentificeerd, maar ze zeggen dat zijn toestand kritiek is. Als hij doodgaat... Ik dacht dat de mensen die hem achtervolgden zijn eigen mensen waren. Zijn lijfwachten. Ik dacht dat de mensen die mij achtervolgden zijn mensen waren. Maar toen jij over de telefoon vertelde van de PIA... Dat verandert alles. Ze kunnen me met hem in verband brengen. Ze denken dat ik Shabangu heb vermoord. En nu zullen ze denken dat ik ook Osman heb vermoord.'

Janina Mentz gooit eerst met de nietmachine. Dan volgt de presse-papier, die een deuk achterlaat in de deur van haar kantoor.

Dan roept ze: 'Godverdomme,' voordat ze door haar kantoor begint te ijsberen, haar gezicht rood van woede.

Tau Masilo zit stil. Hij heeft geen verweer.

Een huisvrouw – rapportenschrijfster, amateur – is de professionele achtervolgingsteams van de presidentiële inlichtingendienst te slim af geweest.

Wat valt er te zeggen?

Hij doet de deur van het vakantieappartement van de Big Bay Beach Club open en laat haar voorgaan. Binnen is het vrolijk ingericht, landelijk meubilair, zeeblauwe en witte muren, een woonkamer met open keuken. Ze zet haar boodschappentas op de ontbijtbar, naast een zwarte weekendtas.

Ze draait zich naar hem om en drukt zich tegen hem aan. Zijn armen zijn om haar heen, maar zijn lichaam is gespannen. 'Milla, je kunt hier niet blijven.'

Ze kijkt vragend naar hem op.

'Dit is míjn rottigheid,' zegt hij. 'Míjn probleem. Míjn risico. Ze kunnen jou niets maken, je hebt je nergens schuldig aan gemaakt. Je moet hier uit de buurt blijven tot het allemaal achter de rug is. Jij... Jouw omstandigheden...'

Ze schudt alleen haar hoofd, omdat ze weet dat ze hem nu geen antwoord kan geven, de woorden zullen er verkeerd uitkomen, zoals toen ze in de Citi Golf haar biecht deed.

'Wanneer heb je voor het laatst gegeten?' vraagt ze.

69

Lieve Lukas,

De alliteratie is per ongeluk, maar ik ben er meteen erg blij mee. En daar ligt de kern van het probleem.

Mijn leven is een stortvloed van woorden, een bergbeek, een rivier die nooit ophoudt met stromen. Ik ben geen meegesleurde drenkeling, maar een woordwaterdier. Ik spartel hier, in de woorden van mijn gedachten, de woorden die ik hoor, de woorden die ik lees en schrijf, de woorden zijn in mij en om mij en door mij en het houdt nooit op. Ik dobber en zwem en duik erin, plons en plas, dit is mijn leefwereld, mijn natuurlijke habitat, ik kan de woorden zien en horen en voelen en proeven.

Het woordwater is bruin; duizenden druppels kleurloze koppelwoorden, en tusseninwoorden, en alleen-daar-om-andere-te-dienen-woorden. Maar sommige woorden zijn van zilver, zoals vissen die dartelen en springen, blinkende bogen in de zon. Doenwoorden, vol dynamiek. Werkwoorden. Leefwoorden. En andere zijn zwaar, donker, bodemwoorden, rollende ronde kiezelwoorden die schuren en splinteren en eroderen, en daar ga ik alweer, dwangmatig, ik ben verslaafd, deze brief is mijn intraveneuze voeding, mijn dosis voor de dag.

Praten is anders. Dan sleurt de stroom me vaak mee, er zijn kolken en versnellingen en verborgen rotsen; dan glippen de woorden weg. Maar als ik schrijf, als ik alleen ben met de rivier en ik mijn ogen onder het oppervlak opendoe, kan ik elk woord zien en zoeken en selecteren.

Daarom schrijf ik. Vaak en veel, en al heel lang. Want het geeft me controle. En dat is het dilemma. Denk- en schrijfwoorden vormen geen leven. Ze kunnen de verhalen vertellen, maar niet de verhalen bepalen. Ze kunnen fantaseren (en daar ben ik goed in), maar fantasieën zijn verhaalschimmen, woordschaduwen, luchtspiegelingen die in het niet verdwijnen als je te dichtbij komt. Het zijn rivieren die opdrogen.

Ik heb geen verhaal, Lukas. Ik ben laatst begonnen een boek te schrijven, en de beste bron die ik had om uit te putten was mijn enige daad van belang; het weglopen, mijn nieuwe-vrouw-op-haar-veertigste. Dat is het totaal van mijn doen, mijn enige bron van karakterconflict, de climax van mijn bestaan en de diepte van mijn verhalenrivier. Misschien zul je het beter begrijpen als ik zeg dat ik al voordat ik je leerde kennen verliefd was op je verhaal, het verhaal dat ik als profiel en rapport moest schrijven. Jij bent alles wat ik zou willen zijn, alles waarover ik in mijn eigen leven heb gefantaseerd: een ontdekker, een doener, een reiziger, een risiconemer, je hebt je hart en je liefdes en interesses gevolgd, je hebt ervaren, geleefd, ik zat daar achter die computer en bedacht dat ik zo graag jóúw verhaal wilde schrijven. Wat een heerlijk boek zou dat zijn.

En vanochtend (het voelt als een leven geleden) zat ik op het strand van Milnerton en de pijn in mijn hand redde me, want die herinnerde me aan iets wat ik had gedáán. En in die daad, al was het uit woede en schaamte, was ik niet weggelopen, ik had de confrontatie gezocht.

Vanmiddag heb ik weer de confrontatie gezocht; met een telefoongesprek om mijn dagboeken terug te krijgen, daarna heb ik geslopen, me vermomd, ben ik ontsnapt en te slim af geweest. Actiewoorden. Mijn hart bonkte, mijn handen beefden, ik heb in een taxibusje gereden, in een trein naar de voorsteden gezeten – ook allebei voor de eerste keer, wat zouden de vrouwen in Durbanville hebben gezegd – ik heb een nieuwe wereld ontdekt, ik ben grenzen overgestoken, ik heb (een heel klein beetje gevaarlijk) geleefd en ik kan erover schrijven, Lukas, op een dag zal ik uit die kleine stukjes ervaring kunnen putten.

Je zult vast nu al kunnen concluderen wat ik tegen je wil zeggen: dat ik, in jouw woorden, niet durf 'weg te lopen van dit alles'. Dat ik meer wil, meer wil leven, meer wil ervaren.

Ik weet wat je wilde zeggen met 'jouw omstandigheden...' en ik kan het je niet kwalijk nemen. Je bedoelde dat ik een moeder ben, ik heb een kind, ik heb verantwoordelijkheden, ik hoef (of kan, of hoor of mag) niet in dit grote avontuur te blijven. Dat is een kwestie waar ik al maandenlang mee worstel, en ik weet nog steeds niet waar de waarheid ligt. Ik heb zeventien jaar lang alleen voor mijn zoon en mijn man geleefd. Nu moet ik, ook voor Barends bestwil, voor mezelf leven.

Je zei: 'Je kunt niet blijven.' Maar ik móét.

Asseblief...

(10 oktober 2009. Zaterdag.)

Ze komt de slaapkamer uit met een van zijn overhemden aan. Ze ziet hem aan de ontbijtbar zitten, zijn blote rug naar haar toe, gebogen, al zijn aandacht bij de uit elkaar gehaalde stukken van een laptop, gereedschap over de bar verspreid.

En daarnaast haar brief.

Ze leunt tegen de deurpost en kijkt naar hem, naar de lange spieren van zijn rug, naar zijn nek, zijn donkere haar dat zo netjes gemillimeterd is. Ze loopt naar hem toe en wil hem aanraken.

Hij draait zich met een ruk om en werpt haar een korte blik toe. 'Milla,' zegt hij hard en dwingend, zodat ze schrikt. 'Blijf daar staan.'

'Wat?'

Hij keert zich weer naar het inwendige van de computer. 'Explosieven. Dit is Osmans computer... Laat me dit even...' Ze ziet hoe hij er voorzichtig een dunne zilveren buis uittrekt, met twee dunne draadjes eraan vast. Hij legt de buis heel behoedzaam opzij. Dan haalt hij er langzaam een dunne worm van grijs-wit materiaal uit, het lijkt op boetseerklei voor kinderen.

'C4,' zegt hij, stopt even en voelt er voorzichtig aan. 'Er kan nog een slaghoedje in zitten...'

Als hij klaar is, legt hij de klei opzij. Hij veegt het zweet van zijn voorhoofd en draait zich naar haar toe.

'Goedemorgen,' zegt hij.

Ze komt dichterbij, leunt tegen hem aan, haar hand op zijn blote rug en kust hem op zijn wang. 'Dus dit is wat jij zoal doet voor het ontbijt.'

Hij drukt haar tegen zich aan maar zegt niets.

'Heb je mijn brief gelezen?'

'Ja.'

'En?'

Hij laat haar langzaam los. 'Kijk hier maar,' zegt hij en hij wijst op de explosieven.

'Ik begrijp het, maar...'

Hij schudt zijn hoofd, legt zijn handen op haar schouders en zegt met een ernstig gezicht: 'Milla...'

'Ik kan je helpen,' zegt ze, al weet ze wat hij gaat zeggen.

'Milla, ik verlang naar je, ik wil bij je zijn en ik kom weer terug als het voorbij is, dat zweer ik. Maar bekijk het eens objectief, alsjeblieft: als het menens wordt, kan ik me geen zorgen om jouw veiligheid veroorloven, ik mag mijn keuzes daar niet door laten beïnvloeden.'

Ze kan haar teleurstelling niet verbergen.

'Het spijt me,' zegt hij.

Later, als ze koffiedrinken en hij de computer weer in elkaar zet, vertelt hij haar over de laptop, hoe hij nu begrijpt waarom Osman eerst naar zijn mobieltje greep tijdens de ontvoering.

‘De ontvanger zat op de klep van de computer. Osman wilde een nummer bellen dat de explosieven zou activeren. De lading is klein, net genoeg om het ding te verwoesten. En toen ik hem zijn mobiel afpakte, wilde hij bij de computer zelf zien te komen, want er is ook een schakelaar.’

‘Maar waarom?’ vraagt ze.

‘Daar wil ik achter komen.’

Wanneer hij de computer eindelijk aanzet, is er nog een struikelblok.

‘Hij vraagt een wachtwoord,’ zegt Becker.

Milla komt kijken. Een venster op het scherm. *Enter your Windows password.*

‘En dat weet je niet.’

‘Nee, geen idee.’

‘Misschien kan ik helpen.’

‘Weet je iets van computers?’

‘Nee, maar ik ken iemand.’

Janina Mentz en Tau Masilo aan de ene kant van de tafel, de Amerikanen aan de andere kant, in een vergaderkamer van het ministerie van Binnenlandse Zaken in de Pleinstraat, het neutraalste terrein dat Mentz op zo’n korte termijn kon vinden.

Ze is koel tegen de vier CIA-mensen, van meet af aan. Burzynski’s reactie is een stiekem glimlachje, alsof hij iets weet. Dat irriteert Mentz, ze besluit om het eerste salvo af te vuren: ‘Bruno, ik heb de minister nog niet verteld van de streken van de CIA, maar als we tegen lunchtijd nog geen oplossing hebben gevonden, heb ik geen keus meer.’

‘Streken?’ vraagt hij met de verbluftheid van een onschuldige.

‘Alsjeblieft. Ik heb geen tijd voor spelletjes.’

‘Janina, ik weet echt niet waar je het over hebt.’

‘Slechte weersomstandigheden op de Noord-Atlantische Oceaan? Dacht je echt dat we zo achterlijk zijn dat we het weer niet kunnen checken?’

‘Ik zei dat ik niet precies wist waar...’

‘Ach, nonsens, Bruno. Je wist het precies. Zoals altijd. Je wilde tijd rekken, en daar heb ik ernstige bezwaren tegen, want daardoor breng je Zuid-Afrikaanse burgers in gevaar. Wil je dat heus op je geweten hebben?’

‘Zijn er risico’s voor de gemeenschap? Dat heb je nooit gezegd. Misschien kun je om te beginnen eerlijk tegen ons zijn, vooral gezien het feit dat je van ons verwacht dat we al onze middelen inzetten om je probleem op te lossen.’

'Hier is een beetje eerlijkheid, Bruno: er loopt geen agent van ons rond te snuffelen bij de CIA op het ogenblik. Dat doen we niet met onze bondgenoten.'

'Suggereer je wat ik denk dat je suggereert?'

Ze geeft met haar hand een klap op de map voor haar neus en besluit haar troefkaart uit te spelen. 'Let op je woorden, Bruno. Ik heb hier bijzonder interessante informatie,' ze ziet hem even aarzelen en denkt: ik heb je te pakken.

'Deel die dan vooral met ons,' zegt Burzynski.

Ze slaat het dossier open, haalt de foto van Lukas Becker eruit en gooit hem over de tafel naar hem toe, haar ogen als een havik op hem gericht.

Burzynski laat niets merken, draait de foto langzaam recht en kijkt ernaar. Dan naar haar, met een klein glimlachje. 'Wie is die vent?'

'Hij is degene die al minstens sinds 1997 voor jullie werkt. Israël, Egypte, Jordanië, Iran, Turkije, en recenter, Irak.'

'Niet voor mij in elk geval.' Burzynski schuift de foto naar een van de nieuwe mensen, Grant, een man van middelbare leeftijd met een volle, halfgrijze baard en een intense blik.

'O, alsjeblieft, Bruno. We weten van zijn pogingen om vriendschap te sluiten met een van onze personeelsleden, we weten van het belangrijke voorwerp dat hij is kwijtgeraakt in Johannesburg, we weten dat hij Julius Shabangu heeft geëlimineerd. En jullie hebben hem een klein fortuin betaald. Dus beledig mijn intelligentie niet en laten we verdergaan...' Ze houdt Grant in het oog en ziet hem ontkennend zijn hoofd schudden. Dan vraagt ze: 'Waar houden jullie Osman vast?'

Bij de laatste naam bespeurt ze eindelijk een reactie, heel even, een vernauwen van Bruno's ogen, dat meteen ook weer weg is. Hij kijkt naar zijn drie collega's. De twee nieuwe, Eden en Grant, knikken naar hem, de een na de ander.

Het zijn Burzynski's superieuren, begrijpt ze. Interessant.

Hij kijkt eindelijk weer naar Mentz en schraapt zijn keel. Als hij begint te praten, is de ergernis uit zijn stem verdwenen en klinkt hij opeens kalm en ernstig. 'Ik ga je drie dingen vertellen, Janina, en je moet serieus overwegen me te geloven, ter wille van je regering en je land. Nummer één: ik weet niet wie die man is,' hij tikt met een vinger op Beckers foto, 'maar als je wilt dat we de zaak onderzoeken, zullen we dat doen. Nummer twee: wij denken dat júllie Osman hebben, en we willen hem heel graag benaderen. En nummer drie: jullie schip, *The Madeleine*, is volledig verdwenen. Het is alsof het nooit heeft bestaan.'

'Kunnen jullie het niet vinden?' Ongeloof in haar stem.

'Nee. En zeggen dat we ons best hebben gedaan is een understatement. We willen het vinden, nog liever dan jullie. Dus laten we een deal sluiten: voor wat, hoort wat. Gelijk oversteken.'

Precies op dat moment gaat de telefoon in de jaszak van Tau Masilo, die de hele interactie met grote belangstelling heeft gevolgd.

'Sorry,' zegt hij. Hij haalt hem tevoorschijn, kijkt op het schermpje en ziet dat het Quinn is. 'Dit zou belangrijk kunnen zijn, een ogenblik.'

Masilo staat op, loopt haastig naar buiten, doet de deur achter zich dicht en vraagt: 'Is er nieuws?'

'Osman,' zegt Quinn. 'Hij ligt in het ziekenhuis. Intensive care van het Chris Barnard Memorial. Hartaanval. Een man die voldoet aan Beckers omschrijving is hem gisteren komen brengen. Osman is pas sinds vanochtend weer bij bewustzijn.'

Masilo lacht kort. 'Ongelooflijk.'

'Dat is niet het grote nieuws. Osman heeft de verpleegkundige op de intensive care gevraagd om Suleiman Dolly te bellen, de vaste lijn naar zijn huis, hij wist zeker het nieuwste mobiele nummer van de Sjeik niet meer. We hebben het onderschept. Ze zei eerst tegen Dolly dat Osman in het ziekenhuis lag. En toen, ik citeer: "Meneer Osman heeft gevraagd of ik wilde zeggen dat de hond de laptop heeft..."'

Masilo legt snel het verband. 'Becker.'

'Inderdaad. We vermoeden dat die in de tas zat waar Osman zo aan verknocht was. Het ziekenhuispersoneel zegt dat dat het eerste was waar Osman naar zocht toen hij bijkwam. Maar er is nog iets. Het derde wat de zuster namens Osman moest zeggen was: "De hond rijdt in een blauwe Citi Golf, CA 143 en nog vier cijfers."'

'Ze gaan hem zoeken.'

'Dat denk ik ook.'

'Heb je daar mensen?'

'Ik heb nu acht man bij het ziekenhuis, Osman ligt in isolatie. Dolly is intussen ook aangekomen, hij dreigt met juridische stappen.'

'Laat maar dreigen, hou ze alleen allemaal bij hem weg.'

70

iThemba Computers bevindt zich op de eerste verdieping van Oxford House in de hoofdstraat van Durbanville. De jonge man achter de toonbank herkent Milla, ondanks de hoofddoek. 'Hallo, mevrouw,' zegt hij.

'Hallo,' zegt Milla. 'Mijn buurman,' ze wijst naar Becker, 'heeft een probleem met zijn computer.'

'Wat kunnen we doen voor meneer?'

'Ik ben mijn Windows-wachtwoord vergeten,' zegt Lukas Becker.

'XP of Vista?' vraagt de jonge man.

Burzynski is aan het woord als Masilo terugkomt. '... hebben belangstelling voor Osman, dus we weten allebei dat het hier om lokaal moslimextremisme gaat, Janina. Ik zie echt niet in waarom we daar preuts over moeten doen.'

Masilo gaat zitten, trekt zijn schrijfblok naar zich toe en schrijft op: *Osman gevonden. In ziekenhuis. Wij bewaken hem.*

Mentz leest mee terwijl hij schrijft, en knikt even.

Masilo slaat het schrijfblok om.

'Jullie kunnen het schip niet vinden,' stelt Mentz sceptisch.

'We hebben elk vaartuig van ongeveer dat tonnage dat de LRIT en AIS uit heeft staan gelokaliseerd. En geloof me, het viel niet mee. Het punt is dat er drie mogelijke verklaringen zijn. De eerste is dat ze zich ergens schuilhouden. Niet erg waarschijnlijk, ik weet het, maar als ze zijn uitgelogd en zich absoluut niet verplaatsen en goed gecamoufleerd zijn, zouden ze ermee weg kunnen komen. De tweede mogelijkheid is dat ze het schip gekelderd hebben. Wat ons natuurlijk op de vraag van het waarom brengt, en deze mogelijkheid nemen we dus niet echt serieus. De derde is dat ze onder een valse LRIT varen, en als dat het geval is, dan zitten we in de puree. Het zou weken duren om elk schip daarop te checken.'

'Je zei dat jullie het nog liever willen vinden dan wij.'

'Ja.'

'Waarom?'

'We wisten dat je die vraag zou stellen, Janina. Ik heb hierover de hele nacht met Langley aan de lijn gehangen, en waar het op neerkomt is dat ik geen toestemming heb om meer te zeggen dan dit: wij geloven dat de lading op *The Madeleine* van vitaal belang is, zowel voor de Amerikaanse als voor de Zuid-Afrikaanse nationale veiligheid.'

'Dus jullie weten wat wij weten.'

'Ik weet niet wat jullie weten. Maar laat me je officieel voorstellen aan mijn twee collega's,' en hij wijst naar de twee van wie Mentz niets weet. 'Janet Eden is senior analist bij MENA, het Office of Middle East and North Africa Analysis. Jim Grant zit bij het Office of Terrorism Analysis. En ze zijn allebei naar Zuid-Afrika gekomen vanwege jouw SOLAS-verzoek. Janet, neem jij het woord?'

Het is een slanke, aantrekkelijke vrouw, goed verzorgd, in de veertig. 'Dank je, Bruno.' Ze wendt zich tot Mentz en Masilo. 'Ik ga me niet verontschuldigen voor het feit dat we niet in staat zijn al onze inlichtingen te delen. We zijn allemaal grote jongens en meisjes, doen hetzelfde soort werk. We kennen de regels,' zegt ze zakelijk en zelfverzekerd. 'Dus laat me jullie vertellen wat ik wel kan vertellen. Ongeveer tien weken geleden merkten Jim en ik onafhankelijk van elkaar dat er communicatie op hoog niveau plaatsvond tussen verdachte Al Qaida-cellen in Oman, Pakistan, Afghanistan, en tot onze verbazing, Zuid-Afrika, met name Kaapstad. We hebben al eerder communicatie gezien tussen al-Shabab-cellen in Somalië en in Kaapstad, op lager niveau, makkelijk te decoderen, maar dit van Al Qaida was heel anders. Toen we met deze informatie naar onze superieuren gingen, werd een speciale eenheid gevormd die zich uitsluitend met deze zaak moest bezighouden, en waar ook Bruno en zijn collega's hier bij betrokken waren. Tot onze grote frustratie gebruiken ze voor de communicatie een encryptie die in 2001 op Harvard is ontdekt door dr. Michael Rabin, en die waarschijnlijk onbreekbaar is. Ik zal jullie niet vervelen met de details – die kun je zo op Google vinden – maar het houdt in dat twee partijen een bron opzetten van reeksen totaal willekeurige getallen, en die reeksen dan naar elkaar sturen...'

'We weten van de encryptie,' zegt Mentz.

'Mooi, dan hoef ik dat niet uit te leggen. Vorige week volgden we het spoor van de communicatie naar, onder anderen, Shahied Osman, vandaar onze belangstelling voor hem. Maar elektronische communicatie is niet onze enige bron van inlichtingen. Assets in Pakistan en Afghanistan hebben flarden opgevangen, en we hebben voldoende verzameld om te weten dat er iets heel groots broeit, dat er een vissersschip bij betrokken is en dat het te gebeuren staat binnen de komende tweeënzeventig uur in of bij Kaapstad. Bruno...'

'Dank je, Janet. Janina, laat me eerlijk zijn: we willen Osman en we willen hem heel erg graag. We weten bijna zeker dat hij de sleutel van de encryptie heeft, en dit is echt een noodsituatie, we hebben geen tijd meer. Gisteren heeft Langley me gevraagd om een officieel arrestatieverzoek voor Osman bij je in te dienen, met jouw toestemming en medewerking. Je kunt je voorstellen hoe verbaasd we waren toen we bericht kregen van zijn ontvoering gisteren aan het eind van de middag. We geloofden echt dat jullie dat waren. Daarom hebben we om deze vergadering verzocht...'

Burzynski houdt op met praten als hij ziet dat Tau Masilo driftig zit te schrijven op het blok voor hem.

Mentz leest de vijf woorden: *Laptop van Osman bij Becker.*

Ze kijkt op naar de Amerikanen. 'Ik heb een paar minuten bedenktijd nodig.'

Het kost de jonge man van iThemba Computers maar elf minuten om het wachtwoord voor de laptop van Shahied Latief Osman te achterhalen. Hij schrijft het voor hen op. *Amiralbahr.*

'Zie je wel,' zegt Milla opgelucht, met een bruisend gevoel, alsof ze zelf verantwoordelijk is voor de oplossing.

'Wat betekent het?'

'Niets. Daarom was ik het vergeten. Baie Dankie.'

'Meneer, moet ik het script zo laten?'

'Wat voor script?'

'Het formatting script.'

Becker krabt op zijn hoofd. 'Hoe zat dat ook al weer?'

'Meneer heeft een script hier dat zegt, control, alt en home formatteert de harde schijf, wist alles.'

'O ja.'

'En twee verkeerde wachtwoorden ook...'

'Haal er maar af.'

'Bruno,' zegt Janina Mentz, 'je speelt een gevaarlijk spelletje. Jullie man Becker heeft Osmans laptop, jullie hebben nu de decryptiesleutel, en toch zitten jullie ons hier te bedriegen en kostbare tijd te verspillen. Waarom?'

Verontwaardiging op Burzynski's gezicht, hij wil antwoord geven, maar Jim Grant is hem voor en neemt voor het eerst het woord. 'Mevrouw,' zegt hij met een diepe, gewichtige stem, 'ik ben de plaatsvervangend directeur van het Office of Terrorism Analysis van de CIA. Ik ben volledig op de hoogte van elke spionage- en contraspionage-operatie die het Bureau op het ogenblik in Zuid-Afrika heeft lopen, en ook van iedere betrokken agent en asset. En ik wil expliciet verklaren dat deze man niet een van hen is. Als hij dat was, zou ik het jullie inmiddels hebben verteld, want dat vereist het grotere algemene belang. Als jullie hardnekkig aan ons blijven twijfelen, zal ik jullie moeten vragen rechtstreeks met deze zaak naar jullie president te gaan. Misschien kunnen we beleefd verzoeken of hij onze minister van Buitenlandse Zaken om opheldering vraagt... Maar ik smeek jullie, als we die weg gaan bewandelen, laten we het dan onmiddellijk doen. Zoals iedereen lijkt te benadrukken, hebben we nog maar gevaarlijk weinig tijd.'

Door de combinatie van zijn plechtstatigheid, gezag en ernst, en het feit dat ze blijven ontkennen, al heeft Becker de laptop, overweegt Janina Mentz voor het eerst dat ze het mis zou kunnen hebben. Ze aarzelt even voordat ze zegt: 'Als hij niet voor jullie werkt, is de vraag voor wie dan wel?'

'We weten het niet. Maar we zouden het dolgraag weten, als jullie ons meer info kunnen geven.'

'In dat geval,' zegt ze en ze leunt achterover in haar stoel, 'zitten we allemaal met hetzelfde probleem. We moeten Becker vinden. Want hij heeft de sleutel.'

Bij het Bayside-winkelcentrum in Table View koopt ze kleren en etenswaren met het geld dat ze in Durbanville uit een pinautomaat heeft gehaald. Dan rijden ze terug naar de Big Bay Beach Club, zodat zij kan koken en hij de computer kan onderzoeken.

Lukas is stil. Ze weet dat het door de omstandigheden komt. De kans dat hij zijn geld terugkrijgt, wordt steeds kleiner. Ze wil hem moed inspreken, maar ze weet niet wat ze moet zeggen.

Mentz en Masilo lopen terug naar het kantoor van de PIA.

'Je beseft toch wel dat het jouw schuld is?' zegt ze.

'Wat?'

'Becker. En Osmans computer. Jij wilde Becker in het spel houden, Tau. Jij had gehoopt dat hij me zou dwingen om op te treden.'

'Ja,' zegt hij.

'Ik heb jou aangenomen omdat je geen jaknikker bent. Omdat je sterk genoeg bent om met me van mening te verschillen. Maar doe dat dan ook, open en eerlijk.'

'Ik zat fout. Het zal niet meer gebeuren.'

71

Bij het verlaten paviljoen van sportcomplex De Grendel in Parow rookt de informant een sigaret, hij neemt korte, zenuwachtige trekjes en blaast de rook hoorbaar uit tussen zijn zinnen. 'Ze zeggen dat de Sjeik om een *favour* vraagt.'

'Suleiman Dolly.'

'Ze zeggen dat hij persoonlijk Terror heeft gebeld.'

'En?'

'De Committee zoekt een laptop, gestolen door een *whitey* in een blauwe Citi Golf, lang en donker, een Boer. Registratienummer CA 143 en nog wat.'

'En Terror en de Restless Ravens moeten helpen zoeken?'

'Ja, dat is de favour. En het gerucht gaat dat ze die whitey niet levend hoeven, het gaat om de laptop. Honderdduizend bonus voor wie hem binnenbrengt, en nog eens vijftig als je die whitey overhoopschiet. Het nieuws gaat snel, iedere *wannabe* op het schiereiland houdt nu zijn ogen open.'

'Denk je dat ze die kerel gaan vinden?'

'Vroeg of laat.'

Janina Mentz laat Quinn ook komen, om tijd te besparen. Nu zitten ze samen met Rajkumar en Masilo om de ronde tafel van de directrice.

'Onze eerste prioriteit,' zegt Janina, 'is Becker en Strachan op te sporen. Quinn, ik wil hun foto's in de zondagskranten, geef iedereen de informatie: hij is gewapend en gevaarlijk, wordt gezocht voor ontvoering en moord, zij is medeplichtig. Maak de gegevens van de Golf ook bekend, maar praat met de Wes-Kaapse commissaris van de SAPS, dan kunnen we via hun pr-afdeling werken.'

Quinn maakt aantekeningen.

'Het eerste wat ze zal doen als haar foto in de krant staat, is haar zoon bellen. Zijn we er klaar voor?'

'We zijn er klaar voor,' zegt Quinn.

'Hou de Reactie-eenheid paraat, en zeg tegen de politiecommissaris dat ze er met hun handen vanaf moeten blijven. Wij pakken Becker.'

Quinn knikt.

'Tau gaat het coördinatiekantoor met de CIA oprichten en leiden, en ik zal hem vanuit de Operations Room op de hoogte houden. Niet meer dan één informatiekanaal, via mij. Ik hoop dat jullie dat allemaal begrijpen.'

Ze kijkt naar Rajkumar. 'Dat is de afdeling Spierkracht van de operatie; Raj gaat de afdeling Hersenen leiden. Ik wil dat je de beste koppen van het bureau uitzoekt, Raj, om een denktank op te zetten. Je concentreert je op drie zaken. Als er iemand is die kan uitvogelen hoe de Supreme Committee een vistrawler van de aardbodem kan laten verdwijnen, ben jij het. Het moet een kwestie van technologie zijn, en ik wil dat je laat zien dat we slimmer zijn dan de CIA. Ik wil dat je *The Madeleine* vindt.'

'Oké,' zegt Rajkumar, helemaal in zijn nopjes.

'Ten tweede: Becker. Er is nog heel veel aan hem dat niet duidelijk is. Als hij niet voor de CIA werkt – en daar ga ik voorlopig van uit – voor wie werkt hij dan in godsnaam? De derde kwestie houdt daar verband mee. Uit de reactie van de CIA afgelopen donderdag, en vanochtend weer, maak ik op dat ze een asset in ons midden hebben, of zoeken. Laten we aannemen dat het niet Becker was, die probeerde Strachan te rekruteren. Wie is het dan? Kun je daar ook naar kijken?'

Milla staat bij het fornuis, een lepel in haar hand. Ze maakt spaghetti bolognese met een kant-en-klare saus van Ina Paarman en ze is zich bewust van Lukas die vlakbij zit, aan de bar, met zijn neus in de laptop, een geconcentreerde frons op zijn voorhoofd. Ze is zich bewust van de ironie: daar staat ze weer, gereduceerd tot kokkin, huishoudster, uitgesloten van het mannenwerk.

En aan het eind van de middag moet ze naar huis, dat hebben ze afgesproken. Ze heeft er helemaal geen zin in.

Ze haalt de doos spaghetti naar zich toe en maakt hem open. Het water in de pan kookt. 'Over zeven minuten kunnen we eten,' zegt ze.

Hij knikt afwezig, verdiept in het scherm voor zijn neus.

Ze laat de spaghetti in het kokende water glijden en doet er wat olijfolie en zout bij.

'Jissis,' zegt Lukas zacht.

'Wat?' vraagt ze.

'Die... Hier heb ik iets.'

Ze roert in de vleessaus, kijkt naar hem en ziet dat hij opeens extra geconcentreerd is.

'Jissis,' zegt hij weer en zijn vingers bewegen snel over het touchpad van de computer, *klik*, en nog eens *klik*.

De saus pruttelt. Ze zet de kookplaat uit, pakt twee borden, de Parmezaanse kaas en de rasp.

Lukas kijkt op. 'Ze... Ze hebben het over een "shipment". Ze voeren iets in, onder de radar, ze smokkelen iets binnen. Een vrouw met de naam Madeleine gaat iets... Nee... Het is een schip, ze brengen iets binnen met een schip. Haidar... dat is wat ze binnenbrengen...'

'Haidar?'

'Ik denk dat het een afkorting is... Maar de datum is raar. Hier staat maandag 23 Shawwal 1430 A.H.'

'Shawwal,' zegt Milla opeens opgewonden. 'Dat was de naam van de hele operatie van de PIA...'

'Wat betekent het?'

'Weet ik niet.'

Het is vol in de Operations Room, zestien mensen achter computers en apparatuur, Quinn in het midden, Mentz in haar eentje helemaal achterin.

'Er zit geen Volkswagen Golf in het systeem met een kenteken dat begint met CA 143,' zegt een van Rajkumars teamleden tegen Quinn.

'Misschien heeft Osman het verkeerd onthouden.'

'Of misschien niet. Volgens de database van de SAPS is er een melding binnengekomen van gestolen nummerborden, donderdagavond in Table View. CA 143 688.'

'Table View,' zegt Quinn.

'Klopt.'

'Kun je voor mij een lijst samenstellen van alle accommodaties in Table View? Korte termijn. Hotels, guesthouses, vakantieappartementen.'

'Dat gaat wel even duren.'

'Dan moeten we snel beginnen. Jij coördineert iedereen die geen specifieke taak heeft: begin meteen met bellen. Jullie hebben de beschrijving van Becker en Miss Jenny.'

Becker gebruikt zijn mobiel om te googelen. 'Het is de islamitische kalender,' zegt hij. '23 Shawwal 1430 is 12 oktober 2009, dat is overmorgen. Maandag.' Hij kijkt weer op de computer, leest nog meer e-mails. 'Maandag, twee uur 's nachts...'

'En die afkorting? Is daar iets over?' vraagt Milla die terugloopt naar het fornuis om op te scheppen.

Hij typt de letters in, klikt op de zoekknop. 'Haidar,' leest hij, 'betekent "leeuw" in het Arabisch. Het was de naam van Ali, de echtgenoot van Fatima, de dochter van de profeet Mohammed.'

'Leeuw...' zegt Milla. Er was in de PIA-rapporten geen melding van dat woord.

Becker kijkt weer naar de laptop. 'Het is een codewoord. Voor de vracht... het... Hier zijn de coördinaten, Milla...' Hij pakt zijn mobiel weer, drukt haastig wat toetsen in, tot hij opkijkt en tegen haar zegt: 'Ik heb de klootzakken, ik heb ze te pakken.'

Ze glimlacht naar hem. 'Welkom terug,' zegt ze.

De operator belt Quinn vanuit het ziekenhuis. Zijn stem is dringend. 'Er is een telefoontje voor Osman, het klinkt als een blanke man.'

'Zeg tegen het team bij Osman dat ik wil dat hij de telefoon aanneemt. Dan schakel je hem door en luisteren wij hier mee,' en hij gebaart naar een technicus dat hij het op de luidsprekers in de Operations Room moet zetten.

Dat duurt kostbare seconden, ze zijn net op tijd om Beckers stem te horen. 'Shahied, met je vriend van gisteren. Ik weet van het schip, Shahied, de datum en de tijd en de plaats. Is dat je vijfhonderdduizend waard?'

Het klikken van een afgebroken gesprek. En dan stilte.

Quinn wil vloeken, maar onderdrukt het, want Mentz zit vlak achter hem. Hij grijpt de telefoon en belt de operator. 'Wat doen jullie?'

'Dat doen wij niet, dat doet Osman. Hij heeft opgehangen.'

72

Milla heeft alleen gegeten. Ze is bezig het bord af te spoelen als ze een onbekend geluid van een mobiele telefoon hoort. Ze beseft niet meteen dat het haar nieuwe is. Ze moet naar de slaapkamer rennen waar ze hem gisteren op het nachtkastje heeft gelegd. Ze neemt op met 'Hallo?'

'Met Lukas. Ik denk dat ze bij hem waren, Milla. De PIA, of iemand anders. Hij heeft opgehangen. Ik zal een ander plan moeten bedenken.'

'Wat voor plan?'

'Ik zal wapens moeten gaan zoeken.'

'Wapens? Je hebt toch een pistool?'

'Ik zal meer nodig hebben dan dat.'

De angst slaat haar om het hart. 'Waarom?'

'Als ik mijn geld wil hebben... Ik zal die scheepsvracht moeten onderscheppen.'

'Becker belde vanuit een telefooncel bij Eden on the Bay in Blouberg,' zegt de operator tegen Quinn.

'Een hotel?'

'Volgens mij is het een nieuw winkelcentrum.'

'Alweer een?'

'Daar probeer ik nu achter te komen.'

'Zet even een kaart op het grote scherm,' zegt Quinn. 'Markeer de plek waar de nummerborden zijn gestolen. En dan het winkelcentrum. Hoe vorderen we met de guesthouses?'

'We hebben er al meer dan twintig gebeld. Nog niets.'

'Zorg dat jullie Blouberg ook meenemen.'

Dan stilte, tot de stem van Janina Mentz van achter uit de ruimte komt: 'Goed werk, Quinn.'

Masilo heeft snel een coördinatiekantoor op de benedenverdieping van de Wale Street Chambers laten inrichten. Overal over de vloer liggen netwerkkabels en tijdelijke telefoonaansluitingen, in het midden staan een lange tafel en een paar stoelen.

Burzynski komt binnen met mappen en een laptop en begint te praten voordat de deur achter hem dicht is. 'Jouw man Becker werkt voor zichzelf,' zegt Burzynski. Hij legt de stapel op de tafel, zet de laptop ernaast en pakt de bovenste map.

'Mijn man?'

'Bij wijze van spreken.' Hij geeft Masilo het dossier. 'Dit hebben we een uur geleden van de FBI gekregen. Blijkt dat Lukas Becker een smokkelaar is. Van antieke en historische kunstvoorwerpen.'

Burzynski gaat zitten en trekt zijn laptop naar zich toe. 'Ik werk draadloos en met mijn eigen mobiel, als jullie het niet erg vinden. Niet dat ik jullie niet vertrouw, natuurlijk, standaardprocedure...' Hij wijst naar de mappen. 'Zoals jullie zien heeft de FBI in 2004 een dossier over Becker aangelegd, nadat hij was ontslagen door een professor in de archeologie van de universiteit van Pennsylvania tijdens opgravingen in Turkije. Ze hadden hem betrapt met een tweeduizend jaar oude hanger die een kapitaal waard was. De professor stuurde hem onmiddellijk de laan uit, en omdat hij het niet aan de Turkse autoriteiten wilde melden, uit angst zijn vergunning om opgravingen te doen kwijt te raken, belde hij de FBI. Hij vertelde dat er nog meer voorwerpen vermist waren, maar die konden ze niet met Becker in verband brengen. Toen het Bureau naar Beckers verleden ging kijken, ontdekten ze dat hij al eerder bij opgravingen verdacht was geweest, maar niemand had bewijzen.'

'En toen ging hij naar Irak.'

'Precies. Hij moet hebben geweten dat hij geen kans maakte om ooit nog in de archeologie te werken. Dus nam hij dienst bij Xe Services om Iraakse bemanningen te trainen voor patrouilles op de Tigris. Die loopt helemaal door tot de Perzische Golf, een snelweg naar de smokkelaarshemel. Een maand geleden is Interpol begonnen met het ontmantelen van een enorm syndicaat dat handelt in antieke kunstvoorwerpen, te beginnen bij de musea in Bagdad, met pijplijnen naar New York en Amsterdam. Antieke Perzische voorwerpen, kunst, sieraden, noem maar op. Op de een of andere manier is er info gelekt, en loste het netwerk al heel snel op. En jullie man Becker nam pardoes ontslag bij Xe Services en boekte de eerste vlucht naar huis, via Londen...'

'Aha...' zegt Tau Masilo.

'Maar er is nog iets. Toen Interpol en de militaire politie van de VS een aantal van de smokkelaars die ze hadden opgepakt gingen ondervragen, kregen ze te horen dat Becker ervandoor was gegaan met een aardig bedrag dat aan de bazen van het syndicaat behoorde. In pond sterling. En het syndicaat schijnt jullie man op het spoor te zijn gekomen in Johannesburg, waar hij een zielig verhaal ophing over een autokaping en een verloren kapitaal. Hij schijnt zes weken te hebben om ze terug te betalen, anders maken ze hem af.'

'*Jeso*.'

'Jeso, absoluut,' zegt Bruno Burzynski. 'Laten we dan nu extremisten gaan vangen, nu alle misverstanden uit de weg zijn.'

'Meneer,' zegt een andere operator, 'ik heb Jarryd January aan de telefoon, hij zegt dat het dringend is.'

'Verbind hem door.' Hij wacht tot het lampje flikkert en neemt op. 'Heb je nieuws?'

'Mijn informant bij de Restless Ravens heeft net gebeld. Hij zegt dat iemand aan Terror Baadjies en zijn maatjes heeft laten weten dat de Golf gezien is.'

'In Blouberg?'

'Ja.' Verbaasd.

'Waar precies?'

'Die man reed het winkelcentrum Eden on the Bay uit. Ze waren te laat om hem te volgen. Maar nu zitten ze allemaal achter hem aan, elke *gangsta* op de Vlakte.'

Quinn vloekt bijna onhoorbaar. Hij richt zich tot Mentz. 'Mevrouw, ik wil de Reactie-eenheid nú naar Blouberg hebben.'

'Doe maar.'

Helemaal onder aan het FBI-rapport vindt Masilo een alinea die hem onmiddellijk naar de telefoon doet grijpen om de dependance van de Operations Room van Mentz te bellen.

'Mentz.'

'Becker werkt voor zichzelf. Smokkelaar van antieke kunst, ik heb hier een dossier van de FBI, een rapport van Interpol, maar zeg tegen Quinn dat hij drie schuilnamen heeft, alle drie met een vervalst paspoort.'

'Zeg het maar.'

'John Andreas, Dennis Faber...'

'Zijn ouders.'

'Sorry?'

'Het zijn varianten op de namen van zijn ouders.'

'O... Ja... De laatste is Marcus Smithfield.'

'Ik zeg het tegen Quinn. Nog ander nieuws?'

'Nog niets.'

Ze had Lukas aan de telefoon gevraagd waar hij wapens ging halen. Er had voor het eerst ergernis doorgeklonken in zijn stem, ongeduld met haar, alsof ze een lastig kind was. 'Jissis, Milla, vijf jaar in Irak, dan leer je mensen kennen.' En toen had hij er kortaf, haastig aan toegevoegd: 'Ik moet gaan, ik zie je zo snel mogelijk.'

Ze is eerst in een leunstoel neergezakt, gekwetst, ze vroeg het alleen maar, ze wilde het alleen maar weten, hij hoefde niet zo tegen haar uit te vallen. Haar zelfbeklag gaat de strijd aan met een zoeken naar begrip voor zijn toon, verontwaardiging en de drang om weg te lopen tegenover het besef dat ze niet naar haar appartement terug wil, ze weet dat ze op haar wachten, de mensen die haar hebben afgeluisterd, die haar hele leven in haar dagboeken hebben bestudeerd, ze wil ze nooit meer zien.

Ze zal terug moeten. Ze zal haar auto moeten gaan halen, en haar mobiel, er zal een bericht zijn van advocaat Kemp, over iemand die de microfoons in haar appartement kan opsporen. Ze zal moeten schoonmaken en opruimen, ze zal de telefoon bij de hand houden om Kemp te bellen als ze haar weer willen ondervragen. Deze keer zal ze terugvechten, laten ze haar maar beschuldigen, ze heeft geen enkele wet overtreden.

Ze moet gaan zitten wachten tot Lukas klaar is, tot hij terugkomt uit die andere wereld, de wereld van wapens kunnen vinden omdat je mensen kent, de wereld van schepen die smokkelen en mensen die autokapingen plegen en geld stelen. De mannenwereld van de georganiseerde misdaad in Gauteng en op de Kaapse Vlakte, en van moslimextremisten. En van armoede en werkloosheid en drugs, een werkelijkheid waarvan ze zich maar vaag bewust was, want ze zat opgesloten in de kerker, het fort van Durbanville, achter muren en alarmsystemen, een schijnwereld, geschapen door onwetendheid en ontkenning en onvrijheid, op een kluitje met anderen die de hersenschim van welvaart en veiligheid helpen bewaren.

Het ironische is dat ze zich daar niet thuis voelde. Durbanville was net zo'n vreemd landschap als dit andere waarin Lukas zich wil begeven. En hier staat ze nu, schrijlings tussen die twee werelden, en ze hoort in geen van beide thuis. Milla Strachan, de eeuwige buitenstaander. Haar instinct zegt haar op te staan, pen en papier te pakken en erover te schrijven tot alles klopt, maar ze beseft meteen dat ze het weer doet, dat ze met woorden een veilige haven wil scheppen, een thuis, een plek waar ze hoort, een heelal dat logisch is, al is het alleen voor haarzelf. Is dat het enige wat ze in het vooruitzicht heeft?

Ze staat op uit de stoel met een drang om iets te doen, om tot de een of andere actie over te gaan die haar uit dit limbo kan redden, een reddingsboei in de woordenrivier.

Ze ziet de laptop op de bar staan, de computer waaruit Lukas de explosieven en de al even gevaarlijke inlichtingen heeft gehaald en ze denkt: laat ik gaan kijken, zodat ik tenminste weet wat hij weet, dat zal het wachten draaglijker maken.

'Ik heb hem,' roept een operator, een hand over de hoorn van de telefoon. 'Onder de naam Dennis Faber, in de Big Bay Beach Club.'

'Hotel?' vraagt Quinn.

'Nee, het zijn losse appartementen.'

'Waar is het?'

'De allerlaatste plek rechts als je Blouberg uit rijdt, de kant van Melkbos op.'

'Welk nummer?'

'Meneer?'

'Op welk nummer zit Becker?' Quinn pakt zijn telefoon en belt majoor Tiger Mazibuko, de commandant van de Reactie-eenheid.

'O... ogenblik...' zegt de operator. 'Mevrouw, wat is het nummer van het appartement van Dennis Faber...?'

'27.'

'Mazibuko.'

'Big Bay Beach Club, dat is een vakantieoord, net buiten Blouberg. Hij zit in nummer 27.'

'We zijn onderweg.'

'Hoe lang?'

'Kwartier.'

73

Milla leest de e-mails tussen Osman en ene Sayyid Macki.

Zending arriveert maandag 23 Shawwal 1430 A.H. om 2.00 uur (GMT+2).

Overmorgennacht, om twee uur.

Ze kijkt in de map 'verstuurde berichten' en vindt Osmans antwoord: *Alhamdulillah. We staan klaar. The Madeleine gaat voor anker om S33 49.517 E17 52.424, we hebben transfervaartuig klaarliggen, om Haidar naar volledig uitgerust ontvangstteam te vervoeren op S33 54.064 E18 24.921, OPBC.*

OPBC? Waar staat dat voor? Ook Arabisch, zoals Haidar, dat 'leeuw' betekent?

Ze herinnert zich het wachtwoord voor de computer. Amiralbahr. Nog een woord met een Midden-Oostengevoel.

Woorden zijn het enige wat ze heeft, dus moet ze proberen die te ontrafelen. Ze zal het internet op moeten, net als Lukas. Maar hoe, ze kent haar nieuwe telefoon niet.

Milla staat op, gaat haar mobiel en het doosje waarin hij zat halen, pakt de handleiding en begint te zoeken. *'Use your mobile phone as an internet modem'* is het enige wat ze vindt. Ze volgt de aanwijzingen op, steekt de usb-kabel erin en activeert de modem.

Network connection succesful.

Opgetogen over dat kleine succes opent ze Internet Explorer op de computer en gaat naar de zoekpagina van Google.

Ze typt 'Amiralbahr' in.

Did you mean amir al-bahr?

Misschien. Ze klikt erop.

Het woord admiraal is afgeleid van het Arabische amir al-bahr*, dat letterlijk commandant van de zee betekent. In de periode van de kruistochten kwam het woord naar Europa, waar het als* amiral *of* ammiraglio *in de taal terechtkwam. Vermoedelijk door gelijkenis met het Latijnse* admirari *werd in Noord-Europese landen een 'd' aan de uitspraak toegevoegd.*

Het betekent dus 'admiraal' in het Arabisch. Arabisch, de taal van het moslimextremisme.

Ze typt in het zoekvenster: 'Betekenis van leeuw in moslimextremisme.'

Ze kijkt snel de eerste resultaten door. Er is er maar één interessant: *Babur Kruisraket Pakistan: De Babur-kruisraket (Babur betekent leeuw in het Chaghatai, een Turkse taal; er wordt ook gesuggereerd dat de kruisraket genoemd is naar de eerste Mogolkeizer Babur) is de eerste kruisraket die in het veld is gebracht door Pakistan. De Babur kan zowel conventionele als kernkoppen vervoeren en zou een bereik hebben van...*

Maar dan gaat er opeens een nieuw venster open op haar beeldscherm, waar de website achter verdwijnt: *Command Prompt. Running e-mail decryption script.*

Ze ziet de witte letters tegen de zwarte achtergrond, regels met codes die snel verschijnen, de ene na de andere, en dan gaat het venster automatisch dicht.

Een kleine aanwijzing, onderaan rechts. *New Mail Message.*

E-mail. De computer moet automatisch e-mail hebben binnengehaald omdat hij nu met internet verbonden is.

Ze activeert Microsoft Outlook.

Helemaal bovenaan staat een nieuwe boodschap, van Macki.

Ze opent hem.

Allahu Akbar, amir al-bahr.

We zijn het eens met uw oordeel. Aankomst van The Madeleine *en Haidar nu 24 uur eerder, om 2.00 uur (GMT+2) op zondag 22 Shawwal 1430 A.H.*

Ze hebben de aankomst van het schip een dag vervroegd. En dan dringt het tot haar door. Dat is vannacht. Morgenochtend. Benauwd kijkt ze op haar horloge. Zeven minuten over zeven 's avonds. Over minder dan zeven uur...

Dan hoort ze buiten een autoportier dichtslaan. Lukas, ze moet het hem meteen vertellen. Ze springt overeind, loopt naar de voordeur en doet hem open. Ze ziet de Golf geparkeerd staan, met open kofferbak, Lukas is daarachter bezig. Ze loopt naar buiten, naar hem toe.

Een beweging die haar blik trekt, rechts, verder op de weg. Mannen die aan komen rennen, vanaf het hek, op tweehonderd meter afstand.

Dan ziet ze de vuurwapens in hun handen.

'Lukas!'

Hij verschijnt meteen om de hoek van de Golf en ziet hoe ze de weg af wijst. Hij kijkt met een ruk die kant uit.

'Naar binnen, Milla!'

Ze aarzelt, vastgenageld, haar blik op de jonge kleurlingen die nu harder gaan rennen, het zijn er vijf, zes, zeven. Lukas haalt iets achter uit de Golf.

Hij heeft een geweer in zijn handen, kort en hoekig. 'Naar binnen!'

Ze ziet hoe de mannen hun wapens richten en hoe Lukas het zijne overhaalt. Schoten, er slaat iets tegen de Golf, glas breekt achter haar. Ze blijft staan, vastgenageld, een schreeuw in haar keel. Lukas schiet. Twee van de mannen vallen, de anderen slaan scherp af naar rechts en zoeken de beschutting van geparkeerde auto's.

'Jissis, Milla!'

Deze keer reageert ze, draait zich om en rent terug naar de voordeur, met zware benen.

Schoten donderen vanachter de auto's, een kogel slaat in het kozijn voor haar.

Dan is ze binnen.

Janina Mentz zit achter in de Operations Room en luistert naar de radioverbinding tussen Quinn en majoor Tiger Mazibuko.

'*ETA five minutes.*'

'Roger.'

Ze zal wachten. Tot Mazibuko persoonlijk bevestigt dat ze Becker en de computer hebben. Pas dan zal ze Masilo laten weten dat hij de Amerikanen op de hoogte kan stellen.

Ze staat op, loopt naar Quinn, gaat naast hem staan en zegt zacht en beslist: 'Tiger heeft toestemming om alle benodigde slagkracht te gebruiken. We willen alleen de computer onbeschadigd hebben.'

Quinn knikt en activeert de radiomicrofoon.

Ze staat met bonzend hart in de woonkamer, haar ademhaling is oppervlakkig, haar handen beschermen instinctief haar hoofd, ze weet dat dit Osmans mensen moeten zijn. Lukas komt binnenrennen, het korte geweer in de ene hand, een vuile canvas tas in de andere.

Hij draait zich om, steekt het wapen door de deur naar buiten en vuurt een salvo af.

'Kom, Milla.' Hij is bij haar, met een strak gezicht, grijpt haar arm en trekt haar naar de slaapkamer.

'Pak de rugzak.' Hij wijst met de loop van het geweer naar zijn rugzak die naast het bed staat, rukt dan de schuifdeur van de slaapkamer open.

Ze pakt de rugzak en haar handtas. Hij is al buiten en kijkt om naar haar. 'Kom!'

Ze rent.

Voor hen is een afrastering, hoog. Daarachter een hoog zandduin, dichtbegroeid.

Hij gooit de vuile canvas tas er met moeite overheen, trekt zijn rugzak uit haar hand en gooit die erachteraan. 'Klim,' zegt hij met verbeten gezicht.

Ze gooit haar tas. Niet hard genoeg, hij raakt de bovenkant van de afrastering en valt terug.

'Fok,' zegt hij, en hij pakt hem op en gooit hem over het hek. 'Klimmen.'

Schoten achter hen in het appartement.

Ze klautert door adrenaline gedreven tegen het gaas op, ietwat verbaasd dat ze haar handen niet bezeert en zo snel vordert. Dan is ze boven, zwaait haar been eroverheen en laat zich vallen, zodat ze aan de andere kant in een dicht groen bos belandt, opeens de geur van hout en bladeren in haar neus, scherpe stekels die haar prikken. Heel even is ze gedesoriënteerd en probeert overeind te komen, haar blouse scheurt.

Lukas is bij haar, trekt haar overeind, duwt de handtas in haar handen, grijpt de rugzak, zwaait hem over zijn schouder, pakt de canvas tas en duikt het struikgewas in. 'Blijf vlak bij me.'

Ze drukt haar tas tegen haar lichaam.

Schoten klinken, ze hoort de kogels fluiten, kijkt om, kan niets zien, alleen struikgewas, kijkt voor zich, Lukas die als een slang over het zand onder de takken door glijdt.

Ze duikt hem achterna.

74

'Er wordt geschoten, ik herhaal, er wordt geschoten, het is een *hot zone*.' Mazibuko's stem klinkt hoog en opgewonden door de radio.

'Schieten ze op jullie?' vraagt Quinn.

'*Negative*, we zijn bij het hek, geen visueel contact, gaan nu naar binnen...'

Het gedreun van de motor van het militaire voertuig vult de Operations Room.

'Twee slachtoffers, midden op de weg, twee kleurlingen.'

'Shit,' zegt Quinn.

'Mensen van Terror,' zegt Janina, die nu naast hem staat.

Schoten over de ether, weinig indrukwekkend, als klappertjes.

'Liggen onder vuur,' zegt Mazibuko. 'Gevechtsopstelling...'

Janina Mentz pakt de microfoon van Quinn. 'Ik wil die laptop, Tiger. En intact.'

'Roger. *Out*.'

Ze horen hoe het schieten heviger wordt als ze halverwege het duin zijn, onzichtbaar onder de struiken en bomen. Lukas is vlak voor haar, ze ziet zijn schoenzolen, hij ligt opeens stil en luistert naar het geknetter, over en weer.

'Christus,' zegt hij en hij kijkt achterom naar haar. 'Alles goed?'

'Ja.' Haar stem klinkt vreemd en trillerig. 'Ja,' probeert ze weer, wat beslister, en dat geeft haar een soort houvast, een bewustzijn dat door de angst en de schrik heen dringt. Dus zo voelt dat, levensgevaar.

Hij kijkt weer voor zich en gaat sneller vooruit, en Milla glijdt achter hem aan, met bloederige schrammen op haar handen en armen.

Doodse stilte in de Operations Room, de minuten tikken voorbij.

Dan vult de ruimte zich met ruis. Een golf van klanken. Mazibuko's stem, opgewonden: 'Nummer 27 veiliggesteld, we hebben een gewonde, zeven van die ettertjes onschadelijk gemaakt, vijf dood, twee gewond, één ernstig, het zijn fucking tieners, Quinn, gekleurde jongens met semiautomatische wapens. We hebben een laptop, helemaal aan flarden, geen spoor van Becker en de vrouw, maar ze moeten hier kortgeleden zijn geweest, er staat een restje eten, er liggen kleren, een mobiel. Ik denk dat ze de achterdeur uit zijn gegaan, we verzekeren het hele complex nu, over.'

'De computer,' zegt Mentz. 'Ik wil weten hoe erg die beschadigd is. Maar haal eerst Raj hierheen.'

Ze ziet hoe Becker op de kruin van het duin rechtop gaat staan en de omgeving afspeurt. Hij ziet rechts iets.

'Daar,' zegt hij op gedempte toon.

Ze staat op en kijkt dezelfde kant uit. Tussen de takken door kan ze het winkelcentrum vijfhonderd meter naar het zuiden zien, het grote rood-met-witte logo van ShopRite hoog tegen de muur. En daaronder een zandpad dat als een spierwitte slang langs de helling het duin af kronkelt.

Hij grijpt haar arm en kijkt haar strak aan.

Ze probeert te glimlachen. 'Ik ben er klaar voor,' zegt ze.

Hij aarzelt nog even en knikt dan. 'We zullen moeten rennen.' Hij draait zich om en gaat het duin af, zigzaggend door de struiken.

'Er zijn drie negenmillimeterpatronen doorheen gejaagd,' zegt majoor Mazibuko.

'Kun je zien of de harde schijf is geraakt?' vraagt Rajhev Rajkumar.

'Ik weet niet...'

'Die is iets van zes of zeven centimeter bij vier of vijf, het grootste ding dat je erin ziet zitten.'

'Glimmend metalen omhulsel?'

'Ja.'

'Yebo. Die is geraakt.'

'Shit. Helemaal door en door?'

'Nee, zo'n beetje aan de voorkant, waar de draadjes bij elkaar komen, alleen komen die niet meer bij elkaar.'

'Is dat alles? Alleen de draadjes weg?'

'Nee, hij is ook een beetje verbogen. Het omhulsel.'

'Alleen aan de voorkant?'

'Yebo.'

Rajkumar kijkt op naar Mentz. 'Misschien,' zegt hij, 'als we geluk hebben.'

'Zeg dat hij hem hier moet brengen.'

Ze rennen langs de hele lengte van de muur van het winkelcentrum, tot aan een grote, brede straat die ervoor langs loopt. Becker gaat zitten, legt de canvas tas neer, en dan het wapen dat hij in zijn hand heeft. Hij ritst de tas open. Milla kan zien dat er nog meer wapens in zitten, twee grote automatische geweren en Lukas' pistool.

Hij haalt het pistool eruit, steekt het achter zijn rug in zijn riem en ritst de tas dicht.

Dan loert hij om de hoek van de muur.

'We gaan nu rustig lopen. We hebben niet veel tijd.' Hij steekt zijn linkerhand naar haar uit.

'Waarheen?' Ze pakt zijn hand.

'We hebben een auto nodig. We moeten hier weg.' Hij begint over de stoep in de richting van het winkelcentrum te lopen.

'Waar ga je een auto...?'

'We zullen er een moeten stelen, Milla.'

'O.'

Quinn wijst met de laser op een groot scherm met de kaart van het gebied. 'Dit gebied bestaat uit duinen, tot aan de R27, ongeveer een kilometer verderop. Hier is een winkelcentrum, en dit is een wooncomplex. Zijn andere optie is noord, daar ligt een kleine woonwijk vlak naast de Big Bay Beach Club. Tiger gaat proberen de woonwijk te dekken, we hebben de politie gevraagd om het wooncomplex, de R27, Otto du Plessis noord en zuid en Cormorant Avenue oost af te sluiten, maar ze zeggen dat het even duurt voordat ze alle gaten hebben gedicht.'

'Even? Hoe lang is even?' vraagt Mentz.

'Tien, vijftien minuten...' zegt Quinn schouderophalend.

'Hij weet wat er op die computer staat, Quinn. Hij heeft tegen Osman door de telefoon gezegd...'

'We zullen ook helikopters moeten inzetten. Het hele gebied, tot bij Melkbos, allemaal duingebied. En het blijft niet lang meer licht.'

Becker kiest een oude, witte Nissan Sentra uit begin jaren negentig met een deuk in het voorspatbord.

In de verte loeien sirenes.

Hij gaat naast het achterportier van de auto staan en kijkt om zich heen.

Milla ziet dat de dichtstbijzijnde mensen honderd meter verderop zijn.

Hij haalt het pistool achter uit zijn riem vandaan, draait het om en slaat het met geweld tegen de ruit.

Die breekt met een doffe klap. Hij steekt zijn arm naar binnen en doet het portier open. Milla rent naar de passagierskant, ziet hoe Lukas zijn rugzak afdoet en naar binnen gooit, daarna de canvas tas, voordat hij het portier aan zijn kant opendoet en instapt. Hij leunt opzij en doet haar portier open. Ze stapt in.

Hij legt het pistool voor zijn stoel in de beenruimte, pakt met twee handen het plastic onder het stuur vast en geeft er een ruk aan. Het plastic komt los. Zijn vingers zoeken haastig tussen de bos draden die daar hangt en volgt ze naar de ontsteking. Hij kiest er een uit, haalt hem los, bukt zich, bijt de isolatie eraf. En dan nog een.

Milla kijkt op in de richting van het centrum.

Er komen mensen aan, een man en een vrouw, met een volle winkelkar.

De motor van de Nissan slaat aan.

Lukas pakt het stuur met beide handen vast en rukt het scherp naar rechts.

Er knalt iets kapot.

Hij zet de auto in de versnelling en rijdt weg. Met piepende banden. Ze scheuren langs het stel met de kar, dat hen met grote ogen nakijkt. De sirenes zijn nu luid en vlakbij.

Lukas racet naar de uitgang, aarzelt heel even en slaat dan links af, weg van zee, in de richting van de R27.

75

Het suizen en fluiten van de wind door het kapotte raampje, de hoge, vastberaden toeren van de motor, het verbleekte plastic van het dashboard, de muffe geur van het interieur, het fijne netwerk van schrammen op haar onderarmen, de tas krampachtig op haar schoot. Aan de achteruitkijkspiegel bungelt een zilveren kruis aan een kralensnoer, de volumeknop van de radio ontbreekt. Lukas zit voorovergebogen, een en al concentratie, beide handen aan het stuur. Milla ziet nu pas de wond op zijn schouder, de stof van zijn overhemd die gescheurd is, de kleine donkerrode vlek van een schampschot.

Onwezenlijk allemaal.

En op dat ogenblik herinnert ze zich die aanstaande bruid, een keer op dansles. De mooie, blonde jonge vrouw, jaar of drieëntwintig, soepel, atletisch en elegant, die samen met haar aanstaande bij Arthur Murray kwam oefenen voor de eerste dans op het bruiloftsfeest. De aspirant-bruidegom was iets kleiner dan de jonge vrouw, met een hoekig boerenlijf. Zijn gezicht, had Milla indertijd gedacht, leek afkomstig van een stripfiguur, een van die beestjes die moeten zorgen voor de komische noot. En hij was totaal ongecoördineerd, zijn bewegingen op de vloer stram, houterig en stijf, ondanks zijn enthousiasme en ernstige toewijding. Terwijl de dansleraar hem met veel geduld probeerde iets bij te brengen, had de bruid voor de spiegel haar passen foutloos uitgevoerd, maar in haar eigen wereld verzonken, een fantasie van de Grote Avond, een wensdroom van hoe het zou kunnen zijn, haar armen gebogen alsof ze geleid werd door een lichtvoetige droomprins.

En nu, in het dal van een adrenalinedip, ziet Milla, onverwacht en glashelder, haar eigen leven, haar zelfbedrog, haar spelen van hoe-het-hoort, haar blindheid voor de werkelijkheid. De teleurstelling is hevig, zo overrompelend dat ze vervuld wordt van een gevoel van nutteloosheid en verlies, zoveel verspilde jaren. Ze verlangt, onverklaarbaar, naar Barend, met een pijnlijke intensiteit, haar kind, waar ze nú tegen zou willen zeggen 'het spijt me zo verschrikkelijk', zonder dat ze weet waarvoor ze zich verontschuldigt.

Lukas zegt iets. Ze is terug in de Nissan en merkt dat haar ogen nat zijn, haar wangen vol tranen. Geërgerd veegt ze ze weg met de rug van haar hand en zegt: 'Wat?'

'Ze hebben je gezien.'

Ze begrijpt het niet en kijkt hem vragend aan.

'De mensen van Osman hebben je gezien, Milla. We zullen het moeten laten zitten. Tot... Tot het veilig is.'

Ze begint het langzaam te begrijpen. 'Tot het veilig is?'

Hij wendt voor het eerst zijn blik van de weg af en kijkt haar aan. 'Gaat het nog een beetje?'

'Tot het veilig is? Tot het veilig is?' Haar verontwaardiging ontploft. 'Veilig? Wat is dat voor woord, Lukas, wat is dat voor woord? Wat betekent dat in dit land? Waar vind je dat? Veiligheid?' Tranen van woede, ze kan ze niet tegenhouden. 'Hoe kun je dat zeggen? Het bestaat niet. Dat weet je, dat wéét je, maar je hebt het over "veilig". Dat is leeg, het is een hol woord...'

Hij steekt zijn linkerhand naar haar uit, maar die slaat ze weg, haar stem schiet een halve octaaf omhoog. 'Niet doen, Lukas, probeer me niet te sussen, probeer niet... Waarom doen jullie dat? Waarom willen jullie ons erbuiten houden, waarom willen jullie ons bedriegen? We hebben het recht om te weten...'

Hij wil protesteren, maar ze praat dwars door hem heen, een sombere woordenstroom. 'Jullie verstoppen het voor ons, jullie die deze wereld hebben geschapen. Jullie die dit land gemaakt hebben, dit broddelwerk van haat en nijd en misdaad en geweld en armoede en ellende. En nu proberen jullie zo hard om alles weg te stoppen en te vermommen. Jullie denken dat jullie ons glimmende spulletjes kunnen geven, glitter, winkels, tijdschriften, steek je kop in het zand, want je moet vooral de waarheid niet zien. Het zijn leugens, het zijn allemaal leugens, en nu lieg jij mee. Veilig! Tot jíj veilig bent, dat is wat je bedoelt. Wil je me ergens opbergen, Lukas? Wil je me ergens gaan hersenspoelen en kalmeren achter muren en alarmsystemen en dan zelf weer wegsluipen naar jullie wereld? Je wilt het laten zitten omdat je een vrouw in je gestolen auto hebt? Het is niet jóúw keuze. Je gaat het niet laten zitten en je gaat me niet ergens dumpen, ik wil het zien, ik wil alles zien...'

Ze denkt ineens aan het pistool dat aan zijn voeten ligt, en pakt het. 'Kijk,' zegt ze, 'ik ben niet machteloos, ik kan dit...'

'Milla!' Hij grijpt haar onderarm met zijn linkerhand en duwt hem weg zodat de loop van hem af zwaait. Zij rukt, maar hij is te sterk. Ze haalt de trekker over, er gebeurt niets. 'Laat me los!' krijst ze woest, ziet dan de veiligheidspal, drukt erop met haar duim en haalt weer de trekker over, het schot knalt oorverdovend, een ster in de ruit, ze haalt hem weer over. 'Zie je wel, ik kan ook schieten!' Maar hij trapt hard op de rem, ze valt naar voren, hij houdt haar arm vast, de banden van de Nissan piepen van het asfalt naar de berm van zand en gras. Hij laat het stuur los, pakt het pistool met zijn andere hand, draait het uit haar vingers, en zij slaat naar hem met gebalde vuisten, een leven van woede daarachter, en hij houdt zijn armen omhoog om zich te beschermen.

Ze huilt en slaat en krijst, diepe, onaardse geluiden die overkoken, die de auto vullen. En hij zit daar maar en verdraagt het.

'Ik denk dat ik weet hoe ze het hebben gedaan,' zegt Rajhev Rajkumar. 'Ze gebruiken de LRIT en AIS van een ander schip.'

'Hoe doen ze dat dan?' vraagt Mentz.

'Er zitten een paar mazen in het SOLAS-verdrag. Het belangrijkste wat je moet onthouden is dat de reders in feite zelf hun schepen volgen, de SOLAS-autoriteiten vergelijken alleen de authenticiteit van het signaal met de wereldwijde plaatsbepaling. Dus laten we zeggen dat je een reder in, bijvoorbeeld... Durban bent, met een paar schepen ergens in de Indische Oceaan. Ik benader je en ik zeg, beste moslimbroeder, ik wil de AIS-identiteit van een van je schepen een maandje lenen, en ik betaal je ervoor. Dus ik installeer de apparatuur op *The Madeleine* en jij knijpt een oogje dicht voor de bewegingen van je signaal. SOLAS weet van niets, want het signaal klopt met de route die jij bij hen hebt ingediend, alles ziet er koosjer uit.'

'En mijn oorspronkelijke schip? Dat duikt op in het systeem, want het is uitgelogd. De CIA zou het hebben opgepikt.'

'Alleen als je schip in het water ligt.'

'Maar...'

'Schepen moeten onderhouden worden. Opgeknapt, gerepareerd, in een droogdok. Dat wordt alleen geregistreerd door de plaatselijke havenautoriteiten.'

Mentz overdenkt de argumenten en zegt ten slotte: 'Je weet toch wel dat je briljant bent, hè?'

Rajkumar knikt verlegen. 'Er zijn een paar manieren om het aantal mogelijkheden te beperken. De Committee zou moeten werken met iemand die ze kennen en vertrouwen. De AIS zal verbonden moeten zijn met een schip dat verlof heeft om Zuid-Afrikaanse havens aan te doen, dat normaal gesproken in de Indische Oceaan opereert, tot aan de Arabische Zee, en het moet een vaartuig met min of meer dezelfde tonnage zijn, liefst een vistrawler.'

'Laten we dan gaan zoeken.'

Ze rijden in stilte verder, met alleen het suizen van de wind door de voorruit en het open achterraampje. Eerst over de R27 naar het noorden, dan rechtsaf bij de verkeerslichten in Melkbos, naar de N7.

Milla staart naar de korenvelden in het halfdonker. Ze is leeg, alle emotie is weg. Na de uitbarsting heeft ze een soort rust, een kleine, harde kern van verontwaardiging en vastberadenheid gevonden. Met haar hoofd van Lukas afgewend, kalm en beslist om duidelijk verstaanbaar te zijn boven het lawaai van de wind, zegt ze: 'Het schip komt vroeger aan.'

Hij reageert langzaam. 'Nee, Milla...'

'Er kwam nog een e-mail voor Osman. Ik had mijn mobiel aan zijn computer gekoppeld. Ik weet ook wat ze invoeren.'

'Wat?'

Ze speelt haar troefkaart uit. 'Ik ga mee.'

'Nee.'

Ze staart hem alleen maar aan.

Hij wordt boos. 'Heb je het gezien? Ze hebben op ons geschoten.'

'Je hebt niet het recht om over mijn leven te beslissen. Dat heeft geen enkele man.'

'Christus, Milla...'

'Je mag me niet buitensluiten.'

'Wanneer komt het schip aan?'

Ze negeert hem.

Hij rijdt een hele tijd zwijgend door. Dan zegt hij: 'Oké.'

'Zeg het.'

'Je gaat mee.'

'Ik hoor je niet.'

'Je gaat mee. We gaan het geld halen.'

'Op je erewoord?'

'Ja.'

Ze wacht tot hij haar aankijkt en peilt of hij oprecht is. 'Vannacht nog. Twee uur. *Aankomst van The Madeleine en Haidar nu 24 uur eerder, om 2.00 uur (GMT+2).* Op dezelfde plek, dezelfde coördinaten. Ik weet alleen niet wat OPBC betekent.'

'Ik ook niet. Wat voeren ze in?'

'Ik denk dat het wapens zijn. Raketten. Uit Pakistan.'

Rajkumar draait de beschadigde harde schijf om en om en kijkt bedenkelijk. 'Misschien,' zegt hij. 'Maar het gaat tijd kosten.'

'Hoeveel tijd?' vraagt Mentz.

'Vijf, zes uur...'

'Dat kan makkelijk. We hebben ongeveer achtenveertig uur voordat *The Madeleine* aankomt. En misschien vinden we haar voordat je klaar bent.'

76

Hij vraagt haar voor het eerst om raad bij de kruising met de N7. Hij zoekt een achterweggetje naar Parow of Goodwood. Hij betrekt haar bij zijn uitleg: ze moeten de auto zien te dumpen op een nietszeggende plek en dan de stad in gaan.

Ze wijst hem hoe hij via Philadelphia Road kan rijden.

'Wat voor wapens heb je?'

'Geweren.'

'Wat voor soort?'

Haar beslistheid ontlokt hem een halve glimlach die meteen weer weg is. 'Het kleintje is een Heckler & Koch UMP, dat is een afkorting voor "Universale Maschinenpistole", want het is een Duits bedrijf. Deze is omgebouwd voor .45 ACP-patronen, niet de gewone negen millimeter. ACP staat voor Automatic Colt Pistol, die hebben meer stopkracht dan de negens. De andere twee zijn AK's, een 4B en een 2A, ik wilde er maar een, maar ze verkochten ze als één pakket.'

'Ze?'

'Nigerianen. In Parklands.'

'Hoeveel kostte dat?'

'De H&K was duur. Vierduizend. De AK's waren zeven vijftig voor twee. Inclusief munitie.'

'Zevenhonderdvijftig rand voor twee AK's.'

'Ik had ze voor vijfhonderd kunnen krijgen als ik niet zo'n haast had gehad.'

'Wat gebeurt er nadat we de auto hebben gedumpt?'

Om 19.37 uur komt het nieuws van de Nissan Sentra, gestolen bij het winkelcentrum Eden on the Bay.

In de Operations Room, voor het grote team, reageert Janina Mentz met stoïcijnse zelfbeheersing; een hoofdknikje, een verzoek om uitbreiding van de zoektocht naar het voertuig.

Om 20.14 uur belt de operator naar Quinn. 'Ik sta hier op de brug van *The Trident*, dat is een hektrawler van United Fisheries, die ligt vanaf

13 september in het Robinson Graving-dok bij het Waterfront voor een volledige opknapbeurt. Op 16 september is er ingebroken en is alle elektronica eruit gestolen: radio's, computers, navigatie, alles.'

'Uitstekend. Heb je de AIS-identiteit?'

'Nee, die zullen we bij de mensen van United zelf moeten halen, hier is alleen iemand van het onderhoudsbedrijf. Hij heeft me nummers gegeven, maar het is zaterdagavond, er is niemand op kantoor.'

'Geef me de nummers,' zegt Quinn terwijl hij haastig naar Janina Mentz loopt.

Ze laten de Nissan Sentra achter in de Dinglestraat in Vasco, voor een kerk, en lopen naar de minibustaxi's bij het station, twee straten verderop. Hij draagt de rugzak en de wapentas, zij alleen haar handtas. Hij houdt haar hand vast.

Ze rijden met negen gekleurde passagiers door de Voortrekkerstraat, de Albertstraat en de Strandstraat. De sfeer is aanvankelijk bedrukt door hun aanwezigheid, nieuwsgierige, schichtige arbeidersogen gaan naar Milla's vuile blouse en geschramde armen, Beckers schouder. Tot een van de mannen vraagt: 'Ruig weekendje gehad, bro?' en Lukas grinnikt en knikt, en Milla lacht. Dan komen de geintjes en speculaties en verhalen los, en pas als ze bij de halte uitstappen, zegt een vrouw ernstig: 'Het ga jullie goed.'

Ze nemen een taxi naar het Waterfront, vlak voordat de winkels sluiten. Ze kopen alleen het allernoodzakelijkste: een rugzak voor Milla, overhemd en blouse, donkere jacks, toiletspullen. Ze trekken de nieuwe kleren aan in de toiletten, en lopen dan door de Red Shed naar buiten, de trap op, naar de Portswoodstraat en het Commodore Hotel.

Rajkumar legt de telefoon neer en zegt tegen Mentz en Quinn: 'Hij zegt dat ze de account voor *The Trident* bij Lloyd's hebben geannuleerd, want het is zonde van het geld zolang ze wachten op de nieuwe AIS-apparatuur. Dus we kunnen het schip niet via hen opsporen.'

'En de elektronische ID?'

'Die is onderweg naar hun kantoor, we zouden hem binnen een uur moeten hebben.'

'En dan?'

'Dan zullen we met de yanks moeten praten.'

'Is dat onze enige optie?'

'Ja.'

In de grote hotelkamer zet Becker zijn tassen neer, slaat zijn armen om Milla heen en houdt haar zwijgend vast. Ze blijven heel lang zo staan, tot ze zegt: 'Je zult iets moeten eten.'

Met zijn handen op haar schouders kijkt hij haar aan, zijn ogen gaan over haar gezicht, op zoek naar iets.

Met haar vingers streelt ze zijn wang. Dan zegt ze: 'Ik wil alleen even in bad. Ik ben zo klaar.'

Hij laat haar met tegenzin los.

Dan bestelt hij broodjes bij de roomservice.

'Jezus, Janina,' zegt Bruno Burzynski verontwaardigd en verbijsterd.

'Laten we proberen kalm te blijven...'

Hij staat op uit zijn stoel in het coördinatiekantoor, zijn knokkels op de tafel, zijn gezicht rood aangelopen. 'Ik snap je gewoon niet,' zegt hij monotoon, in een poging zich te beheersen. 'Jezusmina, ik snap je echt niet. Je hebt net twee uur verspild, we hebben nauwelijks meer dan een dag over, en jij maakt er nog steeds een wedstrijdje van, heb je enig idee wat er hier op het spel staat?'

'Ondanks mijn derdewereldeenvoud en mijn geslacht denk ik dat ik heel goed begrijp wat er op het spel staat, Bruno.'

'O ja? Want ik begin te denken dat jouw minderwaardigheidscomplex je vermogen om ook maar iets te bevatten ernstig in de weg staat...'

'Míjn minderwaardigheidscomplex? Wat dacht je van dat meerderwaardigheidscomplex van jou?'

'Genoeg,' blaft Tau Masilo en hij komt uit zijn stoel. 'Nu is het mooi geweest.' Hij komt tussen hen in staan. 'En nu gaan jullie allebei zitten.'

Hij geeft Milla een korte cursus in het gebruik van de AK47. Hij drukt de patronen met zijn duim uit het magazijn terwijl hij haar vertelt dat het een eenvoudig vuurwapen is, robuust, betrouwbaar, maar niet erg accuraat. Hij laat haar zien hoe ze het magazijn erin moet klikken, het wapen over moet halen en de veiligheidspal moet indrukken.

Hij legt uit hoe ze hem moet instellen voor semiautomatisch en automatisch vuur, laat zien hoe ze hem vast moet houden, hoe ze met haar lichaam naar voren moet hangen en de trekker eerder moet indrukken dan naar achteren trekken.

Hij laat het haar steeds opnieuw doen, net zolang tot hij tevreden is.

Burzynski is de eerste die reageert. Hij haalt diep adem en gaat langzaam zitten, zijn gezicht nog rood aangelopen.

Mentz blijft staan.
'Janina, alsjeblieft,' zegt Masilo.
'Ik snap dingen beter als ik sta,' zegt ze met mager sarcasme.
Masilo klemt zichtbaar zijn tanden op elkaar, wendt zich tot Burzynski en zegt: 'We zouden erg dankbaar zijn als u de nieuwe informatie zou kunnen doorgeven en ons kunt helpen het schip te vinden.'
Burzynski knikt en steekt zijn hand uit naar zijn telefoon.
'En dan denk ik dat het tijd wordt om onze kaarten op tafel te leggen,' zegt Masilo zonder de directrice aan te kijken.

'Dit is belachelijk,' zegt Becker. 'Hier zijn veel te veel mensen.'
Om 21.38 uur staan ze voor het Radisson-hotel en kijken uit over de helder verlichte Grangerbaai-haven. Er zitten overal mensen op de terrassen van restaurants, op de promenades van de lange, smalle pieren, op de dekken van de zeiljachten die in lange rijen liggen, masten en tuigage in het gelid.
'Is dit wel de goede plek?' vraagt Milla.
Hij kijkt weer op zijn mobiele telefoon. 'Volgens de gps-coördinaten moet het hier zijn.'
'Ze komen pas om twee uur. Dat is over vier uur.'
Becker wijst naar een feestje op het dek van een jacht. 'Die mensen zijn hier om twee uur nog. Ik had de coördinaten moeten opschrijven.'
'OPBC,' zegt Milla. 'Is dat een navigatieterm?'
Hij schudt zijn hoofd. 'Ik weet het niet. Ik zal het even googelen.'
Ze kijkt toe terwijl hij verbinding maakt met zijn telefoon en begint te zoeken.
De eerste hit is de Oceana Power Boat Club. Hij klikt op de link. Een website wordt geopend, een fototje van de zee op de voorgrond, hijskranen en de gebouwen van Seepunt erachter. De bijbehorende tekst is bijna onleesbaar klein op het scherm. 'De Oceana Power Boat Club (OPBC),' leest hij, 'gevestigd in Grangerbaai vlak bij het Victoria en Alfredhotel, is de enige helling voor kleine vaartuigen in Kaapstad. De club bewijst al meer dan 25 jaar bootbezitters onschatbare diensten.' Hij bestudeert de foto nog eens en kijkt dan op, in de richting van de zee. 'Dit ís Grangerbaai. Het moet hier zijn.'
'Wacht,' zegt Milla en ze loopt de trap af tot op de houten steiger waar twee mannen met bier in hun hand bij de loopplank van een zeiljacht staan. Ze hoort dat ze Engels spreken. '*Do you know where we can find the Oceana Power Boat Club*?'

'Je hebt het mis,' zegt Bruno Burzynski. 'Het doelwit is niet ons voetbalteam. De data vallen toevallig samen. Onze inlichtingen duiden op iets heel anders.'

'En wat zou dat zijn?'

Voor het eerst lijkt Burzynski in verlegenheid gebracht. 'Het spijt me, maar ik ben niet gemachtigd die informatie te delen.'

Mentz maakt een geluid van honende afkeer.

'Dus we kunnen de veiligheidsmaatregelen voor maandag annuleren?' vraagt Masilo. 'Jullie willen je voetbalteam niet beschermd hebben?'

'Doe wat je niet laten kunt.'

Masilo schudt vol onbegrip zijn hoofd.

Mentz verbreekt de stilte. 'Laat me even alles op een rijtje zetten. Je wilde dolgraag met ons praten toen je dacht dat wij Osman hadden,' zegt ze.

Burzynski reageert niet.

'En het enige wat jullie nu eigenlijk willen, is de nieuwe elektronische identiteit van *The Madeleine*. Wat betekent dat jullie ons niet meer nodig hebben als jullie het schip hebben gevonden.'

Burzynski staart naar de tafel. Mentz komt langzaam dichterbij, met steeds meer zekerheid in haar stem. 'Jullie hebben een team stand-by om het schip te enteren, hè? Wat zijn het, Bruno? Navy Seals? Heb je je kleine, snelle bootjes meegenomen of heb je ze hier gekocht? Een paar helikopters gecharterd? Want jullie zijn van plan om het schip te enteren. En het ons achteraf te vertellen.'

'Dat is belachelijk.'

'Nee, dat is het niet,' zegt Janina Mentz en ze gaat aan tafel zitten. 'En dat leidt tot de vraag: wat is er op dat schip dat zó kostbaar is dat je bereid bent een gigantisch diplomatiek incident te riskeren, dat je bereid bent je betrekkingen met ons en met onze regering op te offeren?'

'Je hebt het mis,' zegt hij, maar ze hoort de ijle tekenen van onzekerheid in zijn stem.

'Ik heb het goed. Eindelijk.' Janina pakt de telefoon, trekt hem naar zich toe en toetst een nummer in. Burzynski volgt haar bewegingen. 'Raj,' zegt ze in het toestel, 'we hebben net de nieuwe AIS-identiteit aan de CIA gegeven. Hoe lang zouden ze erover doen om *The Madeleine* te vinden?'

Ze luistert eerst en zegt dan: 'Ik begrijp het. Nou, ze hebben ons een dolkstoot in de rug gegeven, dus je hebt vier uur de tijd om de harde schijf te decoderen. Gaat dat lukken...? Mooi.'

Mentz gooit de telefoon op de haak en glimlacht naar Burzynski.

'Harde schijf?' vraagt Burzynski. 'Wélke harde schijf?'
'Wat is de lading van *The Madeleine*?' kaatst Janina Mentz terug.

77

De Oceana Power Boat Club is een lelijk, donker brok steenkool tussen de schitterende diamantclusters van het Victoria en Alfred Waterfronthotel en de jachthaven van Grangerbaai.

Er hangen drie identieke blauw-witte OPBC-naamborden aan de verwaarloosde hoge afrastering, alsof eentje niet genoeg was om een bezoeker te overtuigen. Want het ziet er tijdelijk, primitief en verwaarloosd uit, als een verborgen bouwterrein: kale aarde, her en der verspreide containers, een lang, simpel gebouw met een plat dak met op de hoek één brandende lamp. En helemaal achteraan, een hoge golfbreker van betonblokken, net zichtbaar tegen het fosfor van de zee. Het dubbele hek is gesloten, alles is stil en verlaten.

Ze staan in de diepe schaduw links van het hek. Milla ziet hoe Lukas' lichaam subtiel verandert, zijn schouders, nek en hoofd, alsof hij zich kleiner maakt, loerend, waakzaam. Zijn ogen zien alles, voor hen, om hen heen, ze meten en wegen.

'Ik wil weten hoe het daarbinnen is,' zegt hij op gedempte toon. Hij begint naar rechts langs de afrastering te lopen.

'Tiger moet zijn eenheid in twee teams opdelen,' zegt Mentz tegen Quinn. 'Ik wil de helft bij Ysterplaat, de helikopters staan over een uur klaar. De andere helft moet naar Simonstad, de kapitein van het korvet *SAS Amatola* verwacht ze. Raj zegt dat hij tegen...' ze kijkt op haar horloge, 'twee uur informatie voor ons heeft.'

Quinn wil haar vragen hoe zeker ze ervan is dat het schip naar de Kaap komt, maar hij neemt aan dat het een hoopvolle gok is. En de Amerikanen hebben hetzelfde dilemma, als ze het schip als eersten opsporen, moeten ze dezelfde afstand afleggen.

'Nog iets over de gestolen Nissan?' vraagt Mentz.

'Niets,' zegt Quinn. 'Helemaal niets.'

Ze volgen de afrastering zo'n honderd meter, tot aan de zee. Daar eindigt hij, voor de steile helling naar het water en de chaos van op elkaar gestapelde, driehoekige betonblokken. Links is een doorgang naar de Oceana Power Boat Club, een smalle met onkruid begroeide balk langs de korte kant van een container. Hij begint te schuifelen, zijn borst tegen de container, zijn handen steeds overpakkend van de ene metalen rib naar de andere. Dan kijkt hij om naar haar. 'Kom. Het gaat makkelijk.'

Ze volgt hem.

Aan de andere kant van de container ligt de kleine, beschutte baai. De vaargeul naar zee is nauwelijks tien meter breed, de baai zelf net groot genoeg om zo'n zes of acht kleine motorboten tegelijk te bergen. In het midden is een smalle steiger van goedkoop hout, drijvend op olievaten. Aan de andere kant een betonnen helling die langzaam uit het water omhoogkomt.

Vanaf hier gezien is de aftandse eenvoud van de club een nog grotere tegenstrijdigheid. Rechts zie je de bovenste verdiepingen van luxe appartementen bij de zeiljachthaven, links de gloed van het Waterfront. En aan de zuidkant, vijfhonderd meter achter een hoog talud aan de andere kant van de Strandweg, torent het nieuwe voetbalstadion spectaculair en onwezenlijk, een gloeiend ruimteschip dat tegen het donker van de Seinheuwel hangt.

Hij neemt alles goed in zich op. 'Ze weten wat ze doen,' zegt hij.

'Hoezo?'

'Het is bijna de volmaakte smokkelhaven: ziet eruit alsof hij binnenkort gesloopt gaat worden, niemand zal hem een blik waardig keuren als hij hier langskomt. Als je je boot hier aanlegt, ben je vrijwel onzichtbaar. Maar je hebt goed overzicht, je kunt iemand van tweehonderd meter afstand aan zien komen. En je zit vijf minuten van de N1, tien minuten van de N2, je bent vlak bij Seepunt en de stad, snel erin, snel eruit.'

'Hoe gaan we dan...?' Ze weet niet hoe ze de vraag af moet maken, want ze weet niet hoe je kruisraketten moet onderscheppen en in geld veranderen.

'Het is volmaakt, maar niet helemaal. Kijk daar.' Hij wijst naar de twee halvemaanarmen van de golfbreker van betonblokken. 'Daar kun je je makkelijk verstoppen. Vanaf dat punt overzie je het hele gebied. Hun grote probleem is dat er maar twee uitgangen zijn, en ze zijn allebei smal: het hek naar de straat en de helling naar zee.' Hij kijkt op zijn horloge en krijgt opeens haast. 'We hebben nog bijna twee uur. Kom, we gaan koffie halen.'

'Nog vier uur,' zegt ze.

'Nee.' Hij loopt weg, terug naar de smalle balk.

Op tafel, tussen computers, gereedschap en apparatuur, ligt de harde schijf, onmogelijk klein, gekoppeld aan twee dunne draadjes.

'Hij is een beetje verbogen, dus we moesten hem eerst uit z'n omhulsel halen,' zegt Rajkumar. Hij tilt het zwarte, gedeukte metalen kastje op en laat het aan Mentz zien. 'En toen hebben we een nieuw, aangepast omhulsel gebouwd dat meegaat met de verbuiging, want de schijf moet kunnen draaien. Het is de enige manier om snel bij de gegevens te komen. Het probleem is alleen dat de schijf beslist beschadigd is.'

'Hoe erg?'

'Dat weten we gewoon niet. Hangt ervan af hoe vol de schijf stond, en hoe vaak hij defragmenteerd werd... We moeten een beetje mazzel hebben.'

Mentz kijkt hem uitdrukkingloos aan.

'Het rad van fortuin moet draaien, mevrouw. Vroeg of laat moet het rad draaien.'

Als ze bij de Mugg & Bean koffie zitten te drinken vraagt ze: 'Waarom hebben we maar twee uur?'

'De afspraak is om twee uur. Als ze te vroeg komen, duurt het wachten te lang en raken de mensen verveeld en ongeduldig. Worden ze onvoorzichtig. En het risico is groter; een bewakingspatrouille, de politie, een clublid dat iets vergeten is. Je stuurt een uur van tevoren een paar man, alleen om de plek te beveiligen, om ogen te hebben die uitkijken. En de rest van het team, met de vrachtwagens of bakkies of wat ze ook gebruiken, komt pas tegen kwart voor twee hier. Maar het zijn moslimextremisten, supervoorzichtig, want hun laptop is weg. Misschien sturen ze de ogen al vanaf twaalf uur. Misschien nog vroeger. We zullen zien.'

'Hoe gaan we het doen?'

'We gaan het geld pakken.'

'Wat voor geld?'

'Er is altijd geld bij zo'n transactie. Cash. Dit is een wereld waarin niemand iemand vertrouwt, je betaalt niet vooraf, je betaalt niet met een cheque, je gelooft het niet als iemand tegen je zegt dat hij het elektronisch zal overmaken. Je wilt het geld handje contantje en je wilt het tellen. De ene partij brengt iets mee, de andere inspecteert de goederen en overhandigt het geld. Altijd. En als het wapens zijn, zullen ze in dollars betalen.'

'We zijn maar met zijn tweeën.'

'We wachten tot de transactie is afgehandeld. We hebben geen belangstelling voor de wapens, we zoeken de mannen die weer met de boot vertrekken. Via die smalle vaargeul. Die zullen het geld bij zich hebben.'

Uit een zijvakje van zijn rugzak haalt hij een pen. Hij trekt een servet naar zich toe, en tekent erop, snelle lijnen voor de straten, de zee, de golfbreker.

'Ik ben hier vooraan, op de punt van de golfbreker. Jij bent aan de andere kant van de Strandweg, achter het talud. Zo dekken we beide uitgangen. Dit soort dingen werkt meestal zo dat de brengers en de halers allemaal helpen met het overladen, het is in ieders belang dat het snel gebeurt, dat de goederen veilig afgeleverd worden.'

'Waarom?'

Hij glimlacht weer om haar drang alles te willen weten. 'Omdat ze in de toekomst ook nog zaken willen doen, ze hebben een reputatie op te houden, een erecode. Dus met een beetje geluk zal de boot met het geld teruggaan naar het schip op het moment dat de vracht door het hek naar buiten komt. Ik ga ze bij de golfbreker tegenhouden, en het enige wat jij hoeft te doen is ook een paar schoten afvuren. Hier, in de richting van het hek, laag, in de grond. Het is donker, een totale verrassingsoverval, we willen de indruk wekken dat we met veel zijn. Ik schiet een salvo met de AK, en dan met de H&K. Jij neemt de andere AK en het pistool. Je wacht tot ik vuur, dan schiet je eerst met de ene en dan met de andere, losse schoten, een stuk of vijf, zes, allemaal verschillende geluiden, daardoor wekken we de indruk van overmacht. Meer hebben we niet nodig.'

Hij pakt zijn kopje op en neemt de laatste slok koffie.

'Christus, Lukas,' zegt ze.

Fragment: Een chaostheorie, *Human & Rousseau, 2010, blz. 312-313*

Hij trekt de voor de hand liggende conclusie. Hij denkt dat mijn zorgen en onzekerheid voortkomen uit wat ons te wachten staat, hij legt zijn hand op de mijne en zegt: 'Als alles verkeerd gaat, leg je de wapens neer en loop je weg. Naar het licht. Naar het hotel. Je wast je handen en je kleren om het residu eruit te krijgen. En wacht daar op me.'

'Nee,' zeg ik, want ik kan het niet meer voor me houden. 'Ik heb het rapport over jou geschreven. Ik weet wat je bij de marine hebt geleerd. Hoe...? Hoe komt het dat je dingen weet zoals dat ze allemaal helpen inladen, en over achtervolgers afschudden en mobiele telefoons kopen zonder identiteitsbewijs en geweren in de Kaap kopen en auto's stelen, bekleding losrukken en draadjes tegen elkaar houden? En residu van je handen wassen?'

Later, tegen het talud, schaamde ik me voor mijn drift en mijn zwakke formulering, en vond ik de woorden die ik had willen zeggen: 'Het doet er niet toe waar al die kennis vandaan komt, het doet er niet toe waar je bent geweest en hoe je het hebt geleerd. Maar waarom vertrouw je mij niet met de waarheid? Waarom vertrouw je mijn liefde niet?' Maar toen was het te laat.

Ik zie hoe hij eerst langs me heen kijkt, naar een onzichtbare horizon. Zijn gezicht verandert langzaam. Het wordt zachter, als van iemand die een pijnlijke mededeling moet doen. Hij zegt, met een stem die de kleur heeft van een regendag, iets heel eigenaardigs: 'Ik ben gaan studeren om erachter te komen wanneer we onze onschuld hebben verloren. En ik heb het gevonden.'

Pas dan kijkt hij naar mij. 'We sturen al veertienduizend jaar op chaos aan, Milla. Vanaf de eerste nederzetting, het eerste dorp, de eerste stad. Zo langzaam dat niemand het heeft gezien. Maar nu niet meer. Het komt op als de vloed, overal. In Amerika, in Europa, hier, steeds sneller, steeds dichterbij. Tien jaar, twintig, misschien vijftig, en dan zal het ons verzwelgen. Jij hebt het gezien, jij weet het nu. Je zult er nog spijt van krijgen, je zult je nog afvragen of het niet beter is om in zalige onwetendheid te leven. Je moet alleen nog op het punt komen waarop je beseft dat de chaos onomkeerbaar is. Dan zul je je afvragen, wat zijn je keuzes? Kun je het je veroorloven om het te negeren? Of moet je de chaos gebruiken om eraan te ontsnappen?'

Hij pakt zijn koffie en neemt een slok. Hij zegt: 'Dat is wat ik heb gedaan. Ik ben van de chaos gaan leren, zodat ik hem kan gebruiken. En straks ga jij dat samen met mij doen.'

78

Hij ligt naast haar op het talud, het voetbalstadion achter hen, voor hen de straat, aan de overkant de botenclub. Hij houdt een verrekijkertje dat hij uit zijn rugzak heeft opgediept voor zijn ogen. Hij verkent de Oceana Power Boat Club lang en grondig. Dan zegt hij: 'Ze zijn er nog niet,' en legt uit wat ze precies gaan doen. Hij vertelt haar hoe de tijd stilstaat, hoe die verdwijnt als de adrenaline vloeit, een minuut voelt als een eeuwigheid, daar moet ze zich niet door laten misleiden. Ze moet op haar horloge kijken als ze het eerste salvo hoort. Ze hebben minstens tien, misschien twintig minuten voordat de politie er is. Blijf je bewust van de tijd, geen haast krijgen, rustig blijven. Als ze ziet dat hij het geld heeft, als hij het hek uit is, moet ze niet naar hem toe komen. Loop hier achter het talud, die kant op, naar het licht. Naar het hotel.

Ze knikt met een diepe frons van ernst.

Hij zegt dat de twee uur wachten het moeilijkste zullen zijn. Het is moeilijk om stil te liggen, maak het je gemakkelijk, woel wat grond los om zachter te liggen. Je grootste vijand is je hoofd. Je zult slaperig worden, je gaat twijfelen, je gaat spoken zien, je gaat aan alles denken wat er mis kan gaan. Houd je gewoon aan het plan, vergeet al het andere, blijf wakker, en houd je aan het plan.

Hij laat haar nog een keer oefenen met de AK47. Vlak voordat hij opstaat en soepel de helling af draaft, slaat hij zijn armen om haar schouders en kust haar in haar hals en op haar slaap. 'Tot straks.'

Haar ogen volgen hem, over de Strandweg naar het hek van de OPBC, tot hij in de schaduw langs de afrastering verdwijnt.

In het coördinatiekantoor, om kwart voor een 's ochtends, kijkt Masilo met argusogen naar Bruno Burzynski. De CIA-man ijsbeert rusteloos langs de achtermuur, zijn mobiel tegen zijn oor. Hij zegt met wisselende tussenpozen 'uh-huh', maar zijn gezicht verraadt niets.

Hij hangt op, komt terug naar de tafel en gaat zitten. Zijn ellebogen op het blad, zijn handen geopend, een gebaar van toenadering. 'Je moet met haar praten, Tau.'

'Ze geeft geen krimp, Bruno. Tenzij je haar vertelt wat de lading is.'

Voor het eerst is de spanning op Burzynski's gezicht te lezen. Hij maakt een gebaar van frustratie en hulpeloosheid en zegt: 'Dat kan niet, het is niet mijn beslissing, en deze hele toestand is allemaal zo fucking gepolitiseerd, zo fucking beladen...'

'Daar schieten we niets mee op.'

Burzynski beheerst zich, zijn lichaam wordt weer stil. Hij leunt achterover in de stoel, zichtbaar moe. 'Ik weet het.'

Fragment: Een chaostheorie, *Human & Rousseau, 2010, blz. 317*

Het laatste halfuur voordat ze komen is het moeilijkste.

De pijn van mijn lichaam dat te lang op de onzichtbare, onvindbare ongemakken van graspollen en steentjes ligt, de knagende, zeurende onzekerheid, de deuren in mijn hoofd die opengaan, ontsloten door Markus' halve bekentenis, zodat ik aan mijn eigen, zo lang weggezonken zonden denk.

Op een talud tegenover een jachthaven, midden in de nacht, herinner ik me Cassie.

Casper. Achttien jaar geleden. Tien maanden voordat ik Frans ontmoette. Een jaar voordat ik zwanger werd. Casper, de muziekstudent, de cellist, die samen met mij een bijvak volgde. Cassie de weerloze, Cassie de onaantrekkelijke, Cassie met de scheve tanden en de kleine flapoortjes en de toenaderingspogingen als een geslagen hond. Cassie de irritante, met zijn nerveuze gesprekken zonder context, zijn abrupte stiltes, maar ik had niet de moed om hem weg te jagen. Dat gaf me een goed gevoel, het had iets opofferends, iets edels en altruïstisch om Cassies gesprekken te verdragen, om de schijn van vriendschap te laten ontstaan.

Cassie, die steeds meer wilde, die belde, die achter me aan liep, die bij de receptie van het studentenhuis naar me vroeg, tot het me te veel werd, tot mijn verzadigingspunt was bereikt, de avond van de waanzin. Ik stormde de trap af, greep hem bij de hand en sleurde hem mee naar zijn kamer. Ik deed de deur achter ons dicht, ging voor hem staan en trok mijn kleren uit. Stond bloot voor hem, naakt, tentoongesteld. Ik keek naar Cassie, naar zijn ogen die van mijn borsten naar mijn schaamhaar flitsten, naar het verslappen van zijn mond, zijn ongeloof, zijn dankbaarheid, zijn plotselinge wellust, zijn transformatie van schoothond in waakhond. Ik had, net als mijn moeder, toegegeven aan een impuls, een aandrang, een bevrijding, en ik had daar, net als zij, plezier aan ontleend. Het was een ogenblik van licht en van donker. En van waarheid.

Ik liet niet toe dat hij me aanraakte.

Ze ziet eerst de oude, donkerblauwe pick-uptruck die twee keer langzaam langs het hek rijdt, en dan weer weggaat. Richting Waterfront. Weer terugkomt. Twee mensen voorin.

Kwart voor een.

Om vijf voor een zijn ze terug. Stoppen naast de afrastering, stappen uit. Doorzoeken alles. Mannen. Een van hen met een mobiele telefoon aan zijn oor.

Milla volgt elke beweging.

Om één uur komt de tweede golf. Een busje houdt stil voor het hek. De passagiersdeur gaat open, een man stapt uit, loopt naar het hek, verdwijnt voor de auto. Is dan weer te zien als hij de hekken openduwt, eerst het linker, dan het rechter. Hij blijft staan als het busje naar binnen rijdt, wacht tot de donkerblauwe pick-up verschijnt, ook het hek door gaat, en dan doet hij het weer dicht, maar niet op slot.

De achterdeur van het busje gaat open. Zes, zeven mannen stappen uit, ieder met een wapen in de hand, ze herkent de vorm. AK47's, zoals zij er ook een voor zich heeft liggen.

Een grote man staat te gebaren en bevelen te geven, de anderen lopen naar de pick-up en halen er dingen uit die eruitzien als cilinders, groot en log.

Ze bewegen zich efficiënt, alsof iedereen weet wat hem te doen staat. Twee lopen links om de kleine baai naar de golfbreker, twee rechts. De anderen verdwijnen achter het gebouw.

Christus, Lukas, ze zullen je zien.

De lichten van de auto's gaan uit.

Stilte. Er gebeurt niets.

Zeventien over één.

Mentz komt het coördinatiekantoor in. De twee mannen zien de zelfvoldaanheid. 'Je zult het inmiddels wel hebben uitgevogeld, Bruno. Het slechte nieuws is: Osmans laptop was ernstig beschadigd. Het goede nieuws dat ik gelukkig kan melden is dat de harde schijf in redelijke staat is. We kunnen waarschijnlijk binnen een halfuur bij de data. Dus de vraag is: hoe gaat het bij jullie, met je satellieten en zo?'

Het wachten, het eindeloze wachten. Ze krijgt het warm in het jack en wil het uittrekken, maar ze kan het niet wagen zich te verroeren. Haar handen zweten tegen de houten kolf van de AK, haar ogen blijven daarbeneden zoeken, maar er is geen beweging.

Ze kijkt keer op keer op keer op haar horloge, naar de eeuwigheid van minuten. Haar hoofd vraagt: stel dat... Het wil de angst voor vreemde mogelijkheden bij haar losmaken. Haar lippen vormen de woorden, steeds opnieuw, geluidloos: houd je gewoon aan het plan, wakker blijven.

Om drie voor halftwee is het alsof ze uit haar lichaam treedt. Ze ziet zichzelf hier tegen de helling liggen, de veertigjarige vrouw met het korte, zwarte haar, de moeder van Barend Lombaard, de ex-vrouw van Christo, haar leven en dit ogenblik onwezenlijk, het hoort bij iemand anders, ze wil opstaan en haar eigen leven zoeken. Ze wil opstaan en schreeuwen, met haar armen zwaaien. Ze wil opstaan en de AK in de lucht steken en de trekker overhalen en het traject van de kogels volgen, sierlijke bogen, vuurwerk, feest.

Ze wordt teruggeroepen door het bonken van haar hart, te snel, te hard vanbinnen, zodat ze het gevoel heeft of het uit de grond komt, of het haar verzwelgt. Ze weet dat het door de spanning komt, door twee dagen van spanning, ze kijkt op haar horloge, zestien minuten voor twee en ze schrikt, een schok door haar lichaam, waar is de tijd gebleven?

Houd je alleen aan het plan, vergeet al het andere, blijf wakker en houd je alleen aan het plan.

Dit is niet haar wereld, dat weet ze nu.

Veertien minuten voor twee.

Rajkumars handen vliegen over het toetsenbord als twee dikke vogels. 'We hebben de sleutel, we hebben de sleutel, ik exporteer nu, begin met decoderen, laat iemand de directrice roepen.'

En dan: 'Shit.'

De technici, zijn zorgvuldig gekozen team, zijn geniale collega's kijken naar hem.

'Er is een e-mail. Misschien hebben we de sleutel niet nodig, de klootzak heeft zijn mail beschermd met een wachtwoord, even kijken, moslimschoft, geef me wat je hebt.'

Ze lachen.

Hij kijkt vluchtig op en zegt scherp en nijdig: 'Roep de directrice. Nu.'

79

Om negen minuten voor twee komt het andere voertuig aan. Milla gelooft het eerst niet, de vorm, de opschriften. Ze schuift naar voren en kijkt goed.

Een ambulance. Die voor het hek blijft staan.

Uit het donker komt iemand met een geweer in zijn hand die de hekken opent.

De ambulance rijdt naar binnen. Stopt voor het lange gebouw. De grote man loopt om en praat met de bestuurder. Dan loopt hij weer terug, verdwijnt uit het zicht.

Waarom een ambulance?

Zes minuten voor twee.

Janina Mentz kijkt naar het scherm, waar in het venstertje van het programma onleesbaar snel bestandsnamen langsflitsen, op zoek naar het wachtwoord.

'Drie, vier minuten,' zegt Rajkumar. 'We zijn er bijna.'

De telefoon gaat.

Rajkumar neemt op en luistert. Hij houdt zijn hand over de hoorn, kijkt naar Janina en zegt diep onder de indruk: 'De directeur van de CIA wil u spreken. Vanuit Langley. Op de beveiligde lijn.'

Ze moet niet vergeten op haar horloge te kijken als Lukas schiet; ze moet het niet vergeten, ze moet zich concentreren.

Beweging daarbeneden.

De achterdeuren van de ambulance gaan open, een baan zwak geel licht. Er beweegt iemand binnenin. De figuur van een man, gebukt over een lege brancard. Hij doet iets. Dan gaat hij op het bankje ernaast zitten.

Een ambulance. Camouflage. Ze gaan de kruisraketten daarin vervoeren. Niemand houdt een ambulance aan.

Opluchting, ze voelt opluchting, een raadsel opgelost.

'Ik verbind u door met de directeur van de CIA,' zegt de vrouwenstem.

Voordat Mentz kan reageren klinkt zijn stem over de lijn. 'Mevrouw de directrice?'

'Ja.'

'Ik had liever gehad dat we elkaar persoonlijk hadden ontmoet, en onder andere omstandigheden, aanvaard u alstublieft mijn verontschuldigingen. Als collega-overheidsdienaar hoop ik op uw begrip. Soms moeten we bevelen opvolgen.'

'Ik begrijp het en ik aanvaard uw verontschuldigingen.'

'Dank u, mevrouw. Ik moet u vertellen over de lading die bij u aan land wordt gebracht, maar eerst wil ik u een gunst vragen die u niet hoeft in te willigen. Zou u alstublieft willen overwegen AIC Burzynski toe te staan u te vergezellen wanneer u gaat onderscheppen? Dat zouden wij, en onze regering, zeer op prijs stellen. En zo direct zult u begrijpen waarom.'

'We zullen Bruno graag meenemen.'

'Dank u zeer. Sta me dan nu toe u te vertellen...'

Het donker daarbeneden smelt weg, onverwacht en in slow motion, zodat ze eerst denkt dat ze het zich verbeeldt.

Vier lichten, een zachte gloed. Het zijn de cilinders die ze bij zich hadden, twee hierbeneden bij de pier, twee daar voor op de punten van de golfbrekers, daar bij Lukas, haar hart staat stil, verlamt haar, haar lichaam, haar armen, haar handen worden loodzwaar, haar ogen zijn vastgenageld.

Licht dat de kleine baai zichtbaar maakt, het surrealisme, want de klanken van de nacht zijn niet veranderd, er zijn geen bewegingen bij gekomen, alleen het licht.

De minuten slepen zich voort.

En dan hoort ze de uitroep, zacht en ver tegen het gedruis van de stad en de zee. En ziet twee donkere figuurtjes tussen de betonblokken springen, onmogelijk lange schaduwen die versplinteren tegen de honderden wanden, en ze weet voordat ze het ziet, voordat haar brein de bewegingen kan decoderen, dat het om Lukas te doen is, ze hebben hem gezien, ze dansen naar hem toe, vuurwapens in hun handen, op hem gericht.

Twee silhouetten worden er drie, Lukas met zijn handen op zijn hoofd, de rugzak een kleine ronding op deze afstand, Milla versteent, alles vloeit uit haar, alleen haar ogen volgen hen, rechtsaf, geweerlopen die hem porren en opjagen als een dier, een lam naar de slachtbank.

Rajkumar maakt een hoog geluid van triomf, hij opent het e-mailprogramma, een lange rij berichten in de inbox, de onderwerpen onbegrijpelijk. Hij kiest er een uit het midden van de lijst, leest hem snel door, ziet verwijzingen naar het schip, niets wat hij kan gebruiken. Kiest er nog een, leest vluchtig, dan nog een:

Zending arriveert maandag 23 Shawwal 1430 A.H. om 2.00 uur (GMT+2).

'Shit,' zegt hij en hij kijkt op. Janina Mentz is nog niet terug.

Hij leest de volgende e-mail.

We zijn het eens met uw oordeel. Aankomst van The Madeleine *en Haidar...*

'Haidar?' zegt hij hardop. 'Twee schepen?'

... nu 24 uur eerder om 2.00 uur (GMT+2) op zondag 22 Shawwal 1430 A.H.

'Fuck,' zegt Rajhev Rajkumar en hij kijkt op de klok aan de muur. 'Waar? Zeg me waar.'

Hij komt overeind achter de computer, hij moet Mentz gaan halen, hij loopt naar de deur. Hij ziet haar aankomen.

Ze laten Lukas knielen op het beton van de helling, zijn handen achter zijn gebogen hoofd, twee geweren op hem gericht.

Vier mannen komen om het gebouw heen, lopen haastig naar de ambulance, halen de brancard eruit en duwen hem de hoek om.

De boot komt door de vaargeul, een droombeeld dat aan het donker ontspruit, wit, rank en mooi, met de lijnen van een roofvogel, de diepe, sonore dreun van de motoren zwijgt opeens.

Haar ogen gaan terug naar Lukas, haar hele wezen is als verlamd.

Een paar mannen rennen naar de houten pier.

De grote man komt achter het gebouw vandaan en loopt naar Lukas, met zijn handen langs zijn lichaam.

De boot snijdt langzaam door het stille water van de haven, mannen op het dek, touwen worden gegooid en gevangen. Het vaartuig bonkt zacht tegen de pier, de neus glijdt ertegenaan, de touwen worden strakgetrokken, het komt tot stilstand.

Ze draaien zich allemaal om en kijken naar de plek waar Lukas geknield zit.

Milla staat op, de zwaartekracht wordt haar bijna te veel.

De grote man voor Lukas kijkt opzij en zegt iets.

Loopt langzaam tot achter Lukas. Staat stil. Doet een stap naar achteren, strekt zijn arm uit, tot tegen Lukas' hoofd.

Ze ziet het verlengstuk van zijn arm, een wapen. Lang en dun.

De uitgestrekte arm schokt.
Lukas valt voorover.
Het geluid spoelt langs haar, dof. Lukas zakt in elkaar, een klein hoopje.
Ze moet hem optillen.
Haar ogen op hem gericht bukt ze, haar handen zoeken en ze pakt het pistool. Pakt het geweer. Komt overeind, zo moeilijk, zo langzaam. Ze schuifelt de helling af. Ziet dat ze Lukas daar achterlaten, ze lopen allemaal naar de pier, er is activiteit op het dek, maar zij kijkt naar Lukas.
Ze loopt over de stoep, over het asfalt van de Strandweg. Ze steekt het pistool voor in haar spijkerbroek, ze voelt niet hoe het metaal langs de huid van haar buik schuurt. Ze neemt de AK in twee handen, loopt de weg af naar het hek toe, over het gruis, haar sportschoenen bijna geruisloos.
Ze duwt het hek met haar heup open.
De ambulance staat voor haar, het gele licht in de binnenruimte, de man die met gebogen hoofd bezig is. De boot en de anderen nu onzichtbaar achter het gebouw.
Ze ontgrendelt de AK zoals Lukas haar heeft geleerd, linkerhand onderdoor, de grendel naar achteren trekken en loslaten. De lange veiligheidspal indrukken met haar rechterduim, van boven naar beneden. De man in de ambulance hoort het geluid van metaal, hij kijkt op en ziet haar. Het is een kleurling, van middelbare leeftijd. Met een zwarte kuif. Lang. Hij heeft een donkere moedervlek op zijn voorhoofd, boven zijn linkeroog, groot en lelijk. Zijn mond gaat open.
Ze richt het geweer op hem. Hij steekt zijn handen omhoog. 'Nee, *asseblief*,' zegt hij in het Afrikaans.
Ze blijft staan. Ze kan Lukas zien. Hij ligt voorover, nog half geknield, zijn hoofd tegen het beton, naar haar toe gedraaid, alsof hij ligt te slapen. Het bloed glanst in het licht, de grote, dieprode plas. Zijn ene oog is open, wit en starend. Het andere oog is verschrikkelijk kapot.
Iets scheurt in haar, een wereld valt weg.

Rajkumar klikt zwetend, met donkere vlekken op zijn rug en onder zijn armen, op het mapje 'Verstuurd'. Mentz staat achter hem.
Er verschijnen berichten.
'Godzijdank,' zegt hij en hij maakt ze een voor een open.

Ze hoort hen aankomen, het geluid van iets wat over het beton beweegt.
De wielen van de brancard.

Ze neemt de twee stappen naar de ambulance en stapt in. De man met de kuif kijkt naar haar, met angst in zijn ogen, zijn handen beschermend geheven. 'Ik ben de dokter maar.'

Ze gaat helemaal naar achteren in de hoek, naast het schuifraampje naar de cabine. Ze duwt de loop in de ribben van de dokter, zodat hij naar voren moet schuiven op het bankje.

Dan zijn ze er, bij de deuren, met zijn vijven, geweer over de schouders gehangen. Een van hen houdt een infuuszak omhoog, de andere vier duwen de brancard. Er ligt een figuur onder dekens, zijn baard en haar doorschoten met grijs.

De mannen zien haar. De schrik als een schaduw over hun gezicht.

De patiënt volgt hun verstarde blik, naar haar toe. Hij draait langzaam zijn hoofd. Kijkt haar aan. Bleek. Diepliggende zwarte ogen, lijnen, contouren, gelaatstrekken, baard, gezicht, een eeuwigheid voordat het tot haar doordringt.

Ze kent hem.

Fragmenten tuimelen door haar hoofd, stukjes, brokjes, woorden, een versplinterde spiegel die heel wordt. Ze ziet, ze verwerpt, ze probeert het nog eens, ze begrijpt, duizelig, licht in haar hoofd, synapsen flitsen en vonken en knetteren; een onmogelijke werkelijkheid die eindelijk op zijn plek valt.

De dokter fluistert respectvol, smekend. 'Alstublieft, niet schieten.'

Daardoor komt ze weer bij zinnen. Milla haalt adem. 'Leg hem hierbinnen,' zegt ze.

Ze bewegen niet.

Milla zwaait de loop van het geweer naar de zijkant van de ambulance. Haalt de trekker over. Een oorverdovend geluid in de ambulance.

Ze schrikken. Buiten brult iemand. De geur van cordiet in haar neus. Ze leunt naar voren en drukt het wapen tegen het hoofd van de patiënt.

'Leg hem hierbinnen.' Ze herkent haar eigen stem niet.

Ze tillen de brancard op en schuiven hem langzaam naar binnen.

De grote man verschijnt om de hoek van de ambulance, pistool met knaldemper in zijn hand.

80

Rajkumar en Mentz staan achter in de Operations Room te luisteren. Door de radio klinkt het lawaai van de turbomotoren van de Super Lynx 300. De stem van Mazibuko: 'Onderweg, ETA zeven minuten.'

Quinns stem is kalm, elk woord duidelijk gearticuleerd: 'Majoor, ik heb nieuwe instructies, ik herhaal, ik heb nieuwe instructies. Zending is misschien menselijke lading, extreem waardevol, opdracht is onderscheppen en beschermen, tegen elke prijs beschermen, *please confirm*.'

'Roger, Operations Room, doelwit is mogelijk menselijke lading, extreem waardevol, onderscheppen en tegen elke prijs beschermen.'

Rajkumar kijkt hoopvol naar Mentz, hij wilde dat ze het geheim met hem deelde. Ze zegt niets, haar gezicht staat stroef.

'Roger, majoor. Hou rekening met een zwarte BMW X5, advocaat Tau Masilo en een lid van de CIA zijn onderweg, nog vijf of zes minuten, ongewapend, ze wachten op de hoek van de Portswoodweg en de Strandweg op visuele bevestiging van jullie komst, en naderen de *dropzone* vanuit het oosten, over de Strandweg, please confirm.'

'Roger, Operations Room, zwarte BMW X5, hun ETA vijf minuten, aankomst via de Strandweg, uit het oosten na onze komst.'

Stilte.

Rajkumar kan zich niet meer inhouden. Hij fluistert tegen de directrice: 'Haidar betekent leeuw, dat is het enige wat ik kon vinden.'

'Probeer "leeuw en sjeik"', zegt ze geërgerd, haar gezicht een masker van spanning.

Hij blijft eerst staan, verwerkt de aanwijzing van wat klonk als 'leeuwenzeik' tot de context van 'leeuw en sjeik'. Dan loopt hij snel naar een van de beschikbare computers, opent een zoekmachine en typt de woorden in.

Bij de derde hit spert hij zijn ogen wijd open. Hij klikt hem aan. Arabisch schrift, een eenvoudige website, hij moet naar beneden scrollen voordat hij de foto ziet, het bekende gezicht, en de Engelse vertaling. *The Lion Sheikh Usama Ibnu Laden May Allah Preserve Him.*

'Shit,' zegt Rajhev Rajkumar, een langgerekte sisklank.

De grote man buiten de ambulance, die Lukas heeft neergeschoten, heeft een zwaar gezicht, als uit graniet gehouwen, dikke, weelderige wenkbrauwen en ogen vol haat als hij het pistool laat zakken.

Milla, helemaal achterin, staart minachtend terug.

De dokter pakt het infuus, hangt het aan een haak en vouwt zijn handen in zijn schoot. De dragers trekken zich terug.

'Het geld van Lukas,' zegt Milla.

Niemand reageert.

Ze heft de AK, richt hem op het gezicht van de patiënt, op zijn neus en mond, een schokbeweging, de dokter hapt naar adem, de grote man buiten brult, haar stem boven alles uit, hoog, schreeuwend, woede op de grens van hysterie: 'Breng me het geld van Lukas.'

Ze aarzelen nog. Dan roept de grote man naar iemand buiten zicht: 'Breng de zilveren koffer!'

'En zijn rugzak,' zegt ze met meer zelfbeheersing.

'Haal de rugzak van hem af,' beveelt de grote.

Uit de neus van de patiënt loopt bloed in het grijszwart van zijn snor. De dokter kijkt ernaar en dan vragend naar haar. Ze schudt haar hoofd.

Een koffer wordt aan de grote man gegeven, nog een paar verbijsterde ogen die naar haar loeren, en dan verdwijnen.

'Doe open.'

Hij loopt tot bij de ambulance, zet de glimmende aluminium koffer op de vloer, knipt hem open, draait hem om en doet het deksel omhoog.

Dollars, dicht op elkaar gepakt.

Ze knikt.

De rugzak wordt gebracht. Hij pakt hem en zet hem naast de koffer.

Ze ziet de bloedspatten op Lukas' rugzak, de vlokjes weefsel. Er ontsnapt een geluid uit haar keel. Ze kijkt op, ziet de minachtende ogen onder de ruige wenkbrauwen. Ze tilt de AK op, leunt naar voren zoals ze geleerd heeft en schiet op de grote man, drie knallende staccato schoten rukken hem achteruit, hij struikelt en valt, de dokter roept de hemel aan, de armen van de patiënt willen onder de dekens vandaan, ze draait het wapen naar hem toe, tegen zijn hoofd, en zegt: 'Rijden. Nú.'

De dragers voor de open deuren reageren niet.

Weer slaat ze de patiënt met de punt van het geweer tegen zijn jukbeen. De dokter schreeuwt wanhopig. 'Haal iemand, alsjeblieft, haal gewoon iemand om te rijden.'

Een van de dragers komt bij zinnen, een jonge man, hij verdwijnt, ze voelt de veren van de auto bewegen, het portier voorin slaat dicht, het raampje achter haar schuift open.

'Waarheen?' vraagt hij.
In de verte klinkt het geluid van helikopters.

Het parkeerterrein van het winkelcentrum Tygervallei is donker en verlaten.
Ze beduidt de bestuurder dat hij naar de Renault moet rijden. De ogen van de patiënt zijn strak op haar gericht. Vol haat.
Ze stoppen naast haar auto.
'Doe open,' zegt ze tegen de dokter.
Hij aarzelt.
'Ik wil eruit,' zegt ze, 'dan kunnen jullie gaan.'

Boek 4: Mat Joubert

(FORMULIER 92)

Februari 2010

Het aangeven van gevonden personen dient te geschieden door persoonlijk het politiebureau waar genoemde persoon als vermist is gemeld op de hoogte te stellen van zijn/haar terugkeer, of door de onderzoeksambtenaar belast met de zaak van de vermiste persoon. Een SAPS *92 wordt gebruikt om de intrekking in het relevante verspreidingssysteem in werking te stellen.*

– Richtlijn van de Zuid-Afrikaanse Politiedienst, 2008 (verbatim)

81

Hij kijkt graag naar haar.

Margaret staat aan de andere kant van de ontbijtbar, om tien voor zeven 's ochtends, al helemaal gekleed en opgemaakt. Haar lange roodbruine haar in een vlecht, zachtroze lippenstift, een waas van bijna onzichtbare sproeten op haar wangen.

Een kop kleiner dan hij, maar lang voor een vrouw. En weelderig. Met slanke onderarmen en smalle handen waarmee ze nu snel en vaardig broodjes klaarmaakt: een lik mayonaise, slablaadjes, gehalveerde Peppadew-pepers, dunne schijfjes komkommer en als laatste plakjes gerookte kip, voordat ze het eindproduct met het mes precies doormidden snijdt.

Hij gaat zitten en eet zijn yoghurt met muesli.

Ze stopt elk broodje apart in een doorzichtig plastic zakje en kijkt naar hem op met haar ongelijke ogen, het ene lichtblauw, het andere bruin met spatjes goudstof.

'*So how does it feel?*'

'Raar,' zegt Mat Joubert. 'Een beetje zenuwachtig.'

'Dat geloof ik graag.' Haar Engelse accent is bekoorlijk en een beetje onzeker bij de 'g'. 'Alles komt goed. Wil je nu je koffie?'

'Lekker.'

Ze draait zich om naar het koffiezetapparaat. Hij kijkt naar de rondingen in de spijkerbroek, de witte sandalen met hoge hakken. Achtenveertig, en zo'n weldaad voor het oog. 'Je ziet er sexy uit,' zegt hij.

'Jij ook.'

Hij glimlacht, want dat is prettig om te horen. Ze schenkt koffie in een beker, loopt om de bar heen naar hem toe en kust hem op zijn wang. 'Staat je goed, een jasje en een stropdas.' Zij heeft het jasje uitgezocht, zaterdag bij Canal Walk, want hij is niet zo goed met kleren. De eindeloze zoektocht ontmoedigt hem altijd, het is een hele klus om iets te vinden wat hem past, met zijn uitzonderlijk grote lichaam. Maar deze keer moest hij wel, want bij Jack Fischer & Co is de dresscode anders dan hij de afgelopen jaren gewend was.

Ze trekt de melk en zoetjes naar zich toe. 'Mat Joubert, *private eye*. Het heeft wel wat.'

'Senior security consultant,' zegt hij. 'Klinkt als iemand die bij een hek zit met een klembord.' Hij schudt een zoetje in zijn koffie, voegt melk toe en roert.

Ze zet zijn yoghurtschaaltje in de gootsteen. 'Ik ga naar Stellenbosch. Micheles wasgoed...' Haar dochter, derdejaarsstudent dramaturgie, excentriek en verstrooid. 'Ik moet tegen twaalf uur terug zijn voor de kopers.'

'Denk je dat het serieuze gegadigden zijn?' Hij staat op en pakt de broodjes. Portefeuille, mobiel en nieuwe aktetas niet vergeten.

'Ik hoop het. Maar bel me zodra je de kans hebt. Ik ben heel benieuwd.'

Hij loopt naar haar toe, geeft haar een kus op de slaap en ademt met voldoening haar subtiele vrouwengeur in. 'Zal ik doen.'

'Je bent vroeg.'

'Wegwerkzaamheden... Ik weet niet hoe het verkeer is. En ik ben liever te vroeg dan te laat.'

'*Love you*,' zegt ze. 'Mijn P.I.'

Hij glimlacht. '*Love you too*.'

Als hij de voordeur openmaakt, roept ze: 'Heb je je aktetas?'

Hij draait zich om en gaat hem halen.

'Het is één vijfenvijftig,' zijn de woorden waarmee Jack Fischer hem in de gang voorbereidt, politietaal die verwijst naar het SAPS-formulier dat voor vermiste personen moet worden ingevuld.

In de vergaderkamer kan hij zien dat het verlies nog vers is: haar smalle schouders zijn wat moedeloos, haar ogen staren afwezig naar het St. George's-winkelcentrum drie verdiepingen lager. Ze houdt een mobiele telefoon tegen haar borst alsof ze hoopt dat die zal overgaan.

Jack Fischer laat hem voorgaan en zegt dan: 'Mevrouw Vlok?'

Ze schrikt even. 'Sorry...' Ze laat de telefoon zakken en steekt haar hand uit. 'Tanja Flint.' De glimlach is geforceerd, de ogen staan moe.

'Flint,' zegt Jack Fischer alsof hij het wil onthouden.

Ze is in de dertig, schat Joubert. Kort, donkerbruin haar. Een vastberadenheid in de kaaklijn en de stand van haar mond, die nu is verzacht door zorgen. En verlies. Het zwarte jasje, de witte blouse en zwarte rok zijn professioneel, maar een beetje wijd, alsof ze onlangs is afgevallen.

'Mevrouw Flint, ik ben Jack Fischer. Dit is senior consultant Mat Joubert.'

Ze schudt beiden vluchtig de hand, geïntimideerd door de twee grote mannen van middelbare leeftijd tegenover haar tengere gestalte.

'Ga zitten, ga zitten.' Het klinkt Mat Joubert vaag als een bevel in de oren, al probeert Jack Fischer hoffelijk te zijn.

'Dank u,' zegt ze met een dappere glimlach. Ze haalt haar tas van haar schouder en schuift een stoel aan.

Ze gaan rond de grote donkerhouten tafel zitten, Fischer aan het hoofd, Joubert en Tanja Flint aan weerskanten.

'Mevrouw, ten eerste hartelijk welkom bij Jack Fischer & Co...' De grote ring aan Jacks vinger schittert bij het handgebaar. Hij loopt tegen de zestig, maar het dikke, zwarte haar toont nog nauwelijks grijs, de scheiding is kaarsrecht, de snor weelderig.

'Dank u.'

'Heeft Mildred u gevraagd of u iets wilt drinken?'

'Ja, dank u, maar het is goed zo.' Haar handen weer om het mobieltje, de duim die over de achterkant wrijft.

'Uitstekend, uitstekend. Ik wil u verzekeren dat ik weliswaar niet elke zaak persoonlijk behandel, maar wel dagelijks op de hoogte word gehouden. Met Joubert hebt u een van de besten in het land. Hij is onlangs na tweeëndertig jaar dienst uit de SAPS getreden, waar hij *senior superintendent* was en hoofd van de Eenheid Ernstige Delicten hier in de Kaap. Hij is een ouwe rot, mevrouw, heel veel ervaring, briljant rechercheur. Nog even, voordat ik u in zijn bekwame handen achterlaat, een paar administratieve dingetjes. U weet dat er een aanbetaling gedaan moet worden, als we uw zaak aannemen?'

'Ja, dat heb ik gezien...'

'Uitstekend, uitstekend.' Grote glimlach onder de overdadige snor. 'We werken volgens een uurtarief van 600 rand, daar vallen de reiskosten niet onder, evenmin als uitgaven voor laboratoriumonderzoek, externe consultants, dat soort dingen, maar we overleggen alles eerst met u. We zijn niet de goedkoopste, maar we zijn de beste. En de grootste. En ons systeem zorgt ervoor dat u niet meer uitgeeft dan u wilt. We zullen binnen twee dagen vertellen of uw zaak kan worden opgelost. Als het werk tachtig procent van uw aanbetaling heeft bereikt, geven we u een belletje. Als het honderd procent heeft bereikt, vragen we om nog een aanbetaling.'

'Ik begrijp het.'

'Op die manier komt u nooit voor verrassingen te staan, begrijpt u?'

Ze knikt.

'Nog vragen?'

'Ik... nee, nu niet.'

'Uitstekend, uitstekend. Goed, mevrouw Flint, vertel ons eens wat we voor u kunnen doen.'

Ze legt de telefoon voorzichtig voor zich op tafel en haalt diep adem. 'Het gaat over mijn man. Danie. Hij is op 25 november vorig jaar verdwenen.' Als de tranen in haar ogen opwellen, gaat haar blik naar Mat Joubert en ze zegt: 'Ik ga niet huilen. Ik heb besloten dat ik hier vandaag niet ga huilen.'

82

Ze doet de aanbetaling van 30.000 rand bij het hoofd van de financiële afdeling, Fanus Delport, terwijl Joubert in zijn nieuwe kantoor op haar wacht. Hij voelt een zekere spanning. Voor het eerst in zijn loopbaan moet iemand rechtstreeks voor zijn diensten betalen. En het is zes, zeven jaar geleden dat hij zelf voor het laatst onderzoekswerk heeft gedaan, in de voorhoede. 'Het is net als fietsen,' had Jack Fischer twee maanden geleden tijdens het sollicitatiegesprek gezegd, 'Je stapt zo weer op.'

Hij hoopt dat het waar is.

Tanja Flint verschijnt in de deuropening. 'Mag ik binnenkomen?'

'Natuurlijk.' Hij staat op en wacht tot ze is gaan zitten. Hij ziet hoe ze de ruimte in zich opneemt. De kamer is nog kaal, de donkerhouten kasten zijn nog leeg, de enige persoonlijke voorwerpen zijn het leren omslag van zijn schrijfblok, zijn aktetas met twee broodjes erin en de ingelijste foto op het bureau.

'Het is mijn eerste dag,' zegt hij ter verduidelijking.

'O. Dan heb ik geluk.'

Hij weet niet zeker wat ze bedoelt.

Ze wijst naar de foto. 'Uw gezin?'

'Mijn vrouw en mijn... stiefkinderen.' Hij heeft nooit van dat woord gehouden.

'Ze is heel mooi.'

'Dat vind ik ook.'

Een ongemakkelijke stilte. Hij slaat het leren omslag voor zich open. Er zitten een pen en een A4-schrijfblok in. Boven aan elke bladzij, in zilveren letters, staat JACK FISCHER & CO, heel licht, als een watermerk. Hij trekt de pen eruit en klikt de punt schrijfklaar.

Ze zet haar tas op schoot, maakt hem open en haalt er een foto en een notitieboekje uit. Ze geeft hem de foto. Ter grootte van een ansichtkaart, in kleur, een man van in de dertig. Het lichte haar tot korte stekeltjes geschoren, barbecuetang in de hand, ontbloot bovenlijf, lachend. Een open jongensgezicht. Er is iets zorgeloos aan hem, iemand die de klappen van het leven nog grotendeels heeft weten te vermijden.

'Dit is Danie,' zegt ze.

Ze wil beginnen met de dag waarop hij is verdwenen, maar Joubert vraagt of ze helemaal van voor af aan kan beginnen. 'Ik heb zo veel mogelijk achtergrondinformatie nodig.'

Ze knikt vastberaden. 'Ik begrijp het.'

Ze heeft Danie Flint zeven jaar geleden ontmoet, toen zij zesentwintig was en hij achtentwintig, op een feestje van gemeenschappelijke vrienden in Bellville. Geen liefde op het eerste gezicht, maar er was een weerklank, een natuurlijke ongedwongenheid met elkaar. Ze hield vanaf het begin van zijn gevoel voor humor, de manier waarop hij lachte, zijn aandacht voor haar. 'Hij was zo attent.' En, met een weemoedig glimlachje: 'Zijn hemd hing altijd uit zijn broek, al stopte hij het er honderd keer per dag in.' Joubert hoort de verleden tijd en hij denkt dat dat maar beter is ook. Het betekent dat ze realistisch is, dat ze de afloop al heeft overwogen in een land waar verdwijning en dood meestal hand in hand gaan.

Flint werkte als routeplanner voor de Atlantic Bus Company, de gigantische onderneming die met zijn bussen, voorzien van een heldergeel ABC op een marineblauwe achtergrond, een frequente en irritante aanwezigheid is op de wegen van het schiereiland. Hij was bezig met een deeltijdopleiding Passagiersvervoer aan de universiteit van Johannesburg, werkte hard, was enthousiast en ambitieus.

Zij handelde destijds in zonnepanelen om zwembaden te verwarmen, in de wetenschap dat het tijdelijk was, een leerschool voordat ze haar eigen bedrijf begon.

Voorstedelijke liefde, zonder opwinding of sensatie. Dertien maanden na hun ontmoeting had hij haar ten huwelijk gevraagd. Ze had met volle overtuiging 'ja' gezegd.

Nadat ze getrouwd waren, kochten ze een rijtjeshuis in Table View. Later, toen Danie bevorderd werd tot regiomanager bij ABC, verhuisden ze naar een kleine woning met drie slaapkamers in Parklands. Kinderen, hadden ze samen besloten, moesten nog even wachten. Hij wilde studeren, zij droomde van een eigen bedrijf. 'Ik ben anderhalf jaar geleden in Montague Gardens begonnen. We maken plastic covers en bladvangers voor zwembaden,' zegt ze en ze haalt een visitekaartje uit haar tas dat ze aan Joubert geeft. Het zwarte silhouet van een spion met hoed over de afbeelding van een niervormig blauw zwembad, Undercover is de naam van het bedrijf.

'Mijn zaak was net van de grond aan het komen toen de economie instortte. Maar Danie heeft ons erdoorheen gesleept, met zijn salaris. We hebben zo hard gewerkt... en toen, op 25 november, verdween Danie. Hij was de hele dag op zijn werk. We hadden elkaar nog aan de telefoon gehad om een uur of halfvier. Toen zei hij dat hij om vijf uur, als hij vrij was, naar de sportschool zou gaan. Normaal gesproken komt hij dan om halfzeven thuis, hij probeerde vier keer in de week te gaan sporten. Ik heb de auto bij de sportschool gevonden, om elf uur die avond, maar hij was gewoon weg...'

'Mevrouw Flint, ik heb...'

'Tanja,' zegt ze.

Joubert knikt. 'Ik heb zoveel details van die dag nodig als je maar kunt bedenken.'

Ze slaat het notitieblok voor zich open. 'Ik heb alles opgeschreven...' Heel ernstig.

'Heel goed,' moedigt Joubert haar aan.

Ze kijkt op van de aantekeningen. 'Ik ging pas om kwart voor zes bij mijn werk weg, toen ben ik langs de Spar gegaan voor brood en melk en sla, ik was om kwart over zes thuis en wilde het eten klaar hebben, want op woensdag kijken we *Boston Legal*, dat was Danies favoriete serie, en die begint om halfacht. Het eten was om zeven uur klaar, maar toen was hij nog niet thuis. Maar met Danie... Soms raakt hij aan de praat met mensen, hij is zo spontaan, dus zo nu en dan komt hij een beetje te laat. Maar toen ik hem belde, om tien over zeven, nam hij niet op. Ik heb geen boodschap ingesproken, want misschien was hij nog in de sportschool. Maar om vijf voor halfacht begon ik me een beetje zorgen te maken, want hij mist nooit *Boston Legal*, hij was gek op die serie, hij zei altijd: "Danie Flint", je weet wel, zoals "Denny Crane". Toen belde ik weer, maar hij nam niet op. Toen heb ik een boodschap ingesproken, alleen maar: "Bel me, ik neem de aflevering wel op." Want misschien stond het geluid van zijn telefoon uit, misschien was hij vergeten om het weer aan te zetten. Om acht uur heb ik weer gebeld. U weet hoe een mobiel korter overgaat als je een gemiste oproep hebt gehad, of een voicemail die je nog niet hebt afgeluisterd? Toen dacht ik, misschien heeft hij een noodoproep gehad, want als een van zijn bussen bij een ongeluk betrokken is of zoiets, dan bellen ze hem, en moet hij erheen. Dus heb ik Neville Philander gebeld, een collega op zijn werk, en Neville zei: "Nee, Danie is al om vijf uur van zijn werk weggegaan," hij wist niets van een noodoproep, hij zou proberen erachter te komen. Toen ben ik Danies vrienden gaan bellen, en zijn moeder, die woont in Panorama, maar niemand had hem gezien. Toen heb ik nog een keer zijn mobiel gebeld en ben ik in de auto gestapt en naar de sportschool gereden om hem daar te zoeken, maar...' Ze maakt een handgebaar om te zeggen dat hij daar niet was.

'Het politiebureau is vlak naast de sportschool in Table View. Ik ben daar naar binnen gegaan en heb verteld dat mijn man zoek was en die man vroeg vanaf wanneer en ik zei dat hij om halfzeven thuis had moeten zijn, en hij zei: "Mevrouw het is pas negen uur," en ik zei dat hij niets van zich had laten horen. Toen vroeg hij: "Hebben jullie ruzie gehad?" Ik zei van niet en hij zei: "Mevrouw, mannen, u weet wel" en ik zei: niet mijn man. Toen zei hij: "Hij is vast bij zijn vriendin" en toen begon ik te huilen.'

Joubert wil instinctief de agenten verdedigen die dagelijks met huiselijke problemen te maken krijgen. Maar hij schudt alleen zijn hoofd en vraagt zacht: 'En toen?'

'Toen ben ik weer naar huis gegaan, want ik was bang dat Danie daar al zou zijn en dat hij niet wist waar ik was. Misschien was zijn mobiel gestolen, ik dacht dat het zoiets moest zijn, ik moest me niet te veel zorgen maken, ik moest kalm blijven, het was vast iets heel simpels. Maar hij was niet thuis en hij nam nog steeds zijn telefoon niet op. Neville van zijn werk belde terug om te zeggen dat er geen noodoproep was. Daarna heb ik zijn moeder nog een keer gebeld, want ik wilde zeker weten dat ik niet paranoïde was, maar toen zij zei dat het niets voor Danie was, ben ik weer in mijn auto gestapt en gaan rondrijden langs alle plekken waar hij kon zijn, misschien was hij met zijn vrienden een biertje gaan drinken bij Cubana of de Sports Club, maar hij was nergens. En om elf uur ben ik weer naar de sportschool gereden, het parkeerterrein was nu bijna leeg, en daar stond zijn Audi; ik ben uitgestapt, en toen ik door het raampje keek, zag ik zijn sporttas achterin liggen. Toen ik het portier probeerde, zat dat niet op slot en op dat moment wist ik dat er iets ergs met hem was gebeurd. Daarvandaan ben ik teruggelopen naar het politiebureau. Ze stuurden zo'n jonge jongen in uniform met me mee en hij kwam kijken en liep met me mee terug en de man achter de balie haalde twee formulieren tevoorschijn en zei dat ik die moest invullen. De ene was een vrijwaring. Sinds wanneer heeft de politie een vrijwaring nodig?'

Joubert reageert niet. Het vrijwaringsformulier is er om de SAPS te beschermen voor het geval de melding van een vermissing kwaadwillend of vals is. Want dat gebeurt vaak.

'En toen zei hij dat ik een foto moest komen brengen als Danie de volgende dag nog niet was opgedoken, dan zetten ze die op de website en zouden ze kijken wat ze konden doen. Maar ze hebben niets gedaan.'

Joubert kijkt op van zijn schrijfblok. 'Wat was het voor een Audi?'

'Een A3, een rode. Heeft hij tweedehands gekocht. Dit is het kenteken...'

Hij schrijft het op. 'Hebben ze de auto op vingerafdrukken gecontroleerd?'

'Nee. Ik heb de volgende dag de foto gebracht en gevraagd of ik de auto mee naar huis mocht nemen en zij zeiden dat het goed was. Ik heb elke dag gebeld en ben het ook een keer persoonlijk gaan vragen, maar dan zeggen ze alleen maar "geen nieuws". Hoe werkt dat? Waarom kan het ze niets schelen? We betalen hun salaris, het is hun werk om ons te helpen. Maar dat doen ze niet. Ik heb flyers gemaakt en die onder de ruitenwissers van mensen bij de sportschool gestopt. Dat moest ik zelf doen.'

'Staat de Audi nu bij jou thuis?'

'Ja.'

'Hebben ze een rechercheur gevraagd de zaak te onderzoeken?'

'Na een week, ja. Hij kwam naar mijn werk en vroeg me van alles wat ik al op het formulier had geschreven en hij luisterde niet, hij streek alleen de hele tijd zijn haar glad. Ik heb niets meer van hem gehoord.'

83

Er zijn twee mogelijkheden als het om een vermissing gaat: kwade opzet of iemand wil verdwijnen. Voor de geliefden die achterblijven zijn beide gevallen even moeilijk te accepteren. Daarom stelt Joubert eerst de makkelijke vragen.

Lagen zijn portemonnee en zijn mobiel in de auto?

Nee, die zijn weg.

Zaten zijn bankpas en creditcard normaal gesproken in zijn portemonnee?

Ja.

Zijn er na zijn verdwijning nog transacties met die kaarten gedaan?

Nee, ze heeft de kaarten na drie dagen geblokkeerd.

Wat zat er allemaal in de sporttas?

Alleen Danies sportkleren.

Zijn er kleren uit zijn kast weg?

Pijn die als een schaduw over haar gezicht trekt. Nee, zegt ze.

Zijn er bezittingen van hem uit het huis verdwenen?

Nee.

Mist er iets anders uit de Audi?

Niet dat zij weet.

Geen spoor van de autosleutels?

Nee, ze moest de reservesleutels thuis gaan halen, uit Danies kast.

Merkwaardige telefoontjes in de weken voor zijn verdwijning?

Nee.

Grote ruzie die Danie met iemand heeft gehad in die tijd?

Niet dat zij weet.

Conflicten op het werk?

Niets bijzonders. Hij werkte hard, er was soms stress...

Wat voor stress?

Er was vorig jaar een staking. Er is altijd gedoe met personeel. De buschauffeurs... soms komen ze niet opdagen voor hun werk, soms zijn ze te laat, soms hebben ze een aanrijding. Danie moet vaak mensen ontslaan.

Er was geen specifiek geval waarover hij meer dan eens heeft gepraat?

Danie nam eigenlijk nooit zijn werk mee naar huis. Hij verborg de stress, hij was altijd zo opgewekt. Dus, nee, ze kan zich niet herinneren dat hij iets heeft genoemd.

En dan zegt hij, respectvol en zacht: 'Alsjeblieft, je moet begrijpen dat ik bepaalde vragen moet stellen, al is het lastig...'

Ze knikt, maar haar ogen laten zien dat ze weet wat er komt.

'Waren jullie gelukkig?'

'Dat waren we!' Voor het eerst met emotie, als iemand die zichzelf wil overtuigen. Ze trekt haar schouders recht. 'We hadden weleens ruzie, maar dat was maar een enkele keer, zoals ieder getrouwd stel. Over de gewone dingen, maar dat praatten we uit. Altijd. We hadden een regel dat we niet gingen slapen als we nog boos op elkaar waren.'

'De gewone dingen?'

'U weet wel... Ik wilde een nieuw bankstel, hij wilde een bar laten inbouwen. Hij wilde naar een cricketwedstrijd, ik wilde naar de film...'

'En hij kwam nooit te laat thuis?'

'Door zijn werk regelmatig. Maar dan belde hij, twee, drie keer. Hij was zo attent, altijd.'

'Je zegt dat je in Cubana en de Sports Club naar hem op zoek bent gegaan. Was hij daar vaak te vinden?'

'Vorig jaar... Ik heb in juli en augustus heel hard gewerkt bij Undercover, dan belde ik hem en zei dat het laat zou worden en dan zei hij: "Maak je geen zorgen, *baby*, ik neem wel iets met de jongens in het café." Dan trof ik hem daar en dronken we samen nog wat. Hij is nooit weggegaan zonder iets tegen me te zeggen. Hij was zo attent...'

'Heeft hij zich op geen enkele manier anders gedragen in de maanden voordat hij verdwenen is?'

Absoluut niet. Danie is Danie. Altijd dezelfde. Ik... Al die toestanden, ik heb me wel afgevraagd of ik niet iets over het hoofd had gezien. De eerste drie weken dat hij weg was... Ik kon niet slapen, ik heb zijn spullen doorzocht, zijn broekzakken en jaszakken, zijn kast, zijn nachtkastje, zijn auto, alle kwitanties en papieren, maar er was niets, helemaal niets te vinden.'

'Hoe zat het met jullie financiën?'

'Mijn bedrijf... we wisten dat het zwaar zou worden, maar we dachten dat het op een dag een groot verschil zou maken. Dus vorig jaar zaten we krap, maar we hebben er steeds over gepraat, we hebben daar helemaal nooit ruzie over gemaakt, hij zei altijd: "We redden het wel, baby, je zult het zien." Maar nu... Ik weet niet hoe lang ABC zijn salaris nog doorbetaalt.'

'Heeft hij een computer?'
'Hij heeft er een op zijn werk, thuis deelden we mijn laptop, we hadden hetzelfde e-mailadres voor privégebruik.'
'Heb je zijn telefoonafschriften?'
'Die heb ik. Daar was niets in te vinden. Zijn laatste telefoontje was rond kwart over drie de middag van de vijfentwintigste, naar Hennie Marx, een van onze vrienden. Hennie zegt dat Danie hem had teruggebeld over een afspraak in het weekend, we zouden samen met hem en zijn vrouw sushi gaan eten.'
'Heb je zijn mobiel laten noteren?'
'Nee. Hoe bedoelt u?'
'Heb je hem ergens als gestolen of verloren opgegeven?'
'Nee, ik... Niet voordat ik weet wat er is gebeurd.'
'Dat is goed,' zegt hij sussend. 'Kun je me zijn mobiele nummer en het IMEI-nummer geven?'
'Het IMEI-nummer?'
'International Mobile Equipment Identity. Elke telefoon heeft zijn eigen nummer, het staat meestal op het doosje waarin de telefoon heeft gezeten, of ergens in de documentatie. Elke keer als een mobiel zich meldt op het netwerk, wordt de IMEI gecontroleerd om te zien of de telefoon op de grijze of zwarte lijst staat.'
Hij ziet haar onbegrip. 'Als een telefoon wordt gestolen, heeft de eigenaar de keuze om hem op de grijze of de zwarte lijst te plaatsen. De grijze lijst is wanneer de telefoon nog gebruikt kan worden, zodat je hem kunt plotten. De zwarte lijst betekent dat de telefoon is geblokkeerd, dan kan niemand hem gebruiken.'
'O. Wat bedoelt u met "plotten"?'
'Je kunt zien waar de telefoon zich bevindt, binnen een straal van ongeveer tachtig meter.'
'Hoe?' Hoopvol.
'Via de provider. Als het je eigen telefoon is, kun je het gewoon aanvragen. Als de telefoon van iemand anders is, heb je een artikel twee-nul-vijf-dagvaarding nodig. Er zijn ook andere opties, freelancers die de telefoon kunnen opsporen.'
'Kunnen wij dat doen?'
'Wanneer heb je voor het laatst Danies mobiel gebeld?'
'Ik bel elke dag.'
'Wat gebeurt er als je belt?'
'Dan hoor ik alleen: "*The number you have dialed is not available.*"'
Dat kan een paar dingen betekenen. 'Als Danies simkaart nog in de

telefoon zit...' zegt hij. 'Je moet begrijpen, als de telefoon uit staat, kunnen we hem niet plotten. Maar we kunnen erachter komen of hij nog gebruikt wordt.'

'Kunnen we het proberen?'

'Met het IMEI-nummer.'

Ze staat op. 'Ik ga het zoeken.'

'Tanja... Ik moet je wel waarschuwen dat er extra kosten aan verbonden zijn. Een gerechtelijk bevel... De freelancers.'

Ze gaat langzaam weer zitten. 'Hoeveel?'

'Dat weet ik niet precies. Bij de politie betaalden we nooit voor de dagvaarding. Ik zal een prijsopgave moeten opvragen.'

Haar schouders zakken weer. 'Die dertigduizend,' zegt ze met een zekere wanhoop. 'Dat is alles wat ik heb, meneer Joubert. Ik sta al rood, meer wilden ze me niet geven.'

'Mat,' zegt hij. 'Iedereen noemt me Mat.'

Ze knikt.

'Tanja,' zegt hij met al het medeleven dat hij voor haar voelt, 'je beseft wel dat het al drie maanden is...?'

'Ik weet het,' zegt ze bijna onhoorbaar. 'Ik... zoek alleen... zekerheid.'

84

'*What is justice worth to you, mister Bell? Can you put a price on that?*' zegt Jack Fischer met een vet Afrikaans accent in de telefoon terwijl hij Joubert beduidt dat hij alvast moet gaan zitten.

Joubert kijkt naar de schilderijen aan de muren van Fischers kantoor, olieverflandschappen van het Bosveld en het Boland. Aan de andere kant staat een boekenkast die de hele muur bedekt, van boven tot onder gevuld met dikke juridische handboeken. En Jack is zo eerlijk om toe te geven dat het alleen is om indruk te maken. 'Perceptie, Mat, alles is perceptie,' zei hij toen Joubert hier voor het eerst zat. 'Je moet begrijpen, ze komen net van politiebureau Groenpunt, waar het chaos is, ze zoeken orde, ze zoeken geruststelling, ze zoeken succes. En dat krijgen ze van ons.'

Hij is geen spat veranderd, nog steeds dezelfde Jack die indertijd Jouberts meerdere was bij Moord en Roof, toen al een legende, een flamboyant succesverhaal. De pakken zijn nu maatwerk, de lijnen in het lange gezicht dieper, maar het zelfvertrouwen, de breedsprakigheid, de nadruk op uiterlijk zijn onveranderd.

'Natuurlijk is de politie waardeloos. Daar leven wij van,' zegt Jack in de telefoon. 'Moet u horen, weet u wat Jack Wells altijd zei?'

Kennelijk weet de persoon aan de andere kant van de lijn niet wie dat is, want Fischer zegt: 'U weet wel, Jack Wells van General Electric...'

Dan: 'Dat zeg ik toch, Jack Welch. Hoe dan ook, hij zei: "*Face reality as it is, not as it was or as you wish it to be.*" De SAPS is onze werkelijkheid. Maar Jack Fischer & Co maakt deel uit van die werkelijkheid. Het is uw kans om gerechtigheid te krijgen, meneer Bell...'

Fischer luistert en werpt een blik van verstandhouding naar Joubert. 'Nogmaals, meneer Bell, wat mag gerechtigheid kosten? Wat is het u waard? Oké. Denk er even over na... Dank u, ja, we hopen snel van u te horen.'

Hij legt de telefoon neer. 'Wat een krent. De Nigerianen hebben hem voor één punt vier miljoen opgelicht, maar nu zegt hij dat veertigduizend te veel is om ze te pakken.'

'Een vier-één-negen?' vraagt Joubert, verwijzend naar de zwendel die ironisch naar artikel 4.1.9 van de Nigeriaanse fraudewet is vernoemd.

'Een slimme. Ze bellen hem op en zeggen dat hij de enige erfgenaam is van een man met dezelfde naam in Engeland... Hoe dan ook, hoe gaat het met onze mevrouw Vlok?'

'Flint.'

'Fanus zegt dat ze de aanbetaling heeft gedaan.'

'Dat klopt. Daarom ben ik hier. Jack, die vrouw zegt dat het alles is wat ze heeft. We zullen andere onkosten daar ook uit moeten dekken.'

'O.' Teleurgesteld. 'Niet ideaal... Wat voor onkosten hebben we het dan over?'

'Ik wil de mobiel laten plotten.'

'Heeft ze de IMEI?'

'Ze denkt van wel.'

'Ja... Je kunt Dave Fiedler om korting vragen, maar ik betwijfel...'

'Is hij de man die jullie... die wij gebruiken?'

Fischer knikt. 'Hij zit hier in Seepunt, vraagt normaal vijftien voor een plot als je de IMEI kunt geven, maar we zijn een van zijn grootste klanten, dus je kunt het proberen. Ga je Vloks bankafschriften controleren?'

'Die ga ik vanmiddag bij haar thuis halen. Even een beetje rondkijken.'

'Luister, vraag haar of ze ze elektronisch van internet kan downloaden, dan geef je ze aan Fanus en die maakt er dan een spreadsheet van, hij kan zo'n beetje van alles een grafiek maken, een goed overzicht om erachter te komen of er iets niet pluis is. Het kost ons niets, maar het is dubbele tijd, die van jou en die van Fanus. O, en je laptop komt vanmiddag, die had er gisteren al moeten zijn, we hebben een centrale database met alle contactnummers en zo. En vraag Mildred om de binnenhuisarchitecte te bellen, laat haar komen kijken, we moeten dat kantoor van jou een beetje opleuken, je zit in de eredivisie, makker.'

'Ik had gedacht Margaret te vragen...'

'Nee joh, gebruik die binnenhuisarchitecte, we trekken het allemaal van de belasting af.'

De Woodstock-remise van de Atlantic Bus Company zit in de Bromwellstraat, tegenover het industriegebied aan de metrolijn. Joubert moet bij het hek stoppen, en zich laten registreren door een bewaker voordat hij door kan rijden. Het lage kantoorgebouw staat midden op het grote omheinde terrein. Rijen blauwe bussen, een werkplaats en reusachtige brandstoftanks helemaal achterin. Hitte slaat van het teer af, een zware lucht van diesel en olie.

Er is geen receptie. Hij loopt de hele gang door voordat hij een kantoordeur vindt waarop NEVILLE PHILANDER, REMISEMANAGER staat. Hij klopt aan.

'Kom binnen,' roept een stem.

Joubert doet de deur open. Philander houdt een hand over de hoorn van een telefoon en zegt: 'Ik kom zo bij je,' en dan in het toestel: '*Recovery* is onderweg, Jimmy, even volhouden... Nee, ik heb hier mensen, ik moet ophangen. Oké, *bye*.' Hij legt de telefoon neer, staat op, steekt zijn hand uit en zegt: 'Jij bent die privédetective?'

Daar zal hij aan gewend moeten raken. Hij loopt het airconditioned kantoor in en schudt de grote bruine man de hand. 'Dat klopt. Mat Joubert.'

'Neville Philander, ga zitten, het loopt hier totaal uit de klauwen.'

De telefoon begint weer te rinkelen. Philander staat op, loopt naar de deur en roept door de gang: 'Santasha, hou alle telefoontjes tegen, ik heb bezoek.'

'Oké, *lovey*,' roept een vrouwenstem terug. Philander komt weer zitten. 'Gekkenhuis, wat ik zeg, waar waren we? Je wilt zeker info over Danie...'

'Als je kunt praten.'

'Hoofdkantoor zegt dat het oké is. Tanja heeft een officieel verzoek ingediend.'

'Ik wil je tijd niet verdoen. Eigenlijk maar twee dingen: heeft Danie Flint problemen gehad op het werk, en heeft hij zich de maanden voor zijn verdwijning eigenaardig gedragen, anders dan normaal?'

'Hier zijn altijd problemen op het werk. Ben je ex-SAPS?'

'Ja.'

'Dacht ik al, daar zie je naar uit. Kijk, Danie was regiomanager, er zitten er hier normaal gesproken vier, het is een lastige baan...'

De telefoon op zijn bureau gaat weer over. 'Jirre,' zegt hij en hij springt weer op en roept door de gang: 'Santasha, doe me een lol!'

'Sorry, Neville, mijn fout, lovey...'

Hij komt weer zitten. 'Het punt is, de taak van de regiomanager is de chauffeurs en de routes te managen. Danie was Atlantic North, dus alles van hier tot aan Atlantis, inclusief Milnerton, Montague Gardens, Killarney, Du Noon, Richwood, Table View, Blouberg en Melkbos, niet echt de grootste regio, maar met al het werk aan de N1 en de overstaphaltes is het een hoop gezeik, laat ik je dat vertellen. *Anyway*, het meeste werk zijn de chauffeurs, want de ene helft maakt problemen en de andere helft loopt te klagen. Als regiomanager ontsla je er minstens drie of vier per maand, dus als je me vraagt of hij conflicten heeft gehad op zijn werk, dan zeg ik "ja", er waren conflicten, maar Danie kon het aan. Hij kan goed met mensen omgaan, hij is een *communicator*, krijgt respect, en hij liep nooit met zijn blankheid te koop, *if you know what I mean*. Hij was, onder ons gezegd en gezwegen, de populairste van de vier, dus ik denk niet...'

De telefoon gaat weer. Philander kijkt ernaar en dan naar de deur. Het rinkelen stopt.

'Sorry, Neville, sorry lovey...'

'Jirre,' zegt Philander, 'ik zweer het, ABC staat voor Altijd Belachelijke Chaos, je moet gek zijn om hier te werken. Ik kom een man tekort en het management wil nog geen nieuwe, want straks komt Danie uit de lucht vallen, snap je. Wat kan ik je nog meer vertellen?'

'Zijn vrouw zegt dat er vorig jaar een staking was.'

'Ja, dat is een ander verhaal, twee weken lang, in het hele bedrijf.'

'Over geld?'

'Nee. Ons Driver Risk Management Program. Maar Danie had er niet veel mee te maken, het werd gemanaged door de afdeling van mister Eckhardt.'

'Mister Eckhardt?'

'Mister François Eckhardt, chief operations officer. Anyway, die staking was niet best voor ons, maar hier ter plekke was er geen conflict, we hebben gewoon elke dag zitten duimendraaien.'

'Danies gedrag voordat hij verdween? Heb je iets... abnormaals opgemerkt?'

'Moet je me eerst vertellen wat hier normaal is, zoiets bestaat hier niet, je ziet zelf hoe het gaat. Anyway, het is lastig te zeggen. De regiomanagers zijn het grootste deel van de dag op pad, vooral 's ochtends en 's middags, checken de routes, de rest van de tijd is het papierwerk op kantoor, geen tijd voor geouwehoer, dus ik zou het niet echt gemerkt hebben of zo. Niet echt. Onze Danie is altijd een en al *smile*, zijn werk is goed, hij is een doorzetter, ik zei altijd tegen hem: "Eigenlijk ben je gewoon op mijn baan uit."'

'Dus ze hebben een redelijk vaste routine?'

'Zo vast als een huis. 's Ochtends vroeg eropuit, terug tegen elven, e-mail checken, de DRMP-logs, roosteren, time sheets, personeelstoestanden, en dan gaan ze weer.'

'En heeft hij zich in oktober en november daaraan gehouden?'

'*As far as I know...*'

'Neville!' roept de vrouwenstem uit de gang.

'Wat?'

'Hoofdkantoor aan de lijn.'

'Oké. Verbind maar door.' Dan tegen Joubert: 'Dat betekent meestal trubbels, ik zal het moeten aannemen.'

Joubert staat op. 'Zijn huwelijk...?'

De telefoon begint te rinkelen. 'Hoe moet ik dat weten?' en hij schudt Joubert de hand.

'Neville, ga je nog opnemen of hoe zit het?'

'Jirre,' zegt Neville. Hij legt zijn hand op de hoorn.

'Off the record?'

Joubert knikt.

'Zij is een beetje een *nissen*, die Tanja.'

'Neville!' klinkt de vrouwenstem.

Voordat Joubert kan vragen wat een 'nissen' is, neemt Philander zijn telefoon op.

85

Hij loopt over het asfalt naar zijn auto en zet eerst de portieren van de Honda open zodat de hitte kan wegstromen. Dat is het enige nadeel van een zwarte auto, maar dat kan hem niet schelen, hij geniet er te veel van. Op een avond dertien maanden geleden keek Margaret op van haar boekhouding en zei: 'Het wordt tijd dat je een nieuwe auto neemt.' Toen was zijn Opel Corsa al zes jaar oud, met meer dan tweehonderdduizend op de teller en een onheilspellende olievlek op de garagevloer. Er was niet veel voor nodig om hem over te halen, hun financiële situatie zag er goed uit dankzij haar huizenspeculatie, en Jeremy, haar oudste, was klaar met zijn studie en onderweg naar Amerika voor zijn *gap year*.

Toen is hij op zijn overwogen, rustige manier naar een auto gaan zoeken. Onderzoek gedaan, brochures verzameld, prijzen vergeleken, om vervolgens bij de Honda-dealer aan de Buitengracht binnen te stappen, en daar stond de Type R met het rode logo en het zwarte gestroomlijnde profiel en was hij verliefd. Thuis heeft hij verlegen en verontschuldigend tegen Margaret gezegd, met zijn onontkoombare Boeren-accent: 'Het zal het Goodwood in me zijn,' en zij heeft hem met een brede glimlach omhelsd en iets van 'ook een beetje een midlifecrisis' in zijn oor gefluisterd. Wat misschien dichter bij de waarheid was, want hij was de afgelopen jaren steeds meer gaan verlangen naar de Datsun Triple S van toen hij twintig was. En Margaret had gezegd: 'Ga die auto kopen. *You deserve it.*'

En het ding geeft hem louter plezier. Vering misschien een beetje te stug, stoelen niet de comfortabelste van de wereld, maar het rijgedrag is ongelooflijk. En het vermogen...

Hij leunt tegen de Honda, pakt zijn mobiel en belt superintendent Johnnie October, voormalig collega, nu hoofd van het rechercheteam van Mitchell's Plain.

'Sup!' zegt October. 'Wat een leuke verrassing.'

'Ik ben geen "Sup" meer, Johnnie.'

'Je blijft voor mij altijd "Sup". Hoe gaat het in de privésector?'

'Nog te vroeg om iets van te kunnen zeggen. En bij jullie?'

‘Ruig, Sup. Nu Tweetybird het land uit is... De machtsstrijd raakt steeds meer opgefokt.’

‘Kan ik me voorstellen.’ Tweetybird de la Cruz, leider van de Restless Ravens, heeft vier maanden geleden het land verlaten nadat er een arrestatiebevel tegen hem was uitgevaardigd. Zijn territorium en business zijn nu vogelvrij voor facties binnen de Ravens en voor de vier andere bendes op de Kaapse Vlakte.

‘Vier moorden de afgelopen week, drie vanuit rijdende auto’s... Je wilt de oude tijd niet terug, Sup, maar de dingen zijn veranderd.’

‘Dat is waar, Johnnie. Maar ik wilde je niet storen, alleen iets vragen: als iemand zegt dat zijn vrouw een “nissen” is, wat betekent dat dan?’

October lacht door de telefoon. ‘Ja, eigenlijk zijn vrouwen allemaal Nissans.’

‘Nissans?’

‘Je weet wel, Sup, zoals de auto. Nissan. Weet je die oude slogan nog? “*We are driven*?” Als je zegt dat iemand een Nissan is, dan bedoel je dat die persoon heel intens is. Gedreven.’

‘Aha...’

‘Ze zeggen dat je beter met een Toyota kunt trouwen.’

‘Van “*Everything keeps going right*?”’

‘Wat je zegt, Sup. Wat je zegt.’

De Albertstraat in Woodstock is een mierenhoop van grote trucks, kleine vrachtwagens, minibusjes, motoren en mensen.

Joubert is in die nerveuze slakkengang vastgelopen, rijdt zonder om zich heen te kijken, en denkt aan zijn gesprek met Johnnie October. Hoe ze allebei niet meer in de pas zijn met de tijd. Anachronismen. Want de slogan van Nissan is niet meer “*We are driven*”, Toyota heeft allang “*Everything keeps going right*” vervangen door iets wat op niemand indruk heeft gemaakt. Ze wisten vast dat ze miljoenen auto’s zouden moeten terugroepen vanwege mankementen.

En wat zegt het over Johnnie en hem dat ze met één voet in het verleden staan, alsof op een bepaalde leeftijd de wereld je begint te passeren? Handelsmerken, leuzen, modes, technologie, al die hippe dingen, de gloednieuwe gespreksonderwerpen, het oorverdovende lawaai van dit-móét-je-hebben dat dooft tot een witte ruis waar je je nog maar vaag van bewust bent. Hij is vijftig, October is tien jaar ouder, wanneer gebeurt het? Wanneer je ergens in de veertig bent? Wanneer je ineens beseft dat je het nieuws van die dag al eens eerder hebt gehoord. En de reclameboodschappen. En de verhalen van menselijke strijd en streven, overwinningen en schandalen, je kent de cycli van groepen en landen en gebieden en continenten. Alles verandert, alles blijft hetzelfde, je bent de verbaasde verwondering kwijt, dat is wat pijn doet.

Joubert verplaatst zijn aandacht naar buiten en ziet het verkeer, ziet de gebouwen. Herinneringen roeren zich in hem, Woodstock doet hem denken aan het Goodwood van zijn jeugd; de ietwat sjofele gebouwen van een of twee verdiepingen met zinken dak, geveltje en zuiltjes, de zakengeest van familiewinkeltjes die van alles verkopen, van halal vlees tot goedkope sigaretten, grasmaaiers, fish-and-chips, tweedehandsmeubels, stoffering, trekhaken. Mensen die op de stoepen rennen, lopen, staan, praten, bezig zijn, kansen zoeken. Moslims met een *fez* op hun hoofd, vissers met een wollen muts, de hoofddoek van de Xhosa's, blootshoofdse blanken, deze plek is net zo kleurenblind als de Voortrekkersstraat in de jaren zestig, voordat alle problemen begonnen.

Maar ook hier zal het niet zo blijven. Tussen de vervallen oude gevels, waar de aantrekkelijke pastelkleuren afbladderden, brult hier en daar de Machine van de Vooruitgang: recente renovatie in schreeuwende kleuren, nieuwe boetieks, CQINZ *Fashion, Mannequins Unlimited.* Verderop de oude Beschuitfabriek, opnieuw in de verf gezet, wit en lelijk donkerpoepbruin, met uithangborden van IMISO CLAY, EXPOSURE GALLERY, LIME GROVE, SHOUT, 3RD WORLD INTERIORS, zodat het statige gebouw al zijn charme heeft verloren.

Verlies.

Sinds Tanja Flint hem vanochtend haar verhaal heeft verteld, dringt het zich weer op, het besef. En zijn gesprek met Johnnie hielp ook niet echt. *Ik ben geen 'Sup' meer, Johnnie.* Het komt van heel ver, nu voor het eerst verwoord, hardop gezegd. Niet meer bij de Dienst. Eenendertig jaar politieman geweest, deel uitgemaakt van de familie, de broederschap, de exclusieve club, en nu is de band verbroken. Hij staat buiten. In de 'privésector' zoals Johnnie het noemde.

Maar toen hij nog binnen was, de laatste twee, drie jaar, werd hij langzaam door een ander gevoel van verlies overvallen, een besef van potentieel dat wegzakt, mogelijkheden die verloren gaan. Hij, die in het begin zo positief was, die geloofde dat de politiedienst beter kon worden, zich kon aanpassen aan de nieuwe uitdagingen, de nieuwe werkelijkheid. Hij die enthousiast en van ganser harte het ideaal had gesteund van een SAPS die een weerspiegeling is van de bevolkingssamenstelling, die positieve discriminatie inzet om oude onrechtmatigheden uit de weg te ruimen, die zich transformeert tot een modern, doeltreffend, trots staatsapparaat. En dan moet aanzien hoe alles langzaamaan door politiek en goede bedoelingen en haast en onbezonnenheid wordt vergiftigd. En uiteindelijk ook door inhaligheid en corruptie. En toen hij er wat van zei, toen hij raad gaf en bezwaren maakte en waarschuwde en pleitte, toen zetten ze hem op een zijspoor, duwden hem uit de kudde, en lieten hem weten dat ze hem niet meer wilden.

Een leven lang werken. Voor niets.

Nee, nee, zo moet hij niet denken. Als hij dit aan Margaret vertelt, zal ze weer liefdevol glimlachen en zeggen: '*My melancholy policeman*,' want die neiging heeft hij. Hij moet nu positief denken, een nieuw begin maken, dankbaar zijn voor deze kans, de mogelijkheid om zijn ervaring te benutten, om nog steeds te kunnen dienen. Jack Fischer die zegt dat het een internationale tendens is, een wereldwijde golf: de opkomst van de particuliere wetsdienaar. 'En we moeten op die golf meegaan, Mat, volgens Thomas L. Freeman.'

En toen corrigeerde Fanus Delport Jack. 'Thomas L. Friedman.' Maar Joubert weet nog steeds niet wie dat is.

Dat gevoel in hem, misschien komt het doordat hij nu weer rechercheur is, en niet meer de manager, de bureauambtenaar van de afgelopen jaren. En als je op dat terrein werkt, als rechercheur, dan werk je met verlies. In het beste geval verlies van eigendom, of waardigheid. In het ergste, het Grote Verlies.

Ik zoek alleen zekerheid, heeft Tanja Flint gezegd.

Hij kon het zien, in haar ogen en aan haar schouders, haar handen en haar manier van praten, de strijd tussen hopen en weten, waarbij het weten overwint.

Neville Philander die zegt dat ze gedreven is. Dat kan hij nu ook plaatsen: de sterke lijnen van haar gezicht, de verbetenheid van de mond. Een vrouw die haar eigen bedrijf wilde hebben, die bereid was om offers te brengen, om het zwaar te krijgen. *We wisten dat het zwaar zou worden.*

En hoe zwaar is het geworden? Het gezicht van Danie Flint op de foto is er een van zorgeloosheid, van een man die wil lachen en genieten. Die met zijn vriendjes in de Sports Club wil doorzakken. *Opgewekt*, noemde Tanja hem. Zijn de geldproblemen hem te veel geworden?

Zijn Audi achtergelaten, zijn mobiel en portemonnee meegenomen, weg. Naar een makkelijker leven...

Een mogelijkheid. Van vele. Te vroeg voor conclusies, denkt hij.

Mildred, de receptioniste van middelbare leeftijd, geeft hem een stapeltje papier. 'Dit is de handleiding van de pc, de automatiseerder is bezig uw laptop te installeren.' Ze is serieus en doelgericht.

'Dank je. Je hoeft geen "u" tegen me te zeggen.'

Ze schenkt hem alleen een humorloze glimlach. 'En hier zijn uw visitekaartjes.'

Een pakje, in bruin papier. Bovenop is een kaartje geplakt. JACK FISCHER & CO, in elegante zilveren letters. Daaronder, in zwart, M.A.T. JOUBERT. SENIOR CONSULTANT: FORENSISCH ONDERZOEK. Met het nummer van kantoor en zijn mobiel, en een nieuw e-mailadres.

'Dank je wel.'

Hij loopt naar zijn kantoor. De automatiseerder zit achter zijn bureau met een muis te schuiven. Tot zijn verbazing ziet hij dat het een jonge vrouw is, in een grijze overall, met kort, blond haar en grote ogen achter een bril. Ze kijkt om, plotseling verlegen. 'Sorry,' zegt ze zacht, 'ik ben zo klaar.'

'Doe rustig aan,' zegt hij en hij stelt zich voor.

'Ik ben Bella van Breda,' haar hand zacht in de zijne. Ze heeft een logo op haar borstzakje met de woorden THE NERD HERD. 'Ik importeer even snel de adressendatabase in Outlook, MS Project is al geïnstalleerd. Ken je dat?'

'Nee.'

'Jullie gebruiken Project 2007, dus het is eigenlijk heel simpel, je gebruikt gewoon de Project Guide en de JF-template. Het staat allemaal in de handleiding,' zegt ze met een gebaar naar de documenten in zijn hand.

'Dankjewel,' zegt hij, maar zijn stem verraadt hem.

'Kun je overweg met computers?' vraagt ze met veel medeleven.

Hij knikt, onzeker. 'Ik heb met het BI-systeem van de politie gewerkt.'

'BI is een propriëtaire applicatie, dat is normaal gesproken veel ingewikkelder dan zoiets als MS Project. Als je geen wijs kunt worden uit de handleiding, bel ons dan even, het nummer staat in de database. O, en je gebruikers-ID, je wachtwoord en je e-mailadres staan voor in de handleiding.'

Ze staat op, aarzelt even, alsof ze hem iets wil vragen, en pakt haar gereedschapstas op.

'Kun je me alleen laten zien hoe ik een telefoonnummer in de database vind?'

'Natuurlijk. Ga zitten.'

Ze gaat naast hem staan en pakt de muis. 'Je opent gewoon Outlook... Nu kies je Contacten, en hier op het navigatievenster zie je je contactgroepen. Persoonlijke Contacten is wat je zelf toevoegt, JF-contacten staan in de database. Wie zoek je?'

'Dave Fiedler.'

'Je klikt gewoon op de "F" en dan scrol je naar beneden... daar is hij. Je kunt ook je weergave veranderen, Naamkaart of Adreskaart... zie je?'

Het gaat te snel voor hem, is te veel om te verwerken, maar hij zegt: 'Ik zie het, hartelijk bedankt.'

'Graag gedaan.' Ze pakt de tas weer op, loopt naar de deur en blijft staan. 'Ken je Bennie Griessel?' vraagt ze, en om de een of andere onverklaarbare reden bloost ze dieprood.

'Ja,' zegt hij, verrast over de verwijzing naar zijn ex-collega en vriend.

'Hij... We wonen in hetzelfde appartementencomplex,' zegt ze, plotseling gehaast. 'Tot ziens,' en dan loopt ze snel de kamer uit.

'Doe Bennie de groeten,' roept hij haar enigszins verbluft na. Dan kijkt hij op het scherm van de laptop, klikt op de adresgegevens, trekt de telefoon naar zich toe en belt.

Pas als hij de telefoon hoort overgaan, glimlacht hij in zichzelf. Kapitein Bennie Griessel, rehabiliterende alcoholist, inmiddels gescheiden, en deze blozende blondine. Wat zou het verhaal daarachter zijn?

86

Dave Fiedler spreekt Afrikaans en noemt Joubert '*boetie*'. 'Korting, boetie?' vraagt hij verbijsterd.

'Jack zegt dat je ons iets schuldig bent.'

'Nee, boetie, ik ben alleen de belasting geld schuldig, mijn prijs is mijn prijs. Vraag Jack Fischer maar eens of hij korting geeft.'

'Wat zijn de kosten?'

'Vijftienhonderd voor een IMEI-profiel, zeshonderd voor een plot.'

'Dus eenentwintighonderd in totaal?'

'Als er maar één nummer in het profiel zit. Zeshonderd per nummer.'

Joubert maakt aantekeningen. 'Hoeveel tijd kost het?'

'Ik kan de plot vandaag nog voor je runnen. Een profiel laten we bij een mannetje in Bloemfontein doen, daar heb ik de apparatuur niet voor. Duurt normaal anderhalve dag.'

'Ik zal eerst met mijn klant moeten praten.'

'Goed, boetie, je weet waar je me kunt vinden.'

Zijn afspraak met Tanja Flint is pas om drie uur. Dat geeft hem de tijd om de computerhandleiding te bekijken, maar hij wil eerst thee halen voor bij zijn broodjes.

Hij staat op en loopt naar de keuken. Als hij de deur opendoet, komt Mildreds stem streng vanaf de receptie: 'Meneer Joubert?'

Hij blijft staan.

'Wilt u iets te drinken hebben?'

'Thee, maar ik maak het zelf wel.'

'Nee, meneer, ik zal het laten brengen,' antwoordt ze op een toon die uitdrukt dat het zo hoort te gaan.

Hij loopt naar haar toe. 'Dank je. En noem me alsjeblieft niet "meneer".'

Geen reactie.

In zijn kantoor pakt hij de handleiding en begint te lezen. Een zwarte vrouw brengt thee op een blaadje en loopt haastig weer weg. Hij haalt zijn broodjes uit zijn tas, schenkt thee in, terwijl hij bedenkt hoe hij nu bij het provinciale team samen met de rechercheurs in de theekamer zou hebben zitten praten en spottende opmerkingen over zijn 'gourmet sandwiches' te verduren zou krijgen.

Hij volgt de instructies van de handleiding. Fanus Delport, hoofd van de financiële afdeling, heeft al een dossier voor Tanja aangemaakt. Het heeft een nummer. JF/Flint/02/10 en de eerste aanbetaling (Administratiekosten: R 600). Joubert maakt een snelle berekening. Zijn twee uur, plus de mogelijke kosten van 2.100 rand voor het profiel en het plotten van de mobiele telefoon, brengen de totale kosten al bijna op 4.000 rand. En dan is hij nog niet eens begonnen. Tel er de drie of vier uur bij op die hij er vandaag nog aan gaat werken en dan kom je boven de zesduizend.

Hij voelt zich beklemd. In dit tempo is haar geld op lang voordat hij de zaak heeft opgelost.

Hij moet aan de slag.

Hij rijdt eerst naar de Virgin Active in Table View en stopt op het parkeerterrein. Het politiebureau achter hem, levensgroot. Hij stapt uit, loopt om zijn Honda heen, gaat tegen de neus zitten en vouwt zijn armen over elkaar. Voor hem ligt het uitgestrekte parkeerterrein, nu halfvol, dan de sportschool daarachter. Rechts de openbare bibliotheek. Hier en daar mensen op weg naar hun auto. Een parkeerwachter in een heldergroen shirt drentelt tussen de auto's door.

Danie Flint is op 25 november om vijf uur uit de ABC-remise in Woodstock vertrokken. Afhankelijk van het verkeer om die tijd van de dag kan het zijn dat hij hier pas om zes uur was, nog daglicht, eind november gaat de zon pas tegen een uur of acht onder. Flint heeft hier ergens zijn Audi geparkeerd. Volgens Tanja is hij niet gaan trainen. Zijn sporttas lag nog op de achterbank. Heeft hij hem doelbewust daar gelaten? Alleen zijn sleutels, mobiel en portemonnee gepakt, uitgestapt en weggelopen? In een andere auto gestapt? Is hij beroofd voordat hij de tas kon pakken? Want de Audi was niet op slot. Hij stapt uit, wordt overvallen, iemand grijpt zijn sleutels, mobiel, portemonnee en rent weg?

Waar is Danie Flints lichaam dan?

Niet waarschijnlijk.

Vlak bij het politiebureau.

Waarom heeft hij zijn auto juist hier laten staan als hij wilde verdwijnen?

De enige andere mogelijkheid is ontvoering, maar waarom dan hier, vlak bij de lange arm van de wet?

Is hij slaags geraakt met iemand? Haalt zijn sleutels uit het contact, pakt zijn portemonnee en mobiel. Stapt uit en raakt met zijn portier de auto van iemand anders. Of hij ziet iets, een ruzie, een onenigheid. Met, zeg maar, een door steroïden opgefokte, agressieve spierbundel die hem te lijf gaat en zo ernstig verwondt dat Spierbundel in paniek raakt en het lichaam haastig in de kofferbak van zijn auto duwt.

Zes uur 's middags, helder en zonnig, mensen die komen en gaan?

Nee. Dan had iemand iets moeten zien.

De sporttas op de achterbank is wat hem dwarszit. Het zegt iets. Als Danie Flint wilde verdwijnen, als hij doelbewust wilde weglopen, zou die tas nuttig zijn geweest.

Hij zucht, want hij weet dat er maar één manier is om deze klus te klaren. Stukje bij beetje. Lange uren van veldwerk. Rustig, zorgvuldig, systematisch. Degelijk. Dat is altijd zijn manier geweest, want hij heeft niet de intuïtie, het instinct, de natuurlijke flair van iemand als Bennie Griessel. Daarom heeft hij vanochtend Tanja Flint gevraagd om alles vanaf het begin te vertellen. Daarom moet hij nu naar de bibliotheek en de sportschool, om te zien of er bewakingscamera's zijn, om te zien hoe Virgin Active eruitziet.

Buiten zijn geen camera's.

Een vrouw met een tas over haar schouder komt langs en loopt de sportschool binnen. Joubert gaat haar achterna, door de automatische schuifdeuren. Binnen ziet hij hoe ze bij een draaihekje blijft staan, een kaartje tevoorschijn haalt en dat door een elektronisch apparaat haalt. Zo moeten ze hebben geweten dat Danie Flint die avond niet binnen is geweest: een computersysteem dat alles vastlegt.

Hij kijkt om zich heen. Modern. Chroom en staal en glas. Geen lucht van zweet of magnesiumpoeder. Rechts is een balie, er zit een jonge vrouw achter. Ze glimlacht naar hem. Hij grijnst terug, in gedachten verzonken. Het computersysteem. Dat zal het soms laten afweten, zoals alle technologie, het is niet onfeilbaar.

'*Good afternoon, sir. Can I help you*?' vraagt de jonge vrouw.

'Goedemiddag...' En dan aarzelt hij, want hij heeft niet meer de macht van een SAPS-identificatiekaart. 'Is het hek gekoppeld aan een computer?' vraagt hij met een gebaar naar de kaartlezer.

'Ja, meneer...' zegt ze met een lichte frons die zegt 'deze meneer is een interessant geval', maar haar glimlach wijkt niet.

'Valt het systeem weleens uit?'

'Zolang je een Virgin Active-kaart kunt laten zien, kun je altijd naar binnen. Bent u lid?'

'Nee,' zegt hij. 'Hoe vaak valt het systeem uit?'

De frons wordt groter en hij beseft dat zijn aanpak misschien te direct is. 'Waarom vraagt u dat?'

'Ik vroeg het me af.'

Ze antwoordt niet onmiddellijk, maar bekijkt hem eerst van top tot teen. 'Zal ik een consulent roepen om met u te praten?'

'Nee, dank je,' zegt hij. 'Dank je...' en hij voelt zich ineens verlegen en dom. Hij had het anders moeten aanpakken, net doen of hij lid wilde worden of zo. Maar nu is het te laat. Hij draait zich om en loopt weg.

Niet meer de SAPS achter zich. Hij zal moeten leren liegen.

Maar hij weet nu in elk geval wel dat het computersysteem van de sportschool niet altijd werkt. Danie Flint heeft op de avond van de 25e misschien wel getraind. De tijd van zijn verdwijnen zal dan minimaal een uur later zijn.

Als dat iets uitmaakt.

Het kost hem moeite om het huis van de Flints in de doolhof van lanen in Parklands te vinden, zodat hij tien minuten te laat is. Het is een nieuwe buurt, rijen identieke huizen, drie slaapkamers en een dubbele garage op een klein lapje grond, zodat er alleen nog ruimte is voor een gazonnetje.

Hij parkeert aan de stoeprand, stapt uit, pakt zijn in leer gebonden schrijfblok en belt aan. Ze doet bijna onmiddellijk open en vraagt hem binnen met haar vermoeide flauwe glimlach. Ze heeft het jasje van die ochtend uitgetrokken. Haar armen in de blouse met korte mouwen zijn opvallend mager. Hij vraagt zich af hoeveel ze is afgevallen sinds november.

Hij komt in een kamer met open keuken, zitgedeelte met tv en eethoek, eenvoudige maar smaakvolle meubels. Haar laptop staat op de eetkamertafel, naast drie mappen die netjes en ordelijk naast elkaar liggen.

'Zullen we aan tafel gaan zitten?' vraagt ze.

Hij knikt.

'Wil je iets drinken?' Ze loopt in de richting van de keuken.

'Nee, dank je, doe geen moeite.'

Ze blijft even besluiteloos staan, alsof ze niet aan de mogelijkheid heeft gedacht dat hij nee zou zeggen. Dan herstelt ze zich. 'Ga alsjeblieft zitten. Ik heb alle documenten bij elkaar.'

Hij voelt een verlegenheid aan haar, iets ongemakkelijks, alsof ze niet gewend is aan een vreemde man in huis. Hij gaat aan de tafel zitten, een combinatie van rotan en hout. De stoel is niet comfortabel, te klein voor zijn lichaam.

Tanja Flint gaat tegenover hem zitten en pakt de eerste, heldergele map.

'Dit zijn de rekeningen van Danies mobiel...' Ze slaat de map open, haalt er een papier uit en schuift het over tafel naar Joubert. 'Ik heb het IMEI-nummer gevonden, het staat helemaal bovenaan. En ik heb bij elk nummer geschreven wie hij gebeld heeft.'

Joubert bekijkt het. In een precies, net handschrift en blauwe inkt staat naast elk nummer een naam. Het moet haar uren hebben gekost.

Alsof Tanja Flint zijn gedachten kan lezen: 'Ik heb het in december gedaan. Er was niets anders... Hier is een spreadsheet die ik heb gemaakt, met de namen, de nummers en hoe vaak hij die heeft gebeld. Hij heeft mij het meeste gebeld. En zijn chauffeurs. Er zit niets vreemds bij.'

Hij is onder de indruk, want dat gaat hem tijd en haar geld besparen. 'Dit is heel nuttig,' zegt hij.

'Ik moest het doen. Ik heb na... ik heb naar iets gezocht. In elk geval kun je de hele map meenemen, als ik hem maar terugkrijg wanneer...'

Hij vult het ogenblik van stilte met een snel: 'Natuurlijk.'

'In deze map zitten onze financiën. We gebruikten Moneydance.'

'Moneydance?'

'Dat is software om je financiën te beheren. Je importeert je bankoverzichten van internet, dan kun je er van alles mee doen: grafieken maken, betalingsherinneringen, begrotingen... Het geeft je een heel goed overzicht.'

'Ik snap het.'

Ze steekt hem de aan elkaar geniete papieren toe. 'Dit zijn al onze uitgaven, op volgorde van datum. O, en dit is het hele jaar, vorig jaar, tot november. Ik heb het in categorieën ingedeeld, het probleem is, die Amerikaanse software, hun categorieën zijn vaak... je weet wel... Dit gaat over al onze rekeningen, we hebben allebei onze eigen rekening en creditcard, maar die kun je er allemaal in verwerken.'

'Dit is heel nuttig...' Hij bestudeert vluchtig de papieren. 'Het is van jullie samen?'

'Ja.'

'Kun je een afzonderlijke van Danie geven?'

'Natuurlijk. Ik... Dat duurt wel even. Wil je ook grafieken?'

'Nee, dank je, dit is prima. Als ik alleen die van Danie apart kan krijgen. Zijn bankrekening en creditcard...'

'Oké.' Ze staat op en gaat aan het hoofd van de tafel achter de laptop zitten. 'Maar ik kan je nu al vertellen dat daar niets bijzonders mee is.'

'O?'

'Ik bedoel, er zijn geen kosten waar ik niet van weet. En zelfs als die er waren... dan zou ik het hebben gemerkt. We gingen om de veertien dagen met onze afschriften bij elkaar zitten. Dat moest wel, afgelopen jaar, want met de zaak... Het ging maar net. We waren helemaal afhankelijk van Danies salaris. Zijn grootste uitgave was benzine, op zijn garagekaart, die ABC betaalde. Ik deed de meeste boodschappen.'

Ze zoekt iets op de computer en staat dan op. 'Even de printer halen.'

'Het spijt me van de moeite.'

'Geen probleem.'

Ze verdwijnt in de gang.

Hij tuurt naar de afschriften in zijn handen. Al die moeite die ze gedaan heeft, al dat precieze werk, de tabellen, het nazoeken van nummers. *Ik bedoel, er zijn geen kosten waar ik niet van weet.* Dat betekent dat ze zelf al de mogelijkheid heeft overwogen dat haar man uit eigen beweging verdwenen is.

Wat de vraag oproept: waarom?

Wat is het dat ze hem niet heeft verteld?

87

De derde map bevat nog meer foto's van Danie, en een lijst van contacten die Joubert 'misschien nodig zal hebben', zegt ze. 'Mensen van zijn werk, zijn moeder, onze vrienden, de rechercheur, iedereen die ik kon bedenken. En dit is de flyer die ik bij de sportschool onder alle ruitenwissers heb gestopt.'

Een kleurenafdruk op A4-formaat met een grote foto van Danie, dezelfde die ze hem vanochtend heeft laten zien, en een tekst: *HAVE YOU SEEN DANIE?* Daaronder, kleiner, een korte alinea over zijn verdwijning op 25 november en haar mobiele nummer.

'En heeft er nooit iemand gebeld?'

'Er hebben een hoop mensen gebeld. Maar niemand had iets gezien.'

Hij knikt, want hij weet wat voor vreemde telefoontjes ze gekregen zal hebben. Dan vertelt hij haar over het onderzoek naar de mobiel: 'Als Danies simkaart nog in de telefoon zit... als een telefoon wordt gestolen, gebruiken de verdachten vaak alle beschikbare tijd op de kaart, en halen hem er dan uit. We hebben nu twee opties. We kunnen de telefoon op Danies nummer laten plotten om uit te vinden waar het ding nu is. Maar het is al drie maanden geleden, de kans dat de simkaart nog in de telefoon zit is klein. Dat zou betekenen dat we 600 rand verspillen. Het alternatief is een profiel van de telefoon op het IMEI-nummer. Dat houdt in dat ze vaststellen welke simkaarten er sinds november in de telefoon hebben gezeten, en vooral welke er nu in zit. Als we dat weten, kunnen we het nieuwe nummer plotten, en proberen de telefoon op te sporen. Helaas is het profiel iets duurder. Dat kost 1.500 rand, plus 600 rand voor bijzonderheden over elke simkaart die het profiel ons geeft.'

Ze luistert aandachtig, denkt erover na en vraagt dan: 'Denk je dat het de moeite waard is?'

Het is het enige wat ze op het ogenblik hebben, maar dat zegt hij niet. 'Een onderzoek als dit... Eigenlijk bij elk onderzoek, gaat het net zozeer om het verzamelen van inlichtingen als om het elimineren van mogelijkheden.'

'Wat zijn de mogelijkheden?' vraagt ze plotseling dringend.

Joubert gaat verzitten op de ongemakkelijke stoel. 'Mag ik mijn jasje uittrekken?' Om tijd te winnen, want hij weet niet hoe eerlijk hij tegen haar moet zijn.

'Natuurlijk.' En terwijl hij opstaat zegt ze heel ernstig: 'Ik heb op internet de statistieken gelezen. Elk jaar verdwijnen er 2.500 kinderen...'

'Tachtig procent wordt door de politie teruggevonden,' verdedigt hij zich instinctief.

'En dat is juist het probleem. De politie en de media concentreren zich op de kinderen, maar hoe zit het met volwassenen? Vorig jaar zijn er meer dan tweeduizend volwassenen ontvoerd.'

Hij schudt zijn hoofd terwijl hij weer gaat zitten, want dit is een verkeerde interpretatie van de cijfers, maar ze is hem voor, haar stem plotseling vol emotie: 'Het enige wat ik eigenlijk wil zeggen is dat ik besef dat Danie misschien... ik bedoel... er zijn het afgelopen jaar achttienduizend moorden gepleegd in dit land. Je... wees gewoon eerlijk tegen me, dat is het enige wat ik vraag. Ik heb alle mogelijkheden al doorlopen.' Haar handen stijf verstrengeld, de aderen op haar magere armen opgezwollen van de spanning.

Hij ziet de heftige poging om zich te beheersen. Hij ziet in haar magere lichaam en verbeten gezicht de eenzaamheid en de spanning en onzekerheid van drie slopende maanden, de uitputting waartegen ze nu vecht. Hij herinnert zich hoe moeilijk hij het vond indertijd, toen hij nog recherchewerk deed, om de boodschapper te zijn, de brenger van slecht nieuws. Hij kon nooit afstand nemen. De laatste vijf, zes jaar was hij daarvoor behoed. Nu wil hij Tanja Flint steunen, haar op de een of andere manier helpen het te verdragen.

Hij haalt diep adem. 'Je moet begrijpen dat ik weet wat je hebt doorgemaakt en wat je nog steeds doormaakt...'

'Het gaat wel,' zegt ze, maar niet overtuigend.

'Ik denk niet dat Danie... vrijwillig is verdwenen,' zegt hij met een vluchtige angst dat hij te snel heeft gesproken.

'Denk je dat echt?' Haar ogen strak op hem gericht, hunkerend om hem te geloven.

'Het is... onwaarschijnlijk. Het klopt niet.'

'Dank je,' zegt ze en haar handen ontspannen zich en haar schouders zakken alsof ze van een groot gewicht is verlost. En dan beginnen de tranen te stromen.

Ze gaat een doos zakdoekjes uit haar slaapkamer halen, komt terug en vertelt hem over haar angsten. Dat ze zo bang was dat ze haar man had weggejaagd met haar perfectionisme, met haar drang om alles onder controle te hebben, om een succes van haar bedrijf te maken. Want het was een bitter moeilijk jaar geweest, ze heeft zo hard gewerkt, zulke lange uren gemaakt, ze heeft hem soms afgewezen, ze was vaak geestelijk en fysiek niet beschikbaar, en té voorzichtig met geld. Ze heeft sinds zijn verdwijning wel duizend keer gewenst dat ze hem de bar had laten inbouwen, het geluidssysteem in zijn Audi had laten installeren, want door zijn werk woonde hij zo ongeveer in die auto. Dit alles terwijl de tranen over haar wangen stromen en ze snuft en snuit en nog een zakdoekje verfrommelt en ze netjes op een rijtje naast de laptop legt.

Hij zegt weer dat hij het begrijpt, maar niet denkt dat ze zich daar zorgen over hoeft te maken.

En dan legt hij haar andere mogelijkheden voor, zoals hij die op het parkeerterrein van de sportschool heeft geprobeerd uit te pluizen. Het is maar een theorie, dat moet ze alsjeblieft begrijpen. Hij vermoedt dat er iets voor de Virgin Active is gebeurd, vlak nadat Danie is uitgestapt en voordat hij zijn tas kon pakken. Of nadat hij getraind had en net die tas had teruggelegd, want hij vermoedt dat de computer van de kaartlezer soms kapot is.

Er zijn een paar dingen die erop duiden dat het geen beroving op het parkeerterrein zelf was: Danie die verdwenen is, de auto en de tas die er nog waren, de voortdurende aanwezigheid van mensen, parkeerwachters en de nabijheid van het politiebureau. Dat laat nog maar twee mogelijkheden open. Ten eerste dat Danie misschien naar het winkelcentrum is gelopen om geld te trekken of zoiets. En toen is weggelokt, of bij iets betrokken is geraakt.

De andere mogelijkheid is dat iemand die hem om de een of andere reden iets wilde aandoen, hem heeft opgewacht, of achtervolgd. Misschien iemand die hem kent, iemand die hij genoeg vertrouwde om bij in de auto te stappen.

Ze schudt haar hoofd wanneer hij dit voorlegt.

'Daar ben je het niet mee eens?' vraagt hij.

'Danie heeft nooit vijanden gehad,' zegt ze met absolute zekerheid.

'Hij moest buschauffeurs ontslaan.'

'Ben je bij Neville geweest?'

'Ja. En hij zei ook dat Danie heel geliefd was. Maar dit is een vreemde wereld. Eén verwarde figuur is genoeg...'

Ze overweegt dit. 'Misschien,' zegt ze.

'Ik wil toegang vragen tot de administratie van ABC. Ik wil Danies kantoor doorzoeken. Dat zullen ze misschien niet leuk vinden.'

'Laat mij meneer Eckhardt bellen,' zegt ze. 'Hij is tot nu toe heel vriendelijk geweest.'

'Dan zou ik nu graag de Audi willen onderzoeken.'

Hij ziet dat ze op haar horloge kijkt. 'Ik... mag ik laten zien hoe de garagedeur werkt? Ik moet terug naar mijn werk. Er zijn een paar bestellingen...'

'Natuurlijk. Heb je de auto nog gebruikt nadat...?'

'Absoluut niet. Hij is nog precies zoals de dag dat ik hem ben gaan halen. Ik zal de sleutels pakken.'

Voordat ze wegrijdt, spreken ze af dat zij Eckhardt, de directeur van ABC, zal bellen om toestemming te krijgen, en dat hij het profiel van de mobiele telefoon kan laten maken. Ze brengt hem naar de garage en wijst hem waar de schakelaar van de automatische deur zit. Dan blijft ze even doodstil staan, draait zich naar hem toe, legt een hand op zijn arm en zegt heel ernstig: 'Baie dankie,' voordat haar hakken haastig over de betonnen vloer naar haar Citi Golf klikklakken.

Hij kijkt haar auto peinzend na, komt weer tot zijn positieven, loopt naar de kleine werkbank helemaal achter in de garage en staat een tijdje de ruimte te bestuderen. Danie Flint was geen klusser. De garage is een opslagplek, geen werkplaats. Kartonnen dozen tegen een muur, stalen rekken tegen een andere, oude verfblikken, vergeelde zondagskranten, een kapotte ketel, een halve zak houtskool voor de barbecue, een paar gereedschappen, het wiel van een racefiets.

Joubert pakt zijn telefoon, ritst zijn schrijfblok open om het nummer op te zoeken en belt Dave Fiedler.

'Dave, met Mat Joubert van Jack Fischer.'

'Jis, boetie?'

'We willen een profiel op een IMEI.'

'Kom maar op. *Hit me with your rhythm stick.*'

Joubert leest langzaam het nummer voor.

'Hebbes. Ik bel je, hopelijk morgen tegen het eind van de middag.'

Hij ritst het schrijfblok dicht, draait zich om en kijkt naar de Audi.

Het duurt even voordat het tot hem doordringt dat hij niet voorbereid is. Hij zal zijn moordtas thuis moeten opdiepen, met de rubberhandschoenen, plastic bewijszakjes, tangetjes, schrapers, watten, plakband, het witte en zwarte vingerafdrukpoeder. Margaret weet wel waar die de afgelopen vijf jaar opgeborgen heeft gestaan. Nu zal hij eerst een ander plan moeten maken.

Hij loopt om de auto heen en inspecteert zorgvuldig de buitenkant, op zoek naar verse krassen of deuken. En bloedspatten.

Hij vindt niets, heeft alleen het idee dat iets hem ontgaat. Hij blijft staan en denkt diep na, maar kan er de vinger niet op leggen.

Hij haalt een zakdoek uit zijn zak en doet voorzichtig het portier open, zodat hij geen vingerafdrukken verknoeit.

Hij bukt en kijkt naar binnen.

De binnenkant is redelijk schoon. Zand en steentjes voorin op de rubbermat aan de bestuurderskant, niet meer dan normaal. Aan de binnenkant van de deur geen verse schuur- of krassporen die duiden op een worsteling, op iemand die er tegen zijn zin uit is gesleept.

Hij kijkt onder de bestuurdersstoel. Daar is niets, alleen stof.

Dan schuift hij de auto in en gaat zitten, met zijn voeten buitenboord, zonder iets aan te raken.

Zwartleren bekleding, satellietnavigatie, elektrische ramen, cruisecontrol... *full house* zou een autoverkoper het hebben genoemd.

En dan dringt tot hem door wat hem daarnet is ontgaan: deze auto, vergeleken met die van Tanja. Een tweeliter, bloedrode Audi Sportback met alles erop en eraan, tegenover de blauwe eenvoud van de 1400 Citi. Ze heeft verteld dat Danie zijn auto tweedehands heeft gekocht, maar deze Audi is zelfs dan niet goedkoop, rond de 250.000 rand, tegenover wat? Een Volkswagen Citi Golf kun je voor 70.000 rand kopen.

Groot verschil. Hij weegt deze informatie af tegen wat hij van hun huwelijk weet, maar het brengt geen grote inzichten. Dan neemt hij de zakdoek, doet het dashboardkastje open en leunt opzij om te zien wat erin ligt. Een plastic envelop met de handleiding en het onderhoudsboek. Hij haalt hem eruit. Brillenkoker. Een sportieve zonnebril. Adidas Xephyr. Hij legt hem op de passagiersstoel, naast de handleiding. Een HTC-telefoonoplader met een spiraalkabel en een stekker voor in de sigarettenaansteker. Een goedkope ballpoint, twee vergeelde benzinebonnetjes van een jaar oud, een half pakje kauwgum.

Hij legt alles zorgvuldig terug, doet het kastje dicht en stapt uit. Dan loopt hij om de auto heen, doet het andere portier open en loert onder de stoel.

Ook de kofferbak levert niets op.

Joubert pakt zijn schrijfblok van de werkbank, legt de sleutels op de plek die hij met Tanja heeft afgesproken, drukt de schakelaar in waardoor de deur wordt gesloten en rent haastig naar buiten.

88

Hij rijdt terug naar Virgin Active, want dat ligt op weg naar zijn huis in Milnerton. Het heeft geen zin om weer de stad in te gaan door het spitsverkeer. En het is halfvijf; hij wil een idee krijgen van hoe druk het daar is aan het eind van de middag, de tijd dat Flint is verdwenen.

Er zijn heel wat minder parkeerplekken vrij. Hij vindt er een, zet de auto daar neer, blijft even zitten en kijkt om zich heen. Dan slaat hij Tanja's map met contactnummers open en kijkt de lijst mensen door. Eén naam valt op: *Inspecteur Keyter, SAPS, Table View.* Tanja Flint heeft in haar degelijkheid ook het dossiernummer toegevoegd.

Zou dat Jamie kunnen zijn, het rechercheurtje dat indertijd bij Ernstige Delicten zat voordat ook die eenheid werd ontbonden? Best mogelijk, want als hij het zich goed herinnert, is Keyter vanaf Table View bevorderd. En Tanja Flint had het over een rechercheur die voortdurend aan zijn haar zat.

Hij pakt de map, stapt uit, sluit de Honda af en loopt naar het SAPS-bureau. De zuidooster is lekker op dreef, waait zijn jasje open en dwingt hem de papieren stevig tegen zijn borst te houden.

Table View is nooit een van zijn favoriete politiebureaus geweest. Toen ze net getrouwd waren, hadden Margaret en hij twee jaar hier in de buurt in de Frerestraat gewoond, voordat ze begon met oude huizen opkopen en renoveren. Toen moest hij van tijd tot tijd faxen en formulieren bij de SAPS gaan halen, of naar binnen om de computer te gebruiken. Destijds waren er al te veel cowboys en te veel kapsones.

In het bureau is het warm en redelijk druk. Hij wacht tot hij aan de beurt is en vraagt of Jamie Keyter beschikbaar is. Niet 'Dzjeemie' maar 'Jaa-mie' als hij het goed onthouden heeft. De zwarte agent zegt dat hij zal gaan kijken, komt even later terug en zegt: 'Hij komt eraan.'

Joubert gaat aan de kant staan. Hij wilde dat hij zijn das kon lostrekken, hij had zijn jasje in de auto moeten laten liggen. Vijf minuten lang staat hij te kijken en te luisteren naar de grens waar twee werelden elkaar ontmoeten, publiek en politie. Elk bureau heeft zijn eigen ritme, zijn eigen sfeer en geluid. De stemmen van de mensen die aangifte komen doen, sommige boos, andere verslagen. Ergens uit een kantoor de harde stemmen van een ruzie, telefoons die rinkelen, de geduldige voetstappen van drie geüniformeerde agenten die de balie bemannen en de meeste tijd sussend helpen formulieren in te vullen, zeker al zes uur op de been, traag en geroutineerd in hun bewegingen.

Dan komt Keyter met een narrig gezicht dat uitstraalt: wie komt me nu weer lastigvallen, tot hij Joubert ziet, snel zijn houding aanpast en 'Sup?' zegt, als een man met een slecht geweten.

'Jamie,' zegt Joubert en hij steekt zijn hand uit, 'ik zit niet meer bij de Dienst.'

Keyter schudt hem wat verdwaasd de hand. 'Sup?' zegt hij weer, de informatie is te onverwacht om onmiddellijk te verwerken. Joubert ziet dat hij niet veel veranderd is. Nog steeds de strakke polohemden, mouwen die spannen over bollende biceps. Vandaag is het een zwarte, met alleen het zilverkleurige Nike-logo op de borst, een zwarte spijkerbroek en zwarte Nike-sportschoenen.

'Vrijdag was mijn laatste dag. Ik zit nu bij Jack Fischer & Co.'

'O. Okééééé,' met een klank in zijn stem die Joubert irriteert.

'Ik werk aan een vijfenvijftig. Ene Danie Flint die vorig jaar is verdwenen. Zijn vrouw zegt dat het jouw zaak was.'

'Danie Flint?' vraagt hij en hij krabt op zijn hoofd.

'Vorig jaar, eind november. Zijn auto stond hier bij Virgin Active.'

Er gaat een lampje branden. 'Oké! Die man.' Hij kijkt afwachtend naar Joubert.

'Ik wilde alleen horen of jij nog ideeën hebt, Jamie.'

'Ideeën, Sup?'

'Ik ben geen Sup meer, Jamie.'

'Oké... dan moet ik het dossier erbij halen, maar als ik het me goed herinner... Er was niets te vinden. Die vent was gewoon weg.'

Joubert onderdrukt een zucht. 'Dat is kennelijk het probleem. Ben je op zijn werk gaan praten?'

'Ik... Nee, ik bedoel... Er was niets... Sup, u weet hoe het gaat, die kerels gaan vissen met hun makkers, zeggen niks tegen moeder de vrouw... Ik bedoel, zijn auto stond hier...'

Joubert knikt en steekt zijn hand in de binnenzak van zijn jasje. Keyter volgt die handeling met een achterdochtige blik. Joubert haalt zijn portefeuille tevoorschijn, pakt een visitekaartje en geeft het aan de rechercheur. 'Als je je iets herinnert, of iets vindt, Jamie...'

'Oké, Sup, dan bel ik meteen.'

'Ik ben geen Sup meer...'

Hij zit in de Honda en ziet hoe zijn theorie systematisch bevestigd wordt.

Het parkeerterrein loopt vol, mensen die met sporttassen naar de sportschool lopen, of met boeken onder hun arm naar de bibliotheek. Er zijn korte periodes dat het rustig is, twee of drie minuten waarin iets met Danie Flint had kunnen gebeuren, als iemand heel precies en doeltreffend was, maar een worsteling hier, een gevecht zonder dat iemand iets ziet, lijkt steeds onwaarschijnlijker.

Hij blijft tot kort na zes uur zitten en denkt aan Jamie Keyter en het dossier Flint. Hij weet hoe het met rechercheurs op het bureau gaat, vooral met luilakken als Keyter; te veel zaken, te weinig personeel, te weinig tijd, zodat er altijd iets tussen de mazen door glipt. Tanja heeft gelijk, vermiste volwassenen zijn niet altijd een prioriteit, tenzij er duidelijk bewijs van een misdrijf is. Anders vallen ze in de categorie huiselijk geweld, en hoeveel heeft hij daarvan al niet bij de hand gehad als straatagent, dertig jaar geleden?

Allemachtig, wat vliegt de tijd.

Hij rijdt naar Milnerton, waar Margaret en hij de afgelopen zes maanden in de Tulbaghstraat hebben gewoond, hun vijfde huis in vijf jaar, maar dat kan hem niet schelen, want hij heeft zoveel plezier in haar 'projecten'. Ze gaat op zoek naar een koopje, een solide maar vervallen huis in een goede buurt, *the worst house in a good neighbourhood* is haar leuze. Dan renoveert ze het met haar scherpe oog en goede smaak, knapt het op, en als het klaar is, trekken ze erin, want een huis verkoopt makkelijker als er mensen in wonen, leven, activiteit, geuren uit de keuken, smaakvolle meubels in de kamers. Als ze weet dat er potentiële kopers komen, doet ze vanille in de oven, of bakt een taart, en zet zachtjes opgewekte muziek aan, zorgt dat het koel is in huis in de zomer, of warm in de winter, met brandende haard. Ze is al bezig het volgende te kopen, in Constantia, ze kon het voor een appel en een ei krijgen, nu de markt zo slap is.

Hij zit bij haar in de keuken terwijl zij het avondeten bereidt, en vertelt over zijn dag.

'Is ze knap?' is het eerste wat ze vraagt, onbeschaamd jaloers, nog steeds, dankzij de tragedie van haar eerste huwelijk.

'Nee,' zegt hij. 'Maar ze is dapper. En een Nissan.'

Hij moet het eerst uitleggen.

'En wat ben ik dan?'

'Mijn Mercedes.' Waar ze om moet lachen.

'En op kantoor?'

Hij haalt zijn brede schouders op. 'Het is heel anders. Jack is... serieus over geld. Maar dat zal wel moeten. En het is allemaal heel formeel.'

'Je raakt er wel aan gewend.'

'Dat denk ik ook. En de kopers? Hoe is het gegaan?'

'Ze willen nog nadenken.'

Hij gaat veertig minuten trainen op de roeimachine op het achterterras, naast het zwembad, neemt een douche en schenkt hun allebei een glas rode wijn in bij het eten, pasta met Cajun kip, feta en zongedroogde tomaten. Ze vertelt hem over haar bezoek aan haar dochter Michele, en haar plannen om de volgende dag grotendeels in Constantia door te brengen.

Hij pakt de mappen van Tanja Flint en gaat naast Margaret in de televisiekamer zitten terwijl zij naar de *Antiques Roadshow* en *Master Chef Goes Large* op het Lifestyle-kanaal van de BBC kijkt. Ze legt haar hand op zijn been. Hij neemt de financiën en telefoonlijsten door.

Later zet ze de televisie uit en vraagt: 'Iets gevonden?'

Hij legt de papieren naast zich op de bank. 'Nee... Ik weet het niet. Er zit een soort patroon in, maar nergens blijkt uit wat er met hem is gebeurd. Het probleem is dat er niets opvallends is aan zijn verdwijning. Bij de overgrote meerderheid van de volwassen mannen die tussen huis en werk vermist raken, gaat het om een beroving. Zijn auto wordt gekaapt, hij wordt gedwongen de pincode van zijn bankpas te geven, ze stelen wat ze kunnen, pakken de auto, laten hem achter of vermoorden hem. Zijn lijk wordt gevonden, de auto een dag of wat later, ergens. Maar hier... Hij had een creditcard in zijn portemonnee, maar er zijn geen transacties gedaan na zijn verdwijning. De sporttas, gewoon achtergelaten. En de auto, netjes geparkeerd...'

'Mmm,' zegt ze.

'De andere logische mogelijkheid is dat hij wilde verdwijnen. Maar dan zijn er altijd sporen. Van telefoontjes naar een andere vrouw, van voorbereidingen, geld dat is uitgegeven. Tenzij hij heel slim is, en ik denk niet dat Danie... En waarom laat hij die tas zomaar achter? En zijn auto, zijn grootste bezit...'

'Wat voor patroon heb je gevonden?'

'Ze... Het is niet veel. Je moet goed kijken, maar... Hij rijdt in een Audi die een kwart miljoen rand heeft gekost, zij rijdt in een kleine Citi Golf. En de bankafschriften... Als je de gewone dingen buiten beschouwing laat, water en licht, supermarkt, benzine... Ze heeft heel weinig voor zichzelf uitgegeven. Het meeste is voor hem: kapper, kleren, cd's... Ik krijg zo'n beetje het idee dat ze hem verwende. Of probeerde gelukkig te houden...'

Hij is diep in gedachten en merkt dan dat Margaret naar hem kijkt, met een zachte glimlach en een glinstering in haar ongelijke ogen.

'Ik kan de radertjes horen draaien,' zegt ze en ze knijpt zachtjes in zijn been. 'Ik vind het mooi zoals jij dingen waarneemt.'

'Het zijn geen draaiende radertjes, het zijn vastlopende radertjes.'

'Nonsens. Je komt er wel uit. Zoals altijd.'

'De raderen zijn verroest.'

Haar hand schuift hoger op zijn been. 'Is dat alles wat verroest is?' Ze rolt met de 'r'. Hij vindt dat sexy.

Hij legt zijn arm om de schouders van zijn vrouw. 'Mevrouw Joubert, ik kan u arresteren wegens onwelvoeglijkheid.'

'Maar je bent privédetective.'

'O, nee, ik ben een senior consultant forensisch onderzoek. Met licentie en visitekaartje.'

'O, hemeltjelief... En als ik me verzet bij de arrestatie?'

'Dan zal ik fysiek geweld moeten gebruiken,' zegt hij en hij trekt haar naar zich toe.

'Je grote knubbel tevoorschijn halen?' fluistert ze.

'Knuppel,' corrigeert hij haar.

'Het gaat er niet om hoe je hem spelt, het gaat erom hoe je hem gebruikt...'

'Mevrouw,' zegt hij streng, 'u laat me geen andere keus...'

'Ik weet het,' zegt ze bijna onhoorbaar en ze leunt zacht tegen hem aan, met een gewillige mond.

Dan kust hij haar.

Om halftwaalf, als haar lichaam warm en zacht tegen hem aan ligt en haar ademhaling diep is, beginnen de radertjes in zijn hoofd langzaam te draaien.

Het was niet op het parkeerterrein van de Virgin Active. Wat er ook met Danie Flint is gebeurd heeft elders plaatsgevonden. En daarna hebben ze zijn auto daar neergezet.

Wat betekent dat ze zijn routine kenden. Ze kenden hem.

Wat betekent dat hij de Audi op vingerafdrukken moet controleren.

Wat betekent dat hij zijn moordtas moet opdiepen. Dat is hij helemaal vergeten in het vuur van zijn arrestatie van Margaret Joubert.

89

De vergadering is niet wat hij ervan had verwacht.

'Denkt u aan de Ochtendparade, meneer,' zegt Mildred als Joubert binnenkomt. Hij had verwacht dat de traditie van de oude eenheid Moord en Roof zou herleven, toen dat woord een brainstormsessie betekende, rechercheurs die hun dossiers met de chef en collega's deelden, op zoek naar leiding, kritiek en nieuwe ideeën.

Nu zit hij met de vijf andere detectives van de firma rond de tafel terwijl Fanus Delport de agenda doorneemt en Jack aandachtig luistert. De detectives doen om de beurt verslag van het aantal uren dat ze de afgelopen week hebben 'geboekt', en geven een schatting van de potentiële inkomsten van de komende week.

Joubert kent drie van hen als oud-collega's. Willem Erlank heeft nog tot een jaar geleden samen met hem bij de Provinciale Taskforce gewerkt. De andere twee, Fromer en Jonck komen successievelijk uit Noordwes en Gauteng, maar ze zijn onmiskenbaar voormalige leden van de Dienst, van middelbare leeftijd, groot, getaand, iets te zwaar. Dat zou hij ook zijn geweest, denkt Joubert, zonder de zorgzaamheid van Margaret.

Ze zijn goed voorbereid en geven stuk voor stuk met diepe stem en ernstig gezicht een uitvoerige kostenberaming.

Hij maakt haastig een sommetje terwijl de anderen praten, telt zijn uren op, en besluit om het bestuderen van de papieren gisteren weg te laten, zodat hij Tanja Flint geld kan besparen. Ze heeft immers al het werk zelf gedaan. Dan overweegt hij de opties voor de volgende dagen, maakt een ruwe schatting en vraagt zich heimelijk af hoe het mogelijk is te zeggen hoeveel uren je nodig zult hebben om een zaak op te lossen.

'Mat, hoever ben jij met het dossier Flint?' vraagt Delport ten slotte.

'Vijf uur gisteren,' zegt hij. 'Plus het IMEI-profiel dat we vanmiddag verwachten, en dan gaan we besluiten of we de mobiele nummers gaan plotten.'

'Ik zie dat je nog geen kilometers in het systeem hebt ingevoerd.'

Hij is de reiskosten vergeten. 'Dat zal ik vanochtend doen,' zegt hij verlegen.

'Geen probleem, we moeten allemaal de kneepjes leren. Hoeveel uren denk je dat er in de zaak zitten?'

Joubert kijkt naar zijn aantekeningen. 'Moeilijk te zeggen... zeker nog zo'n zesendertig.'

Delport en Fischer knikken tevreden.

'Ik wil de vingerafdrukken op de auto van haar man controleren,' zegt Joubert. 'Hebben we een contact voor identificatie, als ik iets vind?'

'Uitstekend, uitstekend,' zegt Jack Fischer. 'Maar we gebruiken een privéjongen om de afdrukken te nemen. Hij werkte bij het forensisch lab, maar nu werkt hij freelance, biedt het hele pakket. Hij heeft een lijntje naar de SAPS, krijgt de uitslag binnen 24 uur. Nortier...'

'Cordier,' corrigeert Fanus Delport. 'Hij staat in de database.'

Hij had het zelf kunnen doen, denkt Joubert, misschien bij Bennie Griessel nagaan of hij de afdrukken door het systeem kan halen, dat zou geld hebben bespaard. 'Jack, Tanja Flint heeft maar dertigduizend...'

Fischer wrijft over zijn snor en glimlacht. 'Zijn eerste opdracht,' zegt hij en de anderen lachen goedhartig mee.

'Dat zeggen ze allemaal, Mat. Het is een spelletje. Als ze meer nodig heeft, vindt ze het. Nietwaar, collega's, ik heb meneer Benn...'

'Bell,' verbetert Delport hem weer.

'Dat is hem. Bell. Nigerianen hebben hem voor één punt vier miljoen getild met een vier-één-negen-scam. Wie heeft zin om z'n bonus een boost te geven?'

Terwijl hij zijn kilometers in het computersysteem invoert, bedenkt hij dat het voor Tanja Flint geen 'spelletje' is. Hij heeft haar financiële situatie gezien. Die enorme nadruk op geld zit hem steeds meer dwars. Hij zal op een gegeven moment naar Jack moeten gaan om te zeggen hoe hij zich voelt. Maar eerst moet hij zijn verantwoordelijkheden nakomen.

Hij belt Tanja. Ze klinkt moe. 'Ik heb met meneer Eckhardt gepraat, hij zegt dat je Danies kantoor mag doorzoeken wanneer je maar wilt, ze zullen alles doen om ons te helpen, we hebben onbeperkt toegang. Je moet het alleen met Neville regelen.'

Joubert bedankt haar en vertelt dan van zijn plan om de Audi op vingerafdrukken te controleren.

'Hoeveel gaat dat kosten?'

'Ik zal het navragen en ik laat het weten.'

‘Denk je dat het nodig is? Moeten we niet eerst wachten op de plot van de mobiel?’

‘Dat is misschien een goed idee.’

Nadat hij heeft opgehangen belt hij eerst Jannie Cordier, de forensisch technicus, en legt uit wie hij is en wat hij wil.

‘Ik zit vandaag vol, maar ik kan je voor vanavond inplannen,’ zegt ze met een hoge, opgewonden stem.

‘Wat kost het?’ vraagt Joubert.

‘Je wilt die auto vanbinnen en vanbuiten gedaan hebben?’

‘Graag.’

‘Vijftien, plus zes voor elk stel afdrukken dat je wilt laten identificeren.’

‘Ik laat het je weten.’

Dan maakt hij een afspraak voor twaalf uur met Neville Philander bij de remise van de Atlantic Bus Company, haalt de lijst telefoonnummers die Tanja Flint heeft opgesteld naar zich toe en begint de vrienden van haar man te bellen. Hij stelt steeds opnieuw dezelfde vragen: heeft Danie zich eigenaardig gedragen in de weken voordat hij verdween? Heeft hij het over problemen gehad, op zijn werk, in zijn huwelijk? Had hij vijanden? Was hij bij ruzies of conflicten betrokken? Had hij een reden om te verdwijnen? En de antwoorden, geestdriftig en hulpvaardig, blijven constant dezelfde. Danie was ‘een aardige man’. Danie was vrolijk, opgewekt, altijd dezelfde. Loyaal, met iedereen bevriend. Danie was een ‘feestbeest’, ‘een gangmaker’, hij leefde voor zijn vrouw en zijn werk, en voor heel veel lol maken.

Als hij het laatste telefoontje heeft afgehandeld, leunt hij achterover in zijn stoel en denkt na over het verschijnsel slachtofferverheerlijking. Een algemeen syndroom, voortgebracht door overlevingsschuldgevoel en de universele over-de-doden-niets-dan-goeds-piëteit die het werk van een politieman lastig maakt, want het smeert de barsten dicht. En er zijn altijd barsten.

Tegen elf uur belt hij Gustie Flint, Danies moeder, om te horen of hij met haar kan komen praten. ‘U bent van harte welkom,’ zegt ze, ‘ik zit hier toch maar de hele dag,’ en ze geeft hem een adres in Panorama.

In het kantoor van Neville Philander, met de telefoon die rinkelt en een airco die op volle toeren blaast, vraagt Mat Joubert of hij alle dossiers kan krijgen van buschauffeurs die Danie Flint tussen 1 september en 25 november de laan uit heeft gestuurd.

‘Jirre,’ zegt Philander, die naast zijn bureau staat.

‘Ik weet dat het lastig is,’ zegt Joubert.

'Neville,' roept de vrouwenstem vanaf de gang.

'*Just a minute*,' roept Philander terug, met een blik naar zijn telefoon alsof het een slang is. Hij zegt tegen Joubert: 'Doe me een lol: Personeelszaken zit bij het hoofdkantoor, als ik nu moet beginnen te klooien om die te pakken te krijgen is mijn dag naar zijn mallemoer. Kun je niet gewoon daar gaan kijken, nu je de zegen van mister Eckhardt hebt?'

'Dat is goed. Waar zit het hoofdkantoor?'

'Neville!'

'Santasha, alsjeblieft! Dat zit bij Epping Industria, Hewettstraat, dankjewel. Kom, ik zal je laten zien waar Danies hok was.'

Santasha's stem, heel ongeduldig: 'Neville, lovey, ga je vandaag nog opnemen?'

Joubert loopt achter Philander aan de gang in. 'Niet als je zo'n toon tegen me aanslaat.'

Hij verdwijnt door een deur, Joubert loopt achter hem aan. Santasha roept: 'Ik sla geen toon aan, lovey, ik motiveer je alleen maar een beetje.'

De kamer is door schotten tot borsthoogte in vier kantoorruimtes opgedeeld, elk met een bureau en een lage kast, alles van dezelfde lichte houtsoort. Op de twee bureaus die te zien zijn heerst wanorde, stapels documenten en ordners, er zit niemand achter.

'Motiveer de beller dan om even te blijven hangen,' roept Philander en hij loopt om een schot heen tot bij het raam en wijst. 'Dit is Danies hok,' zegt hij. 'Alles is nog zo'n beetje zoals toen hij hier voor het laatst was.'

'Dank je,' zegt Joubert.

'Veel plezier.' Hij draait zich abrupt om en rent naar de deur.

Joubert kijkt naar het bureau, de kast en de bureaustoel. Eenvoud op een vale vloerbedekking. Het bureau heeft rechts drie laden. Onder het bureau staat de kast van de computer, erop de muis, het toetsenbord en het scherm. Een stapeltje papieren en een klembord, een koffiebeker met een Porsche-logo, nog wat koffie onderin die nu is opgedroogd. Op het verschoten lichtblauw van het schot zitten foto's en aantekeningen geplakt.

Hij gaat op de stoel zitten en kijkt naar de foto's. In het midden hangt er een die hier voor het gebouw van de remise is genomen, waarschijnlijk de hele afdeling Administratie, zes mannen, drie vrouwen. Philander in het midden, Danie tweede van rechts, achteraan, brede glimlach. Joubert vraagt zich af welke van de drie gekleurde vrouwen de diplomatiek aandringende Santasha is.

Daarnaast een foto van Danie en Tanja Flint, genomen op een feestje van het werk. Haar gezicht was toen voller, en ze kijkt geamuseerd naar

Danie, die uitbundig lacht, met een raar hoedje op en een biertje in zijn hand. Nog een foto, van Danie op een boot, ergens op een rivier, armen om de schouders van twee vrienden. Drie tijdschriftknipsels van sportauto's, een Audi R8, een Ferrari F430 Spider en een Lamborghini Murciélago LP-640. Gele post-its met haastig opgeschreven namen en telefoonnummers, herinneringen aan vergaderingen en deadlines voor rapporten, het aantal uitroeptekens bepaalt de urgentie.

Hij trekt de stapel papieren naar zich toe en werkt die door. Ambtelijke ABC-formulieren, met cijfers en verwijzingen, kennelijk van bussen. Een lichtbruine ordner met het ABC-logo en het woord *APPLICATIONS* en daaronder *Please return to HR, Mrs. Heese!!!* in boze rode letters. Daarin zitten sollicitaties van buschauffeurs, elk met een foto, een kort cv en een verslag van de personeelsafdeling.

Hij schuift hem opzij en probeert de bovenste la van het bureau open te trekken. Die zit op slot.

Maakt de tweede la open. Een metalen bakje voor kantoorbehoeften, met vakjes van verschillende grootte. Goedkope gele ballpoints, twee potloden, een nietmachine, een blauw doosje nietjes, een ongebruikt gummetje, een rolletje plakband, een schaar, een postcodegids, drie pakjes Post-its, een oplader voor een Nokia-telefoon, paperclips, een Bic-aansteker zonder wieltje, een Ferrari-sleutelring en twee witte stekkers.

De onderste la levert ook niet veel op: het oorspronkelijke Windows XP-schijfje van de computer, een handleiding voor een inkjetprinter, twee oude *FHM*-tijdschriften en een *Sports Illustrated Swimsuit Edition*, een *Auto Trader* en twee andere autotijdschriften.

Joubert verrijdt de stoel zodat hij de deur van het kastje kan openschuiven. Dat zit vol lichtbruine ordners, op datum gerangschikt, van 2004 tot 2006, en twee telefoonboeken. Hij haalt een van de ordners tevoorschijn en bladert hem door. Onbegrijpelijke ABC-documenten. Hij zet hem terug, schuift de kast dicht.

Waar zou de sleutel van de bovenste la zijn? Bij die van de Audi die tegelijk met Flint zijn verdwenen?

Nog één ding dat hij kan bekijken: de computer. Hij tuurt onder het bureau, zoekt het aan-knopje en drukt het in. De computer gaat aan. Hij houdt het scherm in de gaten en wacht tot alle iconen zijn verschenen. Outlook. Word. Excel. Explorer. DRMP.

Hij zit naar het scherm te staren. Zou hij schade aanrichten als hij het e-mailprogramma opent? Als hij nog bij de Dienst zat, zou hij nu een computerdeskundige laten komen, en iemand die de la kon openmaken, binnen een halfuur zou hij toegang en informatie hebben gehad. Maar nu betekent elk struikelblok geld, het afwegen van potentiële resultaten tegen de kosten.

Zo kun je geen onderzoek doen.

90

Mat Joubert zit achter de computer van Danie Flint, met zijn ellebogen op het bureau, zijn hoofd in zijn handen en overweegt de mogelijkheden om het op zijn eigen manier te doen. Hij weet dat het implicaties heeft. Hij weet dat het tegen zijn aard is, tegen beter weten in. Dertig jaar ervaring heeft hem geleerd dat het slimmer is volgens de regels te werken, want het alternatief keert zich altijd tegen je.

Wat hij moet doen is naar Jack Fischer rijden en zeggen: 'Nee, ik ben het niet eens met dit beleid om klanten uit te melken.' Eerlijk en rechtdoorzee, dat is de enige manier die hij kent.

Maar tegelijkertijd weet hij dat hij niet de snelste detective van de wereld is, hij is langzaam en degelijk, piekert te veel over details. Wat moet hij zeggen als Jack reageert met: 'Dan moet je sneller werken'? Hij kan niet met zijn tekortkomingen gaan schermen.

En dan herinnert hij zich dat Jack heeft gezegd dat hij Dave Fiedler, de telefoonplotter, om korting moet vragen. Dat impliceert het recht om te proberen kosten te besparen en hij pakt het visitekaartje van Bella van Breda, de jonge vrouw met de bril en de blos, de buurvrouw van Bennie Griessel. Hij belt haar, moet eerst uitleggen wie hij is voordat hij haar zijn probleem voorlegt.

'Ik kan het proberen,' zegt ze.

'Het probleem is de begroting van mijn klant... Wat gaat het kosten?'

'Dat hangt ervan af. Als je wacht tot ik klaar ben vanmiddag, zal ik je niets rekenen.'

'Nee, nee, je kunt het niet voor niets doen.'

'Laten we eerst maar eens kijken of ik iets vind.'

'Hoe laat ben je klaar?'

'Zo tegen zes uur.'

'Zal ik je komen ophalen?'

'Graag.'

Hij schrijft haar werkadres op, hangt op en loopt naar Neville Philander om te vragen of hij aan het eind van de middag nog een keer mag langskomen.

Bij een winkeltje in Woodstock koopt hij een blikje Tab, dan zoekt hij in het stratenboek dat hij onder zijn stoel heeft liggen hoe hij naar het huis van Gustie Flint moet rijden en eet zijn broodjes in de auto, op weg naar Panorama. Margaret heeft zijn lievelingsbroodjes gemaakt: avocado, geraspte *biltong* en flinterdunne Parmezaanse kaas, smaak en textuur precies goed, zoals bij al haar eten.

Hij legt de nieuwe stukjes van de Danie Flint-puzzel bij elkaar, de foto's aan de muur, de knipsels van sportauto's, het gebruik van gele post-its om dingen te onthouden, de tijdschriften in de la. Doodnormale jongeman, haastig leven, onmogelijke dromen. Extravert, opgewekt, altijd lachend, maar een harde werker, ambitieus, plichtsgetrouw. Tegenpool van de ernst van zijn vrouw, minder bezorgd over geld, leeft voor vandaag, want morgen zorgt wel voor zichzelf. Zoals de meeste mensen op die leeftijd, ze geloven allemaal dat de dingen vanzelf goed komen.

Waar zitten de barsten?

Want die moeten er zijn. Zijn verdwijning is geen toeval, dat is het wat Joubert het meeste dwarszit. De Audi die bij de sportschool geparkeerd staat schakelt de toevalsfactor uit, hij is geen willekeurig slachtoffer van een beroving.

De enige potentiële bron van conflicten zijn de ontslagen buschauffeurs. En het gaat tijd kosten, eerst elk personeelsdossier doorwerken, vervolgens de mogelijke verdachten controleren op eerdere veroordelingen, want hij weet dat geweld altijd een geschiedenis heeft.

En tijd is geld.

Hij zucht, neemt de laatste slok uit zijn blikje Tab en zet zijn richtingaanwijzer aan voor de afslag naar Panorama.

Gustie Flint vertelt Mat Joubert beheerst en welluidend hoe hopeloos de Zuid-Afrikaanse politie is sinds 'zij' het hebben overgenomen. 'Maar ik ben geen racist.'

Het is een aantrekkelijke vrouw, ziet eruit als eind veertig, maar is waarschijnlijk tien jaar ouder. Keurig verzorgd, kort, goed geknipt en geblondeerd haar, lichte, smaakvolle make-up op het brede gezicht, prominente, symmetrische gelaatstrekken. Haar boezem deint boven de lage halsopening van een lavendelkleurig mohair truitje met korte mouwen. Om haar hals een enkele rij parels. Twee chihuahua's op haar schoot houden hun uitpuilende ogen achterdochtig op Joubert gericht. Haar grote handen aaien steeds even sussend over een van de dieren als ze beschuldigend in zijn richting kuchen. Zij heeft maar één ring aan haar rechterhand, een ingewikkelde knoop van goud en diamanten. De nagels zijn lang en lavendelkleurig gelakt en om haar enkel, boven de witte sandalen met hoge hak, hangt een dun gouden kettinkje.

Hij luistert geduldig naar haar bezwaren tegen de SAPS, die eigenlijk specifiek verwijzen naar hun aanpak van de verdwijning van haar zoon, en hoe ze hun verantwoordelijkheid daarvoor moeten nemen. 'Hij is vlak naast ze vermist geraakt. Vlak naast ze. En nu moet die arme Tanja heel dure privédetectives gaan inhuren en het arme kind heeft helemaal geen geld, haar bedrijf is nog nauwelijks van de grond.' Joubert vraagt zich af waarom Gustie Flint haar schoondochter niet financieel bijstaat, want haar huis is ruim en luxueus, de meubels zijn duur, de airconditioning is fluisterzacht en effectief.

Als ze klaar is, zegt hij: 'Mevrouw, hoe vaak...' en dan blaffen de chihuahua's.

'Fred! Ginger! Stil! Noem me alsjeblieft Gustie.'

De hondjes kijken naar haar op en kwispelen.

'Hoe vaak hebt u Danie...'

De hondjes blaffen.

'Wacht,' zegt ze. 'Ik zal ze even wegbrengen.' Ze tilt de dieren op, bukt zich en zet ze neer op het dikke tapijt, met vertoon van haar decolleté. Dan kijkt ze snel naar hem op, ziet dat hij het ziet, een blik die even blijft hangen voordat ze opstaat en tegen de hondjes zegt: 'Kom mee, jullie...'

De chihuahua's kijken verwijtend naar Joubert voordat ze tegen hun zin achter haar aan draven.

Hij ziet hoe ze wegloopt, het wiegen van de heupen, de kont misschien iets te groot voor de snit van haar strakke witte lange broek.

Niet helemaal wat hij had verwacht.

Ze komt terug op haar hoge hakken. 'Wat dacht je van een drupje?'

'Nee, dank u, mevrouw.'

Ze gaat zitten, slaat haar benen over elkaar, en streelt met die lange vingers over de broek. 'Ze kunnen soms lastig zijn,' zegt ze. 'Maar het is het enige wat ik heb.'

'Danies vader...?'

'Gerber is negen jaar geleden gestorven. Op zijn zestigste. Zondag nog Cape Argus gefietst, maandag zakt hij op kantoor in elkaar. Hartaanval, zo onverwacht, hij was altijd fit, heel fit,' met de routine van dikwijls vertelde feiten. 'Verschrikkelijkste tijd van mijn leven, mijn man weggerukt, mijn zoon al het huis uit, opeens was ik een alleenstaande vrouw. Maar je past je aan, je bouwt je leven weer op. Dat is wat ik tegen Tanja zeg, de tijd heelt alles, je komt er wel weer overheen. En nu is mijn zoon ook weg, en het verschrikkelijke is dat we niets weten. Bij Gerber kon ik nog afscheid nemen, hoe zwaar het ook was, maar er was een begrafenis, een afscheid. Het is voor mij moeilijk genoeg, maar zij, die arme, arme vrouw, ik zou zo graag haar pijn wegnemen, of overnemen, ze is zo intens.'

'Mevrouw, hebt u nog...'

'Gustie, alsjeblieft. "Mevrouw" klinkt alsof ik een ouwe taart ben. En je bent toch zo jong als je je voelt.'

'Had je geregeld contact met Danie?'

'Ik heb een heerlijke zoon. Hij belde me twee keer per week, één keer per week kwam hij langs, ik weet alles wat er in zijn leven gebeurt. En ik kan je wel vertellen, dit hoort bij de verschrikkelijke misdaadtoestand in dit land, een zinloze misdaad, want hij had geen vijanden. Hij was net als zijn vader, de hele wereld hield van Gerber, daarom heeft hij bijna twintig jaar lang in de gemeenteraad gezeten. Maar die tijd is voorbij, we zijn niet meer veilig in ons eigen land, ze zijn bezig om van alles een janboel te maken, ik zeg niet dat we terug moeten naar de apartheid, maar sommigen van hen zeggen zelf dat alles toen beter was.'

Ze staat te dicht bij hem als ze afscheid neemt en houdt zijn hand te lang vast. 'Ben je getrouwd, Mat?' Ondanks de dunne gouden ring aan zijn vinger.

'Ja.'

'Kom gerust weer eens langs. Wanneer je maar wilt.' Haar parfum is sterk, haar blik veelbetekenend.

Zijn hoofd maalt als hij terugrijdt. Hij denkt aan de invloed van een moederfiguur als Gustie Flint op haar zoon. En hoe hij Margaret over die ervaring gaat vertellen, want dat is het enige wat zijn echtgenote woedend maakt: als een andere vrouw het met hem aanlegt, terwijl ze weet dat hij getrouwd is.

Pas na de afslag naar Canal Walk kan hij zich weer concentreren op de problemen van het onderzoek. Hoe krijgt hij de bovenste la van Danie Flints bureau open zonder een paar honderd rand voor een slotenmaker uit te geven? Als hij de mogelijkheden begint te overwegen, denkt hij aan Vaatjie de Waal, keert hij bij knooppunt Otto du Plessis en rijdt helemaal terug naar Parow.

91

Vaatjie de Waal ligt half in een Subaru Outback, zijn korte, dikke onderlichaam in een vuile blauwe overall is zichtbaar, zijn hoofd en bovenlijf zitten onder het dashboard.

'Vaatjie,' zegt Joubert.

'Wat?' Geïrriteerd en ongeduldig.

'Kan ik je even spreken?'

De Waal schuift opzij zodat hij iets kan zien. Hij herkent Mat Joubert, doet zijn ogen dicht, schudt langzaam zijn hoofd en zucht. 'Nee, o jissis.'

'Ik kom gewoon even langs,' zegt Joubert.

'Ammehoela,' zegt De Waal. Hij grabbelt op de voorbank, vindt een tangetje en verdwijnt weer onder het dashboard. Joubert neemt aan dat hij bezig is een radio te monteren of weg te halen, want Vaatjies bedrijf heet Decibel Demons. Op het raam aan de Voortrekkersstraat staan de beloftes: *MAD ABOUT CAR AUDIO, CRAZY PRICES, INSANE SOUND*. Het moet de slimme marketing van mevrouw De Waal zijn, want Vaatjies talenten liggen elders.

'Ik weet niets.'

'Ik heb je vaardigheden nodig, niet je info.'

'Waarvoor?'

'Ik heb een bureau dat open moet.'

'Haal Kallie van fokking Deventer erbij.'

'Ik zit niet meer bij de Dienst, Vaatjie.'

Dat brengt de bewegingen tot stilstand. Hij duikt onder het dashboard vandaan, komt verbazingwekkend snel uit de auto en overeind. Hij is half zo lang als Joubert, maar breder. Zijn hoofd is kogelrond, de frons één enkele streep over het hoge voorhoofd. 'Waarom?' vraagt hij, terwijl hij zijn handen aan de overall afveegt.

'Ontslag genomen.'

'Maar waarom?' Handen in de zij, nog steeds precies zo'n stripfiguur als toen Joubert hem op de middelbare school leerde kennen.

'Het was tijd om te gaan.'

'En nu?'

'Nu zit ik in de privésector.'

De ogen flitsen van Joubert naar de balie, waar Vaatjies vrouw buiten gehoorsafstand achter een computer zit.

'Ik zit niet meer in die handel,' zegt hij, doelend op huisinbraak, zijn vroegere loopbaan.

'Maar je weet nog wel hoe je een slot moet forceren. En ik zie geen klanten in de rij staan hier buiten.'

'Het zijn zware tijden, vrienden zijn schaars.'

'Tweehonderd rand voor vijf minuten werk.'

'Ben je helemaal van de pot gerukt. Ik werk niet voor *peanuts*.'

'Wat is je prijs, Vaatjie?'

'Vijfhonderd.'

'Het was leuk om je weer te zien,' zegt Joubert en hij draait zich om. 'Voor die prijs kan ik een smid krijgen.'

Hij is bijna bij zijn autoportier als Vaatjie roept: 'Driehonderd.'

'Tweehonderdvijftig,' roept Joubert over zijn schouder.

Korte stilte. 'Oké. Fok. Oké.'

Als hij het kantoor binnenloopt, gaat zijn mobiel.

'Boetie, ik heb slecht nieuws,' zegt Dave Fiedler. 'Je IMEI-profiel levert niets op. Laatste simkaart was die van je subject, laatste oproep van 25 november, hij is sinds die dag uit de lucht, geen piep. Sorry, boetie, ik wou dat ik meer voor je kon doen.'

Hij bedankt Fiedler en gaat achter zijn bureau zitten. Hij voelt teleurstelling en voor het eerst bezorgdheid, een angstig voorgevoel. Dit was hun beste kans op een doorbraak, om in het duister iets te pakken te krijgen. Meer nog, dit zegt iets over de verdwijning. De gelegenheidsdief, de haatdragende ontslagen buschauffeur zou de mobiel hebben gebruikt, of verkocht of verpand. Of misschien ergens weggegooid, zodat iemand anders hem kon verkwanselen.

En er is 1.500 rand verspild. Nu zullen ze ook geld moeten uitgeven aan vingerafdrukken, weer een slag in de lucht.

Tanja Flint neemt het nieuws niet goed op. Joubert kan de wanhoop in haar stem horen, de uitputting.

'Wat nu?' vraagt ze over de telefoon.

'Nu gaan we vingerafdrukken laten nemen. En ik ben nog lang niet klaar bij ABC, ik wil de personeelsdossiers doorwerken.'

Ze blijft lang zwijgen voordat ze vraagt: 'Zeg eens eerlijk, is er hoop?'

'Er is altijd hoop,' zegt hij, misschien te snel. En dan: 'Als ik vanavond klaar ben, kunnen we verder denken. Dan zouden we een beter overzicht moeten hebben.'

'Dank je wel,' zegt ze, maar zonder enthousiasme.

Hij belt Jannie Cordier, de forensisch specialist, en vraagt of hij vingerafdrukken kan komen nemen, na halfzeven, als Tanja weer thuis is. Dan zorgt hij dat zijn administratie in het projectprogramma up-to-date is voordat hij Bella van Breda gaat halen. Minder dan twee dagen werk en de kosten zitten al boven de tienduizend. En er is niets wat hij eraan kan doen.

'Dus je kent Bennie Griessel,' zegt hij tegen Bella in zijn auto op weg naar de ABC-remise.

'We hebben elkaar weleens gesproken,' zegt ze, en als hij vluchtig naar haar kijkt, ziet hij weer die bloedrode blos.

'Hoe gaat het met hem?' Want Joubert heeft Griessel een maand geleden voor het laatst gesproken. Zijn ex-collega, zoals de meeste leden van de SAPS, was helemaal niet blij met zijn overstap naar Jack Fischer & Co. En Joubert kan alleen maar raden naar de redenen. Er is de normale afkeer van privédetectivebureaus, het gevoel dat iemand die de Dienst verlaat in zekere zin een verrader is. En ook een beetje afgunst. Dat Jack zijn uitgesproken mening over de politie in de media had geventileerd hielp ook niet.

'Goed, voor zover ik weet. Bennie heeft het heel druk, hij is met een bandje begonnen. Ik geloof dat hij een nieuwe vriendin heeft.'

'O?'

'De een of andere oude zangeres.' Dan verandert ze doelbewust van onderwerp. 'Vertel eens, wat wil je dat ik vanavond doe?'

Hij schetst de achtergrond voor haar en zegt dat hij op speurtocht is. Hij zoekt naar iets wat licht kan werpen op Danie Flints verdwijning.

'Oké,' zegt ze. 'Ik zal het proberen.'

Joubert meldt zich bij een vermoeide Neville Philander, die met een armzwaai tegen hen zegt: '*Go ahead*, doe wat je niet laten kunt, Santasha blijft tot jullie klaar zijn, ik ga ervandoor.'

Ze lopen naar het hok van Danie Flint. De Waal rolt een leren gereedschapstas open op het bureau, kiest een dun, L-vormig instrumentje dat eruitziet als een inbussleutel, morrelt in het sleutelgat, probeert een iets dikkere, houdt zijn oor bij de la en knikt een keer tevreden voordat hij overeind komt en de la opentrekt. Het kost Vaatjie net iets meer dan veertig seconden om de la open te krijgen.

'Tweehonderdvijftig,' zegt hij en hij steekt zijn open hand uit naar Joubert. 'Ik had je ook benzinegeld moeten rekenen.'

Joubert haalt zijn portemonnee uit zijn jaszak en telt de biljetten uit. 'Dank je, Vaatjie.' Hij knikt naar de tas die Vaatjie alweer heeft opgerold en dichtgebonden. 'Ik dacht dat je niet meer in die "handel" zat?'

'Jij bent geen SAPS meer,' zegt De Waal en hij pakt het geld. 'Waar hangt Kallie van fokking Deventer tegenwoordig eigenlijk uit?'

'Kallie heeft vier jaar geleden een gouden handdruk gepakt. Hij runt met zijn vrouw nu ergens een guesthouse. Gansbaai?'

'Guesthouse?' vraagt hij alsof het beneden iemands waardigheid is.

'Voor zover ik weet.'

Vaatjie knikt. 'Oké, *koebaai*,' groet hij, en dan verdwijnt zijn korte, ronde lijf om de hoek van het schot.

Bella kijkt hem nieuwsgierig na en dan vragend naar Joubert.

'We hebben samen op school gezeten,' zegt hij. 'Zijn vader, oom Balie, had een sleutelwinkel in Goodwood. Vaatjie heeft daar alles geleerd. Toen is hij gaan stelen. Zeven jaar lang. Tokai, Bishopscourt, Constantia, een eenmans inbraakepidemie. Tot Kallie van Deventer hem te pakken kreeg. Toen ging Vaatjie de bak in en werd hij moddervet. En toen hij eruit kwam, heeft Kallie hem weer gepakt, binnen een week, in Rondebosch, waar hij klem zat in een keukenraam, half binnen, half buiten...'

Terwijl zij lacht, trekt Joubert de bovenste la open, kijkt erin en ziet maar drie dingen. Hij pakt een Vodacom Starter Pack waarvan de verpakking is opengesneden, en legt die op het bureau. Dan een sleutelring met twee sleutels en een metalen schijfje. Op het schijfje staat een logo gedrukt met de letters SS erin. Onder het logo is 37B geponst. Het laatste voorwerp is een doormidden gescheurd A4'tje. Op de voorkant vier rij en letters en cijfers, netjes en precies met blauwe pen geschreven.

2044 677 277
9371
L66PNS8T90
SPEEDSTER430

Joubert draait het papier om. De achterkant blijkt een van de formulieren van de busmaatschappij te zijn, met kolommen en categorieën, ongebruikt, oningevuld. Hij kijkt weer naar de symbolen op de achterkant. Is het eerste een telefoonnummer? Dat kan niet, die beginnen allemaal met een 0.

Dan realiseert hij zich dat Bella naast hem staat. 'Sorry, als je wilt zitten...' zegt hij met een gebaar naar de stoel en de computer. 'Ga gerust je gang...'

'Oké.' Maar eerst bukt ze zich, knielt, trekt de computerkast naar zich toe en kijkt erachter. Dan zet ze het apparaat aan en gaat op de stoel zitten.

Joubert legt het papier op het bureau en kijkt weer naar de twee sleutels. Op de ene staat het logo van Yale, op de andere alleen zes cijfers. Hij draait het metalen schijfje aan de sleutelring om. Het SS-logo. Het komt hem vaag bekend voor. En 37B? Wat zou dat betekenen? Een huisnummer? Kan zijn. Een hotelkamer?

SS.

Hij wrijft over de ingeponste cijfers, op zoek naar ideeën. Er valt hem niets in. Hij legt de sleutels opzij en doet het Vodacom-pakket open. Er is een kleine handleiding, een lege plastic houder waar de simkaart in heeft gezeten, en een kartonnen kaartje met het nummer en de pin van de simkaart.

Zijn hoofd maakt een verbinding met iets wat hij eerder heeft gezien. Hij trekt de middelste la open en staart erin. Tussen de schrijfbenodigdheden ligt de oplader van een Nokia met een keurig opgerold snoer. Maar in het dashboardkastje van de Audi lag een andere oplader, ander merk. Hij herinnert zich niet meer welk merk, hij had het moeten opschrijven.

'Hij had nog een andere telefoon,' zegt hij.

'Wat?' vraagt Bella, maar Joubert geeft geen antwoord. Hij haalt zijn eigen telefoon uit zijn zak en belt Tanja.

'Danies mobiel, wat voor merk was dat ook al weer?'

'Een Diamond,' zegt ze. Een HTC Diamond.'

92

Hij vraagt haar hoe lang haar man die HTC al heeft.

'Ik geloof dat hij in april vorig jaar een upgrade heeft gehad.'

'Wat voor telefoon had hij daarvoor?'

'Ook een HTC, ik geloof dat het de TYTN was, zo een die je openschuift. Waarom?' Hoopvol.

Hij is te bang om verwachtingen te scheppen. 'Gewoon voor de zekerheid. We zijn hier op zijn kantoor en ik vond een papier met een hele hoop cijfers erop. Zal ik ze voorlezen?'

'Oké.'

Hij leest de eerste reeks en vraagt haar of het haar iets zegt.

'Nee.'

Na de derde reeks zegt ze: 'Dat klinkt als een wachtwoord, misschien voor zijn computer.'

'Misschien,' zegt hij. 'En Speedster-vier-drie-nul...'

'Ik weet het niet... Nee.'

'Bedankt. Ik kom langs als we hier klaar zijn.'

'Bel me alsjeblieft als jullie iets vinden.'

Wanneer hij heeft opgehangen, legt hij de cijfers zo dat Bella ze kan zien. 'Kan dit iets met zijn computer te maken hebben? Een wachtwoord?'

'Misschien...' en ze opent een venster dat '*Network Connections*' zegt en dan nog een. 'Nee,' zegt ze. 'Het is het wachtwoord van zijn netwerk... Wil je zijn mail zien?'

'Graag.'

'Er is een heleboel...' en ze wijst hem het Outlook-venster. 'Tweehonderdzesenvijftig nieuwe boodschappen.'

Hij staat gebukt naar het scherm te kijken.

'De meeste zijn DRMP-*notifications*, ik weet niet precies wat dat zijn. Er staat ook een DRMP-icoontje op zijn bureaublad,' zegt ze.

Joubert probeert zich te herinneren waar die letters voor staan.

'Het heeft iets te maken met hoe ze het bedrijf runnen. Ik was meer op zoek naar persoonlijke dingen. Wacht even.' Hij loopt om het schot heen, trekt een stoel bij tot naast haar en gaat zitten.

'De rest is van ABC HR. Bulletins. Dan is er nog wat junkmail. De rest zijn mailadressen van ABC, kijk,' zegt ze en ze laat de lijst onder de cursor langs rollen. 'Ik zie niets opvallends...'

'Kun je de hele lijst voor me afdrukken?'

'Alleen de headers?'

Ze ziet dat hij het niet begrijpt. 'Dan krijg je de afzender en onderwerp.'

'Graag.'

'Oké. Je gebruikt alleen Page Setup en Table Style...' en de muis beweegt met indrukwekkende snelheid. 'Ik weet niet waar de printer staat.'

'Die vinden we zo wel. Wat is er nog meer?'

'Geef me even de tijd.'

'Ik ga vast op zoek naar de printer.'

Hij neemt het papier met de symbolen en loopt de gang in tot hij een kantoor vindt waar een jonge gekleurde vrouw bij een telefooncentrale zit.

'Santasha?'

'Yep, jij moet de private eye zijn.' Ze giechelt en steekt haar hand uit. Ze is mollig, met grote ondeugende bruine ogen die met haar mond mee lachen. 'Dat is weer eens wat anders.'

Hij schudt haar hand. 'Aangenaam...'

'Zijn jullie aan het printen?' Ze houdt een stapeltje papier voor hem op.

'Dat klopt. Dank je.'

'Iets gevonden?'

'Ik weet het nog niet. We zullen het zo snel mogelijk doen.'

'Neem de tijd, ik krijg overuren...'

Hij wijst op de cijfers. 'Weet jij misschien wat dat is?'

Ze bestudeert ze aandachtig. '*Absolutely no idea*.'

Hij gaat naast Bella zitten en staart naar de reeks cijfers en letters.

Waarom ziet het eerste eruit als een telefoonnummer? Hij herinnert zich de telefoonboeken in de kast, haalt er een uit en bestudeert de plaatselijke kengetallen. De omgeving van Oudtshoorn is 044, maar dan klopt het eerste cijfer 2 niet. Zijn vinger loopt langs internationale codes, maar ook die komen niet overeen.

Bella maakt een geluid.

'Heb je iets gevonden?'

'Zijn zoekgeschiedenis... Laat die wachtwoorden nog eens zien?'

Hij geeft ze aan haar en kijkt naar het scherm. Ze heeft Internet Explorer geopend op een pagina die Yahoo! Mail heet. 'Uit zijn geschiedenis blijkt dat hij die webmail heeft gebruikt.' Ze kijkt naar de vier rijen cijfers, typt in een venstertje 'Speedster430', en dan iets in een venstertje wat om een wachtwoord vraagt, maar hij ziet alleen asterisken.

'Bingo,' zegt ze, want de browser maakt een nieuwe pagina open. 'Hij heeft een Yahoo-mailaccount. Dit is zijn adres: speedster430@yahoo.com. En die serie met L66 is zijn wachtwoord.'

'Aha...?' Hij weet nog steeds niet hoe ze dat allemaal heeft uitgevogeld, maar dan wordt de hele pagina geladen en er is niets. Geen mail.

'Volgens mij heeft hij alles gewist. Even kijken of er nog iets in de map Verstuurd staat...' Ze klikt weer. De map is leeg. 'Merkwaardig,' zegt ze.

'Hoezo?'

'Kijk naar zijn Outlook. Kijk naar de documentenfolder op zijn harde schijf. Hij was niet echt van het opruimen. Maar zijn Yahoo-account...'

'Is schoon.'

'Heel erg schoon.' Ze aarzelt even. 'Maar er is nog iets...' Ze gaat weer met de muis en de browser aan de gang. 'Uit zijn geschiedenis blijkt dat hij ook veel op de website van zijn bank is geweest...' De internetpagina van Absa verschijnt op het scherm.

'Nee, ze hebben een rekening bij de Nedbank,' zegt hij, want dat bleek uit de afschriften die Tanja Flint hem heeft gegeven.

'Misschien,' zegt Bella. 'Kom, we proberen het bovenste nummer...'

Waarvan hij dacht dat het een telefoonnummer was.

'En het kortere is misschien zijn pincode.'

Er verschijnt een nieuwe pagina.

*Uw gekozen Sure-Phrase*tm *is* FLINT D. *Uw pincode is succesvol geverifieerd.*

De laatste keer dat u bent ingelogd op Absa Internet of Mobiel bankieren was 25-11-2009.

Voer alleen de tekens van uw wachtwoord in die in de RODE *vakjes passen.*

'25 november,' fluistert Mat Joubert. 'Dat is de dag dat hij verdween.'

Bella van Breda voert de derde reeks cijfers en letters in. Het scherm verandert.

'Hoe wist je dat?' vraagt hij.

'Zo zijn mensen. Ze gebruiken dezelfde dingen, dezelfde wachtwoorden. Dat is makkelijker om te onthouden.'

Ze kijken naar het scherm:

Saldo's
Klik op een rekeningnaam of –nummer om de transactiegeschiedenis te bekijken.
Waarschuwing: het beschikbare bedrag op uw rekening kan chequeafrekeningen omvatten die nog niet volledig aan de bank zijn betaald, en die alsnog kunnen worden teruggeboekt.

Rekeningnaam
SPAARREKENING

Rekeningnummer
2044 677 277

Huidige saldo (R)
134.155,18

Beschikbare saldo (R)
134.105,18

Niet verrekend (R)
0,00

Joubert sist tussen zijn tanden door. 130.000 rand. Dat verandert alles. 'Kun je dit printen?' vraagt hij dringend.

'Het kan niet zoekraken,' zegt Bella kalm. 'Kom, laten we zien wat er zoal op die rekening omgaat...'

Ze klikt op het rekeningnummer en er verschijnt een overzicht op het scherm.

En dan schuift Mat Joubert onwillekeurig achteruit in zijn stoel: 'Krijg nou wat,' zegt hij. 'Krijg nou wat.'

'400.000 rand?' zegt Tanja Flint met een strak gezicht van de schok.

'Het ziet eruit als twee contante stortingen,' zegt Joubert. Ze zitten in de zithoek, hij op de bank, zij op een stoel, de salontafel tussen hen in. 'Op 17 oktober 250.000 rand, en op 29 oktober nog eens 150.000 rand, wat een totaal van 400.000 rand oplevert. Toen heeft hij op 27 oktober een betaling gedaan van iets minder dan 250.000 rand, een rechtstreekse overboeking naar ene M. Marshall, en op 12 november nog een, aan "HelderbergUp", voor iets meer dan 11.000 rand. De rest zijn contante opnamen, rente en bankkosten.'

Tanja zit op het puntje van haar stoel, brengt haar handen naar haar gezicht zonder haar ogen van de geprinte afschriften af te wenden. Haar lichaam schokt. 'O mijn god,' zegt ze.

93

Ze zegt tegen Mat Joubert dat ze niet weet waar het geld vandaan komt. Ze heeft nog nooit van ene M. Marshall of HelderbergUp gehoord.

Hij vraagt of er iets was wat Danie Flint verkocht kan hebben. Hij vraagt of Gustie Flint haar zoon geld kan hebben gegeven of geleend, of dat er een andere bron is die ze kan bedenken, hoe eigenaardig ook, zoals de Lotto, wat dan ook, en elke keer antwoordt ze 'nee' met wanhopige overtuiging. En dan: 'Hoe kan hij dat voor me verborgen hebben gehouden?' Haar gezicht verkrampt door de pijn van het verraad.

Voordat Joubert kan proberen die vraag te beantwoorden, roept iemand vanuit de keuken: 'Hallo-o-o-o...'

Tanja Flint heeft toen hij binnenkwam gezegd dat de forensisch onderzoeker in de garage bezig was, maar ze was zo geschrokken van het nieuws dat hij hem nog niet heeft kunnen begroeten. Hij staat op.

'Jannie Cordier?'

Cordier ziet eruit als een reclamemodel, in een geel met blauw geblokt overhemd, een donkerblauwe katoenen broek, en een keurige bruine riem om de smalle heupen. Als hij Tanja's betraande gezicht ziet, blijft hij staan met zijn aluminium koffertje in de hand.

'Sorry...' zegt hij.

'Ik ben Mat Joubert. Heb je iets gevonden?'

'Die auto is gewiped,' zegt hij. 'Maar één stel afdrukken op het portier en het stuur, ik zal de vingerafdrukken van mevrouw moeten nemen om ze te controleren,' zegt hij met de hoge stem die bij zijn jongensgezicht past.

'Gewiped?' vraagt Tanja.

'Van voor naar achter. De kofferbak is schoon, de radio, de vakjes, de hele mikmak. Iemand heeft het grondig aangepakt.'

Tanja Flint lijkt verdwaasd door het nieuws. 'Wat betekent dat?'

Joubert gaat langzaam zitten, want hij zal de implicaties heel diplomatiek aan haar moeten uitleggen.

'Als je het mij vraagt is het *bad news*, mevrouw,' zegt Cordier. 'Heel slecht nieuws.'

Ze kijkt naar Joubert. Hij schudt boos zijn hoofd over de tactloosheid van Cordier. Dan beaamt hij zuchtend: 'Dit is niet goed, nee.'

Cordier wacht geduldig tot Tanja kalmeert voordat hij haar vingerafdrukken neemt. Als ze haar handen gaat wassen, loopt Joubert met de onderzoeker mee naar de deur. 'Tact is niet je sterkste punt,' zegt hij tegen de man.

'Wat? Ik ben gewoon eerlijk.'

Joubert kijkt voor zich uit.

'Het moest toch op enig moment tegen haar gezegd worden.'

'Een ander moment was misschien beter geweest.'

Cordier loopt nijdig weg en roept onderweg naar zijn busje over zijn schouder: 'Ik stuur je mijn rekening!' Joubert doet de deur dicht en gaat langzaam weer zitten.

Nu moet hij het nog over de andere mobiele telefoon en de sleutels hebben. Het wordt een zware avond.

Haar handen beven als ze weer gaat zitten, de lijnen in haar gezicht lijken dieper, de kringen om haar ogen donkerder.

'Tanja...' zegt hij.

'Er is nog iets,' zegt ze overtuigd.

'Ja.'

'Zeg het maar. Laten we nu maar doorgaan.'

'Hij had nog een mobiele telefoon.' Hij vertelt haar over het Vodacom Starter Pack en de Nokia-oplader. Ze zit roerloos naar het kleed te staren, en zegt uiteindelijk: 'Wat nog meer?'

Hij haalt de sleutels uit zijn zak en legt ze voor zich. Ze kijkt er met tegenzin naar.

'Komen die ook uit die la?'

'Ja.'

Ze pakt ze op. De sleutels rinkelen, zo beeft ze.

'Weet je wat dit is, dit hier?' vraagt ze en ze houdt de penning met het SS-logo omhoog.

'Nee, maar ik...'

'Self Storage,' zegt ze dan.

Dat roept een beeld op in zijn hoofd, een groot reclamebord ergens aan een van de wegen die hij soms neemt, het blauwe SS-logo, de reclame voor bergruimte. 'Weet je daarvan?'

'Ik ken het logo. Ze hebben een pakhuis in Montague Gardens, vlak bij mijn bedrijf.'

'Dan zal ik daar moeten gaan kijken.'

Ze geeft hem de sleutel niet. Ze sluit haar hand eromheen alsof het een kleinood is.

'Ik ga mee,' zegt ze.

Er staat een hoge omheining rond het pakhuis van Self Storage, met een toegangshek in de rechterhoek, een opzichter in een hokje ernaast. Hij staat in het licht van de koplampen van zijn Honda en probeert beide sleutels in het gigantische slot, maar zonder succes. Zijn zolen knarsen over het grind als hij naar het raam van de opzichter loopt. Er zit een zwarte man, hier en daar wat grijs in zijn haar, met een roddelblad voor zich.

'Wat kan ik voor u doen?'

'De sleutel lijkt niet te passen,' zegt Joubert.

'Laat mij even kijken.'

Hij pakt de sleutels en kijkt ernaar. 'Die zijn niet van onze vestiging. Waar hebt u ze gevonden?' zegt hij zachtaardig en beleefd.

'Ze zijn van de echtgenoot van die dame. Hij is vermist.'

'Wat erg,' zegt de man. 'Wat treurig. Ze zijn misschien van een van de andere twee vestigingen.'

'Waar zijn die?'

'Er is er een in Kenilworth en een in Soutrivier.'

Soutrivier. Vlak bij de ABC-werkplek van Danie. Hij weet dat die het moet zijn.

'Dank u wel.'

'Ik hoop dat u hem vindt,' zegt de man en hij geeft de sleutels terug.

In de Otto du Plessislaan, net voorbij Woodbridge Island, zegt Tanja: 'Het moet voor iemand anders zijn.'

'Hoe bedoel je?'

'Danie... Ik ken Danie. Ik ken hem. Het geld... Hij helpt iemand anders. Hij beschermt iemand anders. Zo is hij. Hij geeft om mensen.'

'Misschien,' zegt hij, het beste wat hij nu kan doen.

Ze staat met haar hand voor haar mond als Joubert bij het Soutrivier-pakhuis het slot van nummer 37B opent, zich bukt en de deur omhoogtrekt.

Er staat iets in het donker daarbinnen, in de ruimte die iets groter is dan een garage. De voorkant van een auto.

Joubert ziet een lichtschakelaar aan de muur en drukt die in.

Tanja staat nog steeds buiten en staart sprakeloos naar de grijs met rode auto die met zijn neus naar hen toe geparkeerd staat, de twee koplampen als ogen. Hij herkent het merk, maar loopt er eerst naartoe en kijkt door de ramen of er iets in ligt.

Alleen de sleutels zitten in het contact.

'Is daar iets?' vraagt ze. 'Nee.'

Ze komt binnen en strekt haar hand uit naar de auto.

'Porsche,' leest ze de naam van het rood met zwarte logo op de neus.

'Het is een 911 Carrera. Raak hem niet aan, ik ga handschoenen pakken.' Hij loopt naar zijn auto, hij heeft vanochtend zijn moordtas achterin gezet.

Ze staat bij het portier aan de bestuurderskant en kijkt met een eigenaardige uitdrukking op haar gezicht, een blik van verwondering en verlies.

'Danie,' zegt ze. 'Danie, wat heb je gedaan?'

94

Om tien over halftwaalf zit hij bij Margaret in de keuken, en terwijl zij de lendebiefstuk braadt, vertelt hij met een glas rode wijn in de hand over zijn eigenaardige dag.

'Hij heeft die Porsche gekocht van een zekere Mark Marshall in de Sweet Valleystraat in Bergvliet, zijn naam stond in het onderhoudsboek in het dashboardkastje. Daar lag ook de Nokia-telefoon met drie sms'jes van Absa dat hij op de internetbankservice was ingelogd. Ik denk dat hij daarvoor die extra telefoon had. Voor de bankrekening.'

'En zij wist er niets van?'

'Niets.' Hij eet met zijn handen van de sla op zijn bord, zijn honger gewekt door de geuren van de biefstuk. Het is een ritueel waarmee ze zijn begonnen toen de kinderen nog thuis woonden. Als hij laat van zijn werk komt, biefstuk '*because you deserve it*', en gesprekken in de keuken zodat ze een uur of twee samen hebben.

'En hoe nam ze het op?'

'Niet goed. Ze... Ik denk dat ze in december al het rouwproces heeft doorlopen. Nu moet ze weer. Ze ging vanavond van ontkenning via schuld naar woede. Ik wist niet hoe ik het... het probleem is dat het bij de politie een ongeschreven wet is dat je afstand bewaart tot de nabestaanden, dat je niet emotioneel betrokken raakt. Als rechercheur hou je je altijd afzijdig, je kunt het slechte nieuws overbrengen en in je auto stappen en doorgaan met je werk. Maar nu ligt het anders. Ze betaalt, dus heeft ze het recht erbij te zijn...'

'Nu moet je ook nog troosten,' zegt ze terwijl ze het warme bord met een pannenlap uit de oven haalt.

'Ik vind het moeilijk.'

Ze schept de biefstuk op het bord en zet het voor hem neer. '*It's because you care.*'

'Ik zal een manier moeten vinden om ermee om te gaan.'

Ze trekt een stoel bij en gaat tegenover hem zitten, schuift zout en peper naar hem toe. 'Dus hij heeft ergens geld te pakken gekregen en een Porsche gekocht...'

'Het is een model uit 1984, meer dan 200.000 kilometer op de teller. Redelijke conditie. Opnieuw bekleed. Waarschijnlijk het beste wat hij voor dat geld kon kopen. Egoïstisch, maar het klopt met de rest.'

'O?'

Hij neemt eerst een grote hap biefstuk. 'Heerlijk, dank je. Als je ziet hoe Tanja het grootste deel van hun geld aan hem heeft gespendeerd. Hij was... "zorgeloos", dat is misschien het beste woord. Enig kind. Misschien ook een beetje verwend door zijn moeder. Ik was vandaag bij haar... Ik weet het niet, ik heb gewoon het idee dat zij... er is iets oppervlakkigs, materialistisch... Je weet wel, van die huizen waar alles bedoeld is om te laten zien: "wij hebben geld". En... Ik zal je mijn theorie voorleggen: ik denk dat die moeder een beetje manipulatief was. Ik denk dat ze een van die vrouwen was die haar man heeft gedwongen een groter huis en een duurdere auto te kopen, zodat ze aanzien kregen. Status. Dat moet invloed hebben gehad op het kind, om te zien hoe zijn vader werkte, en hoe zijn moeder geld uitgaf. Misschien heeft Danie daarom het geld voor zichzelf gehouden, al wist hij van hun financiële situatie... Hoe kun je een Porsche kopen als je weet dat je vrouw het zwaar heeft? Dat zegt iets over hem. Dat zegt iets over de oorsprong van het geld. Ik weet alleen nog niet wat.'

'Eet eerst eens,' zegt Margaret met haar hand zachtjes op zijn arm. 'Je steak wordt nog koud.'

Hij rookt al zeker tien jaar niet meer, maar als hij het bord wegschuift en het laatste slokje rode wijn neemt, komt het verlangen opeens terug, helder en sterk. Hij weet dat het door de vermoeidheid en de stress komt.

Hij zet zijn bord en bestek in de vaatwasser en bedankt Margaret voor de biefstuk en de broodjes van tussen de middag.

'*Hunger is the best sauce*,' zegt ze. 'Morgen ga ik iets nieuws proberen. Kip, rijpe cheddar en speciale perzikchutney die ik bij Bizerca heb gekocht. Je moet eerlijk zeggen of je het lekker vindt.'

'Je verwent me.'

Ze glimlacht. 'Zolang er niet ergens een Porsche in een garage staat.' Ze haalt de pan van het fornuis en loopt naar de gootsteen. '*So now, what's next?*' vraagt ze.

'Nu volg ik het spoor van het geld.'

Ze komt weer naar hem toe, plotseling met een ernstig gezicht. 'Je vindt hem niet meer levend terug, hè?'

'Nee, ik denk niet dat die kans bestaat. En zij weet het nu ook. Al heeft ze gezegd dat ze de mogelijkheid al had geaccepteerd. Ze was blijven hopen. Tot vanavond.'

'Redt ze het wel?'

Ze waren in volmaakte stilte van de Self Storage in Soutrivier teruggereden naar haar huis in Parklands. Ze zat in elkaar gedoken, gebroken, haar handen in haar schoot, stil. Voor haar huis had hij Tanja Flint gevraagd of hij haar niet beter naar haar schoonmoeder kon brengen.

Ze had driftig haar hoofd geschud, ondanks de vermoeidheid.

'Je kunt vanavond bij Margaret en mij komen logeren.'

Ze zat naar haar handen te staren, haalde uiteindelijk diep adem, keek hem aan met haar uitgeputte ogen en zei: 'Ik zal moeten leren alleen te zijn.'

Ze deed het portier open. Toen hij hetzelfde deed om met haar mee te lopen naar de voordeur, zei ze: 'Nee, niet doen.'

Hij had haar nagekeken. Ze was tot halverwege het tegelpad gelopen, was toen even blijven staan, had haar schouders rechtgetrokken en haar kin geheven.

'Ik denk het wel,' zegt hij tegen Margaret.

95

Even over achten die ochtend, nog voordat hij zijn kilometers heeft ingevoerd en zijn uren geboekt, belt hij Gustie Flint.

'Het spijt me dat ik u zo vroeg moet lastigvallen,' zegt hij. Op de achtergrond hoort hij haar hondjes blaffen.

'O, dat geeft niet. Je kunt wel horen dat ik niet kan uitslapen.'

'Mevrouw, ik begrijp dat het een vertrouwelijke afspraak tussen u en uw zoon kan zijn, maar het is heel belangrijk dat u het vertelt: heeft Danie het afgelopen jaar geld van u geleend?'

Heel even is alleen het gekef van de chihuahua's te horen. Dan zegt ze: 'Hoezo? Wat is er gebeurd?'

Hij had die vraag al verwacht, maar hij gaat het haar niet vertellen. 'Er is niets gebeurd. Ik probeer alleen zo grondig mogelijk te zijn.'

'Nee. Beslist niet,' zegt ze met onderdrukte verontwaardiging. 'Danie wist dat ik weduwe ben.'

Die in luxe leeft, denkt Joubert. 'Dus hij is u echt niet om een lening komen vragen?' Zijn mobiel begint te rinkelen. Hij haalt hem uit zijn zak.

'Nee. Maar ik heb nog steeds het idee dat je dat om een reden vraagt.'

'Mevrouw, ik krijg een ander telefoontje, dank u wel.'

'Ik heb het recht om te weten...'

Hij hangt op, want hij herkent het nummer op zijn mobiel. Het is Tanja Flint. Hij neemt op.

'Tanja?'

'Je kunt beter komen kijken,' zegt ze. Er klinkt iets in haar stem door, iets dringends.

'Waar ben je? Wat is er gebeurd?'

'Ik ben op mijn werk. Iemand heeft... Alsjeblieft, het is beter als je komt kijken.'

'Ben je veilig?'

'Ja,' zegt ze. 'De politie is er.'

Haar bedrijf is gevestigd in een complex voor kleine ondernemingen in de Stellastraat, Montague Gardens. Er is alleen een uithangbord van een meter breed met het silhouet van de spion, de afbeelding van het niervormige zwembad en de woorden UNDERCOVER. PROTECT YOUR POOL. Voor de deur staan twee patrouillewagens van de SAPS.

Als hij naar binnen loopt, ziet hij haar in de werkplaats staan bij twee politieagenten in uniform. Blauw en zwart pvc op brede rollen, een afdekzeil dat bijna klaar is, gereedschapskasten tegen de muur. Tanja ziet hem en wijst onmiddellijk naar de hoge witte muur rechts van hem.

In grote, rode spuitbusletters staat daar: KAP ERMEE.

Hij komt naast haar staan.

'Ze hebben boven spullen kapotgemaakt,' zegt ze. Hij begrijpt haar toon niet. Die is kalm. Tevreden.

Hij kijkt. Er is een betonnen trap die naar een houten platform leidt. Hij ziet de poten van een bureau dat is omgegooid, en op zijn kop staat.

'Is dit de detective?' vraagt een van de geüniformeerde agenten, een zwarte sergeant.

'Dat ben ik,' zegt Joubert. Hij haalt een visitekaartje uit zijn zak en steekt het uit.

'U moet op inspecteur Butshingi wachten. Hij komt eraan.'

Dan zegt Tanja Flint met iets van vreugde in haar stem: 'Ik wist dat het iemand anders was. Ik wist het...'

Joubert reageert niet. Hij staat naar de passieve infraroodsensoren van het alarm aan de twee zijmuren te kijken. 'Waarom is het alarm niet afgegaan?' vraagt hij.

'Dat weet ik niet,' zegt Tanja alsof het niet belangrijk is.

'Maar hebt u gisteravond het alarm aangezet?' vraagt een geduldige inspecteur Fizile Butshingi. Hij staat met Joubert en Tanja Flint bij het wc-raampje, waarvan het glas is ingeslagen en de tralies zijn weggebroken.

'Ik kan het me niet herinneren.' Haar euforie is verleden tijd, de adrenaline is uitgewerkt.

Butshingi trekt zijn wenkbrauwen op.

'Gisteravond... Meneer Joubert belde precies op het moment dat ik bezig was af te sluiten, over de mobiele telefoon van mijn man. Ik... Misschien ben ik het vergeten.'

De inspecteur zucht. 'En u weet zeker dat er niets is gestolen?'

'Voor zover ik kan zien niet. Ze hebben alleen alle computerschermen kapotgeslagen. En de ordners door elkaar gegooid.'

Butshingi wijst naar de grote rode letters op de muur. 'En jij weet waar dit over gaat, Sup,' zegt hij, want hij weet wie Joubert is.

Joubert had lang gewikt en gewogen hoe hij die vraag zou beantwoorden als hij werd gesteld. Open kaart spelen heeft grote implicaties. Urenlang verklaringen afleggen, de Porsche, de Audi, de mobiele telefoon, de financiële staten waarop beslag gelegd gaat worden, de loop van zijn onderzoek die wordt onderbroken. Tanja's 30.000 rand die tussen de uren wegsijpelen. Maar hij wil ook niet liegen.

'Kijk, mevrouw Flint heeft ons ingehuurd om te proberen haar vermiste man op te sporen. Er ligt een dossier bij bureau Table View.'

'Table View,' verzucht Butshingi die vanuit bureau Milnerton werkt.

'Het is een zaak van Jamie Keyter. Die zal er meer van weten dan ik.'

'Ai ai,' zegt Butshingi. 'Ik ken hem. Maar die woorden...' Hij wijst naar de muur. 'Iemand wil dat je ergens mee ophoudt. Je moet iets gevonden hebben, Sup.'

'Ik heb zijn auto's, zijn bankafschriften en zijn kantoor nageplozen,' zegt Joubert schouderophalend.

'En niets?'

'Ik heb hem nog steeds niet gevonden.'

'Wie wist ervan? Van je onderzoek?'

Dat is de vraag waar hij zelf ook antwoord op wil hebben. 'Mevrouw Flint natuurlijk, haar schoonmoeder, zijn collega's en Jamie Keyter.'

Butshingi kijkt naar Tanja. 'En uw medewerkers hier?'

'Nee, die wisten er niets van.'

De inspecteur staart naar de graffiti. 'Sup,' zegt hij langzaam en voorzichtig, 'weet je zeker dat er niets is wat je me niet hebt verteld?'

'Als je wilt, kunnen we je alles laten zien, inspecteur. Misschien zie jij iets wat ik over het hoofd heb gezien.'

De rechercheur schudt van nee. 'Laat ik eerst eens met Keyter praten.'

Als ze alleen zijn, vraagt Tanja Flint hem wat hij ervan denkt.

'Je hebt met niemand anders over het onderzoek gepraat?'

'Onze vrienden weten ervan. En jullie, en zijn werk.'

Joubert denkt na en schudt zijn hoofd. 'Dat zijn te veel mogelijkheden. Iemand heeft misschien Self Storage in de gaten gehouden. Of de opzichter gevraagd te bellen als er iemand naar binnen ging. Daar zal ik achter moeten zien te komen.'

'Dit zijn de mensen die Danie iets hebben aangedaan. Nu proberen ze ons tegen te houden.' Maar zonder de grote overtuiging van daarnet.

Hij zegt tegen haar dat het geld de sleutel is. Ze zullen met de mensen van Absa moeten praten, zo snel mogelijk. Ze hebben details nodig over de transacties, over de rekening zelf. Wat dan ook. Als zij het dossiernummer van de SAPS, hun trouwakte en haar identiteitsbewijs meeneemt, zou de bank moeten helpen.

'Ik ga eerst proberen deze chaos op te ruimen,' zegt ze met een gebaar naar de schade in de kantoorruimte. 'De verzekering laten komen, kijken of ik de beeldschermen vergoed kan krijgen.'

'Ik ben op kantoor.' Hij loopt weg en draait zich dan om. 'En ik denk dat je beter niet alleen kunt zijn. We zullen een plan moeten opstellen.'

Op kantoor gaat hij op zoek naar een telefoongids, slaat die open bij de 'H' en loopt met zijn vinger de kolommen af tot hij het heeft gevonden: Helderberg Upholstery.

Hij belt het nummer en vraagt de vrouw die opneemt of ze de leren bekleding van zijn Porsche kunnen vervangen.

'Dat is onze specialiteit, meneer,' zegt ze.

'Ik breng hem langs voor een offerte,' liegt hij.

Weer een raadsel opgelost. En ondanks de inbraak bij het bedrijf van Tanja Flint en de waarschuwing op de muur voelt hij een zekere bevrediging. Hij heeft vorderingen gemaakt. Ondanks de roestige radertjes. Hij is op de recherchefiets geklommen en is gaan rijden. En nu ziet het ernaar uit dat hij de zaak kan oplossen voordat het geld op is.

96

Hij vindt het telefoonnummer van Mark Marshall in het telefoonboek en belt. Een vrouwenstem antwoordt opgewekt: 'Met Helen.'

Hij vraagt of hij meneer Marshall kan spreken.

'Wacht even. Hij staat buiten stiekem te roken. Ik word niet geacht dat te weten.'

Hij hoort hoe de vrouw roept, dan voetstappen, tot een man opneemt en zegt: 'Met Mark Marshall.'

Joubert vraagt of hij degene is die in oktober een Porsche Carrera 911 1984 aan ene Danie Flint heeft verkocht.

'Ja, dat ben ik. Hoezo? Wil hij hem weer verkopen?'

'Nee. Hij is als vermist opgegeven en ik werk aan de zaak. We proberen een overzicht te krijgen van zijn uitgaven van afgelopen jaar.'

'Is de auto vermist?'

'Nee, meneer Flint is als vermist opgegeven door zijn vrouw.'

'Allemachtig. Alles oké met hem?'

'We weten het niet.'

'Allemachtig. Zo'n aardige jongen. Het was een genoegen... Wanneer is hij verdwenen?'

'November afgelopen jaar. Volgens onze gegevens heeft hij die auto van u gekocht.'

'Dat klopt. Cash, boter bij de vis.'

Joubert vraagt hoe Flint van de Porsche had gehoord.

'Ik had een advertentie gezet. In de *Auto Trader,* vorig jaar september.'

'En wanneer heeft hij contact met u opgenomen?'

'Dat zou ik moeten... Het ging vrij snel, niet meer dan een paar dagen voordat hij hem kocht, dat moet... Dat is het probleem met ouder worden, je kunt je de details niet meer herinneren, ik zal het moeten opzoeken.'

'Hij heeft op 27 oktober een betaling aan u gedaan.'

'Dat kan kloppen. Dan zal hij rond de vijfentwintigste hebben gebeld. 's Ochtends, stelde een paar vragen. En geen gepingel, wat wel prettig was voor de verandering, alle andere mogelijke kopers boden belachelijke bedragen. Hoe dan ook, hij kwam tussen de middag langs om te kijken. Wist van de hoed en de rand. Zei dat hij ook geïnteresseerd was in een Ferrari GTSi uit 1981, hij zou me laten weten...'

Joubert maakt aantekeningen op zijn schrijfblok. 'De Ferrari. Heeft hij het over de prijs gehad?'

'Nee, maar die stond ook in de *Auto Trader* en ik ben gaan kijken. Ik weet het niet meer precies, maar het was meer dan 400.000 rand. Hoe dan ook, twee dagen later belt hij en zegt dat hij de Porsche neemt, en vraagt om mijn bankgegevens. Hij heeft het geld via internet overgemaakt. En toen kwam hij de volgende dag met een taxi om de auto op te halen. Echt een aardige man, heel beleefd...'

'Dat was dus de achtentwintigste?'

'Het was de dag nadat hij de betaling had gedaan.'

'Heeft hij iets gezegd over hoe hij aan het geld was gekomen?' Een schot voor de boeg.

'Tja... niet echt. Ik heb hem gevraagd wat hij deed, en hij zei dat hij een eigen zaak had. Dus vroeg ik wat voor zaak, want ik ben vroeger zelf ondernemer geweest. Hij zei dat hij een *dealmaker* was of zoiets.'

'Een dealmaker.'

'Hij was nogal vaag, maar u weet het wel, tegenwoordig heb je allerlei soorten tussenpersonen en zo, ik snap er zelf de helft niet van. En ik had geen reden om nieuwsgierig te zijn.'

'Meneer Marshall, is er iets anders wat u zich kunt herinneren. Iets wat hij heeft gezegd?'

'Tja... niet echt. Ik bedoel, als twee autofanaten bij elkaar zitten, hebben ze het over auto's. En hij wist er alles van, kende de geschiedenis van de 911, hoe de Fransen begin jaren zestig bezwaar maakten tegen de oorspronkelijke naam, de 901, zodat Porsche die moest veranderen, dat soort dingen. Ik weet nog dat hij zei dat de S coupé uit 1967 de mooiste was, maar ik hou meer van de Carrera, dus daar hebben we over zitten bekvechten, allemaal heel goedmoedig. Hij had een fantastisch gevoel voor humor, aardige jongen. En hebt u enig idee wat er met hem is gebeurd?'

'Nog niet.'

'En de auto?'

'We hebben gisteravond de auto gevonden.'

'Nou, dan kan hij niet ver weg zijn...'

Hij scheurt zijn aantekeningen uit, legt ze naast zijn schrijfblok en begint een tijdlijn te ontwikkelen:

17 oktober: Storting van R 250.000.
25 oktober: Belt over Porsche. Gaat kijken.
27 oktober: betaalt R 248.995 voor de Porsche (internetbankieren).
28 oktober: Gaat de Porsche halen.
29 oktober: Storting van R 147.000.
3 november: Contante opname van R 1.000.
9 november: Contante opname van R 1.500.
12 november: Betaalt Helderberg Upholstery R 11.000 (internetbankieren).
25 november: Verdwijnt.

Hij zit ernaar te kijken en leest zijn aantekeningen nogmaals door. Acht dagen tussen de eerste storting en Danie Flints navraag naar de Porsche. Hij heeft eerst de markt verkend. En waarom zou hij belangstelling hebben gehad voor een Ferrari van meer dan 400.000 rand als hij maar 250.000 rand op de bank had? Of was het alleen om Mark Marshall de gelegenheid te geven zijn prijs te laten zakken? Maar Marshall had gezegd 'geen gepingel'...

Joubert schrijft onder de tijdlijn: *Ferrari? Meer dan R 400.000??? Probeer verkoper op te sporen. Zoek* Auto Trader *van september.* Er lag een tijdschrift in de la van Danie Flint. Misschien was dat het.

Dan schrijft hij: *Datum dat bankrekening is geopend? Soort stortingen?*

En: *Self Storage – datum van huurcontract? Kosten?* Want er zijn maar twee opnamen van contant geld, die pas vijf dagen nadat hij de Porsche is gaan halen zijn gemaakt. Waar heeft de auto al die tijd gestaan?

Hij denkt weer na voordat hij het woord dealmaker opschrijft met drie vraagtekens erachter. En ten slotte: *waar komt het geld vandaan?*

Tanja Flint belt hem net als hij aankomt bij de Self Storage in Soutrivier. Ze zegt dat ze een afspraak bij de bank heeft om halftwee, bij het filiaal aan de Heerengracht, want daar is de rekening geopend.

Hij spreekt af om haar vijf minuten voor de afspraak bij Absa te ontmoeten. Dan pakt hij zijn schrijfblok, stapt uit en loopt naar het kantoor van de Self Storage dat de vorige avond dicht en verlaten was.

Een gekleurde vrouw van een jaar of vijfendertig zit achter de balie in *Huisgenoot* te bladeren, schuift het tijdschrift opzij en vraagt of ze iets voor hem kan doen. Hij legt een visitekaartje op de balie en vertelt zijn verhaal.

Als hij de naam van Danie Flint noemt, vraagt ze: '37B?' alsof haar een licht opgaat.

'Dat klopt.' Hij haalt de sleutels uit zijn zak.

'Mary!' roept de vrouw naar achter. 'Het mysterie van 37B is opgelost.'

Mary komt vanachter een schot tevoorschijn. Ze is gekleurd, ouder, mollig en verontwaardigd.

'Waar was u, meneer?' Ze bekijkt hem van top tot teen.

'Het is niet zijn contract, het is van ene Flint, en die is zoek,' zegt de tijdschriftlezeres.

'Zoek?' vraagt Mary.

'Vermist,' zegt de andere.

'Wie gaat dan de achterstallige huur betalen?'

Joubert zegt dat hij er zeker van is dat de achterstallige huur betaald zal worden.

'We zouden tegen het eind van de maand die patserkar verkocht hebben, want de derde herinnering komt eraan.'

'Hebben jullie herinneringen gestuurd?'

'We hebben geprobeerd hem te bellen, al vanaf december, toen hij achterstallige huur had. Maar hij had een verkeerd nummer opgegeven, die vrouw zei dat ze nog nooit van hem had gehoord. En het contract zegt drie maanden, dan gaan we naar de veiling.'

'Wat is het adres waar de waarschuwingen naartoe zijn gestuurd?'

'Dat staat op zijn contract.'

'Mag ik dat zien?'

'Dat is privé-informatie,' zegt Mary, maar niet erg overtuigend.

Hij moedigt haar aan: 'Het is de enige manier om de achterstallige huur te krijgen. Als jullie me helpen.'

De oudere vrouw denkt even na voordat ze langzaam knikt, zich omdraait en het contract gaat halen. Ze komt terug met een al opengeslagen map. 'Greenpark Road 179 in Monte Vista,' zegt ze. 'En hier staat het nummer van zijn mobieltje.' Ze legt de documenten op de balie zodat hij ze kan zien.

Hij schrijft de bijzonderheden over. 'Is dit de datum waarop hij het contract heeft afgesloten?'

'Dat klopt.'

28 oktober. De dag waarop Danie Flint zijn nieuwe, tweedehands Porsche is gaan halen.

'Is hij hier met de Porsche gekomen?'

'Hij heeft hem hier voor geparkeerd.' De oudere vrouw wijst naar de plek waar Jouberts auto staat, recht voor het kantoor. 'Ik herinner me hem goed, vanwege die patserkar. Zo'n jongensgezicht, geen centje kwaad, vol grappen. Stond hier en zei dat de garage bij zijn huis nu te vol is, ze moeten eerst aanbouwen. Kan wel zes maanden duren.'

'En de huur is 3.000 rand?' Joubert wijst naar het bedrag onder aan de rekening.

'Nee. Vijftienhonderd borg en vijftienhonderd per maand.'

'Hoe heeft hij betaald?'

'Dat moet cash zijn geweest, want er zit geen creditcardstrookje aan geniet.'

Hij kijkt naar de tijdlijn. Flint is pas vanaf 3 november begonnen contant geld op te nemen van zijn geheime rekening, en volgens Tanja's financiële tabellen kan hij het niet van hun gewone rekening hebben gedaan. Dan valt zijn oog op de notitie van 29 oktober. *Storting van R 147.000.*

Doe er drieduizend bij en je hebt 150.000 rand.

97

Hij neemt zijn stratenboek van Kaapstad mee naar kantoor, doet de aktetas open en haalt zijn broodjes eruit. Terwijl hij eet, zoekt hij in de index achter in het boek de Greenpark Road in Monte Vista.

De nieuwe combinatie van beleg op de broodjes is lekker. Hij eet langzaam zodat hij er langer van kan genieten.

Hij vindt nergens een Greenpark Road of -straat. Er is een Greenstraat, Greenfield Singel, Green Valley Close, Greenside Close, er is een lange lijst namen met 'Green' erin, maar Greenpark bestaat in geen enkele vorm als straat.

Opzettelijk vals. Moet wel.

Dan slaat hij zijn schrijfblok open en vult zijn tijdlijn aan. Tussen *28 oktober: gaat de Porsche halen* en *29 oktober: storting van R 147.000* maakt hij een nieuwe notitie: *28 oktober: betaalt R 3.000 contant aan Self Storage.*

Nu nog het mobiele nummer bellen dat Danie Flint aan Self Storage heeft gegeven, voor de zekerheid. Want er is iets aan het nummer wat hem dwarszit.

Een vrouw neemt op. Hij vraagt of hij Danie Flint kan spreken.

'Nee toch,' zegt ze gelaten. 'Nog een.'

'U kent Danie niet?'

'Op geen enkele manier.'

'En zijn er andere mensen die ook dit nummer hebben gebeld?'

'Alleen die mensen van Self Storage.'

'Mevrouw, als ik vragen mag, waar woont u?'

'Paulpietersburg, meneer. In KwaZulu.'

Als hij heeft opgehangen, kijkt hij weer naar het nummer. Waarom komt het hem vaag bekend voor?

Het kost hem een paar minuten diepe concentratie voordat hem een licht opgaat. Hij bladert terug in het schrijfblok tot waar hij het mobiele nummer van Tanja Flint heeft opgeschreven. Haar nummer is bijna hetzelfde. Alleen de laatste vier cijfers zijn verhaspeld in het nummer dat haar man aan Self Storage heeft gegeven.

Ze zitten zwijgend te wachten omdat de vrouw bij de Absa-informatiebalie hogerop toestemming is gaan vragen voordat ze inlichtingen over de rekening geeft. Ze blijft lang weg.

Joubert vraagt zich af waar Tanja aan denkt terwijl ze naar de muur staart. Hij weet dat hij op een bepaald moment tegen haar zal moeten zeggen dat haar man heeft gelogen en bedrogen. En handig ook. Valse adressen en telefoonnummers, verhalen over garages en fictieve beroepen. En hij weet dat het een spoor is dat naar grotere problemen zal leiden. Bedrog maakt altijd deel uit van een groter gedragspatroon. Hij zal nog meer boven water halen. Tanja gelooft na de inbraak van afgelopen nacht dat er iemand anders achter de hele zaak zit. Maar dat denkt hij niet. Hij kan de inbraak niet verklaren, hij weet niet precies hoe die erin past, maar hij heeft zo zijn vermoedens.

Het gaat om het geld. 400.000 rand. Vind de bron daarvan en je vindt de inbrekers en de graffitikunstenaars. Danie Flint maakte deel uit van iets. Het geld is besmet, ergens gestolen en Danie was niet de enige die erbij betrokken was.

Heeft hij te snel geld uitgegeven, zodat zijn vriendjes zich zorgen begonnen te maken en besloten dat hij een te groot risico vormde?

Het zou niet de eerste keer zijn.

Was het aanvankelijke bedrag groter, verdeeld onder medeplichtigen, de vierhonderdduizend alleen Danies aandeel?

Dan zal het makkelijker zijn om de bron te vinden.

Maar hoe vertelt hij dit allemaal aan Tanja? Want zij heeft die kant van haar man niet gekend.

Als de bankbediende terugkomt, heeft ze een glimlach van goed nieuws op haar gezicht. Ze toont de details van de spaarrekening op haar scherm. Danie Flint heeft hem op 15 oktober geopend, met een storting van 200 rand. Hij heeft aan de identiteitseisen voldaan. Het e-mailadres dat hij heeft gegeven was speedster430@yahoo.com, het mobiele nummer is dat van de telefoon die ze in de Porsche hebben gevonden.

En de twee grote stortingen van 250.000 en 147.000 rand waren contant, een mededeling waardoor Tanja Flint haar hoofd schudt van ongeloof.

'Mag ik de kopie van zijn ID zien?' vraagt ze. En tegen Joubert zegt ze: 'Het kan Danie niet zijn geweest.'

Hij weet niet precies hoe ze tot die conclusie is gekomen.

'Die moet in ons systeem zitten,' zegt de vrouw. Ze roept hem op uit de database en draait dan het computerscherm zodat Tanja het kan zien.

Danies gezicht op de foto.

Tanja fronst haar wenkbrauwen.
'Is dit het nummer van zijn ID?' vraagt de employee.
Tanja knikt alleen maar.
'En de adresverificatie?' vraagt Joubert, want volgens de FICA-wetgeving is alleen een ID niet genoeg. Iemand die een rekening wil openen moet ook een factuur van een elektriciteitsbedrijf of een telefoonabonnement laten zien.
'Ik zal even kijken,' en de vrouw zoekt weer in de computer.
Ze vindt iets en draait het scherm weer. Een gescand afschrift van een elektriciteitsrekening, duidelijk een fotokopie. De factuur is gericht aan D. Flint, Greenpark Road 179, Monte Vista.
'Dat is niet ons adres,' zegt Tanja opgelucht.
'Dat adres bestaat niet,' zegt Mat Joubert. 'De factuur is vervalst.'

Onder een parasol op een terras aan het Tulbaghplein praat hij vriendelijk met haar. Hij weet dat hij fysiek intimiderend kan zijn, daarom leunt hij naar achteren en houdt zijn stem zacht. Hij vraagt haar hoe ze zich voelt na alle gebeurtenissen van de laatste twee dagen.
Ze zegt dat het gaat, maar hij kan zien dat ze het moeilijk heeft.
Hij vraagt of ze wel slaapt.
'Niet veel.'
Heeft ze al overwogen met een dokter te praten? Om iets tegen de stress te krijgen?
'Nee.' Een beslist hoofdschudden.
Hij geeft haar even de tijd om erover na te denken.
'Ik moet op een gegeven moment de waarheid onder ogen zien.'
'Dat hoeft niet nu te zijn.'
Weer dat hoofdschudden.
Hij kiest zijn woorden zorgvuldig wanneer hij begint te praten. Hij zegt: 'Ik was jaren geleden met iemand anders getrouwd, iemand die net als ik bij de politie werkte. Ik was gek op haar. Ze was... in veel opzichten het soort mens dat ik graag geweest zou zijn. Zoals Danie. Extravert. Slim en brutaal en... zonnig. Ze straalde. Fel. Iedereen hield van haar. Ik was elke dag dankbaar dat ik haar had gekregen. En toen ontdekte ik een andere kant van haar. Per ongeluk. En dat was... pijnlijk. Ik voelde me verraden. Bedrogen. Alsof ze me doelbewust pijn wilde doen. Mij. Persoonlijk.'
Tanja Flint kijkt de andere kant op. Ze wil het niet horen.
'Het heeft me jaren gekost om te beseffen dat ik het mis had,' zegt hij. 'Het was gewoon deel van wie zij was. Een van de aspecten, een van de

kanten van het grotere geheel. Misschien had ze last van haar geweten, misschien wilde ze niet zo zijn, maar ik denk dat ze er niets aan kon doen. We zijn allemaal op een bepaalde manier geprogrammeerd.'

Haar blik is elders, haar lichaamstaal een fort.

Hij ploegt door. 'We hebben sinds gistermiddag een hele berg aanwijzingen gevonden. En alles duidt erop dat Danie niet de man was die je kende. Dat zal je pijn doen. In veel opzichten. Maar een van de dingen die je moet onthouden is dat het maar één facet van hem was. Er waren er nog veel meer...' En dan klinkt het hem zinloos in de oren zodat hij niet weet hoe hij verder moet gaan.

Haar ogen draaien langzaam naar hem terug. 'Dank je,' zegt ze.

Ze zitten zwijgend bij elkaar terwijl de wereld aan hen voorbijschiet. Dan vraagt ze eindelijk: 'Wat heb je nog meer gevonden?'

98

Op kantoor zijn er twee boodschappen van inspecteur Fizile Butshingi van bureau Milnerton met het dringende verzoek aan Joubert om hem te bellen, maar hij gaat eerst achter zijn computer zitten om het projectprogramma up-to-date te maken. Hij wil precies weten hoeveel geld Tanja Flint overheeft.

De rekening staat net boven de 21.000 rand, als de vingerafdrukken van Cordier en zijn laatste uren en reiskosten erbij opgeteld worden. Nog 9.000 rand over. Dan gaat hij niet de Porsche op vingerafdrukken laten controleren.

Hij tobt nog over het profiel en de belgeschiedenis van het nieuwe mobieltje. En besluit dat hij eerst gaat kijken wat zijn bezoek aan het hoofdkwartier van ABC oplevert. Want hij heeft sterk het vermoeden dat het geld verband houdt met Danies werk.

Hij belt voor een afspraak met mevrouw Heese, hoofd Personeelszaken van de busmaatschappij. Ze kan hem laat in de middag ontvangen, tegen een uur of vier. Dan belt hij Margaret.

'Hoe was mijn nieuwe recept?' vraagt ze.

'Fantastisch.'

'Goed. En het onderzoek?'

'Heel goed. Grote vorderingen. Maar ik maak me zorgen om Tanja. Iemand heeft gisteren ingebroken bij haar kantoor en een boodschap op de muur geschilderd. "Kap ermee." Als ik haar nou eens vroeg om bij ons te komen logeren, een of twee nachten...'

'*Of course*. Maar hoe zit het met haar schoonmoeder? Woont die niet in Panorama?'

'Ik kreeg een beetje de indruk dat Tanja niet gek op haar is. En het zijn twee vrouwen alleen.'

'Ze is welkom. Ik zal Jeremy's kamer klaarmaken.'

'Ik weet niet of ze zal komen. Ik laat het nog weten.'

Hij belt Tanja en doet heel diplomatiek het aanbod.

'Baie dankie, maar ik ga me niet laten intimideren.'

'Denk erover na,' zegt hij, maar hij weet wat haar antwoord zal zijn.

'Er was een boodschap van de rechercheur van Table View. Hij wil dat ik hem bel.'

'Keyter?'

'Ja.'

De SAPS is in beweging gekomen sinds inspecteur Butshingi vanochtend bij die inbraak was. 'Laat hem wachten,' zegt Joubert. 'Als hij weer belt, zeg dan maar dat hij met mij moet praten.'

Als laatste belt hij bureau Milnerton en vraagt naar Butshingi.

'De zaak was verwaarloosd door Table View,' zegt de rechercheur. 'Ik heb de bureauchef gesproken, en hij gaat ze onder druk zetten. Maar ik moet je dringend spreken.'

Niet nu. Dit zal zijn vorderingen vertragen.

'Ik heb het nogal druk op het moment...'

'Wanneer kunnen we elkaar treffen?'

'Morgen? Bij de lunch?'

'Je woont toch in Milnerton?'

De moed zinkt Joubert in de schoenen. 'Ja.'

'Wat dacht je van vanavond, na het werk?'

'Ik weet niet precies hoe laat ik klaar ben,' verweert hij zichzelf.

'Ik ben tot laat op kantoor. Bel me even. Ik geef je mijn mobiele nummer.'

Op weg naar buiten loopt hij in de gang Jack Fischer en Fanus Delport tegen het lijf.

'Je hebt het druk,' zegt Jack tevreden.

'Ik maak vorderingen.'

'O?'

Joubert geeft een snelle samenvatting.

Fischer fluit zacht onder zijn snor. 'Dat betekent dat Vlok hemelen is. Je laat niet je Porsche achter als je de kuierlatten neemt.'

'Flint,' zegt Joubert. 'En ik zal de SAPS onze informatie moeten geven. Na vanochtend. Er is een ambtelijk verzoek.'

'Jissis,' zegt Jack. 'Luister, volgens de wet moeten we hun "informatie die verband houdt met een onderzoek" geven. Het is onmogelijk vast te stellen wat er allemaal "verband houdt".'

'Ik ga open kaart spelen, Jack.'

Fischer streelt zijn welige haardos. 'Ja, ja... Ze gaan er hoe dan ook mee lopen geuren. Wie is de rechercheur?'

'Inspecteur Fizile Butshingi. Milnerton.'

'Daar heb je het al.'

Als Joubert zich omdraait en wegloopt, roept Fanus Delport hem na. 'Niet al te snel vorderingen maken.'

Bij de grote wegwerkzaamheden op de Tafelbaaiboulevard wordt hij zich bewust van zijn ongeduld met het zware verkeer en het trage tempo. Alsof zijn hoofd in een hogere versnelling staat.

Hij kan het nu zien, hij heeft zijn aantekeningen en tijdlijn niet nodig, alle stukken zijn er, haarscherp, gedachten die dansen, zijn hypotheses zijn sterk, zijn conclusies lijken te kloppen, alsof hij op een hoogte staat en verder kan zien, al weet hij niet precies wat er aan de horizon is.

Hij kent het, die drang, die helderheid, de onderdrukte euforie. Hij heeft geploeterd om de tekenen te vinden, gezocht, gesnuffeld en gekrabd, maar nu heeft hij het, nu rent hij over het spoor, de geur van bloed in zijn neus, de koorts van de jacht in zijn hoofd.

Het is vijf, zes jaar geleden dat hij voor het laatst dat gevoel had.

Hij had een veel oudere vrouw verwacht. Misschien is hij misleid door haar naam, maar Bessie Heese is in de dertig. En mooi. Kort bruin krulhaar, fijne trekken, zilverkleurige montuurloze bril waardoor ze een professionele indruk maakt. Elegant. Grijze kokerrok en witte blouse met kant.

Ze neemt hem mee naar een 'vergaderkamer'. Ronde tafel, vier stoelen, geen ramen. Ze noemt hem 'inspecteur'. Hij laat het zo.

'U moet begrijpen, inspecteur, dat ABC onder normale omstandigheden vertrouwelijke informatie alleen aan de politie verschaft. Maar omdat mevrouw Flint de echtgenote van een werknemer is en een formeel schriftelijk verzoek heeft ingediend, ben ik gemachtigd bepaalde vragen te beantwoorden.' Haar stem is vlak, professioneel. Ze beweegt niet als ze praat, maar zit doodstil. Volmaakt beheerst.

'Dat stel ik op prijs,' zegt hij.

'Waarmee kan ik u van dienst zijn?'

Hij ritst zijn schrijfblok open, vindt een schone bladzij en pakt zijn pen. 'Was er ooit een vermoeden dat Danie Flint bij enig misdrijf betrokken was?'

Ze verbergt het goed, maar hij kan zien dat de vraag haar overvalt. 'Misdrijf? Nee, absoluut niet.'

'Geen grote sommen geld die bij ABC zijn verdwenen? Met name contanten.'

'Ik... ik moet zeggen dat het niet de vragen zijn die ik had verwacht.'

'Het zal me vooruithelpen als u me antwoord kunt geven.'

'Inspecteur, het werk van een regiomanager... de manier waarop wij geld innen... is ver verwijderd van Flints dagtaak.'

'Kunt u me vertellen hoe het in zijn werk gaat?'

Ze denkt na, knikt en vertelt het hem. Passagiers kunnen in principe op drie manieren een kaartje kopen: in de bus zelf, bij de chauffeur. Of bij de knipkaartverkopers die op strategische plekken over het hele schiereiland zijn gestationeerd. Of bij een paar grote kantoren waar buschauffeurs en knipkaartverkopers ook dagelijks hun contante geld moeten afgeven.

'Dus,' legt ze uit, 'de regiomanager zit niet in dat circuit.'

'Dat begrijp ik,' zegt Joubert. 'Maar hij kent mensen in het circuit. Hij werkt elke dag met mensen die deel uitmaken van het systeem.'

'Dan kan hij alleen indirect betrokken zijn geweest.'

'In dit geval is dat heel goed mogelijk. Zijn er op enig moment grote hoeveelheden contant geld gestolen, vorig jaar? September, oktober?'

Ze zit roerloos, haar ogen knipperen twee keer achter de bril. 'Inspecteur, moet ik hieruit afleiden dat Danie Flint bij een misdrijf betrokken was?'

Joubert beseft dat het de loyaliteit van ABC ten opzichte van Flint – en hun samenwerking – sterk zal beïnvloeden. 'Nee,' zegt hij. 'We zitten met een onverklaarbaar geldbedrag. Ik weet nog niet hoe hij eraan is gekomen, maar misdaad is een van de mogelijkheden.'

Ze verwerkt die informatie, met een kleine, beheerste frons. 'Maar waarom denkt u dat het geld iets met ABC te maken heeft?'

'Statistiek.'

'O?'

'Wanneer kantoorpersoneel zonder een criminele geschiedenis bij een geldmisdrijf betrokken is, is er meer dan tachtig procent kans dat de werkgever of werkomgeving ermee te maken heeft.'

'Ik snap het.'

Hij vraagt weer: 'Was er een grote diefstal van contant geld afgelopen jaar?'

Bessie Heese denkt na over de vraag. 'Kunt u mij even excuseren?'

'Natuurlijk.'

Ze staat op en loopt de kamer uit.

Hij staart haar na, zich vaag bewust van de welgevormde kuiten en enkels, en zijn gedachten worden beheerst door de mogelijkheid dat ze toestemming gaat vragen om hem een geheim te vertellen dat de zaak zal opengooien.

99

Hij heeft het mis.

Ze komt pas na tien minuten terug, strijkt de rok zorgvuldig onder zich glad als ze weer tegenover hem gaat zitten en zegt: 'Inspecteur, u moet begrijpen, als chef Personeelszaken word ik er alleen bij betrokken wanneer personeelsleden ten gevolge van wangedrag disciplinair worden verhoord. Als er geld zoekraakt waarbij niemand is geïmpliceerd, weet ik daar niet noodzakelijkerwijs van. Ik moest dus eerst de feiten van de managing director krijgen. En zijn toestemming om ze met u te delen. Want dit zijn hoogst vertrouwelijke inlichtingen.'

Joubert knikt. Hij weet dat grote bedrijven dit soort zaken intern afhandelen als het gestolen bedrag groot genoeg is. En erover zwijgen als het graf, uit angst voor schade aan hun imago.

'Onze directeur heeft me gemachtigd die informatie met u te delen. Maar met het verzoek ons onmiddellijk op de hoogte te brengen als Danie Flint bij een misdrijf betrokken blijkt te zijn.'

'Dat is goed.' Hij zal iets moeten geven om iets te krijgen.

'Het is namelijk zo dat ons grootste financiële verlies wegens diefstal vorig jaar tegen de 60.000 rand was. Bij een van onze kantoren, in juni. We hebben de diefstal binnen 24 uur ontdekt, de schuldigen gevonden en de zaak binnen twee weken afgehandeld. Flint was daar absoluut niet bij betrokken.'

'Zestigduizend,' zegt Joubert. Hij kan de teleurstelling niet uit zijn stem weren.

'Inspecteur, u moet beseffen dat ons systeem zeer geavanceerd is. Ik weet dat men dat niet altijd met een busmaatschappij in verband brengt, maar we gebruiken de beste technologie die beschikbaar is, vooral wat de financiën betreft. We voeren dagelijkse controles uit en kunnen ongerijmdheden onmiddellijk traceren. Zelfs relatief kleine bedragen.'

Het kost hem moeite het slechte nieuws te accepteren. 'U weet zeker dat er geen andere bedragen waren? Vierhonderdduizend of meer?'

Ze spert even haar ogen wijd open bij het horen van dat bedrag, maar herstelt zich snel. 'Heel zeker.'

Daar zit Joubert, zijn hele theorie is verdampt.

'Vierhonderdduizend? Heeft Danie Flint 400.000 rand gestolen?' vraagt Bessie Heese, voor het eerst met expressie in haar stem.

Hij parkeert de Honda bij zijn werk, maar gaat niet naar kantoor. Hij loopt via de parkeerkelder naar buiten, naar het St. George's-winkelcentrum, en dan verder naar de kathedraal. Hij ziet niet de straatverkopers, de stalletjes, de toeristen, de drinkers en eters op de terrassen van de restaurants. Hij is zich er niet van bewust dat de stroom kantoorpersoneel op weg naar huis uitwijkt voor zijn lange, brede gestalte als hij tegen de stroom in loopt, omdat zijn hoofd te vol is van de grote vraag: waar is het geld dan vandaan gekomen?

Want de statistieken staan aan zijn kant, de algemene regel: een blanke man van in de dertig met een goede betrekking en zonder strafblad steelt in eerste instantie op zijn werk. Het universele uitgangspunt van Aanleg + Milieu + Huidige Omstandigheden dat er op elke criminologiecursus bij rechercheurs wordt ingestampt. Met andere woorden, de aangeboren geneigdheid tot misdadig gedrag van de verdachte, plus de omgeving waarin hij is gevormd, plus de gelegenheid. En van het laatstgenoemde is hier sprake. Gelegenheid.

De psyche van Danie Flint heeft hem in staat gesteld, heeft hem toegestaan de Grote Gelegenheid aan te grijpen en het profiel zegt dat de gelegenheid meestal in de werkomgeving te vinden is, want dat is waar hij de meeste tijd doorbrengt. Dat is waar zijn kennis ligt, zijn ervaring, zijn inzicht in systemen, procedures, beveiliging, zodat hij de kansen kan afwegen, een inschatting kan maken over de mogelijkheid dat hij wegkomt met de misdaad.

Maar Bessie Heese van ABC heeft gezegd dat ze geen 400.000 rand missen. En hij heeft absoluut geen idee waar een andere gelegenheid vandaan zou kunnen komen.

Hij schuift alles wat hij weet opzij. Hij loopt langs de kathedraal, over het wandelpad van de Kompanjiestuin tot aan de Goewermentslaan. Hij begint van voor af aan, probeert een nieuwe theorie op te zetten. Hij denkt na over het geld. Een aanzienlijk bedrag. Contant. De determinerende factor. Witteboordencriminaliteit is cheques, vervalste rekeningen, knoeien met aanschrijvingen, internetoverschrijvingen, gefraudeerde boeken. Geen contant geld.

Een bankoverval is 400.000 rand contant. Of een overval op een geldtransport, casino, een plek waar pensioenen worden uitbetaald. De rest is kleingeld. Zoals het beroven van supermarkten, restaurants, winkels.

10.000, 20.000, 30.000 rand als ze geluk hebben.

Maar banken, geldvervoer, casino's, dat is niet de wereld van Danie Flint. In dit land zijn die meer het terrein van georganiseerde bendes uit de townships. Ver van zijn bussen.

Hij denkt na over andere activiteiten en omgevingen. Sportschool. Vriendenkring, woonbuurt. Het enige potentieel is de woonbuurt, hij heeft al gehoord van mensen die Parklands 'Darklands' noemen naar aanleiding van de vele Nigerianen die er de laatste tijd zijn gaan wonen. Maar dat zijn voor het overgrote deel nette burgers met legaal werk.

Niets is onmogelijk. Stel dat Danie Flint op een avond in een sportcafé met iemand aan de praat is geraakt, iemand met een plan?

Onwaarschijnlijk. Want wat kon hij hun bieden? Nigeriaanse kartels specialiseren zich in drugs, creditcard- en vier-één-negen-oplichting. En gezien Flints leeftijd, zijn beroep en de maatschappelijke klasse waarin hij zich beweegt, zou hij niet heel nuttig zijn geweest.

Tenzij...

Hij zal het aan Tanja moeten vragen, al is het een slag in de lucht.

Twee bedragen, twee stortingen met een tussentijd van twaalf dagen. Tweehonderdvijftig en honderdvijftig.

Waarom twee afzonderlijke bedragen? Voorzichtigheid? Wilde hij niet te veel aandacht trekken? Of was er een meer praktische reden?

En dan staat hij op de stoep in de Annandalestraat tegenover de ingang van het Mount Nelson Hotel en weet hij dat hij weer moet gaan graven, dieper en grondiger. Want ergens ligt nog een stukje informatie dat al die vragen zal beantwoorden.

Het enige probleem is dat hij geen idee heeft waar hij moet zoeken. En Tanja Flints geld raakt op.

Kwart voor zes en Jack Fischer zit nog in zijn kantoor, met papieren voor zich, het hoofd gebogen in diepe concentratie.

Joubert aarzelt bij de deur, geconditioneerd door dertig jaar SAPS dat je een hogergeplaatste niet lastigvalt als hij bezig is. Hij schudt het van zich af. Dit is niet de Dienst.

'Heb je even, Jack?'

Fischer kijkt op. 'Natuurlijk, natuurlijk. Kom zitten.'

Als hij op een van de grote stoelen tegenover Jack gaat zitten zegt hij: 'Jack, er is iets wat me dwarszit.'

'Vertel het eens.'

'Wat doen we als Tanja Flint niet meer dan 30.000 rand heeft?'

'Ik dacht dat je bijna klaar was met die zaak?'

'Het kan nog een paar dagen duren. Misschien meer. Ze heeft nog veertien uur over, als ik geen reiskosten boek. Wat doen we als het te weinig is?'

Fischer leunt achterover in zijn stoel en glimlacht vaderlijk naar Joubert. 'Ik heb het toch gezegd, ze vinden het geld altijd.'

'En als het echt niet lukt?'

De glimlach verdwijnt. 'Natuurlijk lukt dat. Hoeveel geld staat er op de rekening die je hebt ontdekt?'

'Je weet dat het maanden kan duren voordat ze toegang tot het geld krijgt. Als het niet van misdaad afkomstig is.'

'Maar het is een borg. En ze heeft het huis, de auto's... heeft ze ook niet een of ander bedrijf? Hoe zit het met verzekeringen? Als ze een hypotheek hebben, moet er een levensverzekering op haar man zijn. Kom op, Mat, je weet dat ze iets zal kunnen organiseren.'

Hij denkt na over Fischers standpunt. 'Ik wil duidelijkheid over het principe,' zegt hij. 'Veronderstel dat ze alles probeert, maar toch geen geld vindt. Of ze krijgt het pas over een maand...'

'Ze vindt het heus wel, Mat.'

'Jack, hypothetisch. Zeg het dan.'

Fischers geduld raakt op. 'We werken niet met hypotheses. We screenen onze klanten, we nemen ze niet aan als ze niet kunnen betalen.'

'Is er nog nooit een klant geweest die zei: "Ik kan niet meer betalen?"'

'Ik zal niet beweren dat die er nooit is geweest...'

'Wat was dan ons beleid?'

'We bekijken elke zaak op zijn merites.'

'Jack, je ontwijkt de vraag.'

Fischer steekt zijn handen in de lucht, zijn gezicht wordt rood. 'Je blijft er maar over doorzeuren. Waarom?'

Joubert leunt naar voren met zijn brede schouders. Maar hij houdt zijn stem vlak. 'Omdat Fanus Delport voordat ik hier vanochtend vertrok, zei: "Niet al te snel vorderingen maken." Omdat tijdens de Ochtendparade...'

'Dat was een grapje. Fuck, Mat, waar is je gevoel voor humor?'

'Het is de context, Jack. Jij wilde ook dat ik haar bankafschriften elektronisch opvroeg, zodat we de uren van Fanus ook bij haar konden declareren. "Dubbeltijd", zodat we haar konden uitmelken. Dat is de mentaliteit hier. Bij de Ochtendparade vroeg niemand hoe de zaken vorderden. Het is alleen "Hoeveel geld heb je verdiend?" "Heb je je kilometers geboekt?"...'

'Hoe de fuck denk je dat je een bedrijft runt?' Strijdlustig. 'Het is geen liefdadigheid. Het gaat om salarissen en infrastructuur. Weet je hoeveel huur we hier betalen? En hoe hoog onze telefoonrekening is? Vertel me eens hoe we dat moeten betalen als we zomaar opeens gratis voor mensen gaan werken? Vertel het eens?'

'Gratis? Wie heeft het over gratis?' Joubert voelt hoe zijn eigen woede in hem opborrelt. Hij haalt diep adem, schudt zijn hoofd en zegt: 'Daar gaat het niet om.'

'Nou, als jij dan zo fucking slim bent, vertel me dan maar eens waar het wél om gaat.'

Het duurt even voordat hij zijn woede in de hand heeft: 'Waar het om gaat is, als ik over twee dagen vlak bij een oplossing ben en zij heeft het geld niet, dat ik dan wil dat je tegen me zegt: "Ga door. Maak het af."'

'Je weet net zo goed als ik dat "vlakbij" niets betekent. Stel dat de zaak nog een week kost. Of nog een maand? Waar trek je de streep?'

'Jack, we zijn niet achterlijk. We weten wel hoe lang iets gaat duren, we weten wel hoever we van een doorbraak zijn. Ik zeg nu tegen je, ik heb hiervoor nog drie dagen nodig. Vier, maximaal. Of om het op te lossen, of om te weten dat het onoplosbaar is. Ze kan twee dagen betalen. We kunnen het ons toch zeker wel veroorloven om haar twee dagen cadeau te geven? Of op krediet. Of zoiets.'

'Heb je iets met haar? Is dat het?'

Mat Joubert schiet omhoog uit zijn stoel, klaar om Fischer met de achterkant van zijn hand een klap te geven.

Wat hem redt, is Jacks reactie, het haastig naar achteren schuiven van de stoel, een arm die ter bescherming omhooggaat, een bepaald vertoon van lafhartigheid.

Zodat Joubert blijft staan en zich uit alle macht beheerst omdat hij weet dat zijn hele toekomst op het spel staat.

Hij blijft een tijdje staan, draait zich om en loopt naar de deur.

Jack zegt niets.

Als hij het kantoor uit is, halverwege de gang, draait hij zich om en loopt terug. Jack steekt net zijn hand uit naar de telefoon. Joubert negeert het. 'Ik ben weggegaan bij de Dienst omdat ik niet meer meetelde, Jack,' zegt hij, nu met zachte stem. 'Dat is wat ik onrechtvaardig vond. Want ik geloof dat we allemaal meetellen. Allemaal. Ook Tanja Flint. Vooral Tanja Flint. Want ze heeft 30.000 rand geleend om ons in te huren. Niet om zichzelf te verrijken. Niet om zinloze dingen te gaan kopen. Maar om haar verantwoordelijkheid ten opzichte van haar man na te komen. En nu is dit een heel pijnlijk proces voor haar aan het worden, maar ze heeft meer lef dan jij en ik samen, Jack. Zij wil dat het wordt afgemaakt. En laat ik je dit vertellen, als Tanja Flint tegen me zegt dat ze alles heeft geprobeerd en niet meer geld kan vrijmaken, dan ga ik door tot haar zaak rond is. En voor mijn part trek je de kosten van mijn salaris af.'

100

Wanneer hij in zijn Honda stapt, belt hij eerst om te horen of Tanja Flint al bij het huis is.

'Ons pistool is weg,' is het eerste wat ze tegen hem zegt.

Hij vraagt welk pistool.

'Van Danie. Ik wilde het uit de kluis halen, na de inbraak en... de boodschap, maar het ligt er niet.'

'Wanneer heb je het voor het laatst gezien?'

'Zo'n maand of twee voordat Danie verdween.'

'Ik ben er over twintig minuten.'

Hij rijdt in de richting van Parklands. Probeert zich te concentreren op de betekenis van het vermiste pistool. Heeft Flint het meegenomen? Waarom?

Maar de kwestie met Jack vraagt zijn aandacht. In de Otto du Plessislaan merkt hij dat hij te onbehouwen rijdt. Uit boosheid. Op zichzelf. Op Jack Fischer. Op de rotsituatie waarin hij zit.

Hij had het moeten weten, want hij kent Jack toch. Oké, dat was vijftien jaar geleden, voordat Fischer naar Johannesburg werd bevorderd, maar de tekenen waren er al, en met de bewering dat de tijd alle wonden heelt, schoot hij nu niets op. Hij had moeten luisteren naar zijn politiecollega's Bennie Griessel en Leon Petersen, die op precies dezelfde manier reageerden toen hij hun het nieuws vertelde. *Jack Fischer? Dat is toch een klootzak?* Griessels woorden.

En hij had gelijk.

Want nadat hij Fischer had verteld wat hij ervan vond, en had gezegd dat de zaak-Flint van zijn salaris kon worden afgetrokken, was Jack langzaam teruggezakt in zijn stoel, had hem smalend aangekeken en gezegd: 'Nou, dan doen we dat toch.' En daarna had hij de papieren op zijn bureau naar zich toe getrokken en was verder gaan lezen alsof Mat Joubert niet meer bestond.

Niet 'ga even zitten, dan praten we het uit'. Geen heroverweging van zijn standpunt, niet zorgvuldig, op een volwassen manier de zaak bespreken. Gewoon genegeerd.

Alsof hij niet meetelde.

En nu?

Drie dagen in zijn nieuwe baan, eenenvijftig jaar, blank, Afrikaner, wat moet hij nu? Want hij gaat niet bij Fischer blijven, maar hij kan het zich niet veroorloven om ontslag te nemen. Er is geen ander werk dat ook maar half zo goed betaalt, en hij heeft geen fut voor beveiligingswerk in winkelcentra of bij bedrijven of in een buurtwacht. Dan is hij voor zijn vijfenvijftigste op. En de huizenmarkt is verre van dynamisch en Margaret heeft al een bod gedaan op het huis in Constantia, ze hebben zijn inkomen nodig.

Wat moet hij nu?

Hij vraagt Tanja wat voor pistool het was.

Een kleine Taurus, zegt ze. Danie had het expres gekocht zodat zij het ook kon gebruiken.

Kon ze ermee schieten?

Dat had ze weleens gedaan. Op de schietbaan.

Had Danie iets over het wapen gezegd, in de maanden voordat hij verdween?

Geen woord.

Het lag beslist in de kluis?

Altijd.

Dus Danie moet het hebben meegenomen?

Ja. Met een blik waaruit blijkt dat ze weet dat ze daarmee zijn idee bevestigt: Danie was ergens bij betrokken.

Hij praat weer met Tanja over het geld. Hij hoort haar vooral uit over Danies vrienden, de mogelijkheid dat hij iemand bij de sportschool, in de buurt, in een restaurant of café kan hebben ontmoet met wie hij bepaalde zaken kan hebben gedaan.

Ze houdt vol dat ze dat geweten zou hebben. Al hun vrienden zijn getrouwd, alle vrouwen loyaal, als er iets was, zou dat bij haar terecht zijn gekomen. En bovendien, ze waren bijna nooit alleen op stap geweest. Soms, bij uitzondering, maar meestal waren ze samen, bij elkaar.

Wat nu? vraagt ze.

Hij moet de bron van het geld vinden.

Hoe?

Hij zal blijven graven.

Ze knikt alleen maar.

Hij biedt weer aan dat ze bij Margaret en hem kan komen logeren.

Ze zegt weer, dank je wel, maar nee, liever niet. Al is het pistool weg, ze heeft nog het huisalarm, de alarmknop en de bewakingsdienst die erop zal reageren. Ze gaat zich niet laten intimideren.

'Ik heb nagedacht over de inbraak,' zegt hij. 'Er zijn veel manieren om die boodschap aan je over te brengen. Ze hebben een specifieke modus operandi gekozen. Een voorzichtige. Bijna halfhartige. Dat zegt iets. Ik weet nog niet wat...'

Hij heeft afgesproken met inspecteur Fizile Butshingi op het politiebureau van Milnerton. Ze drinken thee, die Butshingi zelf in de keuken gaat maken, en zitten aan weerskanten van het gehavende dienstbureau dat vol dossiers ligt.

Joubert vertelt hem van het onderzoek, van begin tot einde. Hij laat niets weg. En als hij klaar is, zegt hij: 'Als je kunt kijken naar diefstal van contant geld, augustus, september, oktober. Vierhonderdduizend, mogelijk meer. Iets wat afwijkt.'

'Ik zal het proberen,' zegt Butshingi.

'En als je kunt zorgen dat Table View vanavond een oogje houdt op Tanja Flints huis, zou ik dat erg op prijs stellen.'

'Oké. En misschien kunnen onze mensen ook bij haar bedrijf patrouilleren.'

'Heel erg bedankt.' En dan kijkt Butshingi naar Joubert en schudt zijn hoofd. 'Rare wereld, Sup.'

'Ja,' zegt Joubert, 'en hij wordt met de dag raarder.'

Margaret was altijd al gevoelig voor zijn sombere buien, en leest de tekenen onmiddellijk.

'Wat is er gebeurd?' vraagt ze meteen.

Ze lopen door naar de keuken. Hij vertelt haar dat het onderzoek weer is vastgelopen. En van de ruzie met Jack Fischer.

Ze doet wat ze altijd doet. Praat met hem, over onbelangrijke dingen. Vraagt hem om voor hen allebei een glas wijn in te schenken. Terwijl zij in de keuken behendig in de weer gaat en voor hen *bobotie*, *geelrys* en *soetpatats* maakt, een van zijn lievelingsgerechten.

Op de tv zoekt ze iets waarnaar hij graag kijkt, en vindt op een satellietkanaal een herhaling van *Everybody Loves Raymond*. Leunt tegen hem aan, haar hoofd op zijn schouder, haar handen om de zijne.

's Nachts ligt hij na te denken over Danie Flint. Hij probeert het spoor te volgen zoals hij het gevonden heeft. Opgewekt, extravert, feestbeest, ambitieuze manager met foto's van sportwagens aan de muur, zijn vader verloren, een licht egocentrische, materialistische man, getrouwd met een serieuze, toegewijde, gedreven vrouw.

Een groot bedrag aan cash in handen gekregen. Dat voor zichzelf uitgegeven. Sluw. Egoïstisch.

Dan opeens verdwenen.

Geen nieuwe inzichten. Alles wees in dezelfde richting. Tot hij na twee uur indommelt.

’s Ochtends is Margaret opgewekt. Terwijl hij zijn yoghurt met muesli zit te eten, zegt ze: ‘Weet je, ik heb eens nagedacht. Al dat verhuizen, al dat gedoe met aannemers, de onroerendgoedmarkt, elk moment van de dag kopers over de vloer. Misschien wordt het tijd voor iets anders.’

‘Hoe bedoel je?’

‘Ik was gisteren in Constantia, en ik stond daar te kijken naar dat afgeleefde, oude huis en te bedenken wat er allemaal aan gedaan moest worden om het op te knappen, en toen vroeg ik me af: waarom? Wil ik dat echt? Moeten we dat echt doen? Misschien word ik oud. Misschien heb ik iets heel nieuws nodig, maar ik kon er niet echt warm voor lopen.’

‘Nee,’ zegt hij. ‘Je wordt niet oud.’

Ze geeft hem een kus op zijn wang. ‘We hebben geld op de bank. Ik hou van dit huis. Het is perfect voor ons. En ik hou van Milnerton. Het is... centraal, we zitten overal dichtbij, de buren zijn aardig... ik ben gelukkig...’

Hij knikt, niet zeker waar ze naartoe wil.

‘Begin je eigen bureau,’ zegt ze.

‘Mijn eigen bureau?’

‘Mat, de laatste paar dagen... Het was weer als vroeger. Je ging er helemaal in op. Ondanks Jack Fischer vond je het heerlijk.’

‘Dat is waar.’

‘Dus begin je eigen bureau. Je bent een detective. Dat is wat je doet. Doe het voor jezelf. Ik weet het, het zal een poosje duren voordat je voldoende verdient, maar we hebben het financieel goed. Micheles opleiding wordt uit de trust betaald, dus het is nu alleen nog maar jij en ik.’

‘Margaret,’ zegt hij ernstig, ‘je zegt dit niet alleen omdat ik een beetje down ben?’

‘Zo ben ik niet, dat weet je.’

Dat is waar. Hij knikt.

‘Ik kan helpen. De administratie doen, telefoon aannemen, het kantoor inrichten.’

‘Ik...’

'En bovendien heb ik altijd al een *PI's babe* willen zijn.'

'Je bent...'

'Een *private dick's* snol. Een speurneuzentroel. Een bloedhondenmokkel...'

Hij glimlacht.

'Een speurderswijf, of griet, of sletje...'

Ze gaat door. Tot hij lacht.

101

Hij kan de sfeer op kantoor voelen. De stilte die er heerst. Fischer en Delport zitten achter een dichte deur te vergaderen. Mildred van de receptie begroet hem nauwelijks.

Hij gaat achter zijn computer zitten, brengt het project up-to-date en zorgt dat alles klopt, zodat Jack hem niets te verwijten heeft. Dan loopt hij naar buiten, naar het Groentemarkplein en gaat in een café zitten om na te denken.

Hij weet waar de hiaten in zijn informatie zitten, maar hij weet niet goed hoe hij die moet invullen.

Danie Flint bracht het grootste deel van de dag op zijn werk door. Leidde zijn geheime leven van daaruit, de bankrekening, de Yahoo-mail. Onder werktijd een kans op geld gekregen. Zo moet het zijn gegaan, want Tanja wist heel zeker dat ze het zou hebben geweten als het vanuit hun vriendenkring was gekomen.

Maar hoe? Wat weet hij niet van Flints dagtaak, van zijn dagelijkse routine?

Moeilijk te zeggen. Want Neville Philander, de overwerkte, zenuwachtige, telefoon opnemende remisemanager, heeft nooit tijd om hem de details te geven. Philander zit boven op al die informatie, het persoonlijke contact, de ervaring uit de eerste hand. Hoe krijgt hij hem zover dat hij die rustig met hem deelt?

Hij beraamt een plan terwijl hij zijn koffie drinkt, pakt dan zijn telefoon en belt.

Bessie Heese zit in vergadering. Hij zegt dat ze hem zo snel mogelijk moet terugbellen. Hij kan niet nog meer koffie drinken, hij heeft thuis ook al twee koppen gehad, en wil nu niet terug naar kantoor. Hij betaalt de rekening en wandelt in de richting van Clarke's Bookshop, want hij heeft niets anders te doen.

Heese belt voordat hij in de Langstraat is.

Hij legt de situatie met Neville Philander uit.

Ze is zakelijk, licht geïrriteerd. 'Hadden we niet vastgesteld dat het geld niet van ons afkomstig is?'

'We hebben alleen nog maar vastgesteld dat het niet jullie geld was. Ik kan zijn werkomgeving nog niet van mijn lijstje schrappen. Het enige wat ik vraag is een uur of twee van Philanders tijd. Buiten kantoor.'

Ze werpt tegen: 'Dat is tegen de aard van meneer Philanders werk. Hij heeft een centrale positie.'

'Dat weet ik. Maar hij is degene die kan helpen.'

Hij leidt uit haar zwijgen af dat ze het in overweging neemt. 'Vooruit dan maar,' zegt ze met tegenzin, 'kan hij naar uw kantoor komen?'

Ze spreken af bij de Wimpy in het St. George's-winkelcentrum. Joubert drinkt thee, Philander neemt een cappuccino en roept de hemel aan als Joubert hem over het geld vertelt. '*No way*, hij kan het niet van ons hebben gestolen!' Dan veegt hij verbijsterd het melkschuim van zijn bovenlip.

'Ik weet het. Maar de kans is nog steeds groot dat hij bij de uitvoering van zijn taken op de een of andere manier een gelegenheid heeft gezien.'

'Hij werkt met busroutes,' zegt Philander hoofdschuddend. 'Moet je mij eens vertellen hoe hij daar geld uit zou moeten peuren.'

'Vertel eens precies hoe hij werkt.'

'Dat heb ik al gedaan.'

'Ik heb details nodig.'

'Voor elk uur van de dag?'

'Graag.'

'Dat gaat je niet helpen.'

'Dan kan ik dit afstrepen.'

Philander staart naar buiten, geen zin in het gesprek. 'Als tante Bessie zegt praat met de privédetective, dan doe je dat,' zegt hij schouderophalend.

'Ze is een beetje een Nissan,' zegt Joubert.

Philander lacht. 'Dat is waar.' Hij neemt een slok van zijn cappuccino, haalt diep adem en zegt: 'Oké. Danie Flint. Typische werkdag. Gaat halfzeven, zeven uur van huis, rijdt niet naar kantoor, maar rechtstreeks door naar zijn wijken, rijdt al zijn routes langs. Elke dag een andere volgorde, om de chauffeurs scherp te houden. Milnerton, Montague Gardens, Killarney, Du Noon, Richwood, Table View, Blouberg, Melkbos, Atlantis, geen specifieke volgorde. Te veel om alles op één dag te dekken. Dus het idee is om je hele regio over twee of drie dagen te verdelen.'

'In zijn Audi?' Want hij wil het voor zich zien, precies zoals het was.

'Klopt.'

'Precies langs de busroutes?'

'Inderdaad. De routes die hij voor die dag heeft gekozen.'
'Kun je me die routes geven?'
'Wil je ze gaan rijden?'
'Ja.'
'Tuurlijk.'
'Waarom moet hij die routes elke dag rijden?'
'Om te zien of de chauffeurs zich aan het rooster houden. Zijn ze op tijd? Hoe rijden ze, hoe vol zijn de bussen? Hij is erbij als een bus panne krijgt of bij een ongeluk betrokken is. Hij zoekt nieuwe routes, waar staan mensen op taxi's te wachten, hij zoekt gelegenheden, hij kijkt hoe routes verbeterd kunnen worden.
Dan, tegen elven, komen de regiomanagers naar kantoor. En doen de administratie. De aantekeningen van die ochtend uitwerken, ongelukken en mechanische problemen noteren en verwerken. Overtredingen van chauffeurs afhandelen. Brandstofcijfers controleren, nieuwe chauffeurs opleiden en instrueren, e-mail beantwoorden, DRMP-logistiek uitpluizen, bulletins lezen, vergaderingen bijwonen, het is meestal hetzelfde, elke dag.
En na drieën is het weer langs de routes, precies hetzelfde verhaal, om precies dezelfde redenen. Tijd voor geintjes is er niet, tijd om groot geld te maken, dat is gewoon niet mogelijk.'
'Hij heeft het geld ergens vandaan,' zegt Joubert.
'Misschien heeft hij het geërfd. En wilde hij dat niet tegen Tanja zeggen.'
'Geërfd geld is nooit cash.'
'Nee, dat is zo.'
'Ben jij ooit regiomanager geweest?'
'Ja,' zegt Philander.
'Stel dat je veel geld nodig hebt. Cash. Dringend. Je moet het hebben ook al zou je het moeten stelen, stel bijvoorbeeld dat je vrouw in het ziekenhuis ligt.'
'Je bedoelt waar ik het op het werk zou stelen?'
'Of in de werkomgeving.'
Philander neemt de laatste slok van zijn cappuccino terwijl hij zit te peinzen.
'Er is maar één plek. Het grote ticketkantoor. Maar dan moet je nog twee of drie man hebben, daar naar binnen gaan met geweren en maskers en de boel beroven.'
'Geen andere mogelijkheden?'
'Niet als je veel geld wilt hebben.'

Joubert verbergt zijn teleurstelling. 'Nog een cappuccino?'
'Zijn we niet zo'n beetje klaar?'
Hij weet niet of er nog iets is. Hij overdenkt alles wat Philander heeft gezegd. Er schiet hem iets te binnen. 'Die DRMP, vertel nog eens een keer waar dat voor staat?'
'Driver Risk Management Program.'
'Dat is dat ding dat die staking heeft veroorzaakt?'
'Precies.'
'Maar het is een computersysteem. Waarom gingen ze daarover staken?'
'Het is veel meer dan een computersysteem.'
'O?'
'Het is een lang verhaal.'
Joubert knikt. Hij heeft de tijd.
Philander zucht. 'Misschien moeten we dan toch nog maar een koffie bestellen.'

102

'Het gaat allemaal om de DriveCam.'

'De DriveCam?'

'In 2007 werd onze remise de eerste waar die lui van mister Eckhardt experimenteerden met het nieuwe systeem, want wij zijn de kleinste. En de beste, al zeg ik het zelf. Het werkt zo: elke bus krijgt zo'n videocamera voorin, bij de achteruitkijkspiegel. De DriveCam. Eén oog kijkt naar voren, één oog naar achteren, en er zit een harde schijf in. Nou, natuurlijk zet de camera niet alles van 's ochtends tot 's avonds op de harde schijf. Hij staat de hele tijd aan en registreert alles, maar er zit een bewegingsdetector in en een computertje, en als de bus hotst, dan savet hij beeld en geluid, van tien tot vijftien seconden voor het incident tot tien tot vijftien seconden erna, afhankelijk van hoe ernstig het was. Volg je me nog?'

Joubert denkt van wel. 'Maar hotst een bus niet heel veel?'

'Kijk, "hotst" zeg ik alleen voor de duidelijkheid. De bewegingssensor werkt met wat ze "inertie" noemen. Weleens gehoord van G-krachten? Nou, dat is het. Als de chauffeur ergens tegenaan knalt, dan is het negatieve G-kracht, negatieve inertie, en dan gaat je DriveCam opnemen. Als hij heel hard remt of te snel optrekt. Zelfs als je chauffeur te snel een bocht neemt, dan registreert de sensor dat en bewaart hij de video...'

'Waarom ook in bochten?'

'Waarom? Wanneer ga je te snel door een bocht, bro? Wanneer?'

'Zeg het maar.'

'Als je door rood rijdt, dan doe je dat.'

'Aha...'

'Nu komen we bij het waanzinnige deel. Als die bus 's avonds terugkomt in de remise, worden al die stukjes video van het hotsen automatisch en draadloos op onze server geladen. Gewoon op het moment dat de bus het hek binnenkomt, snap je? Die server is verbonden met internet, en stuurt al die clips naar Amerika, want daar is het hele systeem ontwikkeld. De Amerikanen hebben software die alles analyseert, en zij mailen de videoclips met problemen terug naar de regiomanager. De ernstige dingen, zoals ongelukken, worden met cc aan mij en mister Eckhardt gestuurd.'

'Dus even voor de zekerheid, dat ik het goed begrijp,' zegt Joubert. 'Als de bus te snel optrekt of remt, neemt de camera het op...'

Philander knikt. 'Met een oog naar voren en één naar achteren. Je kunt zien wat de chauffeur doet en je kunt zien wat er op de weg voor hem gebeurt.'

'En bij jullie hek stuurt hij het radiografisch naar een computer, die het doorstuurt naar Amerika.' Ongelovig.

'Eerder een soort draadloos verzenden, als een mobiele telefoon. Dat is hightech, bro, je moet je geest openzetten om het te begrijpen. Maar het zijn geen mensen die ernaar kijken in Amerika, het is software die eerst bepaalt of er iets verkeerds is gebeurd. Daarna kijken de beeldontleders ernaar.'

'En hebben jullie weleens zulke video's gekregen?'

'Vaak. Vorige maand reed een chauffeur een voetganger aan, en toen we de video bekeken, zagen we hoe de chauffeur zich bukte om zijn mobiel te pakken. Toen raakte hij de voetganger. Hij is eruit gevlogen, binnen 24 uur, want wat kan hij zeggen? Het bewijs is er. In Technicolor.'

Inzicht: 'Dus daarom gingen de chauffeurs staken.'

'Precies. De vakbond zegt dat het ongrondwettig is, inbreuk op de privacy. Maar het feit is dat het ze eigenlijk beschermt. Want er gebeuren heel veel ongelukken met van die klootzakken die met hun dure Duitse auto's de bus snijden, dat soort dingen, want iedereen heeft een hekel aan bussen, wat kan het ze bommen dat ze arme mensen naar hun werk brengen, die rijke stinkerds denken niet op die manier. Anyway, we gebruiken de video's als oefenmateriaal, dan worden je chauffeurs steeds beter. En het belangrijkste is dat de schade door aanrijdingen met zestig procent afneemt, bro, zestig procent. En de verkeersboetes ook. Je bespaart niet alleen geld, maar je bespaart ook tijd, je hebt zestig procent minder ellende, dat is het. En je beloont de chauffeurs met een smetteloze staat van dienst, want er is meer geld over voor loonsverhoging.'

'Dus Danie kreeg elke middag die video's?' Er begint zich in zijn achterhoofd een idee te vormen waar die 400.000 rand vandaan kunnen zijn gekomen.

'Hij bekijkt ze 's middags, maar ze komen 's ochtends al. 's Avonds stuurt de server ze naar Amerika en de volgende ochtend om elf uur, als Danie inlogt op de computer, staan de e-mails voor hem klaar. Als er stinkende rotzooi was, zou mister Eckhardt me al hebben gebeld en zou ik Danie al hebben gebeld, dus de dingen die hij 's middags bekijkt, zijn doorsnee gevalletjes, die hij weer met zijn chauffeurs moet opnemen. Je weet wel, nonchalant rijden, stomme dingen doen. Dat zijn de dingen die hij 's middags met zijn chauffeurs bespreekt.'

'Dan heb je een hoop macht.'

'Ik kan je niet volgen.'

'Die video's. Danie Flint had elke dag de macht om buschauffeurs te laten ontslaan. Want hij had de bewijzen. Zoals je zegt. In Technicolor.'

'Dus?'

'Hoeveel chauffeurs had hij onder zich?'

'Een stuk of tachtig.'

'En hoeveel verdient een buschauffeur?'

'Afhankelijk van overuren, zo tussen de vier en zes per maand.'

'Zesduizend?' Hij maakt berekeningen in zijn hoofd.

'Klopt.'

'Goed dan. Stel dat Flint is begonnen tegen chauffeurs te zeggen: "Ik heb bewijzen, ik ga je ontslaan, maar als je me duizend geeft, dan los ik het op."'

Philander denkt erover na maar schudt al snel zijn hoofd. 'Nee, dat zou niet werken.'

'Waarom niet?'

'Duizend rand? Een weekinkomen? De meeste chauffeurs zullen zich dat niet kunnen veroorloven, die rennen zo hard naar de bond om te klagen dat je alleen nog maar een vlek ziet.'

'Maak het dan minder. Vijfhonderd. Tweehonderdvijftig.'

'Alles goed en wel, jij denkt nu met een blanke kop over tweehonderdvijftig. Dit zijn mensen met een vrouw en een stel kinderen, een huis dat afbetaald moet worden, een auto, schoolgeld...'

'Maar als je je werk kwijt bent, heb je niets.'

Steeds weer het hoofdschudden. 'Laten we eens een sommetje maken. Misschien drie of vier ernstige incidenten per week. Met tweehonderdvijftig per klap is dat 1.000 rand in de maand wat je krijgt met je chantage. Dan heb je ongeveer... vierhonderd maanden nodig om aan 400.000 rand te komen. Als we het inkomen verdubbelen, is dat tweehonderd maanden.'

Zijn theorie stort in elkaar. 'Dat is waar.'

'Ik zeg je, dat geld komt niet van ABC. No way.'

Joubert wil nog niet opgeven en grijpt de laatste strohalm. 'Mag ik die dingen eens zien? De video's zelf?'

Philander kijkt sceptisch. 'Dan krijgen we problemen met de vakbond. Vertrouwelijk materiaal. Ik zal mister Eckhardt moeten bellen.'

'Dat zou ik erg op prijs stellen.'
'Zijn we nu klaar?'
'We zijn klaar.'

Hij weet dat hij ooit terug zal moeten naar kantoor, maar hij hoopt dat Philander snel toestemming loskrijgt om de DRMP-video's door te vlooien, zodat hij een excuus heeft.

Hij loopt naar de Langstraat, blijft bij Clarke's voor de kast met sciencefiction staan, maar vindt niets wat hij wil lezen. Fantasy is tegenwoordig in de mode, en hij heeft het geprobeerd, maar weet niet wat hij ermee aan moet.

Inspecteur Fizile Butshingi belt hem even over elven. 'Niets waar we iets aan hebben. Ik heb alles gecheckt. Overvallen op geldtransporten zijn de enige mogelijkheden. Maar die kloppen niet.'

Joubert bedankt hem.

'Nog nieuws aan jouw kant?' vraagt Butshingi.

'Niet echt. Ik laat het je weten.' Maar dan gaat hem opeens een lichtje op en hij zegt snel voordat de inspecteur ophangt: 'Inspecteur, kun je me vertellen of er overvallen op geldtransporten ten noorden van de N1 zijn geweest?' Hij bedenkt zich en maakt het gebied groter: 'En ten westen van de N7. Of op de N7. Montague Gardens, Milnerton, Richwood, helemaal tot Atlantis.'

'Waarom daar?'

'Daar liepen de busroutes van Flint.'

'Het is wel vergezocht,' zegt Butshingi.

Misschien wel. Maar Joubert zegt alleen: 'Ik wil alle mogelijkheden openhouden.'

'Ik bel je zo terug.'

Zeven minuten later gaat zijn mobiel weer. Het lijkt op het nummer van Bessie Heese. Hij neemt op.

'Meneer Joubert, u spreekt met François Eckhardt. Ik ben de operational manager van ABC. Hebt u een ogenblik?'

'Natuurlijk.'

'Meneer Joubert, ik hoop dat u het me niet kwalijk neemt, maar ik zal eerlijk zijn. We hebben tot nu toe gedaan wat we konden om u van dienst te zijn. Omwille van mevrouw Flint. Maar nu ben ik op een punt gekomen dat ik rekening moet gaan houden met het belang van het bedrijf en de andere werknemers. Vooral als het om de DRMP-opnamen gaat, moet ik de vertrouwelijkheid van de prestatie-informatie van de buschauffeurs in acht nemen, en heel omzichtig te werk gaan, om onze overeenkomst met de vakbond niet op het spel te zetten. We kunnen ons niet nog een staking permitteren. Ik hoop dat u dat begrijpt.'

'Ik begrijp het,' maar de moed zinkt hem in de schoenen.

'We kunnen u toegang geven tot het systeem, maar dan zult u een vertrouwelijkheidsovereenkomst met het bedrijf moeten ondertekenen. Er mogen geen opnamen ons pand verlaten, er mag geen informatie openbaar gemaakt worden. Behalve met mijn schriftelijke toestemming. Ik moet zeggen dat ik denk dat het tijdverspilling is, het systeem mist niets, maar als u ook maar de geringste aanwijzing vindt van wangedrag van ABC-personeel, moet u dit onmiddellijk en persoonlijk aan mij overdragen. Ik zal u mijn mobiele nummer ter beschikking stellen.'

Hij overweegt de implicaties. 'Zelfs al onderteken ik... Als er bewijzen voor misdaad zijn, zullen we die aan de politie moeten overhandigen. Zo is de wet.'

'Meneer Joubert, alle misdaden die door het systeem aan het licht zijn gekomen, zijn al aan de SAPS beschikbaar gesteld. Dat is geen factor. Bent u bereid te tekenen?'

Hij vraagt zich af of het de moeite waard is, en beseft dat hij ten einde raad is. En zich misschien iets te krampachtig vastklampt aan zijn theorie dat het geld en Flints werk iets met elkaar te maken hebben. Maar hij is het aan Tanja verschuldigd om grondig te zijn, om de statistieken en een vaag vermoeden tot het bittere eind te volgen.

'Ja.'

Nog voordat hij in de ABC-remise is, meldt Butshingi: er is een geldtransport beroofd in Flints regio. 'Maar valt Century City daar ook onder?'

'Ik weet het niet zeker. Heb je details?'

'19 september, tien uur 's ochtends, op Century Boulevard...'

Joubert voelt een scheutje adrenaline. Het past precies in zijn tijdlijn.

'... tussen Waterford Boulevard en Waterhouse Boulevard. Zeven man, twee auto's. Meer dan 800.000 rand cash buitgemaakt. De chauffeur is vermoord.'

'Dank je, inspecteur. Ik zal zien of ik iets kan vinden.'

'Maar wat is het verband met Flint? Het was een zwarte bende.'

'Ik weet het niet. Maar ik heb niets anders.'

'Oké.'

Hij tekent het gefaxte vertrouwelijkheidsdocument in Philanders kantoor en gaat dan samen met hem achter Danie Flints computer zitten.

'Ik zal je laten zien hoe het DRMP-systeem werkt. Maar hou me ten goede, ik heb maar een kwartier.'

'Baie dankie. Dan wil ik meteen even vragen: maakte Century City deel uit van Danies routes?'

'Absoluut. Hoezo?'

Joubert moet zijn nieuwe hoop verbergen. 'Ik wil gewoon het complete plaatje.'

Ze starten Flints computer op en openen het DRMP-programma. Philander legt de basisprincipes uit. 'Alle video's staan op de server. Die is gecrosslinkt met de route, de bus, de chauffeur en de ondernomen actie. Je kunt het bekijken op bus, op chauffeur, op route of op datum en tijd. Met dit menu kun je sorteren als je alleen video's zoekt waarbij nadere actie is ondernomen.'

'Wat voor "nadere actie"?'

'Disciplinaire actie, rapporten van het incident, eisen van derden, gerechtelijke stappen. Kies maar uit. Je kunt het uitzicht naar voren en naar achteren op hetzelfde moment zien, of je kunt ervoor kiezen alleen een van de twee te bekijken.'

'Kunnen we beginnen bij 19 september?'

'Geen probleem. Hier is de agenda, zo kies je alleen de maand, dan gaat het venster open. Nu klik je op 19, daar heb je je lijst. Vier video's. Je kunt je zoekopdracht verfijnen met dit menu, als je alleen een bepaalde chauffeur of bus of route wilt checken.'

'In welke route zit Century City?'

'Ik ken Danies codes niet uit mijn hoofd, ik zal even kijken.'

Het duurt even voordat hij de informatie heeft en kan gebruiken. 'Er zijn geen video's van 19 september op die route.'

'Mag ik de vier video's van die datum zien?'

'Je hoeft alleen elke keer op dat icoontje te klikken, dan wordt de video vanzelf afgespeeld.'

Ze kijken samen naar de video's. Vijftien seconden voor- en achteraanzicht, de twee beelden recht naast elkaar. Philander zet het geluid zacht, zodat de andere routemanagers op het kantoor er geen last van hebben.

Geen van de vier video's heeft iets met de beroving van een geldtransport te maken.

Philander ziet Jouberts teleurstelling. 'Wat had je gehoopt te vinden?'

'Ik heb geen flauw benul,' antwoordt Joubert. Maar hij zal het voetenwerk moeten doen. Of in dit geval, het vingerwerk. Tot er geen keuzes meer over zijn.

103

In zijn eentje achter de computer zit hij zo te prutsen dat hij zijn broodjes vergeet. Het systeem is ingewikkeld, veel keuzes die aangeklikt moeten worden. Hij komt er pas na een hele tijd achter dat hij de optie voor disciplinair optreden heeft aangevinkt en alleen video's te zien krijgt die daarmee te maken hebben. Hij moet terug, naar zijn oorspronkelijke grens van 1 augustus, en alles nog een keer doorkijken.

Pas om tien over halfdrie wordt hij door de honger overvallen en gaat hij op zoek naar thee. Santasha legt uit waar de keuken is en vraagt of hij vorderingen maakt.

'Nee,' zegt hij.

Zijn lunch bestaat uit broodjes *bobotie* en *blatjang*, en een pakje cashewnoten, met een briefje van Margaret eraan vastgespeld: '*I am nuts about you*.'

Hij glimlacht, eet met smaak en drinkt zijn thee terwijl hij elke video bekijkt, gefocust op het uitzicht naar voren vanuit de bus. Een klein percentage bestaat uit ernstige ongelukken, waarbij voetgangers of andere voertuigen betrokken zijn. Het merendeel is onbeduidend, buschauffeurs die hard maar op tijd remmen voor verkeer, voor fietsers, voor koeien of geiten op de N7 bij Du Noon, of voor honden in de woonwijken.

Augustus levert niets op.

September stuurt op hetzelfde resultaat aan. Zijn ogen worden moe. Zijn concentratie verslapt. Hij begint steeds meer te beseffen dat dit een zoektocht is die niets gaat opleveren.

Hij ziet het bijna over het hoofd.

29 september. Tijdsmarkering 11.48 uur. De weg is vrij, geen gebouwen, alleen open ruimte. Te korte afstand tussen de voorkant van de bus en een zwarte Mercedes-sedan, waarschijnlijk E-serie. De auto remt opeens om onverklaarbare redenen, de bus botst tegen de achterkant, de achterklep springt open. Nog tien seconden waarin bus en Mercedes naar de kant gaan en bijna tot stilstand komen.

Hij klikt om de video te sluiten, de zoveelste, nutteloos. Ergens in zijn achterhoofd een uitroepteken.

Hij klikt de volgende video aan, maar zijn onderbewustzijn zegt dat hij terug moet naar de vorige, daar was iets. Kijkt weer.

Een ogenblik van twijfel. Gewoon het zoveelste lichte ongeluk.

Nee, er was iets.

Zodat hij zucht, de nieuwe video afsluit, teruggaat naar de vorige.

Wat lag daar in de kofferbak?

Zijn hersenen halen het beeld op. Hij denkt dat hij het zich heeft verbeeld.

Hij klikt weer, activeert de video, kijkt aandachtig.

De achterklep springt open. Daar. Binnenin. Een hand. Heel even, in het strookje zon dat naar binnen schijnt op dat ene moment dat de achterklep helemaal openstaat, vlak voor hij weer naar beneden gaat, en dan is het weg, de afstand tussen Mercedes en bus wordt groter, de achterklep is weer omlaag. Hij weet niet hoe hij het beeld moet bevriezen, zoekt naarstig, maar dan is de video afgelopen.

Hij klikt hem opnieuw aan, bestudeert haastig alle icoontjes, experimenteert. Vindt het icoontje waarmee het beeld wordt bevroren, maar is te laat. Joubert maakt een geërgerd geluid. Hij begint weer helemaal opnieuw, met de muis in de aanslag wacht hij op het moment. Stopt de video op precies de juiste plek.

Geen twijfel aan. Een hand. Levenloos. Een smalle, witte hand die op een bovenlichaam rust. In de kofferbak.

Drie figuren in de Mercedes, twee voor, één achter. Allemaal mannen. De man op de achterbank begint om te kijken na de schok van de botsing. Brede schouders, een eigenaardig gezicht, vervormd, alsof hij geen neus heeft. Misschien komt dat alleen door de resolutie van de video.

Joubert kijkt goed, hij kan het serienummer van de auto zien. E-350. Het kenteken is nog veel makkelijker te lezen.

Hij bekijkt snel het naar achteren gerichte beeld van de video. De buschauffeur, de lege zitplaatsen achter hem: zijn bovenlijf schokt door de botsing. 'Fuck,' zegt de chauffeur, het woord duidelijk hoorbaar. Dan een gebaar van frustratie, woede. Hij draait aan het stuur om naar de kant te gaan. 'Fucking klootzak.'

Terug naar het vooraanzicht, hij bevriest het weer op het moment dat de kofferbak wagenwijd openstaat.

Een hand. Een mens, daarbinnen. Doodstil.

Hij staart naar het beeld, zijn hoofd maalt.

Heeft Danie Flint dit ook gezien?

Heeft het iets te maken met zijn verdwijning?

Iemand in de kofferbak. En iets aan de manier waarop de hand ligt, hoe die reageert op de kracht van de botsing, vertelt hem dat hij bewusteloos is. Of levenloos.

Moet hij niet eerst verder kijken tot aan 15 oktober?

En hoe moet hij hiermee omgaan? Sterk bewijs van een ernstige misdaad. Minstens een ontvoering. Hij zal de SAPS moeten laten komen, nadat hij Eckhardt heeft gebeld. Maar hij wil zelf de controle houden.

Niet overhaast te werk gaan. Alles stap voor stap. Hij haalt zijn schrijfblok naar zich toe en klikt op het scherm. Schrijft datum en tijd op. Zoekt naar een verwijzing naar de precieze plek waar het is gebeurd, maar vindt alleen het bus- en routenummer. Hij noteert de naam van de buschauffeur. Jerome Apollis. Daarna de gegevens van de Mercedes. Ritst het schrijfblok dicht zodat niemand de aantekeningen kan zien. Zijn verzekeringspolis.

Hij haalt zijn telefoon tevoorschijn en belt de operational manager van ABC. 'Ik denk dat u even moet komen kijken.'

François Eckhardt is in de veertig, modieuze bril, lang, mager, professioneel. Draagt een smaakvolle combinatie van pak, overhemd en das die Joubert met zijn neus op zijn eigen gebrek aan smaak drukt. De operational manager gaat naast Philander staan en bekijkt de video twee keer voordat hij zegt: 'Neville, kijk of je Apollis te pakken kunt krijgen. Zo snel mogelijk. Als hij dienst heeft, zoek je een vervanger.' Dan wendt hij zich tot Joubert. 'Nu moeten we de politie erbij betrekken.'

'Er is een inspecteur in Milnerton met wie ik samenwerk.'

'Bel hem.'

'Ik zal hem alvast het registratienummer van de Mercedes geven.'

'Doe wat u denkt dat nodig is. U hebt onze volledige medewerking.'

Joubert belt Fizile Butshingi. 'Ik denk dat ik iets heb gevonden.'

'Wat?' Fel en serieus.

'Bewijs voor een ernstige misdaad. Het zou ontvoering kunnen zijn of erger...'

'Ai, ai. Waar ben je?'

Joubert geeft hem het adres van de ABC-remise. 'Er is een voertuig bij betrokken en we hebben naam en adres van de eigenaar nodig. Zou je dat intussen door het systeem kunnen halen?'

'Geef maar door.'

De euforie wordt getemperd door teleurstelling, want hij weet wat er gaat gebeuren.

Dat is het andere grote verschil tussen een privédetective en een politieagent, denkt hij terwijl hij zit te wachten. Je moet je erbij neerleggen dat je het op een gegeven moment moet overdragen.

Er was daarnet even een moment dat hij een andere oplossing zag. De optie van verzwijgen, een digitale kopie van de video maken, met Jacks contacten erachter zien te komen van wie de Mercedes is, en erachteraan gaan.

Maar dan moet hij doortrapt te werk gaan, de overeenkomst met ABC schenden, de wet overtreden, want dit is duidelijk bewijs van een misdaad. En dat kan hij allemaal niet doen.

En nu gaat Butshingi ermee vandoor. Hij lijkt een goede rechercheur. En als het duidelijkheid brengt over het lot van Danie Flint, dan doet het er niet toe.

Hij zucht.

Om acht over vier gaat zijn mobiel. Mildred, de receptioniste van Jack Fischer & Co: 'Meneer Fischer wil weten of u vandaag nog op kantoor komt.'

'Ik weet het niet.'

'Blijf even hangen, alstublieft.'

Ze zet hem in de wacht, muziek in zijn oor. Dan komt Jack aan de lijn, zijn stem joviaal. 'Mat, heb ik het mis of ben je iets op het spoor?' Alsof er gisteravond niets is gebeurd.

'Ja, Jack. Ik maak goede vorderingen...'

'Uitstekend, uitstekend, heel blij om dat te horen. Mat, jongen, Faantjie en ik hebben vanochtend overlegd. De hele zaak bekeken. Van alle kanten. Financiën. Het menselijke aspect, dat is voor ons belangrijk, Mat. Heel belangrijk. Wil mevrouw Vlok graag tegemoetkomen...'

Joubert slikt de impuls in om Fischer te corrigeren.

'... dus hebben we besloten haar een dag gratis te geven. Gezien de omstandigheden. Het juiste gebaar. In dit specifieke geval.'

'Dank je, Jack, als alles goed gaat, is het misschien niet eens nodig. Maar toch bedankt.'

'Uitstekend, uitstekend. Ik dacht alleen ik laat het je even weten.'

Het gezicht van inspecteur Fizile Butshingi staat somber als hij binnenkomt. 'Dit is groot, Sup. Heel groot.'

'Waarom?'

'Laat eens zien wat je hebt.'

Joubert zegt dat hij moet komen zitten, speelt de video af, zet hem stil en wijst naar de hand in de kofferbak.

'Ai,' zegt de inspecteur. 'Dat is niet best.'

'Van wie is de auto?'

'Dat is de grote ellende. Eerst heb ik hem door het Natis-systeem gehaald, daaruit bleek dat de Mercedes op naam staat van ene Terrence Richard Baadjies, de auto staat geregistreerd op een huisadres in Rosebank. Dus ik dacht: eens even kijken wie die man is. En ik heb hem door de database gehaald. En ik vond een slechte man, Sup. Terrence Baadjies, alias Terry, alias Terror, alias De Terrorist. Jeugddelinquent op zijn vijftiende, gevangenisstraf voor het doodsteken van een kind op school. Na drie jaar vrijgelaten, daarna volgden zestien zaken, zeven beschuldigingen van moord, en vijf veroordelingen, drie voor dealen, één voor geweldpleging, één voor doodslag toen hij in Pollsmoor zat. Hij heeft veertien jaar gezeten.'

'Bendelid,' zegt Joubert.

'Niet alleen lid. Hij is de nummer twee van de Restless Ravens.'

'Bliksems,' zegt Mat Joubert, want dat verandert alles.

'Ja.'

Het duurt even voordat hij de mogelijkheden kan overzien. 'We moeten superintendent Johnnie October waarschuwen.' Want de Vlakte hoort bij de wijk van October. Maar veel belangrijker is dat Johnnie een goede vriend van hem is. Johnnie zal hem niet buitensluiten.

104

Superintendent Johnnie October, met zijn lange, pezige lichaam, zijn korte, grijze haar, het dunne snorretje dat hij al dertig jaar op dezelfde manier draagt, is een van de weinige Kaapse rechercheurs die nog elke dag in een pak op zijn werk verschijnt, altijd een bruintint. Hij is de netste mens die Joubert kent, zacht van aard, zacht van stem. Vaak te bescheiden. Zijn beleefdheid, zelfs tegenover misdadigers, is onwrikbaar.

'Jinne,' zegt October als hij de video heeft gezien, want hij vloekt niet.

'*Umdali*,' zegt Butshingi. 'Heel erg.'

'Kun jij zien of dit Terror is?' vraagt Joubert.

'Het zou hem kunnen zijn, Sup, voorin, naast de bestuurder. Maar dit is degene op wie we ons moeten concentreren,' en October wijst naar de brede figuur op de achterbank van de Mercedes. Die met de stompe neus.

'Waarom?' vraagt Butshingi.

'Dat is K.D. Snyders.'

Butshingi maakt aantekeningen en vraagt: 'Hoe spel je Keedie?'

'K.D. Het is een afkorting. Voor *knuckle duster*. Dat is zijn handelsmerk, de boksbeugel, hij smeedt die dingen zelf. Zijn echte naam is Willem, maar ze noemen hem K.D. als hij erbij is, en "King Kong" achter zijn rug. Vanwege zijn neus en zijn omvang. Het is een zielig verhaal. Komt uit de Sabiestraat Courts, in Manenberg, rottige omstandigheden. En toen hij elf was, is hij aangevallen door een hond, zo'n pitbull, tijdens een hondengevecht op vrijdagavond. K.D. was via de achterkant bij de hokken naar binnen geglipt, zeggen ze, en toen heeft zo'n woeste hond hem in zijn gezicht gepakt. Tegen de tijd dat ze dat beest van hem af trokken, was het al heel erg. Het werk van de dokters was niet zo goed gelukt, zijn gezicht begon later te zweren, waarschijnlijk ook omdat de ouders niet goed op de medicijnen en zo hebben gelet. Drank, Sup, de vloek van de drank. En in Manenberg is niet veel medeleven te vinden. De kinderen lachten hem uit. En K.D. kende maar één antwoord. Vechten. Ze zeggen dat hij op zijn veertiende een keer een fietsketting om zijn hand wikkelde en dat daarmee dat "Knuckle Duster" is begonnen. En natuurlijk, toen hij een reputatie begon te krijgen en heel groot en breed werd, zagen de Restless Ravens zijn waarde. Terror Baadjies is degene die K.D. heeft ingewijd. Vanaf die tijd zijn ze zó,' zegt Johnnie October en hij vlecht zijn wijs- en middelvinger om elkaar. 'Hij is Terrors lijfwacht en *hitman*.'

'*Jo-jo*,' zegt inspecteur Butshingi.

'Maar de echte reden waarom we ons op hem moeten concentreren, is dat K.D. op het ogenblik vastzit, in Pollsmoor. In afwachting van een proces. Wegens opzettelijke geweldpleging en poging tot moord. En deze keer hebben we een getuige. Het gaat niet goed met K.D., hij zit in eenzame opsluiting. Toen hij nog maar net een dag in de bak zat, probeerden ze hem neer te steken. Want het is oorlog tussen de facties van de Restless Ravens, nu Tweetybird het land uit is. Het is een machtsstrijd.'

'Wacht, wacht,' zegt Butshingi en hij kijkt bezorgd op van zijn aantekeningen. 'Tweetybird is de bendeleider?'

'Was. Hij is weg.'

'Waar is hij heen?'

'Er wordt gefluisterd dat hij naar Zuid-Amerika is. En nu is er een machtsvacuüm ontstaan en vechten Terror Baadjies en Moegamat Perkins om de troon. Oorlog. Het duurt nu al vier maanden, er is nog geen winnaar, en we kunnen het niet bijhouden.'

'En K.D. Snyders zit gevangen vanwege die oorlog?'

'Ja. We hebben hem opgepakt wegens poging tot moord. En als hij in Pollsmoor blijft, zullen de mensen van Moegamat Perkins hem vermoorden. Dus we hebben wat ruimte om te onderhandelen.'

Mat Joubert denkt na. Over Danie Flint en de Vlaktebendes. Een heel erg vreemde combinatie.

Hoe past alles in elkaar?

Johnnie October vraagt: 'Sup, hoe ben je hieraan gekomen?'

Joubert vertelt hem het hele verhaal. Tot in detail.

Jerome Apollis, de buschauffeur, is 43. Hij heeft bolle wangen en een dikke pens en is schichtig. Geïntimideerd door de nabijheid van rechercheurs, de fysieke aanwezigheid van Joubert en de gewichtige omstandigheden, kijkt hij bezorgd van Bessie Heese naar Butshingi, October en uiteindelijk naar Joubert, waar zijn blik als vastgenageld blijft hangen.

Ze zitten in het kantoor van Neville Philander, te veel mensen voor de kamer. 'Maak je geen zorgen,' zegt Bessie Heese. Ze ziet er even professioneel uit als de vorige dag. En even fris, al is het bijna zes uur. 'De politie wil alleen vragen wat je je kunt herinneren van 29 september,' zegt ze met een gebaar naar de computer van Philander waarop ze hem de video hebben laten zien. Zonder het beeld te bevriezen.

'Ik weet het nog goed.'

'Kun je het ons vertellen?' vraagt Johnnie October, met zijn respectvolle en meelevende stem. 'Dat zou ons erg helpen.'

Apollis likt over zijn lippen en heft verontschuldigend zijn handen. 'Mister Flint zei dat het niks voorstelde. Toen hij de video had gezien. Hij zei dat het niet mijn schuld was.'

'Dat begrijp ik,' zegt October. 'We zeggen niet dat het jouw schuld was. We willen gewoon heel graag weten wat er die dag is gebeurd.'

'En waar,' zegt Joubert.

Apollis staart hem aan.

'Meneer Apollis...' dringt October aan.

Apollis scheurt zijn blik los van Joubert en focust op Bessie Heese, een veilige haven. 'Het was tussen Atlantis en de R27. Vlak na de afslag.' Hij veegt het zweet van zijn voorhoofd.

'Welke afslag?'

'De weg naar de schietbaan. Daar stond altijd een bord, maar dat is allang weg.'

'In welke richting reden jullie?' vraagt Joubert.

'De kant van de zee op. Naar de R27.' Dan zwijgt hij.

'Ga door, Jerome.'

'Die Mercedes. Ze reden langzaam. Ik wou erlangs. Ik had mijn knipperlichten al aan. Daarom zat ik er zo dicht op. Ik moest wachten op verkeer van de andere kant. Toen remden ze ineens. Zomaar. En dus zat ik ertegenaan. Van achteren. Tegen zijn kont. Zijn staart. Achterop. Toen stonden we stil. En toen ben ik uitgestapt, en zij...'

'Heb je iets raars gezien?' vraagt October.

'Nee, meneer,' antwoordt hij een beetje in de war.

'Toen zijn jullie uitgestapt.'

'Toen zijn we uitgestapt. Toen zegt die ene die voorin zat. Nee, die ene met die neus, die achterin zat, die kwam er ineens aan. En toen zegt die andere, nee, wacht, wacht, wacht. Toen keken ze eerst naar de schade. Ik zei toen al dat ze zomaar geremd hadden, voor niks. Toen zegt die ene dat ik me geen zorgen hoef te maken, het is mijn schuld niet, alles is goed. Toen zeg ik, nee, ik moet een rapport maken. Toen kijkt hij zo naar de bus en hij zegt nee, er is niks geen schade aan de bus, en ze zullen het oplossen, ik hoef me geen zorgen te maken...'

'Waar stonden ze? Waar stonden jullie tijdens dit gesprek?' vraagt

Butshingi, die met gebogen hoofd woest zit te schrijven.

'We stonden zo'n beetje tussen de auto en de bus.' Met een blik naar Bessie Heese.

'Deed een van hen iets met de achterklep?'

'Het is vier maanden geleden,' zegt Apollis.

'Jerome, als je het niet meer weet, zullen we het je niet kwalijk nemen,' zegt Bessie Heese sussend.

'Ik... ik denk... die grote met dat gezicht. Het kan dat die misschien met zijn hand op de achterklep stond.'

'En toen?'

'Toen zeggen ze dat ik door moet rijden. Toen zeg ik nee, ik moet namen en telefoonnummers hebben, want mister Flint wil een rapport. Toen wordt die ene zo'n beetje kwaad en toen zegt hij...'

'Welke?'

'Die ene die voorin zat.'

'Aan welke kant voorin?'

'Passagierskant.'

'Toen zegt hij...?'

'Toen zegt hij dat ik niet moet zeuren, hij zegt dat hij de zaak wel zal oplossen, maar dan moet ik gaan rijden. Toen zeg ik weer, nee, ze snappen het niet, met de DRMP is het niet zo simpel. Toen wordt die ene kwaad en begint me te bedreigen, dat hij tegen die grote zal zeggen dat hij mij verr... moet slaan, stap in je fokk... bus, excuus mevrouw, maar toen zegt hij rot op. Nu! Dus stap ik in de bus en zo onderweg bel ik mister Flint en vertel hem het hele verhaal. Toen zegt hij, Jerome, maak je geen zorgen als ze er geen zaak van willen maken en de bus mankeert niets, weet ik alleen dat jouw *record* schoon blijft. Toen, de volgende middag, toen ik klaar was, toen komt mister Flint naar me toe en hij zegt dat hij de video heeft bekeken, en hij kan zien wat er gebeurd is, mijn record blijft schoon. En dat is het hele verhaal, mevrouw, erewoord.'

'Ik weet het, Jerome. Je hoeft je nergens zorgen over te maken.'

'Maar hoe zit het dan met al die polities hier, mevrouw?'

105

Terwijl Johnnie October naar Pollsmoor belt om te regelen dat ze K.D. Snyders kunnen ondervragen, denkt Joubert aan de implicaties van de betrokkenheid van de Restless Ravens. Zij zijn het die bij het bedrijf van Tanja Flint hebben ingebroken.

Het gevaar is groter dan hij had vermoed.

Hij vraagt inspecteur Fizile Butshingi of de SAPS een surveillancewagen naar Tanja's huis in Parklands kan sturen. 'Ze hoeven alleen in de straat te gaan staan.' Want hij wil niet dat ze nog banger wordt.

Butshingi is snel van begrip. 'Goed idee.'

Dan belt Joubert Margaret.

'Ik ben pas laat thuis.'

'Is dat goed nieuws?'

'Ziet er wel naar uit.'

'Ik wacht op je. Doe voorzichtig.' De vrouw van een politieman.

Hij overweegt om Tanja ook te bellen, maar ziet ervan af. Nog te veel vragen, te veel onzekerheden.

Ze rijden in Johnnies auto naar de gevangenis aan de andere kant van Tokai. Joubert zit achterin.

'Sup, die buschauffeur...' zegt Johnnie. 'In de wet staat duidelijk dat het altijd de schuld is van degene die achter de ander rijdt. Hij zat te dicht op de Mercedes.'

'Flint moet het duidelijk hebben gezien op de video, Johnnie.'

'En toen heeft hij de overtreding genegeerd. Want hij had de hand in de kofferbak gezien. En een kans.'

'En verder was het makkelijk. Terror Baadjies opsporen via het kenteken van de Mercedes. De vaste lijn bellen met je nieuwe mobiele telefoon, zodat ze je niet kunnen opsporen.'

'Afpersing,' zegt Butshingi.

'Maar zou Flint hebben geweten met wie hij te maken had?'

Joubert schudt zijn hoofd. 'Ik betwijfel het. Ik denk dat hij die dure auto heeft gezien, zo'n Mercedes kost hier zo'n slordige 700.000 rand...'

'En heeft gezegd: betalen, anders geef ik de video aan de politie.'

'Zoiets. De Restless Ravens hebben Flint opgespoord, Johnnie, dus hij heeft ergens een fout gemaakt. Maar wat mij dwarszit, is waarom de inbraak in Tanja's winkel zo... halfslachtig was. Een paar tafels omgekiept, een flauwe boodschap op de muur... Je zou meer verwachten van een Vlaktebende.'

'Je moet het in de context zien, Sup. De factie-oorlog. K.D. Snyders, de hitman, zit in de bak, Terror Baadjies heeft al zijn troepen nodig, dus hij stuurt wat voetvolk, onervaren, beetje bang.'

'Wat ik niet begrijp...' zegt Butshingi. 'Die gasten... ik bedoel, waarom hebben ze eigenlijk betaald?'

'Hoe bedoel je, collega?'

'De video. Die bewijst niet veel. Ik bedoel, laten we aannemen dat Flint Terror Baadjies heeft gebeld en heeft geprobeerd hem te chanteren. Dan zet Terror de Benz in de fik. Of laat hem chemisch reinigen, of stoomreinigen of zo. Hij zorgt dat er geen forensisch bewijs in de kofferbak te vinden is, en hij verzint een verhaal, voor het geval de politie vragen komt stellen. Hij kan zeggen, nee hoor, het was mijn nichtje, ze had te veel gedronken, dus hebben we haar in de kofferbak gelegd, wou niet dat ze mijn mooie bekleding onderkotste. En hij zorgt dat zijn nichtje dat bevestigt.'

Joubert en October zeggen niets, want ze weten dat hij een punt heeft. Een vervelend punt.

'Is hij slim genoeg, die Terror Baadjies?' vraagt Butshingi.

'Absoluut,' zegt October.

'Waarom hebben ze dan betaald? Twee keer?'

Willem 'K.D.' Snyders, zwaar geboeid aan handen en voeten, zegt geen woord. Hij zit aan de stalen tafel alleen maar naar de muur te staren.

Johnnie October praat beleefd tegen hem. Schetst uitgebreid zijn positie. Vertelt hem dat hij de gevangenis niet gaat overleven, de Ravensfactie van Moegamat Perkins zal hem te grazen nemen. Op het moment dat hij uit de isolatie teruggeplaatst wordt naar de algemene gevangenis. Kwestie van tijd.

'Je bent zo goed als dood,' zegt Butshingi.

'Wij kunnen je helpen,' zegt October.

Geen reactie. Dat gezicht, dat verschrikkelijk beschadigde gezicht, blijft uitdrukkingloos. Het littekenweefsel vertrekt de lippen tot een permanente grijns, alsof hij de wereld uitlacht.

'Op dit moment is iemand een *shiv* aan het slijpen, speciaal voor jou, King Kong,' begint Butshingi de rol te spelen die ze hebben afgesproken.

'We kunnen je verstoppen. Getuigenprogramma. Bescherming. Een nieuw leven, Willem. Een nieuw begin. Met een duwtje in de rug en een paar duizend rand op zak. Overal in het land, waar je maar wilt.'

Maar dat is allemaal alleen voorspel, weten ze, een manier om zijn aandacht te krijgen.

'Denk je eens in. Nooit meer over je schouder hoeven kijken. Nooit.'

K.D. Snyders zit als versteend.

'Je verspilt je tijd, Johnnie,' zegt Butshingi.

'Misschien niet. Misschien kan Willem de mogelijkheden zien.'

'De rechter gaat je voor een heel lange tijd opbergen, meneer Kong. Zo'n moordenaar als jij.'

'Rustig nou, collega, we kunnen hem helpen.'

'Misschien wil hij niet geholpen worden. Misschien is hij lelijk én stom.'

'Ik weet dat je nergens bang voor bent, Willem. Ik weet het. Maar denk even aan de mogelijkheden. Denk heel even aan hoe het zou kunnen zijn.'

En zo spelen ze het spel, de ene is zijn vriend die de olijftak van vrede en begrip aanreikt, de andere zijn vijand die scheldt en beledigt. Snyders zegt niets, doet niets. Hij reageert niet, kijkt ze niet aan, zelfs niet als Butshingi zijn gezicht een paar centimeter van het verwrongen masker houdt en woest tegen hem schreeuwt. Willem 'K.D.' Snyders is een standbeeld en Joubert zit zwijgend toe te kijken en zich af te vragen of hun plan gaat werken.

Uiteindelijk zegt Johnnie October: 'Nee, Fizile, hou maar op. Ga maar weg. Jullie allebei, want blanken en zwarten snappen niet hoe het is om kleurling te zijn. Laat mij maar met Willem praten.'

Butshingi en Joubert staan onwillig op en gaan naar buiten.

In de kamer ernaast kijken ze door het eenrichtingsraam. Ze zien hoe October naast Snyders gaat zitten, zijn gezicht vol begrip, zijn handen op tafel samengevouwen in medeleven en sympathie. Dan begint Johnnie zijn troefkaart uit te spelen.

'Willem, ik kom uit de Bishop Lavis. Ik weet hoe het is. Ik weet hoe zwaar het is, en ik ken de pijn. Ik weet dat jij het nog zwaarder hebt gehad, met dat ongeluk. Ik kan me niet eens voorstellen hoe moeilijk het voor jou is geweest. En ik kan het je niet kwalijk nemen, zal ik je zeggen, niemand kan het je kwalijk nemen. Je bent door de hel gegaan. En naarmate het leven doorgaat, wordt het erger.'

'Hij is goed,' zegt Butshingi.

'Ja,' zegt Joubert.

‘Ik weet dat dat kind ergens nog in je zit, Willem. Daar ergens is nog iemand die vraagt: waarom kan het niet anders zijn? Waarom kan ik geen goed leven hebben? Een normaal leven. Nou, Willem, ik zal je zeggen, dat kan. Als jij ons vanavond helpt, dan zal ik zorgen dat de overheid de medische kosten voor je betaalt. Dan brengen we je naar de beste plek in het land, naar dokters die er iets aan kunnen doen. En geven we je je leven terug, Willem. Je leven.’

Johnnie October laat dat even bezinken voordat hij zegt: ‘Een nieuw gezicht, Willem. Nieuw en mooi.’

K.D. Snyders reageert niet meteen. Het duurt even voordat hij, voor het eerst, zijn hoofd omdraait. October aankijkt. Zijn mondhoeken vertrekken langzaam tot een grijns.

En dan spuugt hij minachtend op Octobers hand.

106

Ze gaan weer overleggen, laten koffie komen, zitten in de kamer naast de verhoorkamer en analyseren hun strategie. Op de achtergrond klinken de geluiden van een gevangenisnacht, af en toe de doffe klap van een stalen deur die dichtslaat, een strenge opdracht via een luidspreker, de stemmen van gevangenen, als nachtdieren die in het donker naar elkaar roepen.

Met z'n drieën bij elkaar hebben ze meer dan tachtig jaar ervaring in wetshandhaving, en het gedeelde besef dat geduld de enige oplossing is. Hun effectiefste wapen is tijd.

'Blinde loyaliteit,' zegt Butshingi.

October: 'Zo zijn ze. Tot de dood.'

'En hij is niet bang om dood te gaan.'

'Soms vraag ik me af of ze eigenlijk niet dood willen, collega. Het lijkt wel alsof ze erop uit zijn.'

Joubert zit met zijn ellebogen op tafel, zijn hoofd omlaag, en verwerkt de informatie.

'Wat moesten ze daar, Johnnie, op die weg? Vlak bij Atlantis?'

'Dat is de vraag, Sup.'

'Hoort het traditioneel bij het gebied van de Restless Ravens?'

'Je weet hoe het de afgelopen tien jaar was, Sup. Na PAGAD en POCA. De leiders zitten in de blanke gebieden, en werven leden in de kleurlingenwijken. En verkopen er tik. Tweetybird woonde in Rondebosch, Terror en Moegamat Perkins in Rosebank, ze vertoonden nooit hun gezicht op een plek als Atlantis.'

'En toch was hij daar.'

'Met iemand in de kofferbak.'

'Op de terugweg uit Atlantis?'

'Misschien niet. Misschien zochten ze alleen een plek om zich van het lijk te ontdoen. Ver van hun woonplaats. Of misschien wilden ze iemand dood gaan schieten. Op een plek waar schoten geen aandacht zouden trekken.'

'Over wat voor schietbaan hebben we het?' vraagt Joubert.

‘Het is een schietbaan van het leger,’ zegt October. ‘Gigantisch. Misschien waren ze op zoek naar die plek en waren ze net gekeerd. De buschauffeur vertelde dat het bord weg is.’

‘Het is daar een zanderige wereld,’ zegt Joubert. ‘Makkelijk om een gat te graven. Snel.’

‘Kan wezen, Sup. Maar elke plek op de Vlakte is even makkelijk. Overal zand.’

‘Dus ze zoeken een plek ver van de traditionele jachtvelden om zich van een lijk te ontdoen. Terror Baadjies, zijn sterke man K.D. Snyders en een chauffeur. Ze kennen de omgeving niet heel goed, willen afslaan, naar een plek ver van de weg.’

‘Daarom reden ze langzaam. Ze zochten alle drie naar een plek en merkten niet dat de bus vlak achter hen zat. Ze rijden de afslag naar de schietbaan bijna voorbij. Iemand zegt: “Daar moesten we in.” De chauffeur trapt op de rem.’

‘*Beng*! De bus botst tegen hun auto aan.’

‘Ze weten van de bus af te komen en gaan doen wat ze van plan waren.’

Lange stilte terwijl ze nadenken.

Joubert krabt op zijn hoofd: ‘29 september. Flint heeft pas op 15 oktober zijn bankrekening geopend. Laten we zeggen dat het hem een week of wat heeft gekost om Terrors nummer te vinden, om hem persoonlijk te bellen. “Ik heb een video van jullie, daar bij Atlantis. Ik weet wat jullie aan het doen waren.” Hij liegt er een beetje bij, maar vaag, net genoeg om Terror te laten begrijpen dat zijn getuigenis vernietigend is.’

‘En ze dokken.’

‘Maar niet meteen. Ze nemen de tijd. Bijna een week.’

‘Terwijl ze naar hem op zoek zijn?’

‘Maar waarom hebben ze betaald?’ vraagt Johnnie October. ‘Zoals Fizile zei: laat de forensische bewijzen in de Mercedes verdwijnen, verzin een verhaal. Dan hoef je je geen zorgen te maken over de politie.’

Stilte, want ze denken na.

Butshingi haalt zijn hand over zijn gezicht, heft hem dan weer langzaam. ‘Misschien...’

De andere twee kijken hem aan.

‘Misschien,’ zegt Butshingi weer, ‘is dat het. Misschien waren ze niet bang voor de politie.’

‘Hoe bedoel je, collega?’ vraagt October.

‘Wanneer is dat factiegevecht begonnen?’

October wrijft over zijn snor. ‘Volgens onze inlichtingen is het vorig jaar augustus al begonnen, eind augustus. Toen schreef *Die Burger* over de plannen van de Democratische Alliantie. Om een speciaal aanklager in te schakelen om te proberen Tweetybird de la Cruz op belastingontduiking te pakken. Want dat is zo ongeveer het enige wat ze kunnen bewijzen. Toen schijnt Tweetybird de accountant te hebben laten komen, Moegamat Perkins, en Perkins zei dat ze een probleem hadden, want Jan Fiscaal is een pitbull, als hij zich eenmaal vastbijt, laat hij niet meer los. Hoe ze ook knoeien met de boeken. De belasting zal meteen zien dat er iets mis is.'

'Dus toen is het begonnen?'

'Het verhaal gaat dat ze toen hebben besloten dat Tweetybird het land uit moest. En Terror Baadjies geeft Perkins de schuld, want dat is de man die verantwoordelijk is voor de boeken. Tweetybird heeft geprobeerd de vrede te bewaren, maar als je mensen weten dat je binnenkort in Uruguay zit, heb je niet veel gezag meer. Waarom vraag je dat?'

'Terror Baadjies. Als hij niet bang was voor de politie, als hij het kon toedekken, waarom heeft hij dan betaald? Misschien omdat hij bang was dat zijn eigen mensen erachter zouden komen.'

'Aha,' zegt Johnnie October.

'Ik snap het geloof ik niet,' zegt Joubert.

'Sup, waar zijn die tijdslijnen van jou?' October is meteen enthousiast, Butshingi schuift dichterbij.

Joubert slaat zijn schrijfblok open en bladert naar de goede bladzij.

'We concentreren ons op alles ná het incident met de bus. We denken dat het begonnen is op 29 september,' zegt October. 'Maar Terror Baadjies wist eind augustus al dat er iets aan zat te komen. Dat er een kans kwam om leider van de Restless Ravens te worden.'

'Ja,' zegt Butshingi. 'Dus begon hij zijn coup te plannen.'

'En dat bedoelt Fizile, Sup. Terror en K.D. Snyders en de Mercedes. Wij dachten de hele tijd dat ze op 29 september bezig waren met hun georganiseerde misdaad. Maar misschien waren ze bezig met een coup. Misschien is die man in de kofferbak een Raven, een van de mensen van de andere factie.'

Er gaat Joubert een licht op. 'Daarom reden ze helemaal naar Atlantis. Om weg te zijn uit het territorium van de Restless Ravens.'

'Precies,' zegt Butshingi.

'En daarom hebben ze Flint betaald. Niet omdat ze bang waren dat de politie erachter zou komen...'

'Maar omdat ze bang waren dat hun eigen mensen erachter zouden komen. Misschien die andere luitenant, de geldman...'

'Moegamat Perkins.'

'Precies.'

'Of Tweetybird zelf,' zegt Johnnie October. 'Als Tweetybird erachter zou komen dat Terror Baadjies zijn troon wilde overnemen nog voordat hij het land uit was, zou hij Terror onmiddellijk hebben laten afschieten...'

'Omdat ze blinde loyaliteit verwachten.'

Joubert ziet het opeens en drukt met zijn vinger op de tafel. 'Dat moeten we gebruiken, Johnnie.'

'Sup?'

'K.D.'s loyaliteit. We moeten het omdraaien.'

'Ik kan je even niet volgen.'

'Wat zou er gebeuren als de Restless Ravens erachter komen dat Terror al een maand of wat voordat Tweetybird vluchtte, is begonnen zijn eigen bende uit te moorden om de macht te grijpen?'

'Zijn eigen factie zou zich tegen hem keren.'

'Precies. En dat is het geheim dat K.D. moet bewaren. Terror heeft K.D. bij de Restless Ravens gehaald. Hem ingewijd.'

'Klopt, Sup. Terror is een soort vader voor K.D.'

'Precies, Johnnie. K.D. wil niet praten want hij is tot de dood toe loyaal aan Terror.'

'Absoluut.'

'Dat moeten we gebruiken. Het enige waar K.D. bang voor zal zijn, is afwijzing door zijn Restless Ravens-vader.'

'Aha...' zegt Johnnie October.

'Slim,' zegt Fizile Butshingi. 'Goed plan.'

Joubert gaat vlak naast K.D. Snyders zitten, met October en Butshingi aan de overkant. Hij buigt opzij zodat zijn gezicht maar een paar centimeter van Snyders is.

Joubert bluft zwaar en zegt: 'We weten alles, K.D., van wat er daar bij Atlantis is gebeurd. We weten hoe Terror de Restless Ravens in de rug heeft gestoken, we weten wat daar onder het zand ligt.' En hij luistert geconcentreerd naar Snyders' ademhaling, want hij weet dat het geschonden gezicht niets zal verraden.

Hij hoort dat de adem van de man heel even hapert, alsof zijn hart sneller klopt. Dat geeft hem moed.

'We weten van Flint en de video. We weten hoe jullie je van hem hebben ontdaan. We weten nog niet waar jullie hem hebben gelaten, maar daar komen we wel achter. K.D., jouw probleem is dat alleen wij drieën weten wie jullie heeft verraden. Niemand anders. Maar ik zal je zeggen wat we gaan doen: we lopen hier weg en gaan de cipiers vertellen dat je hebt gezongen. Dat je hebt gepraat. Dat je ons Terror op een presenteerblaadje hebt aangeboden. Superintendent Johnnie October gaat overal op de Vlakte verkondigen dat jij ons hebt geholpen om Terror te pakken. Je hebt je eigen bloed verraden, en Terror heeft de Restless Ravens verraden.'

Hij blijft zwijgen, en luisteren. De ademhaling nu oppervlakkig. Snel.

'Je hebt Terror een dolksteek in zijn rug gegeven. Dat zal hij denken. En hij kan op zijn buik schrijven dat hij de nieuwe leider wordt.'

De kettingen tussen hand- en voetboeien beven licht, getik tegen de metalen ring aan de stalen tafel.

'Dan heb je niets, K.D. Niets of niemand.'

Eindelijk vertrekt het gezicht. Dan haalt K.D. Snyders uit naar Mat Joubert, met een geluid van woede en wanhoop dat diep uit zijn grote lichaam komt.

Joubert springt weg, buiten bereik. Maar hij weet dat ze hem te pakken hebben.

Johnnie October wacht tot K.D. is gekalmeerd. Dan zegt hij, met zijn eeuwige hoffelijkheid: 'Er is een oplossing, K.D. Terror hoeft het nooit te weten. Maar dan moet jij ons helpen.'

107

Met zijn hese stem en het spraakgebrek doordat de vervormde lippen geen plofklanken kunnen maken, beantwoordt K.D. Snyders met tegenzin een paar vragen. Kortaf, met een minimum aan woorden, zijn ogen fonkelend van woede en haat, zijn handen licht bevend.

'Wie zat er achter het stuur van de Mercedes toen de bus jullie aanreed?' vraagt Johnnie October.

'Mannas Vinck.'

'De chauffeur van Terror.'

K.D. knikt.

'Nu moet je ons vertellen waar we moeten gaan graven, K.D.'

Snyders kijkt de andere kant op.

'Je hebt één kans, K.D.'

'Montagu's Gift. In Philippi.'

'Die boerderij? Daar aan Mitchell's Plain?'

Hij krijgt alleen een knik als antwoord.

'Waar op de boerderij?'

'Recht naast de Olieboomduinen. Aan de kant van de Morgensterstraat.'

October knikt alsof hij weet waar dat is. 'En daar bij Atlantis?'

'Bij het hek van de schietbaan. In de hoek achter de negenhonderd meter.'

'De negenhonderd meter?'

Nog een knik.

'Wat betekent dat?'

Snyders bakent zijn verraad af door zijn hoofd te schudden. Hij is klaar met antwoorden.

'Wie ligt daar, K.D.? Bij de schietbaan?'

Stilte.

'Wat is er gebeurd? Hoe hebben jullie Flint vermoord?'

Het bendelid draait zijn gezicht weg en kijkt naar de muur.

'Wie heeft zijn auto achtergelaten bij Virgin Active?'

Niets.

Tot October zegt: 'Ik zal me aan mijn kant van de deal houden, K.D. Maar als je tegen ons liegt...'

Dan staan ze op. October belt het bureau, ze hebben mankracht nodig, er zal moeten worden gegraven. Mat Joubert belt zijn vrouw en zegt tegen haar dat ze niet op hem hoeft te wachten.

Het zal een lange nacht worden.

De eerste plek waar ze gaan zoeken is de boerderij in Philippi. Ze halen de boer uit bed en rijden in konvooi naar de plaats waar ze volgens October moeten spitten.

Het is na tweeën 's nachts, in het licht van de koplampen van acht SAPS-surveillancewagens en het busje van Forensisch, de spookachtige schaduwen van politiehonden die blaffend en kwispelend snuffelen en zoeken, de spaden van de agenten die op en neer gaan. De huizen van Westridge en Woodlands zijn maar twee kilometer verderop, Mitchell's Plain slaapt. Een koe loeit in de verte.

Om zeven over drie komt de uitroep. Iedereen legt zijn gereedschap neer en gaat kijken. Zaklampen en zoeklichten terwijl twee mannen de bundel uit het zand halen. Een lijk, gewikkeld in wat ooit een zwarte deken met een verbleekt oranje bloempatroon was.

Er is nog zoveel over van het gezicht met de kogelwond tussen de ogen dat Joubert kan zeggen: 'Het is hem. Het is Danie Flint.'

Onder de cocon ligt een vuurwapen. Johnnie October geeft opdracht het voorzichtig in een plastic zakje te doen.

Joubert weet dat hij Tanja Flint moet bellen, want ze heeft het recht om het te weten. Maar laat hij haar minstens nog een paar uur slaap gunnen voordat hij haar leven weer op zijn kop zet.

De zoektocht bij Atlantis begint pas om kwart over vijf, als de horizon in het oosten al begint te kleuren en de zuidooster opsteekt, een treurige wind die wolkjes zand van de spaden blaast.

Het 'hek', in de minimalistische aanwijzingen van K.D. Snyders, is het toegangshek van de Goeie Hoop-schietbaan van het Zuid-Afrikaanse leger, dat permanent wagenwijd openstaat. Gele waarschuwingsborden met VERBODEN TOEGANG VOOR ONBEVOEGDEN zijn het enige afschrikmiddel.

En net binnen het hek, aan de linkerkant, is de plek vanwaar schutters over een afstand van 900 meter op doelwitten rechts in de verte kunnen aanleggen, een platform van betonblokken, zand en gruis dat tot Jouberts kruin reikt. Het is ruim twintig stappen lang, en daarachter is de 'hoek' uit K.D.'s beschrijving, de plek waar twee afrasteringen en het platform een driehoek vormen. Honderdvijftig vierkante meter met gras overdekt zand. Het is een goede plek om een lijk te begraven, want als het leger niet aanwezig is, kan iemand makkelijk in zijn eentje de enige toegangsweg in de gaten houden, terwijl twee anderen onzichtbaar achter het hoge platform het zachte zand voorbereiden.

De geüniformeerde agenten van Atlantis en Table View, onder leiding van Dik en Dun, het Laurel en Hardy-duo van Forensisch, beginnen voorzichtig te spitten aan de noordelijke grens.

Het wordt zes uur, maar nog steeds geen succes.

Om halfzeven kan Joubert het telefoontje niet langer uitstellen. Hij gaat in zijn Honda zitten om uit de wind te zijn, en belt.

Ze neemt snel op, alsof ze allang wakker is.

'Tanja, ik heb geen goed nieuws.'

Het geluid dat ze maakt, betekent dat ze ondanks alles nog hoop had.

'Het spijt me heel erg,' zegt Joubert, en hij weet dat het niet genoeg is.

'Hoe is hij vermoord?'

'Hij is doodgeschoten.'

Er valt een stilte aan de andere kant van de lijn, tot ze eindelijk vraagt: 'Wie heeft het gedaan?'

Hij houdt het af en zegt dat ze nog niet genoeg weten, maar voor het eind van de dag zouden ze het hele plaatje compleet moeten hebben.

'Ik wil het weten,' zegt ze.

Om tien over zes vinden ze het eerste lijk.

Het ligt languit in het midden van de driehoek, nauwelijks een meter onder het fijne zand.

Joubert knielt naast October en Butshingi en kijkt hoe het forensisch team in het zachte ochtendlicht het zand voorzichtig om het lichaam wegkrabt, met stoffers en kwasten. Anderen zijn bezig om het gat groter te maken en halen emmers zand weg om het zorgvuldig op een hoop te gooien.

'Een vrouw,' zegt October verbaasd. Herkenbaar aan de sandalen aan haar voeten, de vorm van haar lichaam.

Het vaalwitte zand plakt aan haar lichaam, het forensisch team veegt het plechtig en voorzichtig van haar gezicht. De gelaatstrekken zijn onherkenbaar door de drie kogelwonden. Alleen het zwarte haar, in een vlecht, is ongeschonden.

'Ze hebben haar niet eens afgedekt.'

Een paar minuten later trekt een agent de gele tas uit het zand. Met rubberhandschoenen maakt Joubert hem open en vindt een portemonnee met een rijbewijs erin.

'Cornelia Johanna van Jaarsveld,' leest October zacht.

De verrassing is het tweede lijk. Hij ligt nauwelijks een meter van de vrouw af, op dezelfde diepte, maar met een zwarte plastic zak strak om zijn bovenlichaam gewikkeld. Pas als het forensisch team die heeft weggeknipt, herkent October hem.

'Jinne,' zegt hij volkomen verbijsterd, 'het is Tweetybird.'

Johnny October vraagt de SAPS-taskforce om met groot machtsvertoon Terrence Richard Baadjies en zijn chauffeur, Mannas Vinck, bij Baadjies' huis in Wynberg te arresteren. En om ze met verschillende voertuigen binnen te brengen.

Op het politiebureau van Wynberg, om negen over elf, houden ze de twee apart. In een van de cellen een vorstelijke Terror Baadjies, die af en toe roept: 'Ik heb recht op een advocaat, stelletje fucking naziklootzakken!' en dan zelfingenomen grinnikt; Vinck hebben ze in de kantine gezet, de enige plek waar ze hem kunnen verhoren.

'Ik ben alleen maar de chauffeur,' houdt Vinck vol. Hij is klein van stuk, en praat snel, wat hij benadrukt met beweeglijke handen. Het gezicht onder de geelwitte panamahoed is diep gegroefd. Hij heeft tatoeages op zijn pezige armen.

Butshingi en Joubert zitten te luisteren, October schetst zacht en beleefd de situatie. 'Je bent nu in iets groots verzeild geraakt, Mannas, je zit diep in de problemen.'

'Ik ben alleen maar de chauffeur.'

'Je bent medeplichtig, Mannas, aan drie moorden. We hebben een video die jou ermee in verband brengt. Je weet wel, die waarmee Danie Flint Terror wilde afpersen. Je staat erop, levensgroot.'

'Ik ken geen Flint.'

'Je hebt hem helpen begraven, Mannas, daar bij Montagu's Gift. Maar dat is niet je grootste probleem. Je hebt meegeholpen aan de moord op Tweetybird. Je houdt het nog geen uur vol in Pollsmoor, en daar ga ik je heen sturen.'

'Ik ben alleen maar de chauffeur,' herhaalt hij, maar zijn ogen schieten in het rond.

'Ik ga je naar Pollsmoor laten brengen en dan laat ik de hele gevangenis de video zien, Mannas. In slow motion.'

'Jirre.' De handen zijn opeens stil.

'Maar we kunnen elkaar helpen, Mannas.'

108

'Het was een deal,' zegt Mannas Vinck. 'Maar het was vanaf het begin een klerezooi.'

Hij en Terror, K.D. Snyders en Tweetybird de la Cruz waren gaan rijden, tot voorbij Atlantis, tot zo'n tien kilometer voorbij Mamre. Het kan 29 september geweest zijn, dat weet hij niet meer. Terror en Tweetybird hadden ruzie over de partners, maar ze noemden expres nooit de namen, want daar hadden Vinck en K.D. niets mee te maken.

'Wat voor partners?' vraagt Johnnie October.

Hij weet het niet, er waren partners bij die hele diamantdeal. De Restless Ravens waren tussenpersoon, hij is alleen de chauffeur, hij wil niet alles weten.

En toen?

Toen gingen ze de deal doen, tien kilometer voorbij Mamre, midden tussen de acaciastruiken. Glimmertjes van een *whitey bitch* met een fucking pistool in haar poot, en fucking arrogant, praat tegen de Bird alsof hij stront is.

De woorden borrelen uit Vinck op in een zeepgladde stroom. Hij zegt dat Tweetybird een tas met vier miljoen rand had, de bitch wil het zien, houdt die fucking biljetten zo tegen de zon alsof ze weet hoe valse eruitzien. Dus toen laat ze de glimmertjes zien, een giga *shitload.*

Toen slaat Terror haar vol op haar bek met een vuist. En toen pakt hij haar het pistool af en schiet haar tussen haar fucking ogen en The Bird zegt: 'Wat de fuck doe jij nou?' en Terror draait zich om en hij schiet The Bird in zijn hart met het pistool van die bitch, drie schoten, en hij, Mannas, en K.D. Snyders staan daar maar en ze zeggen geen woord, toen schiet Terror Tweetybird dood, de fucking baas van de Restless Ravens. Zegt Terror: 'Kijk niet zo fucking geschokt, laad die fucking kofferbak in, wat dachten jullie dat er zou gebeuren als hij in Bolivia zat? Gaan we bevelen aannemen van Moegamat Perkins? Is dat wat jullie willen? Van die klootzak die The Bird in de eerste plaats in de stront heeft gewerkt...'

Dus toen hebben we ingeladen en zijn weggereden, de auto van die bitch staat daar vast nog als het fucking ding niet allang gestolen is. En toen ramt die bus ons dus, vlak voorbij de schietbaan.

Vinck vertelt dat Terror eerst dacht dat de buschauffeur degene was die hen wilde chanteren.

Maar toen hebben ze uitgevonden wie het was, iemand kende een gekleurde bitch bij ABC, Santasha nog wat, dus toen K.D. Snyders met zijn boksbeugel voor de chauffeur stond, zagen ze dat hij het niet was, het was die fucking supervisor met zijn rode Audi. Dus zegt Terror dat ze heel voorzichtig moeten zijn, want als het uitkomt dat zij The Bird hebben omgelegd heb je totale oorlog. En Mannas Vinck denkt, wat is dit voor gelul, hij heeft niemand doodgeschoten, maar wat doe je eraan? Dus zegt Terror, betaal die supervisor, die belangstelling voor een vermoorde whitey kunnen we niet gebruiken. Dus pakt Mannas die plastic tas met geld en levert hem af in het schijthuis van de Atlantic Sports Pub in Table View, zoals die whitey had gezegd.

Maar dan wordt het dus een puinhoop en belt die whitey weer en zegt dat hij nog meer wil. Dus Terror weer betalen, maar hij weet al dat die whitey nooit zal ophouden. Dus ze *tailen* hem, drie weken lang, en maken een plan. Dus ergens eind november kaapt K.D. Snyders die whitey in zijn rooie Audi bij de voorrangsweg waar de Bromwell en de Spoorwegstraat in Woodstock elkaar kruisen. Ze plukken hem eruit en zetten hem in Terror zijn Mercedes. Vinck heeft zelf de Audi naar de Virgin Active in Table View gereden. Hij heeft hem schoongemaakt en heeft vier fucking taxi's genomen om terug te komen in Rosebank.

En dan schieten ze die whitey dood met de gun van die bitch en begraven hem daar tegen het duin.

Mat Joubert zit aan de eetkamertafel in het huis van Tanja Flint. De uitputting drukt zwaar op hem. Hij wil douchen, eten en slapen; het is bijna drie uur 's middags.

Ze komt uit de keuken met de koffiebekers op een dienblad, haar bewegingen langzaam en mechanisch, en zet het voor hem neer. Ze gaat tegenover hem zitten, haar handen voor zich op tafel. Stil. Er zit een vermoeidheid in haar ogen, veel groter dan de zijne.

En verdriet.

Epiloog

109

Lijk van vrouw bij Atlantis:

RAADSEL ROND SPOORZOEKSTER WORDT GROTER
Kaapstad – Rechercheurs van de SAPS krabben zich nog steeds achter de oren over de betrokkenheid van Cornelia Johanna van Jaarsveld (28), een professioneel spoorzoekster uit Nelspruit, bij misdaadbendes van de Kaapse Vlakte en een vermeende illegale diamantentransactie.
Het lichaam van Van Jaarsveld werd vorige week aangetroffen naast dat van de vermoorde bendeleider Willem 'Tweetybird' de la Cruz in een ondiep graf op de SANW-schietbaan bij Atlantis.
Commissaris Johnnie October, leider van het rechercheteam, heeft tegenover *Die Burger* toegegeven dat 'we nog een heleboel stukjes van de legpuzzel zoeken...'
– *Die Burger*, 19 februari 2010

(1 maart 2010. Maandag.)

Hij hangt zijn diploma, een master in Politiekunde die hij tien jaar geleden heeft behaald, aan de muur van zijn nieuwe kantoor in het Centre Point-gebouw in Milnerton. Hij vraagt zich af of het niet veel te opschepperig staat.

Dan doet hij een stap naar achteren. Margaret heeft het kantoor mooi ingericht. Een rood-met-blauw Perzisch tapijt en een antiek bureau dat ze in Plumstead bij een antiquair op de kop heeft getikt. Samen met twee stijlvolle, mahoniehouten stoelen met leren bekleding voor bezoekers.

Op het bureau staat een laptop. Daarnaast ligt zijn schrijfblok. Tegen de muur een blankhouten boekenkast met een aantal van zijn Politiekunde-handboeken en een foto van hem, Margaret en de kinderen.

En op het glas in de deur alleen maar:

MAT JOUBERT

INVESTIGATIONS

Hij hangt het ingelijste diploma recht en hoort een klop op de deur. Zeker Telkom die de telefoon komt aansluiten.

'Binnen.'

Een man doet de deur open; hij is van gemiddelde lengte en heeft bijna kleurloos, heel kortgeknipt haar.

'Mat Joubert?' vraagt hij.

'Dat klopt.'

Hij doet de deur achter zich dicht, komt dichterbij en steekt zijn hand uit. 'Ik ben Lemmer.' De greep is sterk.

Niet van Telkom, denkt Joubert. Iets in de lenigheid, het fysieke gemak, de waakzaamheid in de koele ogen doet hem aan een roofdier denken. Hij kent het soort. Geeft problemen. Hij heeft met ze samengewerkt, heeft ze weleens gearresteerd, meestal met moeite.

De man haalt een papier uit de zak van zijn overhemd en vouwt het open, het is een krantenknipsel dat hij hem toesteekt. Joubert neemt het aan en kijkt ernaar.

RAADSEL ROND SPOORZOEKSTER WORDT GROTER, is de kop. Hij herkent het, zijn naam stond er ook in, meer dan een week geleden.

'Ik heb informatie,' zegt Lemmer.

Joubert kijkt op. 'Die zult u aan de politie moeten geven.'

Lemmer schudt zijn hoofd. 'Nee.'

Joubert vouwt het knipsel weer op, geeft het terug aan de man en loopt naar zijn stoel. 'Dan kunt u beter gaan zitten.'

Als de man aan de andere kant van het bureau zit, haalt hij nog iets uit zijn borstzak, legt het op het blad en schuift het naar Joubert. 'Is zij het?'

Een foto van een jong meisje op matglanspapier, uit een zwart-witpublicatie gescheurd, misschien een schooljaarboek, want ze is in uniform. Het lange, zwarte haar wordt met een band uit haar gezicht gehouden, het is een mooi gezicht. De vage glimlach verraadt een soort dwarsheid, provocatie.

Joubert neemt de foto tussen zijn grote vingers, bestudeert de gelaatstrekken en probeert ze te vergelijken met het geschonden gezicht dat hij op de schietbaan in Atlantis heeft gezien. Er zijn sterke overeenkomsten.

'Misschien.'

'Had ze een rood moedervlekje, vlak achter haar linkeroor?'

'Dat weet ik niet.'

'Kunt u daarachter komen?'

Joubert knikt. 'Ja. Kende u haar?'

'Nee.'

Joubert kijkt vragend op van de foto.

'Ze heet Helena Delfosse. Zij heeft die moedervlek. Ze is op 21 september vorig jaar voor het laatst in Nelspruit gezien, bij de kledingboetiek waar ze werkte. In gezelschap van haar nichtje, Cornelia Johanna van Jaarsveld, ook bekend als Vlo. En ik vermoed dat Delfosse ergens in de nacht van 26 september in Loxton in de Bo-Karoo was om Vlo op te halen.'

Joubert bestudeert de man weer. 'Hoe bent u erbij betrokken?'

De groengrijze ogen dwalen naar het diploma aan de muur. Dan staat Lemmer op. 'U mag de foto houden. Het adres van haar ouders staat achterop.' Hij draait zich om en loopt naar de deur. Met zijn hand op de deurknop kijkt hij om. 'De krant meldde niet wat voor vuurwapen erbij betrokken was...'

Joubert reageert niet, maar kruist alleen zijn armen voor zijn borst.

Hij ziet de onderdrukte glimlach op Lemmers gezicht, dan komt die langzaam teruglopen en legt zijn handen op de rug van de mahoniehouten stoel. 'Ik heb achttien uur lang samen met Vlo van Jaarsveld in een vrachtwagen gezeten. Toeval, samenloop van omstandigheden. Het was voor haar lang genoeg om me te beliegen, bedriegen en bestelen. Toen ben ik haar gaan zoeken om mijn spullen terug te krijgen.'

Joubert haalt zijn armen weer uit elkaar. 'En is het gelukt?'

'Nee.'

'Wat deed haar rijbewijs in de tas van Delfosse?'

Lemmer denkt na voordat hij antwoordt. 'In Nelspruit zeggen ze dat Helena Delfosse de tammere versie van Vlo was; een beetje wild, een beetje rebels, maar nooit over de grens. Precies genoeg om het lievelingskleinkind van haar opa, Grote Frik Redelinghuys, te zijn. Dezelfde opa die Vlo nooit heeft willen erkennen. De nichtjes hebben de afgelopen tien jaar geen contact gehad. Tot augustus vorig jaar. Toen kwam Vlo op een dag bij de boetiek aanzetten.'

'Wat wilt u daarmee zeggen?'

'Ik wil zeggen dat het rijbewijs geen toeval was. Bij Vlo is niets toeval.'

Joubert verwerkt deze mededeling en zegt dan: 'Het vuurwapen in de Atlantis-zaak is ballistisch verbonden met het vuurwapen dat onder het lijk van de heer Danie Flint in de buurt van Mitchell's Plain gevonden is. Het was een Beretta 92 Vertec.'

Een schaduw over Lemmers gezicht, onpeilbaar.

'Dank u,' zegt hij en hij loopt weer naar de deur.

Joubert begint het te begrijpen. 'U blijft haar spoor volgen...'

'Als ik het kan vinden.'

'Dat is vragen om problemen.'

Lemmer doet de deur open. 'Ik zoek ze niet op.' En vlak voor hij naar buiten gaat: 'Ze komen naar me toe.'

WAARHEID OF FICTIE? GERUCHTEN MAKEN EEN BESTSELLER.

De uitgever zegt dat het fictie is. De auteur zwijgt als het graf. Maar kenners denken dat het succes van de thriller *Een chaostheorie* vooral toe te schrijven is aan het hardnekkige gerucht dat schrijfster Milla Strachan het op waarheid heeft gebaseerd. Het boek is sinds kort een bestseller in Zuid-Afrika.

Een foto van Strachan, een voormalige huisvrouw uit Durbanville, verscheen in oktober 2009 in de zondagskranten, samen met die van de verdwenen ex-marinier en antropoloog Lukas Becker. Becker werd destijds door de SAPS gezocht in verband met ongespecificeerde, ernstige geweldsmisdrijven en werd 'gewapend en gevaarlijk' genoemd. De autoriteiten brachten korte tijd later een verklaring uit waarin ze erkenden dat Strachans vermeende betrokkenheid een 'administratieve fout' was, en hebben haar in het openbaar hun excuses aangeboden.

De mannelijke hoofdpersoon van het boek, Markus Blom, is een voormalig soldaat en archeoloog. Het verhaal wordt verteld vanuit het perspectief van een huisvrouw uit de noordelijke voorsteden (Irma Prinsloo) die een baan aanneemt bij de inmiddels ontbonden PIA en betrokken raakt bij een internationaal terroristisch complot waarbij Osama bin Laden naar Zuid-Afrika wordt gesmokkeld voor een medische spoedbehandeling.

Een woordvoerder van het nieuwe, verenigde SA Staatsveiligheidsagentskap heeft bij navraag gezegd dat het SASVG 'niet ingaat op fictie.' En volgens de website van de CIA bestaat nog steeds het vermoeden dat Bin Laden, het meesterbrein achter 9/11, de aanval op het World Trade Center, zich schuilhoudt in Afghanistan of Pakistan. Het Amerikaanse consulaat in Kaapstad heeft niet gereageerd op verdere vragen.

De schrijfster, Milla Strachan, die nu op een boerderij tussen Philippolis en Springfontein in de Vrystaat zou wonen, staat sinds de publicatie van *Een chaostheorie* geen interviews toe.

– *Die Burger*, 6 december 2010

Dankwoord

Mijn oprechte dank en waardering gaan uit naar:

– Mijn vrouw, Anita, voor haar steun, geduld, commentaar en raad.

– Mijn redacteur, dr. Etienne Bloemhof, en agent, Isobel Dixon, voor hun onschatbare wijsheid, inzicht, feedback en aanmoediging.

– Jomarié Dick en Hester Carstens voor hun haviksoog.

– De enorme lijst mensen die hun kennis van het onderzoeksproces hebben gedeeld:

Louis Liebenberg (spoorzoeken en de toestemming om zo uitvoerig uit zijn prachtige *The Art of Tracking* te mogen citeren).

Clifford Lotter (het vliegenierswezen, de RV7, de radiotaal van het luchtruim, en de vlucht over de Karoo).

Dr. Douw Grobler voor zijn kennis over neushoorns, hun ziekten, en vooral de behandeling van neushoorns tijdens transporten.

Nicola van der Westhuizen (voor het beschikbaar stellen van de Mercedes 1528, en informatie over de documentatie over het transporteren van wild).

Joe van Wyk en Ben Bruwer voor alle Karoo-verhalen.

Oud-politieagenten Boet Claassen en Johan Visagie van *George Fivaz en Genote*, die hun privédetectivebureau runnen op een manier die Mat Joubert op prijs zou stellen.

Ron Lipman (forensische mobiele-telefoontechnologie).

Mijn broer François Meyer en de Golden Arrow-busmaatschappij (voor alles over dat bedrijf, maar vooral over DRMP-technologie).

Deon du Toit, senior manager van Corporate and Product Security bij De Beers, Marlene le Roux, Christo van der Rheede, Arthur Murray in Durbanville, Elna van der Merwe, Peet van Biljon, Carike Pepler, kapitein Elmarie Engelbrecht en Irma Prinsloo.

Ik ben ook veel verschuldigd aan de volgende bronnen:

Africa Geographic

- 'Organised crime: A study from the Cape Flats.' André Standing, In-

stituut vir Sekerheidsstudies, 2006.
- 'Is South Africa really the world's crime capital?' Antony Altbeker, Instituut vir Sekerheidsstudies, 2006.
- *Crime and Policing in Post-apartheid South Africa.* Mark Shaw, C. Hurst & Co, Londen, 2002.
- 'Organized Crime in South Africa', *Stratfor Global Intelligence*, www.stratfor.com, 17 juli 2008.
– 'Organised crime in the SADC region: Police Perceptions.' Peter Gastrow, Instituut vir Sekerheidsstudies, 2006.
– 'The social contradictions of organised crime on the Cape Flats.' André Standing, Instituut vir Sekerheidsstudies, 2003.
– 'Organised Crime And Terrorism: Observations From Southern Africa.' Charles Goredema, Instituut vir Sekerheidsstudies, 2005.
– 'A Review of the Health Issues of Captive Black Rhinoceroses (*Diceros Bicornis)*', *Journal of Zoo and Wildlife Medicine.* Patricia M. Dennis, D.V.M., Ph.D., Dipl. A.C.Z.M., Julie A. Funk, D.V.M., Ph.D., Paivi J. Rajala-Schultz, D.V.M., Ph.D., Evan S. Blumer, V.M.D., R.Eric Miller, D.V.M., Dipl. A.C.Z.M., Thomas E. Wittum, Ph.D., en William J. A. Saville, D.V.M., Ph.D., Dipl. A.C.V.I.M. 38(4): 509-517, 2007.
– 'The Religion of the Market.' David R. Loy, *Journal of the American Academy of Religion* 65/2.
– *South African Special Forces*, Robert Pitta, Osprey Publishing, 1993.
– 'Tracking: Combining an ancient art with modern policing.' Kotie Geldenhuys, *Servamus*, 2005.
– 'Personality characteristics of South African navy divers.' Van Wijk, C., Waters, A.H. Department of Psychology, Institute for Maritime Medicine, Simon's Town, South Africa, 2001.
– 'Zimbabwe: Soldiers Are the New Illegal Diamond Miners', 20 januari 2009. http://allafrica.com/stories/200901200817.htmlhttp://allafrica.com/stories/200901200817.html
– 'Diamonds Are a Tyrant's Best Friend', *Business Report*, 8 december 2002, http://www.globalpolicy.org/security/issues/diamond/2002/1211dia.htm.http://www.globalpolicy.org/security/issues/diamond/2002/1211dia.htm.
– *Die Burger*
– *The Cape Argus*
– *The New York Times*
– *Rapport*
– www.inthenationalinterest.com
– www.iol.co.za

- www.jihadwatch.org
- www.wwf.org.za
- www.traffic.org
- www.americanthinker.com
- www.state.gov
- www.weeklystandard.com
- www.alertnet.org
- http://allafrica.comhttp://allafrica.com
- http://ophcrack.sourceforge.nethttp://ophcrack.sourceforge.net
- www.sisbo.org.uk
- www.fbi.gov
- www.islamonline.net
- http://heritage-key.comhttp://heritage-key.com
- www.saps.gov.za
- www.truecrimexpo.co.za
- www.thezimbabwean.co.uk

Verklarende woordenlijst

7de laan – dagelijkse soapserie
AIC – Agent in Charge
Alhamdulillah – God zij geprezen
amaphoyisa – politie (IsiZulu)
amasimba – shit (IsiZulu)
ay – vergelijkbaar met ons tsss
baie dankie – veel dank
bakkie – pick-uptruck
Berea – buitenwijk van Johannesburg
bergie – dakloze
Bishop Lavis – kleurlingenwijk in de buurt van het vliegveld van Kaapstad
blatjang – soort chutney
bobotie, geelrys en soetpatats – gehaktschotel met gele rijst en zoete aardappelen
boetie – broertje
Broederbond – geheim genootschap van blanke Afrikaners tijdens de Apartheid
CORE – Community Outreach Forum
DA-regering – Democratische Alliantie, partij die gesteund wordt door kleurlingen en blanken
dneipi? – nog nieuws? (Shona)
FIR – Flight Information Region
hhayi! – nee! (IsiZulu)
isela – dief (IsiZulu)
iSistela – pistool
jeso – jezus! (IsiXhosa)
jinne – lieve hemel (Afrikaans)
jirre – god! (Cape Flats Afrikaans)
jissis/jissie – eufemisme voor 'jezus!'
jo-jo – lieve help (township slang)
kaningi – veel, vaak (IsiZulu)